Het
Vuur

Van Katherine Neville zijn verschenen:

De Acht*
De magische cirkel*
Het Vuur

* Ook in POEMA-POCKET verschenen

KATHERINE NEVILLE

Het Vuur

uitgeverij luitingh

Uitgeverij Luitingh en Drukkerij HooibergHaasbeek vinden het belangrijk om op milieuvriendelijke en verantwoorde wijze met natuurlijke bronnen om te gaan

Eerste druk november 2008
Tweede druk juni 2010

© 2008 Katherine Neville
© 2008, 2010 Nederlandse vertaling
Uitgeverij Luitingh~Sijthoff B.V., Amsterdam
Alle rechten voorbehouden
Oorspronkelijke titel: *The Fire*
Vertaling: Pon Ruiter
Omslagontwerp: Wouter van der Struys/Twizter.nl
Omslagfotografie: Amana Europe LTD Photonica

ISBN 978 90 245 8447 5
NUR 305

www.boekenwereld.com
www.uitgeverijluitingh.nl
www.watleesjij.nu

VOOR

Solano

*In het jaar 782 ontving keizer Karel de Grote een schitterend
geschenk van Ibn al-Arabi, de Moorse gouverneur van Barcelona.
Het was een schaakspel van goud en zilver, rijk bezet met edelstenen,
vandaag de dag bekend als het schaakspel van Montglane. Al snel deed
het gerucht de ronde dat het duistere, geheimzinnige krachten bezat.
Talloze mensen, op macht belust, wilden de stukken verwerven.
Om dat te verhinderen heeft het schaakspel bijna duizend jaar lang
begraven gelegen in de abdij van Montglane, in de Baskische
Pyreneeën.*

*In 1790, aan het begin van de Franse Revolutie, is het schaakspel
opgegraven. De stukken raakten over de hele aarde verspreid.*

*Dit werd de aanzet voor een nieuwe ronde in een dodelijk spel,
een spel dat ook nu nog de wereld in vlammen ten onder dreigt
te laten gaan.*

EINDSPEL

*Het enige doel bij schaken is bewijzen dat je superieur
bent aan de ander.
Het belangrijkste daarbij is geestelijke superioriteit.
De tegenstander moet worden vernietigd. Volledig vernietigd.*
— GARI KASPAROV, wereldkampioen schaken

*Klooster van Zagorsk, Rusland
herfst 1993*

Solarin klemde de hand van zijn dochtertje stevig in de zijne. Hij kon de sneeuw horen knerpen onder zijn schoenen en hun adem kolkte in zilverige wolkjes om hen heen toen ze door het door onneembare muren omsloten park liepen van het Troïtse Sergiëva Lavra, het klooster van de Heilige Drie-eenheid, gewijd aan de heilige Sergius van Radonez, de beschermheilige van Rusland. Ze hadden zich dik ingepakt in de kleren die ze hadden weten te vinden – dikke wollen sjaals, bontmutsen, zware jassen – tegen deze onverhoedse aanval van de winter in wat *babje leto* had moeten zijn, de 'vrouwenzomer'.

Waarom had hij haar meegenomen naar Rusland, een land waar zoveel bittere herinneringen uit zijn verleden lagen? Was hij niet onder het bewind van Stalin, toen hij nog maar een kind was, getuige geweest van de ondergang van zijn familie? Na die gruwelijke nacht had hij het wrede weeshuis in Georgië en de lange, grauwe jaren in het paleis van de Jonge Pioniers alleen maar overleefd omdat ze hadden gemerkt hoe goed de jonge Aleksandr Solarin kon schaken.

Cat had hem gesmeekt om niet te gaan, om zijn leven en dat van hun kind niet in gevaar te brengen. In Rusland lag dat gevaar overal op de loer, had ze gezegd, en Solarin was al twintig jaar niet in zijn geboorteland geweest. Maar de grootste angst van zijn vrouw betrof niet Rusland, maar het spel. Het spel dat hun beiden zoveel had gekost en meer dan eens bijna hun leven had verwoest.

Solarin was hier om te schaken. Het zou de laatste ronde worden van een competitie die een week had geduurd. En hij wist dat het weinig goeds voorspelde dat de laatste ronde was verplaatst naar deze plek, een heel eind buiten Moskou.

Zagorsk, de naam die na 1917 aan Sergiëv Posad was gegeven, was het oudste van de *lavra's*, versterkte kloosters die Moskou zes eeuwen hadden beschermd nadat in de middeleeuwen met de zegen van de heilige Sergius de Mongoolse horden waren verdreven. Vandaag de dag was het rijker en machtiger dan ooit en de musea en kerken binnen de muren herbergden een schat aan iconen en met edelstenen bezette reliekhouders. Ondanks, of misschien wel dankzij, zijn rijkdom leek de kerk van Moskou overal vijanden te hebben.

Nog maar twee jaar daarvoor was het sombere, grijze Sovjetrijk met een zucht ingestort. Twee jaar van glasnost, perestrojka en chaos. Maar de orthodoxe kerk van Moskou was als een feniks uit de as herrezen. *Bogoïskatelstvo*, het zoeken naar God, lag op ieders lippen. Een middeleeuws lied. Alle kathedralen, kerken en basilieken om Moskou waren opgeknapt, kregen van tallozen geld en zinderden van nieuw leven.

Zelfs zestig kilometer van Moskou was dat te merken. Het enorme ommuurde terrein was een zee van recent gerestaureerde kerken. Alle torens en uivormige koepels waren geschilderd in rijke, diepe kleuren, blauw, donkerrood en groen, en overdekt met gouden sterren. Het was, dacht Solarin, of vijfenzeventig jaar onderdrukking was gevolgd door een explosie van heftige kleuren. Maar hij wist dat binnen de muren van deze bastions de duisternis was gebleven.

Het was een duisternis die Solarin maar al te goed kende, ook al was die nu van een andere kleur. Als om dat te benadrukken stonden er om de paar meter bewakers langs de kantelen en de binnenkant van de muur. Ze hadden een hooggesloten zwartleren jack aan, een pistool in een schouderholster en een walkietalkie in de hand. Dit soort mannen was van alle tijden. Ze leken op de KGB-agenten die Solarin altijd hadden begeleid in de tijd dat hij een van de sterkste grootmeesters van de Sovjet-Unie was geweest.

Maar deze mannen, wist Solarin, behoorden tot de beruchte geheime dienst van de maffiamonniken van Moskou, zoals ze in heel Rusland werden genoemd. Het gerucht ging dat de Russische kerk een heilloos verbond had gesloten met ontevreden leden van de KGB, het Rode Leger en nationalistische bewegingen. Juist daarom was hij bang, want de monniken van Zagorsk hadden geregeld dat de wedstrijd van vandaag hier zou worden gespeeld.

Toen ze de kerk van de Heilige Geest waren gepasseerd en over een open stuk naar de sacristie liepen, waar de wedstrijd plaats zou vinden, keek Solarin naar zijn dochter Alexandra, de kleine Xie. Haar handje klemde zich nog steeds om de zijne. Ze lachte naar hem, haar groene ogen vol zelfvertrouwen, en zijn hart brak bijna toen hij zag hoe mooi ze was. Hoe hadden Cat en hij zo'n kind op de wereld kunnen zetten?

Angst, echte angst, had Solarin pas leren kennen toen zijn dochter was geboren. Hij probeerde de bewapende gangsters op de muur uit zijn hoofd te zetten, al kon hij hun blikken voelen priemen. Hij wist dat hij met zijn kind het hol van de leeuw binnenliep en dat viel hem heel zwaar. Maar het was onvermijdelijk, en dat wist hij ook.

Schaken was alles voor zijn dochter. Aan het bord voelde ze zich als een vis in het water. Misschien was ook dat zijn schuld. Misschien zat het in haar genen. Iedereen was tegen geweest, vooral haar moeder, maar dit zou het belangrijkste toernooi worden uit haar jonge leven.

Het was de hele week slecht weer geweest, ijzig koud, met sneeuw en ijzel, en het eten, zwart brood, sterke thee en pap, was vreselijk, maar Xie had het allemaal dapper doorstaan. Niets deerde haar nog als ze aan het bord zat. De hele week had ze gespeeld als een Stachanov-arbeider van weleer en het ene punt na het andere binnengehaald, een metselaar die stenen stapelt. Ze had maar één wedstrijd verloren en ze wisten beiden dat ze geen tweede mocht verliezen.

Hij had haar toch hier moeten brengen? Bij dit toernooi, hier in Zagorsk, waar de laatste wedstrijd zou worden gespeeld, zou de toekomst van zijn dochter worden bepaald. Ze moest vandaag winnen. Dit was het duel waarbij Alexandra 'Xie' Solarin, die nog geen twaalf was, de jongste grootmeester kon worden uit de geschiedenis van het schaken.

Xie trok aan haar vaders hand en trok de sjaal voor haar mond weg, zodat ze wat kon zeggen. 'Wees maar niet bang, pappa. Dit keer win ik van hem.'

Ze had het over Vartan Azov, het jonge schaakgenie uit Oekraïne, slechts een jaar ouder dan Xie en tot dusverre de enige die haar had verslagen. Maar eigenlijk had hij haar niet verslagen. Het was haar eigen schuld geweest.

Tegen Azov had Xie de Koning-Indische verdediging gespeeld, een van haar favorieten, wist Solarin, want zo kon het dappere Zwarte Paard – haar vader en adviseur – over de andere stukken heen springen en de leiding op zich nemen. Na een gewaagd dameoffer dat voor veel geroezemoes zorgde en haar het centrum in handen gaf, had het er alle schijn van dat Solarins agressieve dochter op zijn minst in de waterval van Reichenbach zou verdwijnen, met de jonge professor Azov in een dodelijke omhelzing, maar zo zou het niet gaan.

Er is een naam voor: *amaurosis scacchistica.* Schaakblindheid. Elke speler heeft het wel eens meegemaakt. Je ziet een voor de hand liggend gevaar volledig over het hoofd. Het was Solarin een keer overkomen toen hij nog erg jong was. Het was alsof hij in een diepe put viel, herinnerde hij zich, een lange val zonder te weten wat boven of onder was.

Het was Xie nog maar één keer overkomen. Twee keer, wist Solarin, zou te veel zijn. Vandaag mocht dat niet gebeuren.

Voor ze bij de sacristie waren, waar er zou worden gespeeld, stuitten ze op een onverwachte menselijke barricade. Een lange rij grauwe vrouwen en baboesjka's in versleten kleren stond in de sneeuw te wachten tot de zoveelste herdenkingsdienst zou beginnen in het knekelhuis van de beroemde Troïtsky Sobor, de kerk van de Drie-eenheid van Sint-Sergius, waar het gebeente van de heilige was begraven. De meelijwekkende wezens, het waren er tussen de vijftig en zestig, sloegen voortdurend een kruis op de dwangmatige manier waarop dat in de Russisch-orthodoxe kerk gebeurde. Het leek wel of ze in de ban waren van een massale godsdienstige opwinding en hun blik was strak gericht op het portret van Christus, dat hoog aan de buitenmuur van de kerk hing.

De vrouwen, jammerend en biddend in de tollende sneeuw, vormden een bijna even ondoordringbare barrière als de wachtposten op de kantelen. Zoals in de sovjettijd gebruikelijk was, weigerden ze opzij te gaan en iemand door te laten.

Solarin besloot om de rij heen te lopen en versnelde zijn pas. Over de hoofden van de vrouwen heen zag hij de gevel van het Museum voor Schone Kunsten en even verderop de sacristie en de schatkamer. Daar moesten ze zijn.

De gevel van het museum werd gesierd door een groot, kleurig spandoek. Er was een schilderij op afgebeeld en ernaast stond een handgeschreven tekst in het cyrillisch en het Engels:

VIJFENZEVENTIG JAAR SOVJET-PALECH-KUNST

Palech was een lakschildertechniek waarbij vaak scènes uit sprookjes en andere folkloristische thema's werden uitgebeeld. Heel lang was dit de enige primitieve of 'bijgelovige' vorm van kunst geweest die voor de communisten aanvaardbaar was en je zag palech dan ook overal in Rusland, van miniatuurdoosjes van papier-maché tot de muren van het Pionierspaleis, waar Solarin met vijftig andere jongens meer dan twaalf jaar had geoefend op aanval en verdediging. Al die tijd had hij geen boeken, stripboeken of films gezien. De palech-illustraties van die oude verhalen waren zijn enige toegang geweest tot de wereld van de fantasie.

Hij kende het schilderij op het spandoek goed. Het was een beroemd stuk, dat hem aan iets belangrijks deed denken. Hij bekeek het zorgvuldig terwijl hij en Xie zich een weg zochten om de rij vurig biddende vrouwen heen.

Het schilderij beeldde een scène uit 'De Vuurvogel' uit, het beroemdste sprookje van Rusland, dat talloze kunstenaars, van Poesjkin tot Strawinsky, tot grootse prestaties had geïnspireerd. Prins Iwan was te zien, op het moment dat hij, verstopt in de tuin van zijn vader de tsaar, eindelijk de lichtgevende vogel ziet die steeds de gouden appels van de tsaar opeet. Hij probeert haar te vangen, maar de Vuurvogel ontsnapt. Hij krijgt alleen een van haar prachtige magische veren te pakken.

Het was een bekend schilderij van Aleksandr Kotoechin, en het hing in het Pionierspaleis. Kotoechin had in de jaren dertig tot de eerste generatie palech-schilders behoord en men zei dat hij in zijn werk verborgen betekenissen had verstopt waar de communistische censors geen greep op kregen, terwijl ongeletterde boeren ze meteen begrepen. Solarin vroeg zich af hoe die tientallen jaren oude berichten luidden, en voor wie ze waren bestemd.

Eindelijk waren ze bij het eind van de lange rij vrouwen. Toen ze koers zetten naar de sacristie, verliet een gebogen oude vrouw met een hoofddoek om en een versleten trui aan en een emmertje in haar hand haar plaats in de rij en schoof langs hen heen, terwijl ze voortdurend kruisjes bleef slaan. Ze botste tegen Xie op, mompelde iets verontschuldigends en liep verder.

Toen ze voorbij was, voelde Solarin dat Xie aan zijn hand trok. Toen hij naar zijn dochter keek, zag hij dat ze een klein kartonnen kaartje in haar hand had, een toegangskaartje voor de palech-tentoonstelling, want in reliëf was er hetzelfde schilderij op afgebeeld als op het spandoek.

'Waar heb je dat vandaan?' vroeg hij, maar de angst sloeg hem om het hart, want hij wist het antwoord al. Hij keek de vrouw na, maar ze was verdwenen.

'Dat heeft die mevrouw in mijn zak gestopt.'

Toen hij weer keek, had zijn dochter het kaartje omgedraaid. Solarin griste het uit haar handen. Achterop was een kleine afbeelding geplakt van een vliegende vogel in een islamitische achtpuntige ster, en daarnaast stonden drie Russische woorden.

опа́сно, бере́чься пожа́р

Toen Solarin de woorden las, begon zijn hart te hameren. Snel keek hij in de richting waarin de oude vrouw was gelopen, maar ze leek te zijn verdwenen. Toen zag hij iets bewegen aan de rand van het ommuurde fort. Ze kwam uit een groepje bomen en liep daarna om de hoek van de Vertrekken van de Tsaar, een afstand van meer dan honderd pas.

Net voor ze uit het zicht verdween, draaide ze zich om en keek Solarin recht in de ogen. Hij had haar achterna willen gaan, maar bleef nu geschokt staan. Zelfs op deze afstand zag hij de lichtblauwe ogen, de lok zilverig-blond haar die aan de hoofddoek was ontsnapt. Dit was geen oude heks, maar een mysterieuze vrouw van grote schoonheid.

Meer nog: het was een gezicht dat hij kende. Een gezicht waarvan hij niet had gedacht dat hij het ooit nog zou zien.

Toen was ze weg.

Hij hoorde zichzelf iets zeggen. 'Dit is onmogelijk.'

Hoe kan dat nou? Mensen staan niet op uit de dood. En zelfs al gebeurt dat wel, dan zien ze er vijftig jaar later niet net zo uit.

'Ken je die mevrouw, pappa?' vroeg Xie, heel zacht, zodat verder niemand het zou horen.

Solarin liet zich op één knie naast zijn dochter zakken, sloeg zijn armen om haar heen en begroef zijn gezicht in haar sjaal. Hij voelde tranen opkomen.

'Heel even was het of ik haar kende. Maar dat is niet zo.'

Hij drukte haar nog dichter tegen zich aan, alsof hij haar fijn wilde knijpen. In al deze jaren had hij nog nooit tegen haar gelogen. Dit was de eerste keer. Maar wat kon hij haar vertellen?

'Wat staat er op dat kaartje?' fluisterde Xie in zijn oor. 'Dat kaartje met die vliegende vogel?'

'*Opasno*. Dat betekent "gevaar",' zei Solarin, terwijl hij probeerde zijn zelfbeheersing terug te krijgen.

Wat dacht hij nou toch? Het was een drogbeeld, veroorzaakt door een week van stress en slecht eten en ellendige kou. Hij moest sterk zijn. Hij richtte zich op en drukte zijn hand tegen zijn dochters schouderbladen. 'Maar het enige gevaar is misschien dat jij vergeet te oefenen.' Hij lachte naar Xie, maar die lachte niet terug.

'En de andere twee woorden?'

'*Beregisj ognja*. Dat slaat denk ik op de vuurvogel of de feniks in het plaatje.' Hij zweeg even en keek haar aan. 'Het betekent "hoed u voor het vuur".' Hij haalde diep adem. 'En nu naar binnen. Jij gaat die Oekraïense *patzer* helemaal inmaken.'

Zodra ze de sacristie betraden, wist Solarin dat er iets mis was. De muren waren koud en klam, even deprimerend als de rest van de wereld ten tijde van de 'vrouwenzomer'. Hij dacht aan de boodschap van de vrouw. Wat had die betekend?

Taras Petrosjan, de elegante, in een chic Italiaans pak gestoken nouveau-kapitalist die het toernooi had georganiseerd, gaf net een stapel roebelbiljetten aan een magere monnik met een grote sleutelbos, die het gebouw had geopend. Men zei dat Petrosjan zijn fortuin had gemaakt met onderhandse deals in de restaurants en nachtclubs die hij bezat. Daar was in het Russisch een informeel woord voor: *blat*.

Connecties.

Het gewapende tuig was al in het heiligdom doorgedrongen. Ze waren overal aanwezig en hingen ook opvallend tegen de muren, en niet om warm te blijven. Het lage, gedrongen, onopvallende gebouw deed namelijk onder meer dienst als de schatkamer van het klooster.

De rijke schatten van de kerk – goud en juwelen – waren tentoongesteld in fel verlichte vitrines die over de hele ruimte verspreid op sokkels waren gezet. Het zou moeilijk worden, bedacht Solarin, om je te midden van al die schittering op schaken te concentreren. Maar Vartan Azov zat al naast het schaakbord, zijn donkere ogen op hen gericht toen ze het vertrek betraden. Xie liep naar hem toe om hem te begroeten. Solarin bedacht, en niet voor het eerst, dat hij het wel prettig zou vinden als Xie de vloer zou aanvegen met het brutale ventje.

Hij moest het bericht uit zijn gedachten zien te bannen. Wat bedoelde de vrouw? Gevaar? Hoed u voor het vuur? En dat gezicht, dat hij nooit had kunnen vergeten, een gezicht uit zijn zwartste dromen, nachtmerries, gruwelijke gedachten...

En toen zag hij het, in een vitrine aan de andere kant van de ruimte.

Als in een droom liep Solarin naar de andere kant van de sacristie en bleef daar voor de grote glazen vitrine staan.

Erin bevond zich een sculptuur waarvan hij niet had gedacht dat hij die ooit nog eens zou zien, iets wat even onmogelijk en gevaarlijk was als het gezicht van de vrouw dat hij buiten heel even had gezien. Iets wat begraven was geweest, heel lang geleden en heel ver weg. En toch bevond het zich nu voor hem.

Het was een zware gouden sculptuur, bezet met edelstenen, die een vrouw uitbeeldde, gekleed in een lang gewaad en gezeten in een klein paviljoen, met de gordijnen weggetrokken.

'De Zwarte Koningin,' fluisterde een stem naast hem. Toen Solarin opzij keek, zag hij de donkere ogen en het verwarde haar van Vartan Azov.

'Pas ontdekt,' ging de jongen verder. 'In de kelders van de Hermitage in Sint-Petersburg, net als de Trojaanse schatten van Schliemann. Ze zeggen dat dit ooit eigendom is geweest van Karel de Grote en sinds de Franse Revolutie is verdwenen. Misschien is het in het bezit geweest van tsarina Katarina de Grote. Dit is de eerste keer dat het stuk na de ontdekking tentoon wordt gesteld.' Hij zweeg even. 'Het is voor dit toernooi hierheen overgebracht.'

Solarin werd overmand door angst. Hij kon niet meer luisteren. Ze moesten weg, nu meteen. Want dit stuk was van hen, het belangrijkste stuk van de stukken die ze te pakken hadden weten te krijgen en hadden begraven. Hoe kon het hier in Rusland opduiken, terwijl ze het twintig jaar geleden duizenden kilometers hiervandaan onder de grond hadden gestopt?

Gevaar? Hoed u voor het vuur? Solarin moest weg, de frisse lucht in. Hij moest ontsnappen, met Xie, en nu meteen. Het toernooi kon hem gestolen worden. Cat had al die tijd gelijk gehad, maar hij zag het hele beeld nog niet. Hij kon door de stukken het bord niet zien.

Hij knikte Vartan Azov beleefd toe en liep met snelle passen terug naar Xie. Hij pakte haar hand en liep in de richting van de deur.

'Pappa?' zei ze verward. 'Waar gaan we heen?'

'Die mevrouw opzoeken,' zei hij cryptisch. 'Die jou dat kaartje heeft gegeven.'

'En de wedstrijd dan?'

Ze zou automatisch tot verliezer worden verklaard als ze er niet was als de klokken werden gestart. Ze zou alles verliezen waar ze zo lang en hard voor hadden gewerkt. Maar hij moest het weten. Hij liep naar buiten, haar hand in de zijne.

Daar, op het bordes van de sacristie, zag hij haar, aan de andere kant van het park. De vrouw stond bij het hek en keek Solarin met liefde en begrip in haar ogen aan. Hij had het bij het rechte eind gehad: ze was het. Maar toen keek ze omhoog en verscheen er plotseling angst in haar blik.

Een ogenblik later volgde Solarin haar blik en zag de bewaker, hoog bij de kantelen, zijn pistool in zijn hand. Zonder na te denken schoof hij Xie achter zich om haar te beschermen en keek toen weer naar de vrouw.

'Moeder,' zei hij.

Het volgende wat hij zag, was het vuur in zijn hoofd.

DEEL EEN

Albedo

> Aan het begin van elke geestelijke verwezenlijking staat de dood, in de vorm van 'dood zijn voor de wereld'. Aan het begin van het werk ('albedo' of 'weerkaatsend vermogen') is het kostbaarste materiaal dat de alchemist produceert as.
> — TITUS BURCKHARDT, *Alchemie*

> Je moet jezelf verteren in je eigen vlam. Hoe kun je nieuw willen worden als je niet eerst as bent geworden?
> — FRIEDRICH NIETZSCHE, *Also sprach Zarathustra*

HET WITTE LAND

Bid tot Allah, maar kluister je kameel.
— SOEFI-GEZEGDE

Janina, Albanië
januari 1822

De odalisken, vrouwelijke bedienden uit Ali Pasja's harem, staken net de ijzige voetbrug in het moeras over toen ze het eerste gegil hoorden.

Haidée, de twaalf jaar oude dochter van de pasja, greep de hand van een van haar drie metgezellen, van wie er geen ouder dan vijftien was. Samen tuurden ze het duister in, te bang om iets te zeggen of adem te halen. Aan de overkant van het Pambotismeer zagen ze nog net fakkels flakkeren, vlak bij het water, maar dat was alles.

Het gegil klonk nu sneller, rauwer. Hese, hijgende kreten, alsof wilde dieren naar elkaar riepen in het bos. Maar het waren kreten van mensen, niet van jagers. Van mensen die bejaagd werden. Stemmen van mannen, vol angst, galmend over het water.

Onverwacht wiekte een eenzame torenvalk omhoog uit de stijve kattenstaarten om de groep meisjes heen en vloog stil weg om in het grijze licht net voor de dageraad op jacht te gaan. Toen verdwenen de fakkels en verstomden de stemmen, alsof de mist ze had opgeslokt. Het duistere meer was in zilverig stilzwijgen gevat, een stilzwijgen dat dreigender was dan de kreten die net hadden geklonken.

Was het begonnen?

Op hun drijvende houten brug, met als enige bescherming de dichte kraag moerasgras om hen heen, wisten de odalisken en het hun toevertrouwde meisje niet goed wat ze moesten doen. Moesten ze terug naar de harem op zijn kleine eiland of doorlopen naar de dampende hamam, het badhuis aan de oever? Onder bedreiging van strenge straffen was hun op het hart gedrukt de dochter van de pasja daarheen te brengen, en wel voor het licht werd. Bij de hamam zou een escorte wachten om haar onder dekking van de duisternis te paard naar haar vader te brengen.

Nog nooit had de pasja zo'n opdracht gegeven. Niet gehoorzamen was ondenkbaar. Haidée was met haar dikke wollen kniebroek en bont gevoerde laarzen gekleed voor een tocht. Maar haar op de brug door besluiteloosheid bevangen odalisken beefden meer van angst dan van de kou. Hoe beschermd het leven van Haidée ook was geweest, ze besefte best dat deze onontwikkelde boerenmeisjes de warmte en relatieve veiligheid van de harem met zijn slavinnen en concubines verkozen boven het ijzig koude winterse meer met zijn duistere, onbekende gevaren. Zelf zou ze ook liever in de harem zijn.

Zwijgend bad ze om inzicht in wat die van angst vervulde kreten te betekenen hadden.

Toen, als antwoord op haar onuitgesproken bede, kon ze door de duistere ochtendnevel boven het meer het vuur zien, dat als een baken was opgelaaid en de hoekige vormen verlichtte van het paleis van de pasja. Het lag op een in het meer uitstekende landtong, en met zijn gekanteelde wit granieten muren en puntige minaretten, glanzend in de mist, leek het wel uit het water op te rijzen. Demir Kule, het IJzeren Slot. Het maakte deel uit van een versterkt fort, de Kastro, aan de ingang van het tien kilometer lange meer en was gebouwd om aan tienduizend aanvallers het hoofd te bieden. In de twee jaar dat het nu door de Ottomaanse Turken werd belegerd, was het onneembaar gebleken. Al even onneembaar was het ruige, bergachtige terrein. Shquiperia heette het, Arendsland, en het was een woest, onbuigzaam gebied, waar een woest, onbuigzaam volk woonde, dat zich Tosca, 'ruig', noemde, naar de ruwe vulkanische puimsteen die het land vorm had gegeven. De Turken en Grieken noemden het Albanië, het Witte Land, naar de stoere, met sneeuw bedekte bergen die het land beschermden tegen een aanval over land of zee. De bewoners, het oudste volk van het zuidoosten van Europa, spraken nog steeds hun oude taal, die nog veel ouder was dan Illyrisch, Macedonisch of Grieks. Chimaera was een taal die verder niemand op aarde verstond.

De wildste van allemaal was wel Haidées vader, de roodharige Ali Pasja. Hij werd Arslan genoemd, de leeuw, sinds hij op zijn veertiende samen met zijn moeder en haar bende bandieten de dood van zijn vader had gewroken in een *ghad*, een bloedvete, en de stad Tebelen had heroverd. Het zou de eerste worden van vele meedogenloze overwinningen.

Nu, bijna zeventig jaar later, had Ali Tebeleni, Vali van de provincie Roumelia, pasja van Janina, een zeemacht opgebouwd die die van Algiers naar de kroon stak en alle kuststeden veroverd, tot aan Parga toe, die ooit in het bezit waren geweest van de Venetiaanse republiek. Hij was voor geen enkele macht ten oosten of westen van hem bevreesd. Na de sultan in Istanboel was hij de man met de meeste macht in het uitgestrekte Ottomaanse rijk. Hij had zelfs eigenlijk te veel macht. Dat was het probleem.

Ali Pasja hield zich nu al wekenlang met een klein gevolg – twaalf volgelingen die hem zeer na stonden en Haidées moeder Vasiliki, zijn favoriete echtgenote – in een klooster op dat in het midden van het grote meer lag. Daar wachtte hij op gratie van sultan Mahmud II in Constantinopel, maar het bericht daarover had er al acht dagen geleden moeten zijn. Het enige wat hen beschermde, was de stenen vesting Demir Kule. Het fort, verdedigd door zes batterijen Britse mortieren, was ook volgestouwd met tienduizend kilo Franse explosieven. De pasja had gedreigd om het op te blazen, compleet met de schatten die het bevatte en de mensen binnen de muren, als de beloofde gratie uitbleef.

Haidée begreep dat dit de reden was dat de pasja haar onder dekking van de duisternis bij zich liet komen, in dit laatste uur. Haar vader had haar nodig. Ze nam zich voor haar angst de kop in te drukken.

Maar toen hoorden Haidée en haar bedienden in de doodse stilte een geluid. Het was zacht, maar toch sloot zich een koude hand om hun hart. Het was heel dichtbij, luttele meters van waar ze stonden, verscholen tussen het hoge gras.

Het geluid van roeiriemen die in het water plonsden.

Als vanzelf hielden de meisjes hun adem in en richtten zich op dat geluid. Ze konden de bron ervan bijna aanraken.

Door de dichte, zilverige mist konden ze net drie lange boten onderscheiden die langs hen heen gleden. Elke slanke kaïk werd geroeid door schimmige figuren, tien tot twaalf per boot, meer dan dertig man in totaal. De silhouetten gingen ritmisch heen en weer.

Vol afgrijzen besefte Haidée dat de boten maar naar één doel op weg konden zijn. Voorbij het moeras, midden in het grote meer, lag alleen nog het Pijnboomeiland met het klooster, het toevluchtsoord van Ali Pasja. Daarheen waren de heimelijke boten met hun roeiers op weg.

Ze wist dat ze meteen naar de hamam moest, naar de kust, waar een ruiter van de pasja wachtte. Ze wist wat die kreten van angst betekenden, wat de stilte en het kleine vuurbaken dat later was aangestoken inhielden. Het was een waarschuwing bestemd voor de mensen die wachtten op de dageraad, de mensen die wachtten op het eiland in het meer. Een waarschuwing afkomstig van mensen die hun leven hadden gewaagd om dat vuur aan te steken. Een waarschuwing voor haar vader.

Het betekende dat het onaantastbare Demir Kule zonder één schot was gevallen. De dappere Albanese verdedigers, die twee lange jaren hadden standgehouden, waren in het holst van de nacht door verraad verslagen.

Haidée wist wat dat betekende. De boten die langs haar heen gleden, waren geen gewone schepen.

Het waren Turkse schepen.

Iemand had haar vader Ali Pasja verraden.

Mehmed Effendi stond in het duister, hoog in de klokkentoren van het klooster van de heilige Pantaleon op het Pijnboomeiland. Hij had zijn kijker in zijn hand en wachtte met een ongewone mate van bezorgdheid en agitatie op het eerste licht van de dageraad.

Bezorgdheid was een emotie die Mehmed Effendi zelden kende, want hij had altijd geweten wat elke dageraad in een lange reeks van dageraden zou brengen. Hij wist exact welke gebeurtenissen de toekomst in zich besloot. Sterker nog, hij kon ze doorgaans zeer nauwkeurig voorspellen. Dat kwam doordat Mehmed Effendi niet alleen de eerste minister was van Ali Pasja, maar ook zijn voornaamste astroloog. Mehmed Effendi had de uitkomst van een veldslag nog nooit verkeerd voorspeld.

De vorige nacht waren er geen sterren te zien geweest en ook de maan bleef onzichtbaar, maar daar kon hij eigenlijk wel buiten. De afgelopen weken en dagen waren de voortekens nog nooit zo duidelijk geweest. Alleen wist hij nog steeds niet hoe hij ze moest interpreteren. Maar waarom zou dat een reden tot zorg zijn? Alles was klaar. Alles wat voorzegd was, zou nu gebeuren.

De twaalf waren er toch? Allemaal. Niet alleen de generaal, maar ook de sjeiks, de Mürşits van de Orde en zelfs de grote Baba, die van zijn sterfbed met een draagstoel over de Pindos-keten hierheen was gebracht. Dit was een gebeurtenis waarop al meer dan duizend jaar was gewacht, al sinds de dagen van de kaliefen al-Mahdi en Haroen al-Rasjid. Alle mensen waren op de goede plaats, alle voortekenen klopten. Hoe kon het dan nog misgaan?

Naast Effendi wachtte zwijgend generaal Athanasi Vaya, die aan het hoofd stond van het leger van de pasja. Dankzij zijn briljante tactiek was het Ottomaanse leger van sultan Mahmud II de afgelopen twee jaar geen meter gevorderd.

Daartoe had Vaya de klepthen, in feite vrijbuiters en bandieten, ingezet om de hoge bergpassen te bewaken tegen indringers. Vervolgens voerde hij met de palikhari, de Albanese elitetroepen van Ali Pasja, een guerrillastrijd tegen de indringers. Aan het eind van de laatste ramadan bijvoorbeeld waren de officieren van de sultan bezig met hun Bairam-gebeden in de Witte

Moskee in Janina. Vaya had de palikhari opdracht gegeven om hun kanonnen op de moskee te richten en die was, met de officieren erin, verbrand. Maar echt geniaal was wat hij deed met de eigen troepen van de sultan: de janitsaren.

De gedegenereerde sultans, veilig in hun harem in de Gouden Kooi van het Topkapi-paleis in Constantinopel, kwamen aan hun soldaten door hun christelijke buitengebieden een belasting op te leggen die de *devishirme* werd genoemd, de kinderbelasting. Elk jaar werd een vijfde van alle christelijke jongens uit hun dorp weggehaald, naar Istanboel overgebracht, bekeerd tot de islam en opgenomen in het leger van de sultan. De Koran verbood gedwongen bekeringen en het als slaaf verkopen van moslims, maar toch bestond de devishirme al vijfhonderd jaar.

Deze jongens, hun opvolgers en hun nakomelingen, waren een zo sterke macht geworden dat zelfs de Verheven Porte in Constantinopel ze niet meer in de hand had. Als de janitsaren niet aan militaire campagnes deelnamen, zagen ze er geen been in om brand te stichten, op straat burgers te beroven en zelfs niet om sultans van de troon te stoten. De twee voorgangers van Mahmud II waren ten prooi gevallen aan de janitsaren. Hij besloot daar een eind aan te maken.

Maar er zat een vreemde draai aan het verhaal, en die had te maken met het Witte Land. Juist door dat probleem had sultan Mahmud zijn leger over de bergen gestuurd en was er de afgelopen twee jaar hier gevochten. Daarom ook lagen ze buiten het Kastro klaar om het fort van Demir Kule te beschieten. Maar daarin waren ze niet geslaagd. Het fort stond nog overeind. En dat gaf het tweetal dat in de vroegte van de nieuwe dag in de klokkentoren van de Sint-Pantaleon stond een zekere mate van zelfvertrouwen.

Er was maar één man voor wie de machtige janitsaren waarlijk eerbied hadden en die ze alle vijf eeuwen dat hun militaire korps bestond al vereerden, en dat was hadji Bektasj Veli, de man die in de dertiende eeuw de mystieke Orde van soefi-derwisjen had gesticht. Hadji Bektasj was de Pir van de janitsaren, hun patroonheilige.

Dat was de reden dat de sultan zo'n angst koesterde voor zijn eigen leger. Daarom ook had hij zijn leger hier aangevuld met huurlingen uit andere pasjiliks in zijn uitgestrekte rijk.

De janitsaren waren een bedreiging geworden voor het rijk. Net als fanatieke gelovigen zwoeren ze een eed van trouw die was doordrenkt van geheime mystieke codes. Erger nog, ze zwoeren trouw aan hun Pir, niet aan het huis van Osman of aan de sultan, gevangen in zijn Gouden Kooi aan de Gouden Hoorn.

De eed begon aldus:

Mijn vertrouwen berust op God.

Wij geloven vanaf het begin der tijden. Wij bekennen de eenheid van de werkelijkheid. We bieden ons hoofd aan op deze weg. Wij hebben een profeet. Sinds de tijd van de Mystieke Heiligen zijn wij de bedwelmden. Wij zijn de motten in het goddelijke vuur. Wij zijn een gezelschap dolende derwisjen in deze wereld. Wij kunnen niet op vingers worden geteld, een nederlaag is voor ons niet het einde. Niemand buiten ons kent ons.

De Twaalf Imams, de Twaalf Wegen, we hebben ze alle bevestigd: de Drie, de Zeven, de Veertig, het licht van de Profeet, de weldaden van Ali, onze Pir, de hoofdsultan,
hadji Bektasj Veli...

Het was een hele geruststelling voor Mehmed Effendi en generaal Vaya dat de grootste Bektasji-vertegenwoordiger op aarde, de Dede, of oudste Baba, over de bergen was gekomen om bij hen te zijn voor de gebeurtenis waarop ze allen wachtten. Alleen de Baba kende de ware mysteriën en wist wat de voortekens inhielden.

Maar ondanks alle voortekens leek het erop dat er iets was misgegaan.

Minister Effendi wendde zich tot de generaal. 'Dit is een voorteken dat ik niet kan duiden.'

'Iets in de sterren, bedoel je? Maar mijn vriend, je hebt ons verzekerd dat wat dat betreft alles goed is. We hebben je astrologische geboden nauwkeurig gevolgd. En verder, zelfs al zouden je voorspellingen er volledig naast zitten en zou het Kastro worden verwoest, met zijn miljoenen aan edelstenen en duizenden vaten kruit, dan zijn we toch nog allemaal Bektasji's. Ook de pasja. Misschien hebben ze de leiders vervangen door mannen van de sultan, maar zelfs die hebben het nog niet gewaagd ons te vernietigen, en dat zullen ze niet doen ook zolang de pasja de sleutel in handen heeft die ze begeren. En vergeet niet dat er ook nog een ontsnappingsplan is.'

'Ik vrees van niet,' zei Mehmed Effendi en hij gaf de kijker aan de generaal. 'Ik kan het niet verklaren, maar er schijnt iets te zijn gebeurd. Er is geen explosie geweest. De dag staat op het punt van aanbreken. En aan de overkant van het meer brandt een klein vuur, als een baken.'

Arslan Ali Pasja, de leeuw van Janina, beende op en neer over de koude tegelvloer van zijn kloostervertrekken. Hij was in zijn hele leven nog nooit zo bang geweest. Die angst betrof natuurlijk niet hemzelf. Hij koesterde geen illusies over wat er van hem zou worden. Per slot zaten er Turken aan de andere kant van het meer. Hij kende hun methoden maar al te goed.

Hij wist wat er zou gebeuren. Zijn hoofd op een speer, net als dat van zijn twee arme zoons die zo dwaas waren geweest om de sultan te vertrouwen. Het hoofd zou in zout worden verpakt voor de lange zeereis en dan naar Constantinopel worden overgebracht, als waarschuwing voor andere pasja's die te zeer een eigen koers voeren. Zijn hoofd zou net als dat van hen op de ijzeren stangen worden gespietst van het hek voor het Topkapi-paleis – de Hoge Poort of Sublime Porte – om andere ongelovigen van rebellie te weerhouden.

Maar hij was geen ongelovige. Zeker niet, al was zijn vrouw christin. Hij was doodsbang voor zijn geliefde Vasiliki en voor de kleine Haidée. Hij kon zich er niet toe brengen na te denken over wat hun lot zou zijn, na zijn dood. Zijn favoriete vrouw en haar dochter – daar konden de Turken hem mee kwellen, misschien zelfs in het hiernamaals.

Hij herinnerde zich de dag dat hij Vasiliki had ontmoet. Het werd in veel legenden bezongen. Ze was toen net zo oud als Haidée nu. Twaalf jaar. De pasja was die dag, jaren geleden, de stad binnengereden op zijn dansende, rijk versierde Albanese hengst Dervisj. Ali was omringd door zijn palikhari's uit de bergen, mannen met brede schouders, lang haar en grijze ogen, gekleed in kleurige geborduurde mantels en ruige schaapsveljassen, bewapend met dolken, ingelegde pistolen gestoken in de om hun middel geknoopte sjerp. Ze waren op strafexpeditie tegen het dorp, in opdracht van de Porte.

De vierenzestig jaar oude pasja had er zwierig uitgezien, met in zijn hand een met robijnen bezet kromzwaard en op zijn rug de beroemde met parelmoer en zilver ingelegde musket die hij van Napoleon ten geschenke had gekregen. Op die dag – was het alweer zeventien jaar geleden? – had de jonge Vasiliki hem gesmeekt om haar leven en dat van haar familie te sparen. Hij had haar geadopteerd en meegenomen naar Janina.

Ze was door pracht en praal omgeven opgegroeid in zijn vele paleizen. Klaterende marmeren fonteinen sierden de binnenplaatsen, platanen zorgden voor schaduw, de lucht was doortrokken van de geuren van de vruchten aan de bomen, sinaasappels, citroenen, vijgen en granaatappels, de weelderige vertrekken waren ingericht met gobelins, sèvresporselein en luchters van Venetiaans glas. Hij had Vasiliki als zijn eigen dochter opgevoed en meer van haar gehouden dan van zijn eigen kinderen. Toen Vasiliki achttien was, en al zwanger van Haidée, was Ali Pasja met haar getrouwd. Hij had van die keus nog nooit spijt gehad, tot nu toe.

Maar vandaag zou hij toch eindelijk de waarheid moeten vertellen.

Vasia. Vasia. Hoe had hij zo'n vergissing kunnen maken? Zijn leeftijd, dat moest de verklaring zijn. Hoe oud was hij? Dat wist hij niet eens precies. In de tachtig? Zijn dagen als leeuw waren voorbij. Veel ouder dan nu zou hij niet worden, dat wist hij zeker. Het was te laat, voor hem of zijn geliefde vrouw, om nog te ontkomen.

Maar er was nog iets. Iets wat niet in handen van de Turken mocht vallen. Iets van het grootste belang. Iets wat belangrijker was dan leven of dood. Daarom had de Baba zijn lange tocht gemaakt.

En daarom had Ali Pasja de jongen naar de hamam gestuurd om Haidée op te halen. De jongen heette Kauri en was een janitsaar, een πεμπτος, een pemptos of 'vijfde', een van de jongens van de devishirme, de christelijke jongens die eens in de vijf jaar werden meegenomen om de rangen van de janitsaren aan te vullen.

Maar Kauri was geen christen, hij was al vanaf zijn geboorte moslim. Volgens Mehmed Effendi zou hij wel eens deel kunnen uitmaken van de profetie. Misschien was hij wel de enige op wie zij bij deze desperate, gevaarlijke missie konden verlaten.

Ali Pasja bad tot Allah dat ze niet te laat waren.

Panisch hoopte Kauri precies hetzelfde.

Hij gaf de grote zwarte hengst de sporen langs de duistere oever van het meer. Haidée klemde zich aan hem vast. Hij had opdracht gekregen om haar onder dekking van de duisternis zo onopvallend mogelijk naar het eiland te brengen.

Maar toen de jongste dochter van de pasja en haar bange dienaressen bij de hamam aankwamen en hem vertelden over de Turkse schepen die onderweg waren over het meer, liet Kauri alle voorzichtigheid varen. Hij besefte dat de omstandigheden veranderd waren.

De indringers voeren langzaam, hadden de meisjes verteld. Om bij het eiland te komen zouden de Turken bijna zeven kilometer over water moeten afleggen. Door de oever te volgen naar de plek waar hij in het riet een kleine boot had vastgemaakt, kon hij de tijd die ze voor de tocht nodig hadden halveren.

Kauri moest eerder dan de Turken bij het klooster zijn om Ali Pasja te waarschuwen.

Aan één kant van de enorme kloosterkeuken gloeide het vuur in de oçak, de rituele haard onder de heilige soepketel van de Orde. Op het altaar rechts ervan waren de twaalf kaarsen aangestoken, en in het midden de geheime kaars. Iedereen die het vertrek betrad, stapte over de heilige drempel zonder de zuilen of de vloer te beroeren.

Midden in het vertrek lag Ali Pasja, de machtigste heerser van het Ottomaanse rijk, languit op de bidmat die op de koude stenen vloer was gelegd. Op een stapel kussens voor hem zat de grote Baba Shemimi, door wie de pasja vele jaren geleden was ingewijd. Hij was de Pirimugan, de Volmaakte Gids van alle Bektasji's ter wereld. Op het gezicht van de Baba, bruin en verschrompeld als een gedroogde bes, was de oude wijsheid te lezen die tot hem gekomen was in de vele jaren dat hij nu al de Weg volgde. Men zei dat Baba Shemimi meer dan honderd jaar oud was.

De Baba, nog steeds in zijn hirka gewikkeld om warm te blijven, rustte op zijn stapel kussens als een broos, verdroogd blad dat uit de hemel was neergedaald. Hij droeg de oude Elifi Tac, de twaalfplooiige hoofdtooi die naar men zei de orde was geschonken door hadji Bektasji Veli zelf, vijfhonderd jaar geleden. In zijn linkerhand had de Baba zijn rituele staf van moerbeihout, met daarop de *palihenk*, de heilige twaalfdelige steen. Zijn rechterhand rustte op het hoofd van de plat vooroverliggende pasja.

De Baba keek naar de mensen die om hem heen op de vloer neerknielden. Generaal Vaya, minister Effendi, Vasiliki, de soldaten, sjeiks en mürşits van de soefi-orde van de Bektasji, en ook een aantal monniken van de Grieks-orthodoxe kerk, die met de pasja bevriend waren en Vasiliki's geestelijke leidslieden en gastheren waren geweest in de vele weken dat ze hier op het eiland had vertoefd.

Aan één kant zaten de jonge Kauri en Haidée, de dochter van de pasja. Hun nieuws was de aanleiding geweest voor deze bijeenkomst. Ze hadden hun bemodderde reismantels uitgetrokken en hadden net als de anderen een rituele wassing gedaan voor ze de heilige ruimte rond de heilige Baba betraden.

De Baba hief zijn hand van het hoofd van de pasja ten teken dat de zegen was voltooid. De pasja stond op, boog diep en kuste de zoom van zijn mantel. Toen knielde hij naast de anderen om de heilige neer. Iedereen besefte hoe ernstig de situatie was en luisterde aandachtig naar wat de Baba zou gaan zeggen.

'*Nice sırlar vardır sırlardan içli,*' begon de Baba. Er zijn vele mysteriën, mysteriën binnen mysteriën.

Dit was de bekende Doctrine van de Mürşit, het concept dat je niet alleen een sjeik moet hebben die je de wetten bijbrengt, maar ook een mürşit, dat wil zeggen een menselijke gids door de nasip, de initiatie, en door de dan volgende 'vier poorten' tot de Werkelijkheid.

Verward dacht Kauri: hoe kan iemand zich nu met dit soort dingen bezighouden, terwijl de Turken elk ogenblik kunnen landen? Steels keek hij naar Haidée, naast hem.

Alsof de Baba hun gedachten had gelezen, begon hij opeens kakelend te lachen. Iedereen in de kring om hem heen keek verrast op, maar er stond hun nog een verrassing te wachten, want de Baba had zijn moerbeihouten stok in de stapel kussens geplant en was moeizaam overeind gekomen. Ali Pasja schoot overeind om zijn oude mentor te helpen, maar werd met een handbeweging weggewuifd.

'Misschien vraagt u zich af waarom we over mysteriën spreken terwijl de ongelovigen en wolven voor de deur staan. Er is maar één mysterie waarover wij moeten spreken, zo kort voor de dageraad, en dat is het mysterie dat Ali Pasja zo lang en zo goed voor ons heeft bewaard. Door dat mysterie bevindt onze pasja zich nu hier, op deze rots, en het voert ook de wolven hierheen. Het is mijn plicht om te vertellen wat het behelst en waarom het ten koste van alles moet worden verdedigd. Iedereen hier ziet een ander lot onder ogen voor deze dag ten einde is. De een zal zich doodvechten, de ander zal door de Turken gevangen worden genomen en tot een leven zijn veroordeeld dat erger is dan de dood, maar er is er hier maar één die het mysterie kan redden. En dankzij onze jonge strijder Kauri is ze net op tijd gearriveerd.'

Met een glimlach knikte de Baba Haidée toe. De anderen draaiden zich naar haar om, op haar moeder Vasiliki na, die de pasja aankeek met op haar gezicht een mengeling van liefde, vertwijfeling en angst.

'Ik heb u iets te vertellen,' vervolgde de Baba. 'Het is een mysterie dat al eeuwenlang wordt overgeleverd en beschermd. Ik ben de laatste gids in een lange, lange lijn van gidsen die het aan hun opvolgers hebben doorgegeven. Ik moet het verhaal snel vertellen, en beknopt, maar ik moet het vertellen, voor de moordenaars van de sultan hier zijn. Iedereen hier moet doordrongen zijn van het belang van waarvoor wij strijden en van de reden dat het ook na onze dood moet worden beschermd.

U kent allen een van de befaamde hadi's of aan Mohammed toegeschreven gezegden,' vervolgde de Baba. 'De volgende beroemde regels zijn uitgehouwen boven vele heiligdommen van de Bektasji's. Het zijn woorden die Allah zelf zou hebben gezegd:

Ik was een verborgen schat, gaarne liet ik mij kennen
daarom schiep ik de schepping, opdat gij mij zoudt kennen.

Ook het verhaal dat ik u zal vertellen gaat over een verborgen schat, een schat van grote waarde, die ook grote gevaren in zich bergt. Een schat waarnaar al meer dan duizend jaar wordt gezocht. In al die jaren hebben alleen de gidsen geweten van de ware bron en de betekenis van deze schat. Die zal ik nu met u delen.'

Allen in het vertrek knikten. Ze begrepen het belang van wat de Baba wilde vertellen, het belang van zijn aanwezigheid. Niemand zei iets terwijl de oude man de heilige Elifi Tac afzette, tussen de kussens legde en zijn lange schapenwollen mantel uittrok, zodat hij slechts in een eenvoudige wollen kaftan tussen de kussens stond. Leunend op zijn staf begon de Baba zijn verhaal.

HET VERHAAL VAN DE GIDS

In het jaar 138 na de hedjra, of het jaar 755 volgens de christelijke jaartelling, woonde in Koefa, bij Bagdad, een groot soefi-wiskundige en geleerde, al-Jabir ibn Hayyan van Khoerasan geheten.

Tijdens zijn lange verblijf in Koefa schreef hij vele wetenschappelijke verhandelingen, waaronder *De Boeken van het Evenwicht*, die zijn naam vestigden als de vader van de islamitische alchemie.

Minder bekend is dat Jabir ook een toegewijd volgeling was van een andere bewoner van Koefa, Ja'far al-Sadiq, de zesde imam van de Shi'a-tak van de islam sinds de dood van de profeet en een rechtstreekse afstammeling van Mohammed via diens dochter Fatima.

De sjiieten van die sekte geloofden toen net zomin als nu in de wettigheid van de lijn van de kaliefen van de soenni-sekte, dat wil zeggen vrienden, metgezellen of verwanten van de Profeet, maar geen afstammelingen in rechte lijn.

De stad Koefa was al sinds de dood van de profeet een bolwerk van verzet tegen de twee opeenvolgende soenni-dynastieën die ondertussen een groot deel van de wereld hadden veroverd.

Ook al waren de kaliefen van het nabijgelegen Bagdad allen soennieten, al-Jabir droeg toch openlijk en onverschrokken – en dwaas, zeiden sommigen – zijn mystieke alchemistische verhandeling *De Boeken van het Evenwicht* op aan zijn befaamde gids, de zesde imam, Ja'far al-Sadiq. Hij ging zelfs nog verder. In het voorwoord zei hij dat hij alleen maar de spreekbuis was van al-Sadiqs wijsheid en dat hij van zijn mürşit alle *ta'wil* had geleerd, de geestelijke exegese die nodig was voor de symbolische interpretatie van de verborgen betekenissen in de Koran.

Dit alleen al was voor de gevestigde orthodoxie voldoende om Jabir ter dood te laten brengen. Maar tien jaar later, in het jaar 765, gebeurde er iets wat nog gevaarlijker was. De zesde imam, al-Sadiq, stierf. Als befaamd geleerde werd Jabir naar het hof in Bagdad gehaald om daar de officiële hofapotheker te worden, eerst onder kalief al-Mansoer en daarna onder diens opvolgers, al-Mahdi en Haroen al-Rasjid, beroemd om de rol die hij speelde in *Duizend-en-één-nacht*.

Het orthodoxe soenni-kalifaat stond erom bekend dat het alle teksten opspoorde en vernietigde die iemand op de gedachte zouden kunnen brengen dat er een andere interpretatie van de wet mogelijk was, dat er dus een aparte, mystieke uitleg kon worden gegeven aan de woorden van de Profeet en de Koran.

Als geleerde en soefi leefde al-Jabir ibn Hayyan vanaf zijn eerste dag in Bagdad in angst dat zijn geheime kennis zou verdwijnen als hij niet meer leefde om die te beschermen en met anderen te delen. Hij zocht naar een andere oplossing, een feilloze manier om deze oeroude kennis door te geven in een vorm die voor niet-ingewijden niet makkelijk te doorgronden zou zijn en ook niet makkelijk te vernietigen was.

Na enige tijd vond hij een ongewone, slimme oplossing.

Kalief al-Mansoer had een favoriete tijdsbesteding, iets wat naar de Arabische wereld was meegenomen bij de verovering van Perzië, een eeuw daarvoor. Dat was het schaakspel.

Al-Mansoer vroeg zijn beroemde alchemist om een schaakspel te maken van bijzondere metaalsoorten en legeringen die alleen met alchemistische technieken konden worden geschapen, en de stukken te voorzien van stenen en symbolen die alleen mensen die zijn vaardigheden kenden wat zouden zeggen.

Dit verzoek kwam als geroepen voor al-Jabir. Het was of het van de aartsengel Gabriël kwam. Hij kon aan de wens van zijn kalief voldoen en tegelijk de oude, verboden wijsheid doorgeven, onder de neus van het kalifaat.

Aan het schaakspel werd tien jaar gewerkt, door honderden bedreven kunstenaars. Het werd de kalief aangeboden op het feest van Bairam, in het jaar 158 na de hedjra, of 775 volgens de christelijke jaartelling, tien jaar na de dood van de imam die de aanzet was geweest voor al-Jabirs plan.

Het spel zag er magnifiek uit. Het bord mat een meter bij een meter. De velden bestonden uit wat wel glanzend, onbezoedeld goud en zilver leek, overal bezet met edelstenen, soms zo groot als een kwartelei. Iedereen aan het hof van de Abbasiden verbaasde zich over de pracht van het spel. Maar ze wisten niet dat hun hofalchemist er een groot geheim in had aangebracht, een geheim dat tot de dag van vandaag bewaard zou blijven.

Onder de mysteriën die al-Jabir in het schaakspel had aangebracht, waren onder meer de geheime getallen tweeëndertig en achtentwintig.

Tweeëndertig staat voor het aantal letters in het Perzische alfabet. Deze codes zaten in de tweeëndertig pionnen en andere stukken van het spel. Achtentwintig, het aantal letters in het Arabische alfabet, werd belichaamd door codes die waren gegraveerd in de achtentwintig velden die het bord rondom telde. Dit waren nog maar twee van de vele sleutels die de Vader van de Alchemie gebruikte om in de tijden die volgden aan ingewijden door te geven. Elke aanwijzing was een sleutel tot een deel van het mysterie.

Al-Jabir gaf zijn meesterlijke schepping een naam. Hij noemde het het Schaakspel van de Tarik'at. Het was de sleutel tot de Geheime Weg.

De Baba keek vermoeid toen hij zijn verhaal had gedaan, maar zijn rug was nog recht.

'Het schaakspel bestaat nog steeds. Kalief al-Mansoer besefte al snel dat het een geheimzinnige kracht bevatte, want er werd veel strijd geleverd over het spel, soms zelfs aan het hof zelf. In de twintig jaar die volgden, veranderde het diverse malen van eigenaar, maar dat is een ander, langer verhaal. Ten slotte werd het geheim verborgen, want tot voor kort was het begraven, wel duizend jaar lang.

Toen, nog maar dertig jaar geleden, aan het begin van de Franse Revolutie, kwam het spel in de Baskische Pyreneeën boven water. Het is nu over de hele wereld verstrooid en de geheimen zijn bekend geworden. Het is onze opdracht, mijn kinderen, om dit grote inwijdingsmeesterwerk terug te laten keren naar de rechtmatige eigenaars, want voor hen is het ontworpen en voor hen zijn de geheimen bedoeld. Het spel is ontworpen voor de soefi's, want alleen wij zijn de hoeders van de vlam.'

Ali Pasja stond op en hielp de Baba om weer op de stapel kussens plaats te nemen.

'De Baba heeft gesproken, maar hij is vermoeid,' zei hij tegen de anderen. Toen stak hij zijn handen uit naar Haidée en naar Kauri, die naast haar zat. Het jonge tweetal ging voor de Baba staan, die hen gebaarde neer te knielen. Toen blies hij op hun hoofd, eerst bij de een en toen bij de ander. 'Huh-huh-huh.' Dit was de *üfürük çülük*, de zegening van de adem.

'In Jabirs tijd,' zei de Baba, 'noemden mensen die zich met alchemie bezighielden, zich "de blazers" en "de kolenbranders", want dat waren geheime onderdelen van hun heilige kunst. Daar komen veel van de termen vandaan die we tegenwoordig gebruiken. We sturen jullie via een geheime route naar vrienden in een ander land. Ook zij heten Kolenbranders. Maar de tijd dringt en we geven jullie iets van waarde mee wat Ali Pasja al dertig jaar beschermt.'

Hij zweeg even, want van de bovenverdieping van het klooster klonk geschreeuw. Generaal Vaya en de soldaten renden naar de deur die naar de trap voerde.

'Maar ik zie,' zei de Baba, 'dat er geen tijd meer is.'

Gehaast zocht de pasja iets in zijn mantel. Hij overhandigde de Baba iets wat wel op een groot, zwaar brok steenkool leek. De Baba gaf het aan Haidée, maar richtte het woord tot Kauri, zijn jonge volgeling.

'Er loopt een tunnel naar de plek waar jij je bootje hebt vastgemaakt. Misschien dat anderen jullie zien, maar jullie zijn kinderen, dus de kans dat jullie worden gepakt, is niet groot. Daarna trekken jullie over de bergen naar de kust. Daar ligt een schip te wachten. Jullie volgen een route naar het noorden die ik jullie zal vertellen. Zoek de man die jullie naar een vertrouwd adres zal brengen. Hij kent de pasja goed, van vele jaren geleden al, en hij vertrouwt jullie, mits je hem de geheime code geeft die alleen hij begrijpt.'

'Hoe luidt die code?' vroeg Kauri, want het geluid van mokerslagen en versplinterend hout werd steeds luider en hij wilde zo snel mogelijk weg.

De pasja onderbrak hem. Hij had Vasiliki tegen zich aan getrokken, met een arm beschermend over haar schouders. Vasiliki had tranen in haar ogen.

'Haidée moet deze man onthullen wie ze werkelijk is,' zei de pasja.

'Wie ik ben?' herhaalde Haidée, terwijl ze haar ouders niet-begrijpend aankeek.

Voor het eerst zei Vasiliki iets. Het leek haar veel pijn te doen. Nu omsloot ze de beide handen van haar dochter en het stuk steenkool erin met de hare.

'Mijn kind, we hebben dit geheim vele jaren bewaard, maar zoals de Baba heeft uitgelegd, is het onze enige hoop. En de enige hoop van jou.' Ze zweeg, want bij het laatste woord werd haar keel dichtgeknepen. Toen ze niet verder kon, nam de pasja het van haar over.

'Wat Vasia bedoelt, lieverd, is dat ik niet je echte vader ben.' Toen hij het afgrijzen op Haidées gezicht zag, voegde hij er snel aan toe: 'Ik ben met je moeder getrouwd omdat ik haar zeer liefhad, bijna als een dochter, want ik overtref haar verre in jaren. Maar toen we trouwden, was Vasia al zwanger van je, en de vader was een ander. Hij kon haar niet huwen, nog steeds niet. Ik ken deze man. Ik heb hem lief en vertrouw hem en dat geldt ook voor je moeder en de Baba. Het is een geheim geweest dat wij allen hebben bewaard, tot deze dag, want nu moet het worden onthuld.'

Kauri had Haidées arm stevig beetgepakt, want het leek erop dat ze in zwijm zou vallen.

'Je echte vader is een man die zowel machtig als rijk is,' zei de pasja. 'Hij zal je beschermen en zal ook dit beschermen als je laat zien wat je bij je hebt.'

Haidée voelde zich ten prooi aan allerlei tegenstrijdige emoties. Was de pasja niet haar vader? Hoe kon dat nu? Ze wilde gillen, haren uit haar hoofd trekken, huilen, maar haar moeder, die met haar handen voor haar ogen zat te snikken, schudde haar hoofd.

'De pasja heeft gelijk. Je moet gaan. Je leven loopt gevaar als je nog langer blijft en alleen de jongen mag met je mee. Anderen zouden het gevaar alleen groter maken.'

'Maar als de pasja mijn vader niet is, wie is dat dan wel? En waar is hij? En wat nemen we voor hem mee?' Dankzij haar plotseling oplaaiende woede kreeg ze een deel van haar krachten terug.

'Je vader is een grote Engelse lord,' zei Vasiliki. 'Ik heb hem gekend en liefgehad. Hij woonde hier bij ons in Janina, het jaar voor je bent geboren.'

Ze kon niet verder en dus maakte de pasja het verhaal af.

'Zoals de Baba zei, is hij een vriend van ons en heeft hij connecties met wie onze vrienden zijn. Hij woont aan het Canal Grande in Venetië. Met het schip ben je er in een paar dagen. Zijn palazzo moet je makkelijk kunnen vinden. Zijn naam is George Gordon, Lord Byron.

Breng hem het voorwerp dat je in je handen hebt. Hij zal het zo nodig beschermen met zijn leven. Het is verborgen in een stuk steenkool, maar het is het waardevolste stuk van het oude Spel van de Tarik'at dat is vervaardigd door al-Jabir ibn Hayyan. Dit stuk is de sleutel tot het Geheime Pad. Vandaag de dag kennen we het als de Zwarte Koningin.'

HET ZWARTE LAND

Wyrd oft nereð unfægne eorl, þonne his ellen deah.
(Tenzij hij al door het noodlot is getekend, begunstigt het lot
de man die koelbloedig blijft.)
— BEOWULF

Mesa Verde, Colorado
lente 2003

Nog voor ik bij het huis was, wist ik dat er iets mis was. Heel erg mis, ook al leek er op het eerste gezicht niets aan de hand.

De steile, slingerende oprit was bedekt met een dikke laag sneeuw en werd omzoomd door statige rijen hoge blauwsparren. In het vroege ochtendlicht fonkelden de met sneeuw bedekte takken als roze kwarts. Bovenaan, op de plek waar de oprit vlak werd en zich verbreedde tot een parkeerplaats, zette ik mijn gehuurde Landrover stil voor de deur van de blokhut.

Een luie krul blauwgrijze rook kwam uit de natuurstenen schoorsteen die het hart was van het gebouw. De lucht was vervuld van de rijke geur van brandend dennenhout, wat betekende dat ik misschien wel niet erg welkom was na al deze tijd, maar dat ik in elk geval wel werd verwacht.

Dit werd bevestigd door het feit dat mijn moeders pick-up en jeep naast elkaar in de voormalige paardenstal stonden, aan de rand van het parkeerterrein. Wel vond ik het eigenaardig dat de oprit nog niet van sneeuw was ontdaan en dat ik geen sporen had gezien. Als ik verwacht werd, zou iemand toch wel een pad hebben vrijgemaakt?

Nu ik eindelijk hier was, op de enige plek die ik ooit mijn thuis had genoemd, zou je toch denken dat ik me eindelijk kon ontspannen. Maar ik kon het idee dat er iets mis was niet van me afzetten.

De reusachtige familieblokhut was een eeuw geleden gebouwd voor mijn betovergrootmoeder, een meisje dat de bergen in was getrokken. Hij was opgetrokken uit met de hand bekapte stenen en massieve boomstammen. De achthoekige vorm van het geheel was ontleend aan de zweethut van de Navajo's. Uit vele kleinere raampjes bestaande ramen keken op alle windrichtingen uit, als een gigantische architectonische windroos.

Alle vrouwelijke nazaten hadden hier wel een keer gewoond, ook mijn moeder en ik. Wat was er dus aan de hand met mij? Waarom kon ik nooit hier komen zonder het gevoel te krijgen dat het noodlot elk moment kon toeslaan? Natuurlijk wist ik wel waarom. En mijn moeder ook. Het was iets waar we het nooit over hadden. Daarom begreep mijn moeder het toen ik voorgoed het huis uit ging. Anders dan andere moeders had ze nooit geëist dat ik voor familiebezoek terugkwam.

Tot vandaag dan.

Niet dat ze me had uitgenodigd. Ik was gewoon ontboden, met een cryptisch bericht dat ze had ingesproken in Washington, op een tijdstip, en dat wist ze, dat ik aan het werk zou zijn.

Ik was uitgenodigd, zei ze, voor haar verjaarsfeestje. Dat was natuurlijk al een flink deel van het probleem.

Mijn moeder vierde namelijk haar verjaardag niet. Nooit.

Niet dat ze inzat over haar jeugd of uiterlijk of wilde liegen over haar leeftijd. Eigenlijk zag ze er met het jaar jeugdiger uit. Nee, het vreemde was juist dat ze buiten de familie niemand wilde zeggen op welke dag haar verjaardag viel.

Deze heimelijkheid, gekoppeld aan het feit dat ze nu al tien jaar als een kluizenaar op deze berg woonde, sinds de gebeurtenis waar we nooit over praatten, was mede de reden dat nogal wat mensen mijn moeder, Catherine Velis, maar een vreemd mens vonden.

Mijn probleem werd nog verergerd door het feit dat ik mijn moeder niet kon bereiken om haar te vragen wat deze plotselinge manoeuvre beduidde. Ze nam de telefoon niet op en reageerde niet op de berichten die ik insprak op het antwoordapparaat van de blokhut. Het andere nummer dat ze me had gegeven, klopte duidelijk niet, want er ontbraken een paar cijfers.

Met het idee dat er echt iets mis was, nam ik een paar dagen vrij, vloog met de laatste vlucht naar Cortez in Colorado, waar ik in een enorme chaos landde, en huurde de laatste auto met vierwielaandrijving die ze op het vliegveld hadden staan.

Nu liet ik de motor lopen terwijl ik nog even bleef zitten kijken naar het adembenemende uitzicht aan alle kanten. Ik was al meer dan vier jaar niet meer thuis geweest. En elke keer dat ik hier kwam, werd ik er weer door overdonderd.

De sneeuw kwam tot mijn knieën toen ik uitstapte. Ik liet de motor nog even lopen.

Van deze bergtop op het Colorado Plateau, 4200 meter boven de zeespiegel, kon ik een gigantische, golvende zee zien van nog eens zeshonderd meter hogere toppen, omschenen door het roze ochtendlicht. Op een heldere dag zoals vandaag kon ik helemaal tot Mount Hesperus kijken. De Diné noemden hen Dibé Nitsaa, Zwarte Berg. Het was een van de vier heilige bergen die waren geschapen door de Eerste Man en de Eerste Vrouw.

Samen met Sisnaajinii, de Witte Berg (Mount Blanca) in het oosten, Tsoodzil, de Blauwe Berg (Mount Taylor) in het zuiden, en Dook'o'osliid, de Gele Berg (San Francisco Peaks) in het westen, markeerde de Zwarte Berg de vier hoeken van Dinétah, het woongebied van de Diné, zoals de Navajo zich noemen.

Ze markeerden ook het hoge plateau waarop ik stond, de Four Corners, de enige plek in de vs waar de rechte grenzen van vier staten elkaar snijden en een kruis vormen.

Lang voor iemand eraan dacht om op een kaart stippellijntjes te gaan zetten, was dit heilig gebied voor iedereen die het betrad. Als mijn moeder voor het eerst in de bijna tweeëntwintig jaar dat ik haar kende haar verjaardag ging vieren, snapte ik best dat ze het hier deed. Hoeveel jaar ze ook elders had gewoond, net als alle vrouwen in onze familie was ze verbonden met het land.

Ik wist dat die band met het land belangrijk was. Ik wist ook dat ze daarom zo'n vreemd bericht had ingesproken om me hierheen te laten komen.

En ik wist nog iets, iets wat verder niemand wist. Ik wist waarom ze had gezegd dat ik vandaag hier moest zijn. Vandaag, 4 april, was écht de verjaardag van Cat Velis, mijn moeder.

Ik rukte de sleutels uit het contact, pakte mijn haastig ingepakte plunjezak van de passagiersplaats en ploeterde door de sneeuw naar onze honderd jaar oude dubbele voordeur. De twee delen, massieve, drie meter hoge platen grenen, gemaakt van oeroude bomen, waren versierd met een reliëf: twee dieren, die recht op je af leken te komen. Op de linker stortte een arend zich op je gezicht, op de rechter verhief een woeste berin zich op haar achterpoten.

De dieren waren wel verweerd, maar toch nog behoorlijk realistisch, met glazen ogen en echte klauwen. In het begin van de twintigste eeuw waren ze dol op slimme vondsten, en hierin was wel een heel mooie verwerkt. Als je aan de kaak van de berin trok, viel haar kaak open en zag je echte, doodenge tanden. Als je het lef had om je hand in haar muil te steken, kon je daar aan de ouderwetse bel draaien.

Ik deed allebei en wachtte. Maar ook na een tijdje kwam er nog geen reactie. Er moest iemand binnen zijn geweest, want uit de schoorsteen kwam rook. En ik wist uit ervaring dat om dat vuur goed aan de gang te krijgen, je er urenlang bij moest blijven en er een massa hout op moest gooien. Maar er konden blokken van één meter twintig in, dus het was best mogelijk dat het vuur al dagen geleden was aangemaakt.

Opeens zag ik mezelf staan. Ik had per vliegtuig en auto een paar duizend kilometer afgelegd en stond nu in de sneeuw boven op een berg te proberen mijn eigen huis in te komen, terwijl ik niet eens wist of er iemand thuis was. En geen sleutel had.

Het alternatief, einden door de sneeuw naar een raam baggeren, stond me niet aan. Wat moest ik doen als ik nog natter werd dan ik al was en dan nog niet binnen kon komen? En als ik binnen wist te komen en er was niemand? Om het huis zag ik geen sporen van auto's, ski's of zelfs herten.

En dus deed ik het enige verstandige wat ik kon bedenken. Ik pakte mijn telefoon en toetste het nummer van de blokhut in. Tot mijn opluchting kreeg ik na zes keer overgaan het antwoordapparaat. Misschien had ze wel ingesproken waar ze was. Maar na het bericht was ik niets wijzer. Ze herhaalde alleen het nummer waarop ze te bereiken was, hetzelfde nummer dat ze in Washington had ingesproken, dus zonder de laatste cijfers. Nat en koud stond ik voor de deur, briesend van frustratie en onzekerheid. Wat nu?

Toen herinnerde ik me opeens het spel.

Mijn favoriete oom Slava was over de hele wereld beroemd als de technocraat en schrijver Ladislaus Nim. In mijn jeugd was hij mijn beste vriend geweest en al had ik hem in geen jaren gezien, ik wist zeker dat dat nog zo was. Slava had de pest aan telefoons. Hij zwoer dat die zijn huis niet in kwamen. Maar hij was wel dol op raadsels. Hij had er een paar boeken over geschreven. Als je in mijn jeugd een bericht kreeg van Slava met een nummer waar je hem kon bereiken, wist je altijd dat dat niet klopte en dat het een versleuteld bericht bevatte. Zulke dingen vond hij leuk.

Maar het leek niet waarschijnlijk dat mijn moeder zo met mij zou communiceren. Ze was niet echt goed in het ontcijferen van dit soort berichten en ze kon absoluut geen raadsel verzinnen.

Had Slava een raadsel voor haar bedacht? Nog onwaarschijnlijker. Voor zover ik wist, had ze mijn oom in jaren niet gesproken, niet sinds waar we niet over praten.

Toch was ik er zeker van dat dit een soort bericht was.

Ik dook de Landrover in en zette de motor weer aan. Raadsels oplossen om mijn moeder te vinden was altijd nog een stuk beter dan de alternatieven: inbreken in een leeg huis of terugvliegen en er nooit achter komen waar ze zat.

Ik belde nog een keer het antwoordapparaat en noteerde het nummer dat ze had ingesproken. Als ze echt in de problemen zat en probeerde me te bereiken, hoopte ik maar dat ik het als eerste oploste.

'Ik ben te bereiken op 615-263-94,' zei mijn moeders stem.

Mijn hand trilde toen ik de cijfers noteerde.

Ze had acht cijfers genoemd, twee cijfers te weinig voor een telefoonnummer. Maar net als bij oom Slava vermoedde ik dat het geen telefoonnummer was. Het was een tiencijferig nummer, waarvan de laatste twee ontbraken. Die twee cijfers waren mijn verborgen bericht.

Het kostte me tien minuten voor ik erachter was, veel langer dan als ik bezig was met mijn maffe, leuke oom. Als je de cijfers twee aan twee bij elkaar zette – we zochten toch ook de laatste twee cijfers? – kreeg je:

$$61 - 52 - 63 - 94$$

Als je elk cijferpaar omdraaide, zoals ik al snel zag, kreeg je:

$$16 - 25 - 36 - 49$$

Dat waren de kwadraten van vier, vijf, zes en zeven. Het volgende cijfer was acht. Dat moest dus het ontbrekende cijferpaar zijn: het kwadraat van acht, 64. In het raadsel zou je dat natuurlijk moeten omdraaien en kreeg je 46.

Maar dat was het niet. Ik wist, en mijn moeder wist het ook, dat 64 voor mij een andere betekenis had. Het was het aantal velden van het schaakbord.

Dát was het onderwerp waar we nooit over praatten.

Mijn bezorgde, koppige moeder had nooit over schaken willen spreken en wilde ook geen schaakspel in huis hebben. Sinds de dood van mijn vader – nog iets waar we nooit over praatten – was mij verboden ooit nog te schaken. Het was het enige waarin ik goed was geweest, het enige waarmee ik contact kreeg met de wereld om me heen. Het was of ik op mijn twaalfde opdracht kreeg om autistisch te worden. Ik had haar redenatie nooit kunnen volgen, als haar besluit al beredeneerd was, maar mijn moeder was bang dat schaken voor mij even gevaarlijk zou worden als voor mijn vader.

Maar nu leek het erop dat ze door haar uitnodiging en door de cryptische boodschap met zijn versleutelde inhoud me weer welkom heette bij het spel.

Het vuur

Ik hield de tijd bij. Het kostte me zevenentwintig minuten – en een hoop benzine, want ik liet het slurpende monster aanstaan – voor ik doorhad hoe ik binnen moest komen.

Een kind zou hebben doorgehad dat de cijfers bij een cijferslot hoorden. Alleen had het huis geen sloten. Maar in de schuur was er wel een. Het hoorde bij een geldkistje. Daar lagen de autosleutels in.

Ik zette de motor van de Landrover af, ploegde de sneeuw door naar de schuur en voilà, ik voerde de nummers in, het slot van het geldkistje klikte open en erin bleek de huissleutel te liggen, aan een ketting. Bij de voordeur duurde het even voor ik me herinnerde dat je de sleutel in de linkerklauw van de arend moest steken en toen gingen de oude deuren knerpend iets open.

Ik schraapte mijn schoenen af aan het roestige oude haardrooster naast de ingang, duwde de zware deuren open en deed ze achter me met een klap weer dicht, zodat wat fonkelende sneeuwvlokken door het schuin naar binnen vallende licht dwarrelden.

In het halfduister van de entree, een soort hokje dat de koude wind buiten moest houden, schopte ik mijn kletsnatte schoenen uit en schoot in de met wol gevoerde après-ski-laarsjes die altijd op de vriezer stonden. Toen ik ook mijn parka had opgehangen, deed ik de binnendeur open en stapte de door een groot houtvuur verwarmde achthoekige ruimte in.

De achthoek was een meter of dertig breed en tien meter hoog. Het vuur brandde in het midden van de kamer. Een koperen kap erboven, waaraan een serie pannen hing, ging over in de natuurstenen schoorsteen die de rook naar buiten afvoerde. Afgezien van de zware meubels die overal stonden, leek het wel een enorme wigwam. Mijn moeder had nooit wat gehad met dingen waar je op kon zitten, maar er stonden een zwarte babyvleugel, een serie bureaus, bibliotheektafels en draaiende boekenkasten en een pooltafel waar niemand ooit op speelde.

De 'verdieping' bestond uit een entresol vanwaar je op de kamer neerkeek. Er waren ook kleine vertrekken waar je kon slapen en zelfs af en toe in bad kon gaan.

Gesmolten licht stroomde door de lage ramen die zich in alle wanden bevonden, en viel op de stof waarmee het mahonie bedekt was. Uit de dakramen viel het rozige ochtendlicht naar binnen en lichtte de kleurig geschilderde dierentotems uit op de kop van de zware balken die de entresol droegen: beer, wolf, arend, hert, bison, geit, poema, ram. Op die hoogte, zeven meter, leken ze bijna tijdloos in de ruimte te zweven. Alles leek te zijn verstard in de tijd. Het enige geluid was af en toe het knappen van het vuur.

Ik liep de kamer rond, van het ene raam naar het andere, en keek naar de sneeuw. Nergens sporen te zien. Toen liep ik de wenteltrap op naar het balkon en keek in alle slaapvertrekken. Niemand.

Hoe had ze het dan gedaan?

Mijn moeder Cat Velis was zo te zien in rook opgegaan.

Een schel gerinkel verbrak de stilte. De telefoon. Ik rende de steile wenteltrap af en wist de telefoon van mijn moeders Britse bureautje te grissen voor het antwoordapparaat aansloeg.

'Allemáchtig, waar dacht je aan, snoes, toen je dit godverlaten oord uitzocht?' zei een hese stem met een licht Brits accent die ik maar al te goed kende. 'Trouwens, waar zit je toch? We zijn al dágen aan het rondrijden in deze wildernis.' Even bleef het stil. Zo te horen praatte ze met iemand anders.

'Lily?'

Want die was het, onmiskenbaar. Mijn tante Lily Rad, mijn eerste schaakmentor en nog steeds een van de beste vrouwelijke grootmeesters die er waren. Ooit was ze de beste vriendin van mijn moeder geweest, maar ze hadden al jaren geen contact meer. Maar waarom belde ze hierheen? En wat bedoelde ze met 'rondrijden'?

'Alexandra?' zei Lily verwonderd. 'Ik dacht dat ik je moeder belde. Wat doe jij nou daar? Jullie kunnen het toch niet zo goed met elkaar vinden?'

'We hebben het bijgelegd,' zei ik haastig. Daar wilde ik niet meer over beginnen. 'Maar moeder schijnt er niet te zijn. En waar zit jij eigenlijk?'

'Schijnt er niet te zijn? Dat kun je niet menen!' brieste Lily. 'Ik kom helemaal uit Londen, voor haar. Dat wilde ze per se. Iets met een verjaarsfeestje. God mag weten wat dat betekent. En waar ik nu ben, mag Joost weten. Volgens mijn navigatiesysteem ben ik in Purgatory. Het vagevuur! Eindelijk ben ik het eens met dat ding eens. We hebben al uren niets gezien wat ook maar een beetje op beschaving lijkt.'

'In Purgatory?' zei ik. 'Dat is een skigebied op nog geen uur hiervandaan.' Maar ik snapte er niets van. Was de beste Brits-Amerikaanse schaakster uit Londen naar Colorado gereisd voor een verjaarsfeestje? 'Wanneer heeft moeder je dan uitgenodigd?'

'Het was meer een bevel dan een uitnodiging. Ze heeft iets op mijn voicemail ingesproken, zodat ik niet terug kon bellen.' Even bleef het stil. Toen zei Lily: 'Ik ben dol op je moeder. Dat weet je, Alexandra. Maar ik vind niet...'

'Ik ook niet. Laten we er maar over ophouden. Hoe wist je waar ze woont?'

'Dat wéét ik niet. Nog steeds niet! Mijn auto staat langs de weg, ergens bij een stad die één etappe van de hel verwijderd is, er is geen eten dat te eten is, mijn chauffeur weigert nog verder te gaan als hij geen liter wodka krijgt, mijn hond zag een soort knáágdier en is in een berg sneeuw verdwenen, plus dat ik nog meer moeite heb moeten doen om je moeder aan de lijn te krijgen dan de Mossad heeft gestoken in het opsporen van Mengele in Zuid-Amerika.'

Ze was aan het hyperventileren. Ingrijpen was geboden.

'Het komt best goed, Lily. We zorgen wel dat je hier belandt. Ik maak iets te eten. Er is hier genoeg eten in blik en er is ook wodka voor je chauffeur. Hij kan hier trouwens ook wel overnachten. Het kost mij te veel tijd om naar je toe te komen, maar geef me je gps-coördinaten maar. In de buurt woont een kennis van me. Die zorgt wel dat je hier komt.'

'Wie het ook is, ik vind het geweldig van hem,' zei Lily, die doorgaans weinig last had van gevoelens van dankbaarheid.

'Het is een vrouw. En ze heet Key. Ze is over een halfuur bij je.' Ik noteerde het nummer van Lily's mobieltje, belde het vliegveldje en liet een bericht achter voor Key. Ze was al sinds mijn kindertijd mijn beste vriendin, maar ze zou heel verbaasd zijn dat ik zo onverwacht hier was opgedoken.

Toen ik neerlegde, zag ik iets wat me nog niet was opgevallen.

De klep van moeders babyvleugel, die anders altijd openstond voor het geval ze iets wilde spelen, was dicht. Op de klep lag een stuk papier met een rond, donker ding erop. Ik liep erheen om te kijken en voelde dat mijn hart wild begon te bonzen.

Het was een simpele presse-papier. In een metalen ring, om te zorgen dat hij niet wegrolde, lag een bal met een 8 erop. Die kwam van de pooltafel. Het briefje eronder was duidelijk van mijn moeder, want de code was zo simpel dat alleen zij hem had kunnen bedenken. Ik zag hoeveel moeite ze had gedaan om cryptisch te communiceren, zonder hulp van anderen.

In grote letters had ze geschreven:

> WASHINGTON
> LUXURY CAR
> VIRGIN ISLES
> ELVIS LIVES
> AS ABOVE, SO BELOW

Elvis sloeg op mijn moeders naam, Velis. Twee keer een anagram om duidelijk te maken dat dit van haar afkomstig was. Alsof ik die aanwijzing nodig had. De rest baarde me meer zorgen, En niet door de code.

Washington was natuurlijk DC. Luxury car was LX. Virgin Isles was VI. Het waren duidelijk Romeinse cijfers, met de volgende waarde:

$$D = 500$$
$$C = 100$$
$$L = 50$$
$$X = 10$$
$$V = 5$$
$$I = 1$$

Bij elkaar opgeteld kreeg je 666, het getal van het beest uit de Openbaringen.

Over dat beest zat ik niet in. Om de blokhut waren er beesten genoeg die ons beschermden in de vorm van totemdieren. Maar voor de eerste keer zat ik echt in over mijn moeder. Waarom had ze zo'n clichématige pseudo-apocalyptische truc nodig?

Wat moest ik aan met dat *As above, so below*? Zoals boven, zo ook beneden. Het klonk als aftandse alchemistische flauwekul.

Opeens had ik het door. Ik pakte de bal, legde hem op de lessenaar en deed de klep open. Voor ik de steun op zijn plaats kon zetten, liet ik de klep bijna weer terugvallen.

Daar, op de snaren, zag ik iets wat ik niet had verwacht ooit nog in mijn moeders huis te zullen zien.

Een schaakbord.

En niet gewoon een schaakbord. Er stonden stukken op. Er was een partij aan de gang. Sommige stukken waren geslagen en waren aan weerszijden van het bord op de snaren gezet.

Het eerste wat me opviel, was dat de zwarte koningin ontbrak. Ik keek naar de pooltafel – nee, toch, moeder? – en zag dat de ontbrekende koningin in de ballendriehoek was gezet, op de plek waar de 8-bal hoorde.

Het was of ik in een draaikolk werd meegezogen. Ik begon de partij aan te voelen. Goeie god, wat had ik dit allemaal gemist. Hoe had ik het ooit achter me kunnen laten? Het was helemaal geen drug, zoals ze wel eens zeiden. Het was een stoot nieuw leven.

Ik kon alles reconstrueren aan de hand van het spel op het bord en de patronen die ik erin zag. Even vergat ik mijn verdwenen moeder, mijn tante Lily, verdwaald in Purgatory met haar chauffeur, haar hond en haar auto. Ik vergat wat ik had opgeofferd, wat er tegen mijn wil van mijn leven was geworden. Ik vergat alles, behalve het spel voor me, dat als een duister geheim in de ingewanden van de piano was verborgen.

Maar terwijl ik de zetten reconstrueerde en de dageraad geleidelijk door de ramen naar binnen viel, besefte ik steeds duidelijker dat ik geen barrière op kon werpen tegen de gruwelen van deze partij. Hoe kon dat ook, nadat ik hem de afgelopen tien jaar keer op keer had nagespeeld?

Want ik kende deze partij heel goed.

Hij had mijn vader het leven gekost.

DE DIEPTE

> *Mozart:* Confutatus maledictum — *hoe zou je dat vertalen?*
> *Salieri:* 'Veroordeeld tot het hellevuur.'
> *Mozart:* Geloof jij daarin?
> *Salieri:* Waarin?
> *Mozart:* In het vuur dat nooit sterft, dat je blijvend verzengt?
> *Salieri:* O, zéker.
> — PETER SHAFFER, *Amadeus*

In de vurige diepten van de open haard dropen de vlammen over de randen van een enorm blok, als vloeibare hitte. Ik ging op de natuurstenen rand om de haard zitten en keek in het vuur zonder wat te zien, verloren in mijn gedachten. Ik deed mijn best om niet aan het verleden te denken.

Maar hoe kon ik dat vergeten?

Tien jaar. Er waren tien jaren verstreken waarin ik dacht dat ik een emotie kon onderdrukken, camoufleren, begraven die bijna mij had begraven, een emotie die opwelt in de fractie van een seconde voor het gebeurt. Het verstarde fragment van een ogenblik waarop je nog denkt dat je leven, je toekomst, je beloften aan jou toebehoren, als je je verbeeldt, zoals mijn vriendin Key zou zeggen, dat de wereld aan je voeten ligt.

Maar dan zie je de hand met het pistool. Dan gebeurt het. Dan is het voorbij. Dan is er geen heden meer, alleen nog verleden en toekomst. Alleen nog 'voor' en 'na'. Alleen 'toen' en... Ja, wat?

Dit was waar we nooit over praatten. Dit was waar ik nooit aan dacht. Nu mijn moeder Cat was verdwenen nadat ze dat moorddadige bericht had achtergelaten in haar vleugel, verstond ik haar onuitgesproken boodschap heel duidelijk: je móét eraan denken.

Maar mijn vraag was deze: hoe kun je denken aan hoe je toen was, klein, elf jaar, op het koude, harde marmeren bordes in dat koude, harde land? Hoe denk je aan hoe het was om gevangen te zitten binnen de stenen muren van een Russisch klooster, kilometers van Moskou en duizenden kilometers van een land of mensen die je kent? Hoe denk je aan je vader, vermoord door een sluipschutterskogel? Een kogel die misschien wel voor jou bestemd was? Een kogel waarvan je moeder altijd heeft gedacht dat hij voor jou bestemd was?

Hoe denk je aan je vader, in elkaar zakkend in een plas bloed, bloed waar je met afschuw naar kijkt, bloed dat wegzakt in en zich vermengt met de vuile Russische sneeuw? Hoe denk je aan het lichaam dat op het bordes ligt, het lichaam van je vader waaruit het leven wegglijdt, terwijl zijn in een handschoen gestoken hand zich nog om de want klemt waarin de jouwe is gestoken?

Waar het op neerkwam, was dat mijn vader die dag niet de enige was die zijn toekomst en zijn leven had verspeeld. Ook ik was op dat bordes mijn leven kwijtgeraakt. Op mijn elfde was ik onverhoeds overvallen door het leven. *Amaurosis scacchistica.* Een beroepskwaal.

Nu moest ik de waarheid onder ogen zien. Ik was niet met schaken gestopt door de dood van mijn vader of de zorgen van mijn moeder. De waarheid was...

Oké. Even dimmen.

De waarheid was dat ik de waarheid niet nodig had. Dat ik me deze zelfanalyse nu even niet kon permitteren. Ik probeerde de adrenalinestoot te negeren waarmee tot dusverre elke blik op mijn verleden gepaard was gegaan. De waarheid was deze: mijn vader was dood, mijn moeder was spoorloos en een partij die iemand in de vleugel had gezet, suggereerde dat het allemaal met mij te maken had.

Ik wist dat dit dodelijke spel dat hier op de loer lag, tikkend als een bom, meer was dan een verzameling stukken. Dit was dé partij. De laatste partij. De partij die mijn vader zijn leven had gekost.

Wat de geheimzinnige verschijning van deze partij ook inhield, hij zou altijd in mijn geheugen gegrift blijven, als een etsplaat die met zuur wordt bewerkt. Als ik tien jaar geleden de wedstrijd in Moskou zou hebben gewonnen, had ik het toernooi gewonnen en was ik de jongste grootmeester uit de geschiedenis geworden, zoals mijn vader altijd had gewild en verwacht.

Als ik in Moskou had gewonnen, zouden we nooit naar Zagorsk zijn gegaan voor die ene beslissende partij, een partij die door 'tragische omstandigheden' nooit is gespeeld.

Dat de partij hier op een bord stond, was een duidelijke boodschap, net als de andere aanwijzingen die mijn moeder had achtergelaten, en ik wist dat ik dit bericht moest ontcijferen voor een ander dat deed.

Maar één ding wist ik bovenal: wat dit ook was, het was geen spel.

Ik haalde diep adem en kwam overeind. Bijna stootte ik mijn hoofd tegen een van de koperen potten. Nijdig zette ik hem op een lage kast. Toen liep ik naar de vleugel, ritste de hoes van een kussen, deed daar alle stukken in en stopte het bord erbij. Het deksel van de piano liet ik openstaan, want dat was de gebruikelijke stand. Ik ritste de hoes dicht en stopte hem in de kast.

Bijna was ik de ontbrekende koningin vergeten. Ik pakte haar tussen de poolballen vandaan en legde de 8-bal terug waar hij hoorde. De ballenpiramide deed me aan iets denken, alleen wist ik even niet wat. En misschien was het inbeelding, maar de koningin leek wat zwaarder dan de andere stukken, al was het rondje vilt aan de onderkant zo te zien onbeschadigd. Ik wilde het er net met mijn duimnagel afkrabben toen de telefoon ging. Ik wist dat mijn tante Lily in aantocht was, met chauffeur en kefhondje, en dus stopte ik de koningin in mijn zak, met het stuk papier waarop mijn moeder haar raadsel had geschreven, holde naar het bureau en nam op toen hij net voor de derde keer overging.

Het vuur 55

'Je houdt dingen voor me verborgen,' zei de welluidende stem van Nokomis Key, al sinds mijn kindertijd mijn beste vriendin.

Ik werd overspoeld door een gevoel van diepe opluchting. We hadden elkaar al een paar jaar niet gesproken, maar Key was de enige die misschien een uitweg wist uit het dilemma waar ik voor stond. Key bleef altijd onverstoorbaar en ze loste problemen op met het vernuft en de ironische afstandelijkheid van Bugs Bunny. Ik hoopte maar dat ze weer een konijn uit haar hoge hoed kon toveren. Daarom had ik haar gevraagd Lily naar de blokhut te begeleiden.

'Waar ben je?' vroeg ik. 'Heb je mijn bericht gekregen?'

'Je hebt nooit verteld dat je een tante had,' zei Key bij wijze van antwoord. 'Wat een mens! Ze stond langs de weg met een hond van dubieuze genetische herkomst en stapels design-koffers, naast een half in een berg sneeuw verdwenen auto die toch gauw een kwart miljoen zal hebben gekost en waarin James Bond zich graag zou vertonen. Om nog maar te zwijgen van haar jongere metgezel, die volgens mij per week dat bedrag zou kunnen verdienen door schaars gekleed langs het Lido te slenteren.'

'Heb je het over Lily's chauffeur?' vroeg ik verbaasd.

'O, heten ze tegenwoordig zo?' lachte Key.

'Een gigolo? Dat verwacht je bij Lily eigenlijk helemaal niet.'

Een mooie jongen paste ook niet erg in de lange rij uiterst formele chauffeurs die mijn tante in dienst had gehad. Om nog maar te zwijgen van het feit dat de Lily Rad die ik al sinds mijn vroegste jeugd kende zich veel te veel bekommerde om haar image als Schaakkoningin om tijd, energie of iets van haar vele geld te verknoeien aan een minnaar. Al klonk de rest van het verhaal – de auto, de hond en de bagage – wel authentiek.

'Geloof me nou maar,' zei Key met haar gebruikelijke zelfverzekerdheid. 'Die jongen is zo heet dat er rook uit zijn neusgaten komt. En waar rook is, is vuur. En je tante ziet eruit of ze een uur de sporen heeft gekregen en toen snuivend op stal is gezet.'

Keys voorliefde voor kleurrijk taalgebruik werd slechts overtroffen door haar liefde voor heavy metal. Het soort waar een stuur op zit.

'Maar de auto die daar in de sneeuw staat,' zei ze bijna kwijlend, is een Vanquish. Het vlaggenschip van Aston Martin. Beperkte oplage.' Ze begon te ratelen over gewicht, cilinderinhoud, transmissie en kleppen tot ze opeens besefte tegen wie ze het had, terugschakelde naar het niveau van de mechanische oen en besloot met: 'Dat monster rijdt makkelijk 290. Pk's genoeg om Ophelia van hier tot Tokio te sleuren.'

Ophelia was Ophelia Otter, Keys favoriete lichte vliegtuig en het enige betrouwbare vervoer naar de afgelegen oorden waar ze haar werk deed. Maar als je Key de vrije teugel gaf, kon ze uren doorgaan over paardenkrachten. Ik moest haar intomen, en snel ook.

'Waar is dat zootje ongeregeld en hun auto nu?' vroeg ik enigszins dringend. 'Toen ik Lily voor het laatst sprak, was ze op weg hierheen voor een feestje, en dat is een uur geleden.'

'Ze hadden trek. Mijn mensen graven de auto uit en je tante en haar maatje steken in de Mother Lode hun snuit in de trog.'

Ze bedoelde een restaurant in de buurt dat wildspecialiteiten op de kaart had staan. Ik kende het wel. Ze hadden zoveel geweien en ander gebeente aan de wanden hangen dat niet kijken waar je liep even gevaarlijk was als in Pamplona voor de stieren uit rennen.

'Allemachtig,' zei ik ongeduldig. 'Zorg alsjeblieft dat ze hier komt.'

'Ze zijn binnen een uur bij je,' zei Key geruststellend. 'De hond heeft net een bakje water gekregen en ze drinken even hun glas leeg. Maar de auto is een ander verhaal. Die moet in Denver worden gerepareerd. Ik sta aan de bar. Zij zitten nog aan hun tafeltje met hun hoofden naast elkaar te fluisteren en wodka te drinken.' Key lachte snuivend.

'Wat is daar zo leuk aan?' zei ik, geïrriteerd door dit verdere uitstel.

Waarom had Lily, die zelden dronk, om tien uur in de ochtend drank nodig? En hoe zat het met die chauffeur? Als de auto zoveel schade had opgelopen, viel er trouwens niet veel meer te chaufferen. Ik kon het me niet goed voor ogen halen: mijn flamboyante, schakende tante met haar perfect gemanicuurde handen en exotische kleren aan een tafeltje in de naar verschaald bier stinkende en met geplette pinda's bezaaide Mother Lode, kauwend op hun opossumragout, ratelslangsteak en Rocky Mountain-oesters, een eufemistische benaming voor gefrituurde stierenballen. Mijn hoofd wilde daar gewoon niet aan.

'Ik snap het niet,' zei Key sotto voce, alsof ze mijn gedachten las. 'Ik heb niks tegen je tante, maar die jongen ziet er flitsend uit. Net een Italiaanse filmster. De bediening en de klanten hielden op met praten toen hij binnenkwam en de serveerster loopt nog steeds te kwijlen. Hij is net zo dik in bont gehuld als je tante, om nog maar te zwijgen van de gouden details en de chique kleren. Deze jongen kan elke vrouw krijgen. Dus heb jij enig idee wat hem aantrekt in je tante?'

'Hij heeft iets met goed gevulde vrouwen.'

Toen Key niets zei, zei ik: 'Haar bankrekening, bedoel ik. Vijftig miljoen.'

Ze kreunde toen ik ophing.

Waarschijnlijk kende ik Lily Rad beter dan wie ook, voor zover je zo'n excentrieke vrouw kon kennen. Ondanks het leeftijdsverschil hadden we veel gemeen. Om te beginnen wist ik dat ik alles aan Lily te danken had. Lily had mijn schaaktalent ontdekt toen ik nog maar drie was. Zij had mijn vader en mijn oom ervan overtuigd dat dat talent moest worden gekoesterd en ontwikkeld, ondanks mijn moeders aanvankelijk geïrriteerde en later woedende bezwaren.

Juist door mijn band met Lily vond ik wat Key had verteld zo onbegrijpelijk. Ik had mijn tante al een aantal jaren niet gesproken en ze maakte ook geen deel meer uit van de schaakwereld, maar ik vond het niet geloofwaardig dat een vrouw die mijn oudere zuster was geweest, mijn mentor, mijn moeder, van de ene dag op de andere een hersenverzakking had gekregen en voor een lekker stuk was gevallen. Nee, er klopte iets niet. Lily liep niet zomaar achter haar hormonen aan.

Lily Rad had naam gemaakt als de Elizabeth Taylor van het schaken. Met haar weelderige vormen, juwelen, bontmantels, chique auto's en bijna obscene rijkdom had ze in haar eentje de schaakwereld van de nodige glamour voorzien. Ze had het Zwarte Gat van de Russische desinteresse opgevuld, het enige wat er in de jaren zeventig nog over was nadat Bobby Fischer was gestopt.

Maar Lily was meer dan alleen maar panache en flair. Op haar partijen kwamen massa's mensen af, en niet alleen vanwege haar decolleté. Dertig jaar geleden, toen ze op haar top was, had ze een elorating die vrijwel gelijk was aan die van die veel latere schaakwonderkinderen, de zusjes Polgar uit Hongarije. Twintig jaar lang had Lily's beste vriend en coach, mijn vader, Aleksandr Solarin, haar briljante verdedigingstactiek bijgeslepen, zodat haar ster heel hoog had geschitterd aan het schaakfirmament.

Na mijn vaders dood was Lily teruggegaan naar haar vroegere mentor, een briljant analyticus en geschiedschrijver van het schaken, die ook haar grootvader en enig familielid was: Mordecai Rad.

Maar op de ochtend van haar vijftigste verjaardag werden de schijnwerpers die haar carrière belichtten opeens op dramatische wijze gedoofd.

Op de ochtend van die verjaardag was Lily iets te laat voor een ontbijtafspraak met haar grootvader. Haar chauffeur was de garage van haar appartement aan Central Park South uit gereden en manoeuvreerde behendig door het drukke verkeer op de West Side Highway. Ze waren Canal Street net voorbij toen ze hoog boven zich zagen hoe het eerste vliegtuig de eerste toren binnenvloog.

Duizenden auto's kwamen met gierende remmen tot stilstand. Het verkeer zat meteen muurvast. Alle bestuurders keken naar de lange, donkere rookpluim die zich ontvouwde als de staart van een grote zwarte vogel – een stil voorteken.

In de limousine zocht Lily panisch alle kanalen op haar tv af naar nieuws, maar het enige wat ze kreeg, was ruis. Ze dacht dat ze gek werd.

Haar grootvader zat boven in dat gebouw. Ze hadden om negen uur afgesproken in Windows on the World, een restaurant boven in een van de Twin Towers. Mordecai had een verrassing voor Lily, iets wat hij zijn enige afstammeling wilde geven op deze bijzondere dag, haar vijftigste verjaardag. 11 september 2001.

In zekere zin waren Lily en ik beiden wees. We waren allebei het familielid verloren dat ons het meest na stond, dat het meeste had gedaan om ons vakkennis bij te brengen. Het had me nooit verbaasd dat Lily haar enorme appartement aan Central Park South had afgesloten, nog in de week dat haar grootvader was omgekomen, één koffer had gepakt, zoals ze later schreef, en naar Engeland was vertrokken. Lily was niet echt gesteld op de Britten, maar ze was in Engeland geboren en wijlen haar moeder was Engelse. Ze had dus een dubbele nationaliteit. Ze kon er niet meer tegen in New York. Sindsdien had ik vrijwel nooit meer wat van haar gehoord. Tot vandaag dan.

En toch wist ik dat de enige die ik heel graag wilde spreken, de enige die alle spelers in ons leven kende, misschien wel de enige die de verdwijning van mijn moeder Cat kon oplossen, of anders de cryptische berichten die te maken hadden met de dood van mijn vader, Lily Rad was.

Ik hoorde een telefoon rinkelen.

Het duurde even voor ik doorhad dat hij niet op het bureau stond, maar dat het de telefoon in mijn broekzak was. Het verbaasde me dat ik in dit afgelegen deel van Colorado bereik had. Wie zou het zijn? Ik had het nummer maar aan een paar mensen gegeven.

Op de display zag ik dat het Rodolfo Boujaron was, mijn baas in Washington. Waarschijnlijk was hij net aangekomen in Sutaldea, zijn beroemde restaurant, en had hij gemerkt dat het meisje dat nachtdienst had, was gevlogen.

Maar, en ik zeg het in alle eerlijkheid, als ik toestemming aan mijn baas had moeten vragen, zou ik nooit vrij hebben gekregen. Rodolfo was een workaholic en vond dat iedereen dat moest zijn. Hij hield zijn mensen vierentwintig uur per dag en zeven dagen per week in de gaten omdat 'het vier moet worden opgepokeld' zoals hij zei. Zijn accent was zo dik dat je er plakken van kon snijden.

Maar ik was even niet in de stemming voor Rodolfo's geraaskal en dus wachtte ik tot ik in de display 'voicemail' zag verschijnen en luisterde toen naar wat hij insprak.

'Bonjour, *neskato geldo*'!'

Dat was Rodo's koosnaampje voor me in het Baskisch, zijn eerste taal. Het betekende 'asmeisje' en het sloeg op mijn werk als vuurvogel. Ik zorgde voor het vuur.

'Zo! Midden in de nacht weggeslopen. En vanmorgen merk ik dat Le Cygne jouw werk doet. Ik hoop zij legt geen... Arautza. Hoe zeg je? *Oeuf*. Als zij fout maakt, ruim jij op. Je verlaat werkplek zonder te zeggen voor een '*boum* d'anniversaire' zegt Le Cygne. Goed dan. Maar je moet voor maandag weer bij ovens zijn om vuur te maken. Ondankbare meisje! Denk even na waarom je baan hebt: ik heb je gered van de CIA!'

Rodo verbrak de verbinding. Hij was zo te horen nog graag even in het Baskisch/Spaans/Frans door blijven razen. Maar als je vertrouwd was met zijn taaltje was wat hij zei niet zo bizar als het klonk.

De Cygne, de zwaan, die tijdens de nachtdienst wel eens een ei kon leggen, oftewel zwaar miskleunen, was mijn collega Leda de Lesbo, die meteen had beloofd om tot mijn terugkeer mijn diensten waar te nemen.

Bij het opstoken van de enorme houtovens waaraan restaurant Sutaldea zijn faam dankte – en ook zijn naam, want die betekende 'haard' in het Baskisch – was Leda, hoe mooi ze ook was als ze bediende, en dat deed ze vaak, voor geen kleintje vervaard. Ze kon prima met een schop overweg en ze wist het verschil tussen hete as en kolen. En ze nam op vrijdagen graag mijn nachtdienst over in plaats van laat in de middag te bedienen in het restaurant, als praatjesmakers en carrièremakers met te veel geld haar probeerden te versieren.

De CIA waarvan Rodolfo me had gered en waarvoor ik hem dankbaar moest zijn, was niet de Central Intelligence Agency, maar gewoon het Culinary Institute of America, ergens op het platteland van de staat New York, een opleiding voor topkoks en de enige school waar ik van af was getrapt. Ik had er na mijn middelbare school zes zinloze maanden doorgebracht. Toen ik niet wist wat ik moest gaan studeren, of waar, zei mijn oom Ladislaus Nim dat ik dan maar het enige moest gaan doen wat ik naast schaken kon, iets wat Nim me had bijgebracht toen ik jong was. Dat was koken.

De CIA kwam op mij over als de militaire basisopleiding. Ik kreeg eindeloze colleges boekhouden en management en moest een enorm repertoire uit mijn hoofd leren, niet aan technieken, maar aan terminologie. Toen ik er gefrustreerd mee kapte, met het idee dat alles wat ik aanpakte mislukte, vond Slava dat ik een onderbetaald baantje moest aannemen. Ik ging in de leer – en je snor drukken, met smoesjes aankomen, helemaal niet komen of kletsen was er niet bij – bij het enige viersterrenrestaurant van de wereld dat zich specialiseerde in koken op een open vlam. Met echte kolen, as en vuur dus.

Maar als ik eerlijk in de spiegel keek, nu vier van de vijf jaren van mijn contract waren verstreken, moest ik toegeven dat ik net zo'n einzelgänger was geworden als mijn moeder, ook al woonde ik midden in Washington en leidde zij een kluizenaarsbestaan op een hoge berg in Colorado.

Ik kon het wél makkelijk beredeneren. Per slot van rekening zat ik met een contract vast aan de slavendrijverij van monsieur Rodolfo Boujaron, de restauranthouder die mijn baas, mijn mentor en zelfs mijn huisbaas was geworden. Rodo had me de afgelopen vier jaar scherp in het oog gehouden en de zweep laten knallen. Voor een sociaal leven had ik helemaal geen tijd gehad.

De baan bij Sutaldea waar mijn oom voor had gezorgd, gaf met zijn spanning, leerprocessen en klokken de structuur terug die aan mijn leven had ontbroken sinds ik na de dood van mijn vader met schaken was gestopt. Het kookvuur aanmaken en een hele week bijhouden was evenveel werk als voor een kind of een kudde dieren zorgen. Je moest bij de les blijven.

Maar als die spiegel me de waarheid over mezelf vertelde, was dat dat mijn werk me de afgelopen vier jaar veel meer had bijgebracht dan alleen regelmaat, ijver en discipline. Als je zo leeft met een vuur als ik, als je elke dag in de vlammen en de hete kolen kijkt om hoogte en hitte te regelen, leer je op een heel nieuwe manier te zien. En dankzij het gemopper van Rodo had ik net iets nieuws gezien: dat mijn moeder me misschien nog een aanwijzing had gegeven, een die me had moeten opvallen zodra ik binnenkwam.

Het vuur. Hoe was het mogelijk dat dat brandde?

Ik hurkte ernaast neer om er wat beter naar te kunnen kijken. De vlammen in de open haard speelden om een stuk spar van een centimeter of zeventig. Naaldhout brandt sneller dan het zwaardere loofhout. Mijn moeder woonde in de bergen en wist dus alles van hoe je een vuur aanlegt. Maar hoe had ze dit vuur kunnen aanleggen? Daar moest goed over zijn nagedacht, of ze moest veel hulp hebben gehad.

In het uur dat ik hier nu was, had niemand er hout bij gedaan of het vuur aangewakkerd met een blaasbalg. Toch was het een goed brandend vuur, met vlammen van tien centimeter, en dat betekende dat het al drie uur brandde. Sterker nog, het brandde rustig en gelijkmatig, dus iemand was er zeker een uur bij gebleven om erop te letten.

Ik keek op mijn horloge. Dat betekende dat mijn moeder niet erg lang voor mijn komst hier uit de hut was vertrokken. Misschien zat er maar een halfuur tussen. Maar waar was ze dan heen? Was ze alleen? En als ze via de deur was of waren vertrokken, waarom waren er in de sneeuw dan geen sporen te zien?

Mijn hoofd tolde van een kakofonie van aanwijzingen die samen alleen maar ruis leken op te leveren. Maar toen klonk daar opeens een valse noot bovenuit: hoe wist Rodolfo dat ik naar een 'boum anniversaire' was, een verjaarsfeest? Mijn moeder wilde haar hele leven al niet zeggen wanneer ze jarig was en dus had ik tegen niemand gezegd waarom ik wegging of waar ik heen was, zelfs niet tegen Leda de Zwaan. Hoe tegenstrijdig het allemaal ook leek, ik wist dat de sleutel tot mijn moeders verdwijning hier ergens te vinden moest zijn. En er was één plek waar ik nog niet had gekeken.

Ik stak mijn hand in mijn zak en haalde er de houten koningin uit die ik van de pooltafel had gepakt. Met mijn duimnagel krabde ik het vilt van de onderkant. De koningin bleek te zijn uitgehold, en in het gat zat iets hards. Ik pulkte het eruit. Het was een stukje karton. Ik liep ermee naar het raam en vouwde het open. Toen ik de drie woorden las die erop stonden, viel ik bijna flauw.

опа́сно, бере́чься пожа́р!

Ernaast waren de vervaagde contouren van de feniks te zien. Ik herinnerde ze me nog van die grauwe, vreselijke dag in Zagorsk. Dit had ik toen in mijn zak gehad. De vogel leek naar de hemel te vliegen, gevat in een achtpuntige ster.

Ik durfde nauwelijks adem te halen. Maar voor ik vat kon krijgen op iets, voor ik kon beginnen te doorgronden wat dit in godsnaam betekende, hoorde ik buiten een claxon.

Toen ik uit het raam keek, zag ik de Toyota van Key stoppen in de sneeuw, vlak achter mijn auto. Ze stapte uit. Achterin zat een man in een bontjas. Ook hij stapte uit en hielp toen mijn tante Lily, ook al in het bont, met uitstappen. Vervolgens marcheerden ze naar de voordeur.

In paniek stopte ik het stukje karton in mijn zak, bij de koningin, en rende naar de ingang. De buitendeuren gingen net open. Voor ik wat kon zeggen, viel mijn blik op de 'gigolo' van tante Lily, die achter de twee vrouwen liep.

Hij schudde wat losse sneeuw van de hoge bontkraag van zijn jas. Zijn blik kruiste de mijne en hij glimlachte. Een koude glimlach, vol gevaar. Een ogenblik later begreep ik waarom.

Hier, in mijn moeders afgelegen huis in de bergen, alsof wij tweeën alleen waren in tijd en ruimte, stond de man die mijn vader het leven had gekost, de jongen die de Laatste Partij had gewonnen. Vartan Azov.

ZWART EN WIT

De symboliek van zwart en wit is natuurlijk al aanwezig in de kleuren van het bord, maar komt pas volledig tot zijn recht in de kleur van de stukken. Het witte leger is het leger van het licht, het zwarte dat van de duisternis, en beide strijden in naam van een principe, de geesteskracht en de duisternis in de mens. Dit zijn de twee vormen van de heilige oorlog, de 'kleine heilige oorlog' en de 'grote heilige oorlog', volgens een soera van Mohammed.

Bij een heilige oorlog is het mogelijk dat beide strijdenden zich zien als kampioen van het licht tegen het duister. Dat vloeit voort uit de dubbele betekenis van elk symbool. Wat de een als geesteskracht ziet, kan voor de ander tot het duister behoren.
— TITUS BURCKHARDT, *De symboliek van het schaken*

Alles ziet er erger uit in zwart en wit
— PAUL SIMON, *Kodachrome*

De tijd stond stil. Ik was de weg kwijt.

Mijn ogen hielden die van Vartan Azov vast – donkerpaars, bijna zwart en bodemloos diep. Ik had ze gezien toen ze me van de andere kant van een schaakbord aankeken. Als kind van elf was ik er niet bang voor geweest. Waarom nu wel?

Ik voelde me wegglijden, voelde hoe ik bevangen raakte door duizeligheid, alsof ik een diep, duister gat in werd gezogen, waar ik nooit meer uit zou komen, net als al die jaren geleden, op het verschrikkelijke ogenblik waarop ik begreep wat ik had gedaan. Ik had de blik van mijn vader gevoeld toen ik mijn greep op de wereld verloor en langzaam wegzakte in wanhoop, vallend en vallend, als de jongeling met zijn vleugels van was, die te dicht bij de zon had gevlogen.

Vartan Azov knipperde zoals gewoonlijk niet met zijn ogen toen hij in de deuropening stond en me over de hoofden van Lily en Nokomis recht in het gezicht keek, alsof we helemaal alleen waren, alsof wij de enige mensen op de hele wereld waren en intiem samen dansten. Met tussen ons de zwarte en witte velden van het schaakbord. Welk spel speelden we toen? En welk spel speelden we nu?

'Je weet wat ze zeggen,' zei Nokomis. 'Maar kraaien en duiven vliegen heus wel eens samen.'

Ze had haar schoenen uitgeschopt, haar jas op de grond gegooid en haar pet erbij, zodat er een waterval van zwart haar tot haar middel viel, en beende op kousenvoeten langs me heen naar binnen. Ze plofte op het muurtje naast de open haard neer, wierp me een ironische glimlach toe en zei: 'Of, om het motto van het Korps Mariniers te citeren...'

'Velen zijn geroepen, maar weinigen uitverkoren?' gokte ik dapper. Ik wist dat ze aan de lopende band curieuze spreekwoorden en uitdrukkingen uit haar mouw schudde. Eigenlijk kwam het me nu niet eens slecht uit om het spelletje mee te spelen, al zag ze aan mijn gezicht dat alles niet was zoals het leek.

Ze trok een wenkbrauw op. 'Nee. "Een paar goeie kerels zou wel mooi zijn."'

'Waar hébben jullie het over?' Lily was ook de kamer in gelopen. Ze had skikleding aan die al haar welvingen accentueerde.

'Heulen met de vijand.' Ik wees met mijn hoofd naar Vartan, trok Lily aan haar arm een eindje opzij en siste: 'Heb je het hele verleden gewist? Waarom breng je hem mee? Hij is ook nog jong genoeg om je zoon te zijn.'

'Grootmeester Azov is mijn protegé,' zei Lily verontwaardigd.

'Heten ze tegenwoordig zo?' kaatste ik terug, Key citerend.

Erg waarschijnlijk was dat niet, want Lily en ik wisten dat Azovs elorating tweehonderd punten hoger was dan de hare ooit was geweest.

'Waar is hij grootmeester in?' vroeg Key.

Daar gaf ik maar geen antwoord op. Mijn moeder had schaken en alles wat ermee samenhing uit ons vocabulaire gebannen. Maar Lily liet zich niet uit het veld slaan en belastte mijn al overbelaste brein met nog meer onverwachte informatie.

'Dat Vartan hier is, hoef je mij niet te verwijten,' zei ze kalm. 'Je moeder heeft hem uitgenodigd. Ik gaf hem alleen maar een lift.'

Net toen ik probeerde dat een plaats te geven, rende een knaagdier de kamer in. Het was ongeveer tien centimeter hoog en opgesierd met natte, fuchsiaroze lintjes. Het walgelijke beest sprong omhoog, in Lily's open armen, en begon met een al even roze tongetje haar gezicht af te lebberen.

'Zsa-Zsa, schatje,' koerde ze liefdevol. 'Je kent Alexandra nog niet, hè? Die vindt het vast énig om je even vast te houden.' Voor ik nee kon zeggen, duwde ze het kronkelende beest in mijn handen.

'Daar weet ik niet zo gauw iets leuks bij,' zei Key, die geamuseerd toekeek.

'Wat dacht je van "van de ratten besnuffeld"?' Maar ik had mijn mond beter niet open kunnen doen: het walgelijke beest probeerde zijn tong tussen mijn tanden te steken. Ik gooide hem vol weerzin terug naar Lily.

Tijdens dit hondwerpen had ook mijn aartsvijand Vartan Azov zijn bontjas uitgedaan en was de kamer binnengekomen. Hij was volledig in het zwart gekleed. Op zijn coltrui droeg hij een simpele gouden ketting, die meer gekost moest hebben dan het prijzengeld van een toernooi. Hij streek met zijn hand door zijn warrige zwarte krullen en liet zijn ogen langs de gesneden totems van onze grote blokhut gaan.

Ik zag best waarom in de Mother Lode alle vrouwen waren gaan kwijlen. De afgelopen tien jaar was mijn voormalige tegenstander blijkbaar ook wel met zwaardere dingen in de weer geweest dan schaakstukken. Maar mooi is ook niet alles, zoals Key zou kunnen zeggen. Hij was wel knap, maar zijn aanwezigheid hier, zeker onder deze omstandigheden, stond me absoluut niet aan. Waarom zou moeder de man hebben uitgenodigd die het einde van mijn schaakcarrière had betekend, om nog maar te zwijgen van de dood van mijn vader?

Vartan Azov liep de kamer door naar de plek waar ik naast het vuur stond. Ontsnappen was uitgesloten.

'Wat een bijzonder huis,' zei hij met zijn zachte Oekraïense accent. Zijn stem was me altijd zo sinister voorgekomen toen hij nog een jongen was. Hij keek naar de dakkoepel, waar het roze licht doorheen viel. 'Ik heb nog nooit zoiets gezien. De dubbele voordeur, de stenen, de gesneden dieren die op ons neerkijken... Wie heeft dit allemaal gemaakt?'

Nokomis gaf antwoord. Het verhaal was vrijwel iedereen hier bekend.

'Dit is een legendarisch huis. Het was het laatste en misschien wel enige gezamenlijke project van de Diné en de Hopi. Daarna streden ze ieder apart tegen veehouders en olieboeren. Ze hebben dit huis gebouwd voor een voorouder van Alexandra. De eerste blanke medicijnvrouw, noemden ze haar.'

'Mijn moeders overgrootmoeder,' voegde ik eraan toe. 'Een vrouw met pit, als je de verhalen mag geloven. Ze is geboren in een boerenwagen en heeft de plaatselijke geneesmiddelen hier bestudeerd.'

Lily sloeg haar ogen ten hemel, alsof ze wilde suggereren dat de versiering van het huis vooral na veel paddogebruik tot stand was gekomen. 'Waar ik niet bij kan,' zei ze, 'is hoe Cat het hier al die jaren heeft uitgehouden. Best pittoresk, ja, maar hoe staat het met de voorzieningen?' Ze liep de kamer rond met een spartelende Zsa-Zsa onder haar arm en streek met een bloedrood gelakte nagel door het stof op de meubels. 'Met de dingen die echt belangrijk zijn, bedoel ik. Waar zit hier een schoonheidsspecialiste? Wie haalt de was op en brengt hem schoon weer terug?'

'En waar is de zogenaamde keuken?' voegde ik daar met een handgebaar naar de haard aan toe. 'Moeder is nou niet echt ingericht op een feest.' Haar verjaardags-'boum' werd er met de minuut vreemder op.

'Ik heb je moeder nooit ontmoet,' zei Vartan. 'Maar natuurlijk was ik een groot bewonderaar van je vader. Ik zou me nooit hebben opgedrongen, maar ik was zeer vereerd toen ze me uitnodigde te komen logeren.'

'Logeren?' Ik kreeg het bijna niet uit mijn strot.

'Cat zei dat we beslist moesten overnachten,' bevestigde Lily. 'Ruimte genoeg, en er zijn geen fatsoenlijke hotels in de buurt.'

Dat klopte helaas allebei. Maar er was nog een probleem, en Lily legde er algauw de vinger op.

'Cat is nog steeds niet terug. Anders is ze niet zo. Per slot van rekening zijn wij op stel en sprong vertrokken om hier te kunnen zijn. Heeft ze iets achtergelaten waaruit zou kunnen blijken waarom ze ons eerst heeft uitgenodigd en toen is vertrokken?'

'Niks opvallends,' zei ik ontwijkend. Wat had ik anders moeten zeggen?

Godlof had ik de tegenwoordigheid van geest gehad om dat dodelijke spel te verstoppen voor Vartan Azov op de stoep stond. Maar moeders codebriefje, plus de holle zwarte koningin en wat daarin had gezeten, brandden nog steeds een gat in mijn zak. En in mijn brein.

Hoe kwam een kartonnen kaartje opeens hier boven water, terwijl het voor zover ik wist alleen was gezien door mijn vader en mij, tien jaar geleden en duizenden kilometers hiervandaan? In de chaos en het pandemonium die op de moord waren gevolgd, had ik nauwelijks meer gedacht aan de vreemde vrouw en de boodschap die ze mij vlak voor de partij had overhandigd. Later dacht ik dat het kaartje gewoon verdwenen was. Tot nu dan.

Ik moest Vartan Azov weg zien te krijgen, en vlug ook. Daarna kon ik overleggen met mijn tante. Maar voor ik iets kon bedenken, zag ik dat Lily voor het Engelse bureautje was blijven staan. Ze zette Zsa-Zsa op de grond en volgde nu met haar vingertoppen het snoer dat van de telefoon naar een gat in de zijkant van het bureau liep. Ze gaf een ruk aan de lade. Geen resultaat.

'Die stomme laden klemmen,' riep ik. Maar mijn hart bonkte opnieuw. Hoe had ik iets zo voor de hand liggends over het hoofd kunnen zien? In die lade stond mijn moeders antieke antwoordapparaat. Terwijl ik erheen liep, wrikte Lily met een briefopener de lade open. Ik had liever een ander publiek gehad bij het afluisteren van het bandje, maar lieverkoekjes worden niet gebakken, zoals Key had kunnen zeggen.

Toen ook Vartan en Nokomis bij het bureau stonden, drukte Lily op de playtoets. We luisterden naar de twee berichten die ik had ingesproken, daarna naar een paar van Lily waarin ze mopperde over de verre reis naar de rimboe, haar benaming voor moeders afgelegen huis. Maar daarna kwamen er twee onaangename verrassingen. De eerste was die van iemand die blijkbaar ook was uitgenodigd. Helaas kende ik haar maar al te goed.

'Catherine, liefje,' klonk de geaffecteerde, bekakte stem van onze naaste, maar toch nog drie kilometer verre buurvrouw, Rosemary Livingston. Klonk haar stem nog scherper dan anders of kwam dat door het krakende bandje?

'Het wordt vast een héérlijke soiree, dus héél erg jammer dat we er niet bij kunnen zijn,' kwaakte Rosemary. 'Basil en ik zitten dan ergens anders. Maar Sage vindt het heerlijk om te komen, op haar paasbest. En onze nieuwe buurman zegt dat hij ook kan. Toedeloe.'

Het enige wat nog erger was dan Basil Livingston, een saaie, bemoeizieke miljardair en zijn op status beluste vrouw Rosemary, was hun dochter Sage met haar pretenties. Op school was ze een onuitstaanbare kakker geweest, die me zes jaar lang het leven zuur had gemaakt. En ze kwam nog op haar paasbest ook.

Maar zo te horen hadden we nog even voor ze hier binnen kwam vallen, want blijkbaar werd het een soiree en geen high tea.

Mijn grote vraag was waarom de Livingstons eigenlijk waren uitgenodigd. Mijn moeder koesterde diepe weerzin tegen de manier waarop Basil Livingston zijn fortuin had vergaard, want dat was vooral ten koste van de wereld gegaan.

Een tijd terug had Basil als durfkapitalist met GVA – geld van anderen – enorme stukken van het Colorado Plateau opgekocht en die verpatst aan oliemaatschappijen. Daar hoorde ook land bij dat voor de plaatselijke indianen heilig was. Die waren in verzet gekomen. Key had het al aangestipt.

En dan die nieuwe buurman. Wat was moeder nou toch van

plan? Ze zocht nooit contact met andere mensen. De hele verjaardag kreeg steeds meer *Alice in Wonderland*-achtige trekjes. Wie weet wat er nog meer onder een theekopje vandaan kwam kruipen.

Het volgende bericht, een onbekende stem met een zwaar Duits accent, bevestigde mijn ergste vermoedens.

'*Grüß Gott, mein Liebchen. Ich bedaure sehr*... Ja, verontschuldiging, mijn Engels is niet zo goed. Ik hoop dat je alle mijn bedoeling begrijpt. Hier je oude vriend professor Wittgenstein uit *Wien*. Ik ben zeer *überrascht* over je feestje. Wanneer heb je ertoe besloten? Hopelijk krijg je het geschenk dat ik heb opgestuurd nog op tijd. Alsjeblieft meteen openen, anders bederft het. Ik *bedaure*, hoe zeggen, betreur dat ik niet kan komen. Maar offers moeten soms. De enige verdediging voor mijn afwezigheid is het King's Schaaktoernooi in India waar ik heen moet.'

Ik voelde dat de haartjes in mijn nek rechtop gingen staan – gevaar! – toen ik de pauzeknop indrukte en naar Lily keek. Gelukkig scheen ze er helemaal niets van te begrijpen. Maar voor mij waren er een paar sleutelwoorden te veel gevallen, en het meest voor de hand liggende was natuurlijk 'schaak'.

En dan de geheimzinnige professor Wittgenstein uit Wenen. Ik had geen idee of mijn moeder het snel doorhad en hoeveel tijd het Lily zou kosten. Maar accent of niet, ik had binnen twaalf seconden 'alle zijn bedoeling' door, en ook zijn identiteit.

De echte Ludwig von Wittgenstein was een eminent filosoof uit Wenen en al meer dan vijftig jaar dood. Hij was vooral beroemd om ondoorgrondelijke werken als de *Tractatus Logico-Philosophicus*. Maar begrijpelijker waren de collegedictaten en overige notities uit zijn latere leven in Engeland die hij in twee boekjes had opgeschreven, een met een blauwe en een met een bruine kaft. Ook nadat de teksten postuum in druk waren verschenen, heetten ze nog het Blauwe en het Bruine Boek. Ze gingen vooral over taalspellen.

Lily en ik kenden iemand die dol was op dit soort spelletjes en zelfs ook een tractatus of wat had geschreven, waaronder een over deze teksten van Wittgenstein. Het mooiste was nog wel dat hij een genetische eigenaardigheid vertoonde: één oog was blauw, het andere bruin. Dat was mijn oom Slava, oftewel doctor Ladislaus Nim.

Ik wist dat in dit bondige bericht met zijn nepaccent, van een oom die nooit van telefoons gebruikmaakte, een bijzondere betekenis verscholen moest zitten die waarschijnlijk alleen mijn moeder kon doorgronden. Misschien was ze juist wel daardoor vertrokken, voor het bonte gezelschap dat ze had uitgenodigd aan de deur verscheen.

Maar als het bericht zo schokkend of gevaarlijk was, waarom had ze het dan op het antwoordapparaat laten staan in plaats van het te wissen? En waarom had Nim het over schaken, een spel dat mijn moeder verafschuwde? Een spel waar ze helemaal niets van wist? Wat zouden al die aanwijzingen beduiden? Blijkbaar was het bericht niet alleen voor mijn moeder bestemd, maar ook voor mij.

Voor ik verder kon denken, drukte Lily de playknop in en daar was het antwoord: 'Nog even over de kaarsjes op je taart,' zei de stem waarvan ik nu wist dat hij van Nim was, met dat ijzige Weense accent. 'Ik raad je aan de aangestoken lucifer aan een ander over te dragen. Als de feniks uit de as herrijst, wees dan op je hoede, anders brand je je.'

Piep piep piep. 'Einde band,' knarste de stem van het antwoordapparaat.

Goddank, want ik kon er echt niet meer tegen.

Het was overduidelijk. Mijn ooms voorliefde voor taalspelletjes, al die behendig gekozen woorden als 'offer', 'toernooi', 'India' en 'verdediging'. Nee, dit bericht had onmiskenbaar te maken met wat hier aan de hand was. En als we zijn boodschap niet begrepen, maakten we een even fatale fout als ik tien jaar geleden. Ik moest het bandje wegwerken voor Vartan Azov naast me of iemand anders kon beredeneren hoe de zaak in elkaar zat.

Ik rukte de cassette uit het apparaat en smeet hem in de open haard. Terwijl het materiaal smolt en begon te borrelen, begon de adrenaline weer achter mijn ogen te bonken, als een hete, schelle pijn, alsof je in een vuur staarde dat veel te fel brandde.

Ik kneep mijn ogen dicht om beter in mezelf te kunnen kijken.

De laatste partij die ik in Rusland had gespeeld – de gevreesde partij die mijn moeder maar een paar uur geleden in haar piano voor me had achtergelaten – was een variant van de bekende Konings-Indische Verdediging. Die partij had ik tien jaar geleden verloren dankzij een blunder die het gevolg was van een risico dat ik veel eerder in de partij had genomen en niet had moeten nemen omdat ik de mogelijke gevolgen niet kon inschatten.

Wat het risico was dat ik had genomen? Ik had mijn zwarte koningin geofferd.

Nu wist ik honderd procent zeker dat door wie of wat mijn vader ook was omgekomen, mijn dameoffer in die partij er iets mee te maken had. Het was een boodschap die ons bleef achtervolgen. En in me kwam een besef bovendrijven dat even scherp was afgetekend als de velden van een schaakbord.

Mijn moeder verkeerde in groot gevaar, misschien wel even groot als het gevaar dat tien jaar geleden mijn vader had bedreigd. En ze had de aangestoken lucifer aan mij doorgegeven.

DE HOUTSKOOLBRANDERS

Net als alle andere genootschappen stellen de Carbonari, of Houtskoolbranders, dat ze zeer oud zijn. In veel bergachtige landen zijn genootschappen zoals dit ontstaan, en ze omringden zich alle met de mystiek waarvan we zoveel voorbeelden hebben gezien. Hun loyaliteit, aan elkaar en het genootschap, was zo sterk dat 'Zo trouw als een carbonaro' een Italiaans spreekwoord is geworden. Om alle schijn van misdadigheid te vermijden hielden ze zich bezig met houtkap en houtskoolbranderij. De leden herkenden elkaar aan gebaren, aanraking en woorden.
— CHARLES WILLIAM HECKETHORN, The Secret Societies

Van de geheime genootschappen in Italië hadden de Carbonari de meest ambitieuze politieke doelstellingen. Rond 1820 waren ze niet alleen een machtsfactor in Italië, maar hadden ze afdelingen in Polen, Frankrijk en Duitsland. Volgens de Houtskoolbranders zelf was hun beweging in Schotland begonnen.
— ARKON DARAUL, A History of Secret Societies

Maar van geboorte ben ik een halve Schot, en een hele door mijn opvoeding.
— LORD BYRON, Don Juan, Canto X

Viareggio, Italië
15 augustus 1822

*H*et waren de hondsdagen, zinderend warm. Door de blakerende Toscaanse zon was het kiezelstrand langs dit afgelegen stuk van de Ligurische kust zo heet geworden dat je er *pané* op kon bakken. In de verte rezen de eilanden Elba, Capraia en het kleine Gorgona als trillende schimmen op uit de zee.

In het midden van het halvemaanvormige strand, door hoge heuvels omsloten, had zich een kleine groep mannen verzameld. Hun paarden konden de hitte niet verdragen en waren in een nabijgelegen groep bomen achtergelaten.

George Gordon, Lord Byron, wachtte gescheiden van de anderen. Hij was op een grote zwarte rots gaan zitten die werd omspoeld door het water, ogenschijnlijk omdat zo zijn befaamde, op vele schilderijen vastgelegde romantische profiel goed uitkwam tegen de blikkerende zee erachter. Maar door zijn sinds de geboorte vervormde voeten, een feit dat hij zorgvuldig verborgen hield, had hij die ochtend bijna zijn rijtuig niet uit kunnen komen. Zijn bleke huid, die hem de bijnaam Alba had bezorgd, werd beschermd tegen de zon door een brede strohoed.

Op deze plek had hij helaas een goed uitzicht op alle onplezierige dingen die op het strand plaatsvonden. Kapitein Roberts, de gezagvoerder van de *Bolivar*, Byrons schip, dat in de baai voor anker lag, hield toezicht op de voorbereidselen van de mannen. Ze waren een grote brandstapel aan het bouwen. Byrons aide de camp, Edward Trelawney, die aan zijn woeste, duister knappe gezicht en excentrieke passies de bijnaam 'de piraat' had overgehouden, was klaar met de ijzeren kooi die als oven zou dienen.

De zes soldaten uit Lucca die hen hielpen, hadden het lijk opgegraven uit het tijdelijke graf dat haastig was gegraven toen het was aangespoeld. Het lichaam leek nauwelijks nog op een mens. Het gezicht was door vissen weggevreten en het ontbindende vlees had een afzichtelijke indigoblauwe kleur. De dode was geïdentificeerd aan de hand van zijn bekende korte jasje en het dichtbundeltje in de zak.

Nu legden ze het lichaam in de metalen kooi, boven op de droge populierentakken en het wrakhout dat ze op het strand hadden gevonden. De aanwezigheid van soldaten bij een exhumatie was vereist, had Byron gehoord, om ervoor te zorgen dat de verbranding op de juiste wijze geschiedde, als voorzorgsmaatregel tegen de gele koorts uit de Nieuwe Wereld die langs de hele kust slachtoffers maakte.

Byron zag hoe Trelawney wijn, zouten en olie op het lijk goot. Brullend stegen de vlammen op, de naakte ochtendhemel in, als de *sjechina*, de vurige zuil Gods die de Israëlieten in de woestijn de weg had gewezen. Eén meeuw cirkelde hoog boven de rook, en de mannen probeerden hem met kreten en wapperende hemden weg te jagen.

Door het hete zand en de hitte van het vuur kwam het hele toneel Byron onwerkelijk voor. De zouten gaven de vlammen vreemde, onaardse kleuren. Zelfs de lucht werd trillend vervormd. Hij voelde zich echt ziek. Maar om een reden die alleen hij kende, kon hij niet weg.

Byron staarde in de vlammen. Hij voelde walging opkomen toen het lijk openbarstte van de hitte en de hersenen tegen de roodgloeiende stangen van de kooi borrelden en ziedden en kookten, alsof ze in een kookpot lagen. Het had net zo goed het karkas van een schaap kunnen zijn, dacht hij. Wat een weerzinwekkend, onwaardig gezicht. Het stoffelijk omhulsel van zijn geliefde vriend ging voor zijn ogen over in withete as.

Dus dit was de Dood.

In zekere zin zijn we nu allemaal dood, bedacht hij bitter. Maar Percy Shelley had wel heel diep gedronken uit de beker met de duistere passies van de Dood.

De afgelopen zes jaar was door al hun gezamenlijke reizen het leven van de twee beroemde dichters onontwarbaar verstrengeld geweest. Het was begonnen met hun zelf opgelegde ballingschap uit Engeland, die aanving in dezelfde maand van hetzelfde jaar, zij het niet om dezelfde reden. Aansluitend hadden ze in Zwitserland gewoond, toen in Venetië, waarvandaan Byron ruim twee jaar geleden was vertrokken, en daarna was het grote palazzo in het nabije Pisa gevolgd, waaruit Shelley luttele uren voor zijn dood was vertrokken. De dood kleefde hen beiden aan, hij achtervolgde hen en joeg op hen en had hen bijna meegezogen in de lange, wrede draaikolk die was ontstaan nadat ze uit Albion waren ontsnapt.

Shelleys eerste vrouw Harriet had zich zes jaar geleden verdronken toen Shelley naar het continent vertrok met de zestien jaar oude Mary Godwin, die nu zijn vrouw was. Daarna maakte Mary's halfzuster Fanny met laudanum een einde aan haar leven. Deze slag werd gevolgd door de dood van William, het zoontje van Percy en Mary. En in februari was Shelleys vriend en poëtische idool John Keats in Rome overleden aan tering.

Byron zelf was nog aangeslagen door de dood, vijf maanden geleden, van zijn vijf jaar oude dochter Allegra, een buitenechtelijk kind van hem en de stiefzus van Mary Shelley, Claire Clairmont. Een paar weken voor Shelley verdronk, vertelde hij Byron dat hij een visioen had gehad. Byrons dode dochtertje had hem gewenkt vanuit zee, gewenkt om zich bij haar te voegen onder de golven. En nu was de arme Shelley zelf op deze afschuwelijke manier aan zijn einde gekomen.

Eerst dood door water, dan dood door vuur.

Ondanks de verstikkende hitte voelde Byron zich ijzig koud toen hij zich de laatste paar uur van zijn vriend voor de geest haalde.

Laat in de middag van de achtste juli was Shelley in grote haast vertrokken uit Byrons Palazzo Lanfranchi in Pisa en aan boord gegaan van de *Ariel*, zijn kleine boot, die aan de kust lag. Hij had alle goede raad in de wind geslagen en was vertrokken, terwijl zich aan de horizon de donkere wolken samenpakten van een naderende storm. Waarom? dacht Byron. Werd hij misschien door iemand achtervolgd? Maar door wie dan?

Achteraf leek dat de enige verklaring. In een flits had Byron vanochtend iets begrepen wat hij meteen al had moeten zien: Shelleys verdrinkingsdood was geen ongeluk. Het had te maken met iets wat aan boord van de boot was. Iemand wilde dat hebben. Hij twijfelde er niet meer aan dat als de *Ariel* werd gelicht ze zouden zien dat de boot was geramd door een feloek of een ander groter vaartuig met de bedoeling het te doorzoeken. Maar hij vermoedde ook dat het gezochte niet was gevonden.

Want Percy Shelley, hij besefte het nu pas, had hem misschien wel van gene zijde van de dood een boodschap gestuurd.

Byron draaide zich om naar de zee, zodat de anderen, druk bezig bij het vuur, niet zouden zien hoe hij het dunne boekje tevoorschijn haalde dat hij achter had weten te houden: Shelleys exemplaar van de laatste dichtbundel van John Keats, niet lang voor diens dood uitgegeven.

Het doorweekte boek was op het lichaam aangetroffen. Shelley had het in de zak van zijn korte, slecht passende schooluniformjasje gestoken, opengeslagen bij zijn favoriete gedicht, 'De Val van Hyperion', over de mythologische strijd tussen de Titanen en de nieuwe goden, geleid door Zeus, die hen zouden opvolgen. Na die befaamde slag was alleen Hyperion nog in leven, de zonnegod en laatste der Titanen.

Byron had er nooit veel in gezien, en Keats vond het niet goed genoeg, want hij had het niet afgemaakt. Maar het was toch significant dat Percy het bij zich had gehouden, ook toen hij zijn dood tegemoetging. En hij had vast wel een goede reden gehad voor het aanstrepen van deze passage:

Fier en fel stormt aan Hyperion
Kolkend vuur zijn vlammend kleed
Hij slaakt een kreet als van aards vuur
En barst uit...

Bij dit voortijdige einde van een gedicht dat nu altijd onvoltooid zou blijven, scheen de zonnegod zichzelf in vuur en vlam te zetten en te verdwijnen in een bal van zijn eigen vuur. Een soort feniks, zeg maar. Net als de arme Percy, die daar op zijn brandstapel tot as verging.

Maar de anderen schenen iets niet te hebben opgemerkt wat toch wel heel opvallend was. Op de plek waar Keats zijn pen had neergelegd, had Shelley de zijne gepakt en in de marge iets getekend. Het leek wel of hij eerst een afbeelding had gemaakt en daar toen iets in had geschreven. De inkt was erg uitgeloogd door het zeewater, maar Byron was ervan overtuigd dat hij het kon lezen als hij goed keek. Daarom had hij het boekje meegenomen.

Hij scheurde de pagina eruit, stopte de bundel weg en bestudeerde de tekening die zijn vriend had gemaakt. Het was een driehoek met daarin drie cirkels of ballen, elk in een andere kleur.

Byron kende de kleuren goed, om meer dan één reden. Ten eerste waren het zijn eigen kleuren: de kleuren van zijn Schotse familiewapen in de vrouwelijke lijn, die dateerden van voor de Normandische invasie van 1066. Het was een toeval dat hij juist in dit geslacht geboren was, maar het was tijdens zijn verblijf in Italië niet erg handig geweest dat hij de kleuren trots had laten aanbrengen op zijn enorme rijtuig, dat was gemodelleerd naar dat van de afgezette en nu overleden keizer van Frankrijk, Napoleon Bonaparte. Want Byron wist beter dan wie dan ook dat de kleuren in bepaalde kringen een veel verder reikende betekenis hadden.

De drie bollen die Shelley had getekend, waren zwart, blauw en rood. Het zwart symboliseerde kool en stond voor 'geloof'. Het blauw symboliseerde rook, wat voor 'hoop' stond. Het rood was vlam, 'liefde'. Samen vertegenwoordigden de drie kleuren de Levenscyclus des Vuurs. Hier waren ze afgebeeld binnen een driehoek, het universele symbool voor vuur. Samen verbeeldde dit de vernietiging door vuur van de oude wereld, zoals voorzegd door Johannes in de Openbaringen, en de komst van een nieuwe wereldorde.

Dit symbool, bollen in drie kleuren binnen een gelijkzijdige driehoek, was ook gekozen als het geheime embleem van een geheim genootschap dat diezelfde ommekeer in Italië nastreefde. De leden noemden zich Carbonari, Houtskoolbranders.

Na de revoluties, verschrikkingen en veldslagen die Europa vijfentwintig jaar hadden geteisterd, was er maar één ding dat voor nog meer onrust zorgde dan een oorlog, en dat was een binnenlandse opstand of een beweging die onafhankelijkheid eiste van heersers van buitenaf en van elke overheersing.

De afgelopen twee jaar had Byron zijn huis gedeeld met zijn getrouwde Venetiaanse maîtresse Teresa Guiccioli, een meisje

Het vuur 79

van tweeëntwintig, half zo oud als hij, die uit Venetië was verbannen, met haar broer, haar neef en haar vader, maar zonder haar bedrogen echtgenoot.

Dit waren de beruchte Gambitti, zoals ze in de pers werden genoemd. Het waren hooggeplaatste leden van de Carbonari, die eeuwige vijandschap hadden gezworen tegen alle vormen van tirannie, al was hun coup bij het carnaval van vorig jaar, bedoeld om de Habsburgse heersers uit het noorden van Italië te verdrijven, mislukt. De Gambitti waren nu al uit drie Italiaanse steden verbannen. En Byron was ze elke keer gevolgd.

Daarom werden al zijn contacten, persoonlijk of schriftelijk, nauwlettend gevolgd en gerapporteerd aan de heersers van Italië: de Habsburgers in het noorden, de Spaanse Bourbons in het zuiden en het Vaticaan.

Lord Byron was in het geheim Capo van de Cacciatori Americani, 'de Amerikaanse jagers', zoals zijn troep strijders werd genoemd. Hij had uit eigen middelen de wapens betaald die bij de mislukte opstand waren gebruikt. En daar bleef het niet bij.

Hij had zijn vriend Ali Pasja een nieuw geheim wapen bezorgd dat deze kon gebruiken bij zijn opstand tegen de Turken: het repeteergeweer, dat Byron in Amerika voor hem had laten maken.

Byron was nu bezig met het oprichten van de Philike Hetaira, het Vriendschappelijk Genootschap, een geheime groep die zich ten doel stelde de Ottomaanse Turken te verdrijven uit Griekenland.

Hij was een onverzoenlijk vijand van tirannen en hun heerschappij en werd met reden door hen gevreesd. Ze beseften dat hij heel goed de lont in een kruitvat kon steken. En hij was rijk genoeg om dat kruit ook nog zelf te leveren.

Maar in het afgelopen jaar waren drie prille opstanden met harde hand neergeslagen. Na de dood van Ali Pasja, zeven maanden geleden, was diens lichaam zelfs op twee plaatsen begraven: de romp in Janina en het hoofd in Constantinopel. Zeven maanden. Waarom had het zo lang geduurd voor hij het zag? Want het inzicht was pas deze ochtend gekomen.

Ali Pasja was nu bijna zeven maanden dood. Maar hij had taal noch teken vernomen. Eerst dacht Byron dat de plannen waren veranderd. De afgelopen twee jaar, terwijl Ali was ingesloten in Janina, was er wel meer veranderd. Maar de pasja had altijd gezegd dat hij bij gevaar Byron hoe dan ook zou weten te vinden via zijn geheime dienst, de machtigste organisatie op dit gebied die de geschiedenis ooit had gekend. En als dat toch niet mogelijk was, zou hij zijn machtige fort Demir Kule opblazen, met zijn schatten, volgelingen en zelfs zijn geliefde, de mooie Vasiliki. Hij zou niets in handen van de Turken laten vallen.

Maar Ali Pasja was dood, en naar verluidt was Demir Kule intact veroverd. Byron had herhaaldelijk geprobeerd te achterhalen wat er was geworden van Vasiliki en de anderen die naar Constantinopel waren weggevoerd, maar zonder resultaat. En het voorwerp dat hij en de Carbonari moesten beschermen, had hem ook niet bereikt.

De enige aanwijzing leek in Shelleys dichtbundel te staan. Als hij het bij het rechte eind had, was in die driehoek maar de helft van het bericht vervat. Het tweede deel was de passage uit het gedicht die Shelley had gemarkeerd. Samen luidde de boodschap dan: *De oude zonnegod zal worden vernietigd door een veel gevaarlijker vlam – een eeuwig vuur.*

Als dit waar was, had Byron zelf het meeste te vrezen. Hij moest iets doen, en snel. Want als Ali Pasja dood was zonder dat zijn fort was verwoest, als er geen bericht was gekomen van zijn intimi, zoals Vasiliki, zijn adviseurs, agenten van zijn geheime dienst of de sjeiks van de Bektasji, als Shelley zo was opgejaagd dat hij de storm en zijn dood tegemoet was gevlucht, dan kon dat alles maar één ding betekenen, en dat was dat iedereen geloofde dat het schaakstuk zijn bestemming had bereikt. Dat Byron het had.

Maar wat was er gebeurd met de verdwenen Zwarte Koningin?

Byron moest in alle rust nadenken en een plan bedenken voor de anderen met Percy's as aan boord kwamen. Maar misschien was het al te laat.

Hij verfrommelde de bladzijde met de boodschap. Met op zijn gezicht zijn gebruikelijke uitdrukking van onverschillig dedain stond hij op en hinkte moeizaam over het hete zand naar de plek waar Trelawney nog steeds bij het vuur bezig was. Het donkere gelaat van de 'Cockney-piraat' zag er door de roetvegen nog duisterder uit en met zijn blikkerende tanden en hangsnor leek hij wel half waanzinnig. Huiverend gooide Byron de prop papier in de vlammen en vergewiste zich ervan dat die was verteerd voor hij de anderen aansprak.

'Haal bij mij deze farce maar niet uit. Laat mijn lijk maar wegrotten waar het neervalt. Dit heidense ritueel voor een dode dichter heeft me zeer aangegrepen. Ik heb even afleiding nodig om mijn geest te zuiveren van deze gruwelen.'

Hij liep terug naar het strand, knikte kort naar kapitein Roberts ter bevestiging van de afspraak dat ze zich later aan boord met elkaar zouden verstaan, gooide zijn breedgerande hoed op het zand, zijn hemd ernaast, en dook de zee in. Met krachtige slagen sneed hij door het water, dat halverwege de ochtend al zo warm was als bloed. De zon brandde op zijn lichte huid. Hij wist dat het maar een mijl was naar de *Bolivar*, niets voor een man die zwemmend de Hellespont was overgestoken, maar nu kon hij in elk geval denken. Maar al brachten het ritme van zijn slagen en het zoute water dat langs zijn schouders gleed zijn agitatie tot bedaren, toch bleven zijn gedachten steeds op hetzelfde uitkomen.

Hoe hij het ook wendde of keerde, hij kon maar één persoon bedenken op wie Shelleys bericht betrekking kon hebben. Die beschikte wellicht over essentiële aanwijzingen over het lot van Ali Pasja's verdwenen schat. Byron had haar nog nooit gesproken, maar haar reputatie was haar vooruitgesneld.

Ze was Italiaanse van geboorte en nu weduwe. Naast haar enorme rijkdom stak Byrons eigen grote fortuin mager af, en dat wist hij. Ooit was ze wereldberoemd geweest, nu woonde ze in afzondering in Rome. Maar in haar jeugd, zo ging het verhaal, had ze moedig gestreden, te paard en met het pistool in de hand, voor de bevrijding van haar land van vreemde overheersers, net als Byron en de Carbonari nu probeerden te doen.

Ondanks haar persoonlijke bijdrage aan de zaak van de vrijheid had ze het levenslicht geschonken aan 's werelds laatste Titaan, een zonnegod, zoals Keats hem had genoemd. Haar zoon was een tiran geworden wiens kortstondige bewind heel Europa had geterroriseerd voor het binnen luttele jaren was opgebrand, net als Shelley. Het enige wat haar zoon had bereikt, was dat het giftige zaad van de monarchie weer overal wortel had geschoten. Hij was net een jaar daarvoor overleden, en het was een smartelijke dood geweest, in afzondering.

Byron voelde de zon op zijn huid branden. Hij dwong zich tot een extra krachtsinspanning. Als hij gelijk had, was er geen tijd te verliezen en moest hij zijn plan snel uitvoeren.

Hij besefte hoe ironisch het was dat als de zoon van deze Romeinse weduwe nu nog leefde, hij vandaag, 15 augustus, jarig zou zijn geweest. Tot zijn dood was die verjaardag vijftien jaar lang in heel Europa gevierd.

De vrouw van wie Byron dacht dat ze de sleutel bezat tot het terugvinden van de Zwarte Koningin was de moeder van Napoleon, Letizia Bonaparte née Ramolino.

Palazzo Rinuccini, Rome
8 september 1822

Hier zie je maar af en toe de vulkaan vonken, maar de grond is heet en de lucht van dampen bezwangerd. Er is veel commotie, en niemand weet waartoe die zal leiden. Het tijdperk van de vorsten loopt snel ten einde. Bloed zal vloeien als water en tranen als nevel, maar de vrije volkeren zullen zegevieren. Ik zal dat niet meer meemaken, maar ik verwacht het.
— LORD BYRON

Het was een warme, zonnige ochtend, maar in opdracht van madame Mère brandde er een vuur in alle open haarden en flakkerden in alle kamers kaarsen. De kostbare Aubuisson-tapijten waren allemaal geschuierd, de Canova-bustes van haar beroemde kinderen afgestoft. De bedienden van madame waren gekleed in hun mooiste groen met gouden livrei en haar halfbroer, kardinaal Joseph Fesch, zou zo meteen van zijn nabijgelegen Palazzo Falconieri komen om te assisteren bij het begroeten van de gasten voor wie ze traditioneel op deze ene dag per jaar haar huis openstelde. Want vandaag was een belangrijke dag in de heilige kalender, een dag waarvan madame Mère zich had voorgenomen hem nooit te negeren en altijd te eren: de geboortedag van de Heilige Maagd.

Ze hield zich al meer dan vijftig jaar aan dit ritueel, al sinds ze haar gelofte aan Maria had afgelegd. Was haar favoriete zoon niet geboren op een andere feestdag, Maria-Tenhemelopneming? Dat zwakke kleine kind, dat zo onverwacht vroeg geboren was, terwijl ze op haar achttiende al twee kinderen had verloren. Die dag had ze een gelofte afgelegd dat ze Maria's geboorte altijd zou gedenken en dat ze haar kinderen zou toewijden aan de Heilige Maagd.

De vader van het kind wilde per se dat ze het kind Neapolus noemde, naar een obscure Egyptische heilige, en niet Carlo-Maria, zoals Letizia zelf liever gedaan had, maar Letizia zorgde wel dat Maria in de naam van al haar dochters zat. Maria Anna, die later bekend zou worden als Elisa, groothertogin van Toscane, Maria Paulette, later Pauline genoemd, de prinses Borghese en Maria Annunziata, de latere koningin Caroline van Napels. En ze noemden haar madame Mère.

De koningin des hemels had alle meisjes begiftigd met een goede gezondheid en schoonheid, terwijl hun broer, de latere Napoleon, hun rijkdom en macht had gegeven. Maar niets daarvan was blijvend gebleken. Al die geschenken waren in lucht opgelost, net als de golvende nevels die, herinnerde ze zich, om Corsica hadden gehangen, het eiland waar ze was geboren.

Terwijl madame Mère door de met bloemen vol gezette en door kaarsen verlichte kamers van haar enorme Romeinse palazzo dwaalde, wist ze dat ook dit niet blijvend was. Met beklemd gemoed besefte ze dat dit eerbewijs aan de Maagd wel eens haar laatste zou kunnen zijn. Ze was tweeënzeventig, bijna moederziel alleen, haar verwanten dood of verstrooid, permanent in de rouw sinds de dood van Elisa, twee jaar geleden, en in een vreemd land, alleen omgeven door vergankelijke dingen: rijkdom, bezittingen, herinneringen.

Maar een van die herinneringen spookte onverwachts weer door haar hoofd, want deze ochtend had Letizia een boodschap ontvangen. Het was een handgeschreven briefje van iemand van wie ze vele jaren lang niets had gehoord, ook niet tijdens de opkomst en ondergang van het imperium van Bonaparte, niet sinds ze nu bijna dertig jaar geleden uit de wilde bergen van Corsica waren weggevlucht. Het kwam van iemand die Letizia had doodgewaand.

Ze haalde het briefje uit het lijfje van haar zwarte rouwjurk en las het voor misschien wel de twintigste keer. Het was niet ondertekend, maar ze wist wie het geschreven had. Het was gesteld in het Tifinagh, het oeroude schrift waarin het Tamasheq werd weergegeven, de taal van de Toearegs uit het hart van de Sahara. Deze taal was altijd maar door één persoon gebruikt bij berichten aan haar moeders familie.

Daarom had madame Mère haar halfbroer de kardinaal dringend gevraagd om vóór de andere gasten te komen en om de Engelse vrouw mee te nemen, de andere Maria, die net naar Rome was teruggekeerd. Alleen deze twee konden Letizia in deze netelige situatie helpen.

Want als de man die zij 'de Valk' noemden inderdaad als uit de doden was herrezen, wist Letizia precies wat er van haar zou worden gevraagd.

Ondanks de warmte van alle vuren in haar vertrekken voelde Letizia toen ze het briefje las de koude rilling over haar rug gaan die ze maar al te goed van vroeger kende.

De Vuurvogel is herrezen. De Acht keren terug.

Tassili ta-n-Ahaggar, Sahara
herfstequinox 1822

Onsterfelijk wij, en eeuwig,
Voor ons verleden heden is,
En toekomst onder handbereik.

— LORD BYRON, *Manfred*

Charlot stond op het hoge plateau en keek uit over de uitgestrekte rode woestijn. In de bries wapperde zijn witte boernoes om hem heen als de vleugels van een grote vogel. Zijn lange haar, van dezelfde kleur als het koperige zand, danste mee. Nergens ter wereld was een woestijn te vinden die deze kleur had. De kleur van bloed. Van leven.

Een onherbergzaam oord was dit, hoog op een rotswand in het hart van de Sahara, een plek waar alleen wilde geiten en arenden verkozen te leven. Het was niet altijd zo geweest. Achter hem, in de befaamde rotswanden van de Tassili, was vijfduizend jaar aan snijwerk en schilderingen te vinden, schilderingen in gebrande siena, oker, omber en wit die het verhaal vertelden van deze woestijn en de mensen die er in de nevelen van de tijd hadden gewoond, een verhaal dat nog steeds niet af was.

Dit was zijn geboorteplaats, wat de Arabieren *watar* noemen, thuisland, al was hij er sinds zijn allervroegste jeugd niet meer geweest. Hier was zijn leven begonnen, dacht Charlot. Hij was geboren in het Spel. Hier zou misschien het Spel ook eindigen, als hij eenmaal het mysterie had doorgrond. Daarom was hij teruggekeerd naar deze oeroude wildernis, dit tapijt van blinkend licht en duistere geheimen: om de waarheid te vinden.

De Berbers uit de woestijn geloofden dat hij ertoe was voorbestemd om het te doorgronden. Zijn geboorte was voorzegd. De oudste Berberlegende sprak van een kind dat zou worden geboren vóór zijn tijd, met blauwe ogen en rood haar, en het Tweede Gezicht zou hebben. Charlot sloot zijn ogen en snoof de geur van de plek op: zand en zout en kaneel. Het wekte zijn allereerste fysieke herinneringen tot leven.

Hij was te vroeg de wereld in gekomen, rood en rauw en krijsend. Zijn moeder Mireille, een wees van zestien, was uit haar klooster in de Baskische Pyreneeën weggevlucht en door twee continenten naar de diepten van de woestijn getrokken om een gevaarlijk geheim te bewaren. Ze was wat ze hier een *thayyib* noemden, een vrouw die maar één keer een man had bekend. Bij Charlots geboorte, hier tussen de rotsen van de Tassili, was een Berberse prins met een blauwe gelaatssluier en een blauwige huid behulpzaam, een van de blauwe mannen van de Kel Rela Toeareg. Dit was Shahin, de woestijnvalk, die de ouder, peetoom en leraar zou worden van dit uitverkoren kind.

Voor zover Charlots blik reikte, zag hij het rode zand, eindeloos verschuivend, zoals het al ontelbare eeuwen deed, in rusteloze beweging, als was het een levend, ademend ding. Zand dat een deel van hem leek, zand dat elke herinnering uitwiste…

Alleen die van hem niet. Charlots gruwelijke gave van de herinnering vergezelde hem altijd, zelfs de herinnering aan dingen die nog niet waren voorgevallen. Als kind hadden ze hem 'de kleine profeet' genoemd. Hij had opkomst en ondergang voorspeld van rijken, van grote mannen als Napoleon en Alexander van Rusland, of van zijn eigen vader, die hij maar één keer had ontmoet: prins Charles-Maurice de Talleyrand.

Charlots herinnering van de toekomst was altijd een onstuitbaar opwellende bron geweest. Hij kon hem voorzien, ook al kon hij hem misschien niet veranderen. Maar de grootste gave kon natuurlijk ook een vloek zijn.

Voor hem was de wereld een schaakspel, waarbij elke zet een menigte mogelijke vervolgzetten genereert en tegelijk de onderliggende strategie onthult, die onverzettelijk als het noodlot de mens onverbiddelijk voortdrijft. Net als schaken, de schilderingen op de rotsen en het eeuwige zand waren voor hem verleden, heden en toekomst altijd tegelijk aanwezig.

Want Charlot was geboren, zoals was voorzegd, onder de blik van de oude godin, de Witte Koningin. Haar beeltenis was aangebracht in de holte van de stenen wand. Ze was bekend bij alle beschavingen en door alle tijden heen. Ze zweefde nu hoog boven hem, als een wrekende engel, uitgesneden in de loodrechte rotswand. De Toearegs noemden haar Q'ar, de Wagenmenster. Zij, zeiden ze, had het uitspansel bespikkeld met flonkerende sterren. En zij had de onwrikbare koers uitgezet die het Spel sindsdien volgde. Charlot was van de kust hierheen getrokken om haar voor het eerst sinds zijn geboorte te aanschouwen. Zij alleen, zei men, kon het geheim achter het Spel onthullen, en dan misschien alleen nog aan de Uitverkorene.

Charlot werd al voor de dageraad wakker en wierp de wollen djellaba van zich af die hij 's nachts over zich heen legde. Er was iets helemaal verkeerd, maar hij kon nog niet voelen wat.

Op deze plek, een zware, vier dagen durende tocht verwijderd van het dal onder hem, wist hij dat hij veilig was. Maar dat liet onverlet dat er iets mis was.

Hij stond op om wat beter te kunnen kijken. In het oosten, in de richting van Mekka, zag hij het dunne rode lint van de opkomende zon. Maar er was nog niet genoeg licht om de omgeving goed te kunnen onderscheiden. Terwijl hij doodstil op het plateau stond, hoorde hij een geluid, maar een paar meter bij hem vandaan. Eerst een zachte voetstap en toen een mens die ademhaalde.

Hij durfde niets te doen, uit angst een fout te maken.

'Al-Kalim, ik ben het,' fluisterde een stem, al was er kilometers ver niemand die iets had kunnen horen.

Maar één man sprak hem aan als Al-Kalim, de Ziener. 'Shahin!' riep Charlot. Hij voelde sterke, stevige handen om zijn polsen, de handen van de man die altijd moeder en vader, broer en gids voor hem was geweest.

'Maar hoe heb je me gevonden?' vroeg hij. En waarom had Shahin zijn leven gewaagd om zee en woestijn te doorkruisen? Om 's nachts door een verraderlijke kloof te trekken en nog voor het eerste licht hier te zijn? Wat hem hierheen had gevoerd, moest uitzonderlijk dringend zijn.

Maar, en nog belangrijker: waarom had Charlot het niet voorzien?

De zon brak door de horizon en omspoelde de golvende duinen in de verte met een warme roze gloed. Shahins handen omklemden nog steeds die van Charlot, alsof hij hem niet los kon laten, maar uiteindelijk bracht hij ze naar zijn gezicht om de blauwe sluiers weg te trekken.

In het rozige licht zag Charlot voor het eerst de hoekige, havikachtige trekken van Shahin. Maar wat hij in dat gezicht zag, joeg hem angst aan. In zijn negenentwintig jaar op deze aarde had Charlot zijn mentor nog nooit enige emotie zien vertonen, en al helemaal niet de emotie die nu duidelijk op Shahins gezicht stond afgetekend: pijn.

Maar waarom kon hij nog steeds niet naar binnen kijken?

Shahin zocht naar woorden. 'Mijn zoon...' begon hij met verstikte stem.

Charlot had Shahin altijd als zijn vader beschouwd, maar dit was de eerste keer dat de oudere man hem zo aansprak.

'Al-Kalim,' vervolgde hij, 'ik zou je nooit vragen om de grote gave te gebruiken die Allah je geschonken heeft, de gave van het Zicht, als dat niet een zaak van het hoogste belang was. Er heeft zich een crisis voorgedaan. Daarom ben ik van Frankrijk over zee hierheen gereisd. Iets van grote waarde kan in handen van kwaadwilligen zijn gevallen. Iets waarvan ik pas enkele maanden geleden heb gehoord.'

Charlot voelde hoe angst hem besloop. Als Shahin zo'n dringende reden had om hem in de woestijn op te zoeken, moest er inderdaad van een crisis sprake zijn. Maar wat Shahin vervolgens zei, kwam nog harder aan.

'Het heeft te maken met mijn zoon.'

'Je... zoon?' Charlot wist niet of hij het goed had gehoord.

'Ja, ik heb een zoon. Ik heb hem zeer lief. En net als jij is hij uitverkoren voor een leven dat wij niet altijd kunnen doorgronden. In zijn vroegste jeugd is hij ingewijd in een geheime Orde. Zijn opleiding was bijna voltooid, vóór zijn tijd, want hij is pas veertien jaar. Zes maanden geleden kregen we bericht dat zich een crisis had voorgedaan. Mijn zoon had een belangrijke opdracht gekregen van de hoogste sjeik, de Pir van zijn Orde, in een poging die crisis te helpen afwenden. Maar naar het schijnt is de knaap nooit op zijn bestemming aangekomen.'

'Wat was de opdracht? En wat was zijn bestemming?' vroeg

Charlot, al besefte hij half panisch dat dit de eerste keer was dat hij zo'n vraag had moeten stellen. Waarom kende hij het antwoord op die vraag niet al?

'Mijn zoon en zijn metgezel waren op weg naar Venetië,' zei Shahin, hoewel hij Charlot met een bevreemde blik aankeek, alsof dezelfde gedachte ook bij hem was opgekomen. 'We hebben reden om aan te nemen dat mijn zoon Kauri en zijn metgezel zijn ontvoerd.' Even zweeg Shahin, toen voegde hij eraan toe: 'Ik heb vernomen dat ze een belangrijk stuk bij zich hadden van het Montglane-schaakspel.'

DE KONINGS-INDISCHE VERDEDIGING

De Konings-Indische Verdediging wordt algemeen gezien als de meest complexe en interessante van alle Indische Verdedigingen. In theorie is Wit in het voordeel omdat het meer bewegingsvrijheid heeft. Maar de positie van Zwart is stevig en biedt vele mogelijkheden. Een vasthoudende speler kan wonderen verrichten met deze verdediging.
— FRED REINFELD, *Het Complete Boek van Schaakopeningen*

Zwart maakt het Wit mogelijk om in het centrum een sterke pionnenpositie op te bouwen en valt die dan aan. Vaak zie je ook dat Zwart tracht de zwarte diagonaallijn open te krijgen en dan volgt een aanval van de zwarte koningspionnen.
— EDWARD RACE, *Geïllustreerde Geschiedenis van het Schaken*

De stilte werd doorbroken door het geluid van versplinterend hout.

Ik keek naar de andere kant van de kamer en zag dat Lily mijn moeders antwoordapparaat had losgekoppeld en de wirwar van draden uit de lade had getrokken. Ze lagen nu op het bureaublad. Terwijl Key en Vartan toekeken, gebruikte ze de bolvormige briefopener om de klemmende lade helemaal naar buiten te wrikken. Zo te horen sloopte ze meteen het bureau.

'Wat doe je nou?' zei ik geschrokken. 'Dat ding is een eeuw oud.'

'Ik verniel niet graag iets wat de koloniale oorlogen van de Britten nog heeft meegemaakt. Het betekent vast heel veel voor je,' zei mijn tante. 'Maar Cat en ik hebben ooit uiterst waardevolle dingen gevonden in laden die net zo klemden als deze. Ze moet hebben geweten dat ik zo zou reageren.' Gefrustreerd ging ze door met wrikken.

'Zo'n inklapbaar bureau is veel te gammel om er iets van waarde in te stoppen,' zei ik. Het was eigenlijk een lichte kist met laden op losse poten. Britse officieren sleepten die dingen op pakpaarden mee als ze op campagne gingen, van de Khyberpas tot Kasjmir. 'Bovendien zit die lade al mijn hele leven klem.'

'Dan wordt het hoog tijd om hem te ontklemmen.'

'Helemaal mee eens,' zei Key. Ze pakte een zware stenen presse-papier die op het bureau lag en gaf hem aan Lily. 'Beter laat dan nooit.'

Lily liet de steen met een flinke klap op de lade terechtkomen. Ik hoorde het zachte hout verder bezwijken, maar de lade wilde er nog steeds niet helemaal uit.

Zsa-Zsa, dol van al het lawaai en de opwinding, rende piepend als een kolonie ratten die met een schip ten onder gingen om iedereens enkels heen. Ik tilde haar op en stopte haar onder mijn arm, zodat ze even stil was.

'Mag ik?' vroeg Vartan beleefd en hij verloste Lily van haar gereedschap.

Hij stak de briefopener tussen het bureau en de zijkant van de lade en timmerde er met de presse-papier op, tot het hout losscheurde. Toen Lily een ruk aan het handvat gaf, kwam de lade naar voren.

Vartan bekeek de gehavende lade van alle kanten, terwijl Key op de vloer neerknielde, haar arm zo ver mogelijk in het gat stak en rondtastte.

'Ik voel niks,' zei ze. 'Maar ik kom niet helemaal achterin.'

'Mag ik even?' zei Vartan. Hij legde de lade weg en hurkte naast haar neer. Zijn hand verdween in het gat. Hij voelde een hele tijd. Ten slotte trok hij zijn hand weer terug en keek uitdrukkingsloos naar onze verwachtingsvolle gezichten.

'Ik kan niets vinden.' Hij stond op en sloeg het stof van zijn mouwen.

Misschien lag het aan mijn aangeboren wantrouwigheid of mijn gerafelde zenuwen, maar ik geloofde hem niet. Lily had gelijk. Er kon daar iets verborgen zijn. Die bureaus moesten weinig wegen, anders waren ze niet te vervoeren, maar ze moesten ook veilig zijn. Ze waren tientallen jaren gebruikt voor het vervoer van krijgsplannen, berichten met geheime codes van het hoofdkwartier en rapporten van veldeenheden en spionnen.

Ik gaf Zsa-Zsa terug aan Lily en rukte de andere lade open. Daar rommelde ik net zo lang in tot ik de zaklamp vond die we altijd daar hadden liggen. Toen boog ik me vooruit en scheen met de straal in het gat. Maar Vartan had gelijk. Er was niets te zien. Alleen, waarom had de lade dan al die jaren geklemd?

Ik tilde de beschadigde lade op en bekeek hem. Eigenlijk zag ik er niks aan, maar ik duwde het antwoordapparaat opzij en zette hem op het bureau. Toen trok ik de andere lade eruit, keerde hem om en zette hem naast de eerste. Ik keek nog eens goed. De achterkant van de beschadigde lade was iets hoger dan van de andere.

Ik wierp een blik op Lily, die nog steeds de spartelende Zsa-Zsa in haar handen had.

Ze knikte naar me, alsof ze wilde bevestigen dat ze het al die tijd had geweten. Toen draaide ik me om naar Vartan Azov.

'Er zit een geheim vak in,' zei ik.

'Weet ik,' zei hij zacht. 'Ik had het al gemerkt. Maar het leek me het beste om het te verzwijgen.' Zijn stem was nog steeds beleefd, maar zijn koude glimlach was terug. Een glimlach als een waarschuwing.

'Verzwijgen?' zei ik ongelovig.

'Zoals je zelf al zei, zit die lade al een hele tijd klem. We hebben geen idee wat erin zit.' Met enige ironie voegde hij eraan toe: 'Misschien wel waardevolle zaken, zoals krijgsplannen uit de Krimoorlog.'

Dat was niet eens onmogelijk, want mijn vader was op de Krim opgegroeid, maar het was wel erg onwaarschijnlijk. Het was niet eens zijn bureau. En ik was wel net zo nerveus als de rest over wat er in dat geheime vakje kon zitten, maar ik had ook genoeg van Vartan Azovs arrogante logica en ijzige blikken. Ik draaide me om en liep naar de deur.

Het vuur

'Waar ga je heen?' Zijn stem schoot als een kogel achter me aan.
'Een zaag halen,' zei ik over mijn schouder, en liep door. Ik kon moeilijk met dat stuk steen blijven meppen. Ook als de inhoud niets met mijn moeder te maken had, kon het wel waardevol of breekbaar zijn.
Snel en stil liep Vartan de kamer door. Opeens stond hij naast me en stuurde me met een hand op mijn arm de entree in. Daar trok hij de verbindingsdeur dicht en posteerde zich ervoor, zodat ik niet weg kon.
We stonden dicht op elkaar in de kleine ruimte tussen de vriezer en de haakjes, waaraan zoveel bontjassen en donsjacks hingen dat ik voelde hoe mijn haar rechtop ging staan van de statische elektriciteit. Voor ik wat kon zeggen had Vartan me bij beide armen vastgepakt. Hij sprak snel en zo zacht dat de rest het niet kon horen.
'Alexandra, je moet naar me luisteren. Dit is heel erg belangrijk. Ik weet dingen die jij ook moet weten. Dingen van essentieel belang. We moeten praten, nu meteen, voor je nog meer kasten of laden open gaat maken.'
'Er valt niks te zeggen,' snauwde ik met een bitterheid die mezelf verbaasde, en maakte me los uit zijn greep. 'Ik heb geen idee wat je hier doet of waarom moeder je heeft uitgenodigd.'
'Ik weet wél waarom ze me gevraagd heeft,' kaatste Vartan terug. 'Ik heb haar nooit gesproken, maar dat hoefde ze niet te zeggen. Ze had informatie nodig. Jij ook. Van iedereen die er toen bij was, ben ik de enige die die informatie kan geven.'
Ik hoefde niet te vragen wat hij met 'toen' bedoelde. Maar dat bereidde me niet voor op wat er volgde.
'Xie,' zei hij. 'Begrijp je het echt niet? We moeten het over de moord op je vader hebben.'
Het was alsof ik een klap in mijn maag kreeg. Ik kreeg even geen adem. Xie was mijn vaders koosnaampje voor me geweest, een korte vorm van Alexie. Niemand had me sinds mijn jeugd nog zo genoemd. Nu ik het weer hoorde, met 'de moord op je vader' erbij, was het of alle wapens uit mijn handen waren geslagen.
Daar was hij weer, de gebeurtenis waar we nooit over praat-

ten, waar ik nooit aan dacht. Maar mijn verdrongen verleden was doorgedrongen tot in de verstikkende entree van mijn moeders huis en staarde me nu met die vreselijke Oekraïense koelbloedigheid aan. Net als anders vluchtte ik in de ontkenning.

'Moord?' Ongelovig schudde ik mijn hoofd, alsof dat de zaak kon ophelderen. 'Maar de Russische autoriteiten zeiden indertijd dat het een ongeluk was, dat de bewaker hem per ongeluk doodschoot omdat hij dacht dat hij er met iets waardevols uit de schatkamer vandoor ging.'

De donkere ogen van Vartan Azov keken me oplettend aan. Er brandde weer die vreemde paarse gloed in, alsof een vlam werd aangeblazen.

'Misschien liep je vader inderdaad de schatkamer uit met iets van grote waarde,' zei hij langzaam, alsof hij net een verborgen zet had ontdekt, een mysterieuze opening die hij tot dan toe over het hoofd had gezien. 'Misschien liep hij weg met iets waarvan hij toen pas de waarde besefte. Maar wat er die dag ook is gebeurd, Alexandra, ik weet zeker dat je moeder me nooit zou hebben gevraagd om helemaal hierheen te komen, met jou en Lily Rad, als ze niet had gedacht dat je vaders dood tien jaar geleden rechtstreeks verband houdt met de moord op Taras Petrosjan, twee weken geleden in Londen.'

'Taras Petrosjan?' riep ik, al legde Vartan me met een snelle blik op de deur het zwijgen op.

Petrosjan was de rijke zakenman die tien jaar geleden ons Russische schaaktoernooi had georganiseerd. Hij was erbij geweest, die dag in Zagorsk. Verder wist ik heel weinig van hem. Maar Vartan Azov, hoe arrogant hij ook was, had nu wel even mijn volledige aandacht.

'Hoe is Petrosjan vermoord? En waarom? En wat deed hij in Londen?'

'Hij was een groot toernooi aan het organiseren, met grootmeesters uit allerlei landen,' zei Vartan, een wenkbrauw opgetrokken alsof hij had verwacht dat ik dat wel zou weten. 'Petrosjan is een paar jaar geleden met een heleboel geld naar Engeland gevlucht toen het corrupte kapitalistische bedrijf dat hij in Rusland had opgezet net als veel andere door de staat werd genaast. Maar hij is niet echt ontsnapt, al dacht hij dat misschien. Twee weken geleden is hij dood in zijn bed gevonden, in zijn chique hotelsuite in Mayfair. Men vermoedt dat hij is vergiftigd, een beproefde Russische aanpak. Pestrosjan had de siloviki heel vaak gehekeld. Maar die broederschap heeft een lange arm als ze iemand tot zwijgen willen brengen.'

Toen ik niet-begrijpend keek, voegde hij eraan toe: 'In Rusland betekent dat de machtselite. Het is de groep die de KGB is opgevolgd nadat de oude Sovjet-Unie ineen was gestort. Tegenwoordig heten ze FSB, het Federal Security Bureau. De leden en de methoden zijn nog steeds dezelfde. Alleen de naam is veranderd. Ze zijn veel machtiger dan de KGB ooit is geweest, een soort staat met eigen regels. Ik vermoed dat deze siloviki achter de moord op jouw vader zaten. De bewaker die hem heeft neergeschoten, was zeker bij hen in dienst.'

Wat hij zei, klonk idioot. Moordenaars van de KGB? Maar toch voelde ik weer een huivering van herkenning over mijn rug glijden, want nu herinnerde ik me dat Taras Petrosjan de laatste partij had verplaatst naar Zagorsk, buiten Moskou. Als hij was vermoord, leek de angst die mijn moeder al deze jaren had gekoesterd plotseling een stuk begrijpelijker. Om van haar verdwijning en alle verwijzingen naar de laatste partij die ze had achtergelaten nog maar te zwijgen. Haar achterdocht zou wel eens terecht kunnen zijn. Zoals Key zou zeggen: 'Dat je paranoide bent, betekent nog niet dat ze je niet willen pakken.'

Maar ik moest nog iets te weten zien te komen. Iets wat ik niet snapte.

'Wat bedoelde je net,' vroeg ik aan Vartan, 'toen je zei dat mijn vader uit de sacristie wegliep met iets waarvan hij toen pas de waarde besefte?'

Vartan glimlachte raadselachtig, alsof ik net was geslaagd voor een esoterische proef. 'Dat kwam bij mij pas op toen jij begon over de officiële verklaring van je vaders dood,' zei hij. 'Volgens mij had je vader iets van enorme waarde bij zich toen hij de sacristie verliet, iets waarvan anderen vermoedden dat hij het in zijn bezit had, maar wat ze niet konden zien.' Toen ik niet-begrijpend keek, verduidelijkte hij: 'Hij beschikte over informatie.'

'Informatie? Wat voor informatie kan zo waardevol zijn dat ze hem erom hebben vermoord?'

'Het moet iets zijn geweest wat hij niet aan een ander mocht doorgeven.'

'Als hij inderdaad over zulke gevaarlijke informatie beschikte, heeft hij die dan opgedaan in de paar minuten dat we in de schatkamer waren? Bovendien heeft mijn vader daar met niemand gepraat.'

'Dat kan best waar zijn. Maar iemand heeft wel met hem gepraat.'

Lang verdrongen beelden van die ochtend begonnen terug te komen. Mijn vader had me heel even alleen gelaten. Hij was bij een grote glazen vitrine gaan kijken. En toen kwam er iemand naast hem staan.

'Jij hebt met mijn vader gepraat!' riep ik.

Dit keer maande Vartan me niet tot stilte, maar knikte hij bevestigend.

'Ja. Je vader keek naar die vitrine. Ik ging naast hem staan. We zagen een gouden schaakstuk, bedekt met edelstenen. Ik vertelde hem dat het pas was ontdekt in de kelders van de Hermitage in Petersburg, net als de Trojaanse schatten van Schliemann. Naar verluidt had het ooit toebehoord aan Karel de Grote en later misschien aan tsarina Katarina. Ik vertelde dat het speciaal voor deze laatste partij in Zagorsk tentoon was gesteld. Op dat ogenblik liep je vader weg, pakte je bij de hand en gingen jullie naar buiten.'

We waren gevlucht. En buiten, op het bordes, was mijn vader doodgeschoten.

Vartan keek me oplettend aan toen ik probeerde niets te tonen van alle duistere, lang weggedrukte emoties die tot mijn spijt naar boven kwamen. Maar er klopte nog steeds iets niet.

'Waarom zou iemand mijn vader willen vermoorden om hem te beletten gevaarlijke informatie door te geven, terwijl iedereen, ook jij, al op de hoogte is van dat zeldzame stuk en zijn geschiedenis?'

Maar zodra ik de vraag had gesteld, wist ik het antwoord al.

'Omdat dat stuk voor hem heel wat anders betekende dan

voor een ander,' zei Vartan met iets van opwinding in zijn stem. 'De reactie van je vader kwam voor de mensen die hem in de gaten hielden vast volledig onverwacht, anders hadden ze het nooit tentoongesteld. Ze wisten vast niet wat hij had ontdekt, maar hij mocht het niet aan anderen doorgeven.'

Stukken en pionnen krioelden door elkaar. Vartan had een punt. Maar ik zag het grote patroon erachter nog steeds niet.

'Moeder heeft altijd gedacht dat mijn vaders dood geen ongeluk was.' Ik zei maar niet dat ze ook dacht dat de kogel wel eens voor mij bestemd had kunnen zijn. 'En ze vermoedt ook dat schaken er iets mee te maken had. Maar als je gelijk hebt en er is een verband met de dood van Petrosjan, wat is dan de lijn naar dat schaakstuk in Zagorsk?'

'Dat weet ik niet. Maar die moet er zijn. Ik herinner me nog hoe je vader keek toen hij het stuk in de vitrine zag. Bijna of hij geen woord hoorde van wat ik zei. En toen hij zich omdraaide, zag hij er niet uit als een man die aan schaken dacht.'

'Hoe dan?' vroeg ik beklemd.

Vartan keek me aan alsof hij het op die manier kon doorgronden. 'Hij keek bang. Doodsbang zelfs, al verborg hij dat haastig voor mij.'

Wat kon mijn vader in die paar minuten in de schatkamer zoveel angst hebben aangejaagd? Maar bij zijn volgende woorden was het of iemand een koude dolk in mijn hart stak.

'Ik heb er ook geen verklaring voor. Maar misschien betekende het wel veel voor je vader dat het schaakstuk in de vitrine de Zwarte Koningin was.'

Vartan deed de tussendeur open en we liepen de achthoekige woonkamer in. Ik kon hem moeilijk vertellen wat de Zwarte Koningin voor mij betekende. Als alles wat hij had verteld waar was, kon er heel goed een verband zijn tussen de verdwijning van mijn moeder en de dood van mijn vader en Petrosjan. Dan verkeerden we allen in gevaar. Maar na drie stappen bleef ik abrupt staan. Ik was zo geboeid geweest door Vartans verhaal dat ik Lily en Key helemaal was vergeten.

Ze zaten geknield op de grond, voor het bureau, met de lege

lade tussen hen in. Zsa-Zsa lag kwijlend op een Perzisch tapijt. Lily zei net iets tegen Key, maar ze stonden allebei op toen we binnenkwamen. Lily had een scherpe nagelvijl in haar hand en op de grond lagen her en der stukjes hout.

'*Tempus fugit*,' zei Key. 'Terwijl jullie elkaar daar de biecht afnamen of zo hebben wij iets gevonden.'

Ze zwaaide met iets wat eruitzag als een opgevouwen stuk oud papier. Toen we naar hen toe liepen, keek Lily me ernstig aan, haar grijze ogen gevoileerd, alsof ze me wilde waarschuwen.

'Jullie mogen kijken, maar kom er niet aan. Geen extravagant gedoe met dat vuur in de buurt. Als wat we net in die lade hebben ontdekt is wat ik denk dat het is, dan is het heel zeldzaam. Je moeder zou het meteen bevestigen, als ze er was. Ik heb trouwens zo'n vermoeden dat dit document de reden is dat ze er niet is.'

Key vouwde voorzichtig het broze papier open en liet het ons zien.

Vartan en ik bogen ons voorover om het beter te kunnen zien. Eigenlijk leek het meer op stof, maar dan zo oud en vuil dat het zo stijf als perkament was geworden. Er was een afbeelding op aangebracht met een soort roestrode inkt, die op een paar plaatsen was uitgevloeid tot donkere vlekken, al was de afbeelding zichtbaar gebleven. Het was een schaakbord met vierenzestig velden, met op elk veld een vreemd, esoterisch symbool. Ik had geen idee wat het betekende.

Maar Lily wist meer.

'Ik weet niet hoe je moeder aan deze tekening is gekomen, of wanneer. Maar als ik het bij het rechte eind heb, is dit het laatste van de drie delen van de puzzel die dertig jaar geleden ontbraken.'

'Van welke puzzel?' vroeg ik gefrustreerd.

'Ooit gehoord van het schaakspel van Montglane?'

Lily had ons een verhaal te vertellen, zei ze. Maar om het te kunnen vertellen voor de andere gasten arriveerden, vroeg ze me om geen vragen te stellen voor ze het hele verhaal had verteld.

En om het te kunnen vertellen, moest ze op iets anders zitten dan de vloer of een stenen muurtje. Want in de blokhut stonden wel veel meubels, maar geen stoelen.

Key en Vartan liepen de trap op en af met kussens en krukken, tot Lily met Zsa-Zsa in een berg kussens naast het vuur zat, met Key op een pianokruk en Vartan op een hoge bibliotheekkruk ernaast.

Ondertussen deed ik waar ik het beste in was: koken. Dat verdreef de spinnenwebben uit mijn hoofd en zo hadden we ook wat te bieden als de andere gasten aanbelden. Ik roerde in de koperen ketel die laag boven het vuur hing met daarin een massa groenten die ik in de diepvriezer had gevonden – sjalotten, bleekselderij, wortels, cantharellen en blokjes rundvlees – en die nu lekker gaar stoofden in bouillon, stevige rode wijn, een scheut worcestersaus, citroensap, cognac, peterselie, laurier en tijm. Alexandra's beproefde kampvuur-boeuf bourguignon.

Dat een paar uur laten stoven terwijl ik in mijn eigen sop gaarkookte, was net wat ik nodig had. Ik had in een ochtend zoveel te verstouwen gehad dat ik er wel tot het eten mee toe kon. Maar Lily's verhaal kwam daar nog bij.

'Bijna dertig jaar geleden,' begon ze, 'beloofden we je moeder plechtig dat we niet meer over het Spel zouden reppen. Maar nu deze tekening is opgedoken, moet ik het verhaal vertellen. Dat was ook je moeders bedoeling, anders zou ze nooit iets zo belangrijks in die klemmende bureaulade hebben verstopt. Ik heb geen idee waarom ze al die anderen heeft uitgenodigd, maar dat zou ze nooit op zo'n zwaarwegende dag als haar verjaardag hebben gedaan als het niet iets te maken had gehad met het Spel.'

'Het Spel?' zeiden Vartan en ik in koor.

Het verbaasde me dat mijn moeders obsessie met haar verjaardag iets te maken had met schaken, maar als dit iets was van dertig jaar geleden kon het niet het spel zijn dat mijn vader het leven had gekost. Toen viel me opeens iets in.

'Ik heb geen idee over welk Spel je niet mocht praten,' zei ik tegen Lily, 'maar wilde mijn moeder daarom niet dat ik ging schaken?'

Pas nu besefte ik dat buiten mijn familie niemand ooit had geweten dat ik een echte schaakkampioen was geweest, laat staan dat er zoveel over te doen was geweest. Key trok een wenkbrauw op, maar deed haar best niet te verbaasd te kijken.

'Alexandra,' zei Lily, 'je hebt al deze jaren je moeders afwegingen verkeerd begrepen. Maar daar kun jij niets aan doen. Iedereen, dus Ladislaus Nim, ik en zelfs je vader, vond het beter je in onwetendheid te laten. We dachten echt dat als we de stukken zouden begraven, als ze zo goed werden verstopt dat niemand ze nog kon vinden, als de tegenstander was verslagen, dat dan het Spel een hele tijd voorbij zou zijn. Misschien wel voor altijd. Toen jij werd geboren en we merkten dat je al heel jong over een enorm talent beschikte, waren er zoveel jaren voorbijgegaan dat we dachten dat je veilig zou kunnen schaken. Blijkbaar wist alleen je moeder dat dat niet zo was.'

Even zweeg Lily. Toen voegde ze er als in gedachten aan toe: 'Cat is nooit bang geweest voor schaken, maar voor een heel ander Spel. Een Spel dat mijn familie in de ondergang heeft gestort en misschien ook je vader zijn leven kan hebben gekost. Het gevaarlijkste Spel dat er is.'

'Wat voor Spel was dat dan?' zei ik. 'En welke stukken heb je begraven?'

'Een oud schaakspel, dat ooit heeft toebehoord aan Karel de Grote. De stukken, zwaar bezet met edelstenen, kwamen uit Mesopotamië. Men zegt dat ze gevaarlijke krachten bezaten en dat er een vloek in besloten lag.'

Naast me greep Vartan me bij mijn elleboog. Ik voelde een vertrouwde steek van herkenning, alsof een ver weggezakte herinnering werd geprikkeld. Maar Lily was nog niet uitgesproken.

'De stukken en het speelbord hebben duizend jaar lang begraven gelegen in een fort in de Pyreneeën, een fort dat later de abdij van Montglane is geworden. Tijdens de Franse Revolutie is het Spel, dat inmiddels naar de abdij was vernoemd, door de nonnen opgegraven en verspreid om het in veiligheid te brengen. Het is bijna tweehonderd jaar onvindbaar geweest, terwijl toch velen ernaar zochten. Het verhaal wil namelijk dat als alle stukken weer bij elkaar zijn het Spel onbeheersbare krachten op de wereld zal loslaten, natuurkrachten die opkomst en ondergang van beschavingen bepalen.

Maar uiteindelijk is toch een groot deel van het Spel weer bijeengebracht. Zesentwintig stukken en pionnen van de oorspronkelijke tweeëndertig, en een met juwelen bezette doek die oorspronkelijk het bord had bedekt. Alleen zes stukken en het bord zelf hadden we nog niet.'

Lily keek ons een voor een aan. Haar grijze ogen bleven op mij rusten.

'Degene die er na tweehonderd jaar in slaagde om het Spel van Montglane weer bijeen te brengen en de tegenstander te verslaan, een ontzagwekkende taak, was er ook verantwoordelijk voor dat het weer is begraven, dertig jaar geleden, toen we dachten dat het Spel ten einde was. Het is je moeder.'

'Mijn moeder?' Meer wist ik niet uit te brengen.

Lily knikte. 'Dat ze is verdwenen, kan maar één ding betekenen. Ik vermoedde het al toen ik haar telefonische uitnodiging hoorde. Dat blijkt nu pas de eerste stap te zijn geweest. We staan weer allemaal op het bord en ik vrees dat mijn vermoedens gegrond zijn en dat het Spel opnieuw is begonnen.'

'Maar als het Spel ooit heeft bestaan,' wierp ik tegen, 'en als het zo gevaarlijk is, waarom nodigt ze ons dan hier uit? Zo neemt ze toch het risico dat alles weer in gang wordt gezet?'

'Ze had geen keus. In elke partij doet Wit de eerste zet. Dat moet ook hier zijn gebeurd. Zwart kan alleen maar reageren. Misschien is haar zet wel het plotselinge opduiken van het derde deel van de puzzel die ze ons hier heeft laten vinden. Misschien ontdekken we wel andere aanwijzingen over haar strategie en tactiek.'

'Maar moeder heeft nog nooit van haar leven geschaakt. Ze heeft de pest aan schaken.'

'Alexandra,' zei Lily, 'vandaag, Cats verjaardag, de vierde dag van de vierde maand, is een kritieke dag in de geschiedenis van het Spel. Je moeder is de Zwarte Koningin.'

Lily's verhaal begon met een toernooi waar ze dertig jaar geleden met mijn moeder was geweest. Daar had mijn moeder mijn vader ontmoet, Aleksandr Solarin. Tijdens een reces bij de eerste partij was mijn vaders tegenstander onder mysterieuze omstandigheden overleden. Later bleek hij te zijn vermoord. Deze schijnbaar op zichzelf staande gebeurtenis, een sterfgeval tijdens een schaaktoernooi, zou de opmaat blijken van een wilde maalstroom die Lily en mijn moeder het hart van het Spel zou binnenzuigen.

Een paar uur lang vertelde Lily haar zwijgende gehoor een lang, complex verhaal, waarvan ik hieronder alleen de essentie kan samenvatten.

HET VERHAAL VAN DE GROOTMEESTER

Een maand na het toernooi in de Metropolitan Club vertrok Cat Velis uit New York om in Noord-Afrika een lang daarvoor geplande consultancyklus te gaan doen. Een paar maanden later stuurde mijn grootvader en schaakcoach Mordecai me naar Algiers. Daar moest ik me bij haar voegen.

Cat en ik wisten niets af van dit levensgevaarlijke Spel. We kwamen er al snel achter dat we slechts pionnen waren. Maar Mordecai speelde het al heel lang. Hij wist dat Cat tot het hogere was geroepen en dat ze mijn hulp goed kon gebruiken als het tot schermutselingen kwam.

In de kashba van Algiers kwamen we een mysterieuze vrouw tegen, de weduwe van de voormalige Nederlandse consul, die bevriend was met mijn grootvader. Minnie Renselaas. De Zwarte Koningin. Ze gaf ons een dagboek dat tijdens de Franse Revolutie was geschreven door een non en waarin de geschiedenis werd verhaald van het Schaakspel van Montglane en de rol die die non, Mireille, daarbij had gespeeld. Het dagboek van Mireille bleek later essentieel voor een goed begrip van het Spel.

Minnie Renselaas vroeg Cat en mij om diep de woestijn in te gaan, naar het Tassili ta-n-Ahaggar-gebergte, en daar acht stukken op te halen die ze er had begraven. We trotseerden zandstormen, de geheime politie die op ons joeg en een verbeten tegenstander, de Oude Man van de Berg, een Arabier die El-Marad heette en al snel de Witte Koning bleek te zijn. Uiteindelijk vonden we Minnies stukken in een grot in de bergen, beschermd door vleermuizen.

Ik zal nooit het ogenblik vergeten dat ik hun mysterieuze gloed zag: een koning en een koningin, vier pionnen, een paard en een kameel, allemaal vervaardigd van een vreemd gouden of zilveren materiaal, en bezet met ongeslepen edelstenen in een regenboog van kleuren. Ze hadden iets onaards.

Na vele benauwde avonturen bereikten we met de stukken een haven, niet ver van Algiers. Daar werden we achterhaald door de duistere krachten die ons al die tijd hadden achtervolgd. El-Marad en zijn schurken ontvoerden me, maar mijn moeder schoot me te hulp en sloeg hem neer met de zware tas waar de stukken in zaten. We wisten te ontsnappen en leverden de stukken af bij Minnie Renselaas in de kashba. Maar ons avontuur was nog lang niet voorbij.

Samen met Aleksandr Solarin wisten Cat en ik over zee te ontkomen, achternagezeten door een vreselijke storm, de sirocco, die bijna ons schip aan stukken sloeg. We hebben het op een eiland gerepareerd en in de maanden dat we daarmee bezig waren lazen we het dagboek van de non Mireille. Aan de hand daarvan konden we een deel van de geheimen van het spel van Montglane ontraadselen. Toen ons schip weer hersteld was, staken we de Atlantische Oceaan over en arriveerden in New York.

Daar ontdekten we dat we niet, zoals we hoopten, alle schurken in Algiers hadden achtergelaten. Het geboefte wachtte ons op, en mijn moeder en oom bleken er deel van uit te maken. Nog eens zes stukken bleken te zijn verstopt in klemmende laden in een secretaire. We versloegen de laatste Witte tegenstanders en maakten deze zes stukken buit.

We kwamen bijeen in het huis van mijn grootvader, in de diamantbuurt in Manhattan. Cat Velis, Aleksandr Solarin, Ladislaus Nim, allen spelers van Zwart. Er ontbrak er maar één: Minnie Renselaas, de Zwarte Koningin.

Minnie was uit het Spel. Maar ze had iets achtergelaten, als afscheidsgeschenk voor Cat: de laatste bladzijden van het dagboek van de non Mireille. Daarin werd het geheim onthuld van dit magnifieke schaakspel. Het was een formule die, als hij werd opgelost, veel meer vermocht dan het scheppen of vernietigen van beschavingen. Hij kon energie en materie omzetten, en nog veel meer.

In Mireilles dagboek stond zelfs dat ze met de befaamde natuurkundige Fourier in Grenoble had samengewerkt om de formule op te lossen en dat dat haar in 1830, na bijna dertig jaar, was gelukt. Ze bezat zeventien stukken, één meer dan de helft van het spel, en ook de doek met geborduurde symbolen waarmee het bord ooit bedekt was geweest. Het met edelstenen bezette bord zelf was in vieren verdeeld en door Katarina de Grote in Rusland begraven. Maar de abdis van Montglane, die kort daarop in Rusland gevangen was gezet, had het heimelijk nagetekend op de voering van haar gewaad. Als inkt had ze haar eigen bloed gebruikt. Ook deze tekening bezat Mireille nu.

Maar Mireille had slechts zeventien stukken van het spel van Montglane bezeten. Wij hadden er nu zesentwintig, want we hadden stukken veroverd op Wit en andere gevonden die vele jaren begraven waren geweest. We hadden ook de doek over het bord. Misschien was dat genoeg om de formule op te lossen, al kleefden daar dus duidelijk gevaren aan. Het enige wat nog ontbrak, waren zes stukken en het bord. Maar Cat geloofde dat ze de stukken zo goed kon verbergen dat niemand ze ooit nog vond en zo een eind kon maken aan het gevaarlijke Spel.

Vandaag zijn we te weten gekomen dat ze het mis had.

Toen Lily klaar was met haar verhaal, was de vermoeidheid van haar gezicht af te lezen. Ze stond op, maar liet Zsa-Zsa als een natte sok tussen de kussens liggen. Naast het bureau keek ze naar de vuile lap stof met het tweehonderd jaar geleden in bloed nagetekende schaakbord erop en liet haar vingers over de vreemde symbolen glijden.

De hele kamer was doortrokken geraakt van de geur van het in wijn gaar stovende vlees en af en toe hoorde je het hout knappen. Een hele tijd zei niemand iets, maar uiteindelijk verbrak Vartan de stilte.

'Mijn God,' zei hij zacht. 'Wat hebben jullie een hoge prijs betaald voor dit spel. Ik kan me bijna niet voorstellen dat er ooit zoiets heeft bestaan of dat het heel makkelijk weer kan gebeuren. Maar één ding begrijp ik niet: als wat je zegt waar is en dit spel zo gevaarlijk is, als Alexandra's moeder al zoveel stukken bezit, als het spel weer is begonnen en Wit zijn eerste zet heeft gedaan, maar niemand weet wie de spelers zijn, wat heeft ze dan te winnen door zoveel mensen uit te nodigen? En weet je over wat voor formule ze het heeft?'

Key, op haar kruk naast de piano, keek me aan met op haar gezicht een uitdrukking die suggereerde dat ze het antwoord al wist. 'Het antwoord bevindt zich vlak voor onze neus,' zei ze. Het was haar eerste bijdrage aan het gesprek.

'Ons eten hangt erboven,' voegde ze er met een glimlach aan toe. 'Ik weet niet veel van schaken, maar ik weet wel een hoop van calorieën.'

'Calorieën?' zei Lily verbaasd. 'Die je elke dag eet?'

'Je eet geen calorieën,' zei ik. Maar ik had er een vermoeden van waar Key heen wilde.

'Ben ik niet met je eens,' zei Lily, terwijl ze op haar buik klopte. 'Ik heb er meer dan genoeg van naar binnen gewerkt.'

'Dit snap ik niet,' zei Vartan. 'We hadden het net over een gevaarlijk schaakspel, dat mensen het leven heeft gekost. Hebben we het nu over eten?'

'Een calorie is geen eten,' zei ik. 'Het is een eenheid van energie, vooral van warmte. Volgens mij heeft Key net een belangrijk probleem opgelost. Mijn moeder weet dat Key Nokomis de enige vriendin is die ik in dit dal heb en dat zij de eerste en enige is die ik om hulp zou vragen als er een probleem is. Key is caloriemetrisch specialist. Ze vliegt naar afgelegen plaatsen en bestudeert daar de thermische eigenschappen van van alles, van geisers tot vulkanen. Key heeft gelijk. Daarom heeft mijn moeder dit vuur aangelegd. Het is een met calorieën volgestouwde aanwijzing.'

'Sorry hoor,' zei Lily, liep naar de plek waar Key zat en duwde die opzij. 'Even uitblazen op mijn thermische eigenschappen.' Ze zag er moe uit. 'Waar hebben jullie het toch over?' Ook Vartan keek niet-begrijpend.

'Ik bedoel dat mijn moeder zich onder dat brandende blok bevindt, of eigenlijk bevond,' zei ik. 'Ze heeft het maanden geleden hier neergelegd, op vier klossen, zodat ze er via de schacht onder de haardplaat vandoor kon gaan, nadat ze eerst het vuur van onderen had aangestoken. Ik denk dat die schacht uitkomt in een grot, een stuk lager.'

'Is dat geen erg faustiaanse manier van vertrekken?' zei Lily. 'Wat heeft het trouwens van doen met het Spel van Montglane of met schaken?'

'Helemaal niks,' zei ik. 'Het gaat juist helemaal niet over schaken.'

'Het gaat om de formule,' zei Key lachend. Per slot van rekening was dit haar vakgebied. 'De formule waarvan je zei dat Mireille, die non, daar samen met Jean-Baptiste Joseph Fourier aan heeft gewerkt. Dezelfde Fourier die in 1822 *De Analytische Theorie van Warmte* heeft geschreven.'

Onze twee schaakgrootmeesters keken ons glazig aan. Het werd tijd om licht te brengen in de duisternis.

'Moeder heeft ons niet uitgenodigd en toen aan ons lot overgelaten omdat ze een slimme verdediging in een schaakpartij wilde opzetten. Zoals Lily al zei, heeft ze een zet gedaan door ons hier uit te nodigen en dat stuk stof op een plek te verstoppen waar ze hoopte dat Lily het zou vinden.'

Ik zweeg even en keek Key aan. Ze had gelijk. Het was tijd om de vlam wat hoger te draaien, en alle aanwijzingen die moeder had achtergelaten vielen opeens op hun plaats.

'Moeder heeft ons uitgenodigd, omdat ze wil dat wij de stukken bij elkaar brengen en de formule oplossen van het Spel van Montglane.'

'Heb je ooit ontdekt wat de formule was?' Dat was Key, die Vartans vraag herhaalde.

'Ja, min of meer, al heb ik er nooit in geloofd,' zei Lily. 'Alexandra's ouders en haar oom schenen te denken dat het waar kon zijn. Je kan zelf een oordeel vellen aan de hand van mijn verhaal.

Minnie Renselaas zei dat het waar was. Ze zei dat ze zich terugtrok uit het Spel vanwege de formule die twee eeuwen daarvoor was geschapen. Ze zei dat zij de non was, Mireille de Remy, en dat ze de formule had opgelost voor het elixer des levens.'

HET BEKKEN

Hexagram 50: Het bekken
Het Bekken betekent symbolen scheppen en gebruiken zoals
een vuur hout gebruikt. Bied de geesten iets door het te koken.
Dit versterkt het begrip van oor en oog en maakt onzichtbare
dingen zichtbaar.
  — STEPHEN KARCHER, *De Totale I-Ching*

*I*k verstopte de tekening van het schaakbord in de piano en deed de klep dicht tot we hadden bedacht wat we ermee moesten doen. De anderen haalden de bagage uit Keys auto en Lily was net met Zsa-Zsa de sneeuw in gelopen. Ik bleef binnen om de laatste hand te leggen aan het eten. En om na te denken.

Ik had de as weggeharkt en wat meer hout om het enorme blok gelegd. Nu roerde ik in de boeuf bourguignon die borrelde in de koperen pot boven het vuur. Het geheel was behoorlijk ingekookt, en dus deed ik er wat bourgogne en cognac bij.

In mijn hoofd borrelde het ook, maar daar was het niet erg tot klaarheid gekomen. Onder in mijn geestelijke pot was alles samengeklonterd tot een dikke prut. Na Lily's verhaal wist ik dat er te veel ingrediënten op elkaar inwerkten. En elke nieuwe inval scheen weer nieuwe vragen los te maken.

Om maar één voorbeeld te noemen: als er een elixer was dat mensen een lang leven schonk en als de formule ervan bijna twee eeuwen terug door een non was ontdekt, waarom had dan niemand er ooit gebruik van gemaakt? Mijn ouders bijvoorbeeld. Lily had laten doorschemeren dat ze eigenlijk nooit geloof had gehecht aan het hele verhaal, maar ook dat anderen dat wel deden. Maar oom Slava en mijn ouders waren wetenschappers. Als zij en hun helpers al zoveel stukken van de puzzel hadden gelegd, waarom verstopten ze die dan in plaats van de zaak op te lossen?

Maar kennelijk wist dus niemand waar de stukken van het Montglane-spel waren begraven en wie ze had begraven. De Zwarte Koningin, mijn moeder, was de enige die wist door wie ze welk stuk had laten verstoppen. En alleen mijn vader met zijn geweldige schaakgeheugen mocht weten waar de stukken waren verborgen. Nu mijn vader dood was en mijn moeder was verdwenen, liep het spoor dood. Alle kans dat de stukken nooit meer werden gevonden.

Daaruit kwam een tweede vraag voort. Als moeder dertig jaar later echt de formule wilde vinden en ze het stokje aan mij doorgaf, want daar leek het toch op, waarom had ze dan de stukken zo verstopt dat ze niet meer te vinden waren? Waarom had ze niet een soort kaart gemaakt?

Een kaart.

Misschien had ze dat juist wél gedaan, in de vorm van die tekening van het schaakbord en de andere aanwijzingen. Ik raakte het stuk aan dat ik nog steeds in mijn zak had. De zwarte koningin. Te veel wees in de richting van dit stuk, vooral het verhaal van Lily. Op de een of andere manier was zij de sleutel. Als ik haar nog één ding kon vragen...

In de entree hoorde ik stemmen en stampende voeten. Ik hing mijn lepel aan een haakje en ging helpen met de koffers. Daar kreeg ik al snel spijt van.

Lily had Zsa-Zsa uit de sneeuw opgepakt, maar kon er niet meer in. Key had niet overdreven met haar 'stapels designkoffers'. Die lagen en stonden overal, zelfs tegen de tussendeur. Hoe had dat allemaal in één Aston Martin gepast?

'Hoe heb je dit uit Londen hier weten te krijgen?' vroeg Key. 'De Queen Mary afgehuurd?'

'De grootste kunnen niet de wenteltrap op,' zei ik. 'Maar we kunnen ze ook niet hier laten staan.'

Vartan en Key besloten alleen de koffers die Lily echt onmisbaar vond de trap op te sjouwen. De rest zetten ze op de plek die ik aanwees: onder de pooltafel. Dan viel er tenminste niemand over.

Toen ze met de eerste lading naar binnen waren, kroop ik over de rest heen, trok Lily en Zsa-Zsa naar binnen en sloot de dubbele buitendeur.

'Lily, je zei net dat alleen mijn vader wist waar alle stukken waren verstopt. Maar een paar andere dingen weten we wel. Jij weet welke stukken je hebt verborgen en waar, en oom Slava ook. Als je nog weet welke zes stukken aan het spel ontbraken, is na te gaan welke stukken mijn ouders hebben verstopt.'

'Ik heb maar twee stukken gekregen om te verstoppen,' zei Lily. 'De rest dus vierentwintig. Maar alleen je moeder weet of elk van hen acht stukken heeft gekregen. Ik weet niet honderd procent zeker meer welke stukken ontbraken, maar volgens mij vier Witte stukken, twee zilveren pionnen, een paard en de Witte Koning. De twee Zwarte stukken waren een gouden pion en een loper.'

Ik aarzelde. Had ik haar goed verstaan?

'Dus de stukken die moeder in handen heeft gekregen en die jullie hebben begraven, zijn het hele spel, op die zes na?'

Als Vartans verhaal waar was, móést er indertijd bij dat begraven een stuk aan de verzameling hebben ontbroken. Hij had het gezien in Zagorsk, en mijn vader ook. Toch?

Vartan en Key kwamen de wenteltrap aflopen. Ik kon niet wachten. Ik moest het nu meteen weten.

'Hadden jullie de Zwarte Koningin?'

'Nou en of. Dat was het belangrijkste stuk van allemaal, als je Mireilles dagboek mag geloven. De abdis van Montglane heeft het persoonlijk naar Rusland gebracht, met het in stukken verdeelde bord. De Zwarte Koningin is in het bezit geweest van Katarina de Grote. Na haar dood viel het stuk toe aan haar zoon Pavel. Via Katarina's kleinzoon, tsaar Aleksandr, is het bij Mireille terechtgekomen. Cat en ik hebben het gevonden in Minnies bergplaats, die grot in het Tassiligebergte.'

'Weet je dat zeker?' vroeg ik. Ik begon mijn greep op het geheel kwijt te raken.

'Dat vergeet ik nooit meer, met alle vleermuizen die in die grot huisden,' zei Lily. 'Ik heb de Zwarte Koningin zelf in mijn handen gehad. Dat stuk was zo belangrijk dat ik er zeker van ben dat je moeder het zelf heeft begraven.'

Mijn hoofd bonkte weer en in mijn buik voelde ik het kolken. Key en Vartan waren net terug voor de tweede lading.

'Het lijkt wel of je een geest hebt gezien,' zei Key, terwijl ze me bevreemd aankeek.

Zeg dat wel. Het was nog een echte ook: de geest van mijn dode vader in Zagorsk. Mijn achterdocht laaide weer op. Hoe konden de verhalen van Lily én van Vartan waar zijn? Was dit een onderdeel van het bericht van mijn moeder? Niet alleen de zwarte koningin in mijn zak stelde ons dus voor raadsels.

Terwijl ik hierover nadacht, klonk er opeens een hels lawaai: de koperen brandweerbel boven de deur. Vartan keek er vol afschuw naar. Een bezoeker die niet bang was dat zijn hand er door de beer werd afgebeten, had zijn hand in de muil gestoken en aan onze unieke belknop gedraaid.

Zsa-Zsa begon hysterisch te keffen. Lily nam haar mee naar binnen.

Ik schoof een paar koffers opzij en keek door de glazen ogen van de arend naar buiten. Op de stoep buiten stond een gemengd gezelschap in parka's, capuchons en bontjassen. Ik kon hun gezichten niet zien, maar hun identiteit werd al snel duidelijk toen ik de BMW zag die naast mijn Landrover was geparkeerd, met een speciaal nummerbord erop dat je voor veel geld kon kopen. Dit luidde 'Sagesse'.

Vartan, die achter me stond, fluisterde in mijn oor: 'Mensen die je kent?'

Alsof iemand die ons niet goed kende ooit de lange tocht naar het huis zou ondernemen.

'Er is iemand bij die ik graag zou willen vergeten,' zei ik sotto voce. 'Maar ze schijnt helaas te zijn uitgenodigd.'

Sage Livingston was niet van het soort dat graag een tijdje voor de deur wachtte, zeker niet als ze een gevolg bij zich had.

Met een berustende zucht wierp ik de voordeur open en zag dat me nog een onplezierige verrassing wachtte.

'Nee, hè. Het hele Botanische Genootschap.' Key was me net een slag voor.

Ze doelde op de botanische voornamen van de Livingstons. Rosemary, Sage en Basil stonden alle drie voor de deur. Key had een keer gezegd: 'Als ze nog meer kinderen hadden gehad, hadden ze die Parsley en Thyme moeten noemen.'

In mijn jeugd had ik weinig plezier aan ze beleefd. Waarom moeder ze had uitgenodigd, was me een raadsel.

'Lieverd! Wat is dát een tijd geleden!' kraaide Rosemary, terwijl ze voor de andere twee de krappe entree betrad.

Met haar zonnebril en extravagante jas van lynxbont leek de moeder van Sage nog jonger dan ik me haar herinnerde. Ze omhulde me even in een wolk van bedreigdediersoortenbont en kuste de lucht aan weerszijden van mijn wangen.

Ze werd gevolgd door mijn aartsvijand, haar volmaakte asblonde dochter Sage. Sage's vader Basil moest door de kleine omvang van onze entree noodgedwongen buiten blijven staan, samen met een tweede man, ongetwijfeld onze nieuwe buurman, een ruige, door de zon verweerde man in spijkerbroek en nappa jack en met cowboylaarzen aan, met een handgemaakte stetson op. Naast de hooghartige Basil met zijn zilverige bakkebaarden en de dames in hun haute couture stak de onbekende wat vreemd af.

'Vraag je ons niet binnen?' kefte Sage bij wijze van groet, al hadden we elkaar in jaren niet gezien.

Ze keek langs haar moeder naar binnen, waar Key stond. Eén volmaakt verzorgde wenkbrauw ging omhoog, alsof het haar verbaasde die hier aan te treffen. Om meer dan één reden hadden Nokomis Key en Sage Livingston nooit door één deur gekund.

Niemand maakte aanstalten om natte jassen uit te trekken of me aan de onbekende gast voor te stellen. Vartan baande zich een weg langs de al weggehangen jassen, stapte over een paar koffers en sprak Rosemary aan met een charme waarvan ik niet wist dat schakers die bezaten.

'Kan ik misschien uw jas aannemen?' zei hij met de zachte

stem die ik altijd sinister had gevonden. Maar van dichtbij besefte ik dat die in een boudoir heel anders zou overkomen.

Sage zelf verzamelde al jaren designkleren en -mannen. Ze wierp hem een zo geladen blik toe dat een volwassen olifant eronder zou zijn bezweken. Hij vertrok geen spier en bood aan om ook haar jas aan te nemen. Ik stelde hen aan elkaar voor. Toen schoof ik langs het intieme trio naar buiten om de andere twee te begroeten. Ik drukte Basil de hand.

'Ik dacht dat jij en Rosemary er niet bij konden zijn.'

'We hebben iets verzet,' zei Basil met een glimlach. 'Het eerste verjaarsfeestje van je moeder laten we natuurlijk niet lopen.'

Hoe wist hij dat het dat was?

'Sorry, we zijn zo te zien vroeger dan jullie ons verwachtten,' zei zijn metgezel, na een blik te hebben geworpen in de met kleren, mensen en koffers volgestouwde entree.

Hij had een warme, hese stem en was veel jonger dan Basil. Ik schatte hem halverwege de dertig. Hij trok zijn leren handschoenen uit, stak ze onder zijn arm en nam mijn hand in beide handen. Zijn handpalmen waren hard en vereelt van het harde werken.

'Ik ben je nieuwe buurman, Galen March. Je moeder heeft me overgehaald om Sky Ranch te kopen. Jij moet Alexandra zijn. Heel fijn dat Cat me heeft uitgenodigd, dan kan ik je eindelijk eens ontmoeten. Ze heeft heel wat over je verteld.'

En mij helemaal niks over jou, dacht ik.

Ik bedankte hem kort en liep terug om de weg te helpen vrijmaken.

Het werd steeds vreemder. Ik kende de Sky Ranch goed. Goed genoeg om me af te vragen waarom iemand hem zou willen kopen. Het was het laatste stuk grond in de buurt dat nog in particuliere handen was. Meer dan vierduizend hectare, en er hing een prijskaartje aan van minstens vijftien miljoen dollar. Er zaten een paar bergtoppen in, en verder werd het omsloten door reservaten, overheidsbossen en ons gebied. Maar het bestond helemaal uit grauwe rotsen, hoog boven de boomgrens. Water was er niet en de lucht was zo ijl dat je er geen vee kon houden of iets kon verbouwen. Er was zo lang niets mee gedaan dat de mensen hier het de Ghost Ranch noemden. De enige kopers die het tegenwoordig konden betalen, mikten op een ander soort gebruik, als wintersportoord of mijnbouwgebied. En van dat slag moest moeder niets hebben, laat staan dat ze die op haar verjaardag zou uitnodigen.

Ik nam me voor de achtergrond van Galen March eens na te trekken. Maar nu even niet. Het onvermijdelijke kon niet eeuwig worden uitgesteld en dus nodigde ik Basil en Galen uit om binnen te komen. Met de mannen achter me aan baande ik me een weg door de entree, langs Vartan en de poeslieve Livingston-dames, pakte nog eens twee koffers mee om onder de biljarttafel te zetten en liep terug om in mijn kookpot te roeren.

Zodra ik de kamer betrad, schoot Lily op me af.

'Hoe ken je die mensen?' siste ze. 'Waarom zijn ze hier?'

'Moeder heeft ze uitgenodigd,' zei ik, verbaasd over haar strakke gezicht. 'Het zijn onze buren, de Livingstons. Ik verwachtte eigenlijk alleen hun dochter Sage. Je hebt het bericht op het antwoordapparaat gehoord. Vroeger woonden ze in New England, heel kakkineus, maar ze zitten alweer jaren hier. Redlands is van hen, een ranch op het Colorado Plateau.'

'Ze hebben nog veel meer,' zei Lily met gedempte stem.

Maar inmiddels had Basil Livingston zich bij ons gevoegd. Ik wilde hen net aan elkaar voorstellen toen Basil zich tot mijn verbazing over haar hand boog. Toen hij zich weer oprichtte, was ook zijn gezicht een strak masker.

'Hallo, Basil,' zei Lily. 'Wat voert jou hierheen uit het verre Londen? Zoals je ziet, moesten Vartan en ik plotseling weg. Vertel eens, heb je je schaaktoernooi nog kunnen voortzetten na de vreselijke dood van je compagnon Taras Petrosjan?'

EEN GESLOTEN POSITIE

Een positie met lange pionketens en weinig manoeuvreerruimte voor de stukken. De meeste stukken staan nog op het bord, veelal achter de pionnen, zodat een gesloten stelling ontstaat, met weinig afruilmogelijkheden.

— EDWARD BRACE, *Geïllustreerde geschiedenis van het schaken*

*I*n de bergen gaat de zon vroeg onder. Toen alle gasten en koffers binnen waren, kwam door de hoge ramen alleen nog een zilverige gloed de kamer in, die sinistere silhouetten maakte van de gesneden totemdieren.

Galen March leek meteen al erg gesteld op Key. Hij bood aan om haar te helpen. Samen deden ze de lampen aan, gooiden een laken over de biljarttafel en zetten de krukken en banken eromheen.

Lily vertelde iedereen dat mijn moeder er vanwege een crisis in de familie niet bij kon zijn, wat technisch gezien nog waar was ook. Ze jokte dat Cat had opgebeld om haar excuses te maken en had gezegd dat we ons toch moesten amuseren.

We hadden te weinig wijnglazen en dus schonk Vartan wodka in een paar theekoppen en stevige rode wijn in koffiekopjes. Na een paar slokken werd iedereen wat losser.

Toen we om de tafel gingen zitten, was duidelijk dat we met te veel waren om alle raadsels op te lossen. Key, Lily, Vartan, de drie

Livingstons, Galen March en ik. Samen waren dat acht mensen. Iedereen keek er een tikje ongemakkelijk bij, maar toch hieven we onze kopjes en glazen in een dronk op onze afwezige gastvrouw.

Het enige wat we gemeen hadden, was de uitnodiging van mijn moeder. Maar met mijn schaakervaring wist ik heel goed dat schijn heel bedrieglijk kan zijn.

Basil had me niet overtuigd met zijn vage reactie op Lily's opmerking over dat schaaktoernooi. Hij was maar een stille partner, had hij gezegd, een geldschieter. Hij kende Petrosjan, de organisator, eigenlijk vrijwel niet.

Maar hij sprak Lily én Vartan met hun voornaam aan. Hoe goed kende hij ze? Was het alleen toeval dat ze alle vier, ook Rosemary, twee weken geleden in Mayfair waren op de dag dat Petrosjan werd vermoord?

'Hou jij van schaken?' vroeg Vartan aan Sage Livingston, die zo dicht mogelijk naast hem was gaan zitten.

Ze schudde haar hoofd en wilde net wat zeggen toen ik opsprong en voorstelde om het eten op te dienen. Alleen Vartan en Lily kenden mijn verleden als schaakkoninginnetje en de reden dat ik was opgehouden met schaken.

Ik liep om de geïmproviseerde tafel en schepte gekookte aardappelen op, erwtjes en de boeuf bourguignon. Dat rondlopen beviel me wel. Zo kon ik luisteren naar de anderen en hun gelaatsuitdrukking lezen zonder zelf aandacht te trekken. Dat leek me gewenst, want per slot van rekening had mijn moeder ze uitgenodigd. Dit was misschien wel mijn enige kans om ze alle zeven tegelijk te observeren. En ook als maar een deel van wat Vartan had gezegd waar was, was het mogelijk dat iemand hier betrokken was geweest bij de verdwijning van mijn moeder, de dood van mijn vader of de moord op Taras Petrosjan.

'Dus jij financiert schaaktoernooien,' zei Galen March tegen Basil, tegenover hem. 'Wat een bijzondere hobby. Je houdt dus van het spel.'

Interessante woordkeuze, dacht ik, terwijl ik Basil opschepte.

'Valt tegen,' zei hij. 'Petrosjan heeft alles geregeld. Ik kende hem via mijn bedrijf in Washington. We werken met durfkapitaal. Dat investeren we in allerlei dingen, wereldwijd. Na de val van de Muur hebben we mensen van achter het voormalige IJzeren Gordijn een handje geholpen. Lui zoals Petrosjan. Tijdens de glasnost en de perestrojka had hij een stel restaurants en nachtclubs opgezet. Met schaken als publiciteitsstunt. Toen Poetin de kapitalisten aanpakte, alleen noemde hij ze oligarchen, hebben we hem geholpen om zijn bedrijf naar het Westen over te brengen. Meer is het niet.'

Basil nam een hap van de bourguignon terwijl ik doorliep naar Sage.

'Dus je bedoelt dat Petrosjan is vermoord omdat hij achter *Das Kapital* aan zat, en niet omdat hij van schaken hield,' zei Lily droogjes.

'Volgens de politie misten die geruchten elke grond,' zei Basil snel. Op de rest ging hij niet in. 'Volgens het officiële rapport is hij overleden aan een hartaanval. Maar je kent de Britse pers. Die zullen zelfs over de dood van Diana altijd blijven speculeren.'

Bij dat 'officiële rapport' wierp Vartan me behoedzaam een zijdelingse blik toe. Ik wist precies wat hij dacht, schepte hem wat erwtjes op en liep door naar Lily, net toen Galen March weer een duit in het zakje deed.

'Dus je bedrijf zit in Washington,' zei hij tegen Basil. 'Is dat niet een lange reistijd? En als je nou naar Londen of naar Rusland wilt?'

Basil glimlachte neerbuigend. 'Vaak runnen bedrijven zichzelf. We komen vaak door Washington als we in Londen gaan winkelen of naar het theater gaan, en Rosemary komt er heel vaak om het een en ander te doen. Maar ik ben eigenlijk het liefst in Redlands, waar ik de rancher uit kan hangen.'

De chique Rosemary sloeg haar ogen ten hemel en lachte toen naar Galen March. 'Je weet toch wel hoe je een klein fortuin maakt in de veehouderij?' Galen keek niet-begrijpend. 'Je begint met een groot fortuin.'

Iedereen lachte beleefd en wijdde zich toen aan de maaltijd en de disgenoten. Ik ging naast Key zitten en schepte mezelf op. Maar ik wist dat wat Rosemary net gezegd had geen grap was. Basil Livingstons fortuin en macht waren legendarisch.

Ik wist er alles van. Basil was actief in dezelfde sector als mijn ouders en Key: energie. Het verschil was dat zij onderzoek deden, terwijl Basil voor het grote geld ging.

Neem nou zijn ranch in Redlands. Zestienduizend hectare op het Colorado Plateau, en niet alleen bedoeld om er vee op te weiden of andere zakenmensen of staatshoofden te ontvangen. Onder Redlands bevond zich ook een deel van 's werelds grootste voorraad uraniumerts.

In Washington had Basil niet ver van waar ik woonde een heel gebouw volgestouwd met lobbyisten. Die hadden er wetten doorheen gekregen waar mijn moeder razend van werd: belastingvoordeel als je investeerde in oliewinning binnen de Poolcirkel en belastingverlagingen als je een benzine slurpende suv had.

Des te meer reden om niet alleen vraagtekens te zetten bij de aanwezigen, maar ook bij mijn moeders timing. Waarom juist vandaag? De uitnodiging, besefte ik, was uitgegaan op ongeveer hetzelfde ogenblik dat Petrosjan, Basils 'collega', in Londen stierf. En Petrosjan had tien jaar geleden het toernooi in Moskou georganiseerd, waarbij mijn vader de dood had gevonden.

Ik keek de tafel rond naar de mensen die mijn moeder had uitgenodigd. Sage probeerde aan te pappen met Vartan, Galen March luisterde aandachtig naar Key, Rosemary fluisterde wat tegen haar man, Lily voerde stukjes vlees aan Zsa-Zsa, die bij haar op schoot zat.

Als Lily gelijk had en er een spel werd gespeeld, een gevaarlijk spel, kon ik de grote stukken niet van de pionnen onderscheiden. Wat ik hier om de tafel zag, leek meer op blindschaken, aan een aantal borden tegelijk en tegen onbekende tegenstanders, die allemaal zetten onder couvert afgaven. Het werd tijd om wat struikgewas weg te kappen, dan kregen we beter zicht. En opeens wist ik waar ik moest beginnen.

Er was maar één aanwezige die niet rechtstreeks door mijn moeder was uitgenodigd. Ik had haar zelf gevraagd, wat mijn moeder vast ook wel had verwacht. Ze was al vanaf mijn twaalfde mijn beste en enige vriendin. Misschien was zij dus wel de sleutel tot het dilemma. Het was vast geen toeval dat ze Key heette.

Het vuur 119

Ik was twaalf. Mijn vader was dood.

Mijn moeder had me halverwege het schooljaar weggehaald van de school in New York waar ik op zat en me op een andere school in Colorado gedaan, waar ik niets en niemand kende.

Schaken was verboden. Ik mocht er niet eens over praten.

De eerste dag op mijn nieuwe school kwam er een arrogant meisje met een blonde paardenstaart op me af.

'Je bent nieuw hier,' stelde ze vast. En toen, op een manier die suggereerde dat alles van mijn antwoord afhing, vroeg ze: 'Was je op je vorige school populair?'

Dat was me in twaalf jaar nog nooit gevraagd. Niet op school en niet op een schaaktoernooi. Ik wist niet hoe ik moest reageren.

'Weet ik niet. Wat bedoel je met populair?'

Even keek ze net zo niet-begrijpend bij mijn vraag als ik bij de hare.

'Als je populair bent,' zei ze uiteindelijk, 'willen andere kinderen dat je ze aardig vindt. Ze doen net als jij en trekken net zulke kleren aan als jij hebt, en ze doen wat jij zegt omdat ze bij jouw groep willen horen.'

'Mijn team, bedoel je?' zei ik verward, maar beet meteen op mijn tong. Ik mocht het niet over schaken hebben.

Maar ik deed al sinds mijn zesde aan toernooien mee. Ik had geen groep. Wel een team. Dat bestond uit volwassenen die me coachten, zoals mijn vader en de secondanten die achteraf een partij met me doornamen. Als ik het aan medeleerlingen had gevraagd op mijn school in New York, hadden ze me vast een echte nerd gevonden.

'Je team? Dus je doet aan sport. Zo te zien win je vaak en dus moet je populair zijn geweest. Ik heet Sage Livingston. Ik ben het populairste meisje op school. Je mag mijn nieuwe vriendin worden.'

Dit gesprek in de gang was het hoogtepunt van onze relatie, waarmee het al snel bergaf ging. De reden was mijn onverwachte vriendschap met Nokomis Key.

Terwijl Sage de cheerleader uithing of met een racket zwaaide, leerde Key me paardrijden zonder zadel en liet ze zien hoe je je over een pas besneeuwde helling omlaag kon laten glijden.

Dat vond mijn moeder een stuk leuker dan de chique feestjes die Sage in de Cherry Creek Country Club gaf.

Basil, de vader van Sage, mocht dan schatrijk zijn, Rosemary, haar moeder, mocht boven aan elke gastenlijst prijken, van Denver tot Washington, maar één ding zou altijd buiten Sage's bereik blijven: het lidmaatschap van de DAR, de Daughters of the American Revolution. Dat was voorbehouden aan vrouwen die afstamden van de helden van weleer. Hun hoofdkwartier in Washington bevond zich op een steenworp afstand van het Witte Huis. In de eeuw dat ze bestonden, hadden ze meer status verworven dan de afstammelingen van de *Mayflower* of andere elitaire groepen die op het verleden teruggrepen.

En juist daarom had Sage zo de pest aan Nokomis Key. Die had er allerlei baantjes bij om wat geld te verdienen, van kamermeisje tot boswachter. Rosemary en Sage gingen heel vaak naar Washington en stonden dan prominent in de krant als ze weer eens geld gaven aan musea en andere beroemde instellingen.

Maar Key was van zichzelf beroemd, ook al wisten maar weinig mensen in Colorado dat. Keys moeder stamde af van een lange serie Algonquin en Iroquois-indianen, die teruggingen tot de Powhatan, de échte Eerste Amerikanen. En haar vader was een nazaat van een van de beroemdste families van Washington, die van de schrijver van ons volkslied, 'The Star Spangled Banner', Francis Scott Key.

Als Key haar gezicht in Washington liet zien, zou de DAR de spreekwoordelijke rode loper uitrollen, helemaal over de brug en tot in het kleine park dat naar haar beroemde voorvader was vernoemd, een brug en een park waarmee je toevallig ook bij mijn voordeur kwam.

Washington.

Ik weet niet waarom ik daar op dat ogenblik aan dacht. Niet alleen door Key, maar door alles wat ermee samenhing: Basils zakelijke intriges op Capitol Hill, de chique kringen waarin Rosemary zich bewoog, de genealogische obsessie van Sage en mijn eigen langdurige verblijf daar onder de hoede van oom Slava, die volgens Lily een belangrijke speler was in het Spel. Het was allemaal te verdacht.

Het vuur

Maar als mijn moeder mijn aandacht wilde vestigen op Washington, waarom had ze ons dan in Colorado uitgenodigd? Was er verband tussen de twee? Ik kon maar één manier bedenken om daarachter te komen.

Gezien mijn moeders geringe talent voor codes had ik verwacht dat elke aanwijzing naar iets concreets zou leiden, zoals dat Russische kaartje of het schaakbord in de piano.

Maar misschien zat ik er met die eerste gedachte naast.

Ik stond op van tafel en liep naar de haard om met de pook in de gloeiende as te porren. Daar liet ik mijn hand in mijn zak glijden en betastte de zwarte koningin met de stukjes papier die er nog steeds in zaten.

Uit een aantal dingen die we hadden ontdekt – het schaakstuk, het stukje karton, het oude stuk textiel met het schaakbord erop – en uit wat we daaruit hadden afgeleid, had ik al opgemaakt dat er twee Zwarte Koninginnen waren en dat er een groter Spel gaande was. Een gevaarlijk Spel. In gedachten ging ik alles na wat we sinds vanochtend hadden ontdekt.

Het neptelefoonnummer met twee ontbrekende cijfers.
De puzzel, die me naar het schaakbord in de piano had gevoerd.
De Zwarte Koningin, die was verwisseld met de 8-bal op de pooltafel.
Het in de Koningin verstopte bericht, dat verwees naar mijn partij in Rusland.
De oude tekening van een schaakbord die in mijn moeders bureau verstopt was.

Het leek allemaal nogal rechttoe, rechtaan, net als mijn moeder. Maar ik wist heel zeker dat hier de sleutel verborgen lag tot iets groters.

Toen zag ik het opeens.

Hoe had ik zo stom kunnen zijn? Ik loste mijn hele leven toch al dit soort puzzeltjes op? Ik had wel willen gillen, stampvoeten en aan mijn haar trekken, alleen zou dat niet verstandig zijn geweest in een kamer vol gasten.

Het was de eerste puzzel die ik had moeten oplossen, om het huis in te komen. De twee ontbrekende cijfers van het 'telefoonnummer' – 64.

Niet alleen had een schaakbord vierenzestig velden. 64, dat waren ook de laatste twee cijfers van het combinatieslot van het geldkistje waarin moeder de sleutel van het huis had verstopt.

Het schaakbord bevat de sleutel.

Het was of de Rode Zee uiteenweek. Eindelijk kon ik tot in het hart van het Spel kijken. En als er in het eerste bericht meer dan één betekenisniveau zat, was dat bij de andere vast ook wel zo.

Ik was er net zo zeker van dat er verbanden waren tussen iedereen die ze had uitgenodigd, hoe paradoxaal die keuze nu ook leek. Maar wat voor verbanden? Daar moest ik achter komen, en wel nu, terwijl de spelers nog om de tafel zaten.

Ik glipte naar de andere kant van de open haard, waar ik schuilging achter de koperen kap. Daar haalde ik het enige bericht uit mijn zak dat mijn moeder zelf geschreven had. Het luidde:

> WASHINGTON
> LUXURY CAR
> VIRGIN ISLES
> ELVIS LIVES
> AS ABOVE, SO BELOW

Washington D.C. stond duidelijk bovenaan. Net zoals het schaakbord de sleutel was geweest tot ons huis, zou deze code wel eens de sleutel kunnen zijn tot de rest. Ik pijnigde mijn hersens, maar met Luxury Car en Virgin Isles kwam ik nergens. Ik wist dat de eerste drie aanwijzingen – DC, LX, VI – samen 666 vormden, het getal van het beest. Ik probeerde nog eens om het breder te zien. En bingo.

> ELVIS LIVES.

Er waren nog twee anagrammen die je kon vormen met de letters van Velis, mijn moeders naam: *evils* en *veils*, wat 'het kwaad' en 'sluiers' betekende. In het Boek der Openbaringen, of de Apocalyps, onthult Johannes wat er aan het eind van de wereld gebeurt. Van de woordspelletjes uit mijn jeugd wist ik dat het Latijnse woord voor openbaring *revelatio* is, en dat het dus letterlijk het wegtrekken van de sluier betekent.

En dan de laatste regel. *As above, so below.* 'Zoals boven, zo ook beneden.' Die gaf de doorslag. En als ik gelijk had, had het weinig te maken met de in de piano verstopte schaakpartij. Dat was een truc geweest. *Opletten*. En hij had zeker effect gehad.

Als ik niet zo negatief had gedacht over mijn moeders talent voor puzzels had ik het misschien wel meteen gezien. Dat zou ook verklaren waarom moeder ons hier in Colorado had uitgenodigd, op een plek die Four Corners, de Vier Hoeken, werd genoemd, hoog in de Rocky Mountains, tussen de vier bergen die volgens de Navajo's de geboorteplaats van de wereld markeerden. Een kosmisch schaakbord dus.

De volledige boodschap luidde dus:

Het schaakbord bevat de sleutel.
Trek de sluier weg van het kwaad.

Zoals boven, zo ook beneden.

Als het schaakbord de sleutel bevatte tot het verwijderen van de sluier, zoals in moeders bericht besloten lag, moest alles wat ik hier in dit hooggelegen gebied ontdekte, zoals de oude afbeelding van het schaakbord, verbonden zijn met het aardse schaakbord 'beneden'.

Dat vermoedde ik al die tijd al. En ik wist dat er maar één stad was die zo was opgezet dat hij op een schaakbord leek: de stad waar ik woonde.

Daar zou de volgende zet in het Spel worden gedaan.

DE SLUIER

Zullen wij schrijven over wat niet gezegd mag worden?
Zullen wij onthullen wat niet onthuld mag worden?
Zullen wij uitspreken wat niet uitgesproken mag worden?
— KEIZER JULIANUS, Hymne tot de Moeder Gods

Koninklijke harem
Daral-Mahzen-paleis
Fez, Marokko,
winterequinox 1822

Haidée trok aan haar sluier terwijl ze zich over de wijde binnenplaats van de koninklijke harem haastte. Ze werd geëscorteerd door twee forse eunuchen die ze nog nooit had gezien. Ze was die ochtend net als de andere bewoners van de harem bij zonsopgang wakker gemaakt door een groep paleiswachters die iedereen opdracht hadden gegeven om zich aan te kleden en zich zo snel mogelijk klaar te maken voor vertrek.

Haidée was aangesproken door de commandant van de soldaten, die haar bruusk meedeelde dat ze onmiddellijk naar de buitenhof moest komen die harem en paleis verbond.

Er was uiteraard een pandemonium uitgebroken toen de vrouwen begrepen waarom dit angstaanjagende bevel was gegeven. Want sultan Mulay Suleiman, nazaat van de Profeet en gesel des geloofs, was kort daarvoor overleden aan een beroerte. Zijn opvolger was zijn neef Abdul Rahman, die uiteraard met zijn eigen harem en hovelingen het paleis zou betrekken. Iedereen wist dat bij vorige troonsopvolgingen massaal mensen als slaaf waren verkocht of zelfs waren vermoord. De nieuwe heerser wilde niets te vrezen hebben van de entourage van de oude.

Terwijl de concubines, odalisken en eunuchen zich aankleedden in de warme cocon van de harem, met om zich heen de vertrouwde geuren van rozenwater, lavendel, honing en munt, in het enige huis dat de meesten ooit gekend hadden, werd er angstig gegist naar wat deze schokkende gebeurtenis voor gevolgen zou hebben. Veel hoop koesterde niemand.

Haidée was niet verwant aan de koninklijke familie en dacht dus niet na over wat het lot voor haar in petto had. Waarom was zij als enige van de hele harem naar de buitenhof ontboden? Dat kon maar één ding betekenen. Ze hadden ontdekt wie ze was en, nog erger, wat de grote klomp steenkool was die elf maanden daarvoor bij haar was aangetroffen. De sultan had hem zich toegeëigend.

Nu ze over de binnenplaats liep, met aan weerszijden een gespierde bewaker, passeerde ze de fonteinen die de hele winter verwarmd water in de bassins lieten ruisen om de vissen tegen de kou te beschermen. Het fijne witte filigrein van de omgang rond de binnenplaats weerstond al zeshonderd jaar de tand des tijds omdat, zei men, fijngestampte botten van christelijke slaven door het pleister waren gemengd. Haidée hoopte dat dat niet het lot was dat haar op dit kritieke ogenblik wachtte. Ze voelde haar hart bonken van iets wat het midden hield tussen opwinding en angst voor het onbekende.

Bijna een jaar bevond ze zich nu hier, als onopvallende odalisk of kamerdienares, tussen de eunuchen en andere slaven van de sultan. Het koninklijke paleis van Dar al-Mahzen besloeg een oppervlakte van tachtig hectare en bevatte prachtige tuinen en vijvers, moskeeën en kazernes, harems en hamams. Deze vleugel van het paleis, met door tuinen en open binnenplaatsen met elkaar verbonden kamers en badhuizen, bood ruimte aan duizend concubines, die verzorgd werden door een enorme massa personeel.

Maar hoe open het allemaal ook was, voor Haidée was het verstikkend, opgesloten als ze zat tussen honderden anderen in een complex dat met ijzeren tralies, deuren en ramen van de wereld was afgesloten. Ze was hier wel geïsoleerd, maar nooit alleen.

En Kauri, de enige vriend en beschermer die ze op aarde had, de enige die haar zou kunnen vinden in dit fort, was samen met de hele bemanning meegenomen door slavenhandelaars toen hun buitgemaakte schip de haven in gesleept was. Ze herinnerde zich het gruwelijke voorval nog heel goed.

Aan de Adriatische kust, niet ver meer van Venetië, voeren ze net langs de havenplaats Pirene. Het woord betekende 'vuur', omdat hier al sinds de tijd van de Romeinen een vuurtoren stond die schepen waarschuwde voor de rotsige kaap. Hier hielden de laatste zeerovers, de beruchte piraten van Pirene, zich nog steeds bezig met hun smerige handel: het verkopen van Europese slaven aan moslimlanden, waar ze 'wit goud' werden genoemd.

Toen zij en Kauri zagen dat hun schip zou worden overvallen door Sloveense piraten, wisten ze dat deze onverwachte gebeurtenis gruwelijke gevolgen zou kunnen hebben.

De kleine bemanning en hun twee jonge passagiers zouden worden beroofd van hun bezittingen en vervolgens worden verkocht op een slavenmarkt. Meisjes als Haidée werden verkocht als echtgenote of prostituee, maar het lot van een jongen als Kauri kon veel erger zijn. Slavenhandelaren namen jongens mee de woestijn in, castreerden ze met een mes en begroeven ze in heet zand om het bloeden te stelpen. Als de jongen het overleefde, lag hij goed in de markt en werd hij voor een hoge prijs verkocht als eunuch, een bewaker in een van de vele harems in het uitgestrekte Turkse rijk. Sommige jongens belandden zelfs als castraatzanger in Rome.

Hun enige hoop was geweest dat na tientallen jaren van beschietingen door Britse, Amerikaanse en Franse schepen de Barbarijse kust nu eindelijk gesloten zou zijn voor deze handel. Vijf jaar geleden was een verdrag gesloten waarbij tachtigduizend

Europeanen uit slavernij waren bevrijd en de mediterraanse handelsroutes waren nu weer open.

Maar er was nog één plek waar dit soort buit nog wel welkom was en dat was het enige mediterraanse land dat nooit had gebogen voor het Ottomaanse rijk of christelijk Europa: het sultanaat Marokko. Het was een geïsoleerd land, met de hoofdstad Fez een eind van de kust, tussen het Rifgebergte en de toppen van de Atlas, en het had dertig jaar lang gezucht onder de ijzeren vuist van sultan Mulay Suleiman.

Haidée had nu zo lang gevangengezeten in zijn harem dat ze wel het een en ander wist van zijn bewind. Geruststellend was het allemaal niet.

Suleiman stamde af van de Profeet, maar had zich al vroeg achter de idealen geschaard van een soennitische hervormer, Mohammed ibn Abd-al-Wahhab, uit Arabië. Dankzij de steun van wahabitische ijveraars was de heerser van Arabië, ibn-Saud, erin geslaagd om gedurende korte tijd grote stukken Arabisch land te heroveren op de Ottomaanse Turken.

Een lang leven was deze triomf niet beschoren, maar de geloofsijver van de wahabieten deed het vuur ontbranden in het hart van Mulay Suleiman. Hij had het huis van zijn religie grondig gezuiverd, vanbinnen en vanbuiten. Hij staakte de handel met de decadente Turken en de God loochenende Fransen met hun Revolutie, waarop een imperium was gevolgd, voorzeker een heilloze combinatie, hij had het vereren van heiligen door sjiieten verboden en de soefibroederschappen ontbonden.

In de dertig jaar van zijn bewind was er maar één volk waarop hij nooit greep had kunnen krijgen: de soefische Berbers aan de andere kant van de bergen.

Dat had Haidée nog de meeste angst ingeboezemd in de vele maanden dat ze nu hier was. Na de onthulling van vanmorgen vreesde ze het ergste. Want als ooit uit zou komen dat Kauri zowel soefi als Berber was, zou hij niet zijn verminkt of verkocht, maar zijn gedood.

En dan zou voor Haidée, die zorgvuldig het geheim had bewaard dat Ali Pasja haar had toevertrouwd, alle hoop vervliegen dat ze ooit weer vrij zou komen. En ze zou nooit meer de Zwarte Koningin die haar was ontstolen terug kunnen krijgen en aan de rechtmatige eigenaar kunnen overhandigen.

Maar ondanks de wanhoop in haar hart klemde ze zich vast aan de gedachte die de afgelopen elf maanden steeds door haar hoofd had gespeeld:

Toen zij en Kauri merkten waar ze heen waren gebracht, had Kauri net voor ze voet aan wal zetten in Marokko en misschien voorgoed werden gescheiden, haar verteld dat er één man in Marokko was die hen kon helpen als ze hem ooit konden bereiken, een man die in hoog aanzien stond bij de Baba Shemimi, een meester van de Tarik'at of het geheime pad. Het was een soefikluizenaar die bekendstond als de Oude Man van de Berg. Als een van hen ooit wist te ontsnappen, moesten ze naar deze man toe.

Haidée bad nu dat ze in de luttele ogenblikken die ze buiten de haremmuren doorbracht, snel iets kon bedenken en uitvoeren. Anders was alles verloren.

Het Atlasgebergte

Shahin en Charlot bereikten de laatste helling van de laatste berg toen de ondergaande zon in de verte net de hoge, met sneeuw bedekte top van de Zerhon beroerde. De zware tocht van de Tassili, diep in de Sahara, door een in de greep van de winter verkerende woestijn naar Tlemçen, had drie maanden geduurd. Daar hadden ze hun kamelen ingeruild voor paarden, die beter bestand waren tegen het winterweer en het bergachtige terrein dat voor hen lag: Kabylië, het woongebied van de Kabylische Berbers in de Hoge Atlas.

Charlot droeg net als Shahin de indigokleurige *litham* van de Toearegs, die door de Arabieren *Muleththemin* worden genoemd, het Gesluierde Volk, en door de Grieken *Glaukoi*, de Blauwe Mensen, vanwege de blauwige tint van hun lichte huid. Shahin zelf was een *Targui*, een edele van de Kel Rela Toearegs, die al duizenden jaren de wegen beheersten en onderhielden die door de uitgestrekte Sahara liepen. Zij groeven bronnen, hielden de weidegrond voor het vee bij en verzorgden gewapende escortes. Talloze jaren al stonden de Toearegs in hoog aanzien bij de woestijnbewoners, of het nu handelaren waren of pelgrims.

De sluier beschermde, in de woestijn en ook hier, hen beiden tegen veel meer dan de warmte van de zon alleen. Dankzij de sluier was het tweetal *dakhil-ak*, onder de bescherming van de Amazigh, zoals de Berbers zich noemden.

Tijdens de duizend mijl die Charlot en Shahin bij hun tocht door dit vaak onherbergzame terrein hadden afgelegd, hadden ze van de Amazigh veel meer gekregen dan voer en verse paarden. Ze hadden ook dingen gehoord. Daardoor hadden ze hun route verlegd. Ze hielden niet meer een noordwaartse koers aan naar de zee, maar een meer westelijke, door de bergen.

Want er was maar één land waar Shahins zoon en zijn metgezel heen konden zijn gebracht: Marokko. En er was maar één man die hen kon helpen bij hun queeste. Een groot soefimeester. Als ze hem konden vinden. De Oude Man van de Berg, werd hij genoemd.

Boven aan de helling hield Charlot zijn paard in, naast dat van zijn metgezel. Toen verwijderde hij zijn indigoblauwe litham, vouwde hem op en stopte hem in zijn zadeltas. Shahin deed hetzelfde. Zo dicht bij Fez was het verstandig om op hun hoede te zijn. De sluier die hen in de woestijn had beschermd, kon gevaarlijk zijn nu ze de Atlas achter zich lieten en soennitisch gebied betraden.

Het tweetal keek uit over een uitgestrekt dal, beschut door hoge bergen. Onder hen cirkelden vogels. Op deze magische plek kwamen ongewoon veel waterlopen bij elkaar: beken, watervallen, bronnen, rivieren. Onder hen, omringd door gewassen, spreidde zich een zee van helgroen geverfde dakpannen uit, blikkerend in het licht van de lage zon. Het leek wel of de stad was ondergedompeld in de tijd, en eigenlijk was dat ook zo.

Dit was Fez, de Heilige Stad van de Shurafa, de ware afstammelingen van de Profeet. Het was voor alle drie de stromingen van de islam heilig, maar het meest nog voor de shi'a. Hier op de berg bevond zich het graf van Idris, de achterkleinzoon van Mohammeds dochter Fatima, en het eerste lid van Mohammeds familie dat meer dan duizend jaar daarvoor de Maghreb had bereikt, de gebieden in het westen. Een land van grote schoonheid en duistere voortekenen.

'Er is een gezegde in het Tamazight, de taal van de Kabyliërs,' zei Shahin. '*Aman d'Iman*. Water is leven. Water is de verklaring voor het lange leven van Fez, een stad die eigenlijk een heilige fontein is. Door het water zijn vele oude grotten uitgesleten. Daarin zijn oude mysteriën verborgen. De volmaakte plek om te verbergen wat we zoeken.' Hij zweeg even, en voegde er toen zacht aan toe: 'Ik ben er zeker van dat mijn zoon hier is.'

De twee mannen zaten naast het flakkerende vuur in een open grot boven Fez. Shahin had de *talak*-stok opgeborgen waaraan te zien was dat hij een edelman was onder de Kel Rela, en zijn bandelieren afgedaan, de geitenleren banden die de Toearegs kruiselings over hun borst dragen. Ze hadden een konijn gegeten dat ze zelf hadden geschoten.

Maar wat onuitgesproken bleef, net als tijdens de rest van hun tocht, lag nog steeds onder het oppervlak, fluisterend als verschuivend zand.

Charlot wist dat hij zijn gave niet helemaal kwijt was, alleen had hij die niet meer in de hand. Tijdens de tocht door de woestijn voelde hij vaak het Zicht aan hem trekken, zoals een haveloos kind aan het uiteinde van je boernoes trekt. Dan kon hij Shahin zeggen welke mannen op de markt betrouwbaar waren en welke hebzuchtig, wie thuis een vrouw en kinderen had of wie wrok koesterde. Dan kon hij weer doen wat hij al sinds zijn geboorte had gedaan.

Maar wat voor waarde had zo'n beperkt talent bij de zware taak die hun wachtte? Elke keer dat hij probeerde Shahins zoon te vinden, was er iets wat het Zicht blokkeerde. Niet dat hij niets kon zien, maar het was meer een optische illusie, een trillende oase met palmen in de woestijn, terwijl je weet dat er geen water is. Van Kauri zag Charlot een trillend drogbeeld, en hij wist ook dat dat niet echt was.

Het vuur 131

In het flakkerende licht van het vuur keken ze hoe hun paarden het voer aten dat ze in hun zadeltassen hadden meegenomen. Shahin nam het woord.

'Heb je je ooit afgevraagd waarom bij de Toearegs alleen mannen de blauwe litham dragen, en de vrouwen ongesluierd zijn? Onze sluier is een traditie die ouder is dan de islam. De Arabieren verbaasden zich erover toen ze in ons land kwamen. De een zegt dat de sluier ons beschermt tegen het woestijnzand, de ander denkt dat hij tegen het boze oog is. Maar de sluier is belangrijk voor de geschiedenis van onze tromgroepen. In oeroude tijden werd hij "de mond des kwaads" genoemd.'

'De mond des kwaads?'

'Dat verwijst naar de oude mysteriën: "de dingen waarover niet gesproken mag worden". Die bestaan in elk land en elke beschaving, altijd,' zei Shahin. 'Maar onder ingewijden mogen die mysteriën per trom worden verbreid.'

Van Shahin wist Charlot dat de Toearegstammen of tromgroepen afstamden van een vrouwelijke voorouder. Een tromhoofd, vaak ook een vrouw, beheerde de heilige trom van de stam, die naar men zei begiftigd was met magische krachten.

Net als de soefi-janitsaren die het grootste deel van het Ottomaanse rijk beheersten, gebruikten ook de Toearegs al honderden jaren hun geheime trommeltaal om over grote afstanden berichten te verzenden. Zo machtig was deze trommeltaal dat in landen waar slaven werden gehouden de trommel verboden was.

'Staan deze oude mysteriën van de Toearegs, de mond des kwaads en de sluier, dan in verband met je zoon?' zei Charlot.

'Kun je hem nog steeds niet zien?' zei Shahin. Zijn gezicht bleef uitdrukkingsloos, maar Charlot kon de vraag horen: ook niet als hij zo dichtbij is?

Charlot schudde zijn hoofd, wreef toen met zijn handen over zijn gezicht en streek met zijn vingers door zijn rode haar om zijn hersenen tot activiteit te prikkelen. Hij keek naar Shahins gezicht, dat in brons gegoten leek. In het licht van het vuur staarden Shahins gouden ogen hem indringend aan. Wachtend.

Charlot dwong zichzelf tot een flauwe glimlach en zei: 'Vertel eens wat over hem. Misschien helpt dat om hem te vinden. Net of je in de woestijn een dorstige kameel water laat ruiken. Je zoon heet Kauri. Een ongewone naam.'

'Mijn zoon is geboren tussen de Bandiagararotsen,' zei Shahin. 'Dogongebied. Kauri is hun woord voor een schelpdier dat in de Indische Oceaan voorkomt en dat we hier in Afrika al duizenden jaren als betaalmiddel gebruiken. Maar bij de Dogon heeft dit kaurischelpje ook een diepe betekenis en grote kracht. Het heeft banden met de verborgen betekenis van het universum. Voor de Dogon is dat zowel de bron van getallen als van woorden. Mijn vrouw heeft deze naam gekozen voor ons kind.'

Toen hij de verbaasde blik in Charlots donkerblauwe ogen zag, voegde hij eraan toe: 'Mijn vrouw, de moeder van Kauri, was heel jong toen we trouwden, maar had al grote krachten. Haar naam was Bazoe. In de taal van de Dogon betekent dat 'vrouwelijk vuur', want zij was een van de Meesters van het Vuur.'

Een smid!

Met een schok besefte Charlot wat dat inhield. Smeden, in het woestijngebied en ver daarbuiten, hadden een beroep waarop een taboe rustte, al beschikten ze over enorme krachten. Ze werden Meesters van het Vuur genoemd, want ze maakten wapens, keramiek en gereedschappen. Ze werden gevreesd, want ze hadden geheime vaardigheden en spraken een geheime taal die alleen zij beheersten. Ze werkten met de verborgen technieken van de ingewijden en duivelse krachten die aan eeuwenoude geesten werden toegeschreven.

'En dit was jouw vrouw? Kauri's moeder?' zei Charlot verwonderd. 'Maar hoe heb je zo'n vrouw ontmoet? Hoe ben je met haar getrouwd?' *Terwijl ik daar niets van wist.* Het was een schokkende onthulling.

Shahin zweeg een ogenblik, zijn gouden ogen waren duister. Uiteindelijk zei hij: 'Het was voorzegd, al wat gebeurd is. Mijn huwelijk, de geboorte van onze zoon en Bazoes vroege dood.'

'Voorzegd?' Charlots angst was in volle omvang teruggekeerd.

'Voorzegd door jóú, al-Kalim.'

Ik heb het voorzegd. Maar dat herinner ik me niet.

Charlot staarde zijn vriend aan, zijn mond was droog van angst.

'Toen ik je drie maanden geleden vond in de Tassili, voelde ik het verlies. Vijftien jaar geleden, toen jij een knaap van Kauri's leeftijd was, op de drempel van de volwassenheid, zág je wat ik je zojuist heb verteld. Je zei dat ik een zoon zou krijgen en dat ik hem verborgen moest houden, want hij zou worden gebaard door een Meester van het Vuur. Hij zou worden opgeleid door mensen die veel wisten van de oude mysteriën die ook de kern zijn van het schaakspel van Montglane. Dit geheim, denkt men, is zo machtig dat het beschavingen kan scheppen of vernietigen. Toen Jabir ibn Hayyan het spel maakte, duizend jaar geleden, noemde hij het het spel van de Tarik'at. Het pad van de soefi, de Geheime Weg.

'Van wie heeft je zoon deze mysteriën geleerd?' vroeg Charlot.

'Kauri's moeder stierf toen hij drie was. Daarna heeft de grote Bektasji-soefi Pir hem onder zijn hoede genomen, Baba Shemimi. Toen de Turken in januari Janina aanvielen, moest mijn zoon een belangrijk schaakstuk redden dat Ali Pasja in zijn bezit had. Toen Janina viel, was Kauri met een onbekende metgezel op weg naar de kust. Meer weten we niet.'

'Je moet vertellen wat je weet van de geschiedenis van dat schaakspel,' zei Charlot. 'Vertel het nu maar, voor we bij het eerste licht op zoek gaan naar je zoon.'

Hij staarde in het vuur, zijn ogen gevestigd op de trillende hitte, terwijl hij een weg in zichzelf probeerde te vinden. En Shahin begon zijn verhaal.

HET VERHAAL VAN DE BLAUWE MAN

In het jaar 773 van de christelijke tijdrekening was al-Jabir ibn Hayyan al acht jaar hard aan het werk. Geholpen door honderden geschoolde vaklieden was hij bezig aan het schaakspel voor de eerste kalief van de nieuwe stad Bagdad, al-Mansoer. Niemand wist iets van de mysteriën die het bevatte, alleen Jabir zelf. Die waren ontleend aan zijn grote alchemistische werk *De Boeken van het Evenwicht*, in de soefigeest geschreven en opgedragen aan wijlen sjeik Ja'far al-Sadiq, de ware vader van de sji'a-islam.

Jabir dacht dat hij bijna klaar was met zijn meesterwerk. Maar in de zomer van dat jaar kwam tot verrassing van kalief al-Mansoer een Indiase delegatie uit Kasjmir op bezoek, die officieel de handelsbetrekkingen kwam versterken met de nieuw gevestigde dynastie van de Abbasiden. In werkelijkheid waren deze mannen met een heel andere opdracht naar Irak gekomen. Ze droegen een oeroud geheim bij zich, verborgen onder twee geschenken die uit de moderne wetenschap waren voortgekomen. Al-Jabir, zelf wetenschapper, werd uitgenodigd bij het aanbieden van deze geschenken. Dat zou alles een andere wending geven.

Het eerste geschenk was een reeks tabellen waarin de baan was vastgelegd die de planeten de tienduizend jaar daarvoor hadden beschreven. Dit soort verschijnselen was nauwkeurig vastgelegd in de oudste Indiase sagen, zoals de Veda's. Het tweede geschenk werd door niemand goed begrepen. Alleen al-Jabir zag de enorme reikwijdte ervan.

Het waren nieuwe getallen, nieuw voor het Westen. Naast nog andere vernieuwingen waren de Indiase cijfers gebaseerd op positiewaarde. Als twee strepen of stenen naast elkaar werden geplaatst, beeldde dat niet meer 'twee' uit, maar 'een' en 'tien', elf dus.

Nog slimmer was een andere vondst, de nul. Dat cijfer – een woord dat is afgeleid van het Arabische *sifr*, wat nul betekent – en de positiewaarde zouden een revolutie veroorzaken in de islamitische wetenschap. Het zou nog vijf eeuwen duren voor de 'Arabische' cijfers via Noord-Afrika Europa zouden bereiken. In India bestonden deze begrippen al duizend jaar.

Jabirs opwinding kende geen grenzen. Hij had meteen het verband door tussen deze tabellen en het nieuwe rekenstelsel. Dat maakte complexe, diepgaande berekeningen mogelijk. Hij bracht beide ook in verband met nog een Indiase uitvinding, die al door al-Islam was omhelsd: het schaakspel.

Het kostte hem nog eens twee jaar, maar toen had hij de wiskundige en astronomische geheimen uit Kasjmir verwerkt in zijn schaakspel. Nu bevatte dat niet alleen de alchemistische wijsheid en het geheime pad van de soefi's, maar ook de *awa'il*, de oeroude kennis 'uit het begin', dus van voor de islam. Samen zouden ze een gids zijn voor wie in latere tijden de Weg zocht.

In oktober 775, luttele maanden nadat Jabir het Spel aan het hof had getoond, stierf al-Mansoer. Zijn opvolger, kalief al-Mahdi, zocht de machtige familie der Barmakiden aan als viziers van zijn rijk, belangrijke ministers dus. De Barmakiden waren ooit een zoroastrisch geslacht van vuuraanbidders geweest en hadden zich pas kort daarvoor tot de islam bekeerd. Jabir haalde hem over om de awa'il, de oude wetenschappen, nieuw leven in te blazen door mensen uit India te halen om de oude teksten uit het Sanskriet in het Arabisch te vertalen.

Op het toppunt van deze korte wetenschappelijke lente droeg Jabir zijn *Honderdtwaalf Boeken* aan de Barmakiden op. Maar de oelama's, de schriftgeleerden van Bagdad, protesteerden. Ze wilden terug naar de grondvesten van het geloof. Dit soort boeken moest worden verbrand en het schaakspel, dat door het uitbeelden van dieren en mensen dicht tegen de afgoderij aan zat, moest worden vernietigd.

Maar de Barmakiden zagen in hoe belangrijk het Spel met zijn symbolen was. Ze zagen het als een *imago mundi*, een beeld van de wereld, een verbeelding van hoe menigvuldigheid kosmisch ontstaat uit Eenheid, uit de Ene.

In het ontwerp van het bord waren een aantal van de oudste bouwsels verweven die ooit waren toegewijd aan het mysterie van de omzetting van geest en materie, hemel en aarde. Daaronder bevond zich het ontwerp van de Vedische en Iraanse vuuraltaren en zelfs de grote Ka'ab, die al bestond vóór de islam, want hij was gebouwd door Abraham en zijn eerste zoon Ismaël.

De Barmakiden waren bang dat zo'n krachtig symbool van wijsheid om seculiere of politieke redenen zou worden vernietigd, en spraken met al-Jabir af dat het naar een veilige plek zou worden gebracht: Barcelona, aan de oostkust van Spanje. Ze hoopten dat de Moorse gouverneur Ibn al-Arabi, een Berber die zelf soefi was, het zou beschermen. Ze waren maar net op tijd, want kort daarop raakten ze uit de gunst, en al-Jabir ook.

Ibn al-Arabi van Barcelona zou het spel, slechts drie jaar nadat hij het had gekregen, over de bergen sturen, naar het hof van Karel de Grote.

Zo is het spel waarin alle oude wijsheid van het Oosten is samengebald in handen gekomen van de eerste grote heerser van het Westen. De afgelopen duizend jaar is het daar gebleven.

Shahin zweeg en keek naar Charlot in het zwakke licht van het vuur, dat nu slechts een hoopje roodgloeiende as was. Charlot zat rechtop, met zijn benen onder zich, maar zijn ogen bleven gesloten. Het was nu vrijwel donker in de grot. Zelfs de paarden stonden te slapen. Net buiten de grot wierp de volle maan een zilverig blauw licht op de sneeuw.

Toen Charlot zijn ogen opende, keek hij zijn mentor oplettend aan. Shahin kende deze blik, want vroeger ging die vaak vooraf aan een profetisch inzicht van de jongere man. Het was alsof hij probeerde iets te zien wat voor een deel achter een sluier schuilging.

'Heilige wijsheid en seculiere macht hebben altijd al gebotst,' zei Charlot. 'Maar vooral dat vuur komt me als heel belangrijk voor. Jabir was de vader van de islamitische alchemie. Daarin is vuur het essentiële element. En als zijn beschermheren, de Barmakiden, afstamden van zoroastrische priesters, magiërs, hebben hun voorouders vroeger de vuuraltaren met hun eeuwige vlam onderhouden. Het woord dat in bijna alle talen bestaat voor al deze werkzaamheden – smid, sjamaan, kok, slager, de priester die het offer uitvoert en het brandoffer brengt, alles wat samenging met offer en vuur, wat eertijds één geheel was – is *mageiros*. Magus, magiër, grootmeester, Drievoudig Grootmeester der Mysteriën.

Die vuuraltaren kwamen, net als de Indiase rekenmethode, de astronomische tabellen en de awa'il-wetenschappen, uit Kasjmir, in het noorden van India. Maar wat is het verband tussen deze dingen?'

'Ik hoopte dat jij met je gave die vraag kon beantwoorden,' zei Shahin.

Charlot keek de man die hij als zijn enige vader zag ernstig aan. 'Misschien ben ik de gave wel kwijt.' Het was de eerste keer dat hij die gedachte onder ogen zag.

Langzaam schudde Shahin het hoofd. 'Al-Kalim, je weet dat je komst is voorzegd bij onze volken. Er staat geschreven dat er op een dag een *nabi*, een profeet, zou komen van de *Bahr al-Azraq*, de azuurblauwe zee, en dat hij kon spreken met geesten en de Tarik'at zou volgen, het mystieke pad tot de kennis. Hij zou een *za'ar* zijn, met een lichte huid, blauwe ogen en rood haar, zoals jij. Hij zou worden geboren onder de ogen van de 'godin', de op de rotsen van de Tassili uitgebeelde figuur die door mijn volk de Witte Koningin wordt genoemd. Achtduizend jaar al wacht zij, want jij bent het instrument van haar vergelding. Precies zoals is voorzegd. Er staat geschreven: *Ik zal herrijzen als een feniks uit de as op de dag dat de rotsen en stenen beginnen te zingen. Het zand van de woestijn zal bloedrode tranen plengen, en dit zal voor de aarde een dag van vergelding zijn.*

Je weet wat over jou is voorzegd en wat je van anderen hebt voorzegd. Maar één ding kan niemand weten, hoe groot hij als profeet ook is, en dat is zijn eigen lot.'

'Dus jij denkt dat het verdwijnen van mijn zicht iets te maken kan hebben met mijn eigen toekomst?' zei Charlot verrast.

'Ik denk dat één man die sluier kan wegnemen. Morgen gaan we naar hem toe. Zijn naam is Mulay ad-Darqawi en hij is een groot sjeik. Ze noemen hem de Oude Man van de Berg.'

Alle dingen zijn verborgen in hun tegendeel — winst in verlies, toegeven in weigeren, eer in vernedering, rijkdom in armoede, kracht in zwakte, leven in dood, zege in verlies enzovoort. Dus als iemand wil vinden, laat hem dan kwijtraken.

— MULAY AL-'ARABI AD-DARQAWI *Rasa'il*

Bu-berih-hermitage
Rifvallei, Marokko

De Oude Man van de Berg, Mulay al-'Arabi ad-Darqawi, de grote sjeik van de orde van de Shadhili-soefi's, was stervende. Niet lang meer, dan zou deze sluier van illusie voorbij zijn. Hij verwachtte de dood al vele maanden. Die was welkom.

Tot vanochtend dan. Nu was alles veranderd. Anders.

Het was Gods ironie, en de Mulay zou dat beter moeten begrijpen dan wie ook. Hij was voorbereid op een vredige dood, waarna hij aan de boezem van Allah zou liggen. Daar verlangde hij ook naar. Maar God had een ander idee.

Waarom zou dat als een verrassing komen? De Mulay was al zo lang soefi dat hij wist dat je van Allah altijd het onverwachte kon verwachten.

Wat de Mulay nu verwachtte, was een boodschap.

Hij lag onder een dunne deken op de stenen plaat die hem altijd tot bed had gediend, zijn handen op zijn borst gevouwen. Naast de plaat stond een grote trommel, met één trommelstok eraan bevestigd. Hij had gevraagd of ze die hier wilden zetten, voor het geval hij hem nodig had. En hij was er zeker van dat dat zo zou zijn.

Plat op zijn rug keek hij naar het plafond. Er zat één venster in het dak van zijn afgelegen hermitage. *Zawiya* of 'cel' werd het genoemd, dit witgekalkte huisje hoog op de berg dat hem al zo lang tot woning diende. Het zou zijn graftombe worden, dacht hij ironisch, als hij zelf een heilig reliek was geworden.

Buiten stonden zijn volgelingen al te wachten. Honderden gelovigen knielden in zwijgend gebed op de besneeuwde grond neer. Laat ze maar wachten. God bepaalt wat er gebeurt, niet ik. Zou God een oude man als ik laten wachten als het niet belangrijk was?

Waarom zou Hij hen anders naar deze berg hebben gebracht? De eerste was Kauri geweest, de Bektasji-ingewijde die na zijn ontsnapping aan de slavenhandelaren hierheen was gevlucht. Hij zei al maanden dat hij de hoeder was van een groot geheim, samen met een meisje dat nog niet was opgedoken. Ze zou zijn gepakt door de soldaten van sultan Mulay Suleiman. Dat maakte het moeilijk, zo niet onmogelijk, om haar te vinden. Ze was de dochter van Ali Pasja en het reliek was haar bijna een jaar geleden toevertrouwd door de grote Pir van de Bektasji, Baba Shemimi. Het was een reliek waarvan de Mulay altijd had gedacht dat het niet meer dan een mythe was.

Maar deze morgen, liggend op wat zijn sterfbed zou worden, besefte de Mulay dat het hele verhaal op waarheid moest berusten. En sultan Suleiman was dood. Zijn hof zou binnenkort verstrooid raken, als kaf op de wind. Het meisje moest worden gevonden voor het te laat was.

En wat was er gebeurd met het kostbare reliek dat haar was toevertrouwd?

Sjeik ad-Darqawi wist dat het de wil van Allah was dat hij, en hij alleen, een antwoord zocht op deze vragen, en dat hij in zich de kracht zou vinden om deze laatste taak ten uitvoer te brengen. Hij mocht niet falen.

Maar om te slagen moest hij eerst een teken hebben.

Door het gat in het dak zag de Mulay de wolken langs de hemel schuiven. Ze hadden wel wat weg van letters. De mystieke pen van God, dacht hij. 'De Pen' was al heel lang een van zijn favoriete soera's uit de heilige Koran. Hij verduidelijkte hoe de Profeet was uitverkoren om hem te schrijven. Want daar alles bekend is aan Allah, de Genadige, de Liefdevolle, had Hij ook geweten dat Mohammed – vrede zij met hem – niet kon lezen of schrijven.

Desondanks, of misschien juist daarom, had God Mohammed, een analfabeet, uitverkoren om zijn openbaringen aan de mensheid over te brengen. Twee van zijn eerste opdrachten waren 'Lees!' en 'Schrijf!' geweest. God beproeft ons altijd, dacht de Mulay, door iets van ons te vragen wat op het eerste gezicht onmogelijk lijkt.

Vele tientallen jaren geleden, toen Mulay ad-Darqawi een jonge discipel op het soefipad was, had hij waarheid leren onderscheiden van ijdelheid, kaf van koren, geleerd dat je hier op aarde zaaide in smart en schraalheid, om in het hiernamaals vreugde en rijkdom te oogsten. Nadat hij vele jaren aan zijn geduld en intuitie had geslepen, had hij eindelijk het geheim ontdekt.

Sommigen noemden het een paradox, als was het een sluier, een zelf geschapen illusie. Iets van grote waarde lag vlak voor ons, maar we konden het niet zien. De volgelingen van Isa van Nazaret noemden het 'de steen die de bouwers versmaadden'. Bij de alchemisten heette het 'Prima Materia', primaire materie, de Bron.

Elke meester die de Weg had gevonden, zei hetzelfde: het was een uiterst simpele ontdekking geweest. En, zoals zoveel dingen, van een adembenemende grootsheid. Toch was hij ook gehuld in mysteriën, want zei de Profeet niet dat God zeventigduizend sluiers van licht en duisternis kende?

De Sluier! Ja, daar leken de voortjagende wolken boven hem op. Hij kneep zijn ogen tot spleetjes om beter te kunnen kijken. En net op dat ogenblik gleden de wolken uiteen en dacht hij een grote gelijkzijdige driehoek te zien, als een enorme piramidevormige boom met vele takken.

In een flits besefte de Mulay wat dit visioen betekende. Achter de Sluier lag de Boom van Verlichting. En wat hij verlichtte, was de Tarik'at, de Geheime Weg, die meer dan duizend jaar geleden in het schaakspel was verborgen. Ook in het stuk dat zijn medesoefi's nu zochten. De jongen had het wel in handen gehad, maar niet gezien, want het zat verborgen in een zwarte stof. In vertrouwen had hij verteld dat het naar verluidt het belangrijkste stuk was, de sleutel tot alles: de Zwarte Koningin.

Dankzij zijn visioen dacht de Mulay nu precies te weten waar het stuk door sultan Suleiman moest zijn verborgen. Net als de Prima Materia, de Geheime Steen, zou het verborgen zijn waar iedereen het kon zien, alleen gesluierd. Als hij nu stierf, voor hij zijn visioen kon doorgeven, zou het duizend jaar oude geheim met hem sterven.

De oude man verzamelde zijn krachten, schoof de deken opzij en stond op van zijn bed, zodat hij blootsvoets op de koude stenen vloer stond. Met zijn zwakke, trillende handen pakte hij de trommelstok zo stevig mogelijk beet en haalde diep adem. Hij had al zijn krachten nodig voor de vertrouwde slag van de Shadhili-soefi's.

De Mulay beval zijn ziel in de handen van Allah.
En hij begon te slaan.

Kauri hoorde een geluid dat hij niet meer had gehoord sinds hij uit het Witte Land was vertrokken: een soefitrom. Dat moest duiden op een gebeurtenis van groot gewicht. De rouwenden hoorden het ook. Een voor een keken ze op vanwaar ze geknield zaten te bidden.

Kauri, op zijn knieën in de sneeuw, tussen honderden anderen die hier de dood van sjeik Darqawi afwachtten, probeerde in het zwakke geluid van de trom de boodschap te ontwaren. Maar dat lukte hem niet, want het ritme was anders dan hij gewend was. Hij wist dat elke trom een eigen geluid had, en elk ritme zijn eigen betekenis, dat alleen kon worden verstaan als je je daarop had ingesteld.

Maar onbegrijpelijker nog dan het geluid was de plek waar het vandaan kwam: de stenen cel waar de heilige op zijn sterfbed lag. In de menigte klonk verbaasd gefluister. Er kon er maar één op die trom slaan, en dat was Darqawi zelf. Kauri bad dat dat inhield dat er nog hoop was.

In de tien maanden sinds zijn ontsnapping aan de slavenhandelaars die hem op de kade in de kettingen hadden geslagen, had hij tevergeefs geprobeerd iets te weten te komen over Haidée en de Zwarte Koningin. Ook de Shadhili-soefi's waren niets wijzer geworden. Het was net of het meisje en de sleutel tot de nalatenschap van al-Jabir door de aarde waren verzwolgen.

Terwijl hij luisterde, leek het wel of de slagen op de trom krachtiger en resoluter werden. Toen merkte hij beweging op aan de rand van de menigte. Een voor een stonden mensen op om ruimte te maken voor iets wat hun kant op kwam. Hij kon niet zien wat, maar er werd wel gefluisterd.

'Twee ruiters,' zei de man naast hem. In zijn stem waren ontzag en angst te horen. 'Misschien zijn het engelen. De heilige slaat het ritme van de Pen!'

Kauri keek hem verbaasd aan, maar de man keek langs hem heen en Kauri keek over zijn schouder om te zien voor wie de menigte uiteenging.

Een rijzige man op een licht paard bewoog zich door de mensen, met achter hem een tweede ruiter. Toen Kauri een glimp opving van het witte woestijngewaad en het koperkleurige haar dat losjes om de schouders zwierde, dacht hij aan de verboden iconen van 'Esus de Nasrani' uit de kerk op het Pijnboomeiland waar de Zwarte Koningin verborgen was geweest.

Maar de tweede man interesseerde hem meer. Die droeg een indigoblauwe litham.

Kauri sprong overeind en rende met de anderen naar het tweetal toe.

Het was zijn vader, Shahin!

de al-Qarawiyyan-moskee
Fez, Marokko

De gloed van de zonsondergang was verdwenen, het duister was gevallen. De gelakte pannen op het dak van de moskee blikkerden in het licht van de toortsen. De sleutelgatvormige bogen om de binnenplaats heen waren al in diepe schaduwen gehuld toen Charlot, alleen, de zwarte en witte tegels overstak, op weg naar Isha, het laatste avondgebed.

Hij was zo laat mogelijk hier gearriveerd, maar nog wel op tijd om zich bij de laatste groep gelovigen te voegen. Shahin en Kauri hadden zich al binnen verstopt. Het leek Shahin het verstandigst als Charlot apart ging, wanneer het nacht was. Want zijn rode haar ging wel volledig schuil onder een tulband en een zware djellaba, maar overdag zou het felle blauw van zijn ogen achterdocht wekken.

Toen hij bij de fontein kwam, waren de laatste gelovigen bezig aan hun rituele wassingen. Snel trok hij zijn schoenen uit, zijn blik steeds naar de grond gericht. Toen hij zijn handen, gezicht en voeten had gewassen, stak hij steels zijn schoenen in een zak onder de djellaba, anders zouden ze hier achterblijven als iedereen de moskee weer uit was.

Hij talmde zo lang dat hij als laatste binnenkwam. Hij duwde de grote, rijkbewerkte houten deuren van de moskee open en stapte het halfduister in. Een woud van witte zuilen strekte zich naar alle kanten uit, zo ver hij kon kijken. Ertussen knielden de gelovigen al op hun bidmatten, het gezicht naar het oosten.

Charlot bleef bij de deur staan om wat hij zag te vergelijken met de tekening die de sjeik voor hen had gemaakt.

Hij was warm gekleed en in de moskee verspreidden de olielampen die overal waren opgehangen ook nog warmte, maar toch gleed er een koude rilling over zijn rug. Want wat hij deed, was niet alleen heel gevaarlijk, het was ook verboden.

De al-Qarawiyyan was een van de oudste en heiligste moskeeën. Hij was bijna duizend jaar geleden gesticht door Fatima, een rijke vrouw uit de gelijknamige stad Kairuan in Tunesië, na Mekka, Medina en Jeruzalem de heiligste stad van de islam.

Zo heilig was de al-Qarawiyyan, dat op het betreden door een *giaur*, een ongelovige zoals hij, wel eens de doodstraf zou kunnen staan. Hij was opgevoed door Shahin en wist veel van diens geloof, maar je kon moeilijk voorbijgaan aan het feit dat zijn moeder een novice was geweest en zijn vader een bisschop van de katholieke kerk in Frankrijk.

Hier op deze heilige plek een hele nacht doorbrengen, zoals de sjeik had gezegd, was in alle opzichten onverstandig. Ze zouden in de val zitten als vogels in een zak. Maar de sjeik had verzekerd, met een stem die klonk alsof hij al elke dag met engelen sprak, dat hem was geopenbaard dat het schaakstuk te vinden was in de grote moskee, en ook waar.

'Achter de sluier, in een boom. Volg de gelijkenis in Het Vers van het Licht, dan vind je het zeker.'

> *God leidt wie Hij wil naar het licht*
> *God geeft de mens gelijkenissen mee*
> *En God kent alle zaken.*
> — KORAN, SOERA XXIV: 35 *'Het Vers van het Licht'*

'"Het Vers van het Licht" is een deel van een beroemde soera,' legde Kauri op fluistertoon uit.

Ze hadden zich verstopt achter zware wandtapijten in de begrafenisruimte van de moskee. Daar zaten ze nu al uren, nadat na het Isha-gebed de moskee was afgesloten.

Volgens sjeik ad-Darqawi was de enige die tot de vroege ochtend van de volgende dag in de enorme moskee aanwezig was de Muwaqqit, de Hoeder van de Tijd. Maar die zat de hele nacht in zijn vertrek hoog in de minaret, waar hij met zijn geavanceerde instrumenten – een astrolabium en een slingeruurwerk, beide geschenken van de Franse koning Lodewijk IV – een belangrijke berekening uitvoerde: het exacte ogenblik voor Fajr, het eerste van de vijf door de Profeet voorgeschreven gebeden, dat viel tussen het eerste licht en zonsopgang. In dit bijgebouwtje waren ze veilig tot de hekken werden ontsloten. Dan konden ze zich onder de gelovigen mengen en met hen vertrekken.

Kauri bleef fluisteren, ook al was er niemand die hem kon horen. 'Het vers begint met de mededeling dat het bedoeld is als een soort gelijkenis, een soort code over het Licht van God. Het geeft vijf sleutels: een Nis, een Lamp, een Glas, een Boom en wat Olie. Volgens mijn leraar zijn dit de vijf geheime stappen tot verlichting. Als we erachter kunnen komen wat het betekent, want daar strijden de schriftgeleerden al eeuwen over. Ik weet niet zeker waarom sjeik Darqawi dacht dat we naar de moskee moesten of waarom daar de Zwarte Koningin te vinden zou zijn.'

Kauri zweeg toen hij de plotseling veranderde uitdrukking op Charlots gezicht zag, alsof die in de ban was van heftige gevoelens. Zijn gezicht was bleek weggetrokken en hij scheen in de benauwde ruimte moeite te hebben met ademhalen. Plotseling schoot hij overeind en duwde het zware tapijt weg. Kauri wierp een snelle blik op zijn vader om te zien wat hij moest doen, maar ook Shahin was opgestaan en had Charlot bij de arm gepakt. Hij leek even geschrokken als de jongere man.

'Wat is er?' zei Kauri. Hij trok de mannen terug, achter het wandtapijt, voor ze werden gezien.

Charlot schudde zijn hoofd. Er lag een troebele blik in de blauwe ogen waarmee hij Shahin aankeek.

'Mijn bestemming, zei je toch?' zei hij met een bitter lachje. 'Misschien lag het wel helemaal niet aan Kauri dat ik niets meer zag. God! Hoe is dit mogelijk? Maar toch begrijp ik het nog niet.'

'Vader, wat is er?' fluisterde Kauri.

'Wat je net hebt gezegd, kan niet mogelijk zijn,' zei Shahin tegen zijn zoon. 'Want het stuk waarvoor we hier zijn, dat jij elf maanden geleden uit Albanië hebt meegenomen, kan niet de Zwarte Koningin zijn. Die is namelijk in óns bezit. Hij is ooit van Katarina de Grote geweest en is meer dan vijftien jaar geleden afgetroggeld van haar kleinzoon Aleksandr, door niemand minder dan Charlots vader, prins Talleyrand. Hoe kan dan ook Ali Pasja het stuk hebben bezeten?'

'Maar Baba Shemimi zei dat de Albanese Bektasji's en Ali Pasja het stuk al meer dan dertig jaar in hun bezit hadden,' zei Kauri. 'Hij koos Haidée omdat haar natuurlijke vader Lord Byron een rol speelde in de geschiedenis van het stuk. We moesten het bij hem in veiligheid brengen.'

'We moeten meteen op zoek gaan naar dat meisje,' zei Charlot. 'Ze zou wel eens een kritieke rol kunnen spelen in wat nog komen gaat. Maar kun je eerst die gelijkenis ontcijferen?'

'Dat heb ik al gedaan,' zei Kauri. 'We moeten beginnen op de plaats van het gebed.'

Tegen middernacht, toen ze er zeker van waren dat de Muwaqqit sliep, slopen ze het kamertje uit en de trappen af.

De Grote Moskee was verlaten. De uitgestrekte ruimte onder de vijf koepels was even stil als een spiegelgladde zee onder een door de sterren verlichte hemel.

Kauri had gezegd dat de enige plek in de moskee die een 'sluier' droeg, zoals de sjeik had gezegd, de alkoof was waar de gebedsnis zich bevond. De nis zelf was de eerste fase in de parabel van 'het Vers van het Licht'.

In die nis bevond zich de Lamp die altijd brandende werd gehouden, en die op zijn beurt was gevat in het Glas eromheen, 'als een schitterende ster, aan een heilige Boom'. De boom in het vers was de olijfboom, die voor licht zorgt dankzij zijn eeuwig brandende Olie – in dit geval magische olie, 'want vuur beroert hem nauwelijks'.

Zwijgend liepen de mannen langs de marmeren zuilen naar

de gebedsnis aan de andere kant van de moskee. Toen ze daar door het gordijn waren gestapt, keken ze samen naar de nis en de lamp die daar brandde in zijn blinkende glazen omhulsel.

Uiteindelijk zei Charlot: 'Je zei dat de volgende stap een boom zou zijn, maar ik zie niets wat daarop lijkt.'

'We moeten de sluier wegtrekken,' zei Shahin, en wees naar het gordijn om de nis heen. 'De boom moet zich aan de andere kant bevinden, in de moskee.'

Toen ze de voorhang wegtrokken om de moskee binnen te gaan zagen ze wat ze de eerste keer niet hadden herkend als de laatste sleutel. Voor hen, aan een zware gouden ketting die tot aan het dak van de centrale koepel reikte, hing een enorme kroonluchter, gloeiend van het licht van honderden olielampen, vele voorzien van uitgesneden versieringen in de vorm van een ster of een zon. Van waar ze stonden, was het net of ze naar een oude afbeelding keken van Yggdrasil, de Scandinavische Wereldboom.

'De Boom en Olie samen,' zei Shahin. 'Niet de verlichting die Baba Shemimi voor mijn zoon zoekt, denk ik. Maar misschien geeft hij genoeg licht om te zien of er een Zwarte Koningin in verborgen zit.'

Ze hadden geluk. Het hijsmechaniek was goed gesmeerd en maakte geen geluid. Toch kostte het hun veel moeite om de kroon te laten zakken. Maar in de laagste stand hingen de onderste lampen in de kroon toch nog drie meter boven de grond. Het personeel vulde die waarschijnlijk met kannen aan een lange stok.

Terwijl de tijd voorbijkroop, raakten de drie behoorlijk in paniek. Hoe kwamen ze de boom in? Uiteindelijk bedachten ze iets.

Kauri, de lichtste, trok zijn bovenkleding uit tot hij alleen nog zijn kaftan aanhad en werd door Charlot op de schouders van zijn vader getild. Toen trok hij zich omhoog aan de laagste takken van de boom, heel voorzichtig, om de vele flakkerende kommetjes olie niet te verstoren.

Shahin en Charlot keken van beneden toe hoe Kauri stil en behendig tak voor tak naar boven klom. Als hij iets te veel bewoog, huiverde de boom en dreigde er olie te lekken. Charlot hield zijn adem in en probeerde zijn bonkende hart tot bedaren te brengen.

Kauri bereikte de bovenste takkenkrans van de kroon, een meter of twintig hoog, meer dan halverwege het koepeldak. Hij keek omlaag naar Charlot en Shahin, ver onder hem en schudde het hoofd om te beduiden dat er geen Zwarte Koningin was.

Maar die moet er zijn, dacht Charlot in een vlaag van angst en twijfel. Hoe kan dat nou? Ze hadden al zoveel doorstaan. De lange tocht door de woestijn en de bergen, Kauri's ontsnapping aan de slavenhandelaars, de ellende van het meisje, waar ze ook mocht zijn. En dan nog deze paradox.

Was het zicht van de Mulay ad-Darqawi even beroerd als het zijne de laatste tijd was? Hadden ze zich vergist, had de sjeik de boodschap verkeerd begrepen?

En toen zag hij het.

Toen hij van onderen naar de enorme kroonluchter keek, dacht hij iets te zien wat niet helemaal spoorde met de rest. Hij ging recht onder de kroonluchter staan en keek nog een keer. In het midden zag hij een donkere schaduw.

Hij wenkte Kauri dat die naar beneden moest klimmen. Dat werd een precaire onderneming, een stuk lastiger dan de klim omhoog. De jongen liet zich stap voor stap zakken en manoeuvreerde omzichtig om de honderden schaaltjes olie heen.

Shahin stond naast Charlot te kijken. Toen Kauri bij de onderste krans van de kroon was, liet hij zich aan zijn handen zakken. Shahin greep hem bij zijn benen om hem te vangen. Afgezien van de snelle ademhaling van Shahin was alles in doodse stilte verlopen.

Gedrieën zaten ze op de grond en keken naar de holle kern van de kroon. Daar was het stuk kool in gestopt. Ze moesten het eruit halen en wel zo snel mogelijk, voor de muezzin de gelovigen weer opriep om te gaan bidden.

Charlot gebaarde naar Shahin, die zijn voeten een eindje uit elkaar zette en zijn handen vouwde, zodat Charlot zijn voet erin kon zetten. Charlot klom op zijn schouders en wist vervaarlijk wankelend de kern van de kroon vast te pakken. Zijn vingers gleden langs het stuk kool, maar hij kon er net niet bij. Hij gebaarde naar Kauri en stak zijn hand uit. Kauri klauterde langs de twee mannen omhoog en hees zich weer op de eerste krans van de kroon. Hij stak zijn hand in de kern en duwde tegen het stuk kool aan. Dat schoot los en schoof omlaag naar Charlots uitgestrekte hand.

Op dat ogenblik werd de stilte verbrijzeld door een luid galmen, alsof er op een gong werd geslagen. Het scheen van een eind hoger te komen, bij de ingang. Charlot schrok en liet even de kroon los om zijn evenwicht te herstellen. En opeens ging alles mis. Kauri graaide naar het stuk kool om het tegen te houden, maar miste. Shahin wankelde, Charlot sprong van zijn schouder en rolde over de grond, en het zware stuk steenkool viel van drie meter hoog met een zware klap op de met tapijten bedekte vloer.

Charlot schoot overeind en griste het stuk in paniek weg terwijl het luide galmen doorging. Het weerkaatste van de marmeren zuilen en werd nog versterkt door de holle koepels. Kauri hing alweer aan de onderste takken van de boom en liet zich vallen in een regen van hete olie. Samen stonden ze klaar om te vluchten...

Het geluid hield op.

De moskee was weer doodstil.

Charlot keek zijn twee verbaasde metgezellen aan. Toen begreep hij het en begon te lachen, ondanks het gevaar dat nog om hen heen hing.

'Twaalf slagen toch?' fluisterde hij. 'Middernacht dus. Ik was de Muwaqqit en die verdraaide slingerklok van hem vergeten.'

Na het eerste gebed verlieten ze met de andere gelovigen de moskee en liepen het hek door en de straten van Fez in.

De dageraad stond op breken. De zon scheen als een filigreinbord door de al wegsmeltende zilverige nevelsluiers heen. Om bij de dichtstbijzijnde poort van de stad te komen moesten ze door de medina heen, waar het al heel druk was met groente- en vleesverkopers en de lucht zwanger was van de geuren van rozenwater en amandelen, sandelhout, saffraan en *ambre gris*. De medina van Fez was de grootste, ingewikkeldste markt van Marokko, een verwarrend labyrint waar je, zoals ze wisten, hopeloos verdwaald kon raken.

Maar Charlot zou zich met het schaakstuk onder zijn kleding verborgen pas veilig voelen als hij buiten de muren was van de stad. Die rezen nu nog hoog om hem heen op, als de muren van een middeleeuws fort, en sloten hem in. Hij moest naar buiten. Daar kon hij vrijer ademhalen.

Hij wist ook dat ze een goede plek moesten vinden om het stuk te verstoppen, want eerst moesten ze achter het meisje aan dat de sleutel tot het hele mysterie in handen had.

In de medina, niet ver van de moskee, lag de beroemde, vijf eeuwen oude Attarine Medersa, een van de mooiste religieuze complexen ter wereld, met handgesneden cederhouten deuren en luiken, de muren bekleed met prachtige kleurige tegels en gouden kalligrafie. Mulay ad-Darqawi had verteld dat je van het dak, dat voor het publiek toegankelijk was, over de hele medina uit kon kijken. Zo konden ze een route naar buiten bedenken.

Nog belangrijker was dat Charlot naar deze plek toe werd getrokken. Er wachtte hem daar iets, al kon hij niet zien wat.

Toen hij met zijn metgezellen achter de kantelen stond, probeerde hij zich te oriënteren. Onder hen lag een doolhof van smalle straatjes met winkeltjes en soeks, en geelgepleisterde huizen met tuintjes, fonteinen en bomen.

Maar pal onder hen, in de al-Attarine-soek aan de voet van de muren van de Medersa, zag hij iets uitzonderlijks. Daar zag hij het! Het beeld waarop hij had gewacht, dat alle andere beelden verdrong.

Toen hij zag wat het was, verkilde zijn bloed.

Het was een slavenmarkt.

Hij had er nog nooit een gezien, maar het waren onmiskenbaar slaven. Onder hem stonden honderden vrouwen in enorme kooien, als dieren in een stal. Ze waren met enkelkettingen aan elkaar geketend en stonden roerloos naast elkaar, met gebogen hoofd, alsof ze zich schaamden voor het podium waarop ze zo meteen te koop zouden worden aangeboden.

Maar één vrouw keek omhoog. Ze leek hem zelfs recht aan te

kijken met die zilverige ogen van haar. Alsof ze verwachtte dat hij er zou zijn.

Ze was niet groot, en heel tenger, maar ze was adembenemend mooi. En er was nog iets. Want opeens begreep Charlot waarom hij zijn geheugen was kwijtgeraakt. Hij wist dat, ook al kostte het hem zijn leven, ook al kostte het hem het Spel, hij haar moest redden uit die poel van verderf. Eindelijk begreep hij alles. Hij wist wie ze was en wat hij moest doen.

Plotseling klemde Kauri zijn hand om zijn arm.

'Mijn God! Daar is ze!' zei hij, zijn stem trillend van emotie. 'Daar is Haidée.'

'Ik weet het.'

'We moeten haar redden!'

'Ik weet het,' herhaalde Charlot.

Maar terwijl hij in haar ogen keek, niet bij machte zijn blik af te wenden, besefte hij nog iets. Alleen kon hij daarover met niemand praten, in elk geval niet voor hijzelf begreep wat hier gaande was.

Hij wist nu dat Haidée zelf zijn Zicht had geblokkeerd.

Na een kort gesprek met Shahin hadden ze een plan bedacht. Het was een simpel plan, maar het beste dat ze op zo korte termijn konden bedenken, al kon het moeilijk en gevaarlijk worden.

Ze wisten op voorhand dat ze het meisje niet konden ontvoeren of laten ontsnappen, daarvoor waren er gewoon veel te veel mensen. Ze spraken af dat Shahin meteen de paarden zou gaan halen, zodat ze konden vertrekken. Charlot en Kauri zouden zich voordoen als een rijke Franse slavenhandelaar en zijn dienaar, Haidée kopen, ongeacht de prijs, en op hem wachten aan de westkant van de medina, een afgelegen gebied niet ver van de noordwestpoort. Daar zou hun vertrek uit de stad minder opvallen.

Toen Charlot en Kauri zich mengden onder de kopers die wachtten tot de eerste groep zou worden aangeboden, voelde Charlot spanning in zich opkomen, en een angst die hij bijna niet kon beheersen. In de drom mensen verloor hij even het zicht op het podium. Maar hij hoefde het gezicht van de mensen die daar als vee op de slager stonden te wachten niet te zien om hun angst te kunnen ruiken.

Zijn eigen angst was bijna net zo groot. Ze waren begonnen met het verkopen van de kinderen. Die werden met vijftig tegelijk een kooi uit gejaagd en het podium op gedreven. Daar werden ze van hun kleren ontdaan, hun haar, ogen, neus en tanden werden geïnspecteerd en er werd voor ieder een vraagprijs vastgesteld. De kleinste kinderen werden per tien of twintig tegelijk verkocht, en zuigelingen met hun moeder. Ongetwijfeld zouden die worden doorverkocht zodra ze gespeend waren.

Charlot viel steeds meer ten prooi aan weerzin en afschuw. Maar hij besefte dat hij die emoties in bedwang moest houden en er eerst achter moest komen waar Haidée was. Hij keek even naar Kauri en knikte toen naar een man in een gestreepte kaftan die naast hen stond.

'Effendi,' begon Kauri in het Arabisch, 'mijn meester koopt in voor een grote suikerplantage in de Nieuwe Wereld. Daar zijn vrouwen nodig, om slaven te fokken en voor kinderloze planters. Mijn meester is hierheen gestuurd om goed fokmateriaal aan te kopen. Maar we weten weinig van de procedures hier. Zou u ons wat meer kunnen vertellen over wat hier gebruikelijk is? We hebben namelijk gehoord dat er vandaag zwart en wit goud van hoge kwaliteit zal worden verkocht.'

'Zeer zeker,' zei de ander, die het blijkbaar prettig vond dat hij iets wist waarvan deze vreemden niet op de hoogte waren. 'Deze partijen zijn afkomstig uit het persoonlijke huishouden van de pas overleden sultan Mulay Suleiman en van de allerhoogste kwaliteit. En inderdaad, de procedures en prijzen hier zijn heel anders dan op andere markten, zelfs die in Marrakech, de grootste markt van ons land, waar per jaar vijf- tot zesduizend slaven worden verhandeld.'

'Anders? Hoe bedoelt u?' vroeg Charlot. De ergernis over de ongevoeligheid van de ander gaf hem iets van zijn kracht terug.

'In de westelijke handel, in Marrakech dus, zijn jonge, gezonde mannen het meest in trek. Die worden naar de plantages in de Europese koloniën verscheept. Voor de export naar het oosten brengen jonge eunuchen het meeste op, want Ottomaanse Turken hebben ze graag als concubine. Hier in Fez daarentegen halen jongens tussen de vijf en tien vaak maar tweehonderd of driehonderd dinar. Voor jonge meisjes van die leeftijd wordt grif het dubbele betaald. En een meisje bij wie je kinderen kan verwekken doet, als ze mooi, geslachtsrijp en nog maagd is, wel vijftienhonderd dinar, zo om en nabij de duizend livre. Deze meisjes zijn het meest gevraagd, dus als u geld hebt, hoeft u niet lang te wachten. Ze worden altijd het eerst verkocht, vlak na de kinderen.'

Ze bedankten de man voor zijn informatie. Charlot was bij zijn woorden in diepe wanhoop weggezakt. Hij pakte Kauri bij de schouders en duwde hem de menigte uit om zo het podium beter te kunnen zien.

'Hoe moet dat in godsnaam lukken?' vroeg Kauri. Het was nu duidelijk te laat om aan zo'n enorme som geld te komen, ook al zouden ze een manier weten. Toen ze de laatste mensen achter zich hadden gelaten, zei Charlot zacht: 'Ik weet wel een oplossing.'

Vragend keek Kauri hem aan. Ja, er was één manier, dat beseften ze beiden, om snel aan zo'n bedrag te komen. Uiteindelijk zou het besluit hun misschien duur komen te staan, maar hadden ze een keus?

De tijd ontbrak om er langer over na te denken. Charlot voelde hoe doodsangst hem bij de keel greep, bijna alsof de hand van het lot hem omklemde. Hij keek weer naar het podium en zag tot zijn schrik dat de slanke gestalte van Haidée, haar naaktheid nu alleen nog bedekt door haar lange, losse haardos, met een groep andere jonge meisjes het podium op werd geleid. Ze waren aan elkaar geketend met zilverkleurige boeien aan linkerhand en -voet, verbonden door een dunne ketting.

Kauri lette op de omstanders, terwijl Charlot op zijn hurken ging zitten, alsof hij zijn djellaba wilde uittrekken. Met één hand haalde hij de Zwarte Koningin uit haar leren buidel. Hij trok zijn scherpe *bousaadi* en schraapte wat van de zwarte kool weg. Toen stak hij één edelsteen uit het zachte, zuivere goud. Die viel in zijn hand, een smaragd ter grootte van het ei van een roodborstje.

Hij stopte de Zwarte Koningin terug, maakte de buidel los van zijn riem, gooide zijn djellaba weer om en gaf de buidel aan Kauri.

Met de gladde steen in zijn hand geklemd liep Charlot in zijn eentje naar de rand van het podium, waar de naakte, doodsbange meisjes dicht bijeen stonden. Maar toen hij opkeek, zag hij alleen Haidée. En zij keek naar hem, niet bang, maar met onwrikbaar vertrouwen.

Ze wisten beiden wat hij moest doen.

Charlot was zijn Zicht kwijt, maar hij twijfelde er niet aan dat hij hier goed aan deed.

Want hij wist dat Haidée de nieuwe Witte Koningin was.

DE HAARD

Elke Griekse stadstaat had een prytaneum. Op deze haard brandde een permanent vuur. Het prytaneum was gewijd aan Hestia, de godin van het haardvuur. De vraag blijft waarom zoveel belang werd gehecht aan het onderhouden van een permanent haardvuur. De geschiedenis ervan gaat terug op de oerfase van de menselijke beschaving.
— JAMES GEORGE FRAZER, *Het Prytaneum*, 1885

Washington D.C., april 2003

Mijn taxi zette me af op M Street, in het hart van Georgetown, net toen de klokken van de jezuïetenkerk het eind aankondigden van de zondagavond.

Ik was bekaf en wist ook dat ik op Leda kon rekenen. Maar Rodo had zoveel onbeantwoorde berichten op mijn gsm ingesproken dat ik het vuur moest aanmaken, dat ik al had besloten niet naar huis te gaan. Ik zou naar de keuken gaan, die maar tien minuten lopen was van waar ik woonde, om het nieuwe vuur voor de komende week aan te steken.

Bekaf – dat was het understatement van de eeuw. Het vertrek uit Colorado was niet verlopen zoals ik me had voorgesteld.

Toen de Livingstons na het etentje eindelijk waren vertrokken, lag de rest op apegapen. Lily en Vartan waren uit Londen gekomen en hadden last van jetlag. Key zei dat ze al voor dag en dauw was opgestaan en ook naar bed wilde. En ik had sinds mijn komst zoveel emotionele klappen te verwerken gekregen en mijn hoofd tolde zo van de mogelijke zetten en tegenzetten dat ik door de stukken het bord niet meer zag.

Lily zag de grauwe gezichten en zei dat we maar beter naar bed konden gaan. De volgende ochtend staken we dan wel weer de koppen bij elkaar om een strategie te bedenken.

Ze wilde op diverse gebieden in actie komen. Zelf zou ze proberen het een en ander te achterhalen over Basils activiteiten in de schaakwereld. Vartan zou zijn Russische contacten bewerken om wat te weten te komen over de verdachte dood van Taras Petrosjan. Nokomis zou de ontsnappingsroutes van mijn moeder natrekken om na te gaan waar ze heen was. Ik kreeg de ondankbare taak om mijn doorgaans onvindbare oom op te sporen en hem te vragen wat hij wist van haar verdwijning en op wat voor geschenk hij in zijn geheimzinnige bericht doelde. Iedereen was het erover eens dat het opsporen van mijn moeder de hoogste prioriteit had. Maandag zou ik Key bellen om na te gaan wat ze te weten was gekomen.

Key was met haar mensen aan het bellen om na te gaan hoe het stond met Lily's auto. Die was met een trailer naar Denver gebracht. Toen bleek dat we onze plannen zouden moeten wijzigen.

'Nee toch, hè?' zei ze, en keek me verbeten aan. 'De Aston Martin staat in Denver, maar ze zeggen dat er een sneeuwstorm deze kant op komt. Hij is al in het zuiden van Wyoming. Morgen rond de middag is hij hier. Het vliegveld gaat het hele weekend dicht, en de rest ook.'

Ik had dit al eens meegemaakt, dus ik wist hoe het werkte. Het was nu vrijdag en mijn vlucht naar Washington ging pas zondag, maar als er genoeg sneeuw viel, haalde ik Denver niet. Erger nog, dan zouden we dagenlang vastzitten in de bergen met maar één badkamer en één bed en alleen maar diepvriesvoer. We zouden dus de volgende ochtend meteen weg moeten, ruim voor het ging sneeuwen, en achthonderd kilometer door de Rocky

Mountains moeten afleggen in mijn huurauto, die we dan op het vliegveld van Denver lieten staan.

Boven installeerde ik Lily en Zsa-Zsa in het enige echte bed, het koperen bed van mijn moeder, dat was weggestopt in een van de hoeken van het achthoekige balkon. Ze sliepen voor hun hoofd het kussen raakte. Vartan hielp me om wat futons en slaapzakken te pakken en bood ook nog aan om te helpen met opruimen.

Onze gasten moesten hebben gezien dat mijn moeders huis tamelijk primitief was. Er was maar één kleine badkamer, op de begane grond, onder de trap, zonder douche, met alleen een bad op pootjes en een grote, ouderwetse stalen gootsteen. Ik wist uit lange ervaring dat we daar de afwas zouden moeten doen.

Toen Key vertrok, keek ze even de badkamer in, waar Vartan, de mouwen van zijn trui tot zijn ellebogen opgeschoven, borden door het sop haalde en in de badkuip afspoelde. Hij reikte me een nat bord aan om af te drogen.

'Sorry, je mag niet helpen,' zei ik. 'Geen ruimte.'

'Er is niks zo sexy als een sterke man te zien zwoegen boven een lekker warm sopje,' zei Key met een brede grijns.

Ik schoot in de lach. Vartan trok een lelijk gezicht.

'Hoe gezellig het hier ook is,' zei Key, 'ik zou maar niet de hele nacht in het sop blijven roeren. Morgen heb je een flink eind rijden voor de boeg.'

Toen verdween ze in de nacht.

'Dit is echt leuk,' zei Vartan toen ze weg was. Hij gaf nu kopjes en glazen aan. 'Vroeger, in de Oekraïne, hielp ik mijn moeder bij de afwas toen ik nog klein was. Ik vond het heerlijk in de keuken te zijn. Het rook lekker als ze brood bakte. Ik hielp met van alles. Koffiezetten, erwten doppen... Ze kreeg me gewoon de deur niet uit. De andere kinderen plaagden me ermee. Jan Hen, noemden ze me. Ik heb op de keukentafel leren schaken, terwijl zij kookte.'

Het kostte me moeite me het arrogante, dodelijke doelgerichte schaakwonderkind dat ik tien jaar geleden had meegemaakt voor te stellen als moederskindje, ook al begon hij er zelf over. Nog vreemder was het enorme culturele verschil tussen ons.

Mijn moeder kon een vuur aanleggen. Maar als het op koken aankwam, kon ze net een theezakje in het hete water laten zakken. De enige keukens die ik als kind had meegemaakt, waren verre van gezellig: in het appartement in Manhattan had een elektrische tweepitter gestaan, terwijl oom Slava in zijn landhuis op Long Island een enorme houtoven had en een schouw waarin je kon staan. Daar kon je koken voor een buslading mensen, maar hij was erg op zichzelf en dus gebeurde dat nooit. En mijn schaakjeugd zelf was nou niet echt idyllisch geweest.

'Ik ben kok. Het lijkt het me enig om als kind zo in de keuken bezig te zijn,' zei ik. 'Maar van wie heb je schaken geleerd?'

'Ook van mijn moeder. Ze heeft een schaakspel gekocht en me geleerd hoe het moest, toen ik nog heel klein was.' Hij gaf me het laatste bestek aan. 'Dat was net nadat mijn vader was omgekomen.'

Toen hij mijn geschokte gezicht zag, legde hij zijn natte handen op de mijne, inclusief bestek en theedoek.

'Sorry hoor. Ik dacht dat iedereen dat wist,' zei hij haastig. 'Het heeft in alle schaakbladen gestaan toen ik grootmeester werd. Maar bij mijn vader is het heel anders gegaan dan bij de jouwe.'

'Hoe bedoel je?' zei ik. Ik had zin om te janken. Ik zakte bijna door mijn hoeven, zo moe was ik. Ik kon niet goed meer denken. Mijn vader was dood, mijn moeder was verdwenen, en nu dit weer.

'Mijn vader is gesneuveld in Afghanistan toen ik drie was,' legde Vartan uit. 'Daar diende hij als dienstplichtige toen de oorlog op zijn hoogtepunt was. Maar hij was pas zo kort daar dat mijn moeder geen pensioen kreeg. We waren heel arm. Daarom heeft ze het uiteindelijk gedaan.'

Vartans ogen rustten op mij. Hij had mijn handen weer in de zijne genomen en nu omklemde hij ze. 'Xie, luister je wel?' zei hij op een dringende toon die ik bij hem nog niet had meegemaakt.

'Even kijken,' zei ik. 'Jullie waren arm, je vader was gesneuveld. Volgens mij volg ik het redelijk.' Toen viel het kwartje. 'Daarom heeft ze wat gedaan?'

'Mijn moeder. Het duurde een paar jaar voor ze doorhad hoe

goed ik kon schaken en hoeveel beter ik nog kon worden. Ze wilde me helpen, hoe dan ook. Het viel me zwaar om haar te vergeven, maar ik wist dat ze dacht dat ze er goed aan deed met hem te trouwen.'

'Met wie te trouwen?' Maar ik wist het antwoord eigenlijk al.

Natuurlijk. De man die het toernooi had georganiseerd waarbij mijn vader was vermoord, de misdadige zakenvriend van Basil Livingston, de man die twee weken geleden in Londen uit de weg was geruimd door de siloviki, was niemand anders dan Vartans stiefvader.

'Taras Petrosjan.'

Het hoeft geen betoog dat Vartan en ik weinig slaap kregen. Vergeleken met zijn grillige jeugd in de Sovjet-Unie was de mijne nog idyllisch te noemen.

Vartan had de nieuwe stiefvader die hij op zijn negende kreeg, niet gemogen. Maar hij kon ook niet zonder hem, vanwege zijn moeder en omdat zijn schaaktalent moest worden ontwikkeld. Toen hij eenmaal grootmeester was, zijn moeder was overleden en Petrosjan uit Rusland was vertrokken, had hij vrijwel geen contact meer met hem. Tot het toernooi in Londen, twee weken geleden.

Maar waarom had hij daar niets over verteld toen we het eerder die avond over strategieën hadden? Als het in alle schaakbladen had gestaan, wist Lily er dan van?

Toen we naast elkaar zaten, in een berg kussens naast het verflauwende licht van het vuur, was ik te moe om daarover te beginnen, maar toch ook te ongedurig om naar boven te gaan om te slapen. Vartan had cognac ingeschonken. Terwijl we eraan zaten te nippen, streek hij met een hand langs mijn hals en probeerde mijn gespannen spieren wat losser te maken.

'Sorry, ik dacht dat je dat allemaal wist,' zei hij zacht. 'Maar als we echt betrokken zijn bij het grotere Spel, zoals Lily zei, zijn er zoveel toevalligheden in jouw en mijn leven dat we wel samen móéten werken.'

Om te beginnen een paar verdachte sterfgevallen, dacht ik. Maar ik zei niets.

Het vuur

'Ik wil de samenwerking graag beginnen,' zei Vartan met een glimlach, 'door je mijn hulp te bieden bij iets wat ik nog beter kan dan schaken.'

Hij liet zijn hand van mijn hals naar mijn kin glijden en draaide mijn gezicht naar het zijne. Ik wilde net protesteren toen hij zei: 'Er is nog een vaardigheid die mijn moeder me heeft bijgebracht toen ik nog heel klein was. Iets wat je nodig hebt voor we hier morgenochtend weggaan.'

Hij stond op, liep naar de entree en kwam terug met mijn donsparka. Die gooide hij naast me neer. Daarna liep hij naar de piano. Geschrokken ging ik rechtop in de kussens zitten toen hij de klep opende, zijn hand erin stak en er de tekening van het schaakbord uithaalde. Ik was zo moe dat ik die helemaal was vergeten.

'Die wilde je toch meenemen?' Toen ik knikte, zei hij: 'Wees dan maar blij dat je parka zo dik is dat je dat ding erin kunt verstoppen. En gelukkig heeft mijn moeder me leren naaien.'

Ik had de loodzware rit al heel wat keren gemaakt, maar hij werd er niet minder zwaar door. De hele zaterdag worstelde ik met het stuur en ik wist de gierende windvlagen van de naderende storm maar net voor te blijven. Het tweehonderd jaar oude schaakbord op linnen dat in de donsvulling van mijn parka zat verstopt, zorgde wel voor wat extra warmte. Op het allerlaatste moment had ik de sloop met het schaakspel in mijn rugzak gestopt, voor het geval ik een aanwijzing over het hoofd had gezien.

In Denver zette ik Lily met hond en bagage af bij de ingang van het Brown Palace en liet de portier mijn auto parkeren. De sneeuwstorm woedde nu in alle hevigheid. We aten onze eerste maaltijd van de dag in de Ship's Tavern, net voor het restaurant dichtging, en spraken af om later die week weer te overleggen. Ik sliep een paar uur op de bank in Lily's suite. Het zou het laatste eten en de laatste slaap zijn die ik in een heel etmaal zou krijgen, maar dat wist ik toen nog niet.

In het middernachtelijke Georgetown liep ik een steile stenen trap af en nam daarna de houten voetbrug over het spiegelgladde, glanzende kanaal. Verderop kon ik Rodo's wereldberoemde restaurant Sutaldea – De Haard – zien liggen, op een lage heuvel, met uitzicht over de rivier.

Sutaldea was uniek, zelfs in een zo historische plaats als Georgetown. De sfeervolle, verweerde stenen gebouwen dateerden uit de achttiende eeuw en behoorden dus tot de oudste van Washington.

Ik deed de voordeur van het slot en zette de alarminstallatie uit. De binnenverlichting ging automatisch uit als er niemand in huis was, maar ik deed hem nooit aan als ik binnenkwam, ook niet 's avonds laat. Aan de andere kant van de zaal, op de plek waar oorspronkelijk de schuurdeuren hadden gezeten, bevond zich nu een raam met veel ruitjes, waardoor je uit kon kijken over het kanaal en de rivier. Als je langs het in het donker bleek oplichtende witte damast op de tafeltjes liep, had je een weids uitzicht over de licht celadongroene boog van de Key Bridge over de rivier, verlicht door zijn hoge, slanke lantaarns. Aan de overkant spiegelden de lampen van de wolkenkrabbers van Rosslyn zich in het blinkend zwarte water van de Potomac.

Langs de hele linkerwand van de zaal stond een houten rek dat bijna even hoog was als ik. Er lagen handgemaakte aarden kruiken in met cider uit alle zeven Baskische provincies. Achter het rek konden obers van Rodo heen en weer lopen, zonder steeds tussen de tafeltjes door te hoeven manoeuvreren. Ook favoriete gasten maakten er wel gebruik van. Rodo was er heel trots op. Het was Baskische cider, mooi uitgestald en het gaf het restaurant een beetje extra cachet. Ik dook om het rek heen en liep de stenen wenteltrap naar de keuken af. Dit was de roemruchte kerker die Rodolfo Boujaron had bedacht. Bevoorrechte gasten die veel tijd en *beaucoup d'argent* hadden konden door een grote glazen ruit kijken hoe hun *prix fixe* achtgangendiner boven vlammen en gloeiende as werd klaargemaakt.

Naast de grote stenen ovens zat Leda de Lesbo een boek te lezen op de hoge stoel die we gebruikten om het vuur in de gaten te houden. Ze maakte een kalme, ontspannen indruk. In een zwartgelakte houder rookte ze zoals altijd een zelf gedraaide sigaret van Turkse tabak. Naast haar stond een glas Pernod, want ze dronk bij voorkeur pastis.

Verheugd zag ik dat de ovens al waren afgekoeld en dat ze ze had schoongemaakt. Dat scheelde me zo meteen tijd bij de taak die me wachtte.

Rodo had in één opzicht gelijk. Leda was een Zwaan, heel *soignée*, afstandelijk en sterk tegelijk. Maar ze werd het liefst Leda de Lesbo genoemd. Het was een soort geuzennaam en ze hield er bepaalde cliënten mee op afstand. Daar kon ik in komen. Ik zou ook inzitten over grijpgrage armen als ik er zo zwierig en verleidelijk uitzag.

Haar fraaie lange zwanenhals werd nog geaccentueerd door haar zilverblonde haardos, die heel kortgeknipt was, in een soort crewcut. Met haar doorzichtige witte huid, tot boogjes geplukte wenkbrauwen, bloedrood gestifte lippen en sigarettenhouder had ze nog het meest weg van een gestileerde art-nouveau-illustratie. Om nog maar te zwijgen van wat ze bij voorkeur, dus ook nu, om middernacht naast de koude ovens, aanhad: opzichtige skeelers, een T-shirt met glitterstenen en een satijnen boxer. Leda was, zoals de Fransen zeggen, een 'type'.

Toen ze me op de trap hoorde, draaide ze zich opgelucht om. Ik liet mijn rugzak op de grond vallen, trok mijn donsjack uit, vouwde dat netjes op en legde het op de rugzak.

'De verloren dochter is gelukkig terug. Het zou tijd worden. Meester Rodolfo Legree heeft de zweep behoorlijk laten knallen toen je weg was.'

Leda zag Rodo als een slavendrijver. Dat deed iedereen die ooit zijn ovens had bemand. Net als in het leger werd gehoorzamen een soort tweede natuur.

Als om dat te demonstreren was ik al op weg naar de houtstapel. Leda legde haar sigaret weg, wipte van haar stoel en gleed op haar vrijwel geruisloze skeelers achter me aan. Achter in de keuken pakten we allebei een stapeltje blokken. Daarmee moest ik in alle vier de ovens een nieuw vuur aanleggen.

'Als je kwam, moest ik blijven om je te helpen. Dat zei Rodo. Het vuur moet vanavond goed zijn, dat is belangrijk.'

Alsof dat een positieve invloed had op mijn dichtvallende ogen of mijn door jetlag aangetaste brein, om van mijn rommelende maag nog maar te zwijgen.

'Oud nieuws,' zei ik, terwijl we samen een paar grote vuurbokken onder de eerste oven zetten. Daarop zouden we het vuur opbouwen. 'Maar ik heb in dagen niet geslapen. Ik zorg wel dat er een goed vuur brandt in de haarden. Dan duurt het nog wel een paar uur voor we kunnen gaan koken. Als jij op het vuur wil letten ga ik dan naar huis om een uur of wat te pitten. Voor zonsopgang ben ik weer hier om aan het brood te beginnen.'

Ik had een stapel blokken op en naast de vuurbokken gelegd en er wat papier en aanmaakhout tussen gestoken. 'Het hoeft niet per se elke avond zoals die slavendrijver wil. Op maandag is het restaurant trouwens altijd dicht.'

'Je weet niet wat er allemaal is gebeurd,' zei Leda. Ze keek tegen haar gewoonte in zorgelijk terwijl ze me nog wat papier aanreikte. 'Rodo geeft vanavond een grote boum voor een stel chique lui, hier in de kelder. Zeer besloten. Niemand is gevraagd om te komen bedienen. Rodo zei dat hij alleen jou wil hebben om te helpen met koken en bedienen.'

Ik kreeg een eerste voorgevoel dat er iets helemaal verkeerd dreigde te gaan. Ik probeerde mijn kalmte te bewaren terwijl ik nog wat papier in de flakkerende vlammetjes duwde. Maar de timing van deze onaangekondigde soirée van Rodo zat me niet lekker. Het was maar een weekend na die van mijn moeder in Colorado, een feestje waarvan Rodo op de hoogte was geweest, zoals bleek uit wat hij had ingesproken.

'Wat weet je van dat feestje af?' vroeg ik aan Leda. 'Enig idee wie die chique lui zijn?'

'Ik heb gehoord dat het hotemetoten zijn van een ministerie. Niemand weet er het fijne van,' zei ze. Ze hurkte op haar skeelers neer en reikte me nog wat papierproppen aan. 'Ze hebben alles geregeld met Rodo zelf, niet met de manager. En het gebeurt op een avond waarop we normaal niet open zijn. Heel stiekem allemaal.'

'Hoe weet jij er dan van?'

'Toen Rodo hoorde dat jij het hele weekend weg was, ging hij door het lint. Toen pas hoorde ik dat hij morgen jou wilde hebben, en verder niemand. Maar we wisten al dat er een besloten boum aan zat te komen. De kelder is al twee weken geleden gereserveerd.

'Twee weken?'

Misschien trok ik te snel conclusies, maar dat was wel erg toevallig. Ik herinnerde me dat Vartan het ook had gehad over alle toevalligheden in ons leven. Volgens mij kon het juist helemaal geen toeval zijn dat mijn leven de laatste paar dagen zo gelopen was.

'Maar waarom wil Rodo juist mij hebben voor die toestand?' vroeg ik aan Leda, die nog steeds op haar hurken proppen zat te maken van krantenpapier. 'Heb ik zoveel ervaring dan? Nee, ik ben maar leerling-kok. Is er iets gebeurd wat die plotselinge belangstelling voor mijn carrière kan verklaren?'

Leda keek op. Haar blik bevestigde mijn ergste vermoedens.

'Er is dit weekend een paar keer een man langs geweest,' zei ze. 'Hij was op zoek naar jou. Misschien heeft dat iets te maken met die toestand van morgen.'

Ik probeerde de vertrouwde adrenalinestoot binnen de perken te houden. 'Wat voor man?'

'Hij zei niet hoe hij heette en hij heeft ook geen briefje achtergelaten,' zei Leda, terwijl ze overeind kwam en haar handen aan haar boxer afveegde. 'Hij zag er gedistingeerd uit. Lang, elegant, dure trenchcoat... Maar ook geheimzinnig. Hij had een blauwe zonnebril op, zodat je z'n ogen niet goed kon zien.'

Geweldig, een mysterieuze onbekende. Dat kon ik er nou helemaal niet bij hebben. Ik probeerde mijn blik op Leda gericht te houden, maar mijn ogen draaiden alle kanten op. Ik stond te zwaaien op mijn benen. Vier dagen te weinig eten, drinken en slaap. Toeval, tragiek en toestanden, ze konden allemaal de boom in. Ik wilde naar huis. M'n bed in.

'Waar ga je heen?' zei Leda, toen ik richting trap wankelde.

'We hebben het er straks wel over,' wist ik nog net uit te brengen, terwijl ik mijn jack en rugzak opraapte. 'Met de vuren komt het heus wel goed. Rodo redt zich prima. De mysterieuze onbekende keert wellicht terug. En wij die gaan sterven, groeten u.'

'Oké, ik zal er zijn,' zei Leda. 'Hou je haaks.'

Op slappe benen wankelde ik de trap op en sleepte me door het verlaten straatje. Daar keek ik op mijn horloge. Twee uur in de ochtend. Geen mens te zien. Het smalle beklinkerde straatje was zo doods als een graf. Het was zo stil dat je in de verte de golven van de Potomac aan de pijlers van de Key Bridge kon horen knagen.

Aan het eind van het straatje sloeg ik de hoek om naar mijn kleine, met leisteen belegde terras aan het kanaal. Ik zocht in mijn rugzak naar mijn huissleutel, bij het rozig gouden licht van de enkele lamp naast het pad dat het schimmige duister van het Francis Scott Key Park in liep. De lage ijzeren reling om mijn terras was de enige bescherming tegen een val die je twintig meter lager in het roerloze water van het C & O Canal zou doen belanden.

Vanuit mijn huis, hoog op de rotsen, had ik een prachtig uitzicht over de wijde vlakte van de Potomac. Mensen hadden een moord over voor dit uitzicht, en misschien was het daar in het verleden wel eens van gekomen. Maar Rodo weigerde koppig het verweerde gebouw te verkopen, omdat het zo dicht bij De Haard stond. Uitgeput zoog ik mijn longen vol rivierlucht en pakte mijn sleutel.

Er waren twee deuren, en ook twee aparte ingangen. Via de linkerdeur kwam je in het hoofdgedeelte terecht met zijn luiken en ijzeren stangen voor de ramen. Daar bewaarde Rodo belangrijke documenten van zijn vurige imperium. Ik maakte de andere deur open, die naar de eerste verdieping leidde. Daar sliep de slaaf, op aangenaam korte afstand van het vuur.

Net toen ik over de drempel stapte, stootte ik met mijn teen tegen iets wat op de trap lag. Het was een doorzichtige plastic zak met *The Washington Post* erin. Ik had nog nooit een abonnement gehad en er woonden verder geen mensen van wie hij kon zijn. Ik wilde net de krant met verpakking en al in de dichtstbijzijnde afvalbak mikken toen ik in het rozige licht van de straatlantaarn het gele plakkertje zag dat iemand erop had gedaan, met *zie voorpagina* erop.

Ik deed de gangverlichting aan en stapte het huis in. Op de overloop liet ik mijn rugzak op de grond vallen, trok het plastic van de krant en vouwde hem open.

De koppen schreeuwden me toe door ruimte en tijd. Ik kon het bloed in mijn oren horen bonzen en kreeg bijna geen adem meer.

7 april 2003
TROEPEN EN TANKS VALLEN HART BAGDAD AAN

We hadden de stad om zes uur in de ochtend plaatselijke tijd ingenomen, een paar uur geleden nog maar, net lang genoeg om het in de krant te krijgen. Ik was zo verdwaasd dat de rest nauwelijks meer tot me doordrong.

Het enige wat ik hoorde, was de stem van Lily Rad, rondspokend in de krochten van mijn geest:

Je moeder was niet bang voor schaken, maar voor een ander Spel, het gevaarlijkste spel dat er is, gebaseerd op een kostbaar schaakspel uit Mesopotamië.

Waarom had ik het niet meteen gezien? Was ik blind?

Wat was er twee weken geleden gebeurd? Twee weken geleden, toen Taras Petrosjan onder geheimzinnige omstandigheden was overleden? Twee weken geleden, toen mijn moeder de uitnodigingen had verstuurd voor haar verjaardag?

Twee weken geleden, op de ochtend van 20 maart, waren Amerikaanse troepen Irak binnengevallen, het land waar het Montglane-spel was ontstaan. Twee weken geleden was de eerste zet gedaan. Het Spel was weer begonnen.

DEEL TWEE

U moet de oorzaak van dingen achterhalen en trachten te doorgronden hoe het proces van ontwikkeling en reanimatie plaatsvindt door middel van verrotting en hoe alle leven voortkomt uit ontbinding. Het moet vergaan en verrotten en daarna, onder invloed van de sterren, die er via de elementen op inwerken, tot nieuw leven worden gewekt en eens te meer een hemelse zaak worden die thuishoort in de hoogste regionen van het firmament.
— BASILIUS VALENTINUS, *De Achtste Sleutel*

DE TERUGKEER

Plotseling besefte ik dat ik niet langer gevangen was, noch naar lichaam, noch naar geest, dat ik niet veroordeeld was te sterven. Terwijl ik in slaap viel, speelden twee Latijnse woorden door mijn hoofd, zonder dat ik wist waarom: magna mater. Toen ik de volgende ochtend ontwaakte, besefte ik wat ze betekenden. In het antieke Rome moesten aspirant-leden van de Magna Mater-cultus een bloedig ritueel doorstaan. Als ze dat overleefden, zouden ze worden herboren.
— JACQUES BERGIER, *Le Matin des Magiciens*

Dolina Gejzerov, Dalni Vostok
Vallei van de Geisers, Verre Oosten

Het was alsof hij vanuit een onpeilbare diepte omhoog kwam zweven naar het oppervlak van een donkere zee. Een bodemloze zee. Zijn ogen waren gesloten, maar hij kon het duister onder zich voelen. Naarmate hij dichter bij het licht kwam, leek de druk op hem groter te worden en werd het moeilijker om adem te halen. Met grote inspanning bracht hij zijn hand naar zijn borst. Tegen zijn huid lag een stuk zachte stof, een dun kledingstuk of een soort bedekking, zonder gewicht.

Waarom kreeg hij geen adem?

Toen hij zich op zijn ademhaling richtte, ging het gemakkelijker, ritmisch. Het geluid van die ademhaling was vreemd en nieuw, alsof hij die nog nooit had gehoord. Hij luisterde terwijl het geluid aanzwol en weer wegstierf in een zachte, zoete cadans.

Hij had zijn ogen nog dicht, maar voor zijn geestesoog kon hij bijna een beeltenis onderscheiden, zwevend naast hem. Een beeltenis die hem heel belangrijk voorkwam, als hij er maar vat op kreeg. Maar hij kreeg het niet duidelijk voor ogen. De randen waren vaag en onscherp. Hij deed moeite om het duidelijker waar te nemen. Was het een soort gestalte? Ja, een gesneden vrouwenfiguur, omhuld door gouden licht. Ze zat in een deels door gordijnen aan het zicht onttrokken paviljoen. Had hij de sculptuur gemaakt? Was hij de kunstenaar? Het kwam hem heel belangrijk voor. Als hij met zijn geest de voorhang weg kon trekken, kon hij naar binnen kijken. Dan kon hij de figuur zien. Maar elke keer dat hij zich deze taak voor de geest probeerde te halen, werd hij vervuld van een verblindend fel licht.

Met een extra inspanning wist hij uiteindelijk zijn ogen te openen. Hij probeerde zich te concentreren op zijn omgeving. Om hem heen strekte zich een eenvormige ruimte uit, vervuld van een vreemd licht, een overal om hem heen flakkerende gloed. Verderop waren er ondoordringbare diepbruine schaduwen en in de verte hoorde hij een geluid dat hij niet thuis kon brengen, als van snel stromend water.

Nu kon hij zijn eigen hand zien. Die rustte nog steeds op zijn borst, verschoten als een afgevallen bloemblaadje. De hand leek onwerkelijk, alsof hij zich op eigen initiatief hierheen had verplaatst, alsof het de hand van een ander was.

Waar was hij?

Hij probeerde rechtop te gaan zitten, maar merkte dat hij zelfs voor een poging al te zwak was. Zijn keel was droog en krasserig, hij kon niet slikken.

Vlakbij hoorde hij stemmen fluisteren, de stemmen van vrouwen.

'Water,' probeerde hij te zeggen. De woorden kwamen maar niet voorbij zijn uitgedroogde lippen.

'*Ja ne ponimajoe*,' zei een van de stemmen. 'Ik begrijp u niet.'

Maar hij had haar wel begrepen.

'*Kotory tsjas?*' vroeg hij de stem in dezelfde taal als waarin zij hem had aangesproken, ook al kon hij die taal nog niet plaatsen. Hoe laat is het?

Ook al kon hij nog steeds geen gestalten of gezichten onderscheiden in het flakkerende halflicht, toch kon hij de slanke hand zien die neerdaalde en zich zacht over de zijne vlijde, nog steeds op zijn borst. Toen hoorde hij haar stem, een andere stem dan daarnet, een vertrouwde stem, vlak naast hem, zacht en welluidend en rustgevend als een wiegeliedje.

'Mijn zoon,' zei de stem. 'Eindelijk ben je teruggekeerd.'

DE KOK

Maar beschaafd of onbeschaafd, mensen moeten eten.
— ALEXANDRE DUMAS

Als je weet hoe je moet eten, weet je genoeg.
— BASKISCH GEZEGDE

Washington D.C.
7 april 2003

Maandagmorgen om halfelf was ik achter het stuur van Rodo's Volkswagen Touareg door de motregen op weg over River Road. Mijn eindbestemming was Kenwood, net ten noorden van Washington, waar Euskal Herria lag, Land der Basken, de pompeuze villa van mijn baas.

Het was mijn taak om ervoor te zorgen dat alle spullen voor het eten op de goede plek waren. Rodo had instructies ingesproken op mijn voicemail en dus had ik al kreeften op ijs gehaald bij Canon Seafood in Georgetown en verse groenten bij Eastern Market bij Capitol Hill. Ze zouden onder Rodo's ogen worden gewassen, geschrapt, in plakjes, blokjes en reepjes gesneden, geraspt of gemalen door zijn troep culinaire *sous*-slaven als voorbereiding op het geheimzinnige diner in Sutaldea.

Maar al had ik een paar uur weten te slapen en al was Leda vanmorgen verse, op het vuur gezette koffie komen brengen, toch waren mijn zenuwen nog zo overgevoelig dat ik al mijn aandacht nodig had om te zorgen dat ik heelhuids arriveerde.

Toen ik de glimmende, slingerende weg op reed, met de ruitenwissers hard werkend tegen de regenvloed, pakte ik een handje kruisbessen uit een kistje dat ik van Rodo had gegapt, stak ze in mijn mond en spoelde ze weg met Leda's stroperige koffie. Het eerste verse eten dat ik in dagen binnenkreeg. Het was ook de eerste keer in vier dagen dat ik in mijn eentje kon nadenken, en er was genoeg om over na te denken.

De ene gedachte die steeds weer boven kwam drijven, was dat het allemaal wel een soepzootje begon te worden, zoals Key zou zeggen. En deze bouillabaisse van onwaarschijnlijke toevalligheden en tegenstrijdige aanwijzingen lag me al met al behoorlijk zwaar op de maag, terwijl er ook nog eens wat al te veel mensen graag nog een kommetje bij schepten.

Om maar een voorbeeld te noemen: als de Livingstons en Lily allemaal Taras Petrosjan kenden, die het toernooi had georganiseerd waarbij mijn vader was vermoord, waarom had dan niemand bij het etentje, ook Vartan Azov niet, de moeite genomen om iets te zeggen wat ze allemaal wisten: dat de dierbare overledene Vartans stiefvader was?

En als iedereen die er in het verleden bij betrokken was geweest in gevaar had verkeerd of zelfs was omgekomen, ook familieleden van Lily en mij, waarom zou ze dan zo openlijk over het Spel beginnen waar Vartan en Nokomis Key bij waren? Dacht Lily dat zij ook Spelers waren? En hoe zat het met de Livingstons en Galen March, die ook waren uitgenodigd op mijn moeders verjaardag? Hoe gevaarlijk waren die?

Maar ongeacht wie de spelers waren en welk spel ze speelden, ik wist dat ik, en ik alleen, een paar stukken van de puzzel in handen had. Bij schaken heet dat 'materiaalvoordeel'.

Ten eerste was ik, op wijlen mijn vader na, de enige die wist dat er misschien niet één Zwarte Koningin was, maar dat er twee waren. En verder was ik, op de geheimzinnige man of vrouw na die in de kleine uurtjes een *Washington Post* op mijn stoep had gelegd, waarschijnlijk ook de enige die een schaakspel dat twaalfhonderd jaar geleden in Bagdad was gemaakt in verband bracht met wat daar nu gebeurde, of met dat andere gevaarlijke Spel.

Maar wat dat Spel betreft, was ik van één ding zeker: Lily had het mis toen ze in Colorado had gezegd dat we een meesterplan moesten bedenken. Volgens mij was het daar nog te vroeg voor. Dit waren nog maar de openingszetten, de 'Verdediging', zoals Lily het had genoemd.

Bij elke partij schaak moet je het spel breed zien – de samenhang tussen alle stukken, een strategie op de lange termijn. Maar naarmate de partij vordert, verandert het landschap wel. Om in evenwicht te blijven moet je ook letten op kortetermijngevaren, kleine confrontaties in een steeds veranderende zee, waar gevaarlijke acties en defensieve of offensieve reacties op de loer liggen. Dat vereist tactisch inzicht.

Dit was de fase van het spel die ik het beste kende. Dit was de fase waar ik van hield, de fase waarin alles nog mogelijk was, waarin het loonde om risico's te nemen, de ander te verrassen.

Toen ik de Touareg door de grote stenen poort van Kenwood draaide, wist ik precies waar het gevaar nu het grootst was, waar ik al snel voordeel kon hebben van tactische manoeuvres: nog geen driehonderd meter verder, in villa Euskal Herria.

Pas toen ik Kenwood binnenreed, wist ik weer dat deze week het Kersenbloesemfestival plaatsvond en dat honderdduizenden toeristen zich verdrongen in de National Mall om foto's te nemen van de vijver waarin de prunussen zich spiegelden.

Maar de minder bekende prunussen van Kenwood waren blijkbaar alleen ontdekt door Japanners. Er waren al honderden Japanse toeristen, die onder donkere paraplu's als grijze schimmen langs de slingerende beek dwaalden. Tussen hen door reed ik de heuvel op, door een verbazingwekkende berceau van zwarte kersentakken, de stammen van de bomen zelf waren zo oud en knoestig dat ze wel een eeuw geleden leken te zijn geplant.

Bovenaan draaide ik bij het hek van Rodo's huis het raampje omlaag om mijn intercomcode in te tikken. Als klamme rook slierde de mist de auto in, doortrokken van de geur van kersenbloesem. Ik werd er een beetje duizelig van.

Achter de hoge ijzeren poort zag ik door de nevel heen de massa's *xapata* waar Rodo zo van hield. Het was een Baskische variëteit, die op Sint-Jansdag, 24 juni, elk jaar weer voor massa's zwarte kersen zorgde. Nog wat verder in de nevel, zwevend boven de magentakleurige bloesemzee, lag de enorme villa Euskal Herria met zijn mediterraan ogende pannendak en uitgestrekte terrassen. De luiken waren ossenbloed-rood geschilderd. Rouge Basque, noemde Rodo het. Langs de flamingo-roze gestuukte muren slingerden zich vermiljoenrode bougainvilles. Samen leek het wel een fauvistisch schilderij. Euskal Herria kwam altijd wat illusionair en vreemd over, vooral hier, zo dicht bij Washington. Het was net of het in Biarritz was opgetild en hier neergezet.

Toen de poort openzwaaide, reed ik om het huis heen, naar de achterkant, want daar waren de keukens met hun openslaande deuren. Van het betegelde terras hier kon je op een heldere dag het hele dal overzien. Eremon, Rodo's zilverharige huismeester, stond me met zijn mensen al op te wachten. Een stuk of zes gespierde jongens in het zwart, met halsdoeken en *txapela's*, donkere baretten. De Baskische brigade. Zonder iets te zeggen begonnen ze de dozen en kratten uit te laden.

Ik vond het wel interessant dat Rodo, die in de Pyreneeën was opgegroeid als een wilde geit, die in zijn familiewapen een boom, een schaap en een paar varkens had, die voor zijn brood vuurtjes stookte en zelfgemaakte compost strooide over wat hij aan groenten verbouwde, een aantal villa's bezat, met personeel in vaste dienst en een huismeester.

De verklaring was heel eenvoudig. Het waren allemaal Basken en dus waren het geen werknemers, het waren broeders.

Volgens Rodo waren Basken altijd broeders, ongeacht de taal die ze spraken, Frans, Spaans of Euskera, Baskisch. Waar ze ook vandaan kwamen, uit de vier Baskische provincies die deel uitmaken van Spanje of uit de drie Franse, voor hen was Baskenland één geheel.

Als om dat te benadrukken, was boven de openslaande deuren

een geliefd Baskisch gezegde aangebracht, in handgeschilderde tegeltjes die in het stuc waren aangebracht:

EUSKERA REKENKUNDE
$$4+3=1$$

Eremon en ik betraden de enorme keuken en de brigade begon de inhoud van kratten en dozen efficiënt op te bergen.

Rodo stond met zijn rug naar ons toe, zijn compacte, gespierde lichaam aandachtig over de kachel gebogen. Hij roerde in iets, met een grote houten lepel. Zijn lange donkere haar, dat anders als de manen van een paard over zijn kraag viel, was nu in een staart gebonden om het buiten het eten te houden, en hij had zijn gebruikelijke rode baret op, geen koksmuts. Verder was hij net als altijd in het wit: broek, overhemd, en met lange linten om zijn enkels vastgemaakte espadrilles. Dat was de kledij die meestal bij feestelijke gelegenheden werd gedragen, met een felrode halsdoek en een sjerp om het middel. Deze ochtend had hij een grote witte slagersvoorschoot voor.

Hij draaide zich niet om toen we binnenkwamen, maar ging verder met wat hij aan het doen was: een groot stuk pure Bayonnais-chocolade in stukken breken en al roerend laten smelten in een au bain-mariepan. Waarschijnlijk kregen we vanavond dus een van zijn specialiteiten voorgezet, *txapel Euskadi* oftewel *béret basque*, Moskovisch gebak gevuld met halfvloeibare chocolade en in likeur ingemaakte kersen. Het water liep me nu al in de mond.

Zonder op te kijken mompelde hij: 'Zo zo. De neskato geldo is er weer, nadat ze de hele nacht de *jota* heeft gedanst met de prins.' Asmeisje, noemde hij me altijd. '*Quelle surprise*. Terug naar de keuken om as te harken. Ha!'

'Ik was niet echt een jota aan het dansen,' zei ik. Een jota was een van de uitbundige dansen waar Rodo zo gek op was. Hoge kicks en met je armen over elkaar op en neer springen. 'Ik was bijna in de sneeuw vast komen te zitten. Ik ben door een sneeuwstorm gereden om op tijd hier te zijn voor die onaangekondigde boum van jou. Ik had wel dood kunnen zijn. Je zou me dankbaar moeten zijn.'

Ik brieste, maar dat deed ik weloverwogen. Bij Rodo wist ik uit ervaring dat je vuur met vuur moest bestrijden. Wie de eerste klap uitdeelde, won meestal het pleit.

Maar vandaag misschien niet.

Hij liet de lepel in de chocolade zakken en draaide zich om naar Eremon en mij. Zijn borstelige zwarte wenkbrauwen waren als een donderwolk samengetrokken en hij zwaaide woest met zijn armen onder het praten.

'Zo! De *hauspo* denkt dat ze de *su* is. De blaasbalg waant zichzelf het vuur. Ik kan niet geloven dat ik dat altijd heb gepikt. Vergeet niet wie jou een baan heeft gegeven. Vergeet niet wie jou heeft gered van...'

'De CIA, ja. Maar misschien moet jij maar 's gaan werken voor de andere CIA. Hoe wist je anders dat ik naar een feestje was? En kun je even uitleggen waarom ik zo snel terug moest komen?'

Het bracht hem maar heel even uit zijn evenwicht. Hij herstelde zich snel, rukte snuivend zijn rode baret af en smeet die op de grond, een favoriete techniek als hij even geen antwoord paraat had, wat niet vaak voorkwam.

Het werd gevolgd door een stortvloed Euskera, waar ik maar een paar woorden van opving. Het was bedoeld voor Eremon, de waardige huismeester, die naast me stond en sinds onze binnenkomst nog niets had gezegd.

Eremon knikte zwijgend, liep toen naar de kachel, zette het gas uit en haalde de houten lepel die Rodo was vergeten uit de pan. Hij zat onder de chocolade. Hij zette hem netjes terug op de houder en liep toen naar de openslaande deuren. Daar draaide hij zich om, alsof hij verwachtte dat ik hem zou volgen.

'Je moet mee terug voor de *geldo*,' zei hij. Dat betekende hete as, dus blijkbaar werd daar vanavond op gekookt en moest ik daarvoor zorgen. 'Als ze klaar zijn met schoonmaken en snijden, komt monsieur Boujaron zelf met de auto alles brengen, en dan kun je helpen met het diner van vanavond.'

'Maar waarom ik?' zei ik tegen Rodo. 'Wie zijn die belangrijke mensen die vanavond komen? Want je doet wel heel geheimzinnig. Waarom mag niemand zien wie het zijn, alleen jij en ik?'

'Niks mysterie,' zei Rodo ontwijkend. 'Maar je bent al te laat.

Eremon legt het onderweg wel uit.' Gepikeerd liep hij de keuken uit, zijn huis in, en smeet hij de deur dicht.

Mijn audiëntie met mijn broodheer leek voorbij te zijn en dus liep ik achter de elegante huismeester aan. Hij schoof achter het stuur, ik ging naast hem zitten.

Misschien was het inbeelding, en mijn Baskisch was niet meer wat het was, maar ik wist redelijk zeker dat ik in het verhaal dat Rodo net had afgestoken twee woorden had herkend. En als ik het bij het rechte eind had, was er zeker reden tot zorg.

Het eerste woord was *arisko*. Rodo gebruikte het heel vaak in de keuken. Het betekende 'gevaar'. Ik bedacht dat hetzelfde woord, maar dan in het Russisch, op een stukje karton stond dat ik in mijn zak had. Maar het tweede Baskische woord, *zortzi*, was nog veel erger, al betekende het niet 'hoed u voor het vuur'.

In het Euskera betekent *zortzi* 'acht'.

Terwijl Eremon de Touareg over River Road stuurde, richting Georgetown, bleven zijn ogen op de weg gericht en hield hij zijn handen op het stuur. Dit was geen stadsrijder, maar een behendige chauffeur, die reed alsof hij zijn hele leven al haarspeldbochten gewend was, en waarschijnlijk was dat ook zo. Maar hoe aandachtig hij ook reed, ik wilde toch proberen zo veel mogelijk van hem te weten te komen. Per slot van rekening had Rodo gezegd dat Eremon 'het' onderweg wel uit zou leggen.

Uiteraard kende ik Eremon al even lang als ik monsieur Rodolfo Boujaron kende. En natuurlijk wist ik veel minder van de consigliere dan van de Don, maar één ding wist ik wel: Eremon speelde op Rodo's landgoed wel voor gedistingeerde butler, maar verder was het een door de wol geverfde Bask met alles wat dat inhield. Hij had dus een bizar gevoel voor humor, kon vrouwen waarderen – vooral Leda – en dronk, hoe onverklaarbaar dat ook is, graag een glas *sagardoa*, de smerige Baskische cider, die zelfs Spanjaarden niet lusten.

Leda zei altijd dat sagardoa naar uilenzeik smaakte, al wist ik niet hoe ze aan dat culinaire oordeel kwam. Toch hadden zij en ik een zwak gekregen voor het spul, omdat samen met Eremon een glas bitter, gegist appelsap drinken de enige manier was om wat te weten te komen over de Maestro der Menu's, zoals Leda hem noemde.

Ik zat een halfuur alleen in de auto met hem. Smeed het ijzer als het heet is, zou Key hebben gezegd.

Tot mijn verbazing begon hij het eerst, en wat hij zei, was heel onverwacht.

'Je moet niet denken dat E.B. boos op je is.'

Eremon noemde Rodo altijd E.B. Dat betekende Eredolf Boujaron, en dat was weer een Baskisch grapje dat hij Leda en mij had verklapt op een van onze gezellige cideravondjes. Blijkbaar zijn er in het Baskisch geen namen of woorden die met een R beginnen, vandaar Eremons naam. In het Spaans zou hij Ramón hebben geheten, in het Frans Raymond. En Rodolfo klonk bijna Italiaans, een linguïstisch smetje waardoor Rodo eigenlijk een Basqstaard was.

Maar dat hij grappen kon maken over onze tirannieke vulkaan bewees wel dat hun relatie dieper ging dan die van meester en dienaar. Eremon was de enige die ik kon bedenken die misschien enig idee had van wat er vanavond zou gebeuren.

'Maar als hij niet boos is, waarom laat hij dan de chocolade aanbranden, smijt hij zijn baret op de grond, foetert hij in het Euskera en knalt hij met de deuren?'

Eremon haalde zijn schouders op en glimlachte raadselachtig, zijn blik onwrikbaar op de weg gericht.

'E.B. weet nooit wat hij met je aan moet,' ging hij door. 'Jij bent anders. Hij is er niet aan gewend om met vrouwen om te gaan. Beroepshalve dan.'

'Leda is ook anders,' wierp ik tegen. Eremon was hevig verkikkerd op ons zwaantje. 'Ze doet de hele bar. Ze werkt keihard. Ze verdient een vermogen voor Sutaldea. Maar bij haar is Rodo niet zo.'

'Ah, de Zwaan. Die is prachtig,' zei Eremon. Even lieten zijn ogen de weg los. Toen lachte hij. 'Maar een zwaan afsnauwen doe je niet. Zeker niet als het een zwaan is waarop je verliefd bent. En ik ben denk ik echt verliefd op haar.'

O jee. Op zo'n gesprek zat ik niet te wachten.

'De Zwaan heeft echt liever vrouwelijk gezelschap.'

Het vuur

'Dwaasheid! Dat is, hoe zeg je dat, van voorbijgaande aard. Net als die wielen aan haar voeten. Dat verandert nog wel. Dan wil ze succes behalen, macht krijgen over mannen en hoeft ze niet meer van alles te bewijzen.'

Ja ja. Het aloude cliché. 'Ze heeft nog nooit een man als ik meegemaakt.'

Maar in elk geval had ik Eremon aan het praten gekregen en lette hij iets meer op mij dan op de weg. Dit was mijn laatste kans, gedurende de paar kilometer voor we bij ons einddoel waren, om te weten te komen wat er aan de hand was.

'Over bewijzen gesproken,' zei ik zo luchtig mogelijk, 'waarom heeft monsieur Boujaron niet Leda of een van de anderen gevraagd voor de boum van vanavond? Als die gasten zo belangrijk zijn, wil hij toch ook zichzelf bewijzen? Zeker als het allemaal gesmeerd moet lopen. We weten wat een perfectionist het is. Maar hij en ik kunnen het niet alleen aan. Als ik zie hoeveel eten ik naar Kenwood heb gebracht, komt er een behoorlijk gezelschap.'

Ik pakte het zo omzichtig mogelijk aan, tot ik ontdekte dat we langs de bibliotheek van Georgetown reden. We waren bijna bij Sutaldea. Ik besloot de druk wat op te voeren, maar gelukkig was dat niet nodig.

Eremon was een zijstraat in geschoten om de drukte op Wisconsin Avenue te ontlopen. Toen hij bij een stoplicht moest stoppen draaide hij zich om en keek me aan.

'Nee, er komen maximaal twaalf mensen. Het is allemaal op speciaal verzoek en aan E.B. zijn allerlei eisen gesteld. Het moest haute cuisine op topniveau zijn, en er zijn allerlei speciale gerechten besteld. Daarom moesten we van alles voorbereiden in Euskal Herria, onder leiding van E.B. Daarom wilde hij ook zo graag dat je op tijd kwam om de vuren goed te krijgen, anders konden we niet aan de *meschoui* beginnen.'

'Meschoui?' zei ik verbaasd.

Het duurde minstens twaalf uur om een meschoui te roosteren. Dat was een met kruiden gevulde geit of lam aan het spit, een in de Arabische wereld zeer hoog gewaardeerd gerecht. Wij konden het alleen maar bereiden in de grote vuurplaats in Sutaldea. Rodo moest er voor dag en dauw een ploeg heen hebben gestuurd, anders kon het nooit op tijd klaar zijn.

'Maar wie zijn die geheimzinnige gasten?'

'Aan het menu te zien waarschijnlijk hoge pieten uit het Midden-Oosten. En er is veel over beveiliging gepraat. Waarom alleen jullie er vanavond bij zijn, weet ik niet. Maar E.B. heeft gezegd dat alles vanavond zo afgesproken is.'

'Afgesproken?' zei ik, wat ongemakkelijk over dat woord. 'Door wie? En hoe zit het met die beveiliging?'

Ik probeerde het achteloos te zeggen, maar mijn hart bonkte als een stoomhamer. Het werd me allemaal te veel. Gevaarlijke schaakpartijen met geheimzinnige zetten, Russische moorden en een verdwenen familielid, geheimzinnige gasten uit het Midden-Oosten en de inval in Bagdad. En dat allemaal terwijl ik de afgelopen achtenveertig uur acht uur slaap had gehad.

'Dat weet ik niet,' zei Eremon. 'Het is allemaal door E.B. geregeld. Maar als de beveiliging zo streng is, ga je gissen. Ik vermoed dat dit etentje is geregeld door het Witte Huis.'

Een diner in opdracht van het Witte Huis? Onwaarschijnlijk. Dat was echt de laatste druppel. Met wat voor moeilijkheden zou mijn toch al zo moeilijke baas nog aan komen? Als het niet zo'n idioot idee was geweest, zou ik echt boos geworden zijn en zijn vertrokken.

Maar zoals Key zou zeggen, kon ik hem moeilijk in zijn eigen sop gaar laten koken. Ik moest antwoorden hebben.

Ik verwachtte dat ik zo de keuken in kon lopen waar ik nog geen tien uur geleden de vuren had aangestoken. Maar toen ik in de nevelige motregen de steile stenen trap af liep naar het pad langs het kanaal, zag ik dat er het een en ander was veranderd sinds ik hier in de kleine uurtjes was geweest.

Een lage betonnen balk blokkeerde nu de ingang van de voetbrug over het kanaal en er was een klein houten hokje naast gezet. Toen ik vlakbij was, kwamen er opeens twee mannen uit. Ze hadden een donker pak en een jas aan en droegen, vreemd met dit weer, een donkere zonnebril.

'Wat komt u hier doen?' zei de eerste formeel.

'Sorry?' zei ik geschrokken.

Beveiliging, had Eremon gezegd. Maar deze onverhoedse barricade op het pad was wel erg bizar. Ik werd met de minuut zenuwachtiger.

'Uw naam en geboortedatum, en een identiteitsbewijs met een foto erop,' zei de tweede, ook al zo monotoon, terwijl hij zijn hand ophield.

'Ik ben op weg naar m'n werk. Ik ben kok in Sutaldea,' legde ik met een gebaar naar de gebouwen aan de overkant uit.

Ik probeerde om coöperatief te kijken terwijl ik in mijn schoudertas rommelde naar mijn rijbewijs. Maar plotseling besefte ik hoe afgelegen en ontoegankelijk dit dichtbegroeide deel van het pad eigenlijk was. Er waren hier vrouwen vermoord, een keer zelfs 's ochtends, tijdens het joggen. En had iemand ze horen gillen?

'Hoe weet ik wie ú bent?' vroeg ik met een lichte stemverheffing, meer om mijn angst de kop in te drukken dan om hulp te vragen terwijl die toch niet voorhanden was.

Nummer 1 stak zijn hand in zijn borstzak en liet heel even zijn pasje zien. Ach heer, de geheime dienst. Dat kon erop wijzen dat Eremons vermoeden op waarheid berustte. Wie deze boum had geregeld, moest redelijk hoog zijn, anders kon hij niet over zulke agenten beschikken als waakhond bij een etentje.

Maar ik begon ondertussen wel nijdig te worden. Het verbaasde me dat ze de stoom niet uit mijn oren zagen komen. Als Rodo nog de moeite nam om te komen, zou ik hem zijn nek omdraaien. Hij had me best kunnen vertellen over Checkpoint Charlie, zeker na wat ik de afgelopen twee dagen allemaal had meegemaakt.

Eindelijk kreeg ik mijn diep weggestopte rijbewijs te pakken en liet het aan de gorilla's zien. Nummer 1 liep terug naar het hokje en keek of mijn naam op zijn lijst stond. Hij knikte naar nummer 2, die me over de betonnen balk hielp, er zelf overheen sprong en met me meeliep naar de overkant.

Toen ik Sutaldea via de dienstingang binnenliep, stuitte ik op alweer iets onverwachts. Er liepen beveiligers door de eetzaal, een man of zes, en ze praatten allemaal zacht in hun walkietalkies. Een paar keken onder het witte damast van de tafellakens, anderen staarden door de ramen in de verte, alsof ze verwachtten dat er zo meteen een horde Vikingen aan land zou stormen.

De tweeling buiten had waarschijnlijk doorgegeven dat ik in aantocht was, want niemand in de grote ruimte nam enige notitie van me, tot ik uiteindelijk toch door een van hen werd aangesproken.

'Mijn team vertrekt zo meteen, als ze alles hebben doorzocht,' zei hij kortaf. 'U bent nu gescreend, en dus mag u hier pas weg als u vanavond laat nog een keer bent gecontroleerd. En we willen in uw tas kijken.'

Heel fijn. Ze keken alles na, haalden mijn telefoon eruit en zeiden dat ik die later terugkreeg.

Het had geen zin om tegen ze in te gaan. Ik was de afgelopen vier dagen trouwens zoveel te weten gekomen over mijn familie en vrienden dat een beetje extra beveiliging best wel eens prettig zou kunnen zijn. Bovendien: wie zou me komen helpen tegen agenten van de geheime dienst?

Toen de jongens in het zwart waren vertrokken, liep ik snel de stenen wenteltrap af en de kerker in. Daar was ik eindelijk, gelukkig, helemaal alleen, op iets tussen een lam en een schaap na dat in de middelste haard geruisloos ronddraaide aan een spit. Ik harkte de hete as bij elkaar om de warmte constant te houden. Toen keek ik naar het vuur in alle haarden en ovens en haalde extra hout, zodat ik ze indien nodig wat hoger op kon stoken. Maar toen ik het neerlegde, merkte ik dat ik een groter probleem had.

De rijke geur van het roosterende vlees omspoelde me. Ik kreeg er tranen van in mijn ogen. Hoe lang was het geleden dat ik echt iets had gegeten? Het schaap was nog lang niet gaar en het zou er ook niet uitzien als ik eraan ging pulken. Maar het kon nog uren duren voor Rodo met de rest van het eten aankwam of met iets waar ik mijn maag mee kon vullen. Ik kende verder niemand die langs de geheime dienst op die brug zou komen. Ik kafferde mezelf uit omdat ik Eremon niet even ergens had laten stoppen voor een snelle snack.

Even overwoog ik in de inloopkoelkast te kijken waar alle voorraden lagen, maar ik wist dat dat zinloos was. Sutaldea was

Het vuur 183

befaamd om zijn verse spullen, dagverse vis en schaaldieren en vlees van verantwoord gefokte en kortgeleden geslachte dieren. Wat wij in huis hadden, waren dingen waar je niet makkelijk aan kwam. Ingelegde citroenen, vanillestokjes of saffraandraadjes, geen dingen die zo van de vriezer in de magnetron konden worden gestopt. Voor Rodo waren vriezers en magnetrons taboe.

Ik voelde hoe de zure kruisbessen die ik, dom, dom, naar binnen had gewerkt, het opnamen tegen mijn eigen maagzuur. Ik hield het niet tot vanavond. Eten moest ik hebben. De Gevangene van Zenda spookte door mijn gedachten, verhongerend in haar eigen kerker, het laatste wat ze voor haar geestesoog zag heerlijk, smakelijk vlees, ronddraaiend aan een spit. Voorwaar een akelig beeld.

Ik keek naar de blokken die ik net onder de meschoui had gelegd toen ik iets zilverigs tussen de as zag liggen. Ik bukte me en keek onder het draaiende spit. Ja, in de hete as lag iets, omwikkeld met aluminiumfolie. Ik pakte de hark en viste het eruit. Het was een groot ovaal ding dat ik meteen herkende. Ik viel op mijn knieën neer en wilde het met mijn handen pakken, maar had gelukkig op tijd door wat ik aan het doen was. Ik trok mijn ovenhandschoenen aan, tilde het ding op en pelde de aluminiumfolie eraf. Ik was nog nooit zo blij met iets geweest, en nog nooit zo dankbaar.

Het was een cadeautje van Leda. Ik herkende niet alleen haar stijl, maar ook haar smaak.

Troosteten: een gepofte aardappel met een vulling van vlees, spinazie en kaas.

Als je niet rammelt van de honger kun je je niet voorstellen hoe heerlijk een gepofte aardappel kan smaken. Ik at alles op, behalve de aluminiumfolie.

Even overwoog ik Leda te bellen, maar toen bedacht ik dat ze mijn late dienst had overgenomen en nu dus waarschijnlijk lag te slapen. Maar ik nam me voor om een magnum Perrier-Jouët voor haar te kopen als ik deze gevangenis uit was.

Nu ik weer wat warms binnen had gekregen kwamen er een

paar gedachten bovendrijven die zich daarvoor nog niet hadden gemeld.

Om te beginnen wisten Leda en Eremon meer af van het diner dan ze lieten doorschemeren. Dat was wel gebleken. De een had me hier gebracht, de ander had een aardappel voor me neergelegd. Ze wisten dus hoe laat ik hier zou zijn en dat ik geen tijd zou hebben gehad om te eten. Maar dat was nog niet alles.

Toen ik in de kleine uurtjes de vuren had aangemaakt, was ik zo moe dat ik niet echt had nagedacht over wat Leda had gezegd over Rodo: dat hij uit zijn vel was gesprongen toen hij hoorde dat ik zonder iets te zeggen de stad uit was. Dat hij zich sinds mijn vertrek als een slavendrijver had gedragen. Hij gaf een geheim diner voor regeringsbobo's en daar mocht alleen ik bij helpen. En hij had Leda opgedragen om te blijven tot ik terug was, 'om me te helpen met het vuur'.

Vanochtend was ik nog maar net met het eten bij Kenwood of Eremon had me alweer teruggereden naar het restaurant.

Wat had Rodo gezegd na zijn uitval vanmorgen, net voor hij de deur achter zich dichtsmeet? 'Niks mysterie.' En dat ik te laat was. En dat Eremon me alles wel uit zou leggen.

Maar wat had Eremon onderweg eigenlijk verteld? Dat Rodo niet de baas was bij dit diner, en Rodo had altijd de pest in als hij niet de baas kon spelen. Dat er misschien gasten uit het Midden-Oosten kwamen. Dat er beveiliging was. Dat de hele boum was geregeld door de hoogste politieke kringen.

O ja, en dat hij, Eremon, verliefd was op Leda de Zwaan.

Het leek allemaal afleidingstactiek, om me niet te laten zien dat er een aanval op de flank gaande was. Dit was niet het goede ogenblik om het overzicht kwijt te raken, om schaakblind te zijn, niet hier, in deze kerker. Ik mocht niet doelloos afwachten tot de bijl zou vallen.

Toen zag ik het opeens.

Wanneer was Rodo vanochtend zo uit zijn slof geschoten? Wanneer smeet hij zijn baret precies tegen de grond, ging hij over op Baskisch en liet hij me aan mijn lot over? Was er geen verband met alles waar Leda en Eremon op hadden gezinspeeld, maar wat ze niet rechtstreeks hadden gezegd?

Het vuur

Rodo was niet ontploft door mijn vragen over dit diner. Dat gebeurde toen ik wilde weten hoe hij het wist van het verjaarsfeestje van mijn moeder. Toen ik zei dat ik door een sneeuwstorm was gereden om op tijd hier te zijn. Toen ik vroeg hoe hij wist waar ik was.

In Colorado had ik een eerste glimp opgevangen van wat eraan zat te komen, maar de volle betekenis drong nu pas tot me door.

Wat er vanavond ook in deze kelder zou gebeuren, het zou de volgende zet zijn in deze ronde van het Spel.

TACTIEK EN STRATEGIE

Strategie is abstract en gaat uit van doelen op de lange termijn.
Tactiek is concreet. Daarbij bepaal je wat nú de beste zet is.
— GARI KASPAROV, *How Life Imitates Chess*

Tactiek is weten wat je moet doen als er iets te doen is.
Strategie is weten wat je moet doen als er niets te doen is.
— SAWIELLY TARTAKOWER, *Pools grootmeester*

Oefening baart kunst, zoals Key zou zeggen. Ik had mijn halve leven op koken geoefend in de grote houtovens en de open haard van mijn oom in Montauk Point op Long Island. En nu was ik nog eens vier jaar hier in de leer geweest, in Sutaldea, onder het strenge, vaak wat al te dominante toezicht van de Baskische Bonaparte, monsieur Boujaron.

Je zou toch zeggen dat als het op met vuur spelen aankwam, ik de vuurproef wel had doorstaan.

Maar ik had nog niet door dat er iets mis was met dit scenario. Natuurlijk had ik ook andere dingen aan mijn hoofd, slaapgebrek en een lege maag, om maar wat te noemen, razende ruzies en spionnen van de geheime dienst. Maar de eerste aanwijzing dat er iets mis was, was wel de meschoui zelf.

Een geoefend oog zag het zo. Het spit draaide rond met de precisie van een uurwerk, het vuur dat ik had aangelegd, zorgde voor

Het vuur 187

een gelijkmatige hitte en het schaap zelf draaide op precies de goede hoogte en was zo opgebonden dat alle kanten aan de hitte werden blootgesteld. Maar de lekbak ontbrak. Het vet droop dus niet in een met water gevulde bak onder het schaap, waar het kon worden gebruikt om het vlees te bedruipen, maar viel al uren op de flagstones, waar het tot een zwarte prut was verkoold. Het zou een enorme klus worden om dat schoon te krijgen.

Geen kok zou het zo aanpakken, zeker Rodo niet. Hij zou razend zijn. Leda was geen kok, en hier was ze misschien niet eens sterk genoeg voor. Toch moest iemand het zo hebben gedaan, want toen ik om twee uur in de ochtend hier wegging, was dit er allemaal nog niet.

Ik nam me voor om het uit te zoeken zodra Rodolfo arriveerde. Ondertussen pakte ik de grootste lekbak die ik kon vinden, schoof die onder het schaap, goot er wat water in en pakte de bedruiplepel.

De vreemde opstelling hier deed me denken aan de open haard in Colorado waar ik net was geweest, al leek het wel tijden geleden. Opeens dacht ik weer aan mijn afspraak met Key. Ik zou haar maandag bellen om te horen of ze iets te weten was gekomen over de verdwijning van mijn moeder.

Ik wist nooit precies waar Key uithing, maar ze werkte heel vaak in afgelegen gebieden en had haar satelliettelefoon dus altijd binnen handbereik. Maar voor ik mijn telefoon kon pakken, bedacht ik dat die was ingenomen door de geheime dienst.

Er hing een telefoon bij de ingang, bij het bureautje van de gerant, en dus draafde ik naar boven. De kosten betaalde ik wel met mijn creditcard. Ik maakte me er geen zorgen over dat de geheime dienst me afluisterde, al was dat heel waarschijnlijk, want Key en ik hadden al sinds onze jeugd een eigen geheimtaaltje. Als we lekker bezig waren, begrepen we soms elkaar of zelfs onszelf niet eens meer.

'Key hier, de sleutel tot het koninkrijk,' zei ze toen ze opnam. 'Kom ik duidelijk door? Spreek nu of zwijg voor altoos.' Die code gaf aan dat ze wist dat ik het was. Ze vroeg ook of de kust veilig was.

'Je komt duidelijk door,' zei ik. 'Een beetje het ene oor in en het andere uit.' Dat betekende dat er waarschijnlijk door anderen werd meegeluisterd. 'Nog nieuws, Pussycat?'

'Ach, je kent me toch. Ik wilde twee vliegen in één klap slaan. Maar ik heb nu wel de onderste steen boven.'

Ze was dus weer aan het rondvliegen met haar trouwe Otter en aan het werk in het Yellowstone National Park, waar ze zich met geothermische verschijnselen bezighield: geisers, hete modder, de *fumaroles* waaruit hete stoom kwam, allemaal het gevolg van het magma in de caldera van de oude supervulkaan die nu kilometers onder de aardkorst sluimerde.

Als Key niet rondroste met dat maffe vliegtuigje van haar – en soms deed ze mee aan wedstrijden waarbij ze op een smeltende ijsberg moesten landen – was ze een van de beste deskundigen op het gebied van thermische verschijnselen. Ze werd ook veel gevraagd, want er kwamen steeds meer 'hot spots' bij.

'Hoe is het met jou?' zei ze.

'Jij kent mij toch ook? Alles bij elkaar, zei de kok, en hij maakte er een potje van. Dat is het probleem met koken, hè. We zijn dol op vlammetjes. Maar ik moet gewoon orders opvolgen. En of ik licht zie aan het eind van de tunnel...'

We waren zo gewend aan onze code dat ze wel moest snappen dat ik het even niet meer zag zitten. En mijn verwijzing naar mijn baan en Rodo zou ze ook wel vatten. Maar toen kwam ze met een verrassing.

'Dat werk van jou... Jammer dat je zo snel weg moest. Je had moeten blijven. Geduld is een schone zaak, weet je. Als je iets langer had gewacht, had je zondag de bijeenkomst van de Botanische Club niet gemist. Maar ik ben geweest.'

'Jij?' zei ik geschrokken.

Nokomis Key die gezellig deed met de Livingstons nadat ik uit Colorado was vertrokken?

'Vlieg op de muur,' zei Key nonchalant. 'Ik was niet echt uitgenodigd. Met de voorzitter, Miss Brightstone, heb ik nooit op kunnen schieten. Een groot licht is het nooit geweest. Maar jij zou het zondag interessant hebben gevonden. Onderwerpen die jou na aan het hart liggen: exotische lelies en Russische kruidenelixers.'

Allemachtig! Had Sage met Lily en Vartan gepraat? Daar leek het wel op, maar hoe dan? Die zaten allebei in Denver.

'Dan vergaderde de Club zeker ergens anders. Kon iedereen erbij zijn?'

'Ze zijn verkast naar Molly, ja,' zei Key. 'Er waren niet veel mensen, maar Mr. Skywalker was erbij.'

Molly was ons standaardwoord voor de Onzinkbare Molly Brown, een flamboyante, schatrijke vrouw uit de Gold Rush van Colorado, en de stad waar ze had gewoond: Denver. Dus daar was Sage ook. 'Mr. Skywalker' had ik meteen door. Dat was natuurlijk de geheimzinnige Galen March, die kortgeleden Sky Ranch had gekocht.

Wat deden hij en Sage Livingston samen in Denver, met Vartan en Lily Rad, net nadat ik daar was vertrokken? En hoe was Key dat te weten gekomen? Het kwam me allemaal behoorlijk verdacht voor.

Maar de subtekst werd te ingewikkeld voor mijn beperkte voorraad spreekwoorden en Rodo kon nu elk ogenblik verschijnen. Ik moest echt weten hoe dit zich verhield tot datgene waarover ik Key had gebeld: mijn moeder. En dus zette ik het repertoire van beroemde citaten overboord en kwam ter zake.

'Ik ben aan het werk. Mijn baas kan zo komen. Ik bel met de huistelefoon, dus ik kan niet al te lang praten. Maar vertel even hoe het met je klus staat. Is er nog wat te melden over die hete bron, de Minerva?'

Key zat in Yellowstone. Dat was het enige wat ik wist te verzinnen. De Minerva was een befaamde getrapte hete bron in het park. Er waren in totaal wel tienduizend plaatsen waar zich dramatische geothermische verschijnselen voordeden. Dat maakte het park uniek in de wereld. Minerva zelf, een schitterende stomende waterval in adembenemende regenboogtinten, was een van de grootste attracties geweest. 'Geweest', omdat in de afgelopen tien jaar de bron om onverklaarbare redenen was opgedroogd. De enorme hete bron en de waterval waren gewoon verdwenen, net als mijn moeder.

'Interessante vraag,' zei Key, die het meteen begreep. 'Ik was gisteren nog met dat probleem bezig. Zondag dus. De caldera wordt zo te zien warmer. Misschien komt er onverwachts wel een nieuwe uitbarsting. En Minerva, onze verdwenen hete bron, zou wel eens eerder kunnen opduiken dan we denken.'

Betekende dat wat ik dacht? Mijn hart begon te bonzen.

Ik wilde net nog een vraag stellen toen de voordeur van het restaurant openvloog en Rodo naar binnen stormde. Onder elke arm had hij een grote kip. Achter hem aan kwam een van de mannen van de geheime dienst met een stapel bakken in zijn armen.

'*Bonjour encore une fois,* neskato geldo,' riep Rodo me toe, terwijl hij gebaarde naar de agent dat die zijn bakken op een tafeltje moest zetten.

Toen de agent met zijn rug naar ons toe stond, siste Rodo tegen mij: 'Ik hoop dat je geen spijt krijgt van dat telefoontje.' Wat luider zei hij: 'Vooruit, Asmeisje, we gaan beneden eens naar onze *gros mouton* kijken.'

'Zo te horen is het zwarte schaap er,' zei Key zacht. 'Ik mail je mijn aantekeningen wel over de Botanische Club en mijn geothermische werk. Heel boeiend.' We legden neer.

Natuurlijk maakten Key en ik nooit gebruik van e-mail. Het betekende dat ze zo snel mogelijk contact met me zou opnemen. Wat mij betreft hoe sneller hoe beter.

Toen ik achter Rodo aan liep, de wenteltrap naar de kerker af, kon ik twee doorzeurende vragen niet uit mijn hoofd zetten.

Wat was er bij die clandestiene bijeenkomst in Denver gebeurd?

Had Nokomis het spoor van mijn moeder gevonden?

Rodo hing de kippen een voor een aan een draad boven de haard. In tegenstelling tot de meschoui hoefden ze niet te worden bedropen, want ze werden droog geroosterd. Ze waren vanbinnen en vanbuiten zorgvuldig afgedroogd, bestrooid met steenzout en dan op zijn eigen bijzondere manier opgebonden, in een soort kooi van gekruiste latjes, die werd opgehangen aan een haak boven in de haard. Door de hitte van het vuur draaiden de kippen eerst de ene kant op en dan de andere, in een eindeloze beweging, zoals de slinger van Foucault.

Toen ik het schaap had bedropen en in opdracht van Rodo naar boven liep om het eten op te halen, merkte ik dat onze stugge brugwachters tot keukenhulpjes waren bevorderd. Net binnen de deur stonden stapels plastic dozen, elk voorzien van een officieel ogend zegel. Rodo stond erom bekend dat hij iedereen inschakelde, maar dit was absurd.

Ik telde de dozen. Het waren er dertig, zoals hij had gezegd. Toen deed ik de grendel op de buitendeur, ook in opdracht van Rodo, en begon de dozen over te brengen naar de Koning van de Kerker.

Meer dan een uur lang werkten we samen zonder iets te zeggen, maar zo ging het altijd. In Rodo's keuken werd altijd in stilte gewerkt. Netheid, aandacht voor detail en precisie – dat waren de sleutelwoorden. De vakkundige precisie die ik nodig had, net als bij schaken. Op een gewone werkdag, als er tientallen mensen in de keuken bezig waren, was het enige wat je hoorde het zachte tikken van een mes waarmee groenten werden gesneden. Of af en toe de stem van een ober of sommelier die vanuit de eetzaal gedempt een bestelling deed.

Gelukkig was alles al door anderen voorbereid, anders hadden we het nooit gehaald. Voor ik de laatste bakken naar beneden had gesleept, had Rodo een overvloed aan artisjokken, paarse en witte aubergines, groene en gele courgettes, alles op miniformaat, al in grote stoofpannen gedaan, met een paar bakken kerstomaatjes.

Maar hoe het bedienen nu moest, als we maar met ons tweeën waren... Op maandagen, als het restaurant dicht was, werden de obers opgeleid. Dan leerden ze waar het bestek en de glazen hoorden, en wat er moest gebeuren als een gast – we zeiden nooit klant – wijn of saus op een tafelkleed morste. Als dat gebeurde, ook halverwege de maaltijd, kwamen er snel een stuk of zes obers in actie, haalden alles weg, zonder de gasten te storen, legden snel een schoon tafelkleed neer en zetten alles weer terug zoals het had gestaan. Rodo hield met een stopwatch bij hoe lang het duurde. Het moest binnen veertig seconden.

Kijken naar Rodo zoals hij zwijgend heen en weer liep tussen de verschillende vuren en me woordeloos allerlei klusjes liet doen, was iets wat je niet op een school kon leren. Je moest het zien. Alleen een ware perfectionist met heel veel ervaring was hiertoe in staat.

Hoe lastig Rodo ook was, ik had er nooit spijt van gehad dat ik hier in de leer was gegaan.

Tot vanavond dan.

'Neskato!' riep hij, toen ik op mijn knieën met een tang de groenten zat te keren. 'Ga naar boven, trek de intercom en de telefoon los en breng die hier.'

Toen ik hem bevreemd aankeek, sloeg hij met zijn open hand tegen de stenen muur van de kelder en lachte, wat hij zelden deed.

'Zie je die stenen?'

Voor het eerst keek ik naar de handgekapte stenen waaruit de muren waren opgebouwd, waarschijnlijk al meer dan tweehonderd jaar geleden. Ze waren melkwit en doorschoten met abrikooskleurige adertjes.

'Kwartskristallen, die komen hier veel voor,' zei Rodo. 'Heel goed voor het doorgeven van geluidsgolven. Maar dat kunnen we nu even niet gebruiken.'

Dus daarom moest ik de telefoon en de intercom gaan halen. En de deuren dichtdoen. Rodo was niet gek. Hij had me duidelijk iets te vertellen, en ik wilde het heel graag horen. Alleen liep er een koude rilling over mijn rug bij de gedachte dat er buiten allemaal geheim agenten rondliepen.

Toen ik met de spullen terugkwam, legde hij ze in de inloopkoelkast. Toen draaide hij zich naar me om en nam mijn handen in de zijne.

'Ga even op die kruk zitten, terwijl ik een verhaaltje vertel,' zei hij.

'Hopelijk krijg ik nu antwoord op een paar van de vragen die ik vanmorgen heb gesteld. Als je tenminste zeker weet dat niemand ons hoort praten.'

'Nee. Daarom is het diner vanavond ook hier. Maar bij de telefoon waarmee je aan het bellen was en in mijn huis ligt het misschien anders. Maar daarover straks meer. Eerst iets belangrijkers: de reden dat we hier zijn. Ken je het verhaal van Olentzero?'

Toen ik nee schudde en op de hoge kruk ging zitten, vervolgde hij: 'Aan de naam Olentzero zie je wel dat het een Bask is geweest. Het is een legende die we elk jaar met Driekoningen uitbeelden. Ik dans zelf vaak de rol van de beroemde Olentzero, met veel hoge kicks in de lucht. Ik zal het wel een keer demonstreren.'

'Oké,' zei ik. Waar ging dit heen?

'De kerk vertelt ons dat het kindeke Jezus is gevonden door drie wijzen, drie zoroastrische vuuraanbidders uit Perzië. Maar volgens ons is dat verhaal niet helemaal waar. Olentzero, een Bask, is de eerste geweest die het Christuskind heeft gezien. Olentzero was een *charbonnier*. Hoe zeg je dat? Een houtskoolbrander. Je weet wel, een rondtrekkende man die bomen omhakt en daar dan houtskool van maakt om op te koken. Hij was onze voorouder. Daarom zijn Baskische koks ook zo beroemd.'

'Ho even. Heb je me uit Colorado terug laten komen, door een sneeuwstorm nog wel, zodat ik nauwelijks heb kunnen slapen of eten, om me onder vier ogen een verhaal te vertellen over een Bask die tweeduizend jaar geleden in houtskool deed?'

Ik was razend, maar probeerde zonder stemverheffing te spreken, omdat ik niet helemaal zeker wist dat niemand ons kon horen.

'Niet helemaal,' zei Rodo onverstoorbaar. 'Je bent hier omdat dat de enige manier was om je voor het eten te spreken te krijgen. Dat is namelijk van het grootste belang. Je beseft toch wel dat je in groot gevaar verkeert?'

Gevaar.

Dat deed het hem. Alweer dat woord. Het was of alle lucht uit mijn longen werd gezogen. Ik kon hem alleen maar aanstaren.

'Dat is beter,' zei hij. 'Eindelijk een beetje *attention*.'

Hij liep naar het vuur en roerde even in de bouillabaisse. Toen kwam hij met een ernstig gezicht teruglopen.

'Kom maar op met je vragen. Ik zal er antwoord op geven.'

Ik moest me vermannen. Het was nu of nooit. Ik zette mijn tanden op elkaar.

'Oké. Hoe wist je dat ik naar Colorado was? Wat is die boum vanavond? Waarom denk je dat ik in gevaar verkeer? En wat heeft dit allemaal met mij te maken?'

'Misschien weet je niet precies wat die Houtskoolbranders

zijn.' Rodo gaf niet rechtstreeks antwoord. Maar het viel me wel op dat hij 'zijn' zei, niet 'waren'.

'Wat hebben die te maken met mijn vragen?'

'Misschien wel alles. En misschien krijg je zo wel antwoord op vragen waarvan je niet eens wist dat je ze had,' zei hij ernstig. 'De *Charbonniers* – in Italië heten ze de Carbonari – zijn een geheim genootschap, dat al meer dan tweehonderd jaar bestaat, al zeggen ze zelf dat ze nog veel ouder zijn. Ze zeggen ook dat ze nog steeds grote macht hebben. Net als de Rozenkruisers, de Vrijmetselaars en de Illuminati zeggen de Charbonniers dat ze over geheime kennis beschikken, die alleen aan ingewijden bekend is. Maar dat is niet zo. Hun geheim was al bekend in Griekenland, Egypte, Perzië en nog vroeger in India.'

'Wat voor geheim?' zei ik, al was ik bang voor wat er zou komen.

'Geheime kennis, die uiteindelijk meer dan twaalfhonderd jaar geleden is vastgelegd. Toen bestond het gevaar dat het geheim niet langer bewaard zou blijven. Niemand kon het ontcijferen, maar het is vastgelegd in een schaakspel dat in Bagdad is vervaardigd. Duizend jaar lang is het begraven geweest in de Pyreneeën. In de Vuurbergen, Euskal Herria, van de Basken, die het hebben beschermd. Maar enkele weken geleden is het weer opgedoken, en nu ben jij wellicht in groot gevaar. Tenzij je begrijpt wie je bent en welke rol je vanavond speelt...'

Rodo keek me aan alsof dat het antwoord was op al mijn vragen. Mooi niet.

'Welke rol? En wie ben ik?'

Ik voelde me echt beroerd. Ik was het liefst een potje gaan janken onder mijn kruk.

'Ik heb je altijd *cendrillon* genoemd. Assepoester.' Een vreemde glimlach speelde om Rodo's mond. 'Neskato geldo, het Asmeisje, dat in de as achter de haard slaapt. Maar ze zal uit de as oprijzen en koningin worden, dat zul je misschien over een paar uur merken. Maar ik zal bij je zijn. Want zíj dineren hier vanavond, met al dat geheimzinnige gedoe eromheen. Zij wilden dat je erbij zou zijn, en zij wisten dat je naar Colorado was. Ik hoorde te laat dat je weg was.'

'Waarom ik? Ik snap het nog steeds niet,' zei ik, al was ik bang dat ik het wel snapte.

'De opdrachtgever voor deze maaltijd kent jou heel goed, heb ik begrepen,' zei Rodo. 'Hij heet Livingston.'

Basil Livingston.

Natuurlijk was hij een speler. Waarom zou dat me verbazen? Maar kon hij niet nog meer zijn, gezien zijn verdachte connecties met de onlangs vermoorde Taras Petrosjan?

Maar het vreemdste was nog wel dat ik samen met mijn idiote Baskische baas hier in deze kerker zat en dat hij nog meer dan ikzelf leek te weten van de gevaren van dit spel.

Ik wilde meer weten. En, ook dat was ongewoon, Rodo scheen me van alles te willen vertellen.

'Misschien ken je het *Chanson de Roland* wel,' zei hij, terwijl hij een stuk of tien aarden potten naast het vuur zette. 'Het Roelandslied. Het is een middeleeuws verhaal over de terugtocht van Charlemagne door de pas van Roncevalles in de Pyreneeën. Het bevat de sleutel tot alles. Ken je het *Chanson*?'

'Niet gelezen. Maar ik weet waar het over gaat. Charlemagne is op veldtocht geweest in Spanje en trekt zich nu terug naar Frankrijk. De achterhoede van zijn leger wordt in de pas aangevallen door de Saracenen, de Moren dus, en vernietigd, en daarbij sneuvelt ook zijn neef, Roland, de held uit het lied.'

'Ja, dat is het verhaal dat ze altijd vertellen,' zei Rodo. 'Maar daaronder ligt een mysterie. Het ware geheim van Montglane.' Hij had zijn vingers in olijfolie gedoopt en vette nu de potten in.

'Wat hebben de terugtocht van Charlemagne en dat "geheim van Montglane" te maken met de mysterieuze bijeenkomst van vanavond? Of met dat schaakspel?'

'Asmeisje, de achterhoede van Charlemagne is niet vernietigd door de Moren en die hebben ook zijn neef Roland niet gedood. Dat waren de Basken.'

'De Basken?'

Nu haalde hij de *boulles* deeg uit de vochtige doeken en legde er behoedzaam een in elke pot. Ik reikte hem een staaf aan om de potten in de hete as te duwen.

Rodo zorgde eerst dat de potten goed stonden. Toen draaide hij zich naar me om en zei: 'De Basken zijn altijd heer en meester geweest in de Pyreneeën. Maar het *Chanson de Roland* is honderden jaren na de gebeurtenis geschreven. Tijdens de terugtocht, in 778, was Charlemagne nog niet machtig of beroemd. Hij was toen nog gewoon Karl, koning van de Franken, ruwe boeren uit het noorden. Het zou nog meer dan twintig jaar duren voor hij door de paus tot Heilig Rooms Keizer werd gekroond. Carolus Magnus wordt hij nu genoemd, Karl der Große, Verdediger van het Geloof. Karl de Frank wérd Charlemagne omdat hij een schaakspel bezat dat de geschiedenis in is gegaan als het Montglane-spel.'

Ik wist dat dit belangrijk was. Het spoorde met wat Lily had verteld over het legendarische spel en zijn magische krachten. Maar ik wist nog steeds niet alle antwoorden.

'De paus kroonde Charlemagne toch tot Heilig Rooms Keizer om zijn hulp te krijgen bij het verdedigen van christelijk Europa tegen invallen van moslims?' zei ik, terwijl ik probeerde alle middeleeuwse feitjes die ik ooit geleerd had weer boven water te krijgen. 'De islam had toch in de kwarteeuw voor hij verscheen het grootste deel van de wereld veroverd?'

'Precies,' zei Rodo. 'Maar vier jaar na de ramp bij Roncevalles was het machtigste bezit van de islam in handen gevallen van de grootste vijand van de islam.'

'Maar hoe was het spel zo snel al in zijn bezit gekomen?'

Even was ik vergeten dat er ook gewerkt moest worden en dat er zo meteen een groep onsympathieke gasten zou arriveren. Maar Rodo niet. Hij schoof een paar dozen eieren naar me toe, met drie koperen kommen.

'Naar het schijnt heeft hij het schaakspel gekregen van de Moorse gouverneur van Barcelona, al is nog steeds niet duidelijk waarom. In elk geval niet vanwege zijn hulp tegen de Basken, die hij nooit heeft verslagen en die trouwens niet in die regio actief waren. Waarschijnlijker is dat gouverneur ibn al-Arabi een goede reden had het spel zo ver mogelijk bij al-Islam vandaan te krijgen, en het Frankische hof, in Aix-la-Chapelle, het moderne Aken, lag meer dan duizend kilometer naar het noorden.'

Rodo keek hoe ik eieren splitste. Hij wilde altijd dat het met één hand gebeurde. Dooier en wit gingen in aparte bakjes en de schalen in een derde. Voor de composthoop. Beter mee dan om verlegen, zou Key zeggen.

'Maar waarom zou een Spaanse moslim iets naar een christelijke koning sturen, meer dan duizend kilometer verder, om het uit handen van zijn medemoslims te houden?'

Weet je waarom ze het spel naar Montglane genoemd hebben?' vroeg Rodo. 'De naam is veelzeggend, want toentertijd bestond er nog geen plek die zo heette.'

'Ik dacht dat het een fort was, en daarna een abdij,' zei ik. Maar toen beet ik op mijn tong, want dat had Lily me verteld, niet Rodo.

Net op tijd. Bijna raakte ik zo afgeleid dat ik een beetje dooier bij het eiwit deed. Dan had ik de hele zaak kunnen weggooien. Ik gooide de schaal met dooier en al in de compostbak en veegde mijn klamme handen af aan mijn voorschoot voor ik verder ging. Toen ik naar Rodo keek om te zien of hij mijn faux pas had opgemerkt, zag ik dat hij straalde van goedkeuring.

'Ze zeggen toch dat vrouwen niet twee dingen tegelijk kunnen doen? En jij kan het! Het doet me genoegen dat de toekomst van mijn beroemde meringue in goede handen is.'

Rodo was de enige die het waagde om een meringue of een soufflé te maken boven een open vuur. Bij zijn pièce de résistance, de béret basque, een machtige *gâteau au chocolat*, moest hij ze allebei maken. Maar dat soort uitdagingen vond hij eigenlijk wel leuk.

De uitdaging was nu hoe ik erop door kon gaan. Maar hij was me voor.

'Dus je weet iets van het verhaal. Ja, Charlemagne heeft het de naam Montglane gegeven, er een fort gebouwd en de bezitter een adellijke titel gegeven. Maar Montglanc lag ver van Barcelona en de Middellandse Zee, en nog verder van zijn hoofdstad Aken. Hij koos een plek in de ondoordringbare Pyreneeën, vreemd genoeg niet ver van waar zijn achterhoede was vernietigd. En die plek noemde hij Montglane. *Le Mont des Glaneurs*, de berg van, hoe zeg je dat, de arenlezers. Zoals op het beroemde schilderij van Millet.'

Rodo deed het met zijn handen voor.

'Waarom heeft hij die berg die naam gegeven?'

Ik had mijn kom met eidooiers neergezet en wilde het eiwit gaan kloppen, maar Rodo stak zijn vinger erin en schudde zijn hoofd. De temperatuur was nog niet goed. Hij zette de kom weer neer.

'Alles op zijn tijd, zegt Prediker. En het geldt voor alles, ook voor eiwitten. En natuurlijk ook voor de arenlezers. Het zaad dat je zaait, zul je ook, eh, *récolte*, oogsten. Maar het klinkt veel beter in het Latijn: *Quod severis metes*.'

'Zoals u zaait, zult u oogsten,' gokte ik.

Rodo knikte. Er ging een alarmbelletje af in mijn hoofd, maar ik kon er niet op doorgaan.

'Leg eens uit. Wat hebben zaaien en oogsten te maken met Charlemagne en dat schaakspel? Waarom zit iedereen erachteraan, als het zo gevaarlijk is? Wat heeft het te maken met de Basken, met vanavond, en met waarom ik zo nodig hier moet zijn? Ik snap het gewoon niet.'

'Juist wel,' zei Rodo. 'Je bent niet *complètement folle*.'

Weer stak hij een keurende vinger in de eiwitten, knikte, deed er een handje wijnsteenzuur in en gaf me de kom aan. Er stond al een klopper in.

'Denk nu eens na. Meer dan duizend jaar geleden is het spel naar een afgelegen plek gebracht en daar streng bewaakt door mensen die de krachten van het spel begrepen en vreesden. Het werd in de grond begraven, als zaad, want ze wisten dat het op een dag zeker vruchten zou dragen, goede of kwaadaardige.'

Hij hield een stuk eierschaal voor mijn neus.

'En nu is het ei uitgekomen. Maar net als de aren die op de berg van Montglane werden gelezen, is het herrezen als een feniks uit de as.'

Ik liet de door elkaar geklutste beeldspraak maar voor wat hij was. 'Waarom ik?' herhaalde ik, en het kostte me heel veel moeite om kalm te blijven. Dit kwam wel erg dichtbij.

'Omdat, kleine feniks, of je het nu wilt of niet, jij twee weken geleden bent herrezen, samen met dat schaakspel. Ik weet de datum waarop je bent geboren, en dat weten deze anderen ook.

4 oktober, exact gespiegeld aan de geboortedatum van je moeder. Daarom verkeer je in gevaar. Daarom hebben ze besloten je tegen het licht te houden, en wel vanavond. Ze denken dat ze weten wie je bent.'

Weer die uitdrukking. Maar dit keer werd ik vervuld van een diepe angst. Het was of er een staak door mijn hart werd gedreven.

'Wie ik ben?' herhaalde ik.

'Niet dat ik dat weet,' zei mijn baas. 'Ik weet alleen maar wat anderen geloven. En die geloven dat jij de nieuwe Witte Koningin bent.'

DE PIRAMIDE

De as van Shelley is later overgebracht naar Rome en begraven op de helling van het Protestantse Kerkhof, in de schaduw van de grote grijze piramide van Gaius Cestius. De plek is al meer dan honderd jaar een pelgrimsoord voor Engelssprekende mensen uit de hele wereld.
— ISABEL CLARKE, *Shelley and Byron*

Piramide van Gaius Cestius: een grote graftombe van baksteen en steen, 36,4 meter hoog, en met een grondvlak van 29,5 bij 29,5 meter, afgedekt met wit marmer, te Rome, uit de tijd van Augustus.
— *The Century Dictionary*

Het mausoleum van Gaius Cestius is de inspiratie geweest voor de tuinpiramiden die in de negentiende eeuw in zwang kwamen, waaronder die in de Désert de Retz en het Parc Monçeau, en ook voor de vrijmetselaarspiramide op het Amerikaanse dollarbiljet.
— DIANA KETCHAM, *Le Désert de Retz*

Cimitero Acattolico degli Inglesi, Roma
(Protestantse Engelse begraafplaats, Rome)
21 januari 1823

De 'Engelse Maria' stond in de bitter koude mist naast de stenen muur, in de schaduw van het enorme, tweeduizend jaar oude piramidegraf van de Romeinse senator Gaius Cestius. Gehuld in haar simpele grijze reismantel zag ze op enige afstand van de andere rouwenden, die ze nauwelijks kende, hoe de kleine urn in het ondiepe graf werd gelegd.

Wat toepasselijk, dacht ze, dat de as van Shelley hier ter aarde werd besteld, op deze oude, heilige plek, en op deze bijzondere dag. De schrijver van *Prometheus Unbound* was toch dé archetypische Dichter van het Vuur geweest? En 21 januari was Maria's favoriete heiligendag, de naamdag van Sint-Agnes, die onkwetsbaar was voor vuur. Maria's ogen traanden, niet van de kou, maar van de rook van de vele vuurtjes die hier op de Aventijn ter ere van de martelares waren aangestoken. De rook vermengde zich met de kille mist die uit de Tiber opsteeg. De avond ervoor zouden jonge meisjes zonder eten naar bed gegaan zijn, vastend in de hoop dat ze een glimp zouden opvangen van hun toekomstige echtgenoot, zoals was verwoord in het populaire romantische gedicht van John Keats.

Maar al had Maria lange tijd in Engeland gewoond en kende ze de gewoonten daar, ze was geen Engelse, ook al werd ze *La pittrice inglese* genoemd, de Engelse schilderes, sinds ze zich op haar zeventiende had ingeschreven bij de Accademia del Disegno in Florence. Ze was Italiaanse, want ze was meer dan zestig jaar daarvoor geboren in Livorno, en voelde zich meer thuis in Italië dan in Engeland, waar haar ouders vandaan kwamen.

Hoewel ze al meer dan dertig jaar niet op deze gewijde plek was geweest, kende Maria misschien beter dan wie ook het geheim dat onder de 'Engelse' grond lag, hier op deze heuvel in het zuiden van de stad, net buiten de poort van het antieke Rome. Want hier in Rome, waar Sint-Agnes de martelaarsdood was gestorven en waar zo meteen haar naamdag zou worden gevierd, lag een mysterie dat veel ouder was dan het gebeente van de heilige of het piramidegraf van Gaius Cestius. Het was een mysterie dat wel eens ouder zou kunnen zijn dan Rome zelf.

Deze plek op de Aventijn, waar Gaius Cestius zijn pompeuze piramide heeft laten bouwen, net voor het begin van onze jaartelling, was al heel lang een heilig oord. Hij bevond zich op de grens van het *pomerium*, de 'appellijn', een oude, maar niet-zichtbare grens, waar voorbij de *auspicia urbana*, het officiële lezen van de voortekenen, niet plaats kon vinden. De *auspicia – avis specio*, het kijken naar de vogels – konden alleen worden uitgevoerd door een college van priesters die bedreven waren in het bestuderen van allerhande voortekenen, of dat nu onweer en bliksem was, de bewegingen van wolken, of de roep en de vlucht van vogels. Maar voorbij de grens van het pomerium heerste een andere macht.

Voorbij deze grens lagen de Horrea, de graanschuren van waaruit Rome werd gevoed. Op de Aventijn stond ook de beroemdste tempel die was gewijd aan de eredienst van de godin van het graan, Ceres. Haar naam, *Ker*, betekende 'groei', en ze deelde haar tempel met Liber en Libera, de god en godin van vrijheid, mannelijke kracht en levensdrift. Ze waren gelijk aan de oudere Janus en Janna, de god met de twee gezichten, waarnaar Janina in Albanië, een van haar vroegste heiligdommen, was vernoemd. Maar de twee grote feesten van Ceres waren gebaseerd op een veel oudere traditie. De Feriae Sementiuae, de zaaifeesten, begonnen met het afbranden van de stoppels die nog op de akkers stonden. Deze enorme vuren werden aangestoken in de maand die naar de god was vernoemd. Deze oogstfeesten, de Cerialia, vonden plaats in de maand die was genoemd naar keizer Augustus, wiens geboortenaam Octavius 'achtste' betekende.

Het vuur dat in de eerste maand ter ere van Ceres werd aangestoken, bepaalde wat in de achtste maand zou worden geoogst. *Quod severis metes*, zo stond het op de timpaan van haar tempel. 'Zoals u zaait, zult u oogsten.'

Het geheim dat erachter lag, was zo diep en oud dat het de mensen in het bloed zat. Hier hoefden geen voortekens te wor-

Het vuur

den bestudeerd door dienaren van kerk of staat. Dit mysterie vond buiten de poort plaats, buiten de stad.

Dit was een Eeuwige Orde.

Maria wist dat op deze dag de herinnering aan het verleden en het blikken in de toekomst met elkaar verbonden waren, zoals dat al duizenden jaren het geval was. Want vandaag, op de dag van Sint-Agnes, 21 januari, zou de Voorzegging door het Vuur plaatsvinden. En hier in Rome, de Eeuwige Stad, zou het ook de dag kunnen blijken waarop het geheim dat Percy Shelley zes maanden daarvoor had meegenomen in zijn natte graf, het geheim van die Orde, uit zijn as zou herrijzen.

Maria's vriend en beschermheer kardinaal Joseph Fesch was in elk geval van plan dat te onderzoeken. Daarom hadden hij en zijn zuster, Letizia Bonaparte, haar gevraagd om vandaag hier te zijn. Na meer dan dertig jaar was de Engels-Italiaanse schilderes Maria Hadfield Cosway voorgoed thuisgekomen.

Palazzo Falconieri, Rome

> *Door mij voorzag de mens niet meer de dood*
> *Verblinde hoop schonk ik zijn hart*
> *En bovenal gaf ik hem vuur*
> — AISCHYLUS, *Prometheus Gebonden*

George Gordon, Lord Byron, liep moeizaam heen en weer in de salon van Palazzo Falconieri, de residentie van kardinaal Joseph Fesch. Ondanks zijn rijkdom voelde hij zich niet thuis in dit somptueuze mausoleum voor een dode keizer. Want al was de neef van de kardinaal, Napoleon Bonaparte, al twee jaar dood, de fortuinen die hij aan zijn familieleden had gegeven, waren zeker hier niet onopgemerkt gebleven. De gedamasceerde wanden van dit vertrek vormden daar geen uitzondering op, want ze gingen vrijwel volledig schuil achter schilderijen van Europese grootmeesters, terwijl er nog eens rijen op de grond stonden, waaronder werken van Madame Cosway, al heel lang een protegee van de kardinaal. Op haar verzoek waren ze hier allemaal ontboden. Officieel dan.

Het had een tijd geduurd voor het bericht hem bereikte, want het was eerst naar Pisa gestuurd. Toen hij het uiteindelijk ontving in zijn nieuwe villa in Genua, Casa Saluzzo, met uitzicht op Portofino en de zee, was Byron haastig op weg gegaan, nog voor hij de tijd had gehad om te wennen. Hij had iedereen achtergelaten, minnares, familie, ongewenste gasten, en zijn hele menagerie – apen, pauwen, honden en exotische vogels – ook al waren ze nog maar net uitgeladen uit de boten die alles vanuit Pisa hadden overgebracht.

Want het was duidelijk dat er iets belangrijks was gebeurd. Of zou gebeuren.

Zonder aandacht te schenken aan de koorts en de pijn die altijd zijn ingewanden kwelde, net als bij Prometheus de lever door een arend werd aangepikt, had Byron de afgelopen week zo hard gereden om in Rome te komen dat hij vrijwel geen tijd had gehad om in bad te gaan of zich te scheren in de gore herbergen waar hij en zijn bediende Fletcher hadden geslapen. Hij besefte dat hij er vreselijk uit moest zien, maar onder de omstandigheden was dat niet belangrijk.

Hij was in het palazzo toegelaten en had een kristallen beker uitstekende barolo gekregen om zijn maag tot rust te brengen. Nu keek hij voor het eerst om zich heen in de schitterende salon en besefte dat hij ook nog eens onplezierig rook. Hij had zijn rijkleding, een strak blauw militair jasje en een wijde katoenen nankingbroek, die zijn misvormde voet aan het gezicht onttrok, nog aan. De kleren waren grijs van het stof en zijn laarzen waren met modder bespat. Met een zucht zette hij het glas neer en deed de tot een tulband gewonden sjaal af die hij buiten gewoonlijk droeg om zijn lichte huid te beschermen tegen de zon. Hij wilde eigenlijk het liefst weg en Fletcher erop uitsturen om een hotel te zoeken waar hij in bad kon gaan en zich kon verkleden, maar hij wist dat dat niet kon.

Tijd was namelijk van het grootste belang. En hoeveel tijd had hij?

Toen Byron nog jong was, had een waarzegger voorspeld dat hij niet ouder zou worden dan zesendertig. Toen had dat een eeuwigheid geleken. Maar morgen, op 22 januari, zou Byron vijfendertig worden. Over een paar maanden zou hij Italië verlaten om te gaan strijden voor de Griekse onafhankelijkheid, een oorlog die hij ook financieel steunde en die zijn vriend Ali Pasja ten koste van zijn leven was begonnen.

Maar natuurlijk had Ali ook nog wat anders geofferd dan zijn leven.

Dat kon de enige betekenis zijn van het bericht.

Want hoewel het briefje dat Letizia Bonaparte hem had geschreven een reactie was op zijn behoedzame vraag over Shelley, was de portee van haar bericht overduidelijk:

À signor Gordon, Lord Byron
Palazzo Lanfranchi, Lung'Arno, Pisa

Chèr Monsieur,

Je vous invite à un vernissage de La pittrice inglese, Mme Maria Hadfield Cosway, date: le 21 Janvier 1823, lieu: Palazzo Falconieri, Roma. Nous attendons votre réponse.
Les sujets des peintures:
Siste Viator
Ecce Signum
Urbi et Orbi
Ut Supra, Ut Infra

Hij kende de reputatie van madame Cosway goed, zeker omdat wijlen haar man de hofschilder was geweest van de Britse kroonprins. En zij was niet alleen de protegee van kardinaal Fesch, maar ook van de beroemde Franse schilder Jacques-Louis David.

Maar niet de boodschap zelf had Byrons aandacht getrokken en hem overhaast doen vertrekken uit Genua, maar de erin verborgen betekenis. De thema's van de schilderijen waren anders dan een gewone schilder zou kiezen, maar wel heel veelzeggend als je tussen de regels door las:

Siste Viator: 'houd stil, reiziger', een frase die op elk graf langs de wegen naar het antieke Rome voorkwam.

Ecce Signum: 'ziehier het teken', gevolgd door een kleine driehoek.

Urbi et Orbi: 'voor de stad en de wereld', een motto van de Eeuwige Stad Rome.

Ut Supra, Ut Infra: 'zoals boven, zo ook beneden', een alchemistische spreuk.

Het was vast ook geen toeval dat de uitnodiging was voor dezelfde dag en plaats als waarop de as van die arme Percy Shelley ter aarde was besteld, een gebeurtenis die godlof een paar uur voor zijn aankomst in Rome had plaatsgevonden. Hij vond het niet erg dat hij er niet bij was geweest. Hij kon wat hij had moeten verdragen op de dag van de crematie al niet meer uit zijn hoofd zetten, en sindsdien was hij ook nog bevreesd voor zijn eigen leven.

Het bericht was duidelijk. 'Staak uw zoeken en zie wat we hebben gevonden: het teken, de driehoek, van het befaamde Egyptische piramidegraf in Rome dat voor de Carbonari, de Vrijmetselaars en soortgelijke groepen als een teken onder broeders was. Het vertegenwoordigt een Nieuwe Orde die Geest en Materie, de werelden van boven en onder, met elkaar verbindt.

Dit was het bericht dat Shelley hem wilde sturen, net voor hij de dood vond. Nu begreep Byron wat het betekende, en het was of een ijzige hand zich om zijn hart sloot. Want ook als Letizia Bonaparte en haar bentgenoten iets af wisten van het mysterie, van de verdwenen Zwarte Koningin, en uit deze uitnodiging leek dat wel te blijken, hoe konden ze dan op dat ene woord zijn gekomen? Het enige woord dat Byron naar Rome zou brengen. Het woord waarmee Letizia Bonaparte haar brief had afgesloten.

Byrons favoriete naam, die hij had gebruikt als codewoord. Wat alleen Ali Pasja wist, die nu dood was.

Net toen hij aan die naam dacht, hoorde hij de deur opengaan. Een zachte stem klonk aan de andere kant van de salon.

'Vader, ik ben uw dochter. Haidée.'

Hij had een enig kind, Haidée genaamd,
De grootste schat van 't Oostelijk Land,
Zo schoon en lieflijk van gelaat
Dat een lach van haar als goudgeld gold.
— LORD BYRON, *Don Juan*, Canto II, CXXVIII

Byron kon zijn emoties niet meer de baas. Hij kon niet eens denken aan het schaakstuk dat ze ongetwijfeld bij zich had, want hij was buiten zichzelf van blijdschap. Snikkend drukte hij het kind eerst tegen zijn borst om haar dan weer op armlengte te bekijken. Vol ongeloof schudde hij het hoofd, en voelde hoe hete tranen sporen trokken in het stof waarmee zijn gezicht was bedekt.

Goede god! Ze was het evenbeeld van Vasiliki, die maar een paar jaar ouder was geweest toen Byron op haar verliefd was geworden in Janina. Ze had dezelfde zilverige ogen als Vasia. Het leken wel lichtgevende spiegels. Maar ze had ook trekken van haar vader: het kuiltje in haar kin en de lichte, doorzichtige huid die hem de bijnaam 'Alba', wit, had opgeleverd.

Wat een zegen, dacht hij. Want zijn andere dochters waren hem een voor een ontvallen, door dood, scheiding, schandaal, ballingschap. De kleine Ada, de wettige dochter van hem en zijn vrouw Annabella. Ze zou nu zeven zijn. Hij had haar al sinds haar geboorte niet meer gezien dankzij het schandaal dat Lady Byron had ontketend en waardoor hij nu al vele jaren in ballingschap was: het gerucht dat Menora, de acht jaar oude dochter van zijn zuster Augusta, door hem was verwekt.

En verder de dochter die Claire Clairmont hem gebaard had, de stiefzuster van Mary Shelley, die zo bezeten was geweest van Byron dat ze hem door half Europa had gevolgd, tot ze haar doel had bereikt, een kind van de beroemde dichter. Dat was de lieve kleine Allegra, die vorig jaar op haar vijfde was gestorven.

Maar nu was dit kostbare geschenk op het toneel verschenen. De ongelooflijk mooie Haidée, de dochter van Vasiliki, misschien wel de enige vrouw die hij ooit echt had liefgehad. Een vrouw die hem niet bond, die niets van hem vroeg en hem alles had gegeven.

Byron besefte dat het tengere meisje voor hem geen gewoon

kind was. Ali Pasja was alleen in naam haar vader, maar Haidée leek zijn innerlijke kracht te hebben, die Byron heel af en toe had gezien en allang vergeten was. Net als de palikhari's, zijn moedige strijders uit de bergen van Albanië met hun grijze ogen. Net als Arslan de Leeuw, Ali Pasja zelf.

Wat waren de Pasja en Vasia sterk geweest dat ze in dat allerlaatste uur Byrons dochter naar haar vader hadden gestuurd en haar de waardevolle Koningin hadden meegegeven. Byron hoopte dat hij over evenveel kracht zou beschikken om te doen wat hij nu inzag dat hij moest doen. Maar hij wist ook beter dan wie ook wat het risico was dat daaraan kleefde, niet alleen voor hemzelf, maar ook voor Haidée.

Was hij, nu hij zijn dochter had gevonden, bereid om haar meteen weer kwijt te raken, net als de anderen?

Maar Byron zag nog iets: dat de Pasja dit al geruime tijd geleden moest hebben voorbereid, misschien al sinds Haidées geboorte. Want had hij haar niet de naam gegeven die hun geheime codewoord was geweest, Byrons privénaam voor haar moeder Vasiliki? En toch had hij nooit van zijn dochters bestaan geweten, en evenmin van de rol waarvoor zij was uitverkoren en misschien zelfs opgeleid.

Maar wat was die rol precies? Waarom was Haidée hier, in dit Romeinse palazzo in het hart van Rome, en vandaag, op de Dag van Vuur? Wie waren die anderen? Wat voor rol speelden zij? Waarom hadden ze Byron met geheime codes hierheen gelokt en niet Haidée en het schaakstuk bij hem gebracht?

Was dit een val?

In zijn rol als Alba móest hij onderzoeken, en snel, wat de rol was die hij nu in dit grotere Spel speelde.

Want als hij faalde, was er geen hoop meer voor Wit.

Ostia, haven van Rome
22 januari 1823

Haidée kon de tegenstrijdige emoties die in haar hoofd rondspookten maar niet tot bedaren brengen. Dat probeerde ze al vanaf de ochtend, weken geleden, dat ze het gezicht van Kauri tussen alle andere toeschouwers had gezien die in Fez op de slavenmarkt neerkeken. Die ochtend had ze geweten, tegen alle verwachtingen in, dat hij haar eindelijk had gevonden en dat ze zou worden gered. Eindelijk was ze vrij en was ze naar een land en een stad gebracht waarvan ze het bestaan nooit had vermoed en naar een vader wiens bestaan haar al even exotisch en vreemd voorkwam.

Maar Byron had een lange, zware reis achter de rug, die een nadelige invloed had gehad op zijn zwakke gezondheid, om nog maar te zwijgen van de uitgebreide entourage die in het palazzo aanwezig was, en dus had hij de vorige avond geslapen in een appartement dat zijn bediende Fletcher had geregeld. Ze hadden afgesproken dat vanochtend vroeg, nog voor het eerste licht, Haidée onder de hoede van Kauri het palazzo uit zou glippen om hem te ontmoeten. Daarna zouden ze de anderen treffen bij de piramide.

Nu liep het drietal in de zilverige mist die aan de dageraad voorafging door de verlaten straten. Byron en zijn dochter liepen hand in hand. Haidée wist na alles wat ze na hun vertrek uit Marokko had gehoord van Charlot en Shahin, die ook waren meegereisd, dat Lord Byron wel eens de enige zou kunnen zijn die over de sleutel beschikte tot het mysterie van Ali Pasja's Zwarte Koningin. Dit vroege gesprek met haar vader was misschien haar enige kans om te achterhalen wat ze zo graag te weten wilde komen.

Terwijl het drietal van het centrum van de stad langs de antieke badhuizen liep, naar de buitenwijken waar de piramide zich bevond, vertelden Haidée en Kauri hoe de Zwarte Koningin uit de bergplaats in Albanië was gehaald, hoe de stokoude Baba Shemimi over de bergpassen naar Janina was gereisd en daar had verteld over al-Jabir en zijn schepping, het Schaakspel van de Tarik'at, en ten slotte over de laatste woorden en dappere daden van Ali Pasja in het klooster van de heilige Pantaleon, net voor de komst van de Turken.

Byron luisterde oplettend. Na hun verslag legde hij, de hand van zijn dochter nog in de zijne, zijn andere hand dankbaar op de schouder van de knaap. 'Het was heel dapper van je moeder om jullie weg te sturen, net op het ogenblik dat zij en de Pasja de dood in de ogen zagen,' zei hij tegen Haidée.

'Het laatste wat mijn moeder tegen me zei, was dat ze u innig liefhad,' zei Haidée. 'En de Pasja zei hetzelfde. Hoe hoog de prijs ook is die zij hebben betaald, ze vertrouwden erop dat u het stuk niet in de verkeerde handen zou laten vallen. Dat deed ook de Baba, die Kauri met me meestuurde om mij en het stuk te beschermen. Maar ondanks alle voorzorgen ging het niet zoals voorzien. Kauri en ik gingen op weg naar Venetië, maar ons schip werd door zeerovers onderschept. In een haven in Marokko werd Kauri meegenomen door slavenhandelaren. Ik was bang dat ik hem nooit meer terug zou zien. De Zwarte Koningin werd me afgepakt door mannen van de sultan en ik werd in Fez in de harem gestopt. Ik was alleen en doodsbang, en om me heen had ik alleen maar vreemden. Ik kon niemand vertrouwen. Voor een erger lot bleef ik behoed omdat ze niet wisten wie ik was. Ze vermoedden dat ik, of die zwarte steenklomp, een waarde had die je er niet meteen aan af kon zien.'

'En ze hadden gelijk,' zei Byron grimmig, terwijl hij zijn arm om de schouder van zijn dochter sloeg. 'Je bent heel sterk geweest te midden van groot gevaar, mijn kind. Anderen hebben hun leven gegeven voor het geheim dat jij beschermde,' voegde hij er, denkend aan Shelley, aan toe.

'Haidée is heel dapper geweest,' zei Kauri instemmend. 'Ik heb weten te ontsnappen en mijn toevlucht gezocht in de bergen. Maar ondanks mijn relatieve vrijheid had ik geen idee waar ze was, net zoals zij dat niet had van mij. We konden niets vinden. Ook toen de sultan een paar weken geleden stierf en ze met de rest van de harem zou worden verkocht, volhardde ze nog in haar zwijgen. Ze wilde niets vertellen over zichzelf of de missie die haar was toevertrouwd. Ze zou net worden verkocht toen we haar vonden.'

Het vuur 211

Bij de herinnering kon Haidée een huivering niet onderdrukken. Byron voelde het door haar smalle schouder. 'Het is een wonder dat jullie beiden dit hebben overleefd, om van het schaakstuk nog maar te zwijgen,' zei hij ernstig, en hij drukte haar weer even tegen zich aan.

'Kauri zou me nooit hebben gevonden,' zei Haidée, 'en we zouden hier nooit zijn gekomen als zijn vader Shahin er niet geweest was, en zijn metgezel, de roodharige man die ze Charlot noemen.'

Met een vragend gezicht keek ze Kauri aan. Die knikte en zei: 'Haidée wilde het vanmorgen over Charlot hebben, voor we elkaar treffen bij de piramide. Daarom wilden we vooraf met u praten over zijn relatie tot de Zwarte Koningin.'

'Wie is die Charlot?' vroeg Byron. 'En wat heeft hij te maken met het stuk?'

'Kauri en ik doelen niet op het stuk,' zei Haidée. 'De echte Zwarte Koningin, de levende, is Charlots moeder Mireille.'

Byron voelde zich beroerd, en dat kwam niet alleen door zijn maag. Hij was stil blijven staan, want net toen de zon opkwam, zag hij dat ze het hek hadden bereikt van het Protestantse Kerkhof en zo meteen bij de afgesproken plek zouden zijn. Hij ging op de lage stenen muur zitten en keek Kauri en Haidée ernstig aan.

'Vertel eens.'

'Charlot heeft ons op het schip verteld dat zijn moeder Mireille een van de nonnen van Montglane was toen het spel na duizend jaar werd opgegraven,' zei Haidée. 'Ze werd naar Kauri's vader Shahin gestuurd, in de woestijn. Daar is haar zoon Charlot geboren, onder de ogen van de Witte Koningin, zoals was voorzegd in het oude verhaal.'

'Mijn vader heeft hem opgevoed,' zei Kauri. 'Hij zei dat Charlot het tweede gezicht had. Ook dat was voorzegd. Hij zou helpen om de stukken bij elkaar te brengen en het mysterie op te lossen.'

'Maar Charlot zegt dat zijn moeder nog iets heeft, iets met enorme krachten, waardoor onze hele missie eigenlijk onmogelijk lijkt.'

'Als een non uit Montglane zijn moeder is,' zei Byron, 'heb je het tweede gezicht niet nodig om te raden wat jullie me te zeggen hebben. Die Charlot denkt dat hij en zijn moeder in het bezit zijn van iets en heeft net vernomen dat dat juist bij ons berust. Iets wat jullie met gevaar voor eigen leven hierheen hebben gebracht. Toch?'

'Maar hoe kan dat nu?' zei Haidée. 'Als zijn moeder in de abdij met haar blote handen de stukken heeft helpen opgraven, als ze ze sindsdien uit alle hoeken der aarde heeft bijeengebracht, als ze de Zwarte Koningin heeft gekregen van de tsaar van alle Russen, de kleinzoon van Katarina de Grote, hoe kan er dan nóg een koningin zijn? En zelfs al is die er, hoe kan dan de koningin van de Bektasji-soefi's de echte zijn?'

'Voor ik die vraag probeer te beantwoorden,' zei Byron, 'moeten we eerst goed kijken naar wat we zo meteen hier zullen aanhoren. En van wie. Letizia Ramolino Bonaparte, kardinaal Fesch, zelfs madame Fesch zijn alle drie creaturen van de kerk die al sinds de tijd van Charlemagne de stukken onder zich heeft gehad.'

'Maar vader,' zei Haidée, met een blik op Kauri om zijn steun te vragen, 'dat móét toch de verklaring zijn? De reden dat we allemaal hier zijn? Volgens Charlot is zijn moeder, de non Mireille, dertig jaar geleden naar Kauri's vader Shahin gestuurd door iemand die de ontbrekende schakel moet zijn: Angela-Maria di Pietra Santa, een goede vriendin van de abdis en ook de moeder van onze gastvrouw en gastheer, Letizia Ramolino Bonaparte en, bij een andere vader, kardinaal Joseph Fesch. Angela-Maria was Napoleons grootvader. Ziet u het niet, vader? Ze horen bij de tegenstander!'

'Kindje, kindje,' wierp Byron tegen, terwijl hij haar naar zich toe trok en zijn armen om haar heen sloeg, 'Zwart en Wit zijn onbelangrijk. Het gaat om het schaakspel zelf en de krachten die daarin besloten liggen, niet om dat domme Spel. Daarom zijn de soefi's al zo lang op zoek naar de stukken: om ze terug te geven aan mensen die ze zullen beschermen en ze nooit voor individueel gewin zullen gebruiken, maar alleen tot voordeel van allen.'

'Charlot denkt er anders over,' zei Haidée. 'Wij zijn Wit en zij zijn Zwart. En ik denk dat Shahin en hij aan onze kant staan.'

Het vuur

Piramide van Gaius Cestius, Rome
22 januari 1823

Alleen een zwakke olielamp brandde in de crypte waar ze zich op voorstel van Letizia Bonaparte de ochtend na de begrafenis van Shelley hadden verzameld. De rest van de enorme piramide was in duisternis gehuld, waardoor Charlot de eerste kans kreeg om na te denken sinds ze uit Fez waren vertrokken.

Letizia had de anderen gevraagd om hier te komen, legde ze uit, omdat madame Cosway, de schilderes, gewichtige zaken mee te delen had. En welke plek was daar beter geschikt voor dan deze piramide, want die bevatte de kern van het geheim dat Maria na zoveel jaren had besloten te onthullen.

Madame Mère stak nu de fakkels aan die ze had meegebracht en zette ze naast het graf van Gaius Cestius. Het flakkerende licht wierp schaduwen op het hoge stenen tongewelf van de crypte.

Charlot keek langs de kring gezichten om hem heen. De acht die Letizia Bonaparte en haar broer op Shahins verzoek bijeen hadden gebracht, waren er allemaal. En elk van hen speelde een kritische rol, besefte hij nu. Letizia en haar broer, kardinaal Fesch, Shahin en zijn zoon Kauri, Lord Byron en de schilderes, Madame Cosway, Charlot zelf en Haidée.

Charlot wist dat hij geen licht nodig had om de gevaren om hem heen te onderkennen. Een paar dagen geleden, op de markt in Fez, was zijn tweede gezicht onverwacht volledig teruggekeerd, wat hij even spannend en angstaanjagend vond als midden in een meteorenregen staan. Het verleden en de toekomst gingen weer aan zijn zijde, en zijn gedachten werden verlicht als een vuurwerkwiel waar bij middernacht tienduizend vonken van afspatten.

Slechts één ding bleef duister voor hem: Haidée.

'Er is één ding dat geen profeet, hoe groot ook, kan voorzien,' had Shahin hem die avond in de grot boven Fez verteld. 'Dat is zijn eigen lot.'

Maar toen Charlot een blik had geworpen op de te verkopen slavinnen in de medina en daar het meisje had gezien, had hij één gruwelijk ogenblik inzicht gekregen in datgene waarheen zijn lot hem zou kunnen leiden. Hij had er tegen niemand over gerept.

Hij kon nog niet precies zien hoe zijn lot met het hare was verknoopt, maar hij wist dat zijn voorgevoel over Haidée juist was geweest, net als toen hij drie maanden geleden de drang had gevoeld om uit Frankrijk te vertrekken en duizend mijl ver de kloven van de Tassili in te trekken om de Witte Koningin te zoeken, de oude godin wier beeltenis hoog op de rotsen was aangebracht, in de holte van de grote stenen muur.

Nu hij haar in vlees en bloed had gevonden, belichaamd in dit jonge meisje, begreep hij nog iets: wat Madame Cosway ook te vertellen had en ongeacht de rol die deze anderen speelden, Haidée stond nu midden in het spel, met de Zwarte Koningin, en Charlot moest aan haar zijde staan.

Kardinaal Fesch keek de crypte rond. Hij vond dat de anderen erbij zaten als rouwenden bij een begrafenis.

'Velen van u kennen de naam van madame Maria Hatfield Cosway, maar hebben haar tot nu toe nooit ontmoet,' begon hij. 'Haar ouders, Charles en Isabella Hatfield, waren eigenaars van een aantal beroemde Engelse herbergen in Florence, waar Britse reizigers verbleven die een grand tour ondernamen, zoals historicus Edward Gibbon en biograaf James Boswell. In haar jeugd had Maria de grootste aristocraten van de schone kunsten om zich heen en ze werd ook zelf een groot schilderes. Na de dood van Charles sloot Isabella de herbergen en vertrok met Maria en de andere kinderen naar Engeland, waar Maria trouwde met de bekende schilder Richard Cosway. Mijn zuster Letizia en ik hebben haar pas leren kennen toen Napoleon aan de macht kwam, maar sindsdien zijn we intiem bevriend gebleven. Ik geef financiële steun aan de meisjesschool die ze in Lodi, iets naar het noorden, heeft gesticht. We hebben Maria gevraagd om een verhaal te vertellen waarin de piramide waar we ons nu bevinden een rol speelt, en ook wat te zeggen over het verband met haar man, Richard Cosway, die kortelings in Londen is overleden. Het verhaal dat ze zo zal vertellen, heeft ze nooit aan iemand onthuld, ook niet aan ons. De gebeurtenissen erin hebben meer dan dertig jaar geleden plaatsgevonden, in 1786, toen ze met haar man naar Parijs reisde. Daar is iets voorgevallen wat van groot belang is voor alle hier aanwezigen.'

De kardinaal ging zitten en maakte een uitnodigend gebaar maar Maria.

Het leek wel of ze niet goed wist hoe te beginnen. Eerst trok ze haar moleskin handschoenen uit en legde ze opzij. Met haar vingertoppen trok ze een stukje zachte was uit een fakkel en rolde dat tussen duim en wijsvinger tot een balletje.

'Ma chère madame,' zei kardinaal Fesch, en legde bemoedigend zijn hand over de hare.

Maria glimlachte en knikte.

'Het was september 1786,' begon ze in haar zachte, iets geaccentueerde Italiaans, 'en mijn man Richard Cosway en ik waren vanuit Londen net La Manche overgestoken, Het Kanaal. Onze reputatie was ons vooruitgesneld. We hadden beiden prijzen gewonnen met ons werk en onze salon in Londen genoot veel aanzien. Richard had een belangrijke opdracht gekregen: hij moest de kinderen portretteren van de Duc d'Orléans, een neef van Lodewijk XVI en een groot vriend van de Engelse beschermheer van mijn man, de prins van Wales, de huidige koning George IV. In Parijs werden we onthaald door andere schilders en edelen. Dankzij onze collega Jacques-Louis David zijn we aan het Franse hof voorgesteld aan de koning en Marie-Antoinette.

Ik wil eerst wat zeggen over mijn man Richard. Veel afgunstige mensen in Londen waren hem slechtgezind, want hij was afkomstig uit een arm gezin en was toch ver gekomen. Richard deed weinig om deze vijanden tegemoet te komen. Hij vertoonde extravagant en opzichtig gedrag. Zijn favoriete dracht was een mantel van moerbeikleurig satijn met geborduurde aardbeien, een zo lange rapier dat hij over de grond sleepte, hoeden die zwaar met struisvogelveren waren bezet en schoenen met rode hakken. In de pers werd hij een 'macaroni' genoemd, een fat, en zijn uitmonstering werd vergeleken met die van zijn aap, die met kwaadaardige spot 'zijn onwettige kind' werd genoemd.

Maar alleen in kleine kring was bekend dat Richard ook een

van de grote *virtuosi* was, een groot connoisseur en verzamelaar van zeldzame, waardevolle oudheden. Naast de befaamde gobelins bezat hij nog zesentwintig kamers vol zeldzaamheden: een Egyptische mummie, relieken van heiligen, Chinees ivoorsnijwerk, zeldzame esoterische werken uit Arabië en India en zelfs iets wat hij aanzag voor een staartveer van de feniks.

Richard zelf neigde naar het mystieke en was een volgeling van zieners van weleer, zoals Emmanuel Swedenborg. Met mijn broer George, die architectuur bestudeerde, bezochten we in Londen de lezingen van Thomas Taylor, een 'platonist' die kort daarvoor geheime doctrines had vertaald van de oudste Griekse esoterische schrijvers. Mensen als Ralph Waldo Emerson en William Blake hadden daar veel belangstelling voor.

Deze achtergrond is belangrijk. Want zonder dat ik daarvan op de hoogte was, had mijn man via de Duc d'Orléans iets ontdekt over een groot mysterie dat al bijna duizend jaar lang in Frankrijk begraven was. Een mysterie dat letterlijk aan het licht zou komen, niet lang na de ochtend, dertig jaar geleden, dat we in Frankrijk aankwamen.

Ik herinner me de dag nog. Het was 3 september 1786, een gouden zondagmorgen, zodat Richard en ik besloten een bezoek te brengen aan de Halle au Blé, de beroemde graanmarkt van Parijs, een enorm rond bouwwerk waar tarwe, erwten, rogge, linzen, gerst en haver werden verkocht. Later is het afgebrand, maar toen gold het als een van de mooiste gebouwen van Parijs, met gebogen trappen, een hoge koepel en dakramen, zodat alles baadde in het licht, alsof een sprookjeskasteel langs de horizon dreef.

Daar, in dat magische, zilverige licht, hebben we degene ontmoet die al kort daarop alles anders zou maken. Maar op dat ogenblik, lang geleden, had ik niet kunnen voorzien hoe mijn leven en dat van mijn naasten volledig zou veranderen door gebeurtenissen die net in gang waren gezet.

De Amerikaanse schilder John Trumbull werd vergezeld door een vriend, een lange, bleke man met koperblond haar. Trumbull logeerde in zijn residentie aan de Champs-Élysées. Trumbulls gastheer, hoorden we al snel, was door de nieuwe Amerikaanse Republiek afgevaardigd naar het Franse hof. Het was een staatsman wiens roem al snel de onze zou doen verbleken. Zijn naam was Thomas Jefferson.

Mr. Jefferson was ogenschijnlijk volledig in de ban van de Halle au Blé. Hij sprak vol lof over de schoonheid van het ontwerp en raakte zelfs opgewonden toen John Trumbull het architectonische werk memoreerde van mijn broer George, een Fellow van de Royal Academy in Londen.

Mr. Jefferson stond erop om ons de hele dag te begeleiden. Na onze ontmoeting in Parijs besteedden we gevieren de middag op het platteland, bij Saint-Cloud, waar we ook dineerden. Daarna schrapten we de eerdere plannen voor de avond en gingen naar de theatertuin van de Ruggieri in Montmartre, een familie van pyrotechnici. Daar werd het stuk *De Triomf van Vulcanus* uitgevoerd, met briljant gebruik van vuurwerk, over de mysteriën van die grote god van het Romeinse pantheon, die de Grieken Hefaistos noemden, de God van de Smidse.

Dit extravagante vertoon bracht mijn man Richard ertoe om tegen Mr. Jefferson openlijk te spreken over de op hun Egyptische evenknie lijkende piramiden en vuurtempels die in de parken buiten Parijs waren opgericht, ook in Parc Monceau, de befaamde buitenplaats van onze Franse patroon, de Duc d'Orléans. Net als de Duc had mijn echtgenoot veel belangstelling voor esoterische zaken.

Jefferson was de opvolger van Benjamin Franklin als Amerikaans gezant in Frankrijk, en de Duc d'Orléans de opvolger van Franklin als grootmeester van de Parijse Vrijmetselaarsloge. Hun geheime inwijdingsrituelen vonden vaak plaats tussen de grotten en *faux*-ruïnes van zijn park.

Maar wat Thomas Jefferson nog meer intrigeerde, was Richards toespeling op een andere mysterieuze plek, verder van Parijs, in de richting van Versailles, een schepping van een goede vriend van de Duc, Nicolas Racine de Monville. Volgens de Duc, zo onthulde mijn echtgenoot die avond, bevatte het zesendertig hectare grote park, vol vreemde mystieke symbolen, een geheim dat even oud was als de piramiden. Sterker nog, in het park stond een piramide die een exacte replica was van deze hier. *Die Zauberflöte* van Mozart was er uitgevoerd.

Het was allemaal hoogst intrigerend, en Mr. Jefferson zette dan ook elke gedachte aan zijn officiële taken overboord en regelde een paar dagen later al een uitstapje om samen met mij deze verborgen tuin te gaan bekijken.

Sinds ons de eerste tuin uit de Bijbel is ontvallen, lijken wij mensen dingen altijd hoger in te schatten als ze verdwenen zijn. De dageraad van de Franse Revolutie was niet ver meer en Monsieur Racine de Monville zou kort daarop zijn fortuin én zijn tuinen kwijtraken. De Duc d'Orléans zou het nog veel slechter vergaan. Hij mat zich de naam Philippe Égalité aan en zou stemmen voor de terechtstelling van zijn neef, de koning, door middel van de guillotine.

Wat Thomas Jefferson en mij betreft, we vonden die dag in de tuin van Monville iets wat wij geen van beiden hadden verwacht te vinden: de sleutel tot verloren gegane oude kennis. En die sleutel was te vinden in de tuin zelf.

De tuin heette Le Désert de Retz, oud-Frans voor "de wildernis van de koning". Het Verloren Domein.'

HET VERHAAL VAN DE SCHILDERES EN DE ARCHITECT

Maar tuinen bestaan ook in ons collectieve onderbewustzijn. Het eerste domein van de mens was een tuin, en in de loop der eeuwen gaf hij daar vele namen aan: het Aards Paradijs, Eden... De hangende tuinen van Babylon waren een van de zeven wereldwonderen. Onze inspanningen om ze tot nieuw leven te wekken blijven altijd werken van de verbeelding.
— OLIVIER CHOPPIN DE JANVRY, *Le Désert de Retz*

Naar mijn stellige overtuiging wilde hij de Toren van Babel imiteren.
— THOMAS BLAIKIE, HOVENIER DES KONINGS,
    over de Désert de Retz

Die dag, 8 september, vertrokken we uit Parijs in Mr. Jeffersons elegante rijtuig, met het grijze span ervoor, staken de rivier over en reden het heerlijke landschap in. Maar niets zou zo prachtig blijken als onze bestemming, Le Désert de Retz.

Nadat we waren uitgestegen, betraden we het park door een grot. Daarachter ontvouwde zich een sprookjesachtig landschap dat met zijn late zomerkleuren, gepoederd paars, mauve en roesttinten wel wat weghad van een schilderij van Watteau. Op de golvende heuvels en langs de slingerende paden stonden groepjes rode beuken, granaatappelbomen, mimosa's en twee eeuwen oude platanen, esdoorns, linden en haagbeuken. Alle waren het bomen die voor ingewijden een betekenis hadden.

Bij tal van bochten waren interessante gebouwtjes te zien die als bij toverslag verschenen, verborgen achter een coulisse van bomen of majestueus oprijzend uit een meer.

Bij de stenen piramide raakte Jefferson even opgewonden als daarvoor, toen hij de Halle au Blé zag. 'Een kopie van het graf van Gaius Cestius,' zei hij. 'Ik herken hem aan zijn voorbeeld, een beroemd Romeins graf in de vorm van een Egyptische piramide, een "berg van vuur" waarvan je landgenoot Piranesi vele populaire gravures heeft gemaakt.'

En hij voegde eraan toe. 'Het origineel in Rome heeft ongewone kenmerken. De vier zijden van het grondvlak zijn ieder negentig voet, en dat is een hoogst belangrijk getal, want samen is dat driehonderdzestig, gelijk aan het aantal graden in een cirkel. De kwadratuur van de cirkel. Dat was de zwaarste en belangrijkste opgave van de antieke wereld, waarin verschillende betekenissen verborgen zaten. Ze waren niet gewoon op zoek naar een droge wiskundige formule waardoor ze het oppervlak van een cirkel in een vierkant konden omzetten, neen, de inzet was veel hoger. De kwadratuur van de cirkel was voor hen een diepgaande transformatie. Het transformeren van de cirkel, een symbool voor het hemelse, in een vierkant, de materiële wereld dus. De hemel naar de aarde brengen, zou je kunnen zeggen.'

'Het "alchemistisch huwelijk", het verbinden van geest en materie,' zei ik instemmend. 'Je zou het ook het huwelijk van hoofd en hart kunnen noemen. Mijn man Richard en ik bestuderen al vele, vele jaren dit soort oeroude mysteriën.'

Jefferson begon te lachen. 'Zo lang al?' zei hij met een innemende glimlach. 'Toch lijk je niet ouder dan twintig. Een onwaarschijnlijke leeftijd voor een jonge vrouw om onder de indruk te raken van de verwaande orakelpraat van een oude staatsman zoals ik.'

'Zesentwintig,' zei ik, ook met een glimlach. 'Maar Mr. Cosway is van uw leeftijd. Ik ben het dus gewend om elke dag weer dit soort belangwekkende dingen te horen. Ik hoop dat u nog veel meer met mij deelt.'

Mijn antwoord leek Jefferson genoegen te doen en hij nam mijn arm in de zijne toen we dieper het park in liepen.

'Een huwelijk van hoofd en hart?' zei hij me na, terwijl hij glimlachend op me neerkeek, want het was een rijzige man. 'Antieke wijsheid misschien, jongedame. Maar bij mij liggen hoofd en hart vaak met elkaar overhoop in plaats van dat ze zich voorbereiden op het genot van de huwelijkse staat.'

'Wat voor conflict ligt er dan ten grondslag aan dat voortdurende botsen?' vroeg ik geamuseerd.

'Kun je je dat niet voorstellen?' zei hij onverwachts. Ik schudde mijn hoofd en hoopte dat de schaduw van mijn bonnethoedje de blos verhulde die ik op mijn wangen voelde.

Gelukkig waren zijn volgende woorden een grote opluchting. 'Ik beloof je dat ik je binnenkort alles zal schrijven wat ik over dit onderwerp te zeggen heb.'

En hij voegde eraan toe: 'Maar het hoofd houdt zich bezig met wiskundige en architectonische problemen, zoals het gewicht dat een boog kan dragen of de kwadratuur van de cirkel, en dus weet ik dat het negen bij negen metende grondvlak van onze piramide een nog belangrijker betekenis heeft. Als we Herodotus raadplegen, zien we dat dezelfde maatvoering voorkomt in het ontwerp van de antieke stad Babylon, die negen bij negen mijl groot was. Dat brengt ons bij een fascinerende wiskundige puzzel waar je misschien nog nooit van gehoord hebt: het magische vierkant, waarbij in elk van de negen bij negen vakken een cijfer moet worden gezet, en wel zó dat elke horizontale, verticale en diagonale rij hetzelfde totaal oplevert.

Mijn voorganger als Amerikaans gezant in Frankrijk, Benjamin Franklin, was een groot kenner van magische vierkanten. Hij meende dat ze bekend waren in China, Egypte en India. Tijdens vergaderingen amuseerde hij zich met het invullen van vierkanten. Het tekenen, zei hij, kostte net zoveel tijd als het invullen van de cijfers, en hij heeft een groot aantal ingenieuze oplossingen voor de formules bedacht.'

'Heeft doctor Franklin een formule ontdekt voor het vierkant van Babylon?' vroeg ik, opgelucht dat ons gesprek een veiliger koers voer dan ik kort daarvoor meende te onderkennen.

Maar ik beken dat ik de ware reden voor mijn belangstelling niet wilde onthullen. Voor Richards verzameling esoterische werken had ik kopieën gemaakt van de beroemde gravure van Albrecht Dürer uit 1560 waarin hij een magisch vierkant had uitgebeeld in relatie tot de gulden snede van Pythagoras en de Elementen van Euclides.

'Beter nog.' Jefferson leek verheugd dat ik de vraag had gesteld. 'Doctor Franklin was de overtuiging toegedaan dat hij door de oude formules voor alle vierkanten te achterhalen kon aantonen dat bij elke stad die volgens zo'n patroon was aangelegd dat was gedaan om de krachten te benutten die in zo'n formule verankerd lagen, ook die van getal, planeet of godheid.

Franklin was natuurlijk een Vrijmetselaar, net als generaal Washington en hij had ook iets mystieks. Maar er zit weinig mystieks in dit soort gedachten. Alle grote beschavingen van de oudheid, van China tot aan de Nieuwe Wereld, bouwden een stad als hun heerschappij eenmaal was gevestigd. Per slot is dat de betekenis van het woord civilisatie, beschaving: *civitas* betekent 'stad'. Het woord is afgeleid van *úî*, een woord in het Sanskriet dat 'zich vestigen' betekent, 'liggen', 'wortelen'. Het tegenovergestelde dus van wat de nomade doet, want die richt bouwsels op die hij weer snel kan afbreken en mee kan nemen, en ze zijn ook vaak rond. Door steden te bouwen in de vorm van een vierkant, met magische eigenschappen, hoopten ze in de oudheid een nieuwe wereldorde te scheppen, een orde die alleen geschapen kon worden als je je vast op één plek vestigt. Een architectuur van de orde, zou je kunnen zeggen.'

'Maar er zijn toch ook steden opgezet in de vorm van een cirkel? Wenen, Karlsruhe, Bagdad?'

Mijn vraag zou op onverwachte wijze worden beantwoord, want net op dat ogenblik wandelden we tussen oude linden met een onderbegroeiing van struiken. Toen we daardoorheen waren, zagen we de toren. Ademloos van verbazing bleven we staan.

De *Colonne Detruite* of Verwoeste Zuil was al vaak beschreven door mensen die hem hadden gezien en ook op vele gravures en tekeningen vastgelegd. Maar geen ervan deed recht aan de diepe indruk die hij op ons maakte, zo midden in het bos.

Het was een huis dat was gebouwd in de vorm van een enorme crèmekleurige zuil, compleet met kantelen, een meter of vijfentwintig hoog, en met een ongelijke bovenkant, zodat het leek of hij door de bliksem was getroffen en in tweeën was gebroken. In de hele toren waren vierkante, rechthoekige en ovale ramen aangebracht. Toen we binnentraden, zagen we dat middenin een spiraalvormige trap omhoogvoerde, alsof hij naar de hemel reikte. Hij baadde in het natuurlijke licht. Langs de hele trap hingen manden met exotische bloemen, en erlangs slingerden zich wilde wijnranken omhoog.

Samen liepen we de trap op, ons verbazend over de vernuftige opzet van het interieur. Elke ronde verdieping was verdeeld in ovale vertrekken, met waaiervormige salons ertussen. Twee verdiepingen bevonden zich onder de grond en waren in duisternis gehuld, terwijl de vier erboven rijk van ramen waren voorzien. Helemaal bovenaan, op de hoogste verdieping, bevond zich een kegelvormig daklicht, dat alles eronder omspoelde met zilverig licht. Tijdens het klimmen zagen we door de ovale ramen uit op het omringende landschap, met daarin de piramide, gotische ruïnes, tempels voor goden, een Chinees paviljoen en een Tataarse tent. We wisselden geen woord.

'Verbazingwekkend,' zei Jefferson ten slotte, toen we alles hadden bekeken en weer naar de begane grond waren afgedaald. Naar de aarde, zo kwam het ons voor. 'Net als de cirkelvormige steden die je net noemde, maar meer als een citadel, een fort. Hét fort, want het is een ruïne van zeven verdiepingen, net als de toren uit de Bijbel die is gebouwd als altaar, als ladder naar God.'

'Onze hele reis vandaag lijkt wel symbolisch,' zei ik instemmend. 'Vanuit het oogpunt van de kunstenaar is het een verhaal dat over het land heen is geschilderd. Het verhaal van Babylon in de Bijbel. Eerst het legendarische verleden als prachtige tuin, het Eden aan de Tigris of Eufraat, of de hangende tuinen van Babylon, een van de zeven wereldwonderen. Dan de samenhang met de vier elementen. Aarde, het magische vierkant van de piramide. De twee catastrofes uit de Bijbel: de verwoesting van de toren van Babel, als symbool voor lucht, hemel, taal, stem, en de grote overstroming van Mesopotamië, wat staat voor water. En ten slotte natuurlijk de Apocalyps, de uiteindelijke verwoesting van de ooit grote stad, door vuur.'

'Zeker,' zei Jefferson. 'Maar als het Eden van het oosten, Babylon, is verwoest, wordt het volgens het boek der Openbaringen opgevolgd door weer een magisch vierkant. Een twaalf bij twaalf vakken grote matrix die uit de hemelen neerdaalt. Het nieuwe Jeruzalem.'

Toen Maria Cosway haar verhaal had verteld, keek ze de anderen in het vertrek aan en boog toen nadenkend het hoofd. Een hele tijd zei niemand iets.

Maar er was iets vreemd aan het verhaal, besefte Haidée. Ze keek even naar Kauri naast haar en hij knikte bevestigend. Uiteindelijk kwam Haidée, die stil tussen Byron en Kauri in had gezeten, overeind, liep naar Maria toe en legde een hand op haar schouder.

'Madame Cosway, u heb ons een verhaal verteld dat heel anders is dan we verwachtten. Wij dachten dat het betrekking zou hebben op die andere matrix, van acht bij acht. Het schaakbord. Maar nog voor Mr. Jefferson geweten kan hebben van het spel van Montglane, nog voor dat uit de grond is opgegraven, dacht hij dat het bord zelf, de matrix, zoals hij het noemde, eigenlijk belangrijker was dan de stukken. Zei hij ook hoe hij daarbij kwam?'

'Iedereen weet,' zei Maria, 'dat na Jeffersons verblijf in Europa hij minister van Buitenlandse Zaken werd, toen vicepresident en toen de derde president van de Verenigde Staten. Sommigen vermoeden dat hij ook nog Vrijmetselaar was, maar ik weet dat dat niet het geval was. Hij voelde er niets voor om zich aan te sluiten bij een door anderen bedachte orde, omdat hij liever zelf een nieuwe orde aanbracht.

Bekend is ook dat Jefferson een groot geleerde was en veel wist van architectuur, vooral van de ontwerpen van een Venetiaan uit de vijftiende eeuw, Andrea della Gondola, die de bijnaam Palladio kreeg, naar Pallas Athene, de patrones van Athene. Deze Palladio heeft tijdens de renaissance de *architettura all' antica* nieuw leven ingeblazen met zijn reconstructies van gebouwen uit het antieke Rome. Minder bekend, maar belangrijker is dat Jefferson ook het werk heeft bestudeerd van Palladio's grote leermeester Vitruvius Pollio, een architect uit de eerste eeuw, wiens tiendelige boek *De Architectura* in de tijd van Palladio net was herontdekt. Het boek is essentieel voor een goed begrip van essentie en betekenis van de antieke architectuur, en de invloed die het heeft gehad is af te zien aan alles wat Jefferson en Palladio ooit hebben gebouwd.

Vitruvius legt uit hoe belangrijk symmetrie en verhouding zijn bij de bouw van een tempel, en ook de menselijke maat. De plaats van een nieuw te bouwen stad en de richting van de straten dienen te worden bepaald door de acht windrichtingen. De effecten van dierenriem, zon, maan en sterren op de constructie van een nieuwe tempel of een nieuw overheidsgebouw...'

'Ik begrijp niet hoe dit een antwoord kan zijn op de vraag van mijn dochter,' viel Byron haar in de rede. 'Wat heeft het werk van Palladio, laat staan dat van Vitruvius, tweeduizend jaar geleden, te maken met het belang van het schaakbord waarover we hier praten? Hebt u een antwoord?'

'Het schaakbord bevat niet het antwoord,' zei Maria raadselachtig. 'Het bevat de sleutel.'

'Aha,' zei Haidée met een blik op Byron. 'Vitruvius leefde ten tijde van Jezus, Augustus, en Gaius Cestius. U bedoelt, madame, dat Vitruvius deze piramide met zijn kosmische afmetingen heeft ontworpen. De kwadratuur van de cirkel! Hij heeft dus hier in Rome de hemel naar de aarde gebracht.'

'Zeker,' zei Maria Cosway met een glimlach. 'En Jefferson zag dankzij zijn kennis van architectuur meteen toen hij de Désert betrad wat alles betekende. Zo snel hij kon, reisde hij naar zo veel mogelijk steden in Europa, bestudeerde de opzet ervan en schafte zich prijzige, accurate gravures aan van de plattegrond van elke stad. Aan het begin van de Franse Revolutie keerde hij naar de Verenigde Staten terug. Ik heb hem nooit meer gezien, al hebben we met tussenpozen nog wel gecorrespondeerd.

Maar hij nam nog iemand in vertrouwen. Een succesvol Italiaans architect, lid van de Royal Academy, die in Londen én Rome had gestudeerd, het werk van Palladio en Vitruvius kende en bedreven was in *disegno all' antica*. Hij was een klasgenoot en goede vriend van onze collega John Trumbull, die ons in de Halle au Blé aan Jefferson had voorgesteld. Jefferson en Trumbull lokten hem met een belangrijke opdracht naar Amerika. Daar is hij tot zijn dood gebleven. Via hem ben ik veel te weten gekomen van wat ik net heb verteld.'

'Wie was de architect die Jefferson zo goed kende en vertrouwde?' vroeg Byron.

'Mijn broer,' zei Maria. 'George Hadfield.'

Haidées hart bonkte nu zo hard dat ze dacht dat anderen het zouden kunnen horen. Ze wist dat ze dicht bij de waarheid was. Kauri wierp haar een waarschuwende blik toe. 'Wat was de opdracht die uw broer kreeg?' vroeg ze.

'In 1790,' zei Maria, 'toen Jefferson net was teruggekeerd uit Europa en Washington kort daarvoor tot president was gekozen, haalde Jefferson hem over om het Congres te vragen om een stuk land aan te kopen in de vorm van een pythagorische vierhoek, dus gebaseerd op het getal tien.

Door de vierhoek stroomden drie rivieren die in het hart ervan samenkwamen en daar de letter Y vormden, een pythagorisch symbool. Zodra een ontwerper was gekozen, Pierre L'Enfant, bezorgde Jefferson hem alle plattegronden van Europese steden die hij had. Maar in een brief aan L'Enfant waarschuwde hij: "Niet één kan worden vergeleken met het oude Babylon." Mijn broer George Hadfield kreeg de opdracht van Jefferson en Trumbull de plattegrond van deze prachtige nieuwe stad te voltooien, en om het Capitool te ontwerpen en toe te zien op de bouw.'

'Verbazingwekkend,' zei Byron. 'Het schaakbord, de Bijbelse stad Babylon en de nieuwe stad die Jefferson en Washington lieten bouwen zijn dus alle gebaseerd op dezelfde opzet. U hebt uitgelegd hoe belangrijk het is dat ze zijn opgezet als magisch vierkant en op de diepere betekenis daarvan gewezen. Maar zijn er verschillen? Want ook die zouden belangrijk kunnen zijn.'

Dat waren ze zeker, besefte Haidée in een flits.

Nu begreep ze het belang van wat Baba Shemimi had verteld. Begreep ze wat Kauri met zijn waarschuwende blik bedoelde. Want hiervoor waren de soefi's ongetwijfeld altijd al bang geweest. Het schaakbord was de sleutel.

Al-Jabirs bord, acht bij acht vakken, telde rondom achtentwintig vakken, het aantal letters in het Arabische alfabet.

Het negen-bij-negengrondvlak van de Egyptische piramide en van de oude stad Babylon had een omtrek van tweeëndertig vakken: de letters van het Perzische alfabet.

Maar een vierhoek van tien bij tien had een omtrek van zesendertig vakken. Dat getal stond niet voor letters van een alfabet, maar voor de driehonderdzestig graden van een cirkel.

De nieuwe stad die Jefferson had gebouwd, aan de oever van drie rivieren, de stad waar hij als eerste president was geweest, was zo opgezet dat hij de hemel tot de aarde zou brengen, hoofd en hart zou verbinden, de kwadratuur van de cirkel zou zijn.

Die stad was Washington D.C.

DE KONINGIN GAAT NAAR VOREN

Op de moslimlanden na was Rusland het laatste land waar de dame of koningin op het schaakbord verscheen.
— MARILYN YALOM, *Geboorte van de koningin in het schaakspel*

Witte Koningin? Hoe kon ik nou de Witte Koningin zijn in een Spel waarin, als je Lily mocht geloven, mijn moeder de Zwarte Koningin was? De relatie was niet altijd even goed geweest, maar moeder en ik konden geen deel uitmaken van elkaar bestrijdende partijen, zeker niet in een spel dat zo gevaarlijk was als dit leek te zijn. En wat had onze verjaardag ermee te maken?

Ik moest met Lily gaan praten, en snel ook, om deze onverwachte knoop te ontwarren. Maar voor ik iets kon ontrafelen, was er nog een koningin op het toneel verschenen. Het was wel de laatste die ik hoopte tegen te komen, al had ik het kunnen weten. Niemand anders dan de koningin-moeder en koningin van het bal ineen: Rosemary Livingston.

Ik had de moeder van Sage nog maar een paar dagen geleden gezien, in Colorado, gehuld in een wolk bont, maar ik begreep niets van haar aanwezigheid. Om van haar entree nog maar te zwijgen.

Indrukwekkend als altijd daalde ze de stenen trap naar de kelder af, omgeven door mannen. Voor een deel waren het exotische figuren in witte woestijnkledij, anderen, zoals Basil, droegen een elegant pak. Rosemary zelf droeg een lange robe van glanzende bronskleurige zijde die precies paste bij haar ogen en haar. Haar lokken gingen voor een deel schuil onder een sjaal van sarizijde, zo dun en doorschijnend dat hij wel van gesponnen gouddraad leek te zijn gemaakt.

Ze trok altijd ieders aandacht als ze op het toneel verscheen, maar hier, in haar natuurlijke habitat, met een kudde mannen om haar heen, was dat zeker het geval. Ik zag al snel dat het geen gewone loerders waren, want ik herkende er nogal wat uit de *Fortune 500*. Als er een bom op haar gevolg werd gegooid, bedacht ik, zou Wall Street morgen twaalfhonderd punten lager openen.

Rosemary's nadrukkelijke aanwezigheid, een soort sterk parfum, was iets waar je niet echt een vinger achter kreeg en wat je zeker niet moest proberen na te doen. Maar ik had vaak geprobeerd het te analyseren.

Er waren vrouwen als Lily, met een flamboyante glamour die gewoon bij hun faam hoorde. Anderen, zoals Sage, hadden net zo lang aan hun uiterlijk geslepen tot dat de smetteloze perfectie had van een topmodel. Mijn moeder had altijd een heel ander aura gehad: de glanzende schoonheid en gratie van een wild dier, volledig aangepast aan een leven in de steppe of het oerwoud. Misschien kwam daar haar bijnaam Cat wel vandaan. Maar Rosemary Livingston had op bijna alchemistische wijze een beetje van alles weten te combineren tot een krachtige, heel eigen aanwezigheid. Een soort vorstelijke elegantie die je bij een eerste blik al de adem benam en je dankbaar maakte dat je was beroerd door een vleugje van haar gouden persoonlijkheid.

Tot je haar echt leerde kennen dan.

Terwijl Basil aan de andere kant van de gebogen glazen afscheiding tussen eetzaal en haard haar stola aannam, wierp Rosemary me een *moue* toe, een kruising tussen een pruillip en een kus.

Rodo had me genoeg verteld om het haar in mijn nek rechtop te laten staan. Had ik maar de tijd gehad om hem te vragen wat hij van dit diner wist. Wat deden de Livingstons eigenlijk hier met dit vreemde multinationale gevolg van multimiljonairs?

Het vuur

Maar gezien de verbanden die ik recent had gelegd tussen het bord en schaakstukken, het Spel en Bagdad, voorspelde het vast niet veel goeds dat veel gasten van vanavond bekende figuren waren uit het Midden-Oosten.

En al was ik als serveerster niet voorgesteld, ik wist dat dit niet gewoon dure patsers waren, zoals Leda en Eremon dachten. Ik dacht zelfs een paar sjeiks of prinsen van koninklijke families te herkennen. Geen wonder dat de beveiliging zo streng was.

En natuurlijk voelde ik me na Rodo's verhalen niet alleen erg slecht op mijn gemak over de rol die ik moest spelen, ik wilde ook heel graag weten wat het allemaal te doen had met het Spel. Of, meer specifiek, met mij.

Maar deze gedachten werden ruw doorbroken, want Rodo nam me bij de arm en trok me mee naar buiten om de groep te begroeten.

'Mademoiselle Alexandra en ik hebben een heel bijzondere maaltijd in petto voor u,' zei hij tegen Basil. 'De gasten van u en madame zijn toch wel voorbereid op iets unieks? Het *menu du soir* ligt op tafel.'

Hij kneep lichtjes in mijn arm, een allesbehalve subtiele hint dat ik ons gesprek onder mijn koksmuts moest houden en moest doen wat hij zei.

Toen hij iedereen zo had neergezet dat elke gast een onbelemmerd uitzicht had op wat we gingen doen, trok hij me mee de keuken in en siste: '*Faites attention*. Als je vanavond het eten serveert, moet je de... *entzule* zijn. Niet de *jongleur des mots, comme d'habitude*.'

Luisteren dus, en geen gegoochel met woorden.

'Als die mensen zijn wie ik denk dat ze zijn,' siste ik terug, 'spreken ze allemaal Frans. Hou je dus maar bij Euskera. Dan verstaat niemand je. Ook ik niet, als het een beetje wil.'

Daar had hij geen weerwoord op.

De bouillabaisse werd gevolgd door de *bacalao*, een grote kabeljauw, gestoofd in een Baskische citroensaus met olijven en dampende stukken herdersbrood, in de as gebakken.

Het water liep me in de mond. De gevulde aardappel van die middag leek te zijn uitgewerkt. Maar ik hield vol en reed met mijn serveertrolley heen en weer om iedereen te bedienen. De lege borden gingen mee terug naar de keuken, waar ik ze in de vaatwasser zette. Die waren voor de ochtendploeg.

De gedachte kwam bij me op dat dit een vrijwel exact spiegelbeeld was van mijn moeders verjaarsfeest. Toen had ik geprobeerd onder het bedienen zo veel mogelijk informatie te verzamelen over het dodelijke Spel waar ik nu middenin stond.

Maar al had Rodo me opgedragen ook hier te luisteren, ik kon het gesprek niet volgen. Iedereen was opgewekt aan het praten, tot ik binnenkwam om weer een gang op te dienen. En er werden wel veel complimenten gemaakt over Rodo's kookkunst, maar het echte gesprek stokte zolang ik bezig was om de borden weg te halen en de nieuwe gang op te dienen.

Misschien was het mijn verbeelding of kwam het door zijn onheilspellende woorden, maar ze schenen zich geen zorgen te maken dat ik zou horen wat ze zeiden. Ze schenen me te observeren.

Pas bij het pièce de résistance, de meschoui, liet Rodo het vuur voor wat het was en liep met me mee, de zaal in. Het lam moet traditioneel aan het spit worden geserveerd. Alle gasten staan eromheen, en trekken met hun vingers stukken van het malse, van kruiden doortrokken vlees los.

Het leek me leuk om te zien hoe dat Rosemary af zou gaan in haar kostbare zijden haute-couturegewaad. Maar helaas kwam een van de woestijnprinsen tussenbeide.

'Staat u mij toe. Vrouwen hoeven bij een meschoui niet te staan als er mannen zijn.'

Hij gebaarde dat Rosemary kon blijven zitten en trok persoonlijk een klein bordje vlees voor haar los. De hoffelijke Basil zette het vervolgens voor haar neer.

Dit was de gelegenheid waarop onze koningin wachtte. Zodra ze weer alleen aan de tafel zat en Rodo het spit liet ronddraaien voor de mannen die om het lam heen stonden, wenkte ze dat ze haar waterglas bijgevuld wilde hebben.

Ik vermoedde dat het een list was, ook al omdat Rodo waarschuwend mijn kant op keek, maar deed het toch maar. Rosemary was wel een snob, maar trok zich niets van conventies aan als ze haar zin wilde hebben. Ze stond half op, kuste de lucht aan weerszijden van mijn wang – haar handelsmerk – keek me toen onderzoekend aan en fluisterde: 'Lieve schat, Basil en ik hadden niet gedacht dat we je al zo snel na Colorado zouden terugzien. Wat heerlijk. En we hopen echt dat het allemaal goed afgelopen is met die toestanden waardoor je moeder weg moest. Wij zijn natuurlijk meteen teruggevlogen met de Lear.'

Het verbaasde me niks. Ik wist dat de Livingstons er een serie piloten en vliegtuigen op na hielden op hun eigen vliegveld in Redlands, voor het geval Rosemary last kreeg van een *'shop until you drop'*-bevlieging. Ze hadden ons trouwens best wel een lift kunnen aanbieden in plaats van ons te laten zitten terwijl er noodweer op komst was.

Alsof ze mijn gedachten had gelezen, zei Rosemary: 'Als we hadden geweten dat jullie naar Denver gingen, hadden we jullie wel kunnen afzetten, met Sage en onze buurman Galen March.'

'Tja, als ik dat geweten had...' zei ik al even luchtig. 'Maar laat ik je niet van het eten af houden. De meschoui is een specialiteit van Sutaldea en wordt niet vaak gemaakt. Rodo vindt het vast niks als ik zo lang met gasten sta te praten dat het eten koud wordt voor je ervan hebt gegeten.'

'Blijf dan even bij me zitten,' zei Rosemary. Zo beminnelijk had ik haar nog nooit meegemaakt. Met een glimlach tikte ze op de stoel naast de hare.

Ik verbaasde me over deze inbreuk op het protocol waar al deze belangrijke gasten bij waren, zeker van de grootste snob die ik kende. Maar haar volgende woorden waren nog verbijsterender.

'Monsieur Boujaron vindt het vast niet erg als we even praten. Ik heb al gezegd dat je goed met ons bevriend bent.'

Bevriend! Het idee.

Ik wierp een snelle blik in de richting van Rodo. Die trok een wenkbrauw op om te vragen of alles goed ging. 'Mr. Boujaron kijkt mijn kant op,' zei ik, 'dus ik kan beter teruggaan naar de keuken. Zoals je op het menu ziet, komen er nog drie gangen, en al dat lekkers mag toch niet de mist in gaan door een verkeerde timing. En je wilt hier vast ook niet nog uren en uren zitten.'

Rosemary omklemde mijn arm met een stalen greep en trok

me omlaag op de stoel. Ik was zo verbaasd dat ik de karaf water bijna in haar schoot liet vallen.

'Ik zei dat ik wilde praten,' zei ze, haar stem gedempt, maar op een toon die geen tegenspraak duldde.

Mijn hart bonsde. Wat was ze in hemelsnaam van plan? Kon iemand worden vermoord tijdens een etentje in een befaamd restaurant, terwijl het buiten wemelde van de agenten van de geheime dienst? Maar toen herinnerde ik me opeens wat Rodo had gezegd. In deze kelder kon niemand ons horen of afluisteren. En dus zette ik de karaf maar op tafel en knikte.

'Een paar minuten kan wel,' zei ik zo kalm mogelijk, terwijl ik haar vingers losmaakte. 'Waarom moesten Sage en Galen naar Denver?'

Rosemary's gezicht werd een masker. 'Je weet heel goed wat ze daar gingen doen,' zei ze. 'Die halfbloedvriendin van je, Nokomis Key, heeft het je vast al verteld.'

Er zaten overal spionnen.

Met staal in haar ogen keek ze me aan. Dit was de Rosemary die ik kende. 'Met wie dacht je te maken te hebben, kindje? Heb je enig idee wie ik ben?'

Even overwoog ik te zeggen dat ik niet eens goed wist wie ikzelf was. Maar gezien de manier waarop ze net had gereageerd en de samenstelling van de groep gasten leek het me maar beter om niet geestig te gaan doen.

'Wie je bent? Rosemary Livingston toch? Mijn voormalige buurvrouw?'

Ze slaakte een geïrriteerde zucht en tikte met haar nagel op het bord meschoui, dat ze nog niet had aangeraakt.

'Ik heb Basil nog zo gezegd dat dit allemaal onzin was. Een diner! Maar hij wilde niet luisteren,' zei ze, bijna tegen zichzelf. Toen keek ze me met toegeknepen ogen aan en zei: 'Je weet toch wel wie Vartan Azov werkelijk is? Afgezien van zijn nevenwerkzaamheden als schaakgrootmeester?'

Toen ik verward mijn hoofd schudde, zei ze: 'We kennen Vartan natuurlijk al vanaf zijn jeugd. Hij was de stiefzoon van Taras Petrosjan, Basils zakenpartner, die kortgeleden in Londen is overleden. Vartan praat niet graag over die relatie of over het feit dat hij de enige erfgenaam is van Petrosjans aanzienlijke erfenis.'

Ik had gehoopt dat ik mijn gezicht in de plooi zou kunnen houden, maar betrapte me er toch op dat ik haar aanstaarde en sloeg snel mijn blik neer. Natuurlijk was Petrosjan rijk. Hij was een van de 'oligarchen' geweest in de korte tijd dat het Russische kapitalisme hoogtij vierde. Basil Livingston zag trouwens nooit iemand staan als die niet rijk was.

Maar Rosemary was nog niet klaar. Sterker nog, ze ging er met onverwacht venijn op door.

'Heb jij soms een verklaring voor het feit dat Vartan Azov, een Oekraïner, in zo korte tijd een visum heeft gekregen voor de vs, alleen maar om bij een feestje te kunnen zijn? En als hij en Lily Rad zoveel haast hadden om in Colorado te komen, waarom zijn ze dan samen met een auto gekomen?'

Ik gaf me in gedachten een trap voor mijn onnozelheid. Als Rosemary verdenking wilde laden op mijn vrienden deed ze het niet slecht. Waarom waren die vragen nooit bij mij opgekomen? En vooral één zin bleef steeds maar door mijn hoofd spoken, een zin die alles met elkaar verbond op een manier die ik eigenlijk niet wilde begrijpen.

We kennen Vartan natuurlijk al vanaf zijn jeugd.

Als dat zo was, als ze hem al kenden toen hij Petrosjans stiefzoon was en ze al die tijd een zakelijke relatie hadden gehad met Petrosjan, betekende dat dat ze elkaar allemaal goed kenden, al toen mijn vader en ik in Rusland arriveerden. En dat betekende weer dat ze allemaal een rol hadden gespeeld in het laatste Spel, dat mijn vader het leven had gekost.

Het Spel was een stuk verder. Met die paar woorden had Rosemary niet alleen laten zien onder welke vlag ze voer, maar me ook de nodige stof tot nadenken bezorgd.

Terwijl ik de volgende drie gangen opdiende – een daube van wilde paddenstoelen, kip met gekruide groenten, gestoofd in braadvet en de gâteau au chocolat met zijn vulling van in cognac geweekte Baskische kersen – probeerde ik een betere kijk te krijgen op het bord waaraan ik speelde. Ik kwam veel te weten, zij het alleen door zijdelingse toespelingen.

Gelukkig had Rodo me al snel gered uit de klauwen van onze gastvrouw en me aan mijn vertrouwde werk gezet, gloeiende as harken en bedienen, maar één gedachte bleef steeds maar door mijn hoofd spoken: de meeste gasten van mijn moeder kenden elkaar ook daarvoor al heel goed, en op zo'n manier dat het de verdenking wekte dat ze betrokken waren bij de dood van mijn vader.

Dat betekende dus dat ze allemaal spelers waren in het Spel.

Wat ik nu nog moest zien te achterhalen was hun connectie met mij. Wat voor rol speelde ik? Dat was de hamvraag, zou Rodo kunnen zeggen. Ik wilde hem dolgraag vragen hoe dit chique diner in elkaar stak. Wie was er met het idee gekomen? Hoe was alles geregeld? Wie had de praktische details verzorgd, compleet met dure gasten en opzichtige *sécurité*?

Maar ondanks al die onbeantwoorde vragen wist ik zeker dat ik één ding wel had gedecodeerd, en dat was iets wat al tijden door mijn gedachten spookte.

Er was tien jaar geleden nog iets gebeurd. Iets wat losstond van de dood van mijn vader, bedoel ik, en van het besluit van mijn moeder om me uit New York weg te halen en samen in de woeste Rocky Mountains te gaan wonen. Iets wat bijna een onverklaarbare zet leek in een groter Spel.

Want tien jaar geleden, herinnerde ik me nu, waren de Livingstons uit Denver verhuisd en naast ons komen wonen, op hun ranch Redlands, op het Colorado Plateau.

Pas na middernacht vertrokken de Livingstons met hun laatste gasten. Rodo en ik waren allebei te moe om nog lang na te praten. Hij zei dat hij me graag de volgende ochtend meenam naar een besloten plek. Daar zouden we het hele gebeuren wel uitbenen.

Prima idee. Dan bleef me ook de toorn bespaard van de andere koks en Leda, om maar te zwijgen van de afwasploeg, als die ontdekten wat ik voor ze had laten staan.

Toen ik alle potten en pannen naar de provisiekast sleepte om ze daar een paar uur in de week te zetten, ook de lekbak die ik onder het lam had geschoven, werd de verbrande zwarte prut weer zichtbaar. Ik haalde Rodo erbij.

Het vuur 235

'Wie heeft het spit met die *mouton* zo gedaan? Wat een zootje. Je had het door mij moeten laten doen of zelf moeten doen. Wie heb je vanochtend hierheen gestuurd, de Baskische Brigade?'

Rodo schudde droevig het hoofd toen hij de viezigheid zag. Hij goot er een scheut water op en strooide er toen wat zuiveringszout over.

'Een vriend,' zei hij. 'Morgen komt het wel in orde. Nu ga ik even onze telefoons ophalen. Ga jij maar naar bed.'

Hij reageerde zo ongewoon – de andere koks noemden hem niet voor niets de Euzkaldische Exterminator – dat ik even niet wist hoe ik het had. De echte Rodo zou voor een veel kleinere misser iedereen met hoon hebben overladen. Hij was na de zware dag zeker uit vorm.

Zelf viel ik tegen de tijd dat Rodo met onze telefoons terugkwam zowat flauw van vermoeidheid. Hij sloot af en we gingen de kleine uurtjes in. Voor mij begon het een gewoonte te worden. De voetbrug was weer toegankelijk, de agenten waren vertrokken en ook hun betonnen balk en hokje waren weg.

We namen afscheid aan het eind van de brug. Rodo wenste me welterusten en zei dat hij me morgen zou bellen en dan zou ophalen. Het was al na enen toen ik bij mijn pied-à-terre met het mooie uitzicht over het kanaal was.

Bij het terras naast de zoals gewoonlijk duistere toegang tot het Key Park was het zo donker als de binnenkant van een zwarte sok. De straatlamp was kapot, wat vaker gebeurde dan me lief was. Het was te donker om iets te zien, dus ik moest op de tast de goede sleutel zoeken. Maar toen ik de buitendeur opende, was er iets mis. Boven aan de trap zag ik een zwak lichtschijnsel.

Had ik vanmorgen per ongeluk een lamp aangelaten?

Na alles wat ik de afgelopen vier dagen had doorstaan was het niet zo raar dat ik meteen op mijn hoede was. Ik pakte mijn telefoon en toetste Rodo's nummer in. Hij was vast nog in de buurt. Waarschijnlijk was hij nog niet eens bij zijn auto. Maar hij nam niet op. Nou ja, ik kon de herhaaltoets indrukken als er echt wat was.

Geruisloos sloop ik de trap op, tot ik bij de deur van het appartement was. Daar zat niet nog een slot op, maar ik trok hem wel altijd dicht als ik wegging. Nu stond de deur op een kier. En binnen brandde een lamp, dat zag ik zo. Ik wilde net op de herhaaltoets drukken, toen ik een vertrouwde stem hoorde.

'Waar heb je toch gezeten, lieverd? Ik zit de halve nacht al te wachten.'

Ik duwde de deur open. Daar, in mijn gemakkelijke leren stoel, met zijn rossige krullen belicht door de lamp, een glas van mijn beste sherry in zijn hand en een geopend boek op schoot, zat mijn oom Slava.

Doctor Ladislaus Nim.

HET MIDDENSPEL

Het middenspel is dat deel van de partij dat volgt op de beginfase. Dit is het moeilijkste en het mooiste deel. Een levendige fantasie biedt grote kansen op prachtige combinaties.
— NATHAN DIVINSKY, *The Batsford Chess Encyclopedia*

Nim keek me met zijn ironische glimlach aan, maar dat duurde maar kort. Ik zal er wel volledig afgedraaid uit hebben gezien. Het leek wel of hij meteen begreep wat er gebeurd was toen hij zijn glas neerzette, het boek weglegde, op me toe liep en me woordeloos in zijn armen nam.

Ik had er geen idee van hoe verzenuwd ik was, maar toen ik zijn armen om me heen voelde, gingen de sluizen open en begon ik wild te snikken. De angst die ik net nog voelde, maakte plaats voor opluchting. Voor het eerst in tijden was ik onder de hoede van iemand die ik volledig vertrouwde. Hij aaide met een hand over mijn haar, alsof ik een kat was, en ik voelde de spanning van me afglijden.

De naam die mijn vader aan mijn oom gaf, 'Slava', was een soort Russische woordspeling. Het was een verkorte versie van Ladislav, zoals hij heette, maar ook het Russische woord voor de achtpuntige ster die op Russische iconen als nimbus boven het hoofd van God, Maria of heiligen wordt afgebeeld. Mijn Slava had met zijn koperkleurige krullen een heel eigen nimbus. Nu ik volwassen was, noemde ik hem natuurlijk Nim, net als iedereen, maar voor mij was hij mijn beschermengel gebleven.

Hij was de fascinerendste man die ik ooit had gekend. Ik denk dat dat kwam omdat hij een karaktertrek had behouden die we als kinderen vrijwel allemaal hebben, maar die weinig mensen op latere leeftijd weten vast te houden. Nim bleef fascinerend omdat vrijwel iedereen en alles hém fascineerde. Zijn levenshouding sprak uit wat hij altijd zei als ik me als kind verveelde en aandacht vroeg: 'Alleen vervelende mensen vervelen zich.'

Anderen vonden Nim fascinerend of geheimzinnig, maar voor mij was hij het stabielste onderdeel van mijn jonge leven geweest. Na de dood van mijn vader en de groeiende afstand tussen mijn moeder en mij doordat ze me had teruggetrokken uit de schaakwereld, had ik van mijn oom twee belangrijke dingen ten geschenke gekregen waardoor ik het had gered. Via die geschenken – koken en puzzels – hadden we al die jaren met elkaar gecommuniceerd, zodat we niet hoefden te praten over de diepere dingen die we duidelijk beiden pijnlijk vonden.

En mijn intrigerende oom was nu hier voor een derde geschenk, iets wat ik nooit had verwacht of gezocht of gewild.

Maar nu ik, met zijn armen om me heen, nog wat nasnikkend, me weg voelde zakken in uitputting en vergetelheid, te moe om al mijn vragen te stellen, te loom van uitputting om het antwoord te begrijpen dat mijn oom me kwam brengen, zou dat geschenk alles veranderen. Want wat hij bracht, was inzicht in mijn eigen verleden.

'Krijg je nooit iets te eten van die werkgever van je? Wanneer heb je voor het laatst wat binnengekregen?' vroeg Nim kribbig.

Ondanks de zure toon keek hij me bezorgd aan met zijn vreemde tweekleurige ogen, het ene blauw, het andere bruin, die altijd tegelijkertijd naar je en door je heen leken te kijken. Met zijn ellebogen op mijn keukentafel keek hij fronsend toe hoe ik aan een tweede kom begon van de heerlijke soep die hij had gemaakt van wat hij in mijn keuken had weten te vinden. Blijkbaar was ik in zijn armen flauwgevallen. Hij had me op de bank gelegd en was toen soep gaan maken om me weer bij te brengen.

'Rodo en ik hadden er geen erg in dat ik de laatste tijd weinig tijd heb gehad om te eten. Het is de afgelopen dagen zo'n verwarde toestand geweest. Mijn laatste echte maaltijd heb ik zelf gekookt, in Colorado.'

'Colorado!' zei Nim verrast, met een snelle blik op het raam. Zachter zei hij: 'Dus daar heb je gezeten. Ik ben al dagen naar je op zoek. Bij dat restaurant van je heb ik al een paar keer staan wachten.'

Dus dat was de geheimzinnige man in de trenchcoat die Leda had gezien.

Opeens, onverhoeds, sloeg Nim met zijn vlakke hand op het aanrecht. 'Kakkerlak,' zei hij, terwijl hij zijn lege handpalm liet zien, één wenkbrauw waarschuwend opgetrokken. 'Ik zag er maar een, maar misschien zijn er nog andere. Eet je soep op, dan gooien we het smerige beest weg.'

Ik begreep het. De lege handpalm beduidde dat er 'bugs' in huis konden zijn, maar dan van het elektronische soort, en dat we dus niet hier konden praten. Mijn ogen prikten nog van mijn huilbui, mijn hoofd tolde van het slaapgebrek. Maar hoeveel trek ik ook had en hoe moe ik ook was, ik begreep net als hij dat overleg dringend nodig was.

'Ik ben best moe,' zei ik met een geeuw die ik niet hoefde te acteren. 'Laten we het meteen maar doen, dan kan ik daarna gaan pitten.'

Ik pakte mijn grote koffiemok van zijn haakje en lepelde die vol soep. Later zou ik het recept wel opschrijven van de magische combinatie van smaken die Nim had weten te scheppen op basis van de stoffige blikjes, zakjes en pakjes die hij in mijn keuken had weten te vinden: een smeuïge maissoep met kerrie en citroensap, bestrooid met geroosterde kokosnoot, krab en fijngehakte pepertjes. Verbazingwekkend. Mijn oom had weer eens aangetoond dat hij een magisch maaltje kon maken met drijfhout uit een keukenkastje. Rodo zou het geweldig vinden.

We schoten een jas aan. Ik stak een lepel in mijn mok en liep achter hem aan, de donkere trap af en de natte zwarte nacht in. Het jaagpad langs het kanaal onder ons en het slingerende pad dat Key Park in liep waren beide duister en verlaten en dus liepen we naar M Street, waar straatlampen de hele nacht een gouden krans van licht verspreidden. Daar sloegen we links af, in de richting van de Key Bridge.

'Fijn dat je de soep hebt meegenomen. Eet eerst maar op.' Nim knikte naar de grote mok en sloeg zijn arm om mijn schouders. 'Ik maak me echt zorgen over je gezondheid, liefje. Je ziet er niet uit. Maar over wat er met je gebeurd is – dat moet je straks maar vertellen – zit ik niet zo in als over wat er nog wel eens zou kúnnen gebeuren. Wat heeft je ertoe gebracht om opeens naar Colorado te gaan?'

'Moeders verjaarsfeestje,' zei ik tussen wat happen van zijn heerlijke soepje door. 'Daar was je zelf ook voor uitgenodigd. Dat zei je tenminste zelf in het bericht dat je had ingesproken, Herr Professor Doktor Wittgenstein. Je kon er niet bij zijn. Je ging naar India voor een schaaktoernooi. Ik hoorde het zelf op moeders antwoordapparaat. Wij allemaal.'

'Wij allemaal?' Nim bleef abrupt staan, net toen we bij de hoek van het Key Park waren, naast het pad naar de brug. 'Vertel dan eerst maar eens wat er in Colorado is gebeurd. Wie was er nog meer bij?'

Daar, onder de straatlantaarn aan de rand van het park, terwijl we de klok twee uur hoorden slaan, bracht ik mijn oom snel op de hoogte van de komst van alle gasten en van wat ik van hen te weten gekomen was. Hij trok een lelijk gezicht bij een paar namen, vooral bij Basil en Vartan. Maar hij luisterde oplettend toen ik hem Lily's versie van het Spel vertelde, alsof hij probeerde de zetten te reconstrueren van een belangrijke partij die ze jaren geleden hadden gespeeld, en waarschijnlijk was dat ook zo.

Ik wilde net beginnen te vertellen hoe we het nagetekende schaakbord in de lade hadden gevonden en wat Vartan me had verteld over de Russische Zwarte Koningin en de dood van mijn vader, toen Nim me met nauwelijks verholen ongeduld onderbrak.

'En je moeder dan? Heeft die niets verteld wat haar handelen zou kunnen rechtvaardigen? Heeft ze gezegd waarom ze zo'n idioot risico heeft genomen? Een verjaarsfeestje, op haar eigen verjaardag nog wel, ongeacht het gevaar. Wie had ze nog meer uitgenodigd? Wie is er niet op komen dagen? Alle mensen! Met al die namen die je al hebt genoemd, hoop ik dat ze niet is begonnen over het cadeau dat ik had gestuurd.'

Door mijn slaapgebrek dacht ik zo traag dat ik niet zeker wist of ik hem wel goed had verstaan. Wist hij het echt niet?

'Moeder was er niet bij op het feestje. Net voor ik kwam, is ze vertrokken. Ze is nooit meer teruggekomen. Ze is gewoon verdwenen. Tante Lily en ik hoopten dat jij een idee had waar ze nu is.'

Ik had de uitdrukking op het gezicht van mijn oom nog nooit gezien. Hij leek wel met stomheid geslagen, alsof ik een exotische taal sprak waar hij niets van verstond. Het duurde een tijdje voor hij zijn tweekleurige blik weer op me richtte.

'Verdwenen. Het is nog veel erger dan ik dacht. Je moet met me mee. Er is iets wat je echt moet weten.'

Dus hij wist niet dat moeder verdwenen was. 'Het is nog veel erger dan ik dacht.' Maar hoe kon dat nou? Nim wist altijd alles. Waar was mijn moeder als hij het ook niet wist? Plotseling voelde ik me zo gedeprimeerd dat ik niet meer wilde weten hoe gedeprimeerd ik was.

Samen staken Nim en ik de weg over langs de Key Bridge en liepen de brug op tot we halverwege waren, hoog boven het water. Nim beduidde dat ik naast hem moest gaan zitten, op de betonnen rand waar de groene leuning van de brug in was bevestigd.

We zaten in het melkachtig roze licht van de lampen hoog boven ons. In het vreemde licht kregen zijn koperkleurige krullen een gouden gloed. Af en toe reed er een auto over de brug, maar niemand zag ons, achter onze stalen barrière.

Nim keek naar de mok in mijn hand. 'Ik zie dat je je soep nog niet op hebt. Je hebt ook het laatste restje hard nodig, alleen zal het nu wel koud zijn.'

Gehoorzaam nam ik nog een hap. Hij smaakte nog steeds prima en dus zette ik de mok aan mijn mond en dronk alles op. Daarna keek ik vol verwachting naar mijn oom.

'Om te beginnen heeft je moeder altijd een sterke eigen wil gehad. Ze is koppig en eigenwijs.'

Alsof ik dat niet wist.

'Nog maar een paar weken geleden, kort voor ik hoorde dat ze bezig was met die dolzinnige confrontatie die ze haar "verjaarsfeestje" durfde te noemen, heb ik haar iets belangrijks toegestuurd.' Hij zweeg even, en zei toen: 'Iets heel belangrijks.'

Ik wist vrijwel zeker wat dat was. Waarschijnlijk zat het nog steeds in de voering van mijn parka. Maar als Nim wilde praten, ging ik hem niet onderbreken met triviale feitjes. Dat Vartan Azov kon naaien, bijvoorbeeld. Mijn oom zou heel goed de enige kunnen zijn die in dit levensgevaarlijke spel over alle stukjes van de puzzel beschikte.

Maar er was wel iets wat ik wilde weten.

'Wanneer heb je dat naar mijn moeder gestuurd?'

'Vragen naar het wanneer is niet zinvol. Alleen het waarom telt. Het is een voorwerp van uitzonderlijk belang, alleen is het niet aan mij om het weg te geven. Het behoorde aan een ander toe. Ik was verrast toen ik het kreeg en stuurde het door naar je moeder.'

'Oké. Waarom dan?'

'Omdat Cat de Zwarte Koningin was. Zij had de leiding,' zei hij met een ongeduldige blik op mij. 'Ik weet niet hoeveel Lily heeft verteld. Van alles, zei je. Met haar loslippigheid heeft ze misschien ons allemaal, en zeker jou, in groot gevaar gebracht.'

Nim pakte mijn mok en zette die op de grond, nam mijn handen in de zijne en vervolgde: 'Het was een tekening van een schaakbord. Dertig jaar geleden, toen je moeder het toezicht kreeg over de andere stukken, ontbrak dat deel van de puzzel, al wisten we uit een dagboek dat het in handen is geweest van de non die bekend is geworden als Mireille.'

'Lily heeft ons over haar verteld. Ze zei dat ze het dagboek had gelezen en beweerde dat Mireille nog leefde, dat ze Minnie heette en dat mijn moeder haar was opgevolgd als Zwarte Koningin.'

Het duurde meer dan een uur om hem alles te vertellen. Ik wist hoe geobsedeerd hij was door details en dus deed ik mijn best om niets weg te laten. De puzzels die mijn moeder had achtergelaten, het nepbericht met de sleutel, de 8-bal, het schaakspel in de piano, het kaartje in de zwarte koningin, de tekening van het schaakbord in het bureau en ten slotte Vartans verhaal over wat er vlak voor mijn vaders dood was gebeurd en ons beider overtuiging dat zijn dood geen ongeluk was.

Ik bedacht dat mijn oom de enige was aan wie ik mijn vermoeden had verteld: dat er misschien een tweede Zwarte Koningin was, en dat dat tot de dood van mijn vader kon hebben geleid.

Nim volgde elk woord met grote belangstelling, maar reageerde niet, al wist ik zeker dat hij alles in zijn hoofd opsloeg. Toen ik klaar was, schudde hij zijn hoofd.

'Je verhaal bevestigt mijn grootste angst en sterkt me in mijn overtuiging dat we erachter moeten zien te komen wat je moeder is overkomen. Ik stel mezelf verantwoordelijk voor Cats verdwijning. Er is iets wat ik je nog nooit heb verteld, liefje. Ik ben altijd hopeloos verliefd geweest op je moeder. En lang voor ze je vader heeft ontmoet, heb ik haar in mijn dwaasheid dit gevaarlijke Spel binnengelokt.'

Toen hij mijn reactie zag, legde hij zijn hand op mijn schouder.

'Misschien had ik niet moeten zeggen wat ik voor haar voelde, Alexandra. Ik verzeker je dat ik haar nooit iets heb laten merken. Maar uit wat je hebt verteld, blijkt duidelijk dat ze in gevaar verkeert. Als jij en ik haar willen helpen, moet ik zo eerlijk en open mogelijk zijn, hoe dat ook ingaat tegen mijn cryptografische aard.' Hij wierp me zijn vertrouwde ironische glimlach toe.

Ik lachte niet terug. Open zijn was één, maar ik had het wel gehad met al die onverwachte onthullingen.

'We gaan een paar dingen wat minder cryptisch maken, nu meteen,' zei ik scherp, terwijl ik mijn best deed om wakker en alert te blijven. 'Wat hebben die onderdrukte gevoelens van jou met haar verdwijning te maken, en met de schaakstukken of het Spel?'

'Na die ongevraagde bekentenis heb je het recht om me alles te vragen. En ik hoop dat je dat ook doet. Toen Cat de tekening van het schaakbord van me kreeg, het laatste stuk van de puzzel, zodra we het konden ontcijferen, moet ze meteen hebben begrepen dat het Spel een volgende ronde in was gegaan. Maar ze ging niet, zoals ik hoopte en verwachtte, naar een kundig codebreker als ik, maar kondigde aan dat ze een feestje gaf en verdween.'

Dat verklaarde waarom hij mijn moeder dat pakje had gestuurd zonder er verder veel ruchtbaarheid aan te geven. Tien jaar na de dood van mijn vader hoopte hij duidelijk nog steeds haar cryptograaf te kunnen zijn, haar vertrouweling, en misschien nog wel meer.

Wat zou de reden zijn dat ze zich niet tot hem had gewend?

'Na Sasja's dood,' zei Nim, alsof hij mijn gedachten kon lezen, 'heeft Cat me nooit meer vertrouwd. Ze vertrouwde niemand meer. Ze vond dat we allemaal haar, je vader en vooral jou hadden verraden. Daarom heeft ze je meegenomen.'

'Op wat voor manier hebben jullie me dan verraden?'

Maar ik wist het antwoord al. Door het schaken.

'Ik weet de dag nog dat het gebeurde, de dag dat de verwijdering voor het eerst intrad. Op die dag kregen we door wat voor raar wezen we in ons midden hadden,' zei Nim met een glimlach. 'Maar kom, dan lopen we onder het praten en krijg je het niet koud.'

Hij stond op, stak me zijn hand toe en trok me overeind. Mijn mok en lepel verdwenen in een zak van zijn trenchcoat.

'Je was pas drie. We zaten in mijn huis op Montauk Point, de punt van Long Island, allemaal, zoals zo vaak in zomerse weekends. Toen ontdekten we wie en wat je eigenlijk was. Dat was de dag dat de verwijdering tussen ons en je moeder begon.'

We staken de brug naar Virginia over terwijl de mistige nacht naar de rozenvingerige dageraad sloop. En Ladislaus Nim begon zijn verhaal…

HET VERHAAL VAN DE CRYPTOGRAAF

De hemel was blauw, het gras was groen. Aan de rand van het gazon viel het water van de fontein klaterend in het zwembad en in de verte, voorbij het halfronde strand, strekten zich zo ver je kon kijken de witgekuifde golven van de Atlantische Oceaan uit.

Je moeder was baantjes aan het trekken. Slank als een dolfijn sneed ze door de golven.

Op het gazon zaten Lily Rad en je vader in sierlijke witte rotanstoelen, met een kan gekoelde kwast en twee bedauwde glazen uit de vriezer naast zich. Ze waren aan het schaken.

Je vader, Sasja, de grote grootmeester Aleksandr Solarin, had kort na zijn aankomst in de vs het toernooischaken eraan gegeven. Maar hij moest wel werk hebben. Ik kende een regeling waarbij je snel het staatsburgerschap kon krijgen als je talent had voor natuurkunde, zoals je vader.

Zodra dat haalbaar was, namen je ouders een goedbetaalde, maar onopvallende, baan bij de overheid. Toen werd jij geboren. Cat vond toernooischaak te gevaarlijk, zeker nu ze een kind hadden. Sasja was dat met haar eens, al bleef hij in de weekends wel Lily coachen. Net als nu.

Jij leek altijd gefascineerd door het bord en de zwarte en witte stukken op de zwarte en witte velden. Soms stopte je er een in je mond en dan keek je heel trots.

Op deze dag liep je op je wankele beentjes over het gazon terwijl ze aan het spelen waren. Ik had mijn stoel naast het bord gezet, zodat ik naar de partij kon kijken én naar je moeder, die in de verte aan het zwemmen was. Aleksandr en Lily gingen zo in hun spel op dat niemand er veel aandacht aan besteedde toen je opeens naast hun tafel stond, je arm om een poot geklemd om rechtop te blijven staan, terwijl je vol belangstelling naar het bord keek.

Ik herinner me dat het net zet 32 was van de Nimzo-Indische Verdediging. Lily speelde met wit en had zich een beetje in de nesten gewerkt. Je vader had zich wel uit de val kunnen bevrijden, maar zij zag duidelijk geen uitweg.

Schertsend zei ze tegen mij dat als ik nog wat ijs in haar glas deed ze de zaak koelbloediger kon bekijken toen jij je kindervuistje uitstak, haar paard van het bord plukte en zo neerzette dat het schaak was voor je vaders koning.

Een tijdje durfde niemand iets te zeggen. Of we waren met stomheid geslagen toen we beseften wat er gebeurd was. Maar toen we langzaam begonnen te beseffen wat dit voor de toekomst inhield, steeg de spanning om de tafel even snel als in een hogedrukpan.

'Cat zal razend zijn.' Sasja was de eerste die iets zei, zacht en toonloos.

'Maar ongelooflijk is het wel,' zei Lily. Haar lippen waren een streep. 'Als het nou eens geen toeval is en ze echt een genie is?'

'Ben geen Lily,' zei de kleine Alexandra resoluut.

Iedereen begon te lachen. Je vader tilde je op en nam je op schoot.

Maar toen Sasja en Lily een paar uur later de partij naspeelden, zoals ze altijd deden, zagen ze dat de zet die een kleuter van drie had gedaan de enig mogelijke zet was waarmee Lily remise had kunnen maken.

Het deksel op een doos vol problemen was opengemaakt. En er was geen schijn van kans dat die ooit nog dicht kon.

Nim zweeg en keek me in het zwakke licht aan. Ik zag dat we Rosslyn hadden bereikt, aan de overkant van de brug. Het was donker en verlaten. Alle hoge gebouwen waren afgesloten voor de nacht. Hoe gespannen ik ook was, ik wist dat ik naar huis moest. Ik hoorde in bed. Maar mijn oom was nog niet klaar met zijn verhaal.

'Na haar zwempartij in zee kwam Cat het gazon op lopen. Ze streek het zand van haar voeten en wreef haar haar droog met de rand van haar badjas. Toen zag ze ons om het schaakbord zitten. En haar onschuldige dochter zat bij haar vader op schoot, met een schaakstuk in haar hand.

Niemand hoefde iets te zeggen. Het was ook zo wel duidelijk. Cat draaide zich bruusk om en liep zonder iets te zeggen weg. Ze zou het ons nooit vergeven dat we jou bij het Spel hadden betrokken.'

Eindelijk zweeg Nim dan toch. Het was tijd om de zaak een andere draai te geven of in elk geval terug te gaan, anders waren we de hele nacht buiten.

'Nu ik van jou en Lily weet van het grotere Spel, verklaart dat wel waarom moeder niemand van jullie vertrouwde. En waarom ze zo bezorgd was over mij. Maar dat is nog geen verklaring voor haar feestje of haar verdwijning.'

Het vuur

'Dat was niet alles.'

Hoezo?

'Dat was niet alles wat in het pakketje zat dat ik aan haar heb opgestuurd,' zei hij. Weer had hij mijn gedachten gelezen. 'Dat kaartje dat je hebt gevonden, met een feniks op de ene kant en een vuurvogel op de andere en een paar cyrillische woorden. Bijna een soort visitekaartje dat iemand verwachtte dat ik zou herkennen. Ik snapte er weinig van. Maar ik moet je nog iets laten zien.' Hij zweeg en keek me wantrouwig aan. 'Wat heb je nou weer?'

Waarschijnlijk leek het net of ik weer van mijn stokje zou gaan, maar dit keer niet van honger of slaapgebrek. Hier kon ik echt niet bij. Ik stak mijn hand in mijn broekzak, haalde het kaartje eruit en gaf het aan mijn oom.

'Gevaar. Hoed u voor het Vuur,' zei ik. 'Misschien zegt het jou niks, maar mij wel. Dat kaartje is me net voor de dood van mijn vader in mijn handen gestopt. Hoe kom jij eraan?'

Nim neeg zijn hoofd boven het donkere plaveisel en bleef een tijdlang zo zitten. Toen keek hij me met een vreemde uitdrukking op zijn gezicht aan en gaf het kaartje terug.

'Ik wil je iets laten zien,' zei hij.

Uit zijn binnenzak haalde hij een leren mapje ter grootte van een portefeuille. Hij ging er heel voorzichtig mee om, alsof het een relikwie was. Toen vouwde hij mijn handen open, legde het mapje erin, hield mijn handen nog even omsloten in de zijne en liet me toen los.

Ik sloeg het mapje open. Zelfs in het zwakke licht zag ik dat het een oude zwart-witfoto was die met inkt was ingekleurd. Er stond een vier leden tellend gezin op.

Twee jongetjes van ongeveer vier en acht zaten op een tuinbank. Ze hadden een losse tuniek aan, met een riem om hun middel, en daaronder een korte broek. Beiden hadden blonde krullen. Ze keken met een onzekere glimlach naar de camera, alsof er nog nooit een foto van ze was genomen. Achter hen stond een gespierde man met een wilde haardos en priemende zwarte ogen die beschermend zijn handen op de schouders van zijn zoons had gelegd. Maar toen ik de vrouw naast hem zag, verstarde ik.

'Dat zijn ik en je vader, de kleine Sasja,' zei Nim met een verstikte stem die ik nog nooit bij hem had gehoord. 'We zitten hier op de stenen bank van onze tuin op de Krim. Dat zijn onze ouders. Het is de enige foto die er van ons gezin is. Toen waren we nog gelukkig. Niet lang daarna hoorden we dat we moesten vluchten.'

Ik kon mijn blik niet van dat beeld losmaken. Angst vrat aan mijn hart. Het hoekige gezicht dat ik nooit meer kon vergeten, het witblonde haar, nog lichter dan dat van mijn vader.

Nims stem scheen door een duizend kilometer lange tunnel te komen. 'God mag weten hoe het mogelijk is, maar ik weet dat maar één persoon na al die jaren nog in het bezit kon zijn van deze foto, dat er maar één persoon is die het belang ervan kent en hem aan mij heeft gestuurd, met de kaart en de tekening van het schaakbord. Eén persoon.'

Ernstig keek hij me aan. 'Dat betekent dat in weerwil van wat ik al deze jaren heb gedacht, en hoe onmogelijk het me ook nu nog voorkomt, dat de vrouw op de foto, mijn moeder, nog in leven is.'

Dat was ze zeker. Daarvan kon ik getuigen.

Dit was de vrouw uit Zagorsk.

TWEE VROUWEN

Deux femmes nous ont donné les premières exemples
de la gourmandise:
Ève, en mangeant une pomme dans le Paradis;
Proserpine, en mangeant une grenade en enfer.

(Twee vrouwen hebben ons de eerste voorbeelden van
gulzigheid gegeven:
Eva, omdat ze een appel heeft gegeten in het paradijs;
Proserpina, omdat ze een granaatappel heeft gegeten in de hel.)
— ALEXANDRE DUMAS PÈRE, *Le Grand Dictionnaire de Cuisine*

*I*k werd wakker van de luide ratelzang van een winterkoning, net buiten mijn raam. Dat kende ik. Elke lente kwam hij terug en altijd was het hetzelfde liedje. Opgewonden hipte hij heen en weer en probeerde zijn vrouwtje zover te krijgen dat ze een potentiële plek voor een nest bekeek, net onder het boeibord, waar hij wat takjes en grasjes in een gaatje had geduwd, maar ze mocht het meubilair ook best anders zetten, dan kon hij vast de hypotheek gaan regelen voor een ander dit prachtige perceel voor zijn neus wegkaapte: het was een van de weinige plekken langs het kanaal waar katten niet bij konden.

Maar als die winterkoning wakker was en zong, moest het al een tijdje licht zijn. Ik ging rechtop in bed zitten en wilde op mijn wekker kijken. Verdwenen. Iemand had hem weggehaald.

Mijn hoofd bonsde. Hoe lang had ik geslapen? Hoe was ik hier beland, in mijn pyjama en in mijn eigen bed? Het leek wel of mijn kortetermijngeheugen was gewist.

Maar toen, heel geleidelijk, begon het terug te komen.

Rodo's vreemde gedrag, van Euskal Herria tot Sutaldea. Het diner, met vooraf die ss'ers, gegeven door de Livingstons, mijn minst favoriete mensen op de aardkloot. Nim, die onverwacht bij mij thuis was opgedoken. Onze wandeling over de brug. Waar hij me die foto had laten zien.

Toen kwam ik met een klap terug in de werkelijkheid.

De mysterieuze blonde vrouw in Zagorsk, de vrouw die had geprobeerd me te waarschuwen, was mijn grootmoeder!

Dat was het laatste wat ik mijn oom had verteld voor alles zwart werd. De vrouw op de foto had me tien jaar geleden dat kaartje gegeven, net voor mijn vader was vermoord.

Maar de rollende zang van de winterkoning deed me beseffen dat er dringender zaken waren. Opeens herinnerde ik me dat Rodo me vanmorgen zou bellen, zodat we samen konden ontbijten. Dan zou hij me allerlei urgente informatie doorgeven waar we gisteravond laat niet meer aan toe waren gekomen. Ik kon beter hem bellen.

Maar toen ik om me heen keek, zag ik dat de telefoon ook al weg was.

Ik wilde net uit bed springen toen de deur openging. Daar stond Nim, met een dienblad in zijn hand en een glimlach op zijn gezicht.

'Verrassing!' zei hij. 'Ik hoop dat je lekker hebt geslapen. Gisteren had ik grappa in de soep gedaan. Genoeg gedistilleerde druivenpulp om een os te vellen. Je had je schoonheidsslaapje hard nodig. Je kon nog net de trap op en je bed in komen. Ik heb beneden geslapen, op je bultige bank. Eet maar lekker. Met een goed ontbijt kun je wat deze dag gaat brengen beter aan.'

Dus ik was nog bij kennis toen ik gisteren mijn bed in rolde, ook al wist ik niets meer van wat we verder nog hadden besproken.

Ik moest met Rodo praten. Maar vlak voor mijn neus stond een dampende pot koffie, een kannetje warme melk, een glas versgeperst sinaasappelsap en een bord met de befaamde karnemelkflensjes van mijn oom, met een kluit roomboter, een schaal bosbessen en een kom ahornsiroop. Het rook nog lekkerder dan het eruitzag.

Waar had Nim dat allemaal gevonden? Niet in mijn lege provisiekast.

'Ik heb gepraat met Mr. Boujaron, je werkgever,' zei Nim. 'Hij belde een tijdje terug, maar ik had de telefoon uit je kamer weggehaald. Ik heb hem even bijgepraat over wie ik was: de eerste referentie op je contract met hem. Verder heb ik uitgelegd dat je een zware week hebt gehad en wel wat rust kon gebruiken. Hij zag in dat het verstandig was om je een dagje vrij te geven. En hij heeft een slaaf gestuurd met wat spullen waar ik om had gevraagd.'

'Zo te zien heb je hem een aanbod gedaan dat hij niet kon weigeren,' zei ik met een grijns, terwijl ik de punt van mijn grote servet boven in mijn pyjamasje stopte. Het was een mooie, van damast, uit Sutaldea. Nim was een kanjer.

Vervolgens viel ik aan op het heerlijke eten. Mijn drang om de rest van Rodo's verhaal aan te horen verdween wat naar de achtergrond. Nims beroemde flensjes waren wederom licht krokant van buiten, zodat de siroop er niet introk, en wonderbaarlijk luchtig vanbinnen. Hij had zijn geheime recept nooit met me gedeeld.

Terwijl ik ze genietend naar binnen werkte, zat Nim zwijgend op de rand van mijn bed en keek naar buiten. Hij zei pas wat toen ik alles ophad en de laatste stroop van mijn kin veegde.

'Ik heb veel nagedacht. Na wat je vanmorgen vroeg op de brug hebt verteld, dat je de vrouw op de foto echt hebt gezien en dat ze jou dat kaartje heeft gegeven, kon ik bijna niet meer slapen. Maar toen het licht werd, had ik een hoop vragen opgelost. Ik weet niet alleen waarom je moeder haar verjaarsfeestje zo heeft opgezet, maar ik weet ook, en dat is belangrijker, het geheim achter de verdwijning van het schaakbord. En ik heb het raadsel opgelost van de tweede Zwarte Koningin.'

Toen hij mijn ontstelde gezicht zag, glimlachte hij en schudde zijn hoofd.

'Ik heb je appartement meteen nagelopen op microfoons. Ze zijn allemaal weg. Wie ze ook geplaatst heeft, het was amateuristisch gedaan. Er zaten er een paar in de telefoons en een in je wekker. De eerste plaatsen waar je zoekt.' Hij stond op, pakte het dienblad en liep in de richting van de deur. 'Gelukkig hoeven we nu niet meer om middernacht naar de Key Bridge als we willen praten.'

'Misschien waren die lui hier wel amateurs,' zei ik, 'maar de mannen die de voetbrug naar Sutaldea bewaakten, hadden een pasje van de geheime dienst. Beroeps dus. Mijn baas was goeie maatjes met ze, al zorgde hij er wel voor dat ze niet konden meeluisteren toen hij net voor het diner vertelde wat hij wist van de Baskische versie van het verhaal rond het spel van Montglane.'

'Wat heeft hij precies verteld?' Nim was bij de deur stil blijven staan.

'Hij zei dat hij vanmorgen de rest zou vertellen, maar dankzij jou en je grappa heb ik me verslapen. Rodo vertelde dat het *Chanson de Roland* ernaast zit en dat de achterhoede van Charlemagne niet door de Moren, maar door de Basken in de pan is gehakt in de pas van Roncesvalles, dat de Moren hem uit dankbaarheid dat schaakspel hebben geschonken en dat hij dat een heel eind van zijn paleis in Aken heeft begraven, in de Pyreneeën, op de plek die later Montglane is genoemd. Hij vertelde ook dat Montglane eigenlijk "Berg van de Arenlezers" betekent. Net voor de anderen kwamen, vertelde hij over zaaien en oogsten en dat dat te maken had met mijn verjaardag en die van mijn moeder, die precies een halfjaar uit elkaar liggen.'

En toen hield ik op, want Nims tweekleurige ogen waren koud en afstandelijk geworden. Hij was in de deuropening blijven staan, het dienblad nog steeds in zijn handen, maar opeens leek hij wel een ander mens.

'Waarom begon Boujaron over je verjaardag? Gaf hij daar een verklaring voor?'

'Hij zei dat het belangrijk was,' zei ik. De intense blik in zijn ogen zat me niet lekker. 'Het zou me misschien wel in gevaar brengen. Ik moest tijdens het eten dus mijn oren en ogen openhouden.'

Het vuur

'Dat kan niet het enige zijn. Heeft hij gezegd wat het belang voor die mensen kon zijn?'

'Hij zei wel dat de mensen van het diner wisten dat ik op 4 oktober was geboren, en dat mijn moeders verjaardag en de mijne precies een halfjaar uit elkaar lagen. O, en toen zei hij iets wat ik nog vreemder vond: dat ze wisten wie ik in werkelijkheid was.'

'Wie zei hij dat je was?' zei Nim, met een zo grimmig gezicht dat ik er bijna bang van werd.

'Weet je zeker dat niemand ons kan horen?' fluisterde ik.

Hij knikte.

'Ik weet niet of ik het zelf wel begrijp. Rodo zei dat ze me om de een of andere reden voor de nieuwe Witte Koningin hielden.'

'Wel heb ik ooit,' zei Nim. 'Ik word gek. Of misschien word ik minder opmerkzaam naarmate ik ouder word. Maar één ding is me nu wel duidelijk. Als Rodolfo Boujaron je dat allemaal heeft verteld, weet iemand meer dan ik dacht. Maar als ik wat je nu net vertelt, leg naast wat ik de afgelopen nacht heb beredeneerd, denk ik toch dat ik nu alles begrijp. Al is er nog wel nader onderzoek nodig.'

Wat een opluchting. Eindelijk iemand die het allemaal snapte. Maar het was vast geen nieuws dat ik graag wilde horen.

Nim wilde dat ik me aankleedde en nog een paar koppen koffie wegwerkte. Pas toen begon hij over de ingevingen die hij afgelopen nacht had gehad. We zaten in de woonkamer, op de bank waar hij had geslapen. Het mapje met de verweerde foto stond opengeslagen voor ons. Voorzichtig, met een vingertop, raakte hij het aan.

'Onze vader, Iosif Pavlos Solarin, een Griekse zeeman, werd verliefd op een Russisch meisje en trouwde met haar. Dat was onze moeder, Tatjana. Hij bouwde een kleine vissersvloot op en wilde nooit meer uit de Zwarte Zee weg. Toen Sasja en ik nog klein waren, vonden we onze moeder de mooiste vrouw die we ooit hadden gezien. Natuurlijk waren er maar weinig vrouwen op de afgelegen punt van de Krim waar we woonden. Maar het was niet alleen haar schoonheid. Onze moeder had ook iets magisch. Het is moeilijk uit te leggen.'

'Hoeft niet. Ik heb haar ontmoet, in Zagorsk.'

Tatjana Solarin. Ik kon het eigenlijk maar nauwelijks opbrengen om naar de ingekleurde foto te blijven kijken. Haar beeltenis rakelde alle pijn van de afgelopen tien jaar op. Maar nu de eerste vraag was beantwoord en we wisten wie ze was, volgde er een stortvloed van andere vragen.

Wat had haar waarschuwing die dag betekend? *Gevaar. Hoed u voor het vuur.* Was ze op de hoogte van de Zwarte Koningin die we kort daarop in de schatkamer zouden vinden? Wist ze dat dat mijn vader in gevaar zou brengen?

Had mijn vader haar herkend, op die grauwe winterdag in Zagorsk? Vast wel. Tenslotte was ze zijn moeder. Maar hoe kon ze er tien jaar geleden nog zo uitzien als op deze verbleekte foto, die was genomen toen mijn vader en oom nog klein waren? En als iedereen dacht dat ze al vele jaren dood was, zoals Nim zei, waar had ze zich dan al die tijd verborgen gehouden? En wat, of wie, had haar ertoe gebracht om in actie te komen?

Op al die vragen zou ik antwoord krijgen.

'Toen Sasja zes was, en ik tien,' begon Nim, 'raasde op een nacht een woeste storm om ons afgelegen huis aan de kust van de Krim. We lagen samen te slapen in onze kamer beneden toen er op het raam getikt werd. Buiten in de storm zagen we een vrouw staan, in een lange, donkere cape. Toen we haar door het raam binnenlieten, zei ze dat ze onze grootmoeder Minerva was en dat ze uit een afgelegen land was gekomen omdat ze dringend onze moeder moest spreken. Deze vrouw was Minnie Renselaas. Toen zij door dat raam klom, veranderde ons hele leven.'

'Minnie... Lily zei toch dat dat dezelfde was als Mireille? De Franse non met het eeuwige leven?'

Nim knikte. 'Minnie zei dat we onmiddellijk moesten vluchten. Ze had drie schaakstukken bij zich. Een gouden pion, een zilveren olifant en een paard. Mijn vader werd met die stukken weggestuurd om een boot vaarklaar te maken waarop we konden ontkomen. Maar voor we konden vluchten, kwamen er soldaten bij het huis. Ze pakten onze moeder op. Minnie wist met ons door de ramen weg te komen. We verborgen ons tussen de

Het vuur 255

rotsen, tot de soldaten weer weg waren en daarna probeerden we vaders schip in Sevastopol te bereiken. Maar de kleine Sasja kon niet snel genoeg vooruitkomen en dus werd ik vooruitgestuurd naar mijn vader.'

Nim keek me ernstig aan. 'Mijn vader en ik hebben uren gewacht, maar Minnie en Sasja kwamen niet. Uiteindelijk moesten we naar Amerika vertrekken. Dat had hij aan mijn moeder beloofd. Vele dagen later moest Minnie Sasja in een weeshuis onderbrengen, anders kon ze niet op zoek gaan naar mijn moeder. Maar alles leek verloren.'

Ik had wel geweten dat mijn vader in een weeshuis was opgegroeid, maar hij had daar nooit over willen praten. Nu begreep ik waarom. Mijn moeder was niet de enige die me tegen het Spel had willen beschermen.

'Cat is de enige die de rest van het verhaal kent,' vervolgde Nim. 'Sasja en ik hoorden het pas vele jaren later toen we elkaar dankzij je moeder hadden teruggevonden en we het aan elkaar en haar vertelden. Vader was kort na onze aankomst in Amerika overleden. In één nacht was ik mijn moeder, mijn broer en Minnie kwijtgeraakt en ik had geen idee hoe ik ze terug moest vinden. Voor zover ik wist, waren ze allemaal dood. Pas jaren later hoorde ik dat dat niet het geval was.'

'Maar nu weten we allebei dat je moeder nog leeft,' zei ik. 'Als ze in de gevangenis is gezet, zoals je dacht, kan ik me voorstellen dat ze al die jaren niets van zich heeft laten horen. Maar ze was in Zagorsk, tien jaar geleden. Ze heeft mij dat kaartje gegeven. En nu denk jij dat ze je ook de afbeelding van dat schaakbord heeft gestuurd. Hoe is ze daaraan gekomen? En waarom heeft ze daar zo lang mee gewacht?'

'Ik beschik nog niet over alle antwoorden,' gaf Nim toe. 'Maar één wel. Om het te begrijpen moet je de beroemde fabel kennen van de vuurvogel en weten wat die voor ons Russen betekent.'

'Wat betekent de vuurvogel?' vroeg ik, al begon ik daar wel een idee van te krijgen.

'Het zou kunnen verklaren waarom mijn moeder nog leeft en hoe ze het er levend van af heeft weten te brengen. Toen ik verbaasd keek, vervolgde hij: 'Stel dat Minnie onze moeder wél heeft weten te vinden nadat ze Sasja in dat weeshuis had ondergebracht, en dat die inderdaad in de cel zat en door het Sovjetbewind zou worden opgeofferd. De zoveelste dode in het Spel. Wat zou Minnie hebben afgestaan om haar vrij te krijgen?'

Er was maar één stuk waarvan ik zeker wist dat de Russen het hadden.

'De Zwarte Koningin!'

'Precies,' zei Nim met een glimlach. 'En het zou helemaal kloppen als Minnie een kopie heeft laten maken en het origineel zelf heeft gehouden. Dat zou het dubbeldamegambiet verklaren dat je hebt ontdekt.'

'Maar waar is je moeder dan gebleven nadat ze was vrijgelaten? En hoe is ze aan de tekening van het schaakbord gekomen die ze volgens jou naar je heeft opgestuurd? Dat raadsel had je toch ook opgelost?'

'De tekening van het schaakbord die door de abdis van het klooster was gemaakt, was een ons bekend stuk van de puzzel, want de non, Mireille, had het er in haar dagboek over gehad. Maar hij is niet samen met de andere stukken bij Cat beland. Minnie moet hem dus aan een ander hebben gegeven.'

'Aan jóúw moeder!'

'Waar onze moeder al die jaren ook is geweest,' zei Nim, 'één ding is duidelijk. Op dat kaartje dat ze jou heeft gegeven, waren een feniks en een vuurvogel afgebeeld. Maar er stond *Hoed u voor het vuur* op. De vuurvogel is een heel ander dier dan de feniks, die om de vijfhonderd jaar verbrandt en dan uit zijn eigen as herrijst. Het verhaal van de feniks symboliseert opoffering en wedergeboorte.'

'Wat betekent de vuurvogel dan?' zei ik, terwijl mijn hart zo bonsde van de spanning dat ik bijna weer van mijn stokje ging.

'Hij geeft zijn gouden veer – iets van enorme waarde, net als de Zwarte Koningin van Minnie – om prins Ivan, die door zijn meedogenloze broers is vermoord, tot nieuw leven te wekken. Als de vuurvogel verschijnt, is de boodschap: *tot het leven teruggeroepen*.

TOT HET LEVEN TERUGGEROEPEN

Dit is een heimelijk verleende dienst. Mijn documenten, verslagen en memoranda zijn in één regel samen te vatten:
tot het leven teruggeroepen.
— CHARLES DICKENS, *Tussen Londen en Parijs*

De herinnering behoort toe aan wie vergeet.
— PLOTINUS

Brumich Eel, Kyriin Elkonomoe
(Vuurberg, woonplaats der doden)

Het geluid van ruisend water leek altijd bij hem te zijn geweest, nacht en dag. Dolina Gejzerov, het Dal van de Geisers, had de vrouw hem verteld. Genezend water, geschapen door vuur onder de aarde. Water dat hem had teruggebracht tot het leven.

Hier, in het gras, hoog in de bergen, lagen de dampende stille poelen waarin hij door de ouden was gebaad. Het melkachtige, ondoorzichtige water uit de diepten van de aarde was gekleurd door de kleilagen waar het doorheen was gekomen en glansde van rijke tinten: vermiljoen, flamingo, oker, citroen, perzik, elk met zijn eigen medicinale eigenschappen.

Ver onder hem, op een lijst langs de wand van de kloof, borrelde water in een holte, steeds heftiger, tot plotseling Velikan, de Reus, uitbarstte in een krachtige straal water en stoom, een tien meter hoge regenboog waar hij elke keer weer van schrok. Vervolgens barstten ze allemaal uit, de een na de ander, zover het oog reikte, de hele kloof door, alsof er diep in de aarde een mechaniek was dat alles synchroniseerde. Hun kokende water spoot omhoog en donderde neer in de woeste rivier ver onder hem die naar de zee kolkte. Het voortdurende beukende, oorverdovende bulderen van het opspuitende water was op een vreemde manier toch ook rustgevend, ritmisch als het leven, als de adem van de aarde zelve.

Maar nu hij diagonaal de oneffen helling op liep, op weg naar hoger gelegen terrein, zorgde hij wel dat hij zijn voeten zette waar ook de vrouw ze had gezet, om niet te vallen. Het was moeilijk om niet uit te glijden op deze glibberige helling van modder en steen. Hij had hoog aangeregen mocassins aan van berenhuid, omdat die meer houvast boden, en een bontjas, het bont naar binnen gedraaid en de buitenkant geolied. Sneeuw dwarrelde door het onvertroebelde zonlicht. Door de van beneden opstijgende stoomwolken smolten de vlokken al voor ze de grond raakten, en het natte mos werd een papperige massa.

Hij liep al maanden in deze kloven, elke dag weer, tot hij sterk genoeg was voor deze tocht. Maar hij zou al zijn krachten nodig hebben voor de tocht van vandaag. Ze hadden al zeven werst afgelegd door de geiserkloof, en nog hoger lagen de open toendra en de taiga, een wirwar van slanke berken, sparren en kleine dennen. Ze trokken nu naar terra incognita.

Naarmate ze het bulderende water verder achter zich lieten en hoger de bergen in klommen, de stilte in van een nieuwe wereld van sneeuw, werd de angst die hij voelde groter, de angst die samengaat met leegte, en onzekerheid over het onbekende.

Het was dwaasheid, die angst, en dat wist hij. Voor hem maakte alles deel uit van de leegte, het grote onbekende. Hij was al lang geleden opgehouden te vragen waar hij was of hoe lang hij daar al was. Hij vroeg niet eens meer wie hij was. Ze had hem gezegd dat niemand hem dat antwoord kon geven, dat het belangrijk was dat hij daar zelf achter kwam.

Maar toen ze bij het eind van de steile kloof waren, draaide de vrouw zich om. Naast elkaar keken ze uit over het dal. Hij zag het in de verte, aan gene zijde van het dal: hun eindbestemming, een reusachtige kegel, bekleed met sneeuw, die uit het niets leek op te rijzen, als een mysterieuze piramide uit een oeroude vlakte. De flanken van de vulkaan waren getekend door diepe groeven en de bovenkant was ingestort en nu kolkte er rook uit, alsof er net de bliksem was ingeslagen.

Hij voelde een gefascineerd soort ontzag toen hij de berg zag, een mengeling van angst en liefde, alsof een krachtige hand zich om zijn hart sloot. En het verblindende licht was plotseling en onverwachts teruggekeerd.

'In het Kamtsjal wordt hij Brumich Eel genoemd, Vuurberg,' zei de vrouw naast hem. 'Het is een van de meer dan tweehonderd vulkanen op dit schiereiland. Ze worden apagatsjoeg genoemd, opvliegend, want veel zijn altijd actief. Een uitbarsting heeft eens vierentwintig uur geduurd. De lavastromen verwoestten de bomen en werden gevolgd door aardbevingen en een tsunami. Deze, de Kamtsjatka, Kljoetsjevskaja Sopka in het Russisch, is tien jaar geleden uitgebarsten. Alles werd bedekt door een meer dan één versjok dikke laag as. De sjamanen van de Tsjoektsjen in het noorden denken dat dit de heilige berg van de doden is. Die huizen in de kegel en gooien met rotsen naar iedereen die hun te na komt. Ze storten zich in de zee, onder de berg. De top is bedekt met het gebeente van de walvissen die ze hadden verslonden.'

Hij kon nauwelijks nog het dal door kijken, zo schel was het vuur in zijn hoofd nu geworden. Het vaagde vrijwel alles weg.

'Waarom vonden de ouden dat u me daarheen moest brengen?' vroeg hij, en kneep zijn ogen dicht.

Maar het licht bleef. En toen begon hij het te zien.

'Het is niet zo dat ik u daarheen breng,' zei ze. 'We gaan samen. Ieder van ons moet de doden schatting betalen. Want we zijn beiden tot het leven teruggeroepen.'

Op de top, aan de rand van de krater, konden ze het lavameer zien dat daarin borrelde en ziedde. Zwaveldampen stegen op. Volgens sommigen waren die giftig.

Het had hun twee dagen gekost om op deze plek te komen, vijfduizend meter boven de zee. Het was nu na de schemering en toen in de verte de maan boven het water van de oceaan uit kwam, begon traag een donkere schaduw over het melkachtige witte oppervlak te kruipen.

'De maansverduistering is de reden dat we hier zijn,' zei de vrouw naast hem. 'Dit is ons geschenk aan de doden, het verduisteren van het verleden voor wie hier in deze muil van vuur huizen, dat zij in vrede mogen rusten. Want zij zullen nooit meer een verleden of een toekomst hebben zoals wij die wel hebben.'

'Maar hoe kan ik een toekomst hebben, of zelfs een heden?' vroeg hij vol angst. 'Ik herinner me niets van mijn verleden.'

'Nee?' vroeg de vrouw zacht. Ze stak haar hand in haar met bont gevoerde jak en haalde er iets kleins uit en hield het hem op haar open hand voor. 'Kun je je dit herinneren?'

Net op dat ogenblik werd het laatste sikkeltje van de maan door de schaduw opgegeten en werden ze tijdelijk door de schaduw omhuld. Het enige licht kwam van de sinistere rode gloed in de krater.

Maar hij had in zijn hoofd weer een flits van vuur gezien, en opeens had hij ook wat anders gezien, net lang genoeg om te weten wat er op haar handpalm lag.

De zwarte koningin van een schaakspel.

'Jij was daar,' zei hij. 'Bij het klooster. Er zou een schaakpartij komen, maar net daarvoor...'

De rest wist hij niet meer. Maar in de flits waarin hij de zwarte koningin had gezien, had jij ook een glimp van zijn eigen verleden opgevangen. En nu wist hij één ding heel zeker.

'Ik heet Sasja. En jij bent mijn moeder Tatjana.'

DE SLEUTEL

Er zijn zeven sleutels voor de grote poort,
acht in een en een in acht.

— ALEISTER CROWLEY, *Aha*

*I*k kon de sleutel nog steeds niet vinden, al had het verhaal van Nim wel een paar paradoxen opgelost.

Als Minnie een kopie had laten maken van de Zwarte Koningin om daarmee veertig jaar geleden Tatjana vrij te krijgen, zou dat de tweede koningin verklaren die mijn vader in Zagorsk had gezien.

Als Minnie de tekening die de abdis van het schaakbord had gemaakt aan Tatjana had gegeven, verklaarde dat waarom mijn moeder tot voor kort niet over dat belangrijke voorwerp beschikte.

Ik was niet vergeten dat die sleutel tot de puzzel nog steeds in mijn donsjack zat genaaid. Ik was ook de cryptische boodschap van mijn moeder niet vergeten, de aanwijzing die ik moest oplossen voor ik het huis in kon, de kwadraten die een bericht opleverden dat luidde: *Het schaakbord bevat de sleutel.*

Maar ondanks alle oplossingen die mijn oom had bedacht, waren er nog steeds te veel vragen en te weinig antwoorden, dus terwijl Nim de afwas deed, pakte ik een vel papier om te noteren wat ik nog moest weten.

Om te beginnen ontbraken er niet alleen antwoorden. Mijn moeder ontbrak zelf ook en blijkbaar was ook mijn net ontdekte grootmoeder verdwenen. Waar waren ze? Wat voor rol speelden ze? En wat voor rol speelden alle anderen in dit Spel?

Maar toen ik keek wat ik had opgeschreven, besefte ik dat ik ook een nog belangrijker ding niet wist: wie ik kon vertrouwen.

Lily bijvoorbeeld. Ze had aangeboden om de schaak- en misschien zelfs wel onderwereldconnecties na te gaan van Basil Livingston, een man die ze – en daar had ze niets van gezegd – behoorlijk goed kende. Tenslotte organiseerde Basil toernooien. En sinds de dood van haar grootvader, toen ze uit New York was vertrokken, woonde ze in Londen, Basils tweede thuisbasis. Het was nu al een paar dagen na het etentje in mijn moeders huis, maar Lily had nog steeds niets verteld over het mysterieuze gesprek, laat in de avond, waarover Nokomis me had bericht, met Basils dochter Sage.

Verder had je Vartan Azov nog, die heel behulpzaam had beloofd om Taras Petrosjan na te trekken, maar pas later had toegegeven dat dat zijn eigen stiefvader was. Als Petrosjan inderdaad vergiftigd was, zoals Vartan dacht, was het vreemd dat hij niet had gezegd wat Rosemary Livingston later had verteld: dat hij enig erfgenaam was van Petrosjan.

En dan Rosemary zelf, van wie ik gisteren meer had losgekregen dan zij van mij. Dat ze even vaak in Londen zat als haar man, om maar wat te noemen. Dat ze onopvallend van de ene plek naar de andere konden vliegen zonder zich te hoeven verkleden, laat staan dat ze een vluchtplan indienden. Dat ze een compleet restaurant konden afhuren, met topbeveiliging en al, voor buitengewoon rijke en machtige gasten. En wat nog veel interessanter was: dat ze wijlen Taras Petrosjan en zijn stiefzoon Vartan Azov al tijden heel goed kenden, van toen Vartan 'nog maar een jongetje' was.

Last but not least mijn stoere Baskische baas Rodolfo Boujaron, die meer wist dan hij liet doorschemeren, over alles en misschien wel iedereen. De Basken bleken een band te hebben met het schaakspel van Montglane waar niemand het ooit over had gehad. En verder wist hij van mijn moeders boum en ook dat onze verjaardagen exact een halfjaar uit elkaar lagen, wat sommigen op het vreemde idee zou kunnen brengen dat zij en ik in het Spel elkaars tegenstander waren.

Ik noteerde in de marge nog wat bijfiguren, zoals Nokomis, Sage, Leda en Eremon, mensen die ik goed kende, maar die waarschijnlijk niet meer waren dan pionnen, als ze al een rol speelden.

Maar er was één grote onbekende, één naam die steeds terugkwam, en dat was de enige invité voor mijn moeders feestje van wie ik nog nooit had gehoord.

Galen March.

Toen ik naging wat er die dag gebeurd was en wat voor rol hij had gespeeld, viel me nog iets op: niemand scheen hem eigenlijk goed te kennen.

De Livingstons hadden hem een lift gegeven en stelden hem voor als 'onze nieuwe buurman'. Later was hij met hen en Sage meegevlogen naar Denver. Maar nu herinnerde ik me dat hij tijdens het eten voortdurend dingen aan de anderen had gevraagd, alsof hij ze voor het eerst ontmoette. Dat hij mijn moeder had ontmoet, had ik alleen maar van hem gehoord. Had hij iets te maken met de dood van Petrosjan? Ja, er viel nog heel wat uit te zoeken over de hoogst onwaarschijnlijke eigenaar van de Sky Ranch.

Wat Nim betreft, mijn anders zo raadselachtige oom had me de afgelopen uren zijn hart en zijn wonden laten zien. Waarschijnlijk was ik de enige bij wie hij dat had gedaan. Ik hoefde niet te vragen hoe hij mijn huis was binnengekomen, want daar had hij me al mee vermaakt toen ik nog een klein meisje was: hij kon bijna elke brandkast en bijna elk slot openkrijgen. Maar ik moest over een paar dingen doorvragen, want misschien kon alleen hij me de antwoorden verschaffen.

Wellicht leverde mijn onderzoek alleen maar valse aanwijzingen op, maar wie weet kon ik toch wat vragen oplossen. Een kleine greep:

Wanneer had Nim mijn moeder bij het Spel betrokken? Hij had namelijk verteld dat hij dat had gedaan.

Wat hadden haar en mijn verjaardag met onze rol te maken?

Wat voor regeringswerk had hij voor mijn ouders geregeld,

nog voor ik was geboren? Waarom hadden ze het daar nooit in mijn bijzijn over gehad?

En hoe had mijn moeder al die puzzels en aanwijzingen weten te bedenken als Nim haar daar niet bij had geholpen?

Ik wilde er net nog wat dingen bij zetten toen Nim binnenkwam, zijn handen afdrogend aan de theedoek die hij in zijn broeksband had gestoken.

'Aan de slag,' zei hij. 'Ik heb je baas beloofd dat ik je voor de nacht inval bij hem zou afleveren. Is dat je normale dienst of heeft het iets met vampiers te maken?'

'Rodo is wel een bloedzuiger, ja. Je hebt trouwens nog nooit iemand van Sutaldea ontmoet, hè?'

'Nee, alleen dat platinablonde meisje van vanmorgen, dat op rolschaatsen de spullen voor het ontbijt kwam brengen. Maar ik heb geen woord met haar gewisseld. Ze zette ze beneden neer en was alweer weg voor ik haar wat kon geven voor de moeite.'

'Dat is Leda, van de bediening. Maar verder niemand, hè? Je bent er nooit binnen geweest en hebt ook de ovens niet gezien.'

Nim schudde het hoofd. 'Bedoel je dat er iets geheimzinnigs mee is?'

'Een paar losse eindjes die ik aan elkaar moet knopen. Gistermorgen heeft iemand vergeten de lekbak onder het draaiende spit te zetten, zodat het braadvet op de grond droop en daar zwart verkoolde. Dat is nog nooit gebeurd. Rodo is hartstikke streng. Maar hierover deed hij heel luchtig. En toen ik de nacht daarvoor thuiskwam, had iemand de *Washington Post* van 7 april op de stoep gelegd, met een briefje erop. Heb jij dat gedaan?'

Nims wenkbrauw ging omhoog. 'Heb je dat briefje en de krant nog? Ik wil even kijken.'

Ik rommelde tussen mijn boeken tot ik de krant vond, met de gele plakker er nog op, en gaf hem aan Nim.

'Kijk, daar. Er staat "zie voorpagina" op. De kop moet de sleutel zijn. *Troepen en tanks vallen hart Bagdad aan.* Het gaat over ons leger dat Bagdad binnentrekt, de stad waar het schaakspel is gemaakt. Er staat bij dat de aanval twee weken geleden is begonnen, op de dag dat mijn moeder aan het bellen sloeg met haar uitnodigingen en het Spel is hervat. Die krant is neergelegd als vingerwijzing dat Bagdad en het Spel op de een of andere manier weer met elkaar verbonden zijn, misschien wel net zoals dat twaalfhonderd jaar geleden het geval was.'

'Dat is nog niet alles,' zei Nim. Hij had ondertussen de krant opengevouwen en de rest van het artikel doorgelezen. Nu keek hij naar me op en zei: 'De duivel zit in de details. Verderop staat iets over een groep Russische diplomaten die de stad ontvluchtten. Ze zijn per ongeluk beschoten door Amerikaanse strijdkrachten, waarbij een aantal gewond is geraakt. Maar volgens het Amerikaanse opperbevel waren er in die zone geen militairen van ons actief. De vraag is dus...' Weer trok hij een wenkbrauw op, om me tot antwoorden te bewegen.

'Had iemand het op de Russen gemunt?' gokte ik.

Nim gaf niet meteen antwoord. Hij reikte me de krant aan. 'Dat is nóg niet alles. Lees dat eens.' Hij wees naar een artikel dat me nog niet was opgevallen:

Geheim vertrek ontdekt op vliegveld Bagdad

Ik keek het vlug door. In de vipterminal hadden Amerikaanse militairen iets gevonden wat volgens hen een schuilplaats was voor president Saddam Hoessein. Het was luxe ingericht, met een deur van bewerkt mahonie, een badkamer met vergulde kranen en een veranda die uitzag over een rozentuin. Maar het meest intrigerend was een met hout betimmerd kantoor met een valse deur naar een ondergronds vertrek. Daar waren wapens aangetroffen. Maar ze verwachtten nog iets te vinden: een geheime uitgang.

'Een geheime vertrekhal, een geheime kamer, een geheime uitgang en een groep Russen die op raadselachtige wijze is beschoten. Wat blijkt daaruit?'

Ik herinnerde me zijn aansporing toen ik nog jonger was om nooit iets voor de hand liggends over het hoofd te zien: elke handeling kon ongedaan worden gemaakt, in het schaakspel en in het leven. De viceversafactor, noemde hij het. Blijkbaar was die ook hierop van toepassing.

'Het kan net zo goed een ingang als een uitgang zijn?'

'Precies,' zei Nim, met een blik waarin voldoening lag omdat hij iets belangrijks had ontdekt én zorg over wat hij te weten was gekomen. 'Wat of wie denk je dat Bagdad is binnengekomen via de geheime terminal, de geheime kamer, de geheime uitgang, en waarschijnlijk kort voor de inval op dezelfde manier is vertrokken? Kort voor je moeder mensen ging uitnodigen?'

'Bedoel je dat er mensen uit Rusland zijn geweest?'

Nim knikte, liep naar zijn trenchcoat, pakte zijn portefeuille en haalde er een opgevouwen vel papier uit. Hij vouwde het open en gaf het aan mij.

'Ik zoek maar zelden op het web. Maar na het dwaze gedoe van je moeder en haar soiree leek het me belangrijk om het toch even te doen.'

Nims viceversafactor, plus dertig jaar als computerkenner, hadden hem ertoe gebracht om nooit te surfen. 'Als jij hen natrekt,' had hij vaak genoeg gezegd, 'doen ze dat waarschijnlijk bij jou ook.'

Het vel papier was een geprint persbericht van een Russisch bureau waar ik nog nooit van had gehoord. Het was van 19 maart en ging over een christelijk-islamitische vredesmissie die net uit Bagdad was teruggekeerd. In de tekst stonden allerlei interessante dingen.

Een van de deelnemers, naast Russisch-orthodoxe bisschoppen, een moefti en het hoofd van de Russische Moslimraad, was een naam die ik zou hebben herkend als ik nog in het schaakwereldje had verkeerd. Maar alle anderen op moeders soiree kenden hem natuurlijk wel. Het was Kirsan Iljoemzjinov, president van de republiek Kalmukkië, een deelstaat van de Russische Federatie, die op zijn veertigste al miljardair was.

Van groter belang was echter dat zijne excellentie de president ook voorzitter was van de FIDE, de Wereldschaakfederatie, en daarnaast het meeste geld in de sport stak. Hij had toernooien in Las Vegas gesponsord en in de stad waar hij woonde zelfs een schaakwijk laten bouwen, met zwart-witte velden en gebouwen in de vorm van schaakstukken.

Sprakeloos keek ik mijn oom aan. Naast die vent waren Taras Petrosjan en Basil Livingston kleine jongens.

Het vuur

'Wie er ook achter de beschieting zat, hij kwam te laat,' zei Nim grimmig. 'Wat zich ook in Bagdad heeft bevonden, het is daar nu weg. Dat moet je moeder hebben geweten. Het zou zelfs de achterliggende reden kunnen zijn voor haar verjaarsfeestje met die vreemde gasten. Degene die de krant op je stoep heeft gelegd, moet het ook hebben geweten. We moeten maar eens wat beter naar de gasten kijken.'

Ik gaf hem mijn aantekeningen en hij keek alle namen langs. Toen ging hij naast me op de bank zitten en sloeg een nieuwe bladzijde van mijn notitieblok op.

'We beginnen maar eens met die March. Je hebt zijn voornaam gespeld als Galen, maar als je de Schotse of Ierse versie neemt, Gaelen...' Hij schreef de naam uit, en daaronder de letters, in alfabetische volgorde:

Gaelen March
a c ee g h l m n r

Dat spelletje hadden we vaak gespeeld toen ik nog klein was. Naamanagrammen. Maar hoeveel ervaring ik er ook mee had, tegen mijn oom kon ik niet op. Toen hij de letters op hun plek had gezet, keek ik hem vol ontzetting aan.

Er stond *Charlemagne*.

'Niet erg tactisch, hè?' zei Nim en trok een grimas. 'Meteen als je je visitekaartje afgeeft al laten weten welke kaarten je in je hand hebt en wat je van plan bent.'

Ongelooflijk. Galen March stond vanaf nu boven aan mijn lijstje met verdachte figuren.

Maar Nim was nog niet klaar. 'Na de middeleeuwse sage die je werkgever je gisteren heeft verteld, zou je denken dat er een connectie is tussen hem en je nieuwe buurman,' zei hij, terwijl hij naar mijn aantekeningen tuurde. 'Hoe eerder je er trouwens achter komt wat monsieur Boujaron weet, hoe beter. Op grond van wat je hier hebt genoteerd, vermoed ik dat het wel eens heel belangrijk zou kunnen zijn. Komt hij vanavond hier voor het uitgestelde gesprek met jou?'

'Ik weet niet eens of ik hem vandaag nog wel zie, nu het gesprek van vanochtend niet is doorgegaan. Rodo kookt elke avond en ik kom 's nachts de vuren verzorgen als hij al naar huis is. Daarom wilde hij zeker weten dat ik vanavond kom. Ik moet hem even bellen om te vragen wanneer we kunnen praten.'

Maar toen ik om me heen keek, zag ik dat ook de telefoon van de woonkamer was verdwenen. Ik pakte mijn schoudertas van de tafel waarop ik hem had neergelegd en rommelde erin tot ik mijn telefoon vond. Maar nog voor ik hem had opengeklapt, schoot Nim op me af en griste hem uit mijn hand.

'Waar komt die vandaan?' snauwde hij. 'Hoe lang heb je hem al?'

Ik keek hem verbluft aan. 'Een paar jaar, denk ik. Rodo wil ons altijd kunnen bellen.'

Maar Nim had zijn vinger tegen zijn lippen gelegd. Hij pakte het notitieblok en schreef wat op. Toen gaf hij het blok en de pen aan mij en bekeek het telefoontje.

Antwoord opschrijven, had hij geschreven. *Heeft de afgelopen dagen iemand anders deze telefoon in handen gehad?*

Ik wilde net mijn hoofd schudden, toen ik me geschrokken herinnerde dat dat wel het geval geweest was. *De geheime dienst*, schreef ik. *Gisteravond.*

En die had hem uren gehad, lang genoeg om er iets mee te doen.

'Heb je dan al die jaren niks van me geleerd?' mompelde Nim gedempt toen hij zag wat ik had opgeschreven. Toen begon hij weer te schrijven. *Heb je hem nog gebruikt nadat je hem hebt teruggekregen?*

Weer wilde ik eerst nee zeggen, maar toen bedacht ik dat ik hem wél gebruikt had. *Eén keer maar, om Rodo te bellen.*

Nim sloeg even zijn hand voor zijn ogen, schudde toen zijn hoofd en begon weer te schrijven, dit keer zo lang dat ik er stiknerveus van werd. Maar toen hij de blocnote omdraaide, begon mijn ontbijt raar te draaien en dreigde het naar boven te komen.

Dan heb je hem geactiveerd. Ze hadden al je nummers, sms'jes en codes al. Als je hem hebt aangezet, ook al is het maar één keer, hebben ze alles gehoord wat we hier hebben gezegd.

Gottegot, hoe kon dat nou?

Ik wilde weer wat schrijven, maar Nim trok me mee naar de gootsteen, waar hij al onze aantekeningen aan snippers scheurde. Toen stak hij ze met een lucifer aan en gooide de as in de vuilnisbak.

'Je mag Boujaron zo meteen wel bellen,' zei hij hardop. Zonder nog wat te zeggen lieten we de telefoon op tafel liggen en liepen de trap af en naar buiten.

'Het is al te laat,' zei Nim. 'Ik weet niet wat ze hebben gehoord of niet, maar ze mogen niet vermoeden dat wij weten dat zij iets te weten zijn gekomen. We moeten alles van waarde uit je huis halen en ergens heen gaan waar we niet kunnen worden afgeluisterd. Pas dan kunnen we alles op een rijtje gaan zetten.'

Waarom had ik daar vanochtend niet aan gedacht, toen hij vertelde waarom hij de andere had weggehaald? Wat we op de brug hadden gezegd, was vast niet afgeluisterd, en bij het ontbijt hadden we ons in een andere kamer bevonden. Maar wat hadden we vanmorgen gezegd, met die telefoon in de buurt? Ik voelde me helemaal hysterisch worden.

'Het spijt me vreselijk,' zei ik, met tranen in mijn ogen. 'Het is allemaal mijn schuld.'

Nim sloeg een arm om me heen, trok me tegen zich aan en kuste mijn haar. Dat deed hij ook altijd toen ik nog klein was. 'Zit er maar niet over in,' zei hij zacht. 'Maar het is wel van invloed op ons tijdschema.'

'Tijdschema?' Door een waas van tranen keek ik hem aan.

'Eerst dachten we dat we wel tijd hadden om je moeder te vinden. Maar die tijd hebben we nu niet meer.'

TE VEEL KONINGINNEN

*Duistere samenzweringen, geheime genootschappen,
middernachtelijke ontmoetingen van vertwijfelde lieden –
het was alles dagelijkse kost.*
— DUFF COOPER, Talleyrand

*Valençay, dal van de Loire
8 juni 1823*

*Alleen in Frankrijk leer je het provinciale bestaan
in al zijn afzichtelijkheid kennen.*
— TALLEYRAND

Charles-Maurice de Talleyrand-Périgord, prins van Bénévent, zat in een kleine ponywagen, ingeklemd tussen twee kleine kinderen in een linnen tuintuniek, met een grote strohoed op. Ze reden achter de bedienden aan en Talleyrands recent teruggekeerde kok Carême, die door de kruiden- en groentetuin liep met manden en snoeitangen en de kinderen liet helpen bij het uitzoeken van de verse groenten voor het eten van vanavond en de bloemen die in vazen op tafel zouden worden gezet. Dat deden ze elke ochtend. Talleyrand dineerde nooit met een gezelschap dat kleiner was dan zestien personen.

Carême wees met zijn snoeischaar naar struiken en planten, en waterkers, paarse rabarber, kleine artisjokken, geurige laurierblaadjes en kleine kleurige pompoenen tuimelden in de manden van de bedienden. Talleyrand glimlachte toen de kinderen in hun handjes klapten.

De dankbaarheid van Maurice vanwege het feit dat Carême er om een aantal redenen in had toegestemd naar Valençay te komen, kende geen grenzen. Maar dat Carême vandaag jarig was, was echt toeval. Hij had tegen de kinderen gezegd dat hij vanavond voor het dessert iets zou maken wat voor hem en voor hen bijzonder was: een *pièce montée*, een architectonisch ontworpen constructie van gesponnen suiker. Hij had er zijn eerste internationale roem aan te danken.

Antonin Carême was de meest befaamde kok van heel Europa en zijn roem was alleen maar toegenomen sinds vorig jaar herfst zijn boek *Maître d'Hotel Français* was verschenen, evenzeer een wetenschappelijke verhandeling als een kookboek, want hij vergeleek de oude en de moderne manier van koken en verklaarde het belang van voedsel in diverse culturen en in verband met de vier jaargetijden. Veel van zijn voorbeelden ontleende hij aan de twaalf jaar dat hij als kok voor Talleyrand had gewerkt, in Parijs, maar vooral hier in Valençay, waar hij in nauwe samenwerking met Talleyrand voor elke dag van het jaar een apart menu had bedacht.

Later was hij chef de cuisine geweest voor andere hooggeplaatste personen, onder wie de Engelse kroonprins in Brighton, Lord Charles Stewart, de Britse ambassadeur in Wenen en Alexander I, de tsaar van Rusland. Nu was hij op dringend verzoek van Talleyrand naar Valençay teruggekeerd om hier een paar maanden aan te sterken terwijl zijn nieuwe werkgevers hun paleis in Parijs lieten verbouwen. Dan zou hij, ondanks de ernstige longklachten waaraan alle koks uit zijn tijd leden, zijn taak als meesterkok op zich nemen bij de enigen die genoeg geld hadden om hem volledig in dienst te nemen: James en Betty de Rothschild.

Het tochtje door de tien hectare grote moestuin met Carême en de kinderen was natuurlijk maar een smoes, al waren dit soort uitjes al heel lang een favoriete bezigheid hier.

Maar deze ochtend was op meer dan één manier bijzonder, al was het alleen maar omdat de bijna zeventigjarige Talleyrand het heerlijk vond om tijd door te brengen met de kinderen van zijn neven: de twee jaar oude Charles-Angélique, het kind van Charlotte en zijn neef Alexandre, en Pauline, de dochter van Edmond en Dorothée, kleine Minette, zoals ze werd genoemd, die bijna drie was en die hij zijn beschermengel noemde.

Maurice had geen wettige kinderen. Zijn lieve Charlotte, de moeder van de kleine Charles-Angélique, was een geadopteerde dochter, een kind van onbekende komaf, die Maurice bijna twintig jaar geleden op geheimzinnige wijze mee terug had genomen toen hij net als elk jaar was gaan kuren in Bourbon-l'Archambault en die hij en Madame Talleyrand hadden opgevoed en verwend als hun eigen kind. Ze trokken Charlotte bijzondere kleren aan, Spaanse, Poolse en Napolitaanse kostuums en zigeunerkleding, en organiseerden *bals d'enfants* waar heel Parijs het over had en waarop de kinderen leerden om de bolero, de mazurka en de tarantella te dansen.

Maar de afgelopen twintig jaar was alles veranderd, en Maurice nog het meest van al. In die jaren van koningen, revoluties, onderhandelingen, diplomatie en vlucht had hij talloze regeringen gediend: het Franse parlement onder Lodewijk XVI, het Directoire, het Consulaat en het keizerrijk onder Napoleon. Hij was zelfs Regent van Frankrijk geweest ten tijde van de Restauratie onder Lodewijk XVIII.

Het Spel had ondertussen evenveel wisselingen meegemaakt. Zijn vrouw, Catherine Noël Worlée Grand, princesse de Talleyrand, de Witte Koningin, was allang zijn leven uit. Bijna acht jaar geleden waren Talleyrand en de staatshoofden die deelnamen aan het Congres van Wenen en daar Europa verdeelden, volledig verrast toen Napoleon van Elba ontsnapte, in triomf naar Parijs terugkeerde en daar zijn beruchte Honderd Dagen heerste. Catherine was uit Parijs naar Londen gevlucht, met haar Spaanse minnaar. Maurice betaalde haar nu een stipendium op voorwaarde dat ze minimaal twintig kilometer van Parijs weg bleef.

Het Spel was voorbij en met hulp van Maurice had Zwart het

overgrote deel van de stukken in handen gekregen. Napoleon was afgezet en dood. En de Bourbons, een familie die, zoals Maurice zei, niets had geleerd en niets was vergeten, was weer aan de macht in de persoon van Lodewijk XVIII, een koning die zich had laten vangen door de Ultra's, een groep sinistere mannen die de klok terug wilden draaien en de grondwet van Frankrijk en alles wat er bij de Revolutie was bereikt, wilden afschaffen.

Ook Maurice was nu afgedankt. Hij had een inhoudsloze eretitel gekregen, staatsraad, en een pensioen, maar in de politiek speelde hij geen rol meer. Hij woonde nu op zijn zestienduizend hectare grote landgoed in het Loiredal, twee dagen reizen van Parijs, een geschenk, vele jaren geleden, van keizer Napoleon.

Afgedankt misschien, maar niet alleen. Dorothée de Courlande, de voormalige hertogin van Dino en een van de rijkste vrouwen van Europa, die hij had uitgehuwelijkt aan zijn neef Edmond toen ze pas zestien was, was sinds Wenen zijn metgezel gebleven. Uiteraard afgezien van haar korte verzoening met Edmond, een paar maanden voor Pauline was geboren.

Maar Maurice was deze ochtend om een andere, belangrijker reden met de kinderen meegegaan: wanhoop. Hij zat in de kar tussen de twee kinderen in: zijn natuurlijke dochter Pauline, 'Minette', van zijn geliefde 'Petite Marmousin', Dorothée, de hertogin van Dino. En de kleine Charles-Angélique, het kind van zijn andere natuurlijke dochter, Charlotte. En hij voelde een emotie die hij heel moeilijk kon beschrijven, ook voor zichzelf.

Hij voelde zich nu al dagen zo, alsof er iets angstaanjagends ging gebeuren, iets wat levens overhoop gooide, iets vreemds. Het was een gevoel dat vreugde noch bitterheid was, en nog het meest weghad van verlies.

Toch zou het ook precies het tegenovergestelde kunnen blijken.

Maurice had hartstocht ervaren in de armen van vele vrouwen, ook in die van zijn echtgenote. En hij voelde diepe genegenheid en een bijna vaderlijke liefde voor Paulines moeder Dorothée, die nu dertig was en al acht jaar zijn leven en zijn bed deelde. Maar dat gevoel van verlies kwam, en dat wist hij heel goed, door de enige vrouw van wie hij ooit hartstochtelijk had gehouden: de moeder van Charlotte.

Mireille.

Voor de lieve Charlotte had hij het bestaan van haar moeder verborgen moeten houden, zoveel gevaren lagen er op de loer, ook nu deze ronde van het Spel voorbij was. Hij had maar een heel vaag idee van wat het zou hebben betekend als Mireille was gebleven, als ze de opdracht die haar voortjoeg had gelaten voor wat hij was. Als ze het schaakspel van Montglane was vergeten en dat gruwelijke, alles verwoestende Spel. Hoe zou zijn leven eruit hebben gezien als zij aan zijn zijde was gebleven? Als ze waren getrouwd? Als ze samen hun twee kinderen hadden opgevoed?

Hun twéé kinderen. Zo. Eindelijk was het er dan uit.

Daarom wilde Maurice vanmorgen in de ponykar mee met de twee kleintjes om samen naar de planten en de bloemen te kijken. Een gewoon uitje met je gezin, iets wat Maurice nog nooit had meegemaakt, ook niet toen hijzelf nog een kind was. Hij vroeg zich af hoe het zou voelen als dit zijn kinderen waren geweest, de kinderen van hem en Mireille.

Hij had maar één keer zoiets gevoeld, in de nacht, twintig jaar geleden, dat Mireille met hem had overlegd in de dampende baden in Bourbon-l'Archambault. Een nacht die hem grote vreugde had gebracht, want hij had toen voor het eerst hun twee kinderen gezien.

Die nacht, twintig jaar geleden, toen Mireille er eindelijk in had toegestemd om de kleine Charlotte aan Maurice af te staan, zodat het kind door haar natuurlijke vader kon worden opgevoed.

Die nacht, twintig jaar geleden, toen Mireille was vertrokken met hun tien jaar oude zoon, een jongen die hij niet had verwacht ooit nog te zien.

Maar die overtuiging was nu onherroepelijk vals gebleken toen hij twee nachten geleden om middernacht nog een brief had ontvangen.

Maurice stak zijn hand in zijn hemd en haalde er de brief uit. Hij was drie dagen daarvoor in Parijs gepost.

Sire,
Ik moet u spreken over een zaak die voor ons beiden van het grootst mogelijke gewicht is.
Ik heb zojuist vernomen dat u niet in Parijs verblijft. Daarom zal ik mij over drie dagen bij u in Valençay vervoegen.

Uw dw. dn,
Charlot

Het somptueuze huis met de vele koepels in Valençay was tegen een heuvel aan gebouwd, zodat de keukens geen kerkers waren, maar juist heel licht, en uitzicht boden op de rozentuinen, waar de takken doorbogen onder het gewicht van pastelkleurige bloemen.

Maurice Talleyrand zat daar in een tuinstoel, net buiten het huis, zodat hij kon genieten van de geur van de rozen, en toch ook kon volgen wat er binnen gebeurde. In het verleden had hij Carême al heel vaak zijn toverkunsten zien vertonen en nog steeds kon hij bijna met een blinddoek voor nog beschrijven wat altijd zijn favoriete culinaire spel was geweest.

Maurice had in vele keukens vele uren met vele koks doorgebracht. Een van zijn grootste genoegens was het organiseren van een maaltijd, zeker op zijn vakgebied, de diplomatie. Want hij zag een goed opgezette maaltijd als smeermiddel voor succesvol en soepel onderhandelen. Bij het Congres van Wenen was zijn enige bericht aan zijn nieuwe meester Lodewijk XVIII geweest: 'Casseroles zijn hier harder nodig dan instructies.' En Carême had alles bereid.

Maar de maaltijd van vanavond, wist Maurice, zou wel eens de moeilijkste en gevoeligste kunnen worden van zijn lange, gedistingeerde carrière. Vanavond zou hij voor het eerst in bijna twintig jaar zijn zoon zien. Hij en Charlot, niet langer een kind, zouden veel kritische vragen hebben en elkaar vele dingen kunnen onthullen.

Maar de enige die misschien over alle antwoorden beschikte op zelfs de meest prangende vragen, was de man die hij naar Valençay had ontboden zodra hij de brief had ontvangen. Een man die hem na aan het hart lag, die zijn vertrouwen had gewonnen en vele van zijn geheimen kende. Een man die net als Maurice als kind was verstoten door zijn familie en toch net als Maurice enorm succesvol was geworden. Een man die al vele jaren aan allerlei Europese hoven geheime opdrachten voor Maurice had uitgevoerd. Een man die heel veel leek op zijn eigen zoon, niet fysiek, maar qua karakter. De enige man, op Maurice na, die het hele verhaal kende.

Die man was de beroemde kok Marie-Antoine, 'Antonin', Carême.

De koperen pan met gesmolten suiker borrelde op het fornuis. Carême walste de vloeistof voorzichtig rond, terwijl de kinderen en de dertig man keukenpersoneel gretig toekeken, helemaal in de ban van de grote maître d'hôtel, de meesterkok. Zijn enige assistent was de jonge Kimberley, een leerjongen uit Brighton. Carême strooide eerst wat wijnsteenzuur op de gesmolten suiker. De bellen werden groter en poreus, alsof ze van glas waren.

Het was bijna zover.

Toen deed de maître iets wat mensen die de kunst van de patissier niet kenden altijd weer verbaasde. Hij stak zijn blote hand in een kom met ijswater die daar speciaal voor was neergezet, toen snel in de borrelende suikervulkaan en toen weer snel in het ijswater. De kinderen gilden van schrik en ook onder het keukenpersoneel klonken verschrikte kreten.

Toen pakte hij een scherp mes, stak dat in de gesmolten suiker en vervolgens in het ijswater. De suiker spatte van het mes. '*Bien!*' zei Carême tegen zijn verbaasde publiek. 'We gaan draaien.'

Meer dan een uur keek de groep zwijgend toe hoe de meester, geassisteerd door de jonge Kimberly, die hem zijn instrumenten aanreikte, tegelijkertijd chirurgijn, steenhouwer en architect was.

Hete suiker vloog uit de koperen tuit de wachtende mallen in en tolde daar rond. De binnenkant van elke mal was bekleed met geurige notenolie, zodat later de afgekoelde suiker makkelijk zou loslaten. Toen alle mallen waren gevuld en dus alle vormen klaar waren, gooide de meester met de vorken die hij zelf had ontworpen glinsterende linten suiker in de lucht en verwerkte die als een Venetiaanse glasblazer tot de gevlochten linten die *cheveux d'anges* werden genoemd, engelenhaar, en sneed die in lange, rechte stukken.

Toen Carême het moeilijkste deel van het werk, waarbij afleiding uit den boze was, achter de rug had en alle stukken even hard waren als rotskristal, liep Maurice de keuken in en ging bij de kinderen zitten.

Carême was zo lang in zijn dienst geweest dat hij wist dat de praatgrage kok zo meteen het woord zou richten tot zijn grote publiek om te vertellen over zijn vaardigheden en kennis, ook al was dit een aanslag op zijn toch al broze gezondheid. En Maurice wilde horen wat hij te zeggen had.

Samen met de anderen keek hij toe hoe Carême zijn constructiewerk begon door de uiteinden van elk onderdeel te smelten in een komfoor met gloeiende kolen, zodat het aan alle andere onderdelen kon worden vastgeplakt. Maar elke keer dat hij zich over het komfoor boog en de rook inademde, dreigde hij te gaan hoesten. Hij had stoflong, de gesel van zijn beroep, veroorzaakt door het voortdurend inademen van kolenstof. Kimberly schonk hem een glas champagne in en daar nam Carême onder het werk af en toe een slokje van. Stukje bij beetje werd een complexe, boeiende structuur zichtbaar en toen hij een flink eind was gevorderd, schraapte de kok zijn keel en richtte zich tot zijn publiek.

'U hebt allemaal het verhaal van mijn leven gehoord. Net als Cendrillon, Assepoester, heb ik de as van de armoede achter mij gelaten en nu kom ik in de grootste paleizen. Als haveloos kind heeft mijn vader mij bij de poorten van Parijs achtergelaten. Ik ben aan het werk gezet bij de befaamde patissier Bailly. Zo kwam ik uiteindelijk te werken onder de kok van prins Talleyrand, de grote Boucher, voorheen van het huis Condé.'

De naam Boucher boezemde in alle keukens van Europa nog steeds diep ontzag in. Iedereen wist dat Boucher de beroemde maître d'hôtel was geweest van de prince de Condé, een nazaat van een van de machtigste families van Frankrijk.

De eerste chef-kok van de Condés was de bijna legendarische Vâtel geweest, die zelfmoord had gepleegd door zich in zijn zwaard te storten toen de schelpdieren niet op tijd arriveerden voor een diner. Boucher had jarenlang souschefs opgeleid in de Condé-keukens in Parijs en Chantilly. Later waren die grote namen geworden in de keukens van beroemde mannen in Europa en Amerika. Onder hen was ook James Hemings, een huisslaaf van Thomas Jefferson. Boucher had hem opgeleid toen de Amerikaanse diplomaat vijf jaar in Frankrijk verbleef.

Toen Louis-Joseph, de toenmalige prince de Condé, het land uit gevlucht was om een Oostenrijks leger aan te voeren tegen het revolutionaire Frankrijk, had Talleyrand Boucher gered van een menigte die hem wilde lynchen en hem werk gegeven.

En Boucher had de jonge *tourtier* of taartenmaker ontdekt in Bailly's patisserie en aanbevolen bij Talleyrand.

'Assepoester, zeg dat wel,' zei de meesterkok. 'Met een naam als de mijne, Carême is namelijk een korte vorm van *quarantième*, de veertig dagen durende vastenperiode, die begint met *dies cinerum*, Aswoensdag, zou je juist verwachten dat ik meer belangstelling zou hebben voor as en boetekleed, dus voor vasten en niet feesten.

Toch heb ik van elk van mijn werkgevers en patroons iets meegekregen van de geheimzinnige band tussen vasten en feesten en hun relatie tot vuur. Maar laat ik niet op de zaak vooruitlopen. Eerst wil ik wat zeggen over wat ik hier aan het scheppen ben voor de prins en zijn gasten en familie.'

De meesterkok ontrolde een stuk perkament met daarop vreemde structuren, opgebouwd uit bogen en lijnen. Uit een grote mal, een achthoek met een diameter van een meter, haalde hij een suikervorm en plaatste die op het perkament. Daarna haalde hij steeds kleinere suikervormen uit hun mallen en plaatste die op elkaar, als de treden van een trap. Ten slotte pakte hij een van de gedraaide suikerzuilen en hield het uiteinde even in de kolen, voor hij verder ging met de assemblage en zijn verhaal.

Het vuur

'Van meesterpatissier Bailly heb ik de prachtige kunst geleerd van de *architecture de la cuisine*. Ik mocht 's avonds de antieke gebouwen natekenen die waren afgebeeld op tekeningen die hij van het prentenkabinet van het Louvre had geleend. Zo kwam ik te weten dat er vijf kunsten zijn: schilderen, beeldhouwen, poëzie, muziek en architectuur, met als hoogste vorm daarin suikerwerken. Ik leerde, met de vaste, vaardige hand van de ervaren architect, de gebouwen tekenen uit de oudheid – Griekenland, Rome, Egypte, India, China – die ik op een dag zou uitvoeren in gesponnen suiker, zoals dit hier.

Dit is het grootste van alle oude gebouwen en de grondslag van alles waardoor Vitruvius zich heeft laten inspireren. Het heet de Toren van de Winden, een beroemde achthoekige toren in Athene, waarin een planetarium en een ingewikkelde waterklok waren ondergebracht, honderd jaar voor Christus gebouwd door Andronicus van Cyrrhus. Hij bestaat nog steeds. Vitruvius schrijft: "Sommigen menen dat er maar vier winden zijn, maar volgens zorgvuldiger zegslieden zijn het er acht." Acht is een heilig getal, want het vormt de grondslag voor de oudste tempels van Perzië en India, gebouwd in de mist van een ver verleden.'

Iedereen keek hoe de handen van de kok heen en weer vlogen met de architectonische onderdelen die hij net had gemaakt. Toen hij klaar was, was het bouwsel twee meter hoog en torende het boven iedereen uit: een achthoekige toren, uiterst gedetailleerd, met tralies voor de ramen en bovenaan reliëfs die de acht winden uitbeeldden. Iedereen applaudisseerde, ook de prins.

Toen iedereen weer aan het werk was, liep Talleyrand met de meesterkok de tuin in. 'Zoals altijd heb je iets uitzonderlijks gecreëerd,' zei Talleyrand. 'Maar er is me iets ontgaan, waarde Antonin. Want net voor je begon met je reconstructie van wat zeker een van de opmerkelijkste gebouwen moet zijn uit het antieke Griekenland, verwees je naar een mysterie dat je ertoe had gebracht om de Tour des Vents te bouwen. Het had iets te maken met feesten en vasten, met boetekleed en as. Al moet ik bekennen dat ik het verband nog niet zie.'

'Ja, hoogheid,' zei Carême en keek zijn patroon en mentor kort aan, want ze wisten beiden wat Talleyrand eigenlijk vroeg. 'Vitruvius vertelt dat we met een gnomon, dat is de verticale stijl van een zonnewijzer, en een passer om een cirkel te trekken, een achthoek kunnen creëren, de heiligste structuur, zoals de ouden al wisten, want het is de goddelijke tussenvorm tussen cirkel en vierkant.

In China heet de achthoek *ba'gua*, en daar is het de oudste vorm van toekomstvoorspelling. In India heet het kwadraat van acht *astapâda*, wat 'achtvoetig' betekent. Daar is het het oudste bordspel dat we kennen. Het ligt ook ten grondslag aan de mandala op basis waarvan de vuurtempels van de hindoes en Perzen zijn opgericht. Minder bekend, maar Vitruvius moet het hebben geweten, is dat dit de vroegste vormen zijn van het altaar waarop het offer werd gebracht, waar dingen konden worden 'getransformeerd', waar in de oudheid de hemel naar de aarde werd gebracht, als bliksem die inslaat in de grond. Tijdens de acht vuurfeesten die elk jaar plaatsvonden, waren het vuuroffer aan God en het feest van het volk één geheel. Daarom werden het hart van het huis, het hart van de tempel en het hart van de stad *focus* genoemd, de haard. Wij chef-koks zijn allen gezegend. Want bezig zijn met voedsel, vuurmeester zijn, werken aan feesten en magie, was vroeger het heiligste beroep dat er was.'

Maar Carême kon even niet verder. Ondanks, of misschien wel dankzij de frisse lucht in de tuin, werd hij weer verscheurd door een hoestbui.

'Je offert jezelf op aan je beroep en aan die kolen van je, waarde vriend,' zei Talleyrand en stak zijn hand op. Een bediende kwam het huis uit snellen met een tweede glas champagne en reikte dat de meesterkok aan. Toen hij weer weg was, zei Talleyrand: 'Natuurlijk weet je waarom ik je heb laten komen?'

Carême knikte en nipte af en toe nahoestend van zijn champagne.

'Daarom ben ik ook zo snel mogelijk op weg gegaan, sire, al had ik misschien niet moeten komen, want zoals u ziet, ben ik ziek. Het is de vrouw, toch? Ze is zeker teruggekomen, de vrouw die 's avonds laat in Parijs verscheen, vele jaren geleden, toen ik

Het vuur 281

nog souschef was onder Boucher, in uw paleis, het Hôtel Galliffet aan de Rue de Bac. De vrouw die later opdook in Bourbon-l'Archambault, met Charlotte. De vrouw voor wie u me al die stukken hebt laten verzamelen. Mireille...'

'We mogen er niet openlijk over spreken, waarde vriend,' viel Talleyrand hem in de rede. 'Jij en ik zijn de enigen op aarde die het verhaal kennen. En al moeten we het binnenkort met een ander delen, vanavond al zelfs, ik wil graag dat je je tot dan ontziet. Jij bent de enige die ons misschien kan helpen, want zoals je weet, heb ik alleen jou de hele waarheid toevertrouwd.'

Carême knikte om aan te geven dat hij wederom bereid was de man te dienen die hij altijd zijn grootste patroon had genoemd. En nog veel meer.

'Verwacht u de vrouw zelf hier?'

'Nee. Haar zoon is in aantocht,' zei Talleyrand, en legde in een ongewoon vertrouwelijk gebaar zijn hand op de schouder van de ander. Toen haalde hij diep adem en voegde er zacht aan toe: 'Haar zoon, en de mijne.'

Tranen brandden achter zijn ogen toen Maurice voor de tweede keer in zijn leven naar zijn zoon keek. Het maakte een stortvloed van herinneringen los aan de bittere tijd die gevolgd was op hun afscheid, al die jaren geleden, in Bourbon-l'Archambault.

Nu het diner achter de rug was en de kinderen sliepen, keek Maurice hoe de zonsondergang overging in een lavendelblauwe schemering. Het was zijn favoriete tijd van de dag. Maar in zijn geest spookten duizend tegenstrijdige emoties rond.

Carême had hen alleen gelaten, met de belofte om zo meteen terug te komen met een vaatje oude madera en een aantal van de antwoorden die ze zochten.

Nu keek Maurice naar de man tegenover hem aan het tuintafeltje dat de kok voor hen had neergezet onder de takken van een enorme plataan. Een romantisch ogende jonge man, het resultaat van zijn hartstocht, meer dan dertig jaar geleden. Het was een verbijsterend pijnlijke ervaring.

Charlot, net aangekomen uit Parijs en nog in rijkleding, had alleen het stof van zijn jas geschuierd, een schoon hemd aangetrokken en een kravat omgedaan. Zijn koperkleurige haar had hij in een keurige staart gedaan, al hadden een paar opstandige lokken weten te ontsnappen. Zelfs dat deed Maurice denken aan de geurige rode lokken van zijn moeder, waarin hij altijd na het vrijen zijn gezicht begroef.

Voor ze bij hem was weggegaan.

Maar hij zag dat Charlot in alle andere dingen meer leek op zijn natuurlijke vader. De koude blauwe ogen, die uitstraalden dat ze niets zouden verraden van wat de eigenaar dacht. Het hoge voorhoofd, de sterke kin en de wipneus waren allemaal kenmerken van de lange, nobele lijn van de Talleyrands uit de Périgord. En de verrassend sensuele lippen leken te beduiden dat dit een kenner van fraaie wijnen, mooie vrouwen en alle zinnelijke kunsten was.

Maar Talleyrand had al snel door dat zijn zoon niets van dat alles was. De mond was wel sensueel, maar stond resoluut en verried de vastberadenheid die hem uit een afgelegen land hierheen had gevoerd voor een uiterst belangrijke zaak. En aan Charlots gezicht te zien was hij niet vanwege zijn moeder hier, maar om iets wat hemzelf betrof.

In de indigoblauwe diepten van de ogen die eerst zo koud en gesloten hadden geleken, zag Maurice een geheim, een mysterie, waarvoor, en ook dat was duidelijk, hij een lange reis over had gehad, maar dat hij nu alleen met zijn vader wilde delen. Dat wekte de hoop dat dit bezoek, deze hereniging, niet zou verlopen zoals hij de afgelopen twintig jaar zorgelijk had gedacht. Maurice wist dat de tijd gekomen was dat ook hij iets moest onthullen.

'Mijn zoon,' begon hij, 'Antonin Carême voegt zich zo meteen weer bij ons, en dat is goed. Want in de jaren dat ik belangrijke opdrachten heb uitgevoerd voor je moeder, was Antonin een man aan wie ik mijn leven durfde toevertrouwen. Ons aller leven. Maar nu we nog alleen zijn, wil ik graag frank en vrij met je praten. Dat had al lang geleden moeten gebeuren. Als je natuurlijke vader smeek ik je om vergiffenis. Als ik jonger was, zou ik voor je neerknielen en je hand kussen om je te vragen…'

Maar hij zweeg, want Charlot was opgesprongen en om de tafel heen gelopen. Hij trok zijn vader overeind, kuste diens beide handen en omhelsde hem.

'Ik zie wat u voelt, vader. Maar u kunt gerust zijn, want ik ben niet hier voor wat u denkt.'

Talleyrand keek hem aan, eerst geschrokken, toen met een behoedzame glimlach. 'Ik was dat talent van je helemaal vergeten. Dat je in staat bent gedachten te lezen en voorspellingen te doen.'

'Dat was ik bijna zelf ook vergeten,' zei Charlot, en hij glimlachte terug. 'Maar ik ben niet hier om mijn zuster Charlotte te zoeken, zoals u vreest. Ik zie namelijk dat u haar innig liefhebt en wilt beschermen. Wat mij betreft hoeft ze niets van ons af te weten en in de toekomst hoeft ze niets van doen te hebben met de Montglane-stukken of met het Spel.'

'Maar ik dacht dat het Spel voorbij was,' riep Talleyrand. 'Dat kán niet opnieuw beginnen. Om dat te voorkomen, stemde Mireille erin toe dat ik de kleine Charlotte opvoedde. Hier zou ze veilig zijn, ver van de stukken, ver van het Spel. En ver van de Zwarte Koningin, haar moeder, want zo luidde de profetie.'

'De profetie zat ernaast,' zei Charlot. Hij glimlachte niet meer, al hield hij zijn vaders handen nog wel in de zijne. 'Blijkbaar is het Spel opnieuw begonnen.'

'Opnieuw?' riep Talleyrand ontzet. Met zachtere stem, al was er niemand in de buurt die hen kon horen, zei hij: 'Maar die profetie was afkomstig van jou, Charlot. Je zei dat het Spel alleen zou worden hervat als er tegenkrachten werden geboren uit de as. Hoe kun je zeggen dat je zuster nog veilig is als het Spel opnieuw is begonnen? Je weet dat tussen Charlottes verjaardag, 4 oktober, en die van je moeder, de Zwarte Koningin, precies een halfjaar ligt. Als een nieuwe ronde in het Spel begint, betekent dat dan niet dat Charlotte de Witte Koningin wordt, zoals iedereen al deze jaren heeft gedacht?'

'Ik had het mis,' zei Charlot zacht. 'Het Spel is opnieuw begonnen. Wit heeft de eerste zet gedaan en er is een belangrijk Zwart stuk opgedoken.'

'Ik begrijp het niet,' mompelde Talleyrand.

In de verte zag hij Carême aan komen lopen. Hij zonk terug

op zijn stoel, keek Charlot aan en zei: 'Met hulp van Carême hebben we vrijwel alle stukken in handen gekregen, in Rusland en Engeland. Mijn vrouw, madame Grand, de Witte Koningin, is uitgeschakeld, haar helpers zijn verstrooid of dood. Mireille houdt zich al jaren schuil en niemand kan haar of de stukken vinden. En toch zeg je dat het opnieuw begonnen is? Hoe kan Wit nu een zet doen, terwijl Charlotte toch nog veilig is? Over welk belangrijk Zwart stuk kan de tegenpartij beschikken?'

'Dat is nu net wat ik van u en Carême wil horen,' zei Charlot, terwijl hij naast zijn vader op het gras neerknielde. 'Maar ik weet dat het waar is, want ik heb het zelf gezien. Ik heb de nieuwe Witte Koningin gezien, een jong meisje nog, maar met veel kracht achter zich. Ik heb het belangrijke stuk gezien dat Wit heeft buitgemaakt en dat zij nu in haar bezit heeft. Dat stuk is de Zwarte Koningin van het Montglane-spel.'

'Onmogelijk!' riep Talleyrand. 'Dat is het stuk dat Antonin eigenhandig uit Rusland heeft meegebracht. Dat hij van Alexander heeft gekregen. Het behoorde toe aan de abdis van Montglane. Alexander heeft lang voor hij tsaar werd al beloofd dat hij het aan je moeder Mireille zou geven. En aan die belofte heeft hij zich gehouden.'

'Dat weet ik,' zei Charlot. 'Ik heb mijn moeder geholpen om het te verstoppen toen het uit Rusland was teruggekomen. Maar het stuk dat Wit heeft, is blijkbaar heel wat langer verborgen geweest. Daarvoor ben ik hier. Ik hoopte met hulp van Carême te kunnen verklaren hoe er twee Zwarte Koninginnen kunnen zijn.'

'Maar als er weer een nieuw Spel op het bord staat, zoals je zegt,' zei Talleyrand, 'en als Wit over dit sterke stuk beschikt en de eerste zet heeft gedaan, waarom ben jij dan door hen in vertrouwen genomen? Waarom hebben ze het aan jou laten zien?'

'Ziet u het niet, vader? Dat was er nu fout aan mijn interpretatie van de profetie. Wit is herrezen uit de as van zijn tegendeel. Maar niet op de manier die ik meende te zien. Ik kon het niet zien omdat ik er zelf bij betrokken was.'

Toen Talleyrand nog steeds niet-begrijpend keek, voegde Charlot eraan toe: 'Vader, ik ben de nieuwe Witte Koning.'

Het vuur

DE VIER JAARGETIJDEN

Seminate aurum vestrum in terram albam foliatum. 'Zaai uw goud in witte, bladerrijke aarde.' De alchemie (vaak 'hemelse akkerbouw' genoemd) ontleent veel analogieën aan het werk van de boer. Dit epigram benadrukt dat het nodig is om 'als in een spiegel' te observeren wat we van een graankorrel kunnen leren. De uitstekende verhandeling (Secretum), gepubliceerd in 1599 in Leiden, vergelijkt de verbouw van graan met de verrichtingen van de alchemist.

— STANISLAS KLOSSOWSKI DE ROLA, *The Golden Game*

We hadden geen tijd meer, volgens Nim. De vijand, wie dat ook was, had een voorsprong. Ik had mijn verdwenen moeder en de rest in gevaar gebracht. En dat alles omdat ik een ongelooflijke oen was geweest en alle alarmsignalen had genegeerd.

En ik? Alleen maar huilbuien, drie binnen twaalf uur. En dan m'n gezicht afboenen en me door Nim op m'n schouder laten kloppen om het goed te maken. Het was net of ik weer een kind van twaalf was.

Toen ik écht twaalf was, was ik beter dan nu: een schaakkampioentje van wereldklasse dat haar vader voor haar ogen vermoord had zien worden en het had overleefd en door was gegaan. Wat had ik nu dan toch? Ik kon nog geen deuk in een pakje boter slaan.

Ik sprak mezelf streng toe. Ophouden met die flauwekul. Recht zo die gaat. Plankgas vooruit.

Nim en ik babbelden heel wat af om eventuele afluisteraars op een dwaalspoor te brengen. Ondertussen doorzocht hij mijn hele appartement. Ook ik moest eraan geloven. Hij had een scannertje ter grootte van een minigarde en daarmee streek hij langs mijn kleren, keukenkastjes, beddengoed, meubels en het schaakspel dat ik uit mijn rugzak haalde en dat hij op de tafel in de woonkamer opzette. Ik gaf hem de zwarte koningin die ik al tijden in mijn zak had. Ook die bekeek hij. Daarna zette hij het stuk op het bord.

Hij stopte wat schone kleren in mijn rugzak, en ook het eerste katern van de krant. Toen zei hij: 'Volgens mij hebben we je huis weer redelijk op orde. Verder nog iets, voor we een wandelingetje gaan maken?'

Ik schudde mijn hoofd om aan te geven dat er nog iets was, reikte hem mijn skiparka aan en zei hardop: 'Ik moet even Rodo bellen over hoe we vanavond het werk indelen. Ik werk af en toe nog wel voor hem, hè?'

Nim voelde aan het achterpand van de parka, waarin de tekening van het schaakbord zat verborgen. Die was iets stugger dan de rest. Hij trok een wenkbrauw op.

Ik knikte, maar kreeg toen een beter idee. 'Weet je wat? Ik bel Rodo onderweg wel even op. Hij had een paar klusjes voor me, dus dan vraag ik meteen of ik verder nog iets mee moet nemen.'

'Zullen we dan maar?' zei Nim, en hij hielp me in mijn parka. 'Uw rijtuig staat voor, madame.'

Net voor we vertrokken, pakte hij mijn gevaarlijke mobieltje, dat nog steeds op tafel lag, en stopte het tussen twee kussens van de bank, alsof dat per ongeluk was gebeurd. Toen bood hij me zijn arm.

Toen ik omlaag keek, zag ik het Zwitsers officiersmes in zijn hand. Met een glimlach overhandigde hij het aan me. 'Leve het scherpe inzicht,' zei hij met een veelbetekenend kneepje in mijn jas, en toen stonden we buiten.

Toen we M Street in liepen, het hart van Georgetown, wemelde het er van de toeristen die op het Kersenbloesemfestival op de National Mall waren afgekomen. Voor elk restaurant stonden rijen mensen te wachten op een tafeltje of een kruk aan een oesterbar. We moesten de straat op en om ze heen slalommen. In Georgetown is de stoep altijd al een soort hindernisbaan, dankzij hondenpoep, glibberige en stinkende vruchten van de *Ginkgo biloba*'s, flinke gaten waar klinkers ontbreken, fietsers die de stoep op schieten om slingerende taxi's te ontwijken en vrachtwagens die dubbel geparkeerd staan naast metalen kelderluiken om hun kratten groenten en bier te kunnen afleveren.

Maar de toeristen waren het ergst, want die deden altijd of Washington van hen was. Als ik er even over nadacht, wist ik natuurlijk dat dat ook zo was.

'Hiermee vergeleken is het in Manhattan rustig wonen,' zei Nim, mijn rugzak nog steeds in zijn ene hand en mijn arm in de andere. Zijn blik gleed langs de chaos om hem heen. 'Maar ik breng je naar een wat beschaafder oord, waar we ons gesprek kunnen voortzetten en een plan kunnen bedenken.'

'Ik meende het, hoor. Ik moet echt dringend ergens heen. Het kost maar een minuut of tien.'

Maar Nim had zo zijn eigen ideeën over wat urgent was.

'We moeten prioriteiten stellen. Ik weet niet wanneer je voor het laatst hebt gegeten. Maar wanneer ben je voor het laatst in bad geweest?'

In bad geweest? Was dat zo goed merkbaar dan? Ik probeerde me ervan te weerhouden om mezelf ter plekke te gaan besnuffelen. Ik wist het eigenlijk niet goed meer, maar in elk geval niet nadat ik naar Colorado was vertrokken.

'Waarom is die overgevoeligheid van je niet boven komen drijven toen we nog in mijn appartement waren? Dan zou ik zo onder de douche zijn gesprongen.'

'Jouw appartement?' Nim snoof. 'Een camping heeft nog meer luxe. Bovendien is het te gevaarlijk om daarheen terug te gaan. We kunnen dat klusje van jou wel doen als het zo belangrijk is, maar alleen als het geen omweg is naar mijn hotel.'

'Hotel?' zei ik verbaasd.

'Natuurlijk.' Nim keek geamuseerd. 'Ik ben al dagen naar je

op zoek. Waar dacht je dan dat ik zou zitten? In dat primitieve hol van jou? Of op een bank in het park?'

Wist ik veel. Ik vond het gewoon een raar idee dat iemand die zo op zichzelf was als Nim onder het dak van een voor iedereen toegankelijk gebouw zat.

'Welk hotel?'

'Je vindt het er vast heerlijk. Heel wat anders dan dat kale, van microfoons vergeven appartement van jou. In elk geval word je er weer schoon. Behalve allerlei andere voorzieningen is er een zwembad van olympisch formaat en het beste Romeinse bad in de stad. En privacy genoeg om de volgende fase in de campagne voor te bereiden. Het staat aan het eind van de straat, niet ver hiervandaan. The Four Seasons.'

Misschien komt het omdat ik afstam van een lange lijn zelfverklaarde *philosophes*, mensen die complexe theorieën beheersen, zoals mijn oom Slava, en altijd het liefst via een omweg tot de waarheid komen, maar ik heb nooit gedacht dat het eerste of het snelste antwoord op een probleem per se ook het juiste was. Occams scheermes? Non merci. Maar in dit geval leek snel optreden wel geboden, net als bij snelschaak, en de simpelste oplossing kwam me als de beste voor. Ik legde mijn plan aan Nim voor en hij keurde het goed.

De Koppie Shoppe – aan de fonetisch gespelde naam zag je dat hij in de jaren zestig van de vorige eeuw bedacht moest zijn – bevond zich een eindje verderop in M Street, tussen een dimsumtent en een tapasrestaurant dat klanten probeerde te werven door etensluchtjes met een grote ventilator de straat op te blazen. Nim en ik moesten ons een weg banen door toeristen die vol verwachting en trek in de rij stonden om er binnen te komen.

De Shoppe verkocht kantoorartikelen. Achterin was een copyshop met de bijbehorende apparatuur. Het was voor zover ik wist de enige plek in Washington met een machine die groot genoeg was om een hele voorpagina van een krant te scannen, om nog maar te zwijgen van een in de achttiende eeuw met bloed getekend schaakbord.

Het kwam ook niet slecht uit dat de eigenaar, Stuart, dol was op kliekjes uit een Baskisch viersterrenrestaurant en op de souschef die die af en toe uit de keuken meesmokkelde, én op het langbenige maatje van de souschef, die op haar inliners beter overweg kon met de kinderhoofdjes van Prospect Street dan hij.

Georgetown was niet anders dan elke andere geïsoleerde stammengemeenschap. Buitenstaanders werden gewantrouwd en financieel uitgekleed of mochten op straat verhongeren, zoals de toeristen die we net hadden gezien. Maar tussen de stamleden, mannen en vrouwen van eer, bestond een eerlijk systeem van ruilhandel. Voor wat hoort wat. In Rusland had mijn vader het *blat* genoemd. Jij helpt mij, ik help jou.

Stuart liet me mijn gang gaan. Ik mocht zelf de grote kopieermachine bedienen als ik een klusje voor Rodo deed. Ik mocht ook de uniseks-wc van het personeel gebruiken, en dat was gezien wat ik van plan was een groot voordeel.

Ik liet Nim achter in de winkel. Daar moest hij kartonnen kokers inslaan, plakband, etiketten en een kleine nietmachine. Ondertussen liep ik met mijn rugzak naar achteren, zwaaide naar Stuart, die met een lawaaiige klus bezig was, liep de wc in en deed de deur op slot.

Ik haalde de *Washington Post* uit mijn rugzak, legde de voorpagina plat op de grond, trok mijn parka uit en haalde met het minischaartje van Nims Zwitserse zakmes de steken los waarmee Vartan Azov de voering had dichtgenaaid.

Het was heel lastig om de tekening van het schaakbord eruit te halen zonder tot je enkels in het dons te komen staan, maar uiteindelijk wist ik hem tussen de eerste pagina's van de krant te leggen. Ik rolde de hele zaak op en stopte hem in de rugzak. Toen veegde ik met nat wc-papier de veertjes van de vloer, gooide ze in de wc en trok door.

Fase 1 was voltooid.

Er werd zacht op de deur getikt. Dat betekende dat Nim klaarstond voor zijn aandeel. Fase 2.

Ik deed open. Hij had een zak met net aangeschafte kantoorartikelen bij zich. Ik verruilde mijn parka voor de plastic zak en liep de copyshop in. Nim stapte de wc in om de voering weer vast te nieten.

Het lawaai in de copyshop was oorverdovend. Dat kwam me wel goed uit, want nu kon ik me concentreren op mijn werk en hoefde ik geen praatje te maken.

Stuart zette de grote kopieermachine aan en gebaarde dat ik mijn gang mocht gaan. Ik legde de voorpagina op het glas en maakte vier kopieën. Toen pakte ik de tekening van het schaakbord. Die was net even groter dan een krantenpagina en dus stak hij iets uit, maar Stuart was te druk bezig om iets te merken.

Ik legde de tekening plat op de plaat, met een krant erop zodat hij vrijwel niet te zien was, en maakte weer vier kopieën. Voor de volledigheid maakte ik ook maar vier kopieën van de pagina waar de rest van het verhaal van de voorpagina op stond. Daarna sorteerde ik alle kopieën in vier stapeltjes, met de tekening van het schaakbord steeds in het midden, pakte de kokers die Nim had gekocht, rolde de kopieën op en begon ze erin te steken.

Net op dat moment hield de herrie opeens op.

'Verdorie,' zei Stuart. 'Een vastloper. Alex, wil je even hier komen en die plaat voor me vasthouden? Zo gaat het nou al de hele dag, en de monteur komt maar niet. Ik blijf vanavond maar hier om het ding na kijken.'

Mijn hart begon te bonzen. Ik wilde eigenlijk mijn eigen klusje afmaken, maar er zat niets anders op. Ik rolde alle paperassen op, ook de originelen en stopte ze in de plastic zak. Toen liep ik naar Stuart toe om hem te helpen.

'Trouwens,' zei Stuart, terwijl ik de zware plaat omhooghield, zodat hij het vastgelopen vel eruit kon trekken, 'ik weet niet of wat jij daar staat te doen wel nodig is.'

'Wat ik daar sta te doen?' vroeg ik zo kalm mogelijk. Hoe wist hij wat ik stond te doen?

'Wat ik bedoel,' zei hij, terwijl hij de boosdoener uit het apparaat trok, een half doormidden gescheurd, met inkt bespat, vel, 'is dit: als je dat voor je baas staat te doen, nou, die is vanochtend al hier geweest, met een andere man. Ze hebben me een paar kopieën laten maken van dezelfde krant. De voorpagina van gisteren toch? Daar kan ik niet bij. De hele krant kost minder dan een paar van die grote kopieën. Dus waar is hij nou mee bezig?'

Allemachtig. Mijn hartslag jakkerde omhoog. Ik probeerde

niet in paniek te raken. Waar wás Rodo mee bezig? Had hij de microfoons in mijn huis en mijn telefoon geplaatst en ons gesprek over de krant afgeluisterd? Wie had hij vanmorgen bij zich gehad? En waarom had hij de voorpagina gekopieerd?

Ik wist dat ik iets moest zeggen om Stuart af te leiden. Maar ik wist ook dat ik er snel vandoor moest. Nim stond op me te wachten en zou zich zorgen gaan maken als dit klusje niet snel klaar was.

'Geen idee waar hij mee bezig is. Je kent mijn baas toch?' zei ik, terwijl ik hem hielp om de plaat terug te schuiven. 'Misschien wil hij wel een zaaltje gaan behangen met krantenkoppen van vroeger. Maar ik moest een paar extra kopieën voor hem maken. Bedankt dat dat mocht.'

Ik legde tien dollar op de toonbank, pakte de plastic tas en mijn rugzak, en wierp op weg naar de deur Stuart een kushand toe.

Op straat nam Nim met een bezorgd gezicht de rugzak van me over. 'Waar bleef je zo lang?' zei hij, terwijl we ons een weg baanden door de mensenmassa.

'Eerst tempo maken. Ik vertel het zo meteen wel.'

Zonder wat te zeggen liepen we naar het postkantoor, een eind verderop, en bestegen de stenen trap. Nim maakte zich breed, terwijl ik achter een balie schoot, daar alle paperassen in de kokers schoof, die afsloot met het plakband dat ik had gekocht en toen de etiketten schreef. Een naar Lily, een naar Nokomis Key, en een naar de postbus van Nim en die van mijn moeder. De koker met de originele tekening van het schaakbord stuurde ik naar mezelf, poste restante dit postkantoor. Om het zekere voor het onzekere te nemen, vulde ik ook nog een formulier in om het postkantoor te vragen mijn post tot nader order niet te bezorgen, maar vast te houden.

Op die manier, dacht ik, terwijl mijn oom en ik de trap weer af liepen, zou, wat er met mij of de anderen ook gebeurde, het offer dat een stervende abdis tweehonderd jaar daarvoor in een Russische gevangeniscel had gebracht, niet vergeefs zijn geweest.

Ik nam een lange, hete douche en spoelde drie dagen aan Colorado-stof uit mijn haar, in de elegantste marmeren badkamer die ik ooit had gezien. Toen liep ik, in niets anders gehuld dan de dikke rulle badjas die in de badkamer hing en het fraaie Four Seasons-badpak dat ik bij de receptie had gekregen, naar de plek waar ik met mijn oom had afgesproken, de fitnessclub in het souterrain van het hotel.

Eerst trok ik dertig baantjes in het al even chique zwembad. Toen ging ik bij hem zitten in de enorme marmeren jacuzzi. Als hij leeg was, hadden er vijftig sumoworstelaars een tukje in kunnen doen. Toegegeven, rijkdom en comfort hadden zo hun voordelen.

Maar als het Spel waarbij ik betrokken was geraakt even gevaarlijk was als iedereen zei, zou het binnenkort wel eens afgelopen kunnen zijn met dit soort genoegens, zeker als ik niet veel meer deed dan lekker poedelen in het warme water.

Het leek wel of mijn oom mijn gedachten had gelezen, want hij liep door het bassin en ging op een marmeren plaat naast me zitten. 'We weten niet wat je te wachten staat,' zei hij, 'en dus dacht ik dat een warm bad en een goede maaltijd geen kwaad konden.'

'Als laatste wens?' zei ik met een glimlach. 'Mijn hersens draaien al een stuk beter, merk ik. En ik ben iets heel belangrijks te weten gekomen.'

'Dat je baas Boujaron in de printshop is geweest, ja. Dat roept vragen op, en we hadden er al zoveel.'

'Nee, ik heb iets ontdekt wat belangrijker is. Ik weet nu wie ik kan vertrouwen.'

Toen hij me met zijn tweekleurige ogen nieuwsgierig aankeek, zei ik: 'In het postkantoor, nee, eerder al, aarzelde ik geen seconde toen ik de etiketten moest schrijven. Ik wist wie ik een kopie van het bord kon toevertrouwen. Niet alleen jou en mijn moeder, die het trouwens al had, maar ook Lily en mijn vriendin Nokomis Key.'

'Aha. Is Nokomis de voornaam van Key? Dat is dus de verklaring. Terwijl jij aan het zwemmen was, haalde ik bij de receptie mijn berichten op. Bijna niemand weet dat ik hier ben, alleen mijn huismeester. Maar toch lag er een fax op me te wachten, van gisteravond. Verstuurd door ene Selene Luna, de grootmoeder van Hank Tallchap.'

Even had ik het niet door, toen zag ik dat Nim glimlachte en snapte ik het ook. Selene en Luna betekenden allebei 'maan'.

'"Aan de oever van Gitchee Gumee, aan het Grote Water van de Zee..."' citeerde ik.

'"Stond de wigwam van Nokomis, Dochter van de Maan, Nokomis,"' maakte Nim de regel voor me af. 'Lijkt je vriendin echt op de grootmoeder van Hiawatha uit dat bekende gedicht van Longfellow?'

'Alleen maar in de manier waarop ze denkt. Ze zou in haar eentje een krijger kunnen opvoeden. En ze weet meer van het bedenken van geheime codes dan wie dan ook, op jou na dan. Indiaanse rooksignalen, noemt ze ze. Even afgezien van de vraag hoe ze me heeft weten te vinden, wat stond er in die fax?'

'Ik moet bekennen dat ik daar geen idee van heb. Maar nu ik weet wie ze is, is duidelijk dat het bericht alleen voor jou is bestemd.'

Nim haalde de fax uit de zak van zijn eigen badjas, die naast de jacuzzi lag, en gaf hem aan mij.

Het kostte me even tijd. Maar toen ik het doorhad, werd ik een beetje groen. Hoe kon dat nou? Ik was de enige die dat bericht in code had gezien.

'Wat is er?' zei Nim geschrokken, met zijn hand op mijn schouder.

Ik kon alleen maar met mijn hoofd schudden. Praten ging even niet.

Kitty pakt het omgekeerd aan, luidde het bericht. *Ze komt terug uit de Virgin Islands, ze heeft een luxe auto gehuurd en morgen is ze in D.C. Ze zegt dat jij haar nummer hebt en de rest van haar contactinfo. Ze zit nog steeds in appartement A1.*

Het bericht was hetzelfde gebleven. A1 betekende dat het iets te maken had met Russen en een geheime kamer in Bagdad. Maar de omgekeerde aanpak was de essentie. Ik draaide in gedachte het bericht om. In plaats van DC-LX-VI, wat 6-6-6 opleverde, stond er nu IV-XL-CD, en dat kwam uit op 4-4-4. En als je die met elkaar vermenigvuldigde, kreeg je vierenzestig, het aantal velden van een schaakbord.

Het schaakbord is de sleutel.

En als Kitty-Cat een andere route nam dan die ze op haar piano in Colorado had laten liggen, betekende dat dat mijn moeder misschien op dit moment al in Washington D.C. was.

Ik had te lang gewacht. Ik draaide me om naar Nim om te zeggen dat we weg moesten en maakte aanstalten om uit het bad te stappen. Maar net op dat ogenblik zag ik iets wat ik me in mijn ergste dromen nog niet had ingebeeld. Om de hoek kwamen drie mensen van wie ik nooit had gedacht dat ik ze nog eens samen zou zien, zeker niet in een situatie als die waar ik me nu in bevond, zodat ik nergens heen kon.

Sage Livingston, Galen March en mijn baas, Rodolfo Boujaron.

DEEL DRIE

Rubedo

De Arabische uitdrukking 'Er is bloed gevloeid, het gevaar is voorbij' definieert heel beknopt de gedachte achter elk offer: dat het offer hogere machten gunstig stemt. Dit is de drijvende kracht achter het mechanisme van het offer, het karakteristiekste aspect van de symboliek van het bloed, waarbij Libra, de Weegschaal, staat voor goddelijke rechtmatigheid, het innerlijk geweten van de mens, bijvoorbeeld in de alchemie, wanneer materie overgaat van de witte fase (albedo) naar de rode (rubedo).
— J.E. CIRLOT, *A Dictionary of Symbols*: 'Blood'

De mythe van Prometheus is een illustratie van de sublimering die de alchemistische relatie bevestigt tussen de vluchtige en vaste elementen. Lijden, zoals dat van Prometheus, correspondeert met sublimering omdat die wordt geassocieerd met de kleur rood, de derde kleur in het alchemistische magnum opus, na zwart en wit.
— J.E. CIRLOT, *A Dictionary of Symbols*: 'Prometheus'

VUUR IN HET HOOFD

Ik liep naar het hazelaarsbosje
want ik had vuur in mijn hoofd.
— W.B. YEATS, The Song of the Wandering Aengus

De Aengus van Yeats had het vuur in zijn hoofd waarvan
sjamanen overal denken dat het hun bron van verlichting is, die
inzicht geeft in andere werkelijkheden. De sjamanistische reis
begint en eindigt in de geest.
— TOM COWAN, Vuur in het hoofd

Korjakskoje Rajirin Jajai
(Huis van de Trommel, Land van de Korjaken)

*I*n de joert was de sjamaan zacht aan het trommelen, terwijl de anderen in een kring om het vuur zaten en zongen in het prachtige ritme waar Aleksandr zo van was gaan houden. Hij zat buiten de tentopening te luisteren. Hij hield van de geluiden van de sjamanen, want ze brachten zijn gedachten tot rust en hun boventonen leken wel door zijn lichaam te ruisen en daar zijn gekwelde en beschadigde zenuwen tot rust te brengen.

Maar als het ritmische zingen zweeg, kwam vaak het vuur terug, het vuur dat zijn hoofd vervulde met dat brandende licht, die snijdende pijn, niet iets fysieks, maar meer iets wat voortkwam uit zijn psyche.

Hij had geen echt besef van tijd. Hij was er niet zeker van hoe lang hij al hier was – een paar dagen, misschien een week of meer – of hoe lang ze hadden gereisd om hier te komen, een eindeloze tocht door ogenschijnlijk ondoordringbare taiga. Aan het eind van de tocht, toen zijn nog zwakke benen hem in de sneeuw in de steek lieten en hij te zwak was om het tempo bij te houden, hadden ze de hondenslee gestuurd om hem op te halen.

De honden waren geweldig. Hij wist nog hoe het ras heette: samojeden. Hij had met belangstelling gekeken hoe ze over de besneeuwde grond renden, voor de slee. Als ze 's avonds uit het tuig werden gehaald, omhelsde hij ze en dan likten ze zijn handen en gezicht af. Had hij zo'n hond gehad toen hij klein was?

Maar niet langer was hij die jongen, de jonge Sasja, de persoon die hij het beste kende, eigenlijk de enige die hij kende. Hij was nu een volwassen man die zich zo weinig herinnerde dat zijn verleden wel een ander land leek, ook voor hemzelf. Ze had hem verteld hoe hij heette.

Aleksandr Solarin.

En de vrouw die hem hier had gebracht, de mooie blonde vrouw die op dit ogenblik naast hem zat, en net als hij buiten de tent wachtte tot de anderen aan het helen toe waren en hen zouden roepen, was zijn moeder Tatjana.

Voor ze aan deze tocht waren begonnen, had ze hem verteld wat ze wist. 'In het begin,' zei ze, 'was je in coma. Je bewoog niet. Je kon nauwelijks ademhalen. De hoofdsjamaan, de Etugen, is uit het noorden gekomen om te helpen je te helen in het minerale water. Bij de Tsjoektsjen draagt zij de titel qakikjechca – 'gelijkend op een man' – een vrouwelijke sjamaan uit de oerlijn, de enenilit, zij met de geest, met grote krachten. Maar ondanks alle krachtige kruiden en de vaardigheden die de ouden hadden gebruikt om je lichaam te helen, zei de Etugen dat je je geest alleen zou terugkrijgen als je begon aan de overtocht, de reis van het volk der doden, de Penilau, naar de plek van de levenden, door je eigen wilskracht.

Na geruime tijd bereikte je een toestand die we lethargie zouden kunnen noemen, al gleed je soms een maand of langer weg in bewusteloosheid. Ten slotte ben je geworden wat je nu bent, bij bewustzijn, in staat tot lopen, eten, lezen en zelfs diverse talen machtig, maar dat zijn vaardigheden die je ook in je vroege jeugd bezat. De rest komt waarschijnlijk langzamer terug, want je hebt een zware schok gehad.

De Etugen zegt dat je verwonding niet alleen van het lichaam is, maar ook van de geest. Het is gevaarlijk om deze wond in de psyche af te tasten als hij nog aan het genezen is. Er komt al het een en ander in flitsen terug. Je valt soms ten prooi aan slapeloosheid. Dan raak je in de ban van beklemming of hysterie, die het gevolg zijn van schijnbaar irrationele angsten. Maar volgens de Etugen zijn die angsten echt en moeten we de ware reden van je trauma op natuurlijke wijze naar boven laten komen, hoe lang dat ook duurt en hoe moeilijk het ook lijkt.

Dan, als je lichamelijk voldoende sterk bent om de reis af te leggen, trekken we naar het noorden om daar te beginnen aan de tweede reis, het helen van je ziel. Want je hebt tussen de doden geleefd, je hebt het vuur in je hoofd, je hebt de proef doorstaan om een hetolagiu te worden – 'hij die binnenwaarts kijkt' – een profeet-sjamaan.

Maar Solarin wist in zijn wanhoop dat hij alleen maar zijn leven terug wilde. Naarmate stukje bij beetje zijn geheugen terugkwam, voelde hij de wanhoop groeien over wat hij van de tussenliggende lege jaren was kwijtgeraakt. Hij wist niet eens meer hoeveel het er waren, dat kon hij niet terughalen. Het bitterste van alles was nog wel dat hij niet meer in zijn geheugen kon, dat hij zich niet kon herinneren wie hij had liefgehad of gehaat, vervloekt of gekoesterd.

Maar er was één ding dat hij zich wel herinnerde.

Schaken.

Elke keer dat hij eraan dacht, aan één partij in het bijzonder, begon het vuur in zijn hoofd weer op te laaien. Hij wist dat er iets aan die partij de sleutel tot alles moest zijn: alle verdwenen herinneringen, trauma's, nachtmerries, hoop en angst.

Maar hij wist ook dat zijn moeder en de sjamaan gelijk hadden, dat het het beste was om af te wachten. Want als hij te zeer zijn best deed om die geliefde herinneringen te achterhalen, liep hij juist groot gevaar om alles voorgoed kwijt te raken.

Tijdens hun tocht naar het noorden vertelde hij zijn moeder elke keer dat ze even stilhielden en konden praten over wat weer in zijn herinnering boven was gekomen, als een flard uit zijn verleden.

Bijvoorbeeld een avond uit zijn jeugd toen hij nog klein was en Tatjana hem een glas warme melk had gegeven en in bed had gestopt. Hij kon zijn slaapkamer zien, met de vijgenboom, vlak bij de muur. Ergens bij hoge rotsen en de zee. Het regende. Ze hadden moeten vluchten. Dit alles herinnerde hij zich nu. De eerste herinnering. Een gevoel of hij iets groots gepresteerd had. Een gevoel van bevrijding.

En onder het lopen vertelde Tatjana, als een schilder die kleur aanbracht in een nog maar half voltooide tekening op het doek, hem meer dingen uit deze periode uit zijn leven.

'De nacht die je je herinnert, is belangrijk,' zei ze. 'Het was toen eind december 1953. Door die nacht is het leven van ons allemaal veranderd. In de regen kwam onze grootmoeder Minnie bij ons huis, dat aan een woest, dunbevolkt stuk van de kust van de Zwarte Zee lag. Het hoorde wel bij de Sovjet-Unie, maar het was een beschutte plek, ver van de terreur en de zuiveringen die het land toen in hun greep hielden. Dachten we. Minnie had iets bij zich wat onze familie door de generaties heen had gezworen te beschermen.'

'Haar herinner ik me niet,' zei Solarin. Maar toch voelde hij zijn opwinding toenemen, want hij had net weer een flard van zijn geheugen teruggekregen. 'Maar van die nacht komt nu wat meer terug. Er vielen mannen ons huis binnen. Ik rende naar buiten en verstopte me tussen de rotsen. Zo wist ik uit hun handen te blijven. Maar ze hebben jou wel te pakken gekregen.' Geschokt keek hij zijn moeder aan. 'Ik heb je nooit meer gezien, tot die dag in het klooster.'

Tatjana knikte. 'Minnie had die nacht een schat bij zich waarnaar ze acht maanden op zoek was geweest. Acht maanden daarvoor was Jozef Stalin, die Rusland vijfentwintig jaar met harde hand had geregeerd, overleden. In de maanden na zijn dood was de hele wereld veranderd, ten goede of ten kwade. Irak, Jordanië en Engeland hadden allemaal jonge, nieuwe heersers. Rusland had nu ook een waterstofbom. En kort voor Minnie bij ons kwam, was Lavrenti Beria, de meest gehate en gevreesde man in Rusland, door een vuurpeloton terechtgesteld. Juist de dood van Stalin en het vacuüm dat daardoor was ontstaan, had Minnie ertoe gebracht om acht maanden lang gedreven op zoek te gaan naar de begraven schat en daarvan zo veel mogelijk op te graven. Ze smeekte ons om drie waardevolle, met edelstenen bezette zilveren en gouden stukken voor haar te verstoppen. Ze dacht dat ze bij ons veilig zouden zijn, want je vader had een boot.'

Toen Solarin haar over de schaakstukken hoorde, voelde hij het vuur terugkeren. Hij probeerde het weg te drukken. Er was nog iets wat hij wilde weten. 'Wie waren de mannen die je hebben opgepakt?' vroeg hij. Zijn stem trilde. 'En waarom ben je zo'n tijd verdwenen?'

Tatjana gaf niet rechtstreeks antwoord. 'Het is in Rusland altijd gemakkelijk geweest om te verdwijnen,' zei ze kalm. 'Het is miljoenen overkomen, doorgaans tegen hun wil.'

'Maar als het oude regime is ontmanteld, wie waren de mannen dan die achter de schat aan zaten? Wie heeft jou te pakken genomen? En waar ben je heen gebracht?'

'Waar iedereen heen ging. De Glavnoje Oepravlenië Lagerej, het Hoofddirectoraat voor de Kampen, zeg maar de goelag. Al sinds de tsaren bestonden er kampen voor dwangarbeiders. Ze stonden onder leiding van de geheime politie, of die nou Okrana heette, zoals onder tsaar Nicolaas, of Tsjeka, NKVD of KGB, zoals bij de Sovjets.'

'Ben je in een gevangenenkamp opgesloten?' zei Solarin verbaasd. 'Maar hoe is het je in godsnaam gelukt om al die jaren in leven te blijven?'

'Dat zou nooit gebeurd zijn als Minnie er niet binnen een jaar achter gekomen was waar ik zat. In een afgelegen kamp in Siberië. Ze heeft mijn ontsnapping geregeld.'

'Je vrijlating, bedoel je.'

'Nee, mijn ontsnapping. Als het Politburo het te weten was gekomen, zou het leven van ons allemaal al die jaren steeds in gevaar zijn geweest. Minnie heeft me op een andere manier vrijgekocht, en om een heel andere reden. Sindsdien houd ik me verborgen tussen de Korjaken en de Tsjoektsjen. Daardoor kon ik niet alleen je gebroken lichaam redden, maar ook jou tot het leven terugbrengen, want ik bezit vele krachten die ik mij in de loop der jaren eigen heb gemaakt, dankzij deze grote meesters van het vuur.'

'Maar hoe heb je mij weten te redden? En wat heeft Minnie de Sovjets of de goelagbewakers gegeven om jou uit het kamp te krijgen?'

Maar voor de woorden uit zijn mond waren, wist hij het antwoord al. Vol afschuw zag hij, nu opeens kristalhelder afgetekend, de glanzende vorm die al tijden aan de rand van zijn gezichtsveld zweefde.

'Minnie heeft ze de Zwarte Koningin gegeven!'

'Nee,' zei Tatjana. 'Minnie heeft ze het schaakbord gegeven. Ik gaf ze de Zwarte Koningin.'

JIHAD

Nadat de islam Noord-Afrika en Spanje had veroverd, was de koning der Franken de leider geworden van de westelijke christenen. Je kunt daarom zeggen dat zonder Mohammed er geen Charlemagne geweest zou zijn.
— HENRI PIRENNNE, *Mohammed en Charlemagne*

Sage Livingston, Rodo Boujaron en Monsieur 'Charlemagne d'Anagram' in hoogsteigen persoon, alias Galen March, mijn verdachte buurman uit Colorado. Het waren wel de laatste mensen waar ik op dit ogenblik zin in had, zeker nu ik vrijwel niets aanhad. Jakkes. Maar ik wist nog net mijn velours badjas aan te trekken en een knoop te leggen in de ceintuur. Meer kon ik even niet bedenken bij de aanblik van dit onverwachte en onwaarschijnlijke trio samenzweerders.

Nim was uit het dampende Romeinse bad gestapt en had ook zijn badjas aangeschoten. Hij griste Keys fax uit mijn hand, stopte hem in zijn zak en reikte me een handdoek aan voor mijn druipende haar. Vanuit zijn mondhoek mompelde hij: 'Ik neem aan dat je deze mensen kent?' Toen ik knikte, zei hij: 'Stel ons dan maar eens aan elkaar voor.'

Maar Miss Charmant was hem een slag voor.

'Alexandra!' riep ze, en ze liep snel op me af, met de twee mannen achter haar aan. 'Ik kan er niet bij dat jij in hetzelfde hotel zit als Galen. Hij en ik zijn overal in Georgetown naar je op zoek geweest, tot je werkgever zo vriendelijk was om ons op het juiste spoor te zetten. Hij zei dat je misschien op bezoek was bij je oom.'

Voor ik op deze verbazingwekkende mededeling kon reageren, richtte Sage haar charmes op Nim. Ze stak een volmaakt gemanicuurde hand naar hem uit en schonk hem een glimlach die nog wat meer gepolijst was. 'En u bent natuurlijk doctor Stanislaus Nim, de befaamde wetenschapper van wie we allemaal zoveel gehoord hebben. Sage Livingston, Alexandra's buurvrouw in Colorado. Wat leuk u te ontmoeten.'

Van wie we zoveel gehoord hebben? Van Nim? De grote geheimzinnige? Niet van moeder of van mij. En hoe was Rodo er zo snel achter gekomen waar we zaten, zonder de afluistermicrofoons die we dachten te hebben opgeruimd?

Nim drukte iedereen de hand, met alle waardigheid die je in een badjas kunt opbrengen. Maar ik had het koud en droop nog na, om er nog maar van te zwijgen dat ik verder wilde met de fax van Key die Nim nu in zijn zak had. Ik besloot naar de kleedkamer te gaan. Misschien kon ik via een achterdeur ontsnappen en later met Nim in de slag gaan over wat er nog aan vragen restte.

Maar onze blonde schattebout had nog een verrassing in petto.

'Doctor Nim,' zei ze, zwoel en zacht, 'u weet natuurlijk wie we allemaal zijn en waarom we allemaal hier zijn. U begrijpt natuurlijk ook waarom overleg geboden is en wel zo spoedig mogelijk.'

Wie we allemaal zijn?

Ik probeerde niet naar Nim te kijken. Maar wat was hier aan de hand?

Sage leek niet erg meer op de arrogante tuttebel die ik al zoveel jaren kende. Ze had opeens iets weg van Mata Hari. Was het echt mogelijk dat de Sage met het pruilmondje die voor me stond, gedachteloos spelend met haar diamanten tennisarmband, meer was dan een dom blondje dat ooit olievelden en uraniummijnen van haar vader zou erven? Had ze ook iets te maken met de intrigerende Livingston-intriges?

Net toen die gedachte lekker zijn nagels in me sloeg, dacht ik opeens ook aan haar al even onaangename moeder. *Met wie dacht je te maken te hebben?* had Rosemary in het restaurant tegen me gezegd. *Heb je enig idee wie ik ben?*

Koud en nat als ik was, besloot ik de koe bij de hoorns te vatten. Ik was al die raadsels zat.

'Hoe bedoel je dat?' zei ik kregel tegen Sage. 'Moet Nim weten wie we allemaal zijn? Als ik goed kijk, lijken jullie heel erg op, van links naar rechts, mijn oom en twee buren van mijn moeder.'

En toen hield ik maar op, want Sage negeerde me volledig. Ze slaakte een subtiel elegante zucht, tuitte haar lippen, opende haar neusvleugels iets, wierp een veelbetekenende blik op de receptie en fluisterde tegen Nim: 'Is er geen plek waar we met ons vijven kunnen overleggen? Zodra u en Alexandra zich hebben verkleed, natuurlijk. U weet uiteraard waarover we het moeten hebben.'

Ik wilde net bezwaar maken, maar Nim was me een slag voor. 'Mijn kamer. Tien minuten,' zei hij met een knikje naar het drietal. Hij scheurde een hoekje van de fax in zijn zak en schreef er het nummer van zijn kamer op.

Waar was hij nou mee bezig? Hij wist beter dan wie ook dat mijn moeder in gevaar was, misschien zelfs hier in Washington, en dat ik weg moest. En nou deden we weer poeslief tegen de vijand. Weer een theevisite. Er kwam stoom uit mijn oren.

Toen Nim in de kleedkamer verdween, draafde ik terug en pakte Sage bij haar arm.

Galen en Rodo liepen een eind voor haar en waren al halverwege de trap. Hopelijk waren ze zo ver weg dat ze niets hoorden. Maar toen ik mijn mond opendeed, kwamen er zoveel dingen uit die ik al tijden opgekropt had, dat ik bijna niet meer op kon houden.

'Wie heeft dat gesprek geregeld?' snauwde ik. 'Jij, of Tom en Jerry daar? Waarom hebben jij en March me lopen zoeken? Wat doen jullie eigenlijk in Washington? Waarom zijn jullie vorige zondag nadat ik was vertrokken meteen naar Denver gegaan? Wat had je te bepraten met Vartan Azov en Lily Rad?'

Ik hoefde niet te verzwijgen dat ik dit allemaal wist. Rosemary had al verteld dat ze wist dat Nokomis rapport had uitgebracht aan mij.

Sage keek me koeltjes aan met op haar gezicht de hautaine blik die in mij altijd het verlangen losmaakte die er met schuurpapier af te raggen. Toen glimlachte ze en de vertrouwde Miss Charmant was weer helemaal terug, met sproeten en al.

'Dat zou je eigenlijk aan je oom moeten vragen, niet aan mij,' zei ze liefjes. 'Tenslotte heeft hij toegestemd in een gesprek. Over tien minuten al.'

Ze maakte aanstalten om haar weg te vervolgen, maar ik pakte haar nog een keer bij haar arm. Stomverbaasd keek ze me aan. Sodeju. Ik stond zelf ook een beetje verbaasd van de manier waarop ik reageerde. Mijn gezicht was waarschijnlijk vertrokken van woede en frustratie.

Misschien had ik me tegenover Sage altijd ingehouden, maar het was al een knap zware week geweest voor zij en haar akelige ouders op het toneel verschenen. En verder was ik niet in de stemming om me te laten afpoeieren door een meisje dat met een gouden lepel in haar mond was geboren en nog nooit iets had gepresteerd, behalve het mooiste meisje van de klas te zijn. Er waren mensen in gevaar. Ik moest informatie hebben. Nu meteen.

'Jij bent nu hier. We zijn alleen. Ik vraag het aan jou. Waarom zou ik tien minuten wachten om mijn oom iets te vragen wat jij nu meteen kan zeggen?'

'Ik probeerde alleen maar te helpen,' zei Sage. 'We komen voor je oom, dat snap je nu vast ook wel. Galen wilde per se naar hem op zoek. Hij zei dat het dringend was. Daarom zijn we in Denver met de anderen gaan praten nadat je moeder niet was komen opdagen, en zelfs jij geen idee scheen te hebben waar ze was.'

Ze hield op toen ik snel om me heen keek of iemand ons kon horen. Het was meer dan ik had verwacht. Was Galen March op zoek naar Nim? Maar waarom dan? Ik had het bijna niet meer.

Toen keek ik omhoog en zag dat Galen op de terugweg was. In paniek sleurde ik Sage de dameskleedkamer in, waar hij ons niet kon volgen. Met mijn hand nog steeds om haar arm keek ik onder alle deurtjes om er zeker van te zijn dat we alleen waren.

Toen ik Sage weer aankeek, hijgde ik zowat van opwinding. Ik wist dat ik het vragen moest, ook al was ik doodsbenauwd voor

Het vuur 307

het antwoord. Sage staarde me aan alsof ik elk moment kon gaan schuimbekken. Ik zou zijn gaan lachen als de situatie niet zo ernstig was geweest.

Ik vatte de koe bij de hoorns, zoals Key zou hebben gezegd.

'Waarom zou Galen March achter mijn oom aan zitten? Ze hebben elkaar nog nooit ontmoet, behalve nu net dan.'

Toch?

'Daar heb ik nooit naar gevraagd,' zei Sage, koeltjes als altijd.

Ze was vast op haar hoede om me niet nog opgewondener te maken dan ik al was, al viel me op dat ze naar het brandalarm keek, alsof ze zich afvroeg hoe moeilijk het zou zijn om het glas in te slaan en op de knop te drukken. Dan kwam er hulp.

Ik wilde net verder vragen, maar Sage was nog niet uitgesproken. Toen ik haar volgende woorden hoorde, viel ik bijna flauw.

'Ik ging er gewoon van uit dat ze elkaar kenden. Tenslotte komt het geld waarmee de Sky Ranch is gekocht van je oom.'

Ik had Nim nog nooit bekeken door de bodem van een cognacglas, maar ik had ja gezegd tegen de flinke borrel die hij me aanbood toen ik nat en verfomfaaid op zijn deur klopte.

Nu, afgedroogd en met de kleren aan die hij eerder in mijn rugzak had gestopt, keek ik door het glas terwijl ik de laatste slokjes cognac nam, opgerold in een zalige stoel achter een van de exotische bloemstukken waar de Four Seasons zo beroemd om is. Ik probeerde me de namen te herinneren. De oranje-metpaarse werden paradijsvogelbloemen genoemd, de groen-metwitte waren yucca's, de fuchsia-roze waren wilde gember, de paarse waren *Cymbidium*'s. Of was het *Cymbidia*? Ik was nooit goed geweest in Latijn.

Nim liep om de tafel heen en trok het glas uit mijn handen. 'Dat is wel genoeg voor de ochtend. Ontspannen is mooi, comateus hoeft nou ook weer niet. Pak je stoel en kom bij de rest van de groep zitten.'

De groep.

Hij bedoelde het illustere trio dat op de pompeuze stoelen zat die her en der in de luxueuze suite stonden. Nim liep heen en weer om hun ook iets in te schenken.

Ik kon er eigenlijk niet bij dat dit gebeurde.

Ik voelde me echt beroerd, en de cognac had mijn verwarring er niet minder op gemaakt.

Op de een of andere manier moest ik dit zaakje tot op de bodem uitzoeken. Maar voor het eerst voelde ik me moederziel alleen.

Gelukkig had ik dertig baantjes in het zwembad gedaan, voor de werkelijkheid toesloeg.

Gelukkig had ik net Keys fax uit de zak van Nims badjas gehaald.

Want mijn geliefde oom Slava, de enige die ik altijd in alles had vertrouwd, meer nog dan mijn ouders, leek nu heel wat uit te leggen te hebben. Ik wist eigenlijk niet hoeveel hij nog kón uitleggen. 'Iets niet vertellen is ook liegen,' zei mijn moeder altijd, toen ik nog klein was.

Ik deed wat Nim had gezegd en sleepte mijn stoel naar de hoek waar de rest van de 'groep' zat. Ondertussen zette ik snel wat dingen op een rijtje.

Hoeveel feiten of gissingen hadden Nim en ik sinds gisteravond uitgewisseld?

Hoeveel van zijn bijdrage bestond uit dingen die hij niet had verteld, leugens dus?

Ik kon niet met zekerheid zeggen dat hij had gelogen, maar hij had me wel misleid. Hij had de afgelopen vierentwintig uur steeds laten doorschemeren dat hij Rodo of Galen nooit had ontmoet, zelfs niet toen hij de codenaam van de laatste – Charlemagne – ontraadselde.

Maar dat 'ik weet nergens van' was niet vol te houden. Allerlei feiten spraken het tegen. Rodo wist waar Nim in Washington verbleef. Zelfs ik wist dat niet. En Nim had miljoenen dollars betaald voor een waardeloze ranch, waarvan zogenaamd Galen March de eigenaar was.

Dus als je naar de kleine lettertjes keek, had het er alle schijn van dat mijn oom iedereen in de kamer al een hele tijd kende, misschien met uitzondering van Sage Livingston.

Als je er tenminste van uitging dat Sage de waarheid sprak.

'We hebben steeds de verkeerde beschermd,' zei Nim tegen

Het vuur

niemand in het bijzonder. 'Cat is iedereen te slim af geweest met haar verdwijntruc, al heb ik geen idee waarom. Iemand ideeën?'

'Het is wel duidelijk dat ze niet wilde dat een van ons haar of Alexandra beschermde,' zei Rodo. 'Dat bood te weinig zekerheid. Vandaar dat ze zelf maatregelen heeft genomen.'

Al die prietpraat. Ik kon er niet meer tegen. Als het nog even doorging, ontplofte ik.

'Eh, ik dacht dat jullie elkaar nooit hadden gesproken?' zei ik liefjes, terwijl ik venijnig naar Nim keek.

'Hebben we ook niet,' zei hij geërgerd. 'We zijn opzettelijk uit elkaar gehouden. Je moeder heeft het allemaal zo geregeld. Eigenlijk is het allemaal begonnen toen je vader overleed. Dat komt ervan als het moederinstinct van een vrouw aan de haal gaat met haar geestelijke vermogens. Ze had een prima stel hersens voor jij werd geboren. Wat een zootje.'

Fijn. Nou was ik verantwoordelijk voor de wilde plannen die ze hadden zitten uitbroeden. Terwijl ik juist zo veel mogelijk op de achtergrond had willen blijven.

'Als je eens wat uitlegde,' zei ik tegen Nim, terwijl ik naar Galen wees. 'Ben jij eigenaar van Sky Ranch? Dat zegt Sage namelijk. Of is hij dat?'

'Cat heeft me gevraagd om het land te kopen,' zei Nim. 'Een soort bufferzone voor landspeculanten, zei ze. Ze heeft een stroman gebruikt om de plaatselijke bevolking een rad voor ogen te draaien. Blijkbaar was dat Mr. March, en heeft Miss Livingston geholpen bij de onderhandse verkoop.'

Sage? Waarom zou moeder haar erbij hebben gehaald? Ze had de pest aan alle Livingstons. Het verklaarde wel hoe Sage wist wie de echte eigenaar was, maar het hele verhaal klonk met de minuut nog ongerijmder en vreemder dan haar verjaarsfeestje. Ik kon wel gillen.

En aan de puzzel ontbraken nog een paar grote stukken. Maar ik hoefde geen vragen te stellen: de Potjomkin van de Pyreneeën kwam zelf met de antwoorden.

'Je moeder en ik zijn al jaren bevriend,' zei Rodo. 'Ze wil vast niet dat ik in details treed over onze relatie, want ze doet al jaren veel moeite om ons uit elkaar te houden. Maar ik kan wel zeggen dat ze me heeft gevraagd om jou in dienst te nemen toen je weg was bij die vreselijke opleiding, en zei ook dat ze voor uitstekende referenties zou zorgen. Voor de rest heb ik tot vandaag nooit iets met je oom te maken gehad. Hopelijk verklaart dit alles.'

Het verklaarde alles, ja. Misschien zelfs een beetje te veel. Als Nim gelijk had en moeder had alles georganiseerd, en als we in gevaar verkeerden, was het zeker zinnig om je stukken een eind uit elkaar te zetten, zoals zij had gedaan, of ze in elk geval in onwetendheid te laten wat betreft haar strategie, terwijl zij achter de schermen alles stuurde, zoals bij een partij schaak.

Alleen schaakte mijn moeder niet.

Maar ik wel.

En ik wist één ding beter dan de andere aanwezigen. Er was duidelijk een ronde in het Spel gaande. Maar niet mijn moeder trok aan de touwtjes, maar een ander. En ik moest uitvinden wie.

Dus terwijl de 'groep' doorging over mijn moeder en probeerde genoeg stukjes aan elkaar te leggen om haar motieven en werkwijze te ontraadselen, hield ik me met mijn eigen raadsel bezig.

Eerst dacht ik nog eens na over dit fraai in elkaar gestoken groepje. Mensen die elkaar nog nooit hadden gesproken, wisten nu wat hen verenigde. Een vrouw, tijdelijk verdwenen, heel handig, had hun gevraagd om diensten te verlenen, land te kopen, haar dochter in dienst te nemen en als stroman op te treden. En daarmee had ik de laatste knoop ontrafeld.

Ik stond op en liep naar Sage Livingston. Iedereen hield op met praten en keek me aan.

'Ik ben erachter,' zei ik tegen Sage. 'Geen idee waarom het zo lang moest duren. Misschien omdat Mr. Boujaron tegen me zei dat ik een andere rol speel dan ik in werkelijkheid speel. Dat zette me op het verkeerde been. Maar er is duidelijk een nieuwe ronde in het Spel gaande. En ik heb net bedacht dat iedereen die mijn moeder op haar feestje heeft uitgenodigd een speler is. Iedereen in deze kamer trouwens ook. Maar we staan niet allemaal aan dezelfde kant. Ik denk dat je moeder Rosemary weer met het Spel is begonnen. En Rodo heeft wel gezegd dat ik de Witte Koningin was, maar ik denk dat zij dat is.'

Het vuur

Rodo viel me in de rede. 'De mensen bij het diner dáchten dat jij dat was. En hoe kan madame Livingston denken dat jij iets bent terwijl je ons net vertelt dat zij dat is?'

'Dat moet wel zo zijn. De Livingstons zijn verhuisd naar hun landhuis in Colorado toen mijn vader net was overleden, en ze hoorden dat wij daar gingen wonen. Rosemary had namelijk ontdekt wie mijn moeder in werkelijkheid was.'

'Nee, dat heb je mis,' zei Sage. 'We wisten wie jullie waren zodra je daarheen verhuisde. Daarom heeft moeder me gevraagd om vriendschap met je te sluiten. Maar wij woonden daar al. Rosemary dacht dat jullie juist daarom naar Colorado waren gegaan, omdat wij daar woonden. En je moeder heeft dus ook nog in het geheim land laten kopen dat naast het onze lag.'

Daar kon ik niet meer bij. Het ongemakkelijke gevoel begon me weer te besluipen.

'Waarom zou mijn moeder dat doen? En waarom heeft jouw moeder je gevraagd om vriendschap met me te sluiten?'

Sage keek me aan met een uitdrukking die het midden hield tussen dedain en verbazing over mijn onwetendheid.

'Zoals Rodolfo Boujaron al zei, heeft moeder altijd gedacht dat jij de nieuwe Witte Koningin zou worden. Nu je vader dood was, hoopte ze dat ze eindelijk door het schild zou kunnen breken, dat ze de verdediging kon overweldigen. Zoals ik zei, heeft ze altijd geweten wie je moeder was, wat voor rol ze speelde. En, nog belangrijker, ze wist wat je moeder had gedaan.'

Het gevoel greep me bij mijn nek, alsof iemand me wegtrok van de afgrond waar ik bijna in was gestapt. Maar ik kon er niets aan doen. Ik moest het weten.

'Wat heeft mijn moeder dan gedaan?'

Sage wierp een blik op de anderen, die net zo verbaasd waren over de loop van het gesprek als ik.

'Ik dacht dat iedereen dat wist. Cat Velis heeft mijn grootvader vermoord.'

DE VRAAG

Vragen, daar gaat het om. Vragen, en weten hoe je de goede vragen ontdekt, dat is de sleutel als je op koers wilt blijven. Een golf informatie dreigt je strategie te overspoelen met details en getallen, berekeningen en analyse, reactie en tactiek. Voor een sterke tactiek moet je een sterke strategie hebben én nauwkeurig kunnen berekenen. Voor allebei moet je in de toekomst kunnen kijken.
— GARI KASPAROV, *How life imitates chess*

*I*k snapte heel goed waarom inlichtingendiensten en spionnen vaak zo'n moeite hebben om het kaf van het koren te scheiden, of feiten van verzinsels. Het was net of ik door de spiegel was gestapt en ontdekte dat in het andere universum iedereen op zijn handen liep.

Sage Livingston, die al vanaf de eerste dag op de middelbare school mijn aartsvijandin was, had me net verteld dat haar moeder Rosemary haar op me af had gestuurd. En waarom? Om wraak te nemen op mijn moeder voor een buitengewoon onwaarschijnlijke moord en om iemand als ik – vanaf mijn geboorte al een speler voor Wit – binnen te smokkelen in het rijk van het kwaad dat het boosaardige Zwarte Team vlak naast zijn voordeur had gesticht.

Ik vond het moeilijk om het mythologische puin waarmee dit scenario was bezaaid te schiften. Ik wist heel zeker dat mijn moeder, een verstokte kluizenaar, nooit iets van de Livingstons had willen weten in de tien jaar dat ze nu in Colorado woonde. Was ze daar gaan wonen om met hen aan te pappen? Ik geloofde er niks van. Maar het minst geloofwaardige aan haar verhaal was wel de mededeling dat mijn moeder haar grootvader had vermoord, en Nim sprong er meteen bovenop.

'Hoe kun je dat in vredesnaam zeggen? Cat doet nog geen vlieg kwaad,' snoof hij minachtend. 'Ik ken haar al van voor de geboorte van Alexandra, al van voor haar trouwen. Dit is de eerste keer dat ik zo'n lachwekkend verhaal hoor.'

Precies. En Galen en Rodo keken al even verbijsterd. We staarden allemaal Sage aan.

Het was de eerste keer dat ik haar in een gezelschap van vrijwel alleen mannen om woorden verlegen zag zitten. Ze zat nuffig op haar chique stoel en speelde met die diamanten tennisarmband. Ik zag dat er een miniracket aan hing, bezet met smaragden. Jemig.

Toen het duidelijk werd dat ze niet zou reageren, zei Rodo: 'Ik weet zeker dat mademoiselle niet bedoelde dat Alexandra's moeder opzettelijk iemand wat heeft aangedaan. Als zoiets is gebeurd, was het vast een ongeluk of een misverstand.'

'Misschien heb ik al te veel gezegd,' zei Sage. 'Ik ben alleen maar een boodschapper en blijkbaar nog de verkeerde ook. Tenslotte heb je net gezegd dat er een nieuwe ronde in het Spel wordt gespeeld, met nieuwe spelers. Daarom hebben mijn ouders gevraagd of ik Galen wilde helpen om Cat te zoeken en of wij naar Washington wilden gaan om met Alexandra te praten. Ze waren er heel zeker van dat iedereen hier de situatie begreep, op de hoogte was van wat Cat Velis had gedaan en op haar plannen tegen was, vooral Alexandra. Ze hebben in jaren niet met elkaar gepraat, dat weet iedereen. Maar blijkbaar hadden we het mis.'

Sage liet de zin wegsterven en keek ons stuk voor stuk hulpeloos aan. Ik zou graag zeggen dat ik haar nog nooit zo kwetsbaar had gezien, maar om eerlijk te zijn denk ik niet dat het k-woord in haar vocabulaire voorkomt. Het was waarschijnlijk misleidend bedoeld. En al had ik de pest aan wat ze over mijn relatie met mijn moeder had gezegd, dat was nou niet bepaald een geheim.

Maar iets anders was belangrijker: als er een nieuw Spel op het bord stond, zoals iedereen zei, en als de moeder van Sage niet de nieuwe Witte Koningin was, en ik evenmin, wie had dan dit balletje aan het rollen gebracht? En waar rolde het heen?

Ik besloot een visje uit te gooien.

'Rodo en mijn oom probeerden denk ik uit te zoeken waarom Rosemary mijn moeder verantwoordelijk hield voor haar vaders dood, of die nou een ongeluk was of niet. Wanneer of waar kan zoiets zijn gebeurd? Cat komt nooit ergens. Ze leidt een geïsoleerd bestaan.'

Sage's mond verstrakte. 'In Ain Ka'abah was ze er anders wel bij,' snauwde ze.

Wat?

'Dat is een Marokkaanse stad, in het Atlasgebergte,' voegde ze eraan toe. 'Daar heeft mijn moeder de jouwe ontmoet, in het huis dat mijn grootvader in de bergen had. Maar ze heeft hem vermoord in zijn huis in La Madrague, een haven aan de kust, niet ver van Algiers.'

Het werd zo stil in de kamer dat het net was of alle geluiden werden gedempt. Je had een speld in het hoogpolige tapijt kunnen horen vallen. Ik voelde mijn afschuw groter worden en zich verdiepen alsof ik werd meegezogen naar de bodem van een vat melassestroop.

Natuurlijk kende ik het verhaal en ik wist nog precies waar en van wie ik het had gehoord: Lily Rad in Colorado. Die was samen met mijn moeder in Algerije geweest. Lily was in de haven ontvoerd door een man die achter de stukken aan zat die de meisjes in de woestijn hadden opgegraven. De Oude Man van de Berg, had ze hem genoemd.

Ze had tegen ons gezegd dat hij de Witte Koning was!

Maar je moeder schoot me te hulp en sloeg hem neer met de zware tas waar de stukken in zaten. Zo had Lily het verteld.

Was het toen gebeurd? Had mijn moeder die man misschien doodgeslagen? Kon de vader van Rosemary de Witte Koning zijn geweest?

Het vuur 315

Maar er was nog iets, iets met zijn naam wat opeens belangrijk leek. Iets wat met de gebeurtenissen van de afgelopen dagen te maken had. Ik pijnigde mijn hersens, maar mijn gedachten werden onderbroken.

'El-Marad,' zei de welluidende stem die ik altijd meteen herkende. 'Zo heette hij. Een verkorte versie, is me verteld, van Nimrod, de koning van Babylon die de toren van Babel heeft laten bouwen.'

Daar, in de deuropening van Nims suite, stond Nokomis Key. Ze keek me recht in de ogen.

'Ik hoop dat je mijn briefje gekregen hebt. Je bent niet makkelijk te vinden. En geloof me maar als ik zeg dat ik je erg heb lopen zoeken.'

Ze liep naar me toe en pakte me bij mijn armen om me overeind te trekken. Terwijl ze me snel in de richting van de deur manoeuvreerde, fluisterde ze: 'We moeten hier weg, en snel ook. Voor ze erachter komen wie ik ben.'

'We weten eigenlijk al wie je bent,' riep Sage haar na. Die meid had schotelantennes aan weerszijden van haar hoofd.

Maar toen hoorden we een andere stem, die van Galen March, die nog vrijwel niets had gezegd. 'Alexandra, wil je blijven staan? Jullie allebei,' zei hij dringend. 'Jullie mogen nog niet weg. Snap je het dan niet? Nokomis Key is de nieuwe Witte Koningin.'

'Godsammekrake,' zei Key, terwijl ze me de deur door duwde.

Voor de anderen iets konden doen, had ze de deur dichtgesmeten en een stuk metaal ter grootte van een creditcard in het slot gestoken. Ze gooide haar massa lang zwart haar over haar schouder en keek me met een grijns aan. 'Dat houdt ze wel even binnen tot de reddingstroepen arriveren.'

Key wist precies hoe hotels in elkaar zaten. Ze had haar collegegeld verdiend als kamermeisje en liftbediende. Maar nu wilde ze alleen zo snel mogelijk naar buiten. Ze stuurde me in de richting van de brandtrap, hijgend als een stoomlocomotief.

Maar ik was met mijn gedachten nog bij de hotelkamer. Ik was volslagen verbijsterd. Wat had Galen bedóéld?

'Waar ga je heen?' zei ik, terwijl ik zonder succes probeerde mijn hakken in de vloerbedekking te zetten om haar zo te vertragen.

'Lopen nou maar. Je bent straks vast blij dat ik je heb gered.'

'Ik heb niks bij me,' zei ik, terwijl ze me het trappenhuis in duwde. 'Alleen de kleren die ik aanheb. M'n rugzak ligt daar nog, en daar zit m'n geld in, m'n rijbewijs…'

'Wordt allemaal geregeld. Waar we heen gaan heb je trouwens toch nieuwe camouflage nodig. Snap je het nog niet? Er zitten boeven achter je aan.'

Ze sleurde me mee de trappen af tot we op de begane grond waren. Voor ze de deur naar de receptie opendeed, keek ze me indringend aan.

'Gewoon niet letten op wat Galen March zei over de Witte Koningin. Wat mij betreft is die vent verkeerd bezig. Hij is helemaal verkikkerd op me, dus als hij door wat te zeggen mijn aandacht kan trekken zal hij het niet laten.'

Dat zou best waar kunnen zijn. Galen March had zich bij het etentje veel met haar beziggehouden. Maar het had allemaal weinig te maken met het probleem waarvoor we nu stonden.

Ik was net ontsnapt aan een groep mensen die me eerst hadden meegelokt en me toen allerlei kleurige leugens op de mouw wilden spelden, terwijl ze ook nog eens elkaars verhalen ondergroeven, verhalen die vooral leken te bestaan uit een soufflé van gebakken mythen, bestrooid met een snufje feiten.

En dan komt opeens Key binnenvallen en zet alles weer op zijn kop door me te ontvoeren en de deur te blokkeren. Als mijn vorige groep ontvoerders al niet was ontsnapt dankzij mijn ooms legendarische handigheid, dan hadden ze nu vast wel de receptie gebeld om iemand te sturen. Wie weet zaten ze al achter ons aan.

Weer een probleem erbij: kon ik dan helemaal niemand vertrouwen?

Ik wrong me langs Key heen en sloeg met mijn vlakke hand tegen de deur naar de receptie, terwijl ik met de andere de kruk stevig vastpakte.

'We gaan nergens heen als ik niet eerst wat antwoorden krijg. Waarom die dramatische inval in Nims suite? Wat doe je hier eigenlijk? Als je geen sleutelspeler bent, wat bedoelde je dan met "voor ze erachter komen wie ik ben"? Ik wil antwoorden hebben. Nu meteen.'

Met een glimlach haalde Key haar schouders op. 'Ik word ook maar gestuurd. We zijn namelijk uitgenodigd bij de Kattenkoningin.'

'Lekker samen langs de weg,' zei Key toen we langs 34th Street reden, waar de residentie stond van haar voorvader Francis Scott Key. 'Net als in de goeie ouwe tijd.'

In haar gehuurde Jeep Cherokee sloeg ze links af na de brug die ook zijn naam droeg en voegde eraan toe: 'Heb je enig idee hoe moeilijk het is geweest om die ontsnapping van jou te organiseren en uit te voeren?'

'Ontsnapping? Ik vind het meer op een ontvoering lijken,' zei ik droog. 'Was dit allemaal nodig? En heb je echt mijn moeder gevonden?'

'Ik ben haar nooit kwijt geweest,' zei Key met een lachje. 'Wie dacht je dat haar heeft geholpen om alles klaar te zetten voor haar verjaarsfeestje? Dat kon ze natuurlijk nooit alleen. "Geen vrouwmens is een eiland," zoals ze zeggen.'

Natuurlijk! Ik wist dat mijn moeder hulp van iemand moest hebben gehad. In elk geval bij haar ingewikkelde vertrek.

Ik keek opzij naar Key om te zien of er nog meer details zouden volgen. Maar ze hield haar blik op de weg gericht, met om haar mond nog steeds dat raadselachtige glimlachje.

'Ik leg alles uit als we onderweg zijn. We hebben tijd genoeg, zeker een paar uur, om onze bestemming te bereiken. We nemen natuurlijk de toeristische route, want we worden gevolgd.'

Ik wilde in mijn buitenspiegel kijken, maar besloot haar maar op haar woord te geloven. We zaten nu op de George Washington Parkway en reden in de richting van het vliegveld. Ik wilde heel graag weten wat Key me kon vertellen over mijn moeder en haar feestje, maar er was iets wat voorrang had.

'Als ze ons volgen, hebben ze dan niet zo'n microfoon die ze op je auto richten? Kunnen ze dan niet alles horen wat we zeggen?'

'Ja,' zei Key ironisch. 'Dat leuke tennisracket dat als bedeltje aan Miss Livingstons armband hing, bedoel je? "Het ene oor in en het andere uit," zoals de uitdrukking luidt. Wie zou er naar dat gesprekje hebben zitten luisteren?'

Sage's diamanten tennisarmband. O god. Hield het dan nooit op?

'Maar maak je over deze auto maar geen zorgen. Mijn jongens, de monteurs van het vliegveld, bedoel ik, hebben alles nagelopen toen ze hem hadden opgehaald. Hier zit niks in. Niemand kan nagaan wat we denken of zeggen.'

Waar had ik dat eerder gehoord? Maar ik kon geen uren in een auto zitten zonder een poging te doen om na te gaan wat er nou gebeurd was.

'Wat Kitty betreft, achter de wolken schijnt de zon. En er waait geen wind of hij is iemand gedienstig. Ze had een probleem en dacht dat ik de enige was die haar daarbij kon helpen. En dus heeft zij een lijstje met invités opgesteld en heb ik het vee de kraal in gedreven. Maar ze wilde wel zekerheid dat jij een onschuldige buitenstaander zou blijven.'

'Die worden meestal het eerst afgeschoten,' kaatste ik terug.

'Maar toch heb je het puik gedaan,' zei Key onbewogen. 'Je had al die puzzels in recordtijd opgelost. Ik heb je geklokt. Nog geen uur nadat je met je huurauto van het vliegveld was vertrokken, was je binnen. Toen kon Lily je bellen dat ze de weg kwijt was. Iedereen verwachtte wel dat je mij zou bellen om haar naar het huis te brengen, want het vliegveld waar ik werk is veel dichterbij. We zijn ergens gaan eten om je de tijd te gunnen om de rest te ontdekken. Toen we bij het huis waren, had je blijkbaar de puzzel opgelost die je moeder en ik op die piano hadden gezet, want alles in de piano was weggehaald en de biljartbal lag weer op de tafel. Maar ook ik wist niets af van de tekening van het schaakbord.'

'*Jíj* hebt al die puzzels verzonnen voor moeder.'

Het was geen vraag. Het was het enig mogelijke antwoord op wat me al tijden dwarszat. Als Nim het niet had gedaan, en ik wist nu dat hij het niet was geweest, was Key de enige andere mogelijkheid. En als ik nog twijfels had gehad, zouden die verdwenen moeten zijn door haar laatste fax.

Wat een oen was ik geweest, meteen aan het begin al. Maar eindelijk begon ik het door te krijgen en vielen de dingen op hun plaats, als patronen in een partij schaak.

En over schaken gesproken...

'Hoe ben je op het idee gekomen om die partij in de piano te verstoppen?'

'Daar kwam Lily mee. Ze wist dat die specifieke partij al je aandacht zou trekken. Maar Vartan leverde de uiteindelijke stelling. Blijkbaar wist hij nog precies wat het omslagpunt in die partij was geweest. Voor jou dan.'

Vartan ook al? De ploert.

Ik voelde me diep treurig. Ik wilde best weer een potje gaan janken, maar wat had dat voor zin? Waarom hadden ze dit trouwens allemaal gedaan? Als mijn moeder me er eigenlijk buiten wilde houden, waarom hadden ze het dan op zo'n emotionele manier gespeeld door herinneringen op te halen aan de dood van mijn vader? Ik snapte er niks van.

'We hadden geen keus,' zei Key, die met haar antwoord mijn vraag net voor was. 'We vonden allemaal dat we het zo moesten doen, met berichten op het antwoordapparaat en puzzels en aanwijzingen die specifiek voor jou iets betekenden. We deden zelfs alsof de auto het had begeven, zodat je ze wel een lift moest geven. Heel ingewikkeld allemaal. Maar als we niet zo idioot veel moeite hadden gedaan, zou je nooit zijn gekomen, zou je nooit zijn blijven slapen en zou je er nooit in hebben toegestemd om hem te ontmoeten. Toch?'

Hem.

Natuurlijk wist ik precies op wie ze doelde. En natuurlijk wist ik dat ze helemaal gelijk hadden. Toch had ik ondanks al hun slimmigheden op het punt gestaan om ervandoor te gaan toen ik Vartan Azov binnen zag komen. En was dat zo onredelijk? Tien jaar lang, tot we elkaar in Colorado hadden gesproken, had ik hem en die rotpartij verantwoordelijk gehouden voor mijn vaders dood.

Maar ik moest mijn moeder nageven dat ze me beter begreep dan ikzelf. Zij en Lily hadden waarschijnlijk geweten hoe ik zou reageren op elke suggestie dat ik maar eens met Vartan moest gaan praten. Ik zou elke smoes hebben doorzien.

Ik begreep nu wel waarom ze me hadden moeten manipuleren, maar de grote vraag was natuurlijk nog niet beantwoord.

'Als jullie een ontmoeting wilden regelen tussen mij en Vartan, waarom hebben jullie het dan zo ingewikkeld aangepakt? En waarom al dat heen-en-weergereis? Waarom moest Vartan Azov met me praten in de wilde natuur van Colorado? Had dat niet in New York of zelfs in Washington gekund? En waarom zijn al die anderen uitgenodigd voor een soort nepverjaardagsfeest? Wat deden ze daar? Was dat alleen maar camouflage?'

'Ik leg het zo meteen allemaal uit,' zei Key. 'Als we de huurauto hebben ingeleverd. We zijn er zo.'

'Maar National Airport ligt al einden achter ons.'

'Je weet toch dat ik nooit een lijnvlucht neem?' Key sloeg haar ogen ten hemel.

'Ben je zelf hierheen gevlogen? Maar waar rijden we nu dan heen? Deze kant op liggen alleen maar militaire vliegvelden, Fort Belvoir en Quantico en zo. In Virginia is wel wat, maar dan moet je tot Manassas doorrijden.'

'Er liggen drie vliegvelden aan de andere kant van de rivier, in Maryland,' zei Key koeltjes. 'Daar heb ik het vliegtuig laten staan.'

'Maar we zijn de laatste brug ook al voorbij.' We zaten zowat bij Mount Vernon. 'Hoe wil je de auto de rivier over krijgen?'

Key slaakte een diepe zucht, alsof er een ballon leegliep.

'Dat heb ik toch vertéld? We worden gevólgd,' legde ze uit, alsof ze het tegen een kind van drie had. Toen ik niks zei, voegde ze er op normale gesprekstoon aan toe: 'Ik ga de auto natuurlijk ergens lozen.'

We zetten hem op een parkeerplaats bij de veerpont van Mount Vernon, tussen twee SUV's die zo hoog waren dat het wel leek of ze op blokken stonden.

'Dan zien ze hem niet zo gauw,' zei Key bij wijze van verklaring.

Ze had een lus in haar lange haar gemaakt, daar een bandje omheen gedaan en het geheel onder haar jack gestopt. Toen pakte ze een canvastas van de achterbank, haalde daar twee fleecetruien uit, twee zonnebrillen en twee honkbalpetjes en gaf mij een van elk.

'We vertrekken over vijf minuten. Je kunt maar beter niet te snel laten merken wat je gaat doen.'

We liepen naar het water. Daar gaf Key de kaartjesverkoper een paar vooraf gekochte kaartjes, die ze in haar jack bleek te hebben zitten. Ik merkte dat ze hem ook haar autosleutels gaf. Hij knikte woordeloos dat hij het begreep en we liepen over de loopplank de wiegelende boot op. Er waren maar een paar andere passagiers en niemand stond binnen gehoorsafstand.

'Wat een hoop mensen ken jij. Denk je echt dat die vent van de pont je auto terugbrengt?'

'En dat is nog niet alles. Voor nog een paar kleine klusjes krijgt hij straks veertien uur vlieglessen cadeau.'

Hoe nijdig en gefrustreerd ik net ook was geweest, ik moet bekennen dat ik het als geboren schaker fantastisch vond hoe ze haar zetten deed. Ze had het scenario beter voorbereid dan Lily het ooit bij een partij had gedaan en had elke zet en tegenzet in haar hoofd.

Daarom was Nokomis ook al sinds de middelbare school mijn beste vriendin en metgezel. Van haar had ik al heel vroeg geleerd dat ik nooit bang hoefde te zijn, als ik maar een eind voor me uit keek en wist hoe het landschap in elkaar zat.

Een echte krijger kan een bos doorkruisen, ook als het donker is, zei ze altijd. Hij bereidt zijn tocht wel voor, maar zijn angst repeteren, nee, dat doet hij niet.

De kabel waarmee de pont was vastgemaakt, werd losgegooid en de loopplank werd binnengehaald. Toen we al een eind het water op waren, zag ik een man met een spiegelende zonnebril snel naar het water komen lopen en iets tegen de man achter het loket zeggen. Hij kwam me meer dan bekend voor.

De kaartjesverkoper schudde zijn hoofd en wees de andere kant op, naar Washington. De man met de zonnebril op haalde een telefoon uit zijn jasje.

'De geheime dienst,' zei ik tegen Key. 'Ik heb al kennis met hem gemaakt. Er staat aan de overkant vast een welkomstcomité klaar. Ze weten natuurlijk waar die pont heen vaart. Of wilde je er halverwege afspringen en verder gaan zwemmen?'

'Hoeft niet, kleingelovige. Als we straks bij Piscataway de bocht om gaan en we van geen van beide oevers nog te zien zijn, legt de pont heel even aan op een plek waar hij anders nooit aanlegt om twee passagiers aan land te laten gaan.'

'Bij Piscataway Point?' Dat was een beschermd natuurgebied. In de wetlands wemelde het van de ganzen en andere watervogels. Er stonden geen wegen op de kaart, alleen maar paden. 'Maar daar is helemaal niks.'

'Vandaag wel,' zei Key. 'Je vindt het vast interessant. Dit is het voormalige woongebied van de Piscataway-indianen, de eerste bewoners van wat nu Washington D.C. is. Ze begroeven er ook hun doden. De stammen wonen er niet meer, want het is nu overheidsgebied, maar vandaag zijn ze er wel en ze zien zeer uit naar onze komst.'

DE OORSPRONKELIJKE AANWIJZINGEN

God geeft aanwijzingen aan elk schepsel, in overeenstemming met Zijn plan voor de wereld.
— MATHEW KING, *Noble Red Man*

Wij zijn verantwoordelijk voor het opvolgen van de aanwijzingen die ons door de Schepper gegeven zijn. Elk bestanddeel van het universum zoals dat oorspronkelijk is opgezet, dient een aantal oorspronkelijke aanwijzingen te volgen, zodat orde en evenwicht blijven bestaan. De mensen leefden in overeenstemming met hun oorspronkelijke aanwijzingen, in toom gehouden door en volgens de ordening van de natuurlijke wereld om hen heen.
— GABRIELLE TAYAC, DOCHTER VAN RODE VLAM TAYAC,
'Keeping the Original Instructions', *Native Universe*

Dit was duidelijk de toeristische route die Key had beloofd. Of had ze ermee gedreigd?

Piscataway was adembenemend mooi, zelfs op enige afstand. Allerlei soorten watervogels dobberden in kreken, terwijl arenden hoog op de wieken gingen en een paar zwanen aan kwamen scheren voor een landing. Langs de oevers omklemden oude bomen de oever met hun knoestige wortels en overal stonden pollen kattenstaarten.

Toen we om de punt heen waren, voer de schipper tot vlak bij de oever, zette toen de motor uit en gleed nog wat verder. Een paar passagiers keken licht verbaasd naar de stuurhut.

Aan de oever zaten twee vissers op de stam van een omgevallen boom, die een eindje in het water stak. Ze hadden beiden een haveloos hoedje op. Een van hen kwam overeind toen de pont dichterbij kwam en begon aan zijn molen te draaien.

Door zijn megafoon zei de schipper: 'Mensen, de rivier is heel kalm, dus we kunnen wel even een paar natuurliefhebbers afzetten in het reservaat. Het is zo gebeurd.'

Een puber kwam aan het gangboord staan en pakte de tros die daar lag.

'Als u even de andere kant op kijkt,' ging de schipper verder, 'dus stroomopwaarts, naar het noorden, kunt u Jones Point zien. Meestal zie je dat niet zo mooi. Op die plek is de eerste en zuidelijkste merksteen gelegd door landmeter Andrew Ellicott en de Afrikaans-Amerikaanse astronoom Benjamin Banneker toen ze op 15 april 1791 begonnen met het uitzetten van wat toen nog Capital City heette en nu Washington D.C. Wie geïnteresseerd is in de geschiedenis van de Vrijmetselaars in onze hoofdstad vindt het vast wel aardig om te weten dat het plaatsen van de steen gebeurde volgens het Vrijmetselaarsritueel, dus met winkelhaak, schietlood en waterpas, en dat de steen daarna volgens de traditie werd besprenkeld met mais, olie en wijn.'

Hij hield de aandacht van de passagiers zo handig gevangen dat ik betwijfelde of het wel iemand opviel dat hij hier twee passagiers aan land had gezet. Key had er behalve de vlieglessen vast ook nog een kist Chivas Regal tegenaan gegooid.

De wachtende vissers haalden de tros binnen en hielpen ons om op de boomstam te klauteren. Toen lieten ze de tros los en terwijl de pont zich van de oever verwijderde, liepen we gevieren langs de stenige oever naar het dichte struikgewas dat daarachter begon.

'Namen kunnen misschien het beste onuitgesproken blijven,' zei de oudste van de twee, terwijl hij mij bij de hand pakte om me over de rotsen heen te helpen. 'Zeg maar Red Cedar, dat is de stamnaam die me gegeven is door onze maangodin. Mijn assistent hier heet Tobacco Pouch.'

Het vuur 325

Hij gebaarde naar zijn stevige, wat jongere metgezel, die me toelachte. Ze zagen er allebei robuust uit, dus ik maakte me geen zorgen over wat we mogelijk tegen zouden komen. Key had blijkbaar echt een hoop contacten in deze streek. Maar toen we achter hen aan liepen, het dichte struikgewas in, had ik er geen idee van wat er nu precies gaande was.

Ik zag geen pad. Het bos was dankzij slingerplanten, ondergroei en opschot zo dicht dat er ook met machetes geen doorkomen aan leek te zijn. Het was een labyrint, maar Red Cedar leek er de weg te kennen. Bomen en struiken schenen voor hem weg te smelten en sloten zich weer achter ons als we erdoorheen waren.

Ten slotte werd het bos wat minder dicht. We kwamen uit op een onverhard pad. In de verte zagen we de rivier door zonbespikkelde bomen die net hun lentegroen aan het ontplooien waren. Red Cedar hoefde niet meer de weg aan te geven. Eindelijk konden we naast elkaar lopen en met elkaar praten.

'Piscataway is een plaats én een volk,' zei Red Cedar. 'Het woord betekent "waar de levende wateren samenkomen", dus het samenvloeien van vele stromen, van zowel water als het leven. Ons volk stamt af van de oudste inheemse volken, de Lenni Lennape, de grootvaders, wier geschiedenis meer dan twaalfduizend jaar teruggaat. De Anacostanen en andere plaatselijke stammen betaalden een schatting aan onze eerste hoofdman, de Tayac, lang voor de eerste Europeanen hier kwamen.'

Waarschijnlijk keek ik een beetje bevreemd bij deze onverwachte les in antropologie, want hij voegde eraan toe: 'Miss Luna zei dat u een vriendin van haar was, dat u in gevaar verkeert en dat het daarom heel belangrijk was dat ik u iets vertelde voor we bij Moyaone zijn.'

'Moyaone?'

'De knekelvelden.' Met een knipoog voegde hij er op fluistertoon aan toe: 'Waar alle beenderen zijn begraven.'

Hij en Tobacco Pouch lachten kakelend.

Bedoelde hij een begraafplaats? Wat was er nou zo geestig aan een berg botten? Ik wierp een blik op Key. Om haar mond speelde dat typische lachje van haar.

'Alle beenderen én alle geheimen,' zei ze. En tegen Red Cedar: 'Voor we daar zijn, moet je haar eigenlijk vertellen over de Groene Maisceremonie, de twee maagden en het Feest der Doden.'

Jemig. Ik wist dat Key esoterische interesses had, maar het werd met de minuut curieuzer en curieuzer, om met Alice te spreken. Heidense rituelen en maagdenoffers aan de oevers van de Potomac, als ik het goed begreep.

Terwijl we verder liepen door het door de zon bespikkelde bos en ik om me heen keek, probeerde ik voor ogen te houden dat de geheime dienst nog steeds naar ons op jacht was, dat ik geen paspoort of rijbewijs bij me had en dat niemand enig idee had waar ik was. Ik wist dat we maar een paar kilometer van Washington waren, maar het gaf me toch een eigenaardig gevoel. Deze geheimzinnige plek leek zowel in tijd als ruimte ver verwijderd van alles wat ik kende.

En het zou nog vreemder worden.

'Het heeft te maken met de Oorspronkelijke Aanwijzingen,' zei Red Cedar. 'Alles wat tot leven komt, kent zijn eigen aanwijzingen. Een soort blauwdruk of een patroon of een serie tekeningen. Water wordt altijd rond, vuur is een driehoek, veel steensoorten zijn kristallijn, spinnen maken een web, vogels een nest, het analemma van de bewegingen van de zon vormt een acht...'

Key raakte zijn arm aan om hem tot wat meer haast te manen, met lopen of praten of misschien wel met allebei.

'Het verhaal van de maagden is zo'n vierhonderd jaar geleden begonnen,' zei Red Cedar. 'Toen kwamen de Engelse kolonisten hier. Ze bouwden een nederzetting die ze Jamestown noemden, naar hun nieuwe koning. Maar al eerder, in de zestiende eeuw, hadden ze een groot stuk land voor zich opgeëist. Dat hadden ze Virginia genoemd, naar de voorganger van James, de maagdelijke koningin Elizabeth.'

'Dat verhaal ken ik,' zei ik, en ik probeerde niet al te ongeduldig te klinken. Waar ging dit heen?

'Maar je kent niet het hele verhaal,' zei Red Cedar. 'Dertig jaar na de kolonisten van Jamestown zat in Engeland koning Karel op de troon. Waarschijnlijk was hij stiekem katholiek. Hij liet Lord

Baltimore twee schepen met katholieke kolonisten en jezuïeten sturen, de *Ark* en de *Dove*. Er was in Engeland al tijden strijd over welk "ware geloof" aanspraak mocht maken op het kruis en alle daarin besloten macht. Een paar jaar later zou er een burgeroorlog uitbreken, die Karel de kop zou kosten. Maar het enige waarover de Europeanen het eens waren, was het recht van ontdekking. Als je een gebied ontdekte en daar je vlag in de grond stak, was je eigenaar. Als er al mensen wonen, noem je die gewoon barbaren. Wel zo handig. Je kan ze dwingen om zich te bekeren of je kunt ze tot slaaf maken, gedekt door de kerk.'

Dat verhaal kende ik ook. Het inpikken van het land, de verbroken verdragen, de massamoord op indiaanse kinderen, de reservaten, de genocide, het Pad van Tranen – de relatie tussen de inheemse bevolking en de veroveraars stemde niet echt tot vreugde.

Maar toen kwam er iets onverwachts.

'Om kort te gaan, de Piscataway bekeerden zich tot het katholieke geloof,' zei Red Cedar. 'Want aan de Oorspronkelijke Aanwijzingen werd voldaan door Maria Hemelvaart en het Feest der Doden.'

'Wat krijgen we nou?' Ik keek naar Key.

'Het Feest der Doden, in november,' zei Red Cedar, 'als we onze voorouders eer betonen, valt samen met de dagen waarop de katholieke kerk eer betoont aan de doden, Allerheiligen en Allerzielen. Maar het belangrijkst is 15 augustus, de dag op de kerkkalender waarop wordt gevierd dat de Gezegende Maagd Maria ten hemel is opgenomen. Dat is ook de datum van onze oude Groene Maisceremonie voor de "eerste oogst", voor ons het begin van het nieuwe jaar.'

'Dus de Piscataway hebben zich bekeerd tot het katholicisme omdat ze zo hun eigen gebruiken konden aanhouden terwijl ze officieel lippendienst bewezen aan de kerk.'

'Niet helemaal,' zei Key. 'Dat zie je zo meteen wel, als we bij de begraafplaats zijn. Maar de reden dat je met hem en Tobacco Pouch moet praten zonder dat er anderen hinderlijk bij aanwezig zijn, zijn juist die Oorspronkelijke Aanwijzingen.'

'Ho even. Stop.' Ik bleef staan, omdat ik een beetje genoeg begon te krijgen van de kant waar het met deze tocht heen ging, maar ook omdat we aan het begin stonden van een lange houten brug door het moerasgebied dat zich voor ons uitstrekte. Ik hoopte dat we onze voeten droog zouden houden, want ik had maar één paar schoenen bij me.

'Ik snap er niks van. Wat heeft dat hele verhaal over voorouders, religie en ritueel nou te maken met het probleem waar jij en ik mee te maken hebben? Wat is er nou zo belangrijk aan maagden en mais en eten tussen de doden?'

'De jezuïeten gaven de plek waar ze aan land gingen de naam St. Mary,' zei Red Cedar ter verduidelijking. 'Later noemden ze het hele gebied aan deze kant van de rivier Mary Land, ogenschijnlijk naar de vrouw van koning Karel, maar in werkelijkheid naar de Maagd. Toen hadden we twee maagden, tegenover elkaar, de een protestants en de andere katholiek. Twee maagdeneilanden van het christelijk geloof, zou je kunnen zeggen, in een zee van inheemse stammen.'

Maagdeneilanden. Virgin Islands. Waarom kwam dat me bekend voor?

Tobacco Pouch was een eindje de brug op gelopen. Die zag er stevig genoeg uit en dus liepen we achter elkaar verder, door een zee van kattenstaarten.

Key wilde wat kwijt en kwam vlak achter me lopen. 'De Potomac-stammen in deze streek, de Piscataway dus, maar ook andere, zijn als eerste met de theorie van de Twee Maagden gekomen. Dat wil zeggen dat één gezaaide korrel niet voldoende is. Ze dachten dat als je per keer twee korrels zaait, de mais makkelijker ontkiemt. Allemaal onderdeel van de Oorspronkelijke Aanwijzingen. Zo doen ze het dus al heel lang.'

Leda de Lesbo zou zich wel in de filosofie kunnen vinden dat twee maagdelijke vrouwen gelijkstonden aan yin en yang, maar ik snapte het nog steeds niet.

Het signaal in mijn hoofd werd echter wel steeds luider.

En toen wist ik het.

'Jij hebt de code verzonnen voor dat bericht van mijn moeder op de piano,' zei ik zacht. 'Dus die "Virgin Isles" hebben hiermee te maken.'

Key lachte waarderend en knikte.

'Precies. Daarom zijn we eerst hierheen gegaan. "Virgin Isles" is de naam waarmee de indianen Washington D.C. aanduiden. En op deze plek, hier in Piscataway, zijn de Oorspronkelijke Aanwijzingen voor onze hoofdstad geschreven.'

'Ik dacht dat die van George Washington kwamen. Die heeft het land gekocht en de mensen aangenomen die het vierkant hebben uitgezet, met al dat suffe Vrijmetselaarsgedoe waar de schipper daarnet over heeft verteld.'

'Waar denk je dat hij die Aanwijzingen vandaan had?'

Toen ik niets zei, wees ze over het moeras, in de richting van de rivier. Daar in de verte, hoog op zijn groene piëdestal, lag Mount Vernon, het huis waar George Washington had gewoond.

'De plek voor de nieuwe stad is niet door het toeval bepaald en het land is ook niet zomaar in handen van Washington gekomen,' zei Red Cedar over zijn schouder. 'Daar was behendig onderhandelen, in het diepste geheim, voor nodig. Maar hij wist meteen al dat de plek waar we nu zijn, Piscataway, de sleutel tot alles was. De traditie komt voort uit wat de indianen dachten, maar het komt ook in de Bijbel voor. Daar wordt het de Stad op de Heuvel genoemd, het Verheven Oord, het Nieuwe Jeruzalem. Het staat allemaal in de Apocalyps, het boek der Openbaringen. Vlak bij de uitverkoren plaats moesten vele rivieren bijeenkomen. Zo kon een beroep worden gedaan op de kracht.'

'Welke kracht?' vroeg ik, al begon ik het langzamerhand te begrijpen.

We waren het moeras uit en bevonden ons nu in een open gebied, met gras, paardenbloemen en andere wilde vegetatie als lenteboden. Vogels en insecten vlogen kwetterend en zoemend om ons heen.

'De kracht waarvoor we hier zijn,' zei Key. Ze wees met haar arm naar een plek in de grasvlakte. 'Dat is Moyaone.'

Midden in het veld stond een enorme altijdgroene boom. Als ik het goed had, en dat had ik, was dat een...

'Een rode ceder,' zei Key. 'Een heilige boom. Het hout en het sap van de boom zijn rood, net als menselijk bloed. Deze is geplant door het laatste opperhoofd van de Piscataway, Turkey Tayac, die hier ook ligt begraven.'

We liepen door het veld tot we bij het graf waren. Een kleine afbeelding van de Tayac, een knappe, gebronsde man met een verentooi, was aangebracht op een houten plaat, met eronder de mededeling dat hij met toestemming van het Congres in 1979 hier was begraven.

Om het graf heen stonden vier staken met daaraan geweven kransen. De boom zelf, iets verderop, was versierd met honderden rode buidels, dichtgeknoopt met rood lint. 'Tabakszakjes,' zei Key. 'Een eerbetoon aan de doden.'

Voor het eerst die ochtend zei Tobacco Pouch iets. 'Voor je vader.' Hij overhandigde me een klein rood buideltje, dat makkelijk in mijn hand paste en gebaarde naar de rode ceder. Key had hem vast het een en ander verteld.

Een beetje met een brok in mijn keel liep ik naar de boom en zocht even naar een tak waar nog niets aan hing om daar mijn geschenk aan vast te maken. Toen snoof ik de geur van de boom op. Wat een prachtige traditie, rookkringen naar de hemel sturen.

Key was achter me gaan staan. 'De geestpalen met de kransen moeten het kwaad afweren,' zei ze. 'Ze symboliseren de Vier Kwartieren, de vier hoofdrichtingen dus. Alles komt op deze plek bij elkaar.'

Ze doelde natuurlijk op de structuur van Washington D.C. De eerste steen om de stad te markeren was net ten noorden van deze plek gelegd. Er kwamen duidelijk dingen bij elkaar, vier hoeken, vier kwartieren, vier windrichtingen, het schaakbord van de altaren uit de oudheid, oeroude riten...

Maar er was één ding dat ik nog wilde weten.

'Je hebt gezegd dat "Virgin Isles" een codewoord is voor de stad Washington,' zei ik tegen Key, maar ook tegen de anderen. 'Ik snap waarom George Washington als stichter van een nieuw land, als gelovig mens en misschien ook wel als Vrijmetselaar, een nieuwe hoofdstad wilde stichten naar het voorbeeld van de stad die in de Bijbel wordt genoemd. Ik snap ook waarom hij de stad zo heeft opgezet dat die aan weerszijden van de rivier ligt en zo de twee vormen van het christelijk geloof verenigt. Twee maagdelijke vorstinnen, handen over het water, twee maiskorrels. Maar wat ik niet begrijp, is dit: als jullie zo graag de Oorspronkelijke Aanwijzingen willen opvolgen, als jullie willen meegaan met de natuurlijke stroom, waarom sluit je je dan aan bij de vijand? Je zegt zelf dat al die religies elkaar al eeuwen om de oren slaan met symbolen en riten. En nou gaan jullie daaraan meedoen? Helpt dat Moeder Natuur om meer spinnenwebben te maken of mais op te laten komen? Word je zo niet even erg als je vijand?'

Key bleef staan en keek me voor het eerst ernstig aan. 'Alexandra, heb ik je in al die jaren dan helemaal niets geleerd?'

Haar woorden kwamen hard aan. Had Nim niet precies dezelfde vraag gesteld?

Red Cedar pakte me bij mijn arm. 'Maar het zíjn ook de Oorspronkelijke Aanwijzingen. De "natuurlijke orde" zoals jij het verkiest te noemen, laat zien dat de dingen alleen maar groeien en veranderen van binnenuit, doordat er een natuurlijk evenwicht is. Niet door druk van buiten.'

Mijn drie metgezellen hadden duidelijk een selectief geheugen. 'Dus jullie brengen een soort indiaanse ordening aan in de kerk,' zei ik.

'We laten alleen maar zien,' zei Red Cedar, 'dat Moeder Mais, net als Moeder Aarde, er allang was, vóór al die andere maagden of moeders. En met onze hulp is ze er ook nog lang na hen. We planten mais en oogsten zoals we oogsten, omdat zo de mais het gelukkigst is en de rijkste oogst oplevert.'

'"Wat je zaait, zul je oogsten," zeggen ze altijd,' zei Key.

Waar had ik dat eerder gehoord?

Tobacco Pouch had naar de hemel staan kijken. Nu draaide hij zich om naar Key. 'Hij is gekomen,' zei hij, met een handgebaar naar de rand van het open stuk.

Key keek op haar horloge en knikte.

'Wie is er gekomen?' zei ik, terwijl ik keek waar hij heen wees.

'Ons vervoer,' zei Key. 'Verderop is een parkeerplaats, naast de weg. Iemand haalt ons op en brengt ons naar het vliegveld.'

Ik zag een man tussen een paar bomen aan de andere kant van

het open stuk vandaan komen en door het hoge gras op ons toe lopen. Zelfs op deze grote afstand herkende ik hem meteen aan zijn lange, slanke gestalte, om nog maar te zwijgen van zijn karakteristieke donkere krullen, die dansten in de wind.

Vartan Azov.

DE AS

As ben ik waar eens vuur was
en de bard in mijn boezem is dood
ooit gloeiende liefde is nu brozer dan gras
en mijn hart is zo grijs als mijn hoofd.
— LORD BYRON, To the Countess of Blessington

Het ware beter om te sterven terwijl je iets doet
dan terwijl je niets doet.
— LORD BYRON, maart 1824

Missolonghi, Griekenland
Paaszondag, 18 april 1824

Het regende. Het regende al dagen. Het leek wel of het nooit meer op zou houden met regenen.

De sirocco was twee weken daarvoor uit Afrika aangekomen en sloeg toe met de angstaanjagende kracht van een ontketend dier, rukkend en klauwend aan de kleine stenen huizen langs de kust. De rotsige kust lag bezaaid met afval.

In het huis van Apostoli Capsali, waar de Britten en andere buitenlanders waren ingekwartierd, was het stil, zoals zijn artsen, Bruno en Millingen, hadden verordonneerd. Zelfs het afvuren van de saluutschoten waarmee de Grieken traditioneel Pasen vierden, was verplaatst naar een plek net buiten de muren van de stad.

Het enige geluid dat nu nog in het lege huis te horen was, was het razen en tieren van de eindeloos doorgaande storm.

Byron lag onder het dek van zijn Turkse sofa, op de bovenste verdieping. Zelfs zijn grote newfoundlander, Lyon, lag stil naast de bank, zijn kop op zijn voorpoten. Fletcher, Byrons bediende, stond zwijgend aan de andere kant van het vertrek met een karaf water, waarmee de cognac, die altijd in een tweede karaf klaarstond, werd verdund.

Byron bestudeerde de muren en het plafond van de salon, die hij zelf na aankomst – was dat nog maar drie maanden geleden? – had versierd met wapens uit zijn eigen arsenaal. De verzameling zwaarden, pistolen, Turkse sabels, musketten, donderbussen, bajonetten, trompetten en helmen had altijd diepe indruk gemaakt op zijn rumoerige en gewelddadige lijfwacht van Sulioten, die op de begane grond gelegerd waren, tot hij de gevaarlijke schurken had uitbetaald en naar het front gestuurd.

Terwijl de storm op de luiken beukte, wenste Byron in een van zijn steeds schaarser wordende heldere ogenblikken dat hij nog de kracht had om op te staan, naar de andere kant te lopen en de luiken open te gooien, zodat de volle kracht van de wind naar binnen zou komen.

Je kon beter sterven in de woeste omhelzing van natuurkrachten, dacht hij, dan door dit trage weglekken van je krachten. Pleisters. Bloedzuigers. Hij had zijn best gedaan om al die aderlatingen te voorkomen. Hij kon er niet tegen om bloed kwijt te raken. Er waren meer levens verloren gegaan door het lancet dan door de lans, had hij herhaaldelijk gezegd tegen die incompetente zot van een Bruno.

Maar toen Luca Baya, de lijfarts van Mavrocordato, de Griekse bestuurder, eindelijk de storm durfde te trotseren, had Byron al meer dan een week hoge koorts. Het was begonnen met een rit te paard op 9 april. Hij was overvallen door een regenbui en daarna ziek geworden.

Uiteindelijk had Bruno, de slager, toch het pleit gewonnen en een aantal malen zijn aderen geopend om bloed te oogsten, pond na pond. Grote goden, de man was nog erger dan een vampier.

Al gleed het leven steeds verder uit hem weg, toch was hij nog voldoende bij bewustzijn om te beseffen dat hij de afgelopen dagen meer dan de helft van de tijd had liggen ijlen. En hij had nog genoeg gezond verstand om te weten dat zijn ziekte niet iets onschuldigs was, zoals een verkoudheid.

Naar alle waarschijnlijkheid was het dezelfde 'ziekte' die ook Percy Shelley in zijn ban had gekregen.

Ze waren bezig om hem heel zorgvuldig te vermoorden.

Byron besefte dat als hij niet snel handelde, als hij niet wat hij wist doorgaf aan de ene die het moest weten en te vertrouwen was, het wellicht te laat zou zijn. En dan zou alles verloren zijn.

Zijn bediende Fletcher stond naast het bed met een flacon verdunde cognac, het enige wat Byron nog verlichting bood. Achteraf bezien was Fletcher misschien wel de enige die verstandig was geweest. Hij had zijn meester alleen met tegenzin naar Griekenland vergezeld en had hem vooraf gesmeekt of deze niet beter van zijn betrokkenheid bij de Griekse onafhankelijkheidsstrijd blijk kon geven door de Grieken financiële middelen ter beschikking te stellen dan door zelf aanwezig te zijn. Per slot van rekening waren ze beiden al eens in Missolonghi geweest, net nadat ze dertien jaar geleden Ali Pasja hadden bezocht.

Maar toen Byron negen dagen geleden ten prooi was gevallen aan deze geheimzinnige, onwrikbare 'ziekte', was de anders zo stoïcijnse Fletcher vrijwel radeloos geworden. De andere bedienden, de soldaten en de artsen spraken allemaal een andere taal.

'Het lijkt de toren van Babel wel,' had hij uitgeroepen, terwijl hij van frustratie aan zijn haren trok. Er waren drie tolken nodig voor aan een verzoek van de patiënt kon worden voldaan: een kop bouillon met een geklutst ei erin.

Maar godlof was Fletcher nu bij hem en waren ze ook eens een keer alleen. Of de vertrouwde bediende het nu leuk vond of niet, hij zou Byron een laatste dienst moeten bewijzen.

Byron raakte Fletchers arm aan.

'Nog wat cognac?' zei deze, met een zo ernstig, om niet te zeggen gekweld, gezicht dat Byron in lachen zou zijn uitgebarsten als hij er de energie voor had gehad.

Byrons lippen bewogen en Fletcher boog zich over hem heen.

'Mijn dochter,' fluisterde Byron.

Maar hij had onmiddellijk spijt van zijn woorden. 'Wilt u een brief dicteren aan Lady Byron en de kleine Ada in Londen?' vroeg Fletcher. Hij vreesde het ergste, want zoiets kon alleen maar de wens zijn van iemand in het voorportaal van de dood. De hele wereld wist dat Byron zijn vrouw verachtte en haar alleen maar communiqués stuurde, waarop ze zelden reageerde.

Maar Byron schudde licht het hoofd.

Hij was ervan overtuigd dat Fletcher, een man die hem al zo vele jaren diende, met wie hij zoveel beproevingen had doorstaan en de enige die op de hoogte was van de ware aard van hun relatie, zijn laatste verzoek aan niemand zou onthullen.

'Haal Haidée,' zei hij. 'En de jongen.'

Het beklemde Haidée om haar vader zo te zien liggen, bleek en zwak tussen de kussens die Fletcher er snel bij had gelegd, en witter – zoals Fletcher had gewaarschuwd, net voor ze hem zagen – dan het dons onder de vleugels van een pasgeboren kuiken.

Nu zij en Kauri voor het Turkse bed stonden, brandden de tranen achter haar ogen. Ze was al de man kwijtgeraakt van wie ze haar hele leven had gedacht dat het haar vader was: Ali Pasja. En nu teerde deze vader, die ze nog maar ruim een jaar kende, voor haar ogen weg.

In het jaar dat was verstreken nadat ze elkaar hadden gevonden, had Byron alles op het spel gezet om haar in zijn nabijheid te houden, zonder de ware aard van hun relatie bekend te laten worden.

In het kader daarvan had hij enige maanden geleden, toen hij zesendertig werd, een brief geschreven aan zijn vrouw, die hij Lady B. noemde, waarin hij vertelde dat hij een mooi en levendig Grieks kind had gevonden, 'Hayatée', die maar iets ouder was dan hun dochter Ada en wees was geworden door de Griekse vrijheidsstrijd. Hij wilde haar graag adopteren en naar Engeland

Het vuur

sturen, waar Lady B. er wel voor kon zorgen dat ze goed werd opgevoed.

Natuurlijk had hij nooit een reactie gekregen. Maar de spionnen die zijn post openden, zo zei hij tegen Haidée, zouden denken dat deze pseudoadoptie de zoveelste gril was van de Britse Lord.

Haidées verwantschap met Byron was inmiddels bevestigd door talloze geruchten. In Griekenland logen die nooit. Nu hij stervende was, terwijl ze elkaar dringend moesten spreken, wisten beiden dat het belangrijker was dan ooit dat niemand te weten kwam waarom ze hier was gebracht.

De Zwarte Koningin lag in een grot op een eiland voor de kust van Maino. Byron had Trelawney ooit verteld dat hij daar begraven wilde worden, in de grot waar hij *The Corsair* had geschreven. Alleen zij drieën, Haidée, Kauri en Byron, wisten waar het stuk was.

Maar wat hadden ze er nog aan?

Met de Griekse Onafhankelijkheidsoorlog, die drie jaar daarvoor daadwerkelijk was begonnen, ging het al niet goed, maar de laatste tijd ging het nog slechter. Prins Alexander Ysilántis, het voormalige hoofd van de Philike Hetaira, het genootschap dat zich tot taak had gesteld om Griekenland te bevrijden, was ten strijde getrokken, maar verraden door zijn voormalige meester, tsaar Alexander I van Rusland, en kwijnde nu weg in een Oostenrijks-Hongaarse cel.

De Griekse partijen lagen met elkaar overhoop. Iedereen wilde de baas zijn. En Byron, misschien wel hun laatste hoop, lag op zijn sterfbed in een smerige kamer in Missolonghi.

Haidée zag de gekwelde uitdrukking op het gezicht van haar vader, niet alleen door het gif dat ze hem ongetwijfeld hadden toegediend, maar ook doordat hij binnenkort deze aarde zou verlaten en daarmee ook zijn dochter, terwijl hun werk nog niet voltooid was.

Kauri zat zwijgend naast het bed, met een hand op de kop van Lyon. Haidée stond naast haar vader en nam zijn krachteloze hand in de hare.

'Vader, ik weet dat u ernstig ziek bent,' zei ze zacht. 'Maar ik moet de waarheid weten. Welke hoop kunnen we nu nog koesteren dat de Zwarte Koningin behouden blijft? Of het hele schaakspel?'

'Zoals je ziet, is het allemaal uitgekomen,' fluisterde Byron. 'Alles wat we vreesden. De strijd en het verraad in Europa zullen doorgaan tot iedereen vrij is. Napoleon heeft zijn bondgenoten verraden en ook het Franse volk, ja, uiteindelijk zelfs zijn eigen idealen, toen hij Rusland binnentrok. En Alexander van Rusland heeft alle hoop op het verenigen van de oostelijke kerken tegen de islam de bodem in geslagen en daarmee de idealen verraden van zijn grootmoeder Katarina. Maar wat heeft idealisme nog voor zin als de idealen onwaarachtig zijn?'

De dichter zeeg achterover in de kussens en sloot zijn ogen, alsof hij onmachtig was om verder te gaan. Hij maakte een zwak handgebaar, en Haidée pakte de kop tisane, de geneeskrachtige thee die Fletcher op verzoek van Byron had gezet, voor hij het vertrek verliet. Ze zag dat de bediende ook een waterpijp had klaargezet, om Byron de kracht te geven te zeggen wat hij te zeggen had. De tabak brandde al.

Byron nipte aan de thee die ze hem aanreikte. Toen plaatste Kauri het slangetje van de waterpijp tussen zijn lippen. Ten slotte vond Byron de kracht om door te gaan.

'Ali Pasja was een man met een hoge missie,' zei hij met zwakke stem. 'Die behelsde meer dan het verenigen van Oost en West. Het ging hem om het verenigen van onderliggende waarheden. De ontmoeting met hem en Vasiliki heeft mijn leven een andere wending gegeven, toen ik niet veel ouder was dan jullie nu zijn. Dat werd de aanzet tot veel van mijn grootste liefdesgeschiedenissen. Die van de hartstochtelijke liefde tussen Haidée en Don Juan en van *The Giaour*, 'De Ongelovige', over een held die als niet-moslim liefde opvat voor de slavin Leila. Maar *giaur* betekent niet echt 'ongelovige'. Het komt van het Perzische *gaur*, en de oudste betekenis is "vuuraanbidder", "discipel van de profeet Zoroaster". Of een parsee uit India, die Agni, de vlam, aanbidt.

Dit alles heb ik geleerd van de pasja en de Bektasji's: de onderliggende vlam die in alle waarheden aanwezig is. Van je moeder Vasiliki heb ik liefde geleerd.'

Byron gebaarde dat hij nog een slok sterke thee wilde en ook nog wat tabak om hem de kracht te geven die hij nodig had. Daarna zei hij: 'Misschien maak ik het nieuwe jaar niet meer mee, maar de dageraad van de volgende dag nog wel. Er is genoeg tijd om met jullie het geheim te delen van de Zwarte Koningin, dat de pasja en Vasiliki zo vele jaren geleden deelden met mij. De Koningin die jullie nu bezitten, is niet de enige, maar het is wel de echte. Kom wat dichterbij, mijn kind.'

Haidée deed wat hij vroeg, en Byron sprak tot haar met een zo zachte stem dat Kauri zijn best moest doen om te horen wat hij zei.

HET VERHAAL VAN DE DICHTER

In de stad Kazan, de hoofdstad van Tatarstan, in het hart van Rusland, leefde aan het eind van de zestiende eeuw een jong meisje, Matrona genaamd, dat herhaaldelijk droomde dat de Moeder Gods tot haar was gekomen om haar te vertellen over een oeroud icoon met enorme krachten dat ergens begraven was. De vele aanwijzingen die de Maagd gaf, werden gevolgd en zo werd het icoon uiteindelijk gevonden, in een gesloopt huis, in de as onder de haardplaat, gewikkeld in een doek.

Dit icoon, de Zwarte Maagd van Kazan genoemd, zou het beroemdste icoon worden uit de geschiedenis van Rusland.

Kort na de ontdekking werd in Kazan het Bogoroditsa-klooster gebouwd om het icoon te huisvesten. Bogoroditsa betekent 'geboortegever van God', naar Bogomater, Moeder Gods, de titel die donkere, met de aarde verbonden figuren wordt gegeven.

De Zwarte Maagd van Kazan heeft Rusland tweehonderdvijftig jaar lang beschermd. Ze heeft de soldaten vergezeld die Moskou in 1612 van de Polen bevrijdden, en in 1812 van Napoleon.

In 1715 bracht Peter de Grote haar van Moskou, haar tweede thuis, naar zijn nieuwe stad Sint-Petersburg over. Van die stad werd ze de patroon- en beschermheilige.

Zodra de Zwarte Koningin des Hemels in Sint-Petersburg was geïnstalleerd, ontvouwde Peter de Grote zijn meesterplan: de Turken uit Europa verdrijven. Hij gaf zichzelf de titel Petrus I, Russo-Graecorum monarcha, koning der Russen en Grieken, en zwoer de orthodoxe kerken van Rusland en Griekenland te zullen verenigen. Die onderneming zou niet slagen, maar bijna vijftig jaar later zou een opvolger geestdrift opvatten voor dezelfde zaak: tsarina Jekaterina II, keizerin van groot-Rusland, die we nu kennen als Katarina de Grote.

Toen Katarina in 1762 met hulp van haar minnaar Grigori Orlov haar man tsaar Peter III in een paleisrevolte van de troon stootte, voegde ze zich snel bij de gebroeders Orlov in de kathedraal van de Bogoroditsa van Kazan om zichzelf tot keizerin uit te roepen.

Ter nagedachtenis aan deze gebeurtenis liet ze een penning slaan waarop ze was afgebeeld als een andere maagd, de godin Pallas Athene, of Minerva, zoals de Romeinen haar noemden, en ze liet een kopie maken van het icoon van de Zwarte Maagd van Kazan, met een met edelstenen bezette *oklad*, een lijst, gemaakt door meestergoudsmid Iakov Frolov. Het icoon zou in het Winterpaleis worden gehangen, recht boven haar bed.

De Russische kerk, die rijk en machtig was – de kerk bezat meer dan een derde van alle land en lijfeigenen van het land – steunde haar volmondig in haar streven om de islam te verdrijven uit het oosten van haar rijk en de twee christelijke kerken te herenigen. De kerk bracht geld in om ontdekkingsreizen, gebiedsuitbreiding en oorlogen te helpen betalen. Grigori Sjelikov, de 'Russische Columbus', vestigde de eerste Russische kolonie in Alaska en een handelsmaatschappij in Kamtsjatka en bracht ook het oosten van Rusland, een deel van het westen van Amerika en de eilanden daartussenin in kaart.

Het Russische Rijk begon zijn vele aanspraken kracht bij te zetten.

Als heerser over dit grote rijk zag Katarina haar kleinzoon Alexander, die ze had laten vernoemen naar de grote veroveraar van het oosten.

Door de eerste Russisch-Turkse oorlog, van 1768, behaalde

Katarina een belangrijke concessie, waarmee ze een voet tussen de deur van het Ottomaanse rijk kreeg: in een verdrag werd vastgelegd dat Rusland het recht had om christelijke onderdanen van de Porte bescherming te bieden als dat nodig was.

Kort daarna hielp Katarina's nieuwe favoriet, Grigori Potjomkin, haar bij het opstellen van een adembenemend ambitieus plan. Ze noemden het het 'Griekse Project'. Het behelsde niets minder dan het herstel van het hele Byzantijnse Rijk zoals dat bestond voor de verovering door de islam. De heerser over dit rijk zou de andere kleinzoon van Katarina zijn, die ze had vernoemd naar de keizer die de christelijke kerk tot staatskerk had gemaakt: Konstantin.

Om het plan uit te voeren richtte Potjomkin een militaire eenheid op van tweehonderd Griekse studenten, de 'Compagnie van Buitenlandse Gelovigen'. Die zouden in Rusland militair worden getraind en daarna terugkeren naar hun vaderland, waar ze het voortouw zouden nemen bij het initiatief om Griekenland op Rusland te heroveren. Uit deze groep zou later de Philike Hetaira ontstaan, het Genootschap voor de Onafhankelijkheid van Griekenland, die een belangrijke bijdrage zou leveren aan wat we nu hier doen.

De strategie was vastgelegd, en achter de vijandelijke linies stonden pionnen klaar. Het tijdstip voor haar coup was aangebroken. Dat dacht Katarina althans.

De tweede Russisch-Turkse oorlog begon in 1787, slechts twee jaar voor de Franse Revolutie, en was een nog groter succes dan de eerste. Potjomkin voerde het Russische leger aan en wist het grootste deel van de kust van de Zwarte Zee in handen te krijgen. Hij veroverde ook de grote vesting Ismail.

Katarina stond op het punt om nu het hele Griekse Project te initiëren, dus het Ottomaanse rijk op te delen en Constantinopel in te nemen, toen Potjomkin, niet alleen haar opperbevelhebber en een briljant politiek strateeg, maar volgens sommigen ook in het geheim haar echtgenoot, na het tekenen van een verdrag plotseling werd getroffen door een geheimzinnige koorts. Hij stierf als een hond langs de weg naar Nikolajev, in Bessarabië, net ten noorden van de Zwarte Zee.

Het hof in Sint-Petersburg ging in rouw toen het nieuws bekend werd en Katarina was buiten zichzelf van verdriet. Alles wat ze nastreefde, al haar complexe plannen, leken met het meesterbrein dat ze had bedacht en voor een deel uitgevoerd, in het graf te zijn verdwenen.

Net op dat ogenblik arriveerde een oude vriendin uit Frankrijk in het Winterpaleis: Hélène de Roque, de abdis van Montglane. Ze had een belangrijk stuk van het schaakspel van Montglane bij zich, het schaakspel dat aan Charlemagne had toebehoord. Het was misschien wel het sterkste stuk: de Zwarte Koningin. Daardoor vatte Katarina de hoop op dat al haar inspanningen toch niet voor niets waren geweest en dat haar Project toch nog de verwachte vrucht zou dragen.

Katarina eigende zich het stuk toe en hield haar vriendin de abdis scherp in het oog in de hoop erachter te komen waar de andere stukken waren. Meer dan een jaar ging voorbij. Toen luisterde Katarina's zoon Paul, die haar verachtte, toevallig een gesprek af tussen zijn moeder en de abdis waaruit bleek dat Katarina van plan was om hem te onterven en zijn zoon Alexander op de troon te zetten. Maar toen de keizerin gewaarwerd dat ook Paul nu op de hoogte was van het bestaan van het schaakstuk, dat ze in haar persoonlijke kluis in de Hermitage had verborgen, besloot ze om onmiddellijk in actie te komen.

Zonder het iemand te vertellen liet de keizerin, die haar zoon Paul wantrouwde, in het geheim door meestergoudsmid Iakov Frolov, dezelfde die meer dan twintig jaar daarvoor een kopie had gemaakt van de Zwarte Madonna, nu een al even volmaakte kopie maken van de Zwarte Koningin.

Het echte stuk speelde ze via haar Compagnie van Buitenlandse Gelovigen in handen van het Griekse verzet. De volmaakte kopie ging de kluis van de Hermitage in, waar hij bleef tot haar dood, drie jaar later. Paul vond het testament van zijn moeder en vernietigde het. Hij werd de nieuwe tsaar van Rusland. Hij kreeg ook het voorwerp in handen dat, dacht hij, zijn moeder altijd boven al het andere had gesteld.

Maar één persoon wist hoe het allemaal zat.

Paul liet de Koningin zien aan de abdis, vlak voor de staatsbegrafenis van zijn moeder, in een poging haar ertoe te bewegen hem te helpen bij het vinden van de andere stukken. Uit wat hij zei, maakte de abdis op dat ze, wat ze ook zei of deed, in de gevangenis zou worden geworpen. Toch stak ze haar hand uit naar het stuk en zei dat dat haar toebehoorde.

Paul weigerde het haar te geven, maar zelfs op een afstand kon ze zien dat er iets vreemds aan de hand was. Het leek in alle opzichten op het zware gouden stuk dat ze kende, bezet met onbewerkte ronde edelstenen, zo groot als de eitjes van een roodborstje en zorgvuldig gepolijst. Het stuk verbeeldde een gestalte, gehuld in een lang gewaad en gezeten in een klein paviljoen, waarvan de gordijnen opzij waren getrokken. Het was in alle opzichten identiek aan het origineel.

Op één ding na.

De kerk bezat vele stenen zoals deze, uit de tijd van Charlemagne of nog eerder, niet voorzien van facetten, maar met de hand gepolijst tot ze deze vorm hadden, of getrommeld met het allerfijnste silicium, tot een glasachtig oppervlak werd verkregen dat het natuurlijke kleurenspel accentueerde, of de asterie, de innerlijke ster van de edelsteen. In de Bijbel werden tal van zulke stenen beschreven, met hun verborgen betekenis.

Daarom had de abdis aan één blik genoeg om vast te stellen dat dit stuk niet de Zwarte Koningin was die ze meer dan vijf jaar daarvoor uit Frankrijk had meegenomen. Uit angst dat dit zou gebeuren, had de abdis namelijk het origineel van een merkteken voorzien dat niemand zou ontdekken. Met de gefacetteerde diamant van de ring die ze uit hoofde van haar functie droeg, had ze een kleine 8-vormige kras gemaakt op de cabochon geslepen robijn onder aan het paviljoen.

Dat merkteken was er niet meer.

Daarvoor kon maar één reden zijn. Tsarina Katarina had op de een of andere manier een volmaakte kopie van de Zwarte Koningin laten maken voor in haar kluis. De echte bevond zich elders en was buiten bereik van Paul.

De abdis had maar één kans. Bij de begrafenis van de tsarina moest ze een brief in code meegeven die bestemd was voor iemand in de buitenwereld. En die moest worden bezorgd door

Platon Zoebov, de laatste minnaar van de keizerin, die, had Paul haar net verteld, zou worden verbannen.

Het was haar enige hoop om de Zwarte Koningin te redden.

Toen Byron zijn verhaal verteld had, liet hij zich terugzakken in de kussens. Zijn huid was door de vele aderlatingen nog witter dan anders. Hij sloot zijn ogen. Het was wel duidelijk dat het beetje energie waarover hij even daarvoor nog beschikte volledig was uitgeput. Maar Haidée wist dat tijd van het grootste belang was.

Ze stak haar hand uit naar Kauri, die haar het mondstuk van de waterpijp gaf en een beetje gescheurde tabak. Ze deed het klepje open en legde de tabak op de gloeiende kolen. Toen de rook in de pijp opsteeg, waaierde ze die met haar hand in de richting van haar vader.

Byron hoestte even. Toen opende hij zijn ogen en keek zijn dochter vol liefde en verdriet aan.

'Vader,' zei Haidée, 'ik moet u vragen hoe deze informatie ooit Ali Pasja, mijn moeder en de Baba Shemimi heeft bereikt, zodat ze het aan u konden doorgeven.'

'De informatie kwam bij een ander,' zei Byron, zijn stem nauwelijks meer dan een gefluister. 'Bij degene die ons allen had uitgenodigd in Rome. De winter na de dood van Katarina de Grote was het nog steeds oorlog in Europa. Bij het Verdrag van Campo Formio kreeg Frankrijk de Ionische eilanden en een paar steden aan de Albanese kust. Tsaar Paul en de Britten hadden een verdrag getekend met de sultan in Constantinopel. Daarmee verried hij alles wat zijn moeder de Grieken ooit beloofd had.

Ali Pasja trok met Franse steun ten strijde tegen dit euvele drietal. Maar Ali volgde ook een eigen agenda, want via Letizia en haar vriend Shahin was hij er inmiddels achter gekomen dat hij de echte Zwarte Koningin in handen had.'

'En de Zwarte Koningin zelf?' vroeg Haidée, terwijl ze de waterpijp wegschoof, al hield ze verstrooid het koperen balansje nog in haar hand. 'Als Kauri en ik haar moeten beschermen, wie moet zij dan te midden van al dit verraad dienen?'

'Vrouwe Gerechtigheid,' zei Byron met een flauwe glimlach naar Kauri.

'Vrouwe Gerechtigheid?' vroeg Kauri.
'Ze staat vlak naast je,' zei Byron. 'Ze heeft de Balans in haar hand.'

DE VLAG

vlam... <L. *flamma, vlam, vuur, iets wat brandt, oorspr. flagma,
flag in flagrare, gloeien, blaken: z. ook flagrant

flagrant... <Gr. φλεγειν, *branden* = Skr. *bhrâj, helder schitteren*
1. *brandend, schitterend, bij fig. gebr. opvallend, markant.*
— TERRI NOUP, *Etymologisch Woordenboek*

Voor een eersteklas schaaknerd zag Vartan er spectaculair uit. Ik herinnerde me onwillekeurig wat Key in Colorado over hem had gezegd toen hij door het hoge gras op ons af kwam lopen, zijn krullen golvend in de wind. Hij had een gestreepte trui aan in heldere lentetinten, hemelsblauw en maisgeel, die eruit sprongen tussen de wilde bloemen. Bijna vergat ik dat elke gevaarlijke gek op de planeet achter me aan zat. Zou hij die trui speciaal voor mij hebben aangetrokken?

Eerst begroette hij Red Cedar en Tobacco Pouch, die daarna een paar woorden wisselden met Key. Vervolgens drukten de twee iedereen de hand en liepen terug in de richting waaruit we gekomen waren.

Vartan lachte toen hij zag dat ik naar zijn opvallende trui keek. 'Ik hoopte al dat je hem mooi zou vinden,' zei hij, terwijl we naar de plek liepen waar hij zijn auto had geparkeerd. Key beende voor ons uit. 'Ik heb hem speciaal laten maken. Dit is de vlag van

Oekraïne. Ik vind de kleuren heel mooi, maar ze zijn ook symbolisch. Het blauw staat voor de hemel en het geel voor de graanvelden. Graan is alles voor ons. Het heeft diepe emotionele wortels. Voor Stalin de collectieve boerderijen opzette die hongersnood veroorzaakten en miljoenen het leven kostten, werd Kiev de Moeder van Rusland genoemd en Oekraïne de broodmand van Europa. Er is een prachtige Amerikaanse hymne die ook hemel en graan bezingt. En vervolgens barstte hij uit in: *'Oh skies so beautiful, with amber fields of waving grain...'*

'Ja, dat kennen we,' zei ik. 'En als we een beetje gezond verstand hadden gehad, was dat ons volkslied geworden in plaats van dat kroeglied over raketten en bommen van Keys voorvader Francis Scott.'

'Nou ja, zoveel verschil is er niet,' zei Vartan, terwijl we verder liepen, met Key nog steeds voorop. 'Ons volkslied is ook niet zo vrolijk. "De glorie van Oekraïne is niet vergaan, noch haar roem." Wil je zien wat ik op de rug van mijn trui heb laten aanbrengen?'

Onder het lopen draaide hij zich om om het wapen te laten zien dat op de rug was geborduurd. Dat bestond uit een blauw vlak met in het midden een nogal gotisch aandoende blauwe drietand. 'Het wapen van Oekraïne,' zei Vartan. 'Eigenlijk van Volodimir, onze patroonheilige. Maar de drietand is van voor de Romeinse tijd. De eerste drietand die er zo uitzag, werd gedragen door de Indiase vuurgod Agni. Dit symboliseert het herrijzen uit de as, de eeuwige vlam. "We zijn niet gestorven" en zo.'

'Als we niet een beetje tempo maken,' zei Key over haar schouder, 'zou dat wel eens alsnog kunnen gebeuren.'

'Ik ben er alleen maar over begonnen omdat dat de reden is dat ik hem aanheb. Vanwege de plek waar we heen gaan,' zei Vartan.

Key wierp hem een vernietigende blik toe en versnelde haar pas. Vartan deed hetzelfde. Ik moest mijn best doen om hen bij te houden. 'Hé, hé, je wil toch niet zeggen dat we naar Oekraïne gaan?'

'Doe niet zo gek,' snauwde Key me over haar schouder toe.

Erg veel troost bood haar ontkenning me niet. Een 'uitje' stond bij Key nogal eens gelijk aan het met je blote handen beklimmen van een gletsjer. Kennelijk had zij de leiding en dat betekende dat we op weg waren naar god weet wat voor bestemming. Sinds het ontbijt was ik al twee, drie keer op het verkeerde been gezet of ontvoerd, dus ik verbaasde me nergens meer over.

'Maak je maar geen zorgen,' zei Vartan en hij nam me bij de arm toen ik hen licht buiten adem eindelijk had ingehaald. 'Ik weet zelf niet eens wat onze eindbestemming is.'

'Daar komen we allemaal zo meteen achter,' snauwde Key. 'Maar of we daarheen vliegen met de Oekraïense vlag op onze rug is een tweede.'

'Ik heb deze trui speciaal voor jou aangetrokken,' zei Vartan. Hij besteedde geen aandacht aan Keys kribbige gedrag. 'Ik dacht dat je het leuk zou vinden, omdat jij voor de helft Oekraïens bent.'

Wat betekende dat nou weer?

'De Krim, waar je vader is geboren, maakt deel uit van Oekraine. Maar nu zijn we dan toch bij onze auto.'

Onze auto, een onopvallende grijze sedan, was de enige die op het grind van de parkeerplaats stond. Toen we ernaast stonden, stak Key woordeloos haar hand uit. Vartan liet de sleutel erin vallen. Ze deed het achterportier voor hem open. Toen hij op de bank schoof, zag ik dat er ook al een paar plunjezakken lagen. Key ging achter het stuur zitten, ik naast haar, en we reden de weg op.

Deze plaatselijke wegen waren stoffig en bochtig, en bij de vele splitsingen stonden lang niet altijd borden. Toch nam Key alle afslagen vlot. Ik hoopte maar dat ze de weg kende. Ik vroeg het maar niet, want ik had wel door dat ze knap nijdig was.

Maar waarom eigenlijk? Jaloers dat Vartan zoveel aandacht voor me had? Dat was meer Sage's afdeling. En Vartan was onmiskenbaar aantrekkelijk, maar Key viel niet op dit slag mannen. Zijn denkwijze was analytisch, naar binnen gekeerd. Key had meer met mannen die in wat nauwer contact stonden met de biosfeer. Key kon het wel vinden met een man die op honderd meter een serac kon onderscheiden van een morene, die binnen een paar seconden tien verschillende knopen kon leggen – in het donker, met wanten aan – en altijd een uitgebreide verzameling klimhaken, ijskrappen en musketons bij zich had.

Waar ging dit nou eigenlijk over? Op elkaar geklemde kaken, gespannen achter het stuur... Key zat zich behoorlijk op te fokken. Maar Vartan zat achter ons en kon alles horen wat we zeiden, dus mijn grijze cellen kraakten terwijl ik iets probeerde te verzinnen wat zij zou begrijpen.

Zoals gewoonlijk was Key me een slag voor.

'Twee hoofden zijn beter dan één,' mompelde ze uit haar mondhoek. 'Maar drie is te veel.'

'Jouw motto is toch altijd "hoe meer zielen, hoe meer vreugd"?'

'Vandaag even niet.'

Key had Vartan helemaal hierheen laten rijden om ons op te halen. Betekende dit dat ze hem nu wilde lozen?

Maar toen ik om me heen keek naar het verlaten landschap, met her en der groepjes bomen, maar nergens een benzinepomp of een telefoon, vroeg ik me echt af of we een ongewenste Russische grootmeester hier wel konden dumpen, ook al was hij het vijfde, pardon, derde wiel aan de wagen.

Bij de volgende groep bomen reed Key de auto tussen de stammen, zette de motor af en draaide zich om.

'Waar zijn ze?' zei ze tegen Vartan.

Ik keek even verbluft als hij.

'Waar staan ze naar ons te kijken?' snauwde ze. 'Hé makker, ga nou niet de onwetende immigrant uithangen. Met "ikke niet weten" kom je bij mij niet echt ver.'

Ze keek me aan.

'Zullen we het even stap voor stap doornemen?' En nijdig tikte ze met haar vinger alle knelpunten af. 'Jij en ik ontsnappen uit D.C., nog maar net uit de grijpgrage klauwen van kerels die volgens jou van de geheime dienst zijn. We vermommen ons en stappen uit op een plek waar verder niemand kan komen. We lopen een moeras door en een bos waar dankzij onze Piscataway-krijgers geen spion te vinden is. We regelen een auto via een route die niemand kan voorzien. Kun je het nog volgen?'

Ze richtte haar blik op Vartan en porde met haar wijsvinger in zijn borst. 'En dan komt hij tevoorschijn en steekt een kilometer grasveld over in een lichtgevende trui, alsof hij solliciteert naar een plaatsje in het corps de ballet van de Copacabana. Het enige wat ontbreekt, zijn de struisvogelveren. Dus waar waren ze? In een vliegtuig? Een zweefvliegtuig? Een ballon?'

'Denk je dat ik deze trui heb aangetrokken om iemands aandacht te trekken?' zei Vartan.

'Wat voor andere reden kun je ervoor hebben?' Key vouwde haar armen over elkaar en keek hem strak aan. 'Dan zou ik maar een mooi verhaal verzinnen. Het is acht kilometer lopen naar de dichtstbijzijnde taxistandplaats.'

Vartan staarde haar aan alsof hij niet goed wist wat hij moest zeggen. Het was net of hij bloosde, maar Key gaf geen krimp. Uiteindelijk lachte hij wat ongemakkelijk.

'Ik geef toe dat ik het heb gedaan om aandacht te trekken.'

'Waar zijn ze?' vroeg Key weer.

Vartan wees naar mij. 'Daar.'

Toen we doorhadden wat dat betekende, zei hij: 'Het spijt me zeer. Ik dacht dat ik had uitgelegd dat ik een verband wilde leggen tussen Alexandra, haar vader en ons land. Ik had het niet begrepen van de vermomming. Maar het was echt niet de bedoeling om jou of Alexandra in gevaar te brengen. Echt niet.'

Key sloot haar ogen en schudde haar hoofd, alsof ze niet kon geloven dat iemand zo stom kon zijn.

Toen ze ze weer opendeed, zat Vartan Azov met ontbloot bovenlijf voor haar.

'Als er zoveel misverstanden tussen ons zijn, en zo vroeg al,' zei Vartan, terwijl Key verder reed – en we hadden hem overgehaald een andere trui aan te trekken, de kleurige had hij uitgetrokken – worden onze andere problemen nog groter dan ze al waren.'

Helemaal waar. Maar in ieder geval had ik één probleem minder: de vraag hoe Vartan Azov eruitzag zonder hemd aan.

Als schaker was ik bedreven in alles wat met geheugen en perceptie te maken had. Ik wist dat als je eenmaal iets gezien had en je het je niet meer hoefde te verbeelden – de twee seconden dat je een stelling ziet of de twaalf dat ik naar Vartans borst had mogen kijken – dat zo'n beeld dan voor altijd in de kluis van je geest blijft opgeborgen, onuitwisbaar en nooit meer uit te bannen.

Wat een oen was ik toch.

Die Azov. Een week geleden wilde ik hem nog verslaan, of gewoon slaan of in de pan hakken. Een gezonde agressieve houding, die al heel wat schakers voor de ondergang heeft behoed. Maar ik wist dat wat er tussen ons was meer was dan een duel tot de dood.

Vartan had gelijk gehad toen hij in Colorado zei dat er te veel toevalligheden in ons leven waren en dat we onze krachten moesten bundelen. Maar was het allemaal wel zo toevallig? Als Key gelijk had, had mijn moeder deze hele toestand opgezet om ons bij elkaar te brengen.

Ik stond aan de rand van een afgrond en wist niet meer wie ik nog vertrouwen kon – mijn moeder, mijn oom, mijn baas, mijn tante, zelfs mijn beste vriendin. Waarom zou ik dan Vartan Azov vertrouwen?

Maar dat deed ik wel.

Ik wist nu dat Vartan Azov een man van vlees en bloed was. En niet alleen omdat hij zijn trui had uitgetrokken.

Hij wilde iets van me, iets wat ik had gezien of wat ik wist, misschien zelfs zonder zelf te beseffen dat ik het wist. Vandaar al dat gepraat over Oekraïne en kleuren en symbolen en gouden graanvelden...

Toen, plotseling, wist ik het. Het paste volmaakt in elkaar.

Ik draaide me om zodat ik naar hem kon kijken. Hij keek me aan met die bodemloze paarse ogen. In hun diepten smeulde nog steeds een vlam.

Opeens begreep ik dat hij precies wist wat ik wist.

'Taras Petrosjan was meer dan gewoon een Russische oligarch en schaakliefhebber, hè? Hij was eigenaar van een serie poenerige restaurants, zoals Sutaldea hier. Hij kreeg geld van Basil. Hij had overal een vinger in de pap. En hij heeft alles aan jou nagelaten.'

Uit mijn ooghoek zag ik hoe Key even met haar mond trok, maar ze deed geen poging me het zwijgen op te leggen en bleef gewoon rijden.

'Ja, dat is zo,' zei Vartan. Hij bleef me met die intense blik aankijken, alsof ik een pion was op zijn schaakbord. 'Op één ding na.'

'Ik weet wat dat was.'

Ik had erover zitten piekeren vanaf het ogenblik dat ik samen met Nim op de brug had gestaan. Maar hoe ik ook mijn best deed om me dat scenario in te beelden, het was onmogelijk dat zijn moeder Tatjana naar de schatkamer was teruggelopen en na de moord op mijn vader het kaartje met de vuurvogel erop uit mijn zak had gehaald.

Maar degene die dat kaartje wel had en naar Nim had gestuurd, die het naar zijn zeggen had doorgestuurd naar mijn moeder, had ook iets anders gestuurd.

'De tekening van het schaakbord,' zei ik. 'Wie dat naar mijn oom heeft gestuurd, moet erbij zijn geweest, die dag in Zagorsk. Het moet Taras Petrosjan zijn geweest. Daarom is hij vermoord.'

'Nee, Xie. Ik heb de tekening en dat kaartje naar je oom gestuurd, zoals je moeder me vroeg.'

Hij keek me een ogenblik onderzoekend aan, alsof hij niet goed wist hoe hij nu verder moest.

Ten slotte zei hij: 'Mijn stiefvader is vermoord toen hij haar de Zwarte Koningin stuurde.'

DE VLUCHT

Vlucht/vliegen. Transcendentie; het bevrijden van de geest van de beperkingen van de materie; het bevrijden van de geest van de doden, toegang tot een bovenmenselijke statuur. Het vermogen van wijzen om te vliegen of 'met de wind te reizen' symboliseert geestelijke bevrijding en alomtegenwoordigheid.
— J.C. COOPER, *An Illustrated Encyclopedia of Traditional Symbols*

'Hou er nou je hoofd een beetje bij,' zei Key vermanend, toen we over het asfalt naar het wachtende vliegtuig toe liepen. "Een deel van de stof van vandaag komt op het examen terug," zoals ze op school altijd zeiden.'

Een flink pak gegevens zou me prima uitkomen, maar ik was niet van plan erom te gaan vragen. Na alle tegenstrijdige verhalen van vanochtend had ik eindelijk geleerd om te zwijgen, te luisteren en mijn mening voor me te houden.

Toen we met onze plunjezakken aan boord van het vliegtuig stapten, bedacht ik opeens dat ik dit vliegtuig van Key nog nooit had gezien. Het was een Bonanza, een klassiek eenmotorig toestel. Ik wist dat ze liever met antieke toestellen vloog, stoere dingen die met tachtig kilometer per uur nog in de lucht bleven.

'Nieuwe aanwinst?' zei ik toen we onze riemen hadden vastgemaakt en ze was begonnen te taxiën.

'Nou nee. De pest van Washington D.C.: korte startbanen. Je

moet hier altijd op de spreekwoordelijke postzegel landen. Deze heb ik geleend. Hij is zwaarder en heeft minder heffend vermogen dan een waarbij de vleugels boven de romp zitten, dus we kunnen met een veel kortere baan toe. Maar hij is heel snel, brandstofinjectie, hè, dus we zijn er in een mum van tijd.'

Ik vroeg maar niet waar 'er' was. Niet dat ik niet nieuwsgierig was; na dat voorval onderweg hierheen was wel duidelijk dat mijn moeder Key en Vartan had gecharterd, maar dat Key hem nog steeds niet voldoende vertrouwde om alles te zeggen.

Na de schokkende mededeling van Vartan over de Zwarte Koningin, het schaakbord en het kaartje uit Zagorsk kon ook ik wel wat uitleg gebruiken. Maar zolang die er niet kwam, had ik geen andere keus dan het spel meespelen.

De Bonanza rook naar oud leer en natte hond. Waar zou ze het ouwe ding vandaan hebben? Key liet de motor loeien. Het toestel rolde sidderend en rammelend over de startbaan alsof het bedacht of dit wel ging lukken, maar op het laatste ogenblik ging de neus omhoog en maakte het zich verrassend makkelijk los van de grond. Toen we op kruishoogte waren, haalde Key een paar schakelaars over en draaide zich om naar Vartan en mij. 'Otto kan het verder wel alleen af. Nu kunnen we verder praten.' Otto was vliegersjargon voor 'ottopiloot', de automatische piloot dus.

Ook ik draaide me om naar Vartan. 'Je hebt onze onverdeelde aandacht,' zei ik liefjes. 'Als ik het goed heb, nam aan het eind van de laatste aflevering je stiefvader Taras Petrosjan net de Zwarte Koningin in zijn armen.'

'Ik wil met alle genoegen alles uitleggen,' zei Vartan, 'maar weet wel dat het een heel lang verhaal wordt, want we moeten tien jaar en verder terug in de tijd. Het kan niet worden bekort.'

'Geeft niet,' zei Key. 'Als ik het bijtanken meetel, hebben we minstens twaalf uur de tijd.'

Verbluft keken Vartan en ik haar aan. 'We zijn er in een mum van tijd, zei je.'

'Ooit van Einstein gehoord?' zei Key schouderophalend.

'Relatief dan. Waar gaan we relatief heen?'

'Naar Jackson Hole in Wyoming. Om je moeder op te halen.'

Het vuur 355

Jackson Hole was hemelsbreed vijfendertighonderd kilometer vliegen. Maar vliegtuigen zijn geen vogels. Als de benzine opraakt, kun je niet even een maisveld in duiken om bij te tanken.

Ik kon er niet bij. De laatste keer was mijn moeder, in elk geval metaforisch, op weg van de Virgin Isles naar Washington D.C. Wat deed ze in godsnaam in Jackson Hole? Ging het goed met haar? En welk genie had bedacht dat we meer dan een halve dag daarheen moesten gaan vliegen in deze antieke kist?

Waarom had ik er niet aan gedacht om mijn parachute mee te nemen? Zou ik op een afgelegen brandstofdepot kunnen uitstappen en naar huis terugliften?

Key doorbrak mijn sombere gedachten.

'Verdeel en heers, dat is het idee,' zei ze bij wijze van minimale verklaring. 'Erg goed schaken kan je moeder niet, maar Cat Velis weet wel wat *mene tekel* betekent. Heb je enig idee hoe lang dit Spel al gaande is en hoeveel verstoring het heeft veroorzaakt voor ze het eindelijk aan de min of meer grote klok hing?'

'Klok?' Ik kon het even niet volgen.

'Wat Nokomis zegt, klopt helemaal,' zei Vartan ernstig. 'Je moeder heeft waarschijnlijk iets belangrijks ontdekt, iets van groot gewicht, waar niemand in twaalfhonderd jaar aan heeft gedacht.'

Ik spitste mijn oren.

'Ik weet niet precies hoe ik het moet zeggen,' ging hij door. 'In al die eeuwen is je moeder misschien wel de eerste die de ware onderliggende bedoeling van de Schepper onderkent.'

'De Schepper?' gilde ik. Waar ging dit heen?

'Vartan bedoelt de schepper van het schaakspel,' zei Key met veel dedain. 'Al-Jabir ibn Hayyan, weet je nog wel?'

Oké. Begrepen.

'En wat was die onderliggende bedoeling van meneer Hayyan dan?' wist ik nog net uit te brengen. 'Volgens de theorie van mijn moeder dan, waar jullie zo dol op zijn.'

Ze keken me een lange minuut aan, en al die tijd voelde ik de lucht langs de vleugels strijken en hoorde ik het hypnotiserende brommen van de motor.

Beiden schenen tot een soort onuitgesproken beslissing te zijn gekomen.

Vartan verbrak de stilte. 'Je moeder zag dat het Spel misschien altijd een illusie is geweest. Dat het Spel misschien wel niet bestaat.'

'Ho even. Bedoel je dat er mensen zijn vermoord, dat er heel wat mensen hebben gestreden, gedwongen of vrijwillig, terwijl ze wisten dat het hun dood kon worden, en allemaal voor een *illusie*?'

'Er sterven elke dag mensen voor een illusie,' zei Key, onze huisbakken filosoof.

'Maar hoe kan het dat mensen denken dat ze meedoen aan een gevaarlijk Spel, als dat helemaal niet bestaat?'

'O, het bestaat wel,' zei Vartan. 'We zitten er allemaal in. Iedereen heeft er altijd in gezeten. En de inzet is heel hoog, zoals Lily Rad al zei. Maar dat is niet wat je moeder heeft ontdekt.'

'Wat je moeder heeft ontdekt,' ging Key verder, 'is dat het Spel wel eens een truc zou kunnen zijn ons de verkeerde kant op te sturen. Zolang we spelen, zijn we begrensd bezig en dus slachtoffer van onze eigen bijziendheid. Kortzichtigheid, zeg maar. We zijn zwarte en witte vijanden die slag leveren op een zelfgemaakt bord. We kunnen het grotere geheel niet zien.'

Een 'truc' die mijn vader het leven heeft gekost, dacht ik.

Maar hardop vroeg ik: 'Wat is dat Grotere Geheel dan?'

Key glimlachte. 'De Oorspronkelijke Aanwijzingen.'

De ene nieuwe ontdekking na de andere. Wat leidde ik toch een boeiend leven.

De eerste, en qua prioriteit stond hij eigenlijk meteen met stip op één, was dat dit het eerste traject was van een drieduizend kilometer lange tocht in een vliegtuig dat geen wc had.

Dat feit kwam bovendrijven toen Key zakjes studentenhaver en flesjes sportdrank uitdeelde om ons op de been te houden, maar wel waarschuwde niet te veel te eten of te drinken, omdat de eerste pitsstop pas bij Dubuque was. Waar dat ook mocht liggen.

Blijkbaar wordt vliegers met een keiharde training geleerd om alles op te houden of wordt er behoedzaam gebruikgemaakt van een leeg augurkenblik. Omdat er aan boord nog geen bezemkast was die een beetje privacy bood, koos ik maar voor de eerste optie en sloeg het gebodene af.

Mijn tweede ontdekking was meer de moeite waard.

Vartan onthulde de rol die Taras Petrosjan had gespeeld in dit illusoire, maar toch levensgevaarlijke Spel.

'Taras Petrosjan, mijn stiefvader, stamde af van Armeniërs die al generaties op de Krim woonden. Alle Armeniërs wonen al sinds de oudheid in dit gebied.' Met een scheve glimlach voegde hij eraan toe: 'Toen de Sovjet-Unie tien jaar geleden uiteenviel, kwam mijn stiefvader in een ongewone, interessante positie terecht. Vanuit het gezichtspunt van een schaker dan.

Om te begrijpen wat ik bedoel, moet je wat meer weten van de achtergrond van het land waarover ik het heb. De Krim is niet alleen de geboorteplaats van Alexandra's vader. Het schiereiland, bijna een eiland, en de regio eromheen zijn ook de plek waar zich vele legenden afspelen. Het is naar mijn mening geen toeval dat een groot deel van het verhaal dat ik nu zal vertellen zich richt op deze plek aan de Zwarte Zee.'

HET VERHAAL VAN DE TWEEDE GROOTMEESTER

Door de eeuwen heen is de Krim vele malen in andere handen overgegaan. In de middeleeuwen heerste hier de Gouden Horde van Dzjengis Khan, en ook de Ottomaanse Turken hebben het in hun bezit gehad. In de vijftiende eeuw was de Krim het grootste centrum voor de slavenhandel rond de Zwarte Zee. Het kwam pas in Russische handen toen Potjomkin het veroverde voor Katarina de Grote. Tijdens de Krimoorlog, halverwege de negentiende eeuw, was het inzet van de strijd tussen Rusland, dat nog steeds probeerde het Turkse rijk te ontmantelen, en Engeland en Frankrijk, stuk voor stuk spelers in het Grote Spel, zoals het werd genoemd. In de eeuw die volgde, met twee wereldoorlogen, werd de Krim door de een na de ander bezet en ontvolkt. Pas in 1954 deelde Chroesjtsjov, de toenmalige eerste secretaris van de Partij, de Krim in bij Oekraïne, wat nog steeds voor problemen zorgt.

De Oekraïners zullen nooit vergeten dat Stalin in de jaren dertig hongersnood creëerde, waardoor miljoenen omkwamen, en dat hij honderdduizenden Krimtataren, afstammelingen van Djenghis Chan, de dood in heeft gejaagd door in 1944 de volledige bevolking te deporteren naar Oezbekistan. Oekraïners mogen Russen niet, en de Russische meerderheid op de Krim vindt het onprettig dat ze deel uitmaken van Oekraïne.

Maar de Armeniërs waren bij niemand geliefd. Ze hadden zich als een van de eersten bekeerd tot het christendom, al in de tijd van Eusebius. Hun oude kerken, bijna allemaal dichtgespijkerd, staan nog langs de kust van de Zwarte Zee. En toch bleven het buitenstaanders. In het recentere verleden kozen ze vaak partij voor Rusland of Griekenland tegen de Turken, wat aanleiding werd voor vele massamoorden. Als er gevaar dreigde, stak niemand een vinger uit om hun tak van het christelijke geloof te beschermen, ook de Russen en Grieken niet, om van de paus maar te zwijgen, en dus vluchtten veel Armeniërs uit het gebied weg.

Maar deze vlucht, deze diaspora, een Grieks woord dat 'uitzaaiing' betekent, was al in de oudheid begonnen, en speelt een uiterst belangrijke rol in dit verhaal. Hij zou van groot nut blijken voor Taras Petrosjan.

Een van de oudste beschavingen was die van de Minni. Dit was een handelsvolk, dat duizenden jaren het uitgestrekte Armeense plateau heeft bewoond. Het bergachtige gebied loopt in het noorden af naar de Zwarte Zee. In het zuiden gaat het over in het veel lager gelegen Mesopotamië. In de loop van de millennia hadden de Minni zich ook langs de Eufraat en de Tigris gevestigd, en in het hart van Babylon, Sumer en Bagdad.

Drie 'moderne' rijken verdeelden veel later dit enorme gebied: het Russische tsarenrijk, het sultanaat van Turkije en het sjahdom van Iran. De drie rijken grensden aan elkaar in het midden, waar zich een ruim vijf kilometer hoge vulkaan van obsidiaan verheft, de Ararat, ook wel Koh-i-Noh genoemd, 'Berg van Noach', omdat hier de ark tot rust kwam. Het is een heilig oord in het hart van de antieke wereld, het kruispunt van alle wegen naar het oosten en westen, noorden en zuiden.

Taras Petrosjan kende de geschiedenis heel goed en zag een mogelijkheid om een machtige erfenis uit het verleden te gebruiken om een nog veel grotere macht in het heden te bereiken.

Taras was jong, in de dertig, knap, intelligent en ambitieus, toen in de jaren tachtig Michaïl Gorbatsjov aan de macht kwam en glasnost en perestrojka lanceerde. De frisse wind die daardoor opstak, zou al snel uitgroeien tot een storm die sterk genoeg was om het vermolmde en verkalkte Sovjetrijk met zijn versleten ideeën en achterhaalde plannen weg te blazen.

De Sovjet-Unie stortte kort daarop ineen. Maar er stond geen nieuwe structuur klaar om de oude te vervangen.

In dat vacuüm stapten mensen met eigen plannen en vaak hadden ze de organisatie – en soms ook de illegaal verkregen middelen – om die uit te voeren. Gangsters en zwarthandelaren boden 'protectie', onderbetaalde ambtenaren en wetenschappers verkochten geheimen en splijtbaar materiaal en de Tsjetsjeense maffia deelde in 1992 een enorme klap uit door de Russische staatsbank voor 325 miljoen dollar op te lichten.

Er was ook nog een andere klasse opportunisten: de nieuwe oligarchen zoals Taras Petrosjan.

Petrosjan trouwde met mijn moeder toen ik negen was. Ik had al enige naam gemaakt in het schaakcircuit: ZOON WEDUWE DAPPERE RUSSISCHE VETERAAN BLIJKT SCHAAKGENIE, dat soort dingen.

Petrosjan had van zijn stille vennoot Basil Livingston middelen gekregen om in Rusland een keten van chique restaurants en exclusieve clubs op te zetten. Mijn stiefvader begreep heel goed dat de Russen snakten naar meer dan eten alleen, naar een beetje echte luxe na de grauwe decennia van de Sovjets, en hij wist daar heel goed op in te spelen. Zo ontkende hij nooit geruchten dat hij afstamde van een familie die heel lang hofleverancier van vele tsaren was geweest en zorgde hij er altijd voor dat op elke tafel in zijn clubs een koeler klaarstond met voortreffelijke kaviaar.

Elke gelegenheid was opgebouwd rond een zorgvuldig uitgekozen thema, gerelateerd aan waar de Armeniërs vandaan kwamen of waar ze door de eeuwen heen naartoe waren getrokken. Zo opende hij in Sint-Petersburg een peperdure club waar champagne en wijn werden geschonken uit Central Valley, hét wijngebied van Californië. In Moskou had hij Het Gulden Vlies. Daar kreeg je Grieks eten voorgeschoteld, compleet met retsina uit leren zakken, een knipoog naar wat Jason en zijn Argonauten gegeten zouden kunnen hebben toen ze op weg van Colchis naar Tomis de Zwarte Zee overstaken.

Maar het meest in trek was toch wel zijn exclusieve privéclub in Moskou, Baghdaddy's. Het lidmaatschap kostte een vermogen, en je moest er nog voor worden gevraagd ook. Alleen deze club al bezorgde Petrosjan genoeg middelen om mij, zijn jonge stiefzoon, de beste begeleiders te bezorgen die er waren. Daardoor kon hij ook toernooien bekostigen. Dat deed hij om redenen die ik zo meteen zal uitleggen.

Baghdaddy's was meer dan een chique club. De keuken was georiënteerd op het Midden-Oosten en de inrichting was navenant: exotisch en oriëntaals, met koperen dienbladen, kameelzadels en samowaars en naast elke divan een fraai schaakbord. Bij de ingang begroette een groot portret van Haroen al-Rasjid de gasten, en daaronder stond de volgende tekst:

Bagdad, duizend jaar geleden de plek waar wedstrijdschaken is ontstaan.

Kenners van de geschiedenis van het schaken weten namelijk dat deze beroemde kalief van de Abbasiden, die naar verluidt geblinddoekt twee partijen tegelijk kon spelen, het spel gebruikte om zijn soldaten voor te bereiden op oorlog, heel anders dan in het verleden, toen het was gebruikt om te gokken of de toekomst te voorspellen. Daarmee verhoogde hij ook de status van het spel, zodat het buiten de richtlijnen viel die de Koran tegen dit soort dingen heeft uitgevaardigd.

Het interessantste van deze club was de collectie zeldzame schaakstukken die hij in tal van landen had aangekocht. Ze stonden in verlichte nissen in de muren. Petrosjan maakte er geen geheim van dat hij altijd belangstelling had voor nog meer stukken en dat hij er altijd meer voor wilde betalen dan een eventuele concurrent.

Uiteraard was er één spel dat hij heel graag wilde hebben. De Sovjet-Unie was ineengestort, de Twin Towers waren verwoest en Amerikaanse troepen hadden Bagdad bezet, dat alles binnen tien jaar, dus iemand die snel geld nodig had en afstand van iets kon doen, zou misschien maar al te graag een stuk uit het Montglane-spel te gelde hebben gemaakt.

Toen de Russische overheid de oligarchen aanpakte, deed mijn stiefvader zijn bedrijven snel van de hand en ontvluchtte Rusland. Maar wat dit schaakspel betreft, is wel duidelijk dat hij, en misschien ook zijn stille vennoot, er nog steeds naar op zoek was.

Misschien waren ze er wel heel dichtbij. Want ik ben er vrijwel zeker van dat vlak voordat Taras Petrosjan in Londen is vermoord, nu twee weken geleden, iets wat ze zochten uit Bagdad is weggehaald.

Toen Vartan met zijn verhaal klaar was, keek Key hem met een glimlach aan.

'Ik moet zeggen dat ik je echt heb onderschat,' zei ze en ze klopte hem warm op zijn arm. 'Wat een jeugd! Opgevoed door een vent die alleen maar met zichzelf bezig was en zo gewetenloos dat hij misschien zelfs alleen maar met je moeder is getrouwd om jou in handen te krijgen. Jij hebt hem het paspoort geleverd voor zijn euvele plan om de schaakgoeroe van de sterren te worden.'

Ik wist bijna zeker dat Vartan protest aan zou tekenen tegen zo'n opmerking, die ook nog kwam van een vrouw die hem nauwelijks kende en Petrosjan nooit had ontmoet. In plaats daarvan lachte hij alleen maar terug en zei: 'Ik denk dat ik jou ook heb onderschat.'

Maar ik had een zwaarder wegende vraag, die me al de hele tijd dat Vartan zijn verhaal deed op de lippen brandde, een vraag waardoor mijn hart weer aan het bonken was geslagen, een bonken dat nog werd verergerd door het ritmische brommen van de motor van de Bonanza. Alleen kon ik me er niet toe brengen om hem te stellen. Ik wachtte tot Key het weer even van Otto overnam om te controleren of we goed op koers lagen. Toen haalde ik diep adem.

'Ik ga er maar van uit,' zei ik, en ik merkte dat mijn stem trilde, 'dat als Petrosjan en Basil Livingston op jacht waren naar meer stukken van het Montglane-spel, ze ook aasden op het stuk dat jij en mijn vader in Zagorsk zagen.'

Vartan knikte en nam me even aandachtig op. Toen deed hij iets wat me volledig verraste. Hij nam mijn hand in de zijne, boog zich voorover en kuste me op mijn voorhoofd, alsof ik nog een klein kind was. Ik voelde de warmte van zijn lippen op mijn huid, twee contactpunten, alsof we elektrisch verbonden waren. Toen, bijna aarzelend, liet hij me los.

Ik was er zo door overvallen dat ik een brok in mijn keel kreeg en in mijn ogen tranen opwelden.

'Ik moet het je allemaal vertellen,' zei hij zacht. 'Per slot van rekening is dat de reden dat we hier zijn. Maar denk je dat je het aankunt?'

Dat wist ik niet zeker, maar ik knikte toch maar.

'Bij het toernooi in Moskou, die wedstrijd tussen jou en mij, was ik zelf nog een kind en dus begreep ik er weinig van. Maar op basis van wat ik later te weten ben gekomen, kan ik maar één reden bedenken waarom dat toernooi is georganiseerd: om jou en je vader naar Rusland te lokken. Je moeder beschermde hem, dus uit zichzelf zou hij nooit zijn teruggegaan. Begrijp je?'

En of ik het begreep. Ik had zin om te gaan gillen en mijn haar uit mijn hoofd te trekken. Maar ik wist dat wat hij zei, precies klopte. En ook wat dat betekende.

In zekere zin had ík mijn vader vermoord.

Als ik als kind niet de drang had gehad om de jongste grootmeester ter wereld te worden, als zich niet die verleidelijke kans had voorgedaan om dat doel te bereiken, zou mijn vader voor geen goud zijn teruggegaan naar zijn vaderland.

Daar was mijn moeder nu juist zo bang voor.

Daarom moest ik stoppen met schaken toen ik nog een kind was.

'Nu we veel over het Spel te weten zijn gekomen,' zei Vartan, 'vallen de stukjes van de puzzel in elkaar. Elke Speler in het Spel wist natuurlijk wie je vader was, niet gewoon de grote grootmeester Aleksandr Solarin, maar ook een van grote Spelers van het Spel en de echtgenoot van de Zwarte Koningin. Mijn stiefvader heeft hem daarheen gelokt om hem te laten zien dat zij dat belangrijke stuk hadden, misschien in de hoop dat een soort vergelijk mogelijk was.'

Hij zweeg even en keek me aan alsof hij me het liefst in zijn armen had willen nemen om me te troosten. Maar tegelijk had hij zo'n radeloze blik in zijn ogen dat het wel leek of ook hij troost nodig had.

'Xie, zie je niet in wat dat betekent? Je vader is opgeofferd, maar ik ben als lokaas gebruikt om jullie beiden in de val te laten lopen.'

'Nee, dat is niet zo,' zei ik, en ik legde mijn hand op zijn arm, net zoals Key vlak daarvoor had gedaan. 'Ik wilde je verslaan. Ik wilde winnen. Ik wilde de jongste grootmeester van de wereld worden, net als jij. We waren nog maar kinderen, Vartan. We hadden er geen van beiden weet van dat het meer was dan een spel. Als Lily het niet had uitgelegd, wisten we dat nóg niet.'

'We weten nu in elk geval wel degelijk hoe de zaak zit. Maar ik had het nog eerder kunnen weten. Een maand geleden vroeg Petrosjan of ik naar Londen wilde komen. Ik had hem in geen jaren gezien, niet sinds hij was geëmigreerd. Hij wilde dat ik meedeed aan een groot toernooi dat hij aan het organiseren was. Om me over de streep te trekken, peperde hij me in dat ik misschien wel nooit grootmeester zou zijn geworden als hij als mijn stiefvader er niet zoveel geld en moeite in had gestoken. Voor wat hoort wat, daar kwam het op neer.

Maar toen ik kort voor het toernooi bij het hotel in Mayfair kwam waar mijn stiefvader verbleef, hoorde ik dat hij bij wijze van wederdienst iets heel anders van me wilde, iets wat veel belangrijker was. Hij vroeg of ik wat voor hem wilde doen en liet me een brief zien van je moeder.'

Vartan zweeg even, want de uitdrukking op mijn gezicht moet aan duidelijkheid niets te wensen hebben overgelaten. Ik schudde mijn hoofd en gebaarde hem dat hij door moest gaan.

'Uit de brief bleek dat hij een aantal dingen had die aan wijlen je vader hadden toebehoord. Die wilde hij zo snel mogelijk aan je moeder bezorgen. Maar ze wilde niet dat hij ze zelf verstuurde, en ook niet dat hij ze aan Lily Rad meegaf. Beide mogelijkheden vond je moeder... Ik geloof dat ze het woord "ongepast" gebruikte. Ze stelde voor dat Petrosjan mij inschakelde om de dingen anoniem maar Ladislaus Nim te sturen.'

De tekening van het schaakbord.
Het kaartje.
De foto.

Het begon allemaal op zijn plek te vallen. Petrosjan kon in Zagorsk het kaartje uit mijn zak hebben gehaald, maar hoe had hij de tekening van het schaakbord in handen gekregen, die volgens Nim in het bezit was van Tatjana, om nog maar te zwijgen van de 'enige foto' van mijn vaders familie?

Maar Vartan was nog niet klaar met zijn verhaal. 'In je moeders brief werd ik ook uitgenodigd om na het toernooi samen met Lily en Petrosjan naar Colorado te komen. Dat beloofde ik. Daar konden we alles wel bespreken, zei ze.

Maar zoals je weet is mijn stiefvader nog voor het einde van het toernooi vermoord. Lily en ik hadden elkaar al gesproken, in Londen. We wisten niet goed hoeveel we aan de ander mochten vertellen over wat je moeder ons had meegedeeld, want Lily had haar niet meer kunnen bereiken. Maar allebei wantrouwden we Petrosjan en Livingston. En we waren het erover eens dat Petrosjans betrokkenheid, gecombineerd met de cryptische uitnodigingen van je moeder, kon beduiden dat je vaders dood in Zagorsk geen ongeluk was geweest. Ik was de enige die er in Zagorsk bij was geweest toen je vader stierf, en diep in mijn hart vermoedde ik dat de dingen die ik had opgestuurd daarbij een rol hadden gespeeld.

Toen Lily en ik hoorden dat mijn stiefvader onder verdachte omstandigheden om het leven was gekomen, besloten we ons onmiddellijk uit het toernooi terug te trekken. Om geen aandacht te trekken, vlogen we naar New York en reden daarvandaan in Lily's auto naar Colorado.'

Vartan zweeg even en keek me met zijn donkere ogen ernstig aan. 'De rest van het verhaal ken je natuurlijk.'

Nou, nee.

Vartan wist misschien niet hoe Petrosjan aan de tekening van het schaakbord en de andere dingen was gekomen die hij naar Nim had gestuurd, maar er was nog iets anders in raadselen gehuld.

'De Zwarte Koningin. Volgens jou is Petrosjan vermoord omdat hij het stuk naar mijn moeder had gestuurd. Maar je zei net nog dat het de laatste keer dat je het zag in een vitrine lag, in de schatkamer in Zagorsk. Hoe is Petrosjan er dan aan gekomen? En waarom zou hij mijn moeder iets sturen wat zo waardevol en gevaarlijk was, terwijl hij wist dat ze geen direct contact met hem aandurfde?'

'Dat weet ik niet zeker. Maar gezien wat er de laatste paar dagen is gebeurd, begin ik zo mijn vermoedens te krijgen. De gedachte is bij me opgekomen, hoe ongerijmd het ook moge klinken, dat Petrosjan het stuk tien jaar geleden al in zijn bezit had toen we in Zagorsk waren. Tenslotte heeft hij geregeld dat we de laatste partij daar zouden spelen, zei hij dat het stuk net in de Hermitage was ontdekt, dat het heel beroemd was, en dat het speciaal voor het toernooi daarheen was overgebracht. Misschien heeft Petrosjan, de man die jullie naar Rusland had gelokt, dus ook het stuk in de vitrinekast gelegd, in de hoop dat als Solarin het zag...'

En toen hield hij op, want net als ik had hij geen idee wat Petrosjan van plan kon zijn geweest. Wat hij met zijn sluwe gemanipuleer ook had willen bereiken, het had niemand iets opgeleverd. Er was alleen iemand gestorven.

Vartan wreef over zijn krullen om meer bloed naar zijn hersens te laten stromen, want zelfs hij kon het niet meer volgen.

'We zijn ervan uitgegaan,' zei hij voorzichtig, 'dat ze allemaal deel uitmaakten van verschillende teams. Maar als dat nou eens niet zo was? Als mijn stiefvader eens gericht contact zocht met jouw ouders omdat hij deel uitmaakte van hun team, zonder dat ze dat wisten?'

Toen zag ik het.

En op hetzelfde moment zag Vartan het ook.

'Ik weet niet hoe Petrosjan aan de tekening van het schaakbord is gekomen,' zei ik, 'en hij kan het kaartje uit mijn zak hebben gepikt, al zegt het waarschijnlijk niemand wat, alleen mijn vader en mij. Maar één ding weet ik zeker, en dat is dat er maar één persoon op aarde is die hem de foto had kunnen geven die jij met de rest naar mijn oom hebt gestuurd. Het is dezelfde persoon die ons met dat kaartje probeerde te waarschuwen.'

Ik haalde diep adem en probeerde mijn gedachten op het juiste pad te houden. Zelfs Key achter de stuurknuppel luisterde gespannen mee.

'Ik denk dat degene die Petrosjan dat schaakstuk heeft gegeven, tien jaar geleden, en die hem misschien wel heeft geholpen ons naar Moskou te lokken, dezelfde was als degene die hem die foto heeft gegeven. Die is in het pakje voor mijn moeder gestopt dat jij naar Nim hebt gestuurd, om mijn moeder te laten geloven in Petrosjans verhaal.

En die persoon is mijn grootmoeder. De moeder van mijn vader! Ik ben erop gekomen doordat jij en Key zeiden dat er volgens mijn moeder misschien wel helemaal geen Spel is en dat we allemaal deel uitmaken van hetzelfde team. En als mijn grootmoeder hierachter zit, kan dat betekenen...'

Maar terwijl Vartan en ik elkaar verbijsterd aankeken, kon ik me er niet toe brengen om hardop te zeggen wat ik dacht. Na alles wat we hadden doorstaan, kon dat er niet meer bij.

'Wat dat betekent,' zei Key over haar schouder, 'is dat je nu weet waarom je moeder is ondergedoken, waarom ze dat feestje heeft gegeven en waarom ze mij heeft gevraagd om je op te halen.

Je vader is nog in leven.'

DE POT

> *In bijna elk mythologisch verhaal komt dus een wonderbaarlijke schaal of pot voor. Soms geeft die jeugd en leven, soms ook genezing van ziekte, en af en toe zijn er ook kracht, inspiratie en wijsheid in te vinden. Vaak, vooral bij kookpotten, geeft het de aanzet tot transformaties. Vandaar de grote faam van de vas Hermetis van de alchemie.*
>
> — EMMA JUNG en MARIE-LOUISE VON FRANZ, *The Grail Legend*

*I*n leven.

Natuurlijk.

Het was alsof ik op een onbekende planeet was gestapt die door tijd en ruimte tolde.

Dankzij dit nieuwe perspectief vielen zelfs de meest bizarre en onlogische dingen die de afgelopen dagen waren gebeurd – onverwachte feestjes, vreemde pakjes uit het buitenland, mijn moeders verdwijnact, mijn ontvoering door Key – opeens op hun plaats.

Misschien dat ik deze onthulling er even niet meer bij kon hebben. Ik herinnerde me namelijk niet meer hoe ik daarna in slaap ben geraakt. Maar toen ik wakker werd, lag ik languit achter in het vliegtuig op een geïmproviseerd bedje van plunjezakken.

Maar niet alleen.

Naast me lag iets wat warm was. Wat ademde.

Het duurde even voor ik doorhad dat de motor van het vliegtuig zweeg. Key was nergens te bekennen. Het moest al een eind na middernacht zijn, want toen waren we voor de tweede keer geland om te tanken, bij Pierre in South Dakota. Key had gemeld dat ze een tukkie nodig had, wij allemaal trouwens, voor we over de bergen heen gingen.

Ik bleek half over het stevige ook al gevloerde lichaam van Vartan Azov te liggen. Een van zijn armen lag losjes over me heen en zijn gezicht was begraven in mijn haar. Even overwoog ik om me los te maken uit deze toevallige omhelzing, maar dan maakte ik hem misschien wakker, en hij had zijn slaap net zo hard nodig als ik.

En het was eigenlijk heel fijn.

Wat hadden Vartan en ik nou met elkaar?

Als ik wachtte tot Key terugkwam van het bijtanken of wat ze ook aan het doen was, gaf me dat even de tijd om na te denken, zonder brommende motor of de emotionele whiplash van al die ontdekkingen en onthullingen, en met alleen het vredige ademen van een slapende schaker in mijn oor.

En ik wist dat ik veel had om over na te denken. Helaas bestond dat voornamelijk uit het ontwarren van een verknoopte massa onvoorstelbare dingen. Per slot van rekening was ik er nog maar een paar uur geleden achter gekomen waarom mijn moeder was ondergedoken, waarom ze iedereen naar Colorado had gelokt en toch alle betrokkenen in het duister had laten tasten. Op Nokomis Key na, dan.

Maar ik had het allemaal uitgevogeld tussen de plek waar we vandaag waren begonnen, Moyaone, de knekelvelden in Piscataway, en de eerste plek waar we landden om bij te tanken, Duluth. Vier uur, niet slecht. Daarna had ik Key geconfronteerd met mijn bevindingen en had ze toegegeven welke rol ze speelde.

Key was inderdaad de Witte Koningin.

'Ik heb nooit gezegd dat Galen ernaast zat,' zei ze, toen ik haar eraan herinnerde dat ze het in het hotel had ontkend. 'Niet op letten, zei ik. Die idioten hebben allemaal hun kans gehad in het Spel. Nu mag iemand anders proberen deze ronde in het Spel een andere wending te geven en dat zijn je moeder en ik dan ook van plan.'

Mijn moeder en Nokomis Key. Ik kon me de combinatie niet zo goed voorstellen, maar als ik heel eerlijk was moest ik toegeven dat al vanaf onze kindertijd Key de dochter was die mijn moeder nooit had gehad.

De Zwarte Koningin en de Witte Koningin speelden onder één hoedje.

Ik hoorde steeds maar weer een refrein, iets uit *Alice in Wonderland*, iets wat klonk als *Won't you please be sure to come out to tea, with the Red Queen, the White Queen and me?*

Maar ondanks alle dissonanten en boventonen was ik heel blij dat mijn moeder in actie was gekomen. Het deerde me niet dat ze blijkbaar had besloten om het contact met mijn oom te verbreken, en evenmin dat Key een paar mensen had opgesloten die wel eens spelers van het Witte Team zouden kunnen zijn. Ik zou er later nog wel eens achter komen waarom ze dat had gedaan. Op dit moment was ik vooral opgelucht.

Want eindelijk was ik erachter waarom Key zo ironisch had geglimlacht en cryptische opmerkingen had gemaakt over de begraafplaats in Piscataway. En waarom we naar dat knekelveld waren geweest. Alle beenderen én alle geheimen, had ze gezegd.

Ik besefte nu dat als mijn vader nog leefde, zoals Key had gezegd, en als mijn moeder dat te weten was gekomen, mijn moeder dus niet míj had proberen te beschermen, en zichzelf evenmin. Degene die gevaar liep, was mijn vader.

Ik wist ook waarom mijn moeder al die jaren zo bang was geweest, al vóór Zagorsk. Zij had hem in gevaar gebracht. De geheimen van het Montglane-schaakspel lagen net zomin begraven bij de beenderen in Piscataway als de stukken.

Ze waren begraven in het hoofd van mijn vader.

Van alle mensen die ooit betrokken waren geweest bij het Spel was Aleksandr Solarin de enige die wist waar alle stukken waren. Als hij nog leefde, en ik wist zeker dat Key en mijn moeder het daarin bij het rechte eind hadden, moesten we hem vinden voor anderen hem vonden.

Ik kon alleen maar hopen dat we niet te laat zouden zijn.

Key had geen grapje gemaakt toen ze vroeg of ik enig idee had hoe moeilijk het geweest was om mijn ontvoering te organiseren. Toen de hemel lavendel kleurde, gaven we de kleine Bonanza de sporen en wipten over de Black Hills en Mount Rushmore heen, richting Rocky Mountains. Onderweg vertelde Key het een en ander. De Bonanza stond niet op haar naam en ze had geen vluchtplan ingediend, en dus zou het moeilijk zijn om ons te volgen of te raden waar we heen gingen.

Als mensen op zo'n particulier vliegveldje je maar kenden, was dat geen probleem, legde ze uit. Ze tankte alleen maar als ze over de radio kon regelen dat er iemand zou zijn die ze kende, en alleen 's nachts, als de rest naar huis was. Zoals gisteravond in Pierre. Een vriend van haar uit het Sioux-reservaat had ons bijgetankt, zodat we voor het eerste licht konden vertrekken.

Nu, gehuld in de thermische kleding die in de plunjezakken had gezeten, vlogen we over het dak van de wereld.

'Een nieuwe dag,' riep ze naar de bergen onder ons. 'Zo kunnen we jullie des te beter zien.'

Met een klein vliegtuig over de Rocky's vliegen is een adembenemende ervaring. De bergen lagen maar duizend meter onder ons. Achter ons kwam de zon op en verguldde onze vleugels. Het kleine toestel sneed als een arend door roze flarden heen. Alles onder ons was messcherp afgetekend – de ruige, paarsige rotsen, doorschoten met zilveren sneeuwlijnen, de steile hellingen, begroeid met massa's dennen en sparren, de hardturquoise hemel.

Key en ik hadden dit soort tochten tientallen keren gemaakt, maar ik kreeg er nooit genoeg van. Aan het raam zat Vartan met zijn mond open om zich heen te kijken. *God's country*, noemden de mensen dit landschap.

De landing in Jackson Hole, vier uur later, was op een heel andere manier bijzonder. Key schoot als een schicht door de passen. Het leek wel of we de bergen aan weerszijden konden aanraken, zo dicht gingen we erlangs. Doodeng. Toen dook ze als een steen omlaag naar de landingsbaan, maar wel heel nauwkeurig, want anders lukte het niet. Het peilloos diepe 'Hole' heette niet voor niets zo.

Het was al halverwege de ochtend toen we landden, en dus pakten we de plunjezakken, gooiden die in de Landrover die ze altijd op het vliegveld had staan en gingen wat eten.

Terwijl ik eieren met spek, toast met marmelade, gebakken aardappelen, vers fruit, sinaasappelsap en een kan koffie naar binnen werkte, besefte ik opeens dat dit de eerste keer was dat ik had gegeten sinds oom Slava gisteren ontbijt voor me had gemaakt.

Me één keer per dag klem eten, nee, daar moest ik maar geen gewoonte van maken.

'Waar staat onze metgezel op ons te wachten?' vroeg ik toen we hadden afgerekend en weer buiten stonden. 'In het appartement?'

'Dat merk je vanzelf.'

Key hield een klein appartement aan in de Racquet Club, zodat vliegers van haar bedrijf hier konden overnachten als ze naar de North Country moesten. Ik had er ook een paar keer overnacht. De club was gebouwd door een scheepstimmerman, zodat de ruimte maximaal werd benut, en was knus en luxe tegelijk. Er waren een paar tennisbanen en een zaal met fitnessapparaten voor wie geen dag zonder glimmend chroom kon.

Mijn moeder was er niet. Key zei dat we de plunjezakken hier konden laten, keek schattend hoe lang Vartan was, haalde drie lichtgewicht thermische jumpsuits uit een kast en zei dat we die aan moesten trekken. Toen we ook waterdichte snowboots aan hadden gedaan, liepen we terug naar de auto. Zonder wat te zeggen reed Key weg.

Na een halfuur waren we de afslagen naar Teton Village en Lake Moran voorbij en hadden daarmee de beschaving vrijwel achter ons gelaten. Ik werd er een beetje nerveus van.

'We gingen toch mijn moeder ophalen en dan op zoek naar mijn vader? Deze weg gaat alleen maar naar Yellowstone National Park.'

'Precies,' zei Key met de sarcastische blik die ik zo goed kende. 'Maar om je moeder op te halen zullen we haar eerst moeten vinden. Ze is ondergedoken, hè?'

Petje af voor Key. Ze had deze operatie perfect geregeld. Ik had geen betere plek kunnen bedenken om mijn moeder te verstoppen dan Yellowstone National Park in de winter. En het wás winter hier, wat de kalender je ook probeerde wijs te maken. In Washington D.C. betekende begin april het Kersenbloesemfestival en het begin van het toeristenseizoen. Maar hier in het noorden van Wyoming stonden de vier meter hoge, rood-geel gemarkeerde sneeuwpalen al sinds half september langs de wegen. En het zou nog wel eens twee maanden winter kunnen blijven. Voor juni kon hier niet worden gekampeerd.

Het park was van 1 november tot half mei gesloten voor alle verkeer, op sneeuwmobielen en *snowcoaches* na. De volgende winter zouden ook sneeuwmobielen niet meer worden toegelaten in ons oudste natuurpark. Het noordelijke deel van de Grand Loop, de 225 kilometer lange slingerweg die in een acht door het park liep, was al voor het grootste deel afgesloten.

Maar die afsluiting gold natuurlijk niet voor parkwachters of wetenschappers als Key, die soms in deze tijd van het jaar heel belangrijk onderzoek deden. Dat was juist het briljante aan deze hele clandestiene operatie, al zag ik het 'hele plaatje', zoals Key het vast noemde, nog niet.

Toen we bij de ingang arriveerden, haalde Key met haar parkpasje drie kaartjes op en stapten we in de snowcoach, een soort busje met rupsbanden in plaats van wielen en voorop twee ski's om niet in de sneeuw weg te zakken. Er zaten al een paar mensen in, blijkbaar een groep.

Onderweg stak de gids een heel aardig verhaal af over de tienduizend geothermische fenomenen van het park. Iedereen riep braaf 'ooh' en 'aah' als hij de aandacht op iets vestigde. Hij strooide ook met allerlei onbekende feitjes over de ontstaansgeschiedenis van het park.

Vartan leek hevig geïntrigeerd. Maar toen de gids een hele rits cijfers over Old Faithful begon op te noemen – dat een uitbarsting die twee minuten duurde en vijfendertig meter hoog kwam, betekende dat de volgende uitbarsting vijfenvijftig minuten op zich zou laten wachten, terwijl je bij een uitbarsting van vijf minuten en achtendertig meter achtenzeventig minuten ge-

Het vuur

duld moest hebben – zag ik dat mensen toch wat glazig gingen kijken.

We stapten uit toen we bij de Old Faithful Inn waren. Daar stonden twee sneeuwmobielen van de parkwachters klaar. Key haalde ook drie paar lichtgewicht sneeuwschoenen op die we aan onze schoenen vast konden klikken als de sneeuwmobielen het zouden begeven.

Zij nam de ene, met mij achterop. Vartan, op de tweede, gleed achter ons aan. Achter ons konden we de gids en zijn groep hardop horen tellen. 'Tien, negen, acht, zeven, zes...'

Boven op de heuvel stopte Key even en wees. Vartan stopte naast haar, net op tijd om Old Faithful te zien uitbarsten met een dampende straal van meer dan dertig meter hoog. Tegen de blauwe hemel was het een spectaculair gezicht.

'Zijn er ook in deze kou nog uitbarstingen?' vroeg hij verbaasd.

'Het water wordt vele kilometers diep verhit tot meer dan zeshonderd graden,' zei Key. 'Als het hier naar boven spuit, maakt het zich geen zorgen over het weer. Het is gewoon blij dat het lekker buiten mag spelen.'

'Waardoor wordt het water verhit?' vroeg Vartan.

'Tja. We staan hier op de grootste vulkaankrater ter wereld. Hij kan elk moment knallen, en dan gaat heel Noord-Amerika eraan. We hebben geen idee wanneer de uitbarsting komt. En dat is nog niet onze enige zorg. Vroeger dachten we dat de caldera van Yellowstone uniek was. Maar nu denken we dat hij via Idaho en Mount St. Helen's en de kust wel eens verbonden zou kunnen zijn met de grootste groep vulkanen langs de breuklijn van de Stille Oceaan, de Ring van Vuur.'

Vartan keek haar even aan. Misschien beeldde ik het me in, maar het leek op een blik van verstandhouding, alsof ze afwogen of ze me iets moesten vertellen.

Maar meteen daarna was de blik weer weg.

We waren meer dan een halfuur onderweg toen Key weer stopte en zei: 'We gaan nu van de piste af. Het is maar een klein stukje, maar we hebben beide sneeuwmobielen nodig, want er gaat iemand mee terug, met spullen. Als je trouwens nieuwsgierige grizzly's ziet, zet je dat lawaaiding uit, ga je languit in de sneeuw liggen en doe je of je dood bent.'

Heel fijn.

Key stuurde haar sneeuwmobiel naar een prachtig stuk bos en toen langs een open stuk land vol dampende geisers die rokerige zilveren lijnen langs het blauw van de hemel trokken. We gleden langs de modderpoelen waar we als kinderen altijd bij gingen kijken. Ze borrelden als de kookpot van een heks, blazend en sissend met een geluid dat niet te imiteren is.

Op een open plek onder ons zagen we een van de hutten die her en der in de bossen stonden. Mensen die op ski's of sneeuwschoenen een tocht maakten, konden er koffie of chocolademelk krijgen. Maar deze lag wel erg afgelegen.

Key haalde haar walkietalkie tevoorschijn en zei: 'We komen eraan. Over.'

En verdomd als ik mijn moeders stem niet uit het luidsprekertje hoorde komen. 'Waar bleven jullie nou?'

Ik had mijn moeder in geen vijf jaar gezien.

En toch zag ze er net zo uit als altijd, alsof ze net een bad had genomen in een magisch elixer. Alle mannen in ons leven waren altijd als een baksteen voor haar gevallen. Ik had steeds gedacht dat dat kwam door de oerenergie die ze uitstraalde, door haar rauwe, dierlijke kracht. Ook ik had daar in haar bijzijn ontzag voor gehad.

Maar nu wist ik even niet hoe ik het had. Want zodra we binnenkwamen, liep ze Vartan en Key straal voorbij, sloeg in een voor haar ongebruikelijk emotioneel vertoon haar armen om me heen, en omhulde me in de vertrouwde geur van haar haar, een mengeling van sandelhout en salie. En toen ze zich uiteindelijk van me losmaakte, stonden er tranen in haar ogen. Na alles wat ik de afgelopen paar dagen over mijn moeder te weten was gekomen – wat ze allemaal had gedaan om dat rottige schaakspel te redden, en natuurlijk ook mijn vader en mij – was ik diep onder de indruk van deze hereniging.

'Godzijdank is alles goed met je,' zei ze en weer omhelsde ze me, nog wat steviger, alsof ze het nauwelijks kon geloven.

'Daar zou wel 's verandering in kunnen komen als we niet rap op weg gaan,' zei Key. 'Vergeet je roeping niet.'

Moeder schudde haar hoofd alsof ze weer bij zinnen kwam en liet me los. Toen sloeg ze kort haar armen om Key en Vartan heen. 'Heel erg bedankt. Ik ben zo opgelucht.'

Samen droegen we een paar tassen naar de sneeuwmobielen. Moeder ging achter Key zitten en knikte met een scheef lachje naar Vartan, die net de motor van zijn sneeuwmobiel startte. 'Ik ben blij dat jullie goede maatjes zijn geworden.'

Ik ging achter Vartan zitten en we schoten door het bos achter Key aan.

Toen we er zeker van waren dat de kust veilig was, gingen we de hoofdweg weer op. Een halfuur later waren we bij de westelijke uitgang, naar Idaho. De slagboom was neer, zodat auto's het Targhee National Forest niet in konden. Key stopte, zette de motor af en begon de bagage af te laden.

'En nu?' vroeg ik, terwijl Vartan ook onze motor afzette.

'We hebben een rendez-vous met het Lot,' zei Key. 'En ze rijdt in een Aston Martin.'

Ik had nog nooit zoiets bizars gezien als Lily en Zsa-Zsa in een massa bont, die ons zaten op te wachten in een onopvallende Vanquish van een half miljoen. Gelukkig had niemand hen gezien. Maar hoe waren ze hier gekomen, terwijl het park voor de winter was gesloten? Key kende vast alle parkwachters hier.

De meisjes waren uitgestapt om ons te begroeten, terwijl Key alle bagage achterin begon te stouwen. Zsa-Zsa, in de armen van Lily, stak haar kop naar voren en gaf me een slobberzoen, die ik met mijn mouw wegveegde.

Lily omhelsde mijn moeder. 'Ik maakte me zo'n zorgen. Ik heb dágen in dat vreselijke motel zitten wachten zonder dat ik iets hoorde. Maar het schijnt allemaal goed te zijn gegaan. Iedereen is er. Dus wanneer vertrekken we?'

'En waarheen voert de reis?' wilde ik weten. Blijkbaar was ik de enige die overal buiten was gehouden.

'Ik weet niet of je dat wel wil weten,' zei Key. 'Maar ik vertel het toch maar. Zoals ik al zei, was het niet makkelijk om het allemaal te organiseren, maar we hebben het toch voor elkaar gekregen. We hebben het plan al in Denver zo goed mogelijk uitgewerkt. Daarna zijn Vartan en ik teruggevlogen naar Washington om jou op te halen. Nu gaan we met z'n drieën terug naar Jackson Hole, alsof we een tocht per sneeuwmobiel hebben gemaakt. Daar gaan we vanavond lekker uit eten. We slapen in het appartement. Morgen vliegen we terug. Je moeder en Lily gaan met de auto. We treffen elkaar op de plaats van bestemming. De enige plek die iedereen goed uitkwam, is helaas Anchorage.'

'Anchorage?' riep ik. 'Ik dacht dat we mijn vader gingen zoeken. Wil je zeggen dat hij in Alaska is?'

Key wierp me een van haar blikken toe. 'Ik zei toch dat ik niet wist of je het wel wilde weten? Maar nee, daar gaan we niet heen. Daar pikken Cat en Lily je vader op als we terug zijn. Om veiligheidsredenen weten alleen je moeder en ik waar je vader is, en ik weet dat alleen maar omdat ik iets moest bedenken om hem daarvandaan te halen.'

Ik wachtte tot ze een eind aan de spanning maakte. Maar dat deed mijn moeder.

'Wil je weten waar hij is?' zei Cat. 'Dat kan ik wel zeggen. In de Ring van Vuur.'

RING VAN VUUR

Niets heeft zoveel weg van een levend wezen als vuur.
— PLUTARCHUS

Alchemie begint met vuur en eindigt met vuur.
— IBN BISHRUN

Het vuur dat de wereld verlicht, is het vuur dat verteert.
— HENRI-FRÉDÉRIC AMIEL

Alles gaat over in vuur, en vuur, eenmaal uitgeput, gaat over in alles.
— HERACLITUS

'De Aleoetische Trog van Alaska,' vertelde Key, ergens tussen het voorgerecht en de soep in, 'is de scheidslijn tussen de Stille Oceaan en de Beringzee. Vroeger, in de tijd van Katarina de Grote, was Alaska een deel van Rusland. Ze noemen het de Ring van Vuur omdat het de grootste groep actieve vulkanen ter wereld is. De meeste namen ken ik uit mijn hoofd – Pavlof, Shishaldin, Pogromini, Tulik, Korovin, Tanaga, Kanaga, Kiska... Ik heb zelfs een jonge caldera ontdekt die ik "Modern Millie" wil laten noemen. Ze komen terug in de dissertatie die ik schrijf over calorimetrie. James Clerk Maxwell, Jean-Baptiste Joseph Fourier, *De analytische theorie van warmte*, enzovoort. Maar zoals je weet, ben ik vooral geïnteresseerd in hoe hitte zich onder extreme druk gedraagt.'

Ik probeerde niet Vartans kant op te kijken toen hij snel even naar me keek en toen weer naar zijn soep. Had hij aan boord ook die elektrische vonk voelen overspringen toen hij me aanraakte? Ik moet bekennen dat ik er wel steeds aan dacht.

We zaten in een apart zaaltje in de Inn at the Hole. Key kende de directie. Zo, zei ze, konden we ons op ons gemak volstoppen zonder dat iemand meeluisterde, en plannen maken voor de volgende dag. En het dreigde een geweldige dag te worden. We zouden met een gecharterd vliegtuig naar Seattle en Anchorage vliegen. Key vertelde dat ze dat in de vroege ochtend al had geregeld.

Key en Vartan deelden de krokant gebakken eend met een vulling van foie gras, een specialiteit van het huis. Ik nam een entrecote, het enige vleesgerecht dat Rodo nooit serveerde.

Terwijl de ene gang na de andere werd opgediend, van soep tot salade, dacht ik elke keer weer aan alle mensen die we hadden opgesloten in de hotelsuite in Georgetown. Mijn oom, mijn baas... Mijn kans op een carrière in de horeca leek wel vervlogen.

Nou ja, morgen kwam er weer een dag, zoals Miss Scarlett Key O'Hara bij zo'n gelegenheid ongetwijfeld zou zeggen. En ook al had ik het gewild, ik had toch weinig kunnen doen. Eigenlijk was ik maar een nederig pionnetje, dat naar het midden van het bord was geschoven door Key en Cat, dat onwaarschijnlijke koninginnenduo.

Toen we ons tonnetjerond hadden gegeten, bestelden we een fles Poire William en een citroensoufflé. Daar zouden ze in de keuken wel een minuut of twintig werk aan hebben.

Toen de ober met onze bestelling was vertrokken, zei Key: 'Zoals Alexandra nu weet, heeft haar moeder haar voor haar eigen veiligheid zo veel mogelijk overal buiten gehouden. Hoe minder ze wist, hoe beter. Maar ze heeft me nu toestemming gegeven om alles te vertellen wat ik weet over wat er is gebeurd, over waar we morgen heen gaan en wat ons daar te doen staat.

Als iemand zich daarna terug wil trekken kan dat. Maar dat acht ik niet waarschijnlijk. Wij allen zijn hierbij betrokken, op een manier die zelfs mij verbaast.'

Ze duwde haar bordje salade weg en schoof de rest van de eend naar Vartan. Toen nam ze een slokje van haar glas verdicchio en begon te vertellen.

HET VERHAAL VAN DE WITTE KONINGIN

Tien jaar geleden, toen Alexandra's vader in Rusland werd neergeschoten en iedereen dacht dat hij dood was, besefte Cat dat er iets was gebeurd wat bijna nog erger was dan de dood van haar man. Ze was er al die tijd bijna zeker van geweest dat het Spel voorbij was, maar er moest een nieuwe ronde zijn begonnen.

Hoe kon dat nu?

De stukken waren begraven, en alleen Aleksandr Solarin wist waar. De spelers uit de laatste ronde in het Spel, dertig jaar geleden, speelden niet meer mee of ze waren dood.

Wie was er begonnen? Helaas kwam ze daar al snel achter.

Na het 'tragische sterfgeval' in Zagorsk had de Amerikaanse ambassade geregeld dat de kleine Alexandra onder diplomatieke bescherming naar Amerika werd teruggebracht. Het stoffelijk overschot van haar vader ging met hetzelfde toestel terug.

De kist was uiteraard leeg.

We weten inmiddels dat de Rus die hierbij een coördinerende rol vervulde Taras Petrosjan was. Aan de Amerikaanse kant werd de zaak gecoördineerd door een miljonair die meestal de publiciteit meed. Galen March.

Zodra Alexandra weer veilig bij haar moeder in New York was, nam March contact op met Cat en vertelde haar dat hij betrokken was bij het Spel, dat inderdaad met de dood van haar man opnieuw was begonnen. Hij had een belangrijke mededeling, die alleen voor haar was bestemd.

Cat stemde in met een gesprek, want ze had zelf zo haar vermoedens over het Spel.

Galen kwam onmiddellijk ter zake. Hij vertelde Cat dat Solarin niet dood was, maar zo zwaargewond dat het niet veel scheelde.

In het pandemonium dat op de schietpartij volgde, was Solarin, in coma door bloedverlies, in veiligheid gebracht door dezelfde man die het toernooi had georganiseerd, Taras Petrosjan, en meegegeven aan de vrouw die achter de coulissen zijn komst naar Rusland had georganiseerd: Tatjana, zijn moeder.

Cat was natuurlijk diep geschokt toen ze dit hoorde. Ze wilde van Galen weten hoe hij aan deze kennis kwam. Hoe was het mogelijk dat Solarins moeder nog leefde terwijl haar eigen zoons ervan overtuigd waren dat ze dood was? Ze wilde ook weten waar haar man nu was. Eigenlijk wilde ze meteen naar Rusland toe, hoe gevaarlijk dat ook was.

'Dat is goed,' zei Galen March. 'En ik kan u nog veel meer hulp bieden. Maar eerst moet u naar de rest van mijn verhaal luisteren.'

Tatjana Solarin, ging hij verder, wachtte al tientallen jaren op een kans contact op te nemen met de zoon die ze al zo lang niet meer had gezien. Dat deed ze al vanaf het ogenblik dat de vorige ronde in het Spel was geëindigd. Toen was Minnie gewoon weggelopen. Ze had zich teruggetrokken en Cat de stukken gelaten.

Maar hoewel nu een nieuw begin mogelijk was, wist Tatjana dat ze een complexe strategie moest bedenken om haar zoon naar Rusland te laten komen en weer aan het Spel te laten deelnemen. Bovendien zocht ze een manier om niet alleen weer in contact te komen met Solarin, maar ook met zijn vrouw Cat, die nu de Zwarte Koningin was. Dat was de achterliggende strategie.

Maar haar kans kwam pas toen de Berlijnse Muur viel, en kort daarop ook de Sovjet-Unie. Inmiddels was er iets gebeurd wat zij niet had voorzien: Alexandra, Solarins jonge dochter, was een groot speler geworden. Voor haar zou Solarin wel naar Rusland willen reizen.

Galen March beloofde dat hij Tatjana op alle mogelijke manieren zou helpen. Want zij was voor deze missie uitverkoren: Tatjana was de nieuwe Witte Koningin.

'Is zij Alexandra's grootmoeder?' vroeg Vartan verbaasd.

Key knikte alleen maar, want de soufflé was net gearriveerd.

Toen alles was klaargezet en de ober Keys creditcard had meegenomen voor *l'addition*, sneed ze de soufflé aan.

Maar ik had zelf ook de nodige vragen.

'Hoe kan Tatjana nu de Witte Koningin zijn als Galen zegt dat jij dat bent? En je zei zelf dat dat klopte. Wie ís die Galen eigenlijk? Meen je het nou dat hij al meer dan tien jaar samenwerkt met mijn moeder, zonder dat ik dat weet? Vertel op.'

'Ik heb inmiddels de tijd gehad om over Galen March na te denken,' zei Key. 'Blijkbaar is hij al een hele tijd betrokken bij het Spel. Toen ik zijn verhaal legde naast wat ik van je moeder had gehoord, viel alles op zijn plaats. Maar eerst even mijn verhaal afmaken. Toen Galen Cat op de hoogte had gebracht, besefte ze dat ook jij, haar dochter, gevaar zou kunnen lopen. En ze wist ook van wie dat gevaar zou komen en uit welke richting. Letterlijk. Iemand kocht massa's land op in de buurt van jullie huis in Four Corners.'

'De Botanische Club,' zei ik. Key knikte.

Nu snapte ik het.

Waarom we naar Colorado waren verhuisd.

Waarom ze Nim had overgehaald om de ranch naast ons te kopen, op naam van Galen.

Waarom moeders feestje, met al die spelers, juist in ons achthoekige huis moest plaatsvinden.

Wat het betekende.

Het schaakbord is de sleutel.

Mijn god.

'Rosemary Livingston wás de Witte Koningin,' zei ik. 'Maar ze verried haar team om wraak te kunnen nemen. Ze heeft mijn vader laten neerschieten in Zagorsk toen ze hoorde dat het Witte Team daar met hem wilde spreken. Ze wilde wraak nemen op mijn moeder vanwege de dood van El-Marad. En dus hebben ze haar... ontslagen of zoiets, en vervangen door Tatjana. En nu door jou. Zelf weet ze het nog steeds niet. Daarom deden zij en haar handlangers zoveel moeite om erachter te komen of ik de nieuwe Witte Koningin was.'

Key glimlachte bitter, ten teken dat ik gelijk had. 'De grootste vissen vind je in diep water. Maar je moet nog veel meer weten van de spelers. Neem nou Galen. In de jaren vijftig is Tatjana opgepakt en opgesloten in de goelag. Haar zoon Aleksandr is in een weeshuis gestopt door zijn grootmoeder, de onsterfelijke Minnie Renselaas. Tatjana's Griekse man en haar andere zoon Ladislaus zijn ontsnapt naar Amerika, met een aantal stukken. Galen wist te achterhalen waar Tatjana was. Hij overtuigde Minnie ervan dat de KGB haar alleen zou laten lopen als zij hun een aanbod deed dat ze niet konden weigeren. In ruil voor haar vrijheid gaf Minnie hun de tekening van het schaakbord. Maar nu een deel van het gezin met een aantal stukken was ontsnapt, was duidelijk dat Tatjana nooit veilig zou zijn, tenzij ze onderdook. Galen gaf haar de Zwarte Koningin, het stuk dat jij hebt gezien in Zagorsk, en verstopte haar op een plek waar niemand haar ooit zou zoeken. Op een korte reis naar Zagorsk na, met de Koningin, zit ze daar nu al bijna vijftig jaar. Morgen gaan wij erheen. Ook je vader is daar.'

'Maar je zei net Seattle en Alaska,' zei ik. 'En toen iets over de Ring van Vuur.'

'Nee,' zei Vartan. Het was de eerste keer dat hij wat zei. Ik keek hem aan. Zijn gezicht leek uit graniet gehouwen. 'Geen sprake van. De plek waar je op doelt, is meer dan vijftienhonderd kilometer lang. Zware mist en sneeuw, ook in de zomer, windsnelheden van honderdtwintig kilometer per uur, golven van dertien meter hoog...'

'Ach ja,' zei Key. 'Slecht weer bestaat niet, alleen maar slechte kleding, zoals ze zeggen.'

'Als je er hoog overheen vliegt wel. Maar niet als je er dwars doorheen wil.'

'Waar hébben jullie het over?' vroeg ik.

'Ik heb het van alle kanten bekeken,' zei Key kregel. 'Het is de enige manier om er te komen zonder de hele marine plus de

kustwacht op je dak te krijgen, om nog maar te zwijgen van Russische onderzeeërs. Maar we hóéven het niet te doen.'
'Waar hebben jullie het nou over?'
Vartan wierp me een duistere blik toe.
'Ze is van plan om morgen met een klein vliegtuig naar Kamtsjatka te vliegen. Naar Rusland dus. Illegaal. En als we dat overleven, wat al heel onwaarschijnlijk is, wil ze je met je vader terugvliegen.'

'Zonder water draait de molen niet,' zei Key, toen Vartan de ober een paar biljetten overhandigde, de fles Poire William onder zijn arm stak en naar buiten liep.
'Wij Oekraïners kunnen niet drinken zoals Russen. Maar ik hoop straks toch wel heel erg dronken te worden.'
'Strak plan. Jammer dat ik niet mee kan doen. Ik moet morgen een vliegtuig halen.'
In het appartement stopten we de plunjezakken vol met een heleboel thermische kleding.
'Beter mee dan om verlegen,' zei Key.
Helemaal waar.
Het appartement was niet alleen door een scheepstimmerman afgewerkt, het had ook wel wat weg van een schip. De lange, smalle badkamer leek op een kombuis, met op de plek waar je het fornuis zou verwachten een douche. Verder was er één slaapkamer. De woonkamer was betimmerd met eiken planken in een visgraatpatroon en voorzien van twee stapelbedden in een nis in de muur.
Key zei dat zij morgen al het werk aan de stuurknuppel moest doen en dat we het dus hopelijk niet erg vonden als zij het enige echte bed inpikte. Vartan en ik mochten kamperen op de stapelbedden.
Toen ze de deur van de slaapkamer achter zich had dichtgetrokken, keek Vartan me met een glimlach aan. 'Wil je liever boven of onder?'
'Zullen we die vraag bewaren tot we elkaar wat beter hebben leren kennen?' grinnikte ik terug.
'Als we echt daar naartoe gaan waar Nokomis zegt dat we

naartoe gaan, kun je maar beter weten dat deze nacht wel eens de laatste nacht zou kunnen zijn die we samen doorbrengen. De laatste nacht van ons leven zelfs. Op de hele wereld is er geen gevaarlijker route. Ze is de beste piloot ter wereld of ze is stapelgek. En wij zijn natuurlijk stapelgek dat we met haar meegaan.'

'Hebben we een keus?'

Vartan haalde zijn schouders op en schudde berustend zijn hoofd. 'Mag een man die binnenkort toch sterft één laatste wens doen?' vroeg hij, zonder enige ironie in zijn stem.

'Een wens?'

Mijn hart begon te bonzen. Maar wat zou die wens inhouden? Ik had wel een idee, maar Key lag al te slapen en we moesten voor het licht werd de lucht in.

Vartan haalde de fles Poire William tevoorschijn, en een klein glaasje dat verdacht veel leek op die van het restaurant. Met zijn andere hand pakte hij me bij mijn arm en liep naar de badkamer. 'Ik heb plotseling het onweerstaanbare verlangen om meer te weten te komen over hoe hitte zich gedraagt onder enorme druk. Als we de douche een hele tijd laten lopen, hoe heet denk je dan dat het wordt?'

Hij trok de deur van de badkamer dicht, schonk het glaasje vol, nam er een slokje van, gaf het toen aan mij en zette de fles neer. Toen, zijn blik nog steeds op mij gericht, zette hij de douche aan. Ik was bijna sprakeloos.

Bijna, maar niet helemaal.

'Het zou best eens heet kunnen worden, ja. Maar wil je wel zoveel te weten komen over het verbranden van calorieën nu we straks aan zo'n belangrijke missie beginnen?'

'Volgens mij kennen we nu allebei de regels van het Spel wel,' zei hij, terwijl hij zich naar mij toe boog. 'Niets is zo belangrijk als een goed begrip van de eigenschappen van vuur. Misschien moeten we daar eens wat meer over te weten komen.'

Hij doopte zijn vinger in de drank in mijn glas en legde die toen tegen mijn lippen. Ik voelde de alcohol branden. Toen drukte hij zijn lippen op de mijne, en ik voelde de hitte door me heen stromen. De badkamer kwam vol stoom te staan.

Vartan keek me aan. Hij glimlachte nog steeds niet. 'Ik denk dat het wel de goede temperatuur is voor welk experiment dan ook dat we willen uitvoeren. Maar net als bij alchemie komt het ook hier op timing aan.'

Hij trok me tegen zich aan en weer kusten we elkaar. Ik voelde de warmte door mijn jumpsuit heen, maar niet voor lang. Vartan ritste het dunne mylar open en ontdeed me ervan. Toen begon hij mijn kleren uit te trekken. Toen hij aan zijn eigen garen en band begon, bonkte mijn hart zo hard dat ik dacht dat ik flauw zou vallen van een overmaat aan bloed, dat, moet ik bekennen, niet allemaal onderweg was naar mijn hoofd.

'Ik wil je iets moois laten zien,' zei Vartan, toen ook hij zich had uitgekleed.

Goeie God.

Hij trok me mee naar de lange spiegel aan de wand, veegde een grote cirkel schoon, ging achter me staan en wees naar de spiegel. Terwijl de stoom onze gezichten weer langzaam aan het oog onttrok, keek ik Vartan in de spiegel aan.

Jemig, wat verlangde ik naar hem.

Toen ik eindelijk wat wist uit te brengen zei ik: 'Wat ben jij knap.'

Hij schoot in de lach. 'Ik had het over jou, Xie. Ik wilde dat je even jezelf zag zoals ik je zie.'

We keken toe terwijl ons spiegelbeeld weer in de nevel verdween.

Toen draaide hij me om, zodat ik hem aankeek. 'Wat we vannacht ook doen, en ook al branden we lelijk onze vingers, één ding is zeker: we doen het precies zoals het in de Oorspronkelijke Aanwijzingen staat.'

PRACHT EN ONTZAG

Maar we dienen onderscheid te maken tussen drie zaken: de militaire kracht, het grondgebied en de wilskracht van de vijand. De militaire kracht dient te worden gebroken. Het land dient te worden veroverd. Maar ook als aan beide voorwaarden is voldaan, is een oorlog pas ten einde als ook de wilskracht van de vijand is overwonnen.
— CARL VON CLAUSEWITZ, *Vom Kriege*, 1832

Woestijnnomaden kunnen nooit beslissend worden verslagen. Als een overweldigende meerderheid tegen hen in het veld wordt gebracht, verspreiden ze zich en beginnen een guerrilla. Een leger kan hen net zomin breken als een vuist een kussen.
— E.W. BOVILL, *The golden trade of the Moors*

Als ik bleef optrekken met Nokomis 'La Magnifica', zou ik moeten wennen aan liggen op plunjezakken. Ons vliegtuig naar Anchorage was een vrachtvliegtuig zonder stoelen.

'Iets beters kon ik op zo korte termijn niet regelen,' zei Key.

Ik kreeg een wat beklemd gevoel bij de hele onderneming. Ook letterlijk, trouwens, door de lading: een massa dozen achter netten. Ik hoopte maar dat de zaak niet zou gaan schuiven.

De vlucht verliep rustig, maar wat wás hij lang. Het was vijfduizend kilometer van Jackson tot Anchorage, met een tussenlanding in Seattle voor lossen, laden en bijtanken – voor ons en van het vliegtuig. Maar ik wist zo langzamerhand heel zeker dat niemand erover zou piekeren ons bij dit karwei te volgen.

Net voor het licht werd, landden we in Anchorage. Vartan en ik lagen te slapen tussen de lading en merkten het niet eens toen het landingsgestel uitschoof. Key maakte ons wakker en zei dat we de bagage moesten lossen. Dat begon een gewoonte van haar te worden. Ze bedankte de vliegers en we stapten in een vrachtwagentje naast de landingsbaan waar LAKE HOOD op stond.

Toen we wegreden, zei Key: 'We hadden ook van een kleiner, veel rustiger vliegveld kunnen vertrekken, maar ik heb deze plek uitgezocht, niet alleen omdat het de handigste route is naar onze eindbestemming' – ze trok even haar wenkbrauwen op naar Vartan – 'maar ook omdat Lake Hood de grootste en drukste haven voor watervliegtuigen ter wereld is. Ze kunnen daar alle types aan. In de Tweede Wereldoorlog hebben ze een verbindingskanaal gegraven tussen Lake Hood en Lake Spinnard. In de jaren zeventig hadden ze een baan van zevenhonderd meter en heel veel plekken om je vliegtuig vast te leggen, zodat je niet wegwaait als het stormt. Ze kunnen alles hebben, of het nou wielen heeft, drijvers, of, in de winter, ski's. Ik weet niet hoe het weerbericht eruitziet, maar ski's zouden best eens handig kunnen zijn. Ik heb ze opgeroepen en gevraagd of ze Becky klaar konden maken. Ze ligt nu klaar voor vertrek aan een ponton.'

'Becky?' zei ik. 'Je had toch liever Ophelia?'

'De Havilland maakt de beste *bush planes* ter wereld,' zei Key ter verduidelijking tegen Vartan. 'Ze worden vaak vernoemd naar dieren. Chipmunk, Caribou... Mijn eigen toestel in Colorado is Ophelia Otter. En Becky, waar je zo meteen kennis mee maakt, is een Beaver. Een betere bush plane is nooit meer gemaakt. Waar je ook landt, de piloten komen altijd bij je kijken, ook al staan er Lear Jets en Citations op de baan. Des te meer reden om van Lake Hood te vertrekken. Daar gaan we gewoon op in de massa.'

Wat je verder ook van haar kon zeggen, Key dacht aan alles.

Maar er was één ding waar ik niet aan had gedacht tot zij erover begon.

'Ponton? Gisteravond heb ik begrepen dat we van eiland naar eiland zouden gaan vliegen.'

'Ja,' zei Key met een vleugje van Vartans grimmige stemming in haar stem, 'dat is de manier waarop je in dit gebied reist. Een uurtje vliegen, en dan landen op je ballonbanden. Zo doe ik het meestal zelf ook. Maar voor deze trip is een hoop denkwerk nodig geweest, en helemaal aan het eind moeten we op water landen.'

De zon stond al een eind boven de horizon toen Becky onder het toeziend oog van Key was volgetankt en alle instrumenten waren nagekeken. We moesten reddingsvesten aantrekken en Key keek hoeveel we gedrieën wogen om de laatste brandstofberekeningen te kunnen uitvoeren.

Toen we eindelijk de touwen hadden losgegooid en brommend het water op gleden om daar te wachten tot we mochten vertrekken, zag ik het water over onze drijvers schuimen. 'Sorry dat ik zo geobsedeerd doe over brandstof,' zei Key. 'Maar vliegers als ik denken eigenlijk nergens anders aan. Het is een kwestie van leven of dood. De afgelopen zestig jaar zijn er zat vliegtuigen van de rotsen geplukt waar we nu heen gaan, allemaal met een lege tank. Langs de keten liggen een stuk of zes vliegvelden en landingsbanen, maar op het water bijtanken kan niet altijd. Soms liggen ze een eind landinwaarts. Becky heeft drie brandstoftanks en nog wat tanks in de vleugels, maar bij elkaar is het toch nog maar vijfhonderd liter. Over vier uur vliegen we op de brandstof in de vleugels en dan krijgt Becky echt trek.'

'Wat dan?' zei Vartan, die duidelijk een 'had ik het niet gezegd?' inslikte.

'Tja, wat dan? Er is goed nieuws en er is slecht nieuws. Ik verwacht dat we niet kunnen bijtanken waar en wanneer we willen, dus heb ik zo veel mogelijk kerosine achterin geladen, in jerrycans van vijf liter. Zo heb ik wel eens midden op zee bijgetankt. Het is niet erg moeilijk. Je gaat op een drijver staan en giet het in de tank.'

'En het slechte nieuws?' zei ik.

'Je moet natuurlijk wel een plek vinden waar het water kalm genoeg is om te landen.'

Ondanks alle onhandige, onpraktische en onmogelijke dingen van de dagen die we achter ons hadden, was ik blij dat we onderweg waren, koers westzuidwest. Eindelijk deden we iets. Het zien van mijn moeder had diepe indruk op me gemaakt, en het nieuws dat mijn vader nog leefde nog veel meer, maar dat begon nu wat weg te zakken, en dus kon ik me richten op de verbazingwekkende gedachte dat we nu naar hem op zoek gingen.

Misschien was ik daarom wat minder gespannen dan Vartan en Key over deze tocht. Ik voelde me zelfs redelijk opgetogen. Dat gevoel werd nog versterkt doordat ik echt van bush planes hield. Hoe broos ze er vanbuiten ook uitzagen, als je erin vloog, voelden ze veiliger dan als je gevangenzat in zo'n grote, lompe jumbojet.

Becky de Bever was vanbinnen ruim en licht. Achterin leek het door de zeven stoelen wel wat op een busje. Key zei dat de stoelen er makkelijk uit konden; daarvoor hoefde je alleen maar twee bouten los te draaien. Achterin was nog een klapstoel die nu plat op de laadvloer lag. Key had alle stoelen laten zitten omdat ze niet wist in wat voor conditie mijn vader zou zijn als hij er bij de terugvlucht bij was. Als er al een terugvlucht was.

We hadden al twee keer bijgetankt toen we de Straat van Shelikof passeerden en het einde bereikten van het schiereiland. Daarna begonnen de Aleoeten. We vlogen zo laag dat ik de massa's zeevogels kon zien die rechts van ons de kust volgden, en iets verder het blikkerende geflits, als een net vol diamanten, dat aangaf waar de open zee zich bevond.

Eindelijk keek Vartan op van de kaart waarnaar hij al sinds ons vertrek geobsedeerd had zitten turen. Zelfs hij leek heel even in de ban te raken van het uitzicht, en toen hij mijn hand pakte, leek het wel of hij ook iets van zijn Slavische pessimisme kwijt was. Maar schijn bedriegt, zoals Key zou zeggen.

'Prachtig,' zei hij tegen Key, op een toon die ik niet thuis kon brengen. 'Ik denk niet dat ik ooit zo'n wilde plek heb gezien. En we zijn net Unimak Island voorbij, dus het is nog maar vijftienhonderd kilometer voor we in Russische wateren zijn, bij het schiereiland.'

Key keek hem van opzij aan.

'Als mijn berekeningen kloppen,' vervolgde hij, 'moeten we nog tien uur vliegen en twee of drie keer bijtanken. Misschien heb je dus net genoeg tijd om af te wegen of je ons wilt vertellen waar we heen gaan. Niet dat het veel uitmaakt, want geen van ons tweeën kan dit vliegtuig besturen. Als jou iets overkomt, halen we onze bestemming nooit.'

Key haalde diep adem, slaakte toen een diepe zucht en zette Otto aan, zodat het vliegtuig zichzelf vloog.

'Oké, dan zal ik het maar zeggen. We gaan stoeien in mijn persoonlijke zandbak. Grootmeester Azov heeft er vast wel eens van gehoord. Die heet, sorry voor mijn Russisch, Kljoetsjevskaja Sopka.'

'Waar is dat?' vroeg ik.

'Is Alexandra's vader op de Kljoetsji?' zei Vartan, en liet mijn hand los. 'Maar hoe komen we daar ooit vandaan?'

'Waar is dat?' zei ik nog maar een keer, alsof ik een warhoofdige papegaai was.

'We hoeven er juist niet heen,' zei Key, alsof ik niets gezegd had. 'Mijn collega's en ik hebben al over de kortegolf contact gehad. Hun kampement is vlak bij de voet van de Kljoetsjevskaja Sopka. Ze brengen Solarin over de rivier naar de baai, en ze vullen ook onze tanks. Ik hoop dat je begrijpt waarom al deze voorzorgsmaatregelen nodig waren. Dit was de enige manier om de plek te bereiken, al kun je via een andere route terug, en dat doen we ook.'

'Heel bijzonder,' zei Vartan, en met een blik op mij voegde hij eraan toe: 'Tot mijn spijt schijn ik je vriendin Nokomis eens te meer te hebben onderschat. Ze kent de plek beroepshalve beter dan wie dan ook, vermoed ik.'

Welke plek, had ik bijna gezegd, maar eindelijk kreeg ik antwoord op die vraag.

'De Kljoetsji Groep is beroemd,' zei hij, 'omdat het de actiefste concentratie van vulkanen van Rusland is, en misschien wel van heel het noorden van Azië. De Kljoetsjevskaja Sopka is de hoogste top, bijna vijfduizend meter. Hij is uitgebarsten in augustus 1993, kort nadat we allemaal in Zagorsk waren. Maar het zou heel gevaarlijk zijn geweest om je vader er toen meteen heen te brengen, want er stroomde lava uit de krater en er gingen rotsen de lucht in.'

'Volgens Cats zegslieden,' zei Key, 'is Solarin eerst verborgen tussen de Korjaken, een van de volken die Kamtsjatka bewonen, maar is hij genezen door de beroemde Tsjoeksji, de sjamanen die verder naar het noorden wonen. De geiservelden van Kamtsjatka zijn na Yellowstone de grootste ter wereld en net als bij ons wordt gezegd dat ze zeer geneeskrachtig zijn. Volgens onze bronnen is Solarin pas nog verder noordwaarts overgebracht toen ze hem een paar maanden geleden voldoende hersteld vonden om te reizen en Cat eindelijk kon regelen dat wij drieën hem zouden redden.'

'En die bronnen van jou,' zei ik, 'dat zijn...'

'Je grootmoeder Tatjana, om mee te beginnen,' zei Key, alsof dat iedereen duidelijk zou moeten zijn. 'En Galen March, natuurlijk.'

Weer die naam. Galen March. Waarom kwam die naam elke keer weer bovendrijven, alsof hij heel erg in de mode was? Of zat hij midden in een dodelijke samenzwering, waarbij niemand nog goed en kwaad van elkaar kon onderscheiden?

Ik wilde me eens te meer storten op de rol die meneer Charlemagne speelde toen we een angstaanjagend *kleng* tegen de zijkant van het vliegtuig hoorden.

Key kwam meteen in actie. Ze nam het werk over van Otto. Maar ik was bang dat we waren gezakt voor een belangrijke IQ-test door zo lang door te kletsen, zonder op te letten wat er buiten gebeurde.

De staalgrijze soep die ons omsloot, zag er knap gevaarlijk uit. 'Ik ga zakken,' zei Key.

'Moeten we er niet boven zien te komen?' zei Vartan.

'Ik denk dat dat niet eens kan. Ik wil zakken om te zien of we zo nodig ergens op het water kunnen landen en later weer vertrekken. Die mist kan best wel eens meer dan duizend meter dik zijn. En als er een williwaw komt als we er met onze tong op onze schoenen bovenuit weten te komen, mept die ons zo een vulkaan in.'

'Williwaw?' zei ik.

Key grimaste. 'Die komen alleen rond deze eilanden voor. Een onverwachte rukwind, enorm sterk, die een 747 zo uit de lucht zuigt of een vliegdekschip op de rotsen kwakt. Ze zeggen dat we in de oorlog hier meer vliegtuigen en schepen hebben verspeeld door williwaws dan door de jappen.'

Heel fijn.

Het ratelde tegen de buitenkant alsof er massa's knikkers naar ons werden gegooid en Becky daalde alsof ze een steile trap afdraafde.

'En als je het water niet kan zien?' zei Vartan gespannen.

'De hoogtemeter klopt, alleen heeft hij een marge van zeven meter. Maar elke bushpiloot vertrouwt op zijn ogen. Dat is het grootste voordeel van Becky. We kunnen heel laag gaan, ook al is het zicht maar tien meter. Ze is langzaam, dus het duurt een tijd voor we er zijn, maar ze blijft met tachtig kilometer per uur nog in de lucht. Als je er ski's onder zet, kunnen we zelfs op een ijsschots landen, of aan de zijkant van een gletsjer. Maar meestal bewegen die niet.'

De koolzwarte mist onder ons spleet opeens open en minder dan dertig meter lager zagen we de witte schuimkoppen van de golven op een kiezelkust beuken.

'Shit,' zei Key. 'Nou ja, dit zou wel eens onze laatste kans kunnen zijn, dus ik ga toch maar landen. Ik wil niet het risico lopen dat we neerstorten. Zelfs met zwemvesten en een opblaasbootje houden we het niet lang uit hier. De watertemperatuur ligt rond het vriespunt. Alleen wil ik graag wat zien, dan kan ik de Beaver aan iets vastmaken.'

Vartan keek weer op zijn kaart. 'Is dit een van de Islands of Four Mountains? Hier staat dat er een berg van krap tweeduizend meter bij is.'

Ze keek naar haar gps en haar ogen lichtten op. 'Chuginadak,' zei ze. 'En verderop is de Carlisle, de vulkaan die de geboorteplaats schiep van de mensen hier. Er zijn nog steeds grotten met mummies.'

'Dan,' zei Vartan, 'wordt deze inham ertussen toch beschermd door de bergen?'

Vartan was geschikter dan ik had verwacht. De thermische kleding was waterafstotend, maar toch werden we behoorlijk nat toen we Becky tussen de rotsen op een min of meer veilige plek vastmaakten. We droogden ons in het toestel zo goed en zo kwaad als dat ging af en zochten in de plunjezakken naar droge kleren.

De storm – een milde, zei Key – hield maar zes uur aan. Al die tijd zaten we in de cabine, terwijl huilende windvlagen, vijf meter hoge golven, grind en toendragras naar binnen probeerden te komen. Maar we kregen zo wel de kans om nog eens na te denken. Als we terugvlogen naar een eiland dat we net waren gepasseerd, konden we bijtanken op Nikolski, een landingsbaan die vlak bij het water lag. En we praatten op Key in om haar ervan te overtuigen dat ze bij het volgende noodgeval best de hulp mocht inroepen van een vulkanoloog of een botanicus, ook al ging dan onze dekmantel eraan.

'Waarom heb ik dat zelf niet gedacht?' zei Key hardop tegen zichzelf, kort nadat we zaterdagmorgen weer waren opgestegen van Nikolski.

Het was het enige dorp in dit deel van de Aleoeten dat de wetgeving uit 1971 had overleefd, toen de aanspraken van de inheemse bevolking op een groot deel van Alaska waren afgekocht. Key, duidelijk een nazaat van een inheemse stam, was vlak voor het licht werd uit de hemel neergedaald als een al lang niet meer waargenomen vogel, die iedereen verbaasde doordat hij toch niet uitgestorven bleek te zijn.

Niet alleen kregen we ontbijt en werden we bedolven onder cadeautjes – gefrituurde paling en handbeschilderde totempalen, voorzien van onze eigen totemdieren – iemand gaf Key ook een eigenhandig getekende kaart waarop alle inhammen waren afgebeeld, en ook de plekken aan het water waar je bij kon tanken, eigenlijk alleen maar bedoeld voor gebruik door pelsjagers, jagers en vissers, van Nikolski tot aan Attu Station, aan het eind van de eilandenketen. Ze was er heel blij mee en Vartan gaf haar een knuffel voor we weer opstegen.

Vijf uur later, toen we voor de tweede en laatste keer hadden bijgetankt, kwam het lastigste stuk van de tocht: Attu Station, net aan de oostkant van de internationale datumgrens, waar de Russische wateren begonnen. Het zou er wemelen van de schepen van de marine en de kustwacht, patrouilleschepen, onderzeeërs, drijvende satellietmonitoren en radar, allemaal op de zee of de hemel gericht.

Maar zoals Key zei was het met ons net als met het kindje Zeus in zijn hangende wieg: niemand is op zoek naar iets wat de grenzen van hemel en aarde verkent. Ze zette haar gps en radar uit om ons onzichtbaarder te maken en daalde naar twintig meter boven zeeniveau. Zo sneden we door het illusoire membraan dat west van oost en water van hemel lijkt te scheiden.

Op zaterdag 12 april verlieten we Amerika en staken we de datumgrens over. Toen was het opeens zondag 13 april, en twaalf uur, en het water en de lucht om ons heen waren nu Russisch.

Vartan keek me verbaasd aan. 'Weet je wel wat we aan het doen zijn? Als ze ons tot landen dwingen, word ik gefusilleerd wegens verraad en jullie worden opgepakt als Amerikaanse spionnen.'

'Niet zo pessimistisch,' zei Key. 'We zijn er bijna.'

Ze was vast nog helemaal euforisch vanwege het feit dat de stam haar vanochtend toegang had gegeven tot alle geheime paden over water en land, want ze voegde eraan toe: 'Welke totems hebben jullie gekregen? Ik Raaf en Bever. Vast door de manier waarop ik vanmorgen ben gearriveerd en weer vertrokken: de magische vogel van de maan en het dier dat het beste weet hoe hij uit het meer moet ontsnappen. Wat heeft onze verrader gekregen?'

Vartan haalde zijn twee totemdieren uit zijn zak. 'De beer en de wolf.'

'Echt iets voor een geboren meester op schaakgebied,' zei Key goedkeurend. 'De beer overwintert in zijn hol en brengt zijn halve leven door in stilte, meditatie en introspectie. De wolf komt van de hondsster, Sirius, die in vele culturen wordt aanbeden. Ook al is de wolf solitair, hij leert ons om ons gezamenlijk en geconcentreerd in te spannen, om ons te richten op wat de roedel probeert te bereiken.'

Ik keek naar mijn gesneden totems, een walvis en een arend,

beschilderd in vier kleuren: felrood, geel, groenig blauw en zwart. 'De arend is de dondervogel, hè? Maar waar staat de walvis voor?'

'De dondervogel is ook de vuurvogel, of de bliksem,' zei Key. 'Hij staat voor evenwicht, omdat hij hoog aan de hemel vliegt en de Grote Geest beroert, maar hij brengt ook het vuur van de hemel en energie naar de aarde om de mens te dienen.'

'Ze zijn daar heel goed in, hè?' zei Vartan. 'In dat toekennen van totems, bedoel ik. Mijn wolf en Alexandra's vuurvogel zijn de twee dieren die prins Iwan redden in ons beroemde Russische sprookje en hem het leven teruggeven.' Hij lachte naar mij en vroeg toen aan Key: 'Waar staat Alexandra's walvis voor?'

'Dat is de geheimzinnigste totem van allemaal,' zei Key, haar ogen gericht op het wijde, open water van de oceaan voor ons. 'De walvis is een oud dier met een genetische code in zijn geheugen. Niemand weet hoe lang hij al in zijn eentje in de diepte zwemt, ver onder het oppervlak waar wij overheen scheren, als een enorme bibliotheek gevuld met oeroude kennis. Zoals de trommelslag van de sjamaan, een hartenklop die de oudste kennis in zich draagt van de wijsheid van weleer...'

Ze keek ons met een ondeugende grijns aan, alsof ze wist wat we dachten.

'Zoals de Oorspronkelijke Aanwijzingen?' zei Vartan, ook met een glimlach om zijn lippen.

'Wat die aanwijzingen ook zijn,' zei Key, 'we komen er zo achter.'

Ze gebaarde naar de zee voor ons. Aan de horizon lag een lange, groene kust met erachter hoge, witte bergen. 'Het geëigende aforisme,' zei Key, 'zou wel eens "land in zicht!" kunnen zijn.'

TERUGKEER VAN DE ACHT

De ziel is gebonden door de Stad van Acht die in geest, intellect en ego huist en bestaat uit het aanwakkeren van de vijf subtiele elementen van zintuiglijke waarneming.
— Verzen over trilling (Spandârikâ)

Wat is dat tussenliggende universum? Het is de wereld, objectief en echt, waar alles wat in de zintuiglijke wereld voorkomt zijn analogie heeft. Maar niet zintuiglijk waarneembaar is de wereld die in de islam het achtste klimaat wordt genoemd.
— HENRI CORBIN, Swedenborg and Esoteric Islam

Alle dingen zijn in achten.
— THOMAS TAYLOR, in een citaat uit een pythagorische stelling

Oest-Kamtsjatsk, schiereiland Kamtsjatka

Lichte sneeuw dwarrelde door het gefilterde zonlicht boven de rivier. Het was een prachtige dag.

Aleksandr Solarin wist wie hij was. Hij kon zich een deel herinneren van wat achter hem lag en hij was veel te weten gekomen over wat er in het verschiet zou kunnen liggen.

Hij wist ook dat dit wel eens de laatste keer zou kunnen zijn dat hij

Het vuur 397

dit uitzicht zag, de rivier waar hij vandaan kwam, naar beneden snellend uit het hooggelegen dal, de glinsterende obsidiaanbergen met hun sneeuwkap, vanwaar gevaarlijke roze pluimen ten hemel rezen.

Hij stond naast zijn moeder Tatjana, aan boord van zijn schip dat hier in de haven voor anker lag. Hier wachtte hij zijn toekomst af, de toekomst die hem zo meteen zou meevoeren naar een nieuwe wereld, een wereld en een toekomst waarheen ze hem niet zou vergezellen. Als kind was hij haar één keer kwijtgeraakt, hij herinnerde zich nog heel goed wat er toen gebeurd was. Die nacht, de regen, zijn vader, zijn broer, zijn grootmoeder en de drie schaakstukken. Hij herinnerde het zich allemaal, alsof elke seconde en elk detail met een enorme lamp werd uitgelicht.

En hij herinnerde zich dat hij schaak had gespeeld. Hij kon de koele, gladde stukken voelen, hij kon zich het bord voor ogen halen. Hij kon zich partijen herinneren die hij had gespeeld, heel veel partijen. Dat was hij, dat was hij altijd geweest: een schaker.

Maar er was nog een spel, een ander spel, een geheim spel, bijna als een kaart, met verborgen pionnen en stukken, waarbij je moest beschikken over een ander soort gezichtsvermogen, een bijzonder geheugen, om onder het oppervlak te kijken en de stukken te zien. Inmiddels begon in zijn geest al de verblijfplaats boven te komen van een aantal van de stukken.

Maar er was één ding dat hij nooit kon zien. De dag dat het gebeurd was. Als hij eraan dacht, werd hij weer overvallen door de uitbarsting. De pijn.

En zijn dochter? Alexandra heette ze, dat had Tatjana hem verteld. En zijn vrouw? Nog even, dan zou hij hen zien. Dan zou hij het vast wel weten.

Maar één ding wist hij wel.

Ze waren een belangrijk onderdeel van zijn pijn.

Over Key zou ik me altijd blijven verbazen.

Het was ruim zeshonderd kilometer van Kamtsjatski naar ons vertrekpunt, Tsjoekotski, waar we de Beringzee zouden oversteken, maar hoe haveloos de roestige trawler er ook uitzag, volgens Key zou hij ruim op tijd zijn.

De trawler – een voormalig vissersvaartuig dat was omgebouwd voor marien waarnemingswerk – lag voor anker in de haven van Oest-Kamtsjatsk, en wel zo dat toen we na de landing zacht ronkend naar het schip voeren niemand aan wal ons kon zien. Het toestel werd met een kraan het open ruim in gehesen, waar ze vroeger de netten met vis losten.

'Volgens mij,' zei Key, 'beginnen jullie te geloven wat ik meteen in het begin al zei: dat het een ongelooflijke toestand is geweest om dit te organiseren. In deze streken is de glasnost met het badwater weggegooid. Maar met de hoed in de hand komt men door het ganse land, en tussen onderzoekers van wilde fauna, vulkanologen en inheemse bewoners is de samenwerking nog nooit zo goed geweest. Maar het blijft een krankzinnig ingewikkelde en riskante onderneming. Als ik ooit nog een keer aanbied om weer een gezinnetje bij elkaar te brengen, moet je maar met een hamer op mijn tenen slaan, dan heb ik even de tijd om er nog eens over na te denken.'

Nu ik op het punt stond mijn vader terug te zien, moest ik bekennen dat ook ik in de ban was van twijfels. Mijn hart bonkte even hard als Becky's motor. Ik wist niets van hoe hij eraan toe was, hoe ziek hij al die jaren was geweest, of hij goed was hersteld of juist niet. Zou hij me nog wel herkennen? Vartan en Key hadden wel door dat ik liep te piekeren en legden allebei een hand op mijn schouder toen we samen aan dek gingen.

Daar, aan de andere kant, stond de lange blonde vrouw, haar haar doorschoten met wat zilver, van wie ik nu wist dat het de grootmoeder was die ik nooit had gekend. En naast haar stond de man van wie ik tien jaar lang had gedacht dat ik hem nooit meer zou zien.

Mijn vader keek naar ons drieën toen we over het vlakke dek op hem toeliepen. Zelfs op deze afstand zag ik al hoeveel gewicht hij was kwijtgeraakt, maar ook de sterke, zuivere lijn van zijn gezicht en kaak tegen de donkere kraag van zijn openstaande jopper. Toen we dichterbij kwamen, zag ik onwillekeurig dat zijn lichte, ruige haar wel tot over zijn voorhoofd viel, maar het litteken niet aan het gezicht onttrok.

Toen we bij hem waren, richtten zijn flesgroene ogen zich op mij.

Ik begon te huilen.

Mijn vader opende zijn armen en ik liep er zonder iets te zeggen in.

'Xie,' zei hij, alsof hij zich iets herinnerde wat hij voor altijd dacht te zijn vergeten. 'Xie, Xie, Xie.'

Waar Tsjoekotski Poloeostrov, het Tsjoektsjen-schiereiland, uitsteekt, tussen de Tsjoektsjenzee en de Beringzee, zit je zo dicht bij de Verenigde Staten dat als je een beetje goed kan gooien, de steen daar neerkomt.

Onze trawler werd gebruikt door Tsjoektsjische marien biologen, die zich zorgen maakten over de teruglopende populaties aalscholvers aan de noord- en oostkust. Wij kregen gewoon een lift. Tatjana zou met het schip teruggaan naar Kamtsjatka en zich weer bij de sjamanen van de Tsjoektsjen voegen. Wij en het vliegtuig zouden worden afgezet op een plek waar we onopvallend konden vertrekken. Als we weer in het Amerikaanse luchtruim waren, zouden we in Kotzebue in Alaska bijtanken en dan met mijn vader doorvliegen naar Anchorage.

De schemering viel snel in deze tijd van het jaar. We zaten op het dek van de trawler, rond een vuurkorf die Keys vriendjes hadden neergezet, dronken kwas, poften aardappels, en grilden stukjes gemarineerd rendiervlees, het vlees dat iedereen in deze streken at, aan houten pennen die we op de houtskool legden. Mijn vader had zijn arm om mijn schouders geslagen. Af en toe keek hij even naar me, alsof hij zich ervan wilde vergewissen dat ik er nog was, bijna alsof hij bang was dat ik als een vogel weg zou vliegen in de nacht.

Mijn mooie grootmoeder Tatjana kwam me exotisch en leeftijdloos tegelijk voor met haar hoge jukbeenderen, haar kostuum van geborduurd rendierleer, met franjes, en haar zilverig blonde haar, dat zacht opgloeide in het licht van het vuur. Maar ze sprak alleen maar gebroken Engels met een zwaar Slavisch accent en dus bood Vartan aan om voor haar te tolken. Iedereen wilde het verhaal horen dat ze ons vertelde.

'Ik ben opgepakt op de Krim, in de herfst van 1953, en per schip naar de goelag overgebracht. Je kunt je daar geen voorstelling van maken, van die tocht. Velen aan boord stierven, want er was niet genoeg water, voedsel of warmte. Als ik in de winter was overgebracht, had ik wel dood kunnen vriezen. Dat overkwam duizenden anderen. Al met al heeft de goelag tientallen miljoenen levens geëist.

Ik weet niet hoe lang ik in het kamp heb gezeten. Ik at er dunne soep, dronk smerig water en bewerkte de permafrost om wegen aan te leggen, tot mijn handen kapot waren en bloedden. Minder dan een jaar. Ik had geluk, want ik ben vrijgekocht. En mijn geluk was daarmee nog niet op, want plaatselijke stamleden waren in het verleden met hun kinderen terechtgesteld als ze politieke gevangenen zoals ik opnamen. Toch kreeg ik onderdak bij een verder naar het noorden wonende groep. Ze waren vervolgd tot ze bijna waren uitgestorven. De meeste overblijvers waren vrouwen, de sjamanen van de Tsjoektsjen. Zij hebben ook Sasja het leven gered. De man die ons bij dit alles heeft geholpen, noemt zich Galen March.'

Toen Vartan klaar was met tolken zei hij: 'Noemt zich?'

'Als je de spelling in het Gaelic aanhoudt, is het een anagram voor Charlemagne,' zei ik. 'Maar één ding begrijp ik niet,' zei ik tegen Tatjana. 'Hoe kan Gaelen u vijftig jaar geleden hebben gered? De man die wij kennen, is niet ouder dan begin dertig.'

Vartan vertaalde mijn vraag.

Tatjana keek me aan en zei in haar beperkte Engels: 'Nee, hij is ouder. Zijn naam is niet Charlemagne en ook niet Galen March. Ik geef je iets wat alles verklaart. Alle dingen.'

Ze stak haar hand in de zak van haar leren mantel en haalde er iets kleins uit, dat ze aan Vartan gaf met een gebaar dat hij het aan mij moest geven.

'Hij schrijft dit voor jou, want jij bent 'de volgende Zwarte Koningin en...'

Ik voelde hoe mijn vaders greep op mijn schouders verstrakte. Zijn arm trilde zelfs bijna. 'Wat bedoel je?' zei hij.

Tatjana schudde haar hoofd en zei snel iets tegen Vartan in een taal die ik niet herkende. Oekraïens misschien. Hij knikte, maar toen hij zich naar mij omdraaide, lag er op zijn gezicht een uitdrukking die ik niet thuis kon brengen.

Het vuur

'Wat ik van Tatjana aan jou moet vertellen, Xie, is dat dit pakje van Galen voor ons allen van groot belang is, en van kritiek belang voor jou en mij. Ze zegt dat Galen March de Witte Koning is, maar niet lang meer. Hij hoopt dat ik hem kan opvolgen. Maar de crux van de zaak, zegt ze, is de reden dat hij weggaat. Hij kan deze taak niet volbrengen, zegt ze. Dat kunnen wij alleen.'

Schijnbaar in verwarring keek Vartan ons drieën aan. Toen gingen zijn ogen naar mijn vader. 'Misschien zegt dit u weinig, tot er meer van uw geheugen terug is. Maar uw moeder Tatjana zegt dat de man over wie we het hebben, Galen March, een voorouder van u is. Hij is de zoon van Minnie Renselaas, de non Mireille. Zijn naam is Charlot de Remy.'

'Je moeder moet het al die tijd geweten hebben,' zei Key. 'Daarom heeft ze Galen van het begin af aan vertrouwd, daarom heeft ze erin toegestemd om naar Four Corners terug te gaan, met hem achter de hand als dat nodig zou zijn. En dat werd nodig toen ze hoorde dat je vader zich dingen kon herinneren. We zouden allen in gevaar zijn gekomen als iemand te weten was gekomen waar hij was en hem eerder dan wij in handen had gekregen. Toen besloot ze dat ze Galen nodig had om haar in Colorado te beschermen. Daarom heeft ze ook mij en Vartan erbij gehaald.

Logisch dat Cat jou en je oom en Lily tot het laatste ogenblik niet vertelde wat ze wist en wat ze van plan was. In de vorige ronde van het Spel hadden ze meegespeeld en dit was een heel nieuwe ronde. En jullie nemen zoveel risico dat ze waarschijnlijk bang was dat een van jullie het heft in eigen handen zou nemen. En dus regelde ze het zelf. Een taaie tante, die vrouw.'

Wat je zegt, dacht ik.

Iedereen vond het makkelijker als Vartan en ik eerst de papieren van Galen lazen en dan de anderen op de hoogte brachten. En dus gingen wij in het rode licht van de vuurkorf zitten, maakten het pakje open en lazen het verhaal van Charlot de Remy.

HET VERHAAL VAN DE WITTE KONING

Ik was nog geen zeven toen ik uit Egypte terugkeerde naar Londen, met mijn mentor Shahin, die al sinds mijn vroegste jeugd niet alleen een vader voor mij was geweest, maar een vader en een moeder tegelijk. Het was voorzegd dat ik degene zou zijn die het mysterie zou oplossen, en mijn moeder Mireille geloofde dat. Het Spel had bezit genomen van haar leven voor ik was geboren, en had het leven gekost aan haar liefste metgezel, haar nichtje Valentine.

Bij aankomst in Londen kwamen Shahin en ik te weten dat tijdens onze afwezigheid mijn moeder maanden in Parijs had doorgebracht met mijn vader, en dat ze het Witte Team zeven stukken uit het spel afhandig had weten te maken. Als mijn vader eraan kon komen, lagen er nog meer stukken in het verschiet.

We hoorden ook dat mijn moeder net voor onze terugkeer het leven had geschonken aan mijn jonge zusje Charlotte, de vrucht van deze zeldzame ontmoeting tussen mijn ouders. Terwijl Charlotte opgroeide, bogen mijn moeder, Shahin en ik ons over de papieren van Isaac Newton in zijn werkvertrek, dat uitzag over de moestuinen die hem ooit hadden toebehoord. Daar deed ik een ontdekking: het geheim waarover iedereen al eeuwen strijd leverde, was meer dan de transmutatie van onedele metalen. Het was het geheim van de onsterfelijkheid. *Al-iksir*, noemden de Arabieren het, het elixer van het leven. Maar ik wist toen nog niet alles.

Ik was tien en Charlotte was al vier toen we voor het eerst onze vader ontmoetten, Charles-Maurice Talleyrand, in de baden van Bourbon-l'Archambault. Mijn moeder, vastberaden het Spel waarin ze gevangenzat te beëindigen, had ons meegenomen. Ze wilde mijn vader bewegen om zich aan zijn belofte te houden en meer stukken in handen te krijgen.

Na die avond in de baden van Bourbon, op mijn tiende, zou ik mijn vader twintig jaar lang niet meer zien. Hij had mijn moeder overgehaald om hem Charlotte te laten opvoeden als zijn geadopteerde dochter, maar mij wilde ze niet kwijt. Ik was de pro-

Het vuur

feet die was voorzegd, zei ze. Ik was geboren onder de ogen van de godin, in de woestijn. Ik zou het geheim van het Montglanespel ontraadselen.

Wat dat betreft had ze gelijk.

Bijna twintig jaar spanden we ons daarvoor in, eerst in Londen en toen in Grenoble, maar na de eerste ontdekking met betrekking tot waar het geheim uit bestond, boekten we jarenlang weinig vooruitgang.

In Grenoble bevond zich de Académie Delphinale, waarvan Jean-Baptiste Joseph Fourier, de auteur van *Analytische theorie van de warmte*, een van de grondleggers was geweest. Shahin en ik hadden veel tijd in zijn gezelschap doorgebracht toen tijdens Napoleons veldtocht in Egypte – ik was toen nog maar een kind – een expeditie de steen van Rosetta had meegenomen. De ontcijfering ervan nam evenveel tijd in beslag als ons project met betrekking tot het schaakspel van Montglane, en de twee zouden al spoedig op een belangrijke manier met elkaar in verband worden gebracht.

In 1822 was Fourier al beroemd vanwege de belangrijke stukken die hij had geschreven over de vele wetenschappelijke ontdekkingen die nog steeds in Egypte werden gedaan. Hij gaf financiële steun aan een jongeman met een groot talent voor oude talen die aan de academie van Grenoble verbonden was en die we heel goed leerden kennen. Hij heette Jean-François Champollion.

Op 14 september 1822 holde Jean-François door de straten naar de werkvertrekken van zijn broer en riep: '*Je tiens l'affaire!*' Nadat hij twintig jaar met het probleem bezig was geweest, bijna vanaf zijn jeugd, had hij het geheim van de steen van Rosetta ontrafeld. De sleutel tot het geheim was één woord: *Thoth*.

Het vervulde mijn moeder met opwinding. Want Thoth, dat is bekend, was een grote Egyptische god, die door de Romeinen gelijk werd gesteld met Mercurius en door de Grieken met Hermes, de vader van de alchemie. Egypte zelf werd in de oudheid al-Khem genoemd. We waren er zeker van, ook Fourier, dat Jean-François de sleutel had gevonden van meer dan de Egyptische transcripties, dat hij de sleutel had gevonden van de antieke mysteriën waarvan er een, het spel van Montglane, in handen van mijn moeder was.

Ik voelde dat we op het punt stonden een grote ontdekking te doen, een ontdekking waarin ik de rol zou spelen waarvoor ik volgens mijn moeder geboren was. Maar hoe ik ook mijn best deed, ik kon er nog niet bij.

Op aandringen van mijn moeder liet ik Fourier en Champollion verdergaan met hun grote wetenschappelijke doorbraak, liet ik ook mijn moeder, Shahin en het spel van Montglane voor wat ze waren en trok de woestijn in, op zoek naar de antieke inscripties op de nog oudere rotsen waaronder ik geboren was.

Mijn moeder was ervan overtuigd dat er maar één manier was om voor eens en voor altijd een eind te maken aan het Spel: één Team of één individu moest zoveel stukken verzamelen dat het raadsel kon worden opgelost, de formule kon worden verwezenlijkt en het elixer kon worden gedronken.

Met die overtuiging zat ze er faliekant naast.

Haar misvatting zou haar leven verwoesten.

En ook het mijne.

Toen Vartan en ik zover waren, legde hij zijn hand over de mijne. 'Zo meteen gaan we verder met het verhaal,' zei hij zacht. 'Maar ik denk dat jij en ik al het antwoord weten op de vraag wat volgens deze man zijn leven heeft verwoest, en dat van zijn moeder. En waarom het zo belangrijk leek dat hij heeft gedaan wat hij heeft gedaan, en dat hij dit voor ons heeft opgeschreven.'

Ik keek in Vartans ogen in het rossige licht van het vuur en wist dat hij gelijk had.

'Omdat hij nog leeft.'

Vartan knikte. 'En degene van wie hij houdt niet.'

Het vuur 405

STAD VAN VUUR

Als de wereld een einde neemt, zal zij worden geoordeeld door vuur en alle dingen die God uit het niets heeft geschapen, zullen door vuur tot as worden teruggebracht, en uit deze as zal het jong van de feniks herrijzen. Na deze grote brand zullen een nieuwe hemel en een nieuwe aarde ontstaan, en een nieuwe mens, edeler in zijn verheerlijkte staat.
— BASILIUS VALENTINUS, *De gouden driepoot*

God gaf Noach het regenboogsymbool,
Geen water meer, vuur de volgende keer!
— JAMES BALDWIN, *The Fire Next Time*

Je moet een paar stenen tegen elkaar slaan om vuur te maken.
— GARI KASPAROV, *How life imitates chess*

Het was een *long and winding road*, dat zeker, maar wel een mooie route, terug naar de blinkende Stad op de Heuvel waar ik woonde.

Key had weer eens wat geregeld (met Lily, die blijkbaar als taxichauffeur mocht fungeren). We zouden allemaal bij elkaar komen op een plek die wat meer privacy bood dan Lake Hood, en wel een kleine watervliegtuigbasis aan een meer, net iets ten noorden van Anchorage. Daar wisten ze misschien niet eens wat een in een beperkte oplage gemaakte Aston Martin was, laat staan dat je zo de aandacht trok. Maar hoe hadden ze die auto helemaal uit Wyoming daar gekregen, over duizenden kilometers ruige toendra?

'Even raden,' zei ik. 'Jij en mijn moeder zijn gewoon achter elkaar doorgereden over de Alcan Highway, onder het zingen van "Night and Day". Hoe ben je anders hier beland?'

'Op de gebruikelijke manier,' zei Lily, terwijl ze de gelakte nagel van haar wijsvinger langs de al even gelakte nagel van haar duim wreef in het pecunia-gebaar. 'Toen ik eenmaal ons voorland had gezien, wist ik dat een gehuurd schip de beste wijze van vervoer zou zijn.'

Maar toen zweeg iedereen, want Vartan hielp mijn vader uit het vliegtuig en die zag voor het eerst in tien jaar mijn moeder terug. Zelfs Zsa-Zsa hield haar snavel.

Natuurlijk weten we allemaal min of meer hoe we op deze planeet zijn beland. Een zaadcel danst met een eicel. De een denkt dat de vonk die het proces in gang zet van God komt, de ander ziet het meer als een chemisch proces. Maar wat we voor ons zagen, was iets heel anders, en dat beseften we allemaal. Nu was ik blij dat Vartan ons beiden voor die bewaasde spiegel had gezet, zodat ik mezelf kon zien zoals hij mij zag. Toen ik zag hoe mijn ouders elkaar voor het eerst in tien jaar aanschouwden, besefte ik dat ik er eigenlijk getuige van was hoe ik zelf op de wereld was gekomen.

Hoe je het ook bekeek, het was een soort wonder.

Mijn vaders handen gingen door mijn moeders haar, en toen hun lippen elkaar raakten, leken zijn lichaam en het hare met elkaar te versmelten. We keken een hele tijd toe.

Naast me fluisterde Key: 'Ze hebben vast álle Aanwijzingen gelezen.' En na enig nadenken voegde ze eraan toe: 'Of misschien hebben ze ze wel geschreven.'

Weer voelde ik tranen opkomen. Als dat een gewoonte ging worden, moest ik voortaan een zakdoek bij me steken.

Terwijl ze elkaar bleven omhelzen, stak mijn vader langzaam zijn arm naar ons uit. 'Volgens mij wil hij jou erbij hebben,' zei Key.

Toen ik naast hen stond, sloeg hij zijn arm om me heen en mijn moeder deed hetzelfde, zodat we nu gedrieën verstrengeld stonden. Maar voor ik me kon gaan generen voor deze wel erg larmoyante scène, zei mijn vader iets wat hij tijdens de vlucht ook al had proberen uit te leggen. 'Het was mijn schuld, Alexandra. Dat zie ik nu duidelijk. Het was de enige keer dat ik ooit tegen Cat in ben gegaan. Maar ik heb het niet voor jou gedaan. Ik deed het voor mezelf.'

Hij zei het tegen mij, maar zijn ogen hielden de blik van mijn moeder vast.

'Toen ik hier in Amerika ontdekte dat ik een van de dingen waar ik van hield, zou moeten ruilen voor het andere – schaken om met Cat te kunnen zijn – viel me dat zo zwaar. Te zwaar. Maar toen ik zag dat mijn dochter kon spelen, dat ze wilde spelen...' Hij richtte die zilverig groene ogen op mij. Mijn ogen, zag ik opeens. 'Toen ik dat zag, wist ik dat jij, Xie, mijn dochter, mijn plaats in kon nemen. In zekere zin heb ik je gebruikt, net als die moeders die hun kind pushen als filmster of fotomodel.'

Mijn moeder lachte even, wat de Slavische heftigheid een beetje doorbrak. Ze legde haar hand op zijn hoofd en streek het haar weg van het donkerrode litteken dat nu voorgoed een deel zou zijn van ons leven. Met een droevige glimlach zei ze: 'Maar je hebt nu wel geboet voor je wandaad.'

Toen draaide ze zich om naar mij. 'Ik wil niet de volgende worden die je manipuleert, maar we moeten het over een ander Spel hebben, en wel nu meteen. Ik heb weinig tijd gehad om te achterhalen hoeveel je weet. Maar je hebt toch al mijn berichten aan jou weten te decoderen? Vooral het eerste?'

'Het schaakbord is de sleutel.'

Toen deed ze iets curieus. Ze liet mijn vader los, vermorzelde me bijna in haar armen en zei in mijn oor: 'Wat er ook gebeurt, dat is mijn geschenk aan jou.'

Toen liet ze me los en wenkte de anderen.

'Lily heeft een huis aan het water, op Vancouver Island. Daar blijven we een poosje, wij drieën. En Zsa-Zsa. Ze krabbelde de hond op zijn kop en die kronkelde in Lily's armen. 'Nokomis vliegt ons daarheen en laat Lily's auto naar New York vervoeren.

Voorlopig weet alleen deze groep waar we zijn, tot we zekerheid hebben over hoe mijn man eraan toe is. Lily neemt contact op met Nim zodra ze weer in New York is.'

Toen keek moeder Vartan aan en zei: 'Hebben jullie het verhaal van Galen gelezen?'

'Ja, helemaal,' zei Vartan. 'Dat hij heeft geholpen om het meisje te redden, dat hij via haar de echte Zwarte Koningin van de soefi's in handen heeft gekregen, dat hij daarmee zijn moeder heeft geholpen om de formule op te lossen en dat hij uiteindelijk zelf het elixer heeft gedronken. Gecombineerd met het verhaal dat Lily ons al had verteld over Mireille was het vreselijk. Het eeuwige leven, maar altijd in gevaar en altijd bang. En te weten dat je altijd alleen zult blijven, in de wetenschap dat je iets hebt geschapen wat...'

'Maar er is nog meer,' interrumpeerde mijn moeder hem. 'Ik heb Xie net de sleutel gegeven tot de rest. Als jij Galen vervangt als de Witte Koning en Alexandra mijn plaats inneemt, kunnen jullie misschien met een oplossing komen en die doorgeven aan de mensen die weten wat ze ermee moeten doen.'

Tegen mij zei ze: 'Hou één ding voor ogen, liefste. Het kaartje dat Tatjana Solarin je zo lang geleden heeft gegeven, in Zagorsk. Aan de ene kant zie je vrijheid. Aan de andere kant de eeuwigheid. Daartussen kiezen, daar gaat het om.' Terwijl Key de rest naar het vliegtuig loodste, zei ze met een glimlach, haar ogen wat vochtig, tegen ons: 'Maar jullie beiden weten waar je me kunt vinden, als je nog vragen hebt over de aanwijzingen.'

Dankzij een straffe rugwind hadden we een voorspoedige reis. Drie uur naar Seattle en vierenhalf naar Washington. Door het gedoe met de tijdzones waren we drie uur kwijt, maar op maandag tegen etenstijd – een week na 'die avond in Bagdad' – liepen Vartan en ik mijn appartement binnen.

Hij liet de plunjezak met onze spullen op de grond vallen en nam me in zijn armen. 'Kan me niet schelen hoe het morgen gaat,' fluisterde hij in mijn haar, 'maar vanavond gaan we aan de slag met de aanwijzingen van je ouders. Daar wil ik echt meer van weten.'

'Eerst eten,' zei ik. 'Ik weet niet wat er in huis is, maar je mag tijdens het huiswerk niet in elkaar zakken van de honger.'

Ik liep naar de keuken en pakte wat blikken en een pak pasta uit een kastje. 'Het wordt spaghetti,' zei ik, terwijl ik mijn hoofd om de deur stak.

Vartan stond in de woonkamer naar het schaakbord te kijken dat Nim op mijn ronde eiken tafel had gezet.

'Heb je ooit spijt gehad van die laatste partij?' vroeg hij, en hij keek me aan. 'Ik bedoel natuurlijk niet spijt met betrekking tot wat er met je vader is gebeurd en wat er daarna allemaal volgde. Ik bedoel spijt dat jij en ik nooit die partij hebben kunnen spelen.'

'Of ik daar spijt van had? Nou en of,' zei ik met een glimlach. 'Dat was mijn enige kans om jou alsnog in de pan te hakken.'

'Zullen we dan maar?'

'Hoe bedoel je?'

'We spelen een partij. Ik weet dat je roestig bent, maar het doet je vast goed om weer eens te spelen.'

Hij pakte de witte en de zwarte koningin en verwisselde ze achter zijn rug. Toen stak hij twee vuisten naar me uit.

'Dit is waanzin,' zei ik.

Maar toen ik zijn rechterhand aantikte, begon er van alles te tintelen.

Toen Vartan zijn vuist opende, lag de witte koningin erin. Hij gaf haar aan mij. Vervolgens ging hij aan de andere kant van de tafel zitten, waar de zwarte stukken stonden opgesteld, en zette zijn koningin ertussen. 'Jij bent aan zet.'

Toen ik was gaan zitten en de witte koningin op haar plaats had gezet, was het of er in mij iets tot leven kwam. Ik vergat dat ik in geen tien jaar achter een schaakbord had gezeten. Ik voelde energie door me heen stromen, knetterend van de mogelijkheden. Mijn hersens kalibreerden Fourier-transformaties en Maxwell-vergelijkingen en berekenden de eindeloze golven van hitte en licht, geluid en laser die niemand kan horen of zien.

Ik pakte mijn paard en zette het op d4.

Ik zat al een tijdje naar het bord te kijken toen ik doorkreeg dat Vartan zijn eerste zet nog niet had gedaan. Ik keek op en zag dat hij me met een vreemde, onpeilbare uitdrukking op zijn gezicht aankeek.

'Jij bent aan zet.'

'Misschien is dit wel niet zo'n goed idee.'

'Nee, het was wél een goed idee,' zei ik. Ik voelde me vol energie. 'Doe maar.'

'Alexandra, ik speel al tien jaar toernooien. Mijn elo zit dik boven de zesentwintighonderd. Je kunt me gewoon niet verslaan met een Konings-Indische opening, als je dat mocht denken.'

Dat was altijd mijn favoriete opening geweest, dus we hoefden *Dat is je de vorige keer ook niet gelukt* er niet bij te zeggen.

'Kan me niet schelen of ik je versla, of hoe,' zei ik. *Jokkebrok.* 'Maar als je wilt, ga je toch op een andere verdediging over?' Niet te geloven dat we hierover praatten in plaats van gewoon te spelen.

'Ik weet eigenlijk niet meer wat verliezen is,' zei Vartan met een verontschuldigende glimlach, alsof hij net doorkreeg wat hij aan het doen was. 'En chic verliezen kan ik helemaal niet. Ik ga echt niet expres verliezen om jou een genoegen te doen.'

'Best. Ga maar stampvoeten als ik je verslagen heb,' zei ik. 'Doe je nou nog een zet?'

Met enige aarzeling bracht hij zijn paard in het spel. De partij was begonnen.

Bij zijn volgende zet besloot hij inderdaad tot een andere verdediging. Hij schoof zijn pion naar e6. De Koningin-Indische verdediging! Ik probeerde mijn opwinding niet te laten blijken. Dit was namelijk precies waarop mijn vader en ik hadden gehoopt en waarop we ons hadden voorbereid als ik in Zagorsk met wit zou spelen.

Elk mogelijk antwoord op deze verdediging was dus al sinds mijn jeugd in mijn brein geëtst. Als iemand deze strategie volgde, zou ik grof geschut inzetten. Vartan had me in Wyoming verteld dat alles op timing aankwam. Toch?

Het moment was nu aangebroken.

Het leven imiteert de kunst. De werkelijkheid imiteert het schaken.

Bij de negende zet stak ik een stok in de spaken van Vartans tactiek. Ik schoof mijn koningspion van g2 naar g4.

Verrast keek hij me aan. Toen lachte hij kort. Hij was duidelijk vergeten dat het een serieuze partij moest zijn. 'Die zet heb je nog nooit van je leven gedaan. Wat denk je wel dat je bent, een kleine Kasparov?'

'Nee,' zei ik, nog steeds met mijn gezicht zorgvuldig in de plooi. 'Een kleine Solarin. Jij bent aan zet.'

Nog steeds lachend schudde hij zijn hoofd. Maar eindelijk was hij met zijn aandacht meer bij het bord dan bij mij.

Schaken is een interessant spel, dat je elke keer weer leert hoe de menselijke geest in elkaar zit. Ik wist dat Vartans hoofd tjokvol varianten zat waar ik nog nooit van had gehoord. Dat was het voordeel dat hij in tien jaar had opgebouwd. In die tien jaar had hij tegen de beste schakers van de wereld gespeeld, en hij had vaak van ze gewonnen.

Maar al kon ik in dit opzicht niet tegen hem op, ik wist dat ik nu het voordeel van de verrassing aan mijn zijde had. Toen Vartan hieraan begon, dacht hij dat hij het opnam tegen het getraumatiseerde kind van twaalf op wie hij verliefd was geworden, een kind dat al jaren niet meer had gespeeld en dat hij zo weinig mogelijk pijn wilde doen. Maar door mijn onverwachte zet was hij er opeens achter dat hij bezig was aan een partij waarbij hij op zijn tellen moest passen, want anders ging hij hem verliezen.

Heerlijk gevoel.

Maar ik wist dat ik mijn euforie de kop moest indrukken, anders redde ik het niet. Dankzij zijn encyclopedische geheugen en enorme ervaring – onbewuste kennis, noemen psychologen dat – kende hij alle varianten op mijn laatste zet. Als dat niet zo was, at ik mijn hoed op, zoals Key zou zeggen. Maar grote schakers richten zich wel op wat abnormaal is, maar herinneren zich vervolgens wat normaal is. Ik moest hem dus het bos insturen met die zorgvuldig opgebouwde intuïtie van hem.

Ik had één truc achter de hand, iets wat ik van mijn vader had geleerd en nog nooit aan een ander had verteld. Het was iets wat niet in de gereedschapskist zat die je je normaal al lerend eigen maakt. Jarenlang had ik hem niet durven gebruiken vanwege de *amaurosis scacchistica* die me bij dat toernooi had overvallen. Ik had me wel eens afgevraagd of die schaakblindheid niet was veroorzaakt door die techniek van mijn vader, omdat die soms de hele zaak op zijn kop zette.

Iedereen weet, had mijn vader sinds mijn vroegste jeugd gezegd, *dat als een van je posities wordt bedreigd, je op twee manieren kunt reageren: door te verdedigen of aan te vallen. Maar er is nog een optie, waar niemand ooit aan denkt: je kunt de stukken naar hun eigen mening vragen over de situatie waarin ze zich bevinden.*

Voor een kind klinkt dat heel logisch. Hij bedoelde dat elke *positie* wel zijn sterke en zwakke defensieve en offensieve kanten had, maar dat het bij de stukken volledig anders lag. Bij een stuk zijn sterke en zwakke punten een essentieel onderdeel van de aard, de persona, van het stuk. Zij bepalen de modus operandi van dat stuk, de vrijheid, al dan niet beperkt, waarmee het zich door zijn gesloten zwart-witte wereld beweegt.

Toen hij dat had verteld, zag ik al snel dat als een koningin een paard bedreigde, dat paard niet op zijn beurt de koningin kon bedreigen. En dat als een toren een loper aanvalt, die loper niet de toren kan gaan aanvallen. Zelfs de koningin, het sterkste stuk, kan niet op een veld blijven staan dat zich schuin voor een oprukkende pion bevindt, hoe nederig die ook is. De zwakte van elk stuk – beperkte bewegingsvrijheid en kwetsbaarheid voor aanvallen – was juist zijn kracht als het een ander stuk aanviel.

Mijn vader zocht graag een situatie op waar je een aantal van die voordelen tegelijk in kon zetten bij een agressieve tactische stormloop. Voor een kind van zes, dat geen angst kent, was dat een ware onthulling, en ik hoopte die aanpak nu tegen Vartan te kunnen gebruiken. Ik was altijd al een speler geweest die zijn tegenstander opzocht voor een gevecht van man tegen man. En om remise te maken tegen Vartan had ik wel een paar verrassingen nodig.

Na wat een hele tijd leek keek ik op. Vartan keek me met een vreemde uitdrukking op zijn gezicht aan.

'Ik sta paf,' zei hij. 'Maar waarom heb je het niet gezegd?'

'Waarom heb je geen zet gedaan?' vroeg ik.

'Best. Dan doe ik de enige zet die ik kan doen.'

Het vuur

Hij stak een lange vinger uit en legde zijn koning om. 'Je hebt niet gezegd dat het schaakmat was.'

Ik staarde naar het bord. Het duurde vijftien seconden voor ik het zag.

'Had je het zelf niet gezien?' vroeg hij verwonderd.

Het duizelde me een beetje. 'Ik heb nog wel wat begeleiding nodig voor ik me hier weer op kan storten.'

'Hoe heb je dat nou voor elkaar gekregen?'

'Door een vreemde techniek van naar een partij kijken die ik toen ik klein was van mijn vader heb geleerd. Maar hij pakt ook wel eens verkeerd uit.'

'Wat die techniek ook inhoudt,' zei Vartan met een grijns, 'je moet hem ook maar eens aan mij leren. Dit is de enige keer dat ik het echt niet aan zag komen.'

'Ik ook niet,' bekende ik. 'Toen ik die partij van jou verloor, was het hetzelfde. *Amaurosis scacchista*. Ik heb er nooit met iemand over willen praten, maar dat was de eerste keer dat het me overkwam.'

'Xie, luister nou eens.' Vartan liep om de tafel heen, nam mijn handen in de zijne en trok me overeind. 'Elke speler weet dat schaakblindheid altijd, overal en bij iedereen kan toeslaan. Elke keer dat het gebeurt, vervloek je jezelf, maar je zit er echt naast als je denkt dat het een vloek van de goden is die alleen maar jou treft. Je was al opgehouden met schaken voor je daar zelf achter kon komen.

Kijk nou eens naar dit bord. Die zet van jou was ijzersterk, en niet gewoon een toevalstreffer. Misschien zit er ook wel geen geraffineerde strategie achter. Ik heb nog nooit zoiets gezien. Het was een soort tactische overval, die me volledig verraste.' Hij wachtte even, tot hij zeker wist dat hij mijn aandacht had, en voegde er toen aan toe: 'En je hebt gewonnen.'

'Maar als ik niet meer weet hoe...'

'Daarom moet je hier blijven zitten en de hele partij reconstrueren tot je weet hoe je ertoe bent gekomen. Anders is het net als van een paard vallen. Als je niet meteen weer opstijgt, durf je niet meer te rijden.'

Ik durfde al tien jaar niet meer te rijden, tien jaar van opgekropte angst en schuldgevoelens, al sinds Zagorsk en misschien nog wel eerder. Maar ik wist dat Vartan gelijk had. Tot ik het wist, zou ik altijd op de grond blijven liggen, waar het paard me uit het zadel had geworpen.

Vartan glimlachte en kuste me op het puntje van mijn neus. 'Ik maak het eten wel. Roep je me als je het antwoord weet? Ik wil je niet afleiden als je aan het analyseren bent. Maar ik kan je wel beloven dat op de goede oplossing een mooie beloning staat. Dan slaapt er vannacht een grootmeester in je bed, die de hele nacht leuke dingen met je doet.'

Hij was halverwege de keuken toen hij zich omdraaide. 'Je hébt toch wel een bed?'

Vartan bladerde door de stapel vellen waarop ik mijn analyse van de partij had genoteerd terwijl hij de spaghetti naar binnen werkte die hij in mijn primitieve keukentje had gemaakt. Maar hij klaagde niet, niet eens over zijn eigen kookkunst.

Ik keek naar zijn gezicht. Af en toe knikte hij. Een paar keer schoot hij in de lach. Uiteindelijk keek hij me aan.

'Je vader is echt geniaal. In elk geval heeft hij de ideeën die jij me net hebt laten zien niet opgedaan in de lange jaren dat hij opgesloten heeft gezeten in het Paleis van de Jonge Pioniers. Heb je die blitztechniek van hem geleerd? Philidor zou het bedacht kunnen hebben, alleen dan met stukken in plaats van pionnen. Waarom heb je dit niet bij de eerste partij al gebruikt? O ja, je *amaurosis*.'

Toen keek hij me aan alsof hem net iets belangrijks was ingevallen. 'Misschien zijn we allebei wel blind geweest.'

'Hoe bedoel je?'

'Waar is het kaartje dat Tatjana je heeft gegeven, in Zagorsk?'

Ik viste het uit de broekzak waarin ik het bewaarde. Vartan draaide het om en om, om beide afbeeldingen te bekijken. Toen keek hij me strak aan. *'Je tiens l'affaire,'* zei hij, alsof hij Champollion was die de sleutel tot de Egyptische hiërogliefen vond. 'Snap je? Daarom staat hier: "Hoed u voor het Vuur." De feniks is het vuur, de eeuwigheid waar je moeder het over had, de steeds weer terugkerende dood en wedergeboorte in as en vuur. Maar de vuurvogel sterft niet in vuur of as. Haar magische veren brengen ons het eeuwige licht. Ik denk dat dat de vrijheid is die je moeder bedoelde. En de keuze. Dat zou ook verklaren wat ze over het schaakspel heeft ontdekt, waarom Mireille en Galen de ware betekenis ervan niet hebben kunnen achterhalen, ook niet met hulp van je moeder. Zij hadden, ieder om hun eigen reden, al van het elixer gedronken. Ze gebruikten het Spel voor een eigen doel, niet voor het oorspronkelijke doel dat de ontwerper voor ogen stond.'

'Een soort ingebouwd veiligheidsmechanisme, bedoel je,' zei ik verbaasd. 'Zo ontworpen door al-Jabir dat iemand die het Spel voor eigen gewin gebruikte nooit bij de hogere krachten kon komen die erin besloten liggen.'

Prima oplossing. Niet dat nu het probleem waarvoor we stonden opgelost was.

'Wat zijn die hogere krachten?' zei ik.

'Je moeder zei dat ze jou de sleutel had gegeven tot de rest. Wat heeft ze precies gezegd?'

'Eigenlijk niks. Ze vroeg alleen of ik alle codeberichten had begrepen die ze in Colorado voor me had achtergelaten. Vooral de eerste. *Het schaakbord is de sleutel.* Ze zei erbij dat dat bericht speciaal voor mij bestemd was. Haar geschenk aan mij.'

'Hoe kan dat nou een geschenk alleen voor jou zijn? Iedereen heeft de tekening gezien van dat schaakbord. Dat wist ze toch wel? Ze moet op een ander schaakbord hebben gedoeld.'

Ik staarde naar het bord dat nog steeds tussen ons in stond, met de schaakmatstelling erop. Vartans ogen volgden de mijne.

'Dit stond in moeders piano, in Colorado, met onze partij uit Moskou erop, net op het punt dat ik blunderde. Key zei dat je moeder de stelling had gestuurd.'

Maar Vartan haalde de borden en glazen al weg en veegde de schaakstukken opzij. Toen keek hij me aan en zei: 'Hier moet het in zitten. Niet in een van de stukken. Het bord, zei ze.'

Ik keek hem aan en voelde mijn hart bonzen. Met zijn vingertoppen tastte hij aandachtig het bord af, net als indertijd met het bureau in Colorado. Ik moest hem tegenhouden. Ik was nog nooit zo bang geweest voor mijn toekomst.

'Vartan, als we nu eens eindigen zoals al die anderen? Per slot van rekening zijn jij en ik geboren concurrenten, al sinds onze jeugd. In de partij die we net speelden, wilde ik je alleen maar verslaan. Ik dacht geen seconde aan seks of hartstocht of liefde. Wat gebeurt er als ook wij in de ban raken van het Spel? Als we er niet meer mee kunnen ophouden, ook al spelen we tegen elkaar?'

Vartan keek me aan en na een ogenblik lachte hij. Ik werd er volledig door verrast, want het was een stralende lach. Hij boog zich naar me over, pakte mijn pols beet, draaide mijn hand om en kuste de plek waar mijn ader sneller klopte dan normaal. 'Schaken is het enige spel waarbij we tegenover elkaar staan, Xie. Alle andere spelletjes moeten ophouden.'

'Weet ik,' zei ik. Ik leunde met mijn voorhoofd tegen zijn hand, die nog steeds om mijn pols lag. Ik was te moe om na te denken.

Hij legde zijn andere hand even op mijn haar en trok mijn hoofd naar achteren, zodat ik hem weer in de ogen keek. 'En hoe het afloopt? Ik denk zoals met je ouders. Als we heel, heel veel geluk hebben. Maar elke schaker kent de beroemde uitspraak van Thomas Jefferson: "Ik geloof heel erg in geluk en ik merk dat hoe harder ik werk, hoe meer geluk ik heb." En nu aan de slag, en hopen maar dat het geluk met ons is.'

Hij nam mijn hand en legde die op het schaakbord. Met zijn hand op de mijne stuurde hij mijn vingertoppen over het bord, tot ik een klik hoorde. Toen hij mijn hand optilde, bleek een stuk van het bord te zijn opengeklapt. Eronder bevond zich een vel papier in een plastic hoesje. Vartan haalde het eruit en legde het tussen ons in.

Het was een kleine tekening van een schaakbord. Ik zag dat er bij veel pionnen en stukken dunne lijntjes liepen naar de marge, waar bij elke lijn een paar cijfers waren geschreven. In totaal telde ik zesentwintig lijnen, wat correspondeerde met het aantal stukken dat mijn moeder volgens Lily in de laatste ronde van het Spel in handen had gekregen. Soms leek het wel of ze in groepjes bij elkaar waren gezet.

'Die getallen zullen wel een soort geologische coördinaten zijn,' zei Vartan. 'Misschien verwijzen ze naar een kaart waarop is aangegeven waar alle stukken zijn begraven. Dus óf je vader is niet de enige die van de locaties op de hoogte is, óf hij heeft besloten om het toch maar op te schrijven, hoe riskant dat ook is.'

'Misschien betekent dit iets,' zei ik, want er was me net iets opgevallen. 'Kijk eens, naast die getallen staat een sterretje.'

We keken naar welk stuk het bijbehorende lijntje liep.

De Zwarte Koningin.

Vartan draaide het vel om. Aan de andere kant zagen we een kaartje van een plek die me heel bekend voorkwam, met onderaan een kleine pijl die naar het noorden wees, en 'hier beginnen' scheen te betekenen. Inmiddels hoorde ik mijn hart oorverdovend hard in mijn oren bonken. Ik pakte Vartan bij zijn arm.

'Wilde je zeggen dat je weet waar dit is?' zei Vartan.

'Het is hier, in Washington,' zei ik, en ik deed mijn best te slikken. 'En gegeven de richting waarin het lijntje loopt, moet moeder hier, in het centrum, de echte Zwarte Koningin hebben verstopt.'

Een bekende stem zei: 'Dat hoorde ik toevallig.'

De haren in mijn nek gingen rechtovereind staan.

Vartan was opgesprongen, het schaakbord tegen zijn borst geklemd. 'Wie is dat in godsnaam?' siste hij tegen me.

In de deuropening stond, tot mijn schrik en afschuw, mijn baas, Rodolfo Boujaron.

'Kom kom,' zei Rodolfo. 'Ga maar weer zitten. Ik wilde jullie niet derangeren, zeker niet nu jullie bijna klaar zijn met jullie maaltijd.'

Niettemin kwam hij de kamer in en stak zijn hand uit naar Vartan. 'Boujaron, Alexandra's werkgever.'

Vartan had stiekem de kaart in mijn schoot laten vallen. Nu deed hij een stap naar voren en drukte Rodo de hand. 'Vartan Azov. Een vriend van Alexandra, al uit haar jeugd.'

'Je bent zo langzamerhand vast heel wat meer,' zei Rodo. 'Ik hoorde waar jullie het over hadden. Het was niet mijn bedoeling om jullie af te luisteren, maar Alexandra, je hebt je telefoon tussen de kussens van de bank laten liggen toen je hier wegging. Galen en ik en onze landgenoten gebruikten hem alleen maar om mensen af te luisteren die in jouw afwezigheid misschien hier naar dingen op zoek gingen. Alleen je moeder wist namelijk waar ze haar lijstje had verstopt en ze vertrouwde erop dat jij het zou vinden. Maar je bent de afgelopen dagen zo druk bezig geweest – huis in, huis uit, je leek wel op een *bocce*-bal – nou ja, we vonden allemaal dat je in deze moeilijke tijden niet voorzichtig genoeg kan zijn. Dat zijn jullie vast met me eens.'

Hij haalde de telefoon tussen de kussens vandaan waar Nim hem had weggestopt, deed het raam open en smeet hem in het kanaal.

Ik had me dus alweer in de luren laten leggen door mijn telefoon. Wat wás er toch met me? Ik voelde me beroerd worden bij de gedachte aan wat hij allemaal moest hebben gehoord. De intimiteiten tussen Vartan en mij namen daaronder natuurlijk een prominente plaats in. Maar het zou dom zijn 'lijstje? welk lijstje?' te gaan roepen, dus ik hield het maar op: 'Landgenoten? Welke landgenoten?'

'De mannen in Euskal Herria,' zei Rodo, terwijl hij aan tafel ging zitten en ons gebaarde om hetzelfde te doen. 'Ze zetten graag een baret op en slaan een rode sjerp om en doen dan of ze Baskisch zijn. Maar derwisjen kunnen ook heel goed hoog in de lucht leren schoppen, zoals bij de Jota.'

Hij haalde een flacon uit zijn ene zak en een paar borrelglazen uit de andere. 'Baskische kersenbrandewijn.' Hij schonk de glazen vol en gaf ons er ieder een. 'Vinden jullie vast lekker.'

Zo langzamerhand kon ik een borrel best gebruiken en ik nam een slokje. De brandewijn was heerlijk, rins en fruitig, en gleed als vloeibaar vuur naar binnen. 'Bestaat de Baskische brigade uit derwisjen?' vroeg ik, al begon de portee van wat hij had gezegd langzaam door te dringen.

'Ze wachten al een hele tijd, de soefi's, sinds de tijd van al-Jabir. De Basken in de Pyreneeën werken al meer dan twaalfhonderd jaar met hen samen. Dat motto boven mijn keukendeur over Baskische wiskunde, je weet wel, vier plus drie is één... Bij elkaar opgeteld kwam je ook op acht uit, en dat is een spel dat je moeder heel goed kent. Toen Galen haar tien jaar geleden de waarheid vertelde over de dood van je vader en het schisma dat

dat veroorzaakte in het Witte Team, kwam ze meteen naar mij toe.'

'Schisma?' zei Vartan. 'Waar Rosemary Livingston achter zat, bedoel je?'

'In zekere zin is die aan haar te wijten,' zei Rodo. 'Toen haar vader stierf, was ze nog maar een kind. De eerste keer dat Rosemary, toen nog heel jong, je moeder ontmoette, heeft Cat haar blijkbaar een kleine Witte Koningin gegeven van een zakschaakspel en daardoor dacht haar vader, El-Marad, dat Cat een speler was voor Wit, al merkte hij al snel dat dat niet het geval was. Toen jij begon te schaken wist Rosemary nooit zeker welke rol je speelde, maar toch beloerde ze jou zoals een roofdier zijn prooi beloert. Ze is nog vrij jong voor zo'n meedogenloze speler, al wist niemand hoe meedogenloos ze kon zijn.

Toen Galen March en Tatjana Solarin, zijn nakomeling, die hij had gered, beseften dat de enige manier om de stukken zo bij elkaar te brengen als al-Jabir voor ogen had gestaan was om de *spelers* bij elkaar te brengen, zagen ze in dat ze dat het beste konden verwezenlijken door Tatjana's zoon Aleksandr bij het Spel te betrekken, en via hem ook zijn vrouw Cat. Taras Petrosjan was hun instrument om dit voor elkaar te krijgen. Toen ze de zekerheid hadden dat er in Zagorsk een laatste partij zou plaatsvinden, lieten ze daar de Zwarte Koningin tentoonstellen. Niemand had door dat dit de kans was waarop Rosemary en Basil wachtten. Ze zetten ons een hak, lieten Solarin neerschieten voor hij zijn informatie met anderen kon delen en pikten de Zwarte Koningin in.'

'Was mijn stiefvader Petrosjan dan niet bij hun complot betrokken?' vroeg Vartan.

'Moeilijk te zeggen,' zei Rodo. 'Het enige wat we weten, is dat hij het leven van Alexandra's vader heeft helpen redden door hem daar weg te halen. Maar Petrosjan zag zich kort daarop genoodzaakt om zelf Rusland te ontvluchten, al heeft het er alle schijn van dat Livingston toch nog minstens één van zijn toernooien, in Londen, heeft gesponsord.'

'Maar als de Livingstons in Zagorsk de Zwarte Koningin hebben gestolen,' zei ik, 'waar hebben ze die dan al die tijd verborgen gehouden? Hoe heeft Petrosjan het stuk in handen gekregen en doorgespeeld aan mijn moeder?'

'Galen March heeft het naar Petrosjan gesmokkeld, zodat die het naar je moeder kon sturen,' zei Rodo. 'Vandaar dat ze die verjaarsboum in Colorado organiseerde zodra ze hoorde dat Petrosjan was vermoord. Ze was ten einde raad. Ze moest alle spelers weglokken van de plek waar de Zwarte Koningin verborgen was, tot ze contact op kon nemen met jou. Daarom heb ik ook die *Washington Post* op je stoep gelegd. Je moeder wilde dat we jou waarschuwden, maar niet te opvallend, als we Bagdad binnenvielen. Ze wist zeker dat je dan zelf wel het verband kon leggen. Maar toen we naar je gesprek met je oom luisterden, beseften we dat we iets over het hoofd hadden gezien wat in de krant stond: de Russische diplomaten die bij het verlaten van Bagdad waren beschoten. De Livingstons wisten dat ze door iemand waren verraden, maar niet door wie. Galen en ik hebben kopieën van de krant gestuurd aan iedereen die deze informatie moest hebben.'

Hij zweeg, want hij zag dat ik nu op bijna al mijn vragen antwoord had.

'Ja, natuurlijk!' riep ik. 'Rosemary heeft de Zwarte Koningin verstopt in Bagdad. Die geheime kamer op het vliegveld daar. Basils Russische connecties. Hun feest hier in Sutaldea met al die oliemagnaten. Dat hebben ze meteen georganiseerd toen ze te weten kwamen dat de Koningin uit Bagdad verdwenen was, dankzij ingrijpen van Galen, en nu waarschijnlijk in handen was van mijn moeder.' Ik moest lachen om wat me daarna inviel. 'Rosemary moet een snelle U-bocht hebben gemaakt van hier naar Colorado en weer terug, als ze dacht dat mijn moeder het schaakstuk aan mij wilde doorgeven.'

Maar daarop volgde een ontnuchterende gedachte. Want wat hield dat in?

'Als Rosemary mijn vader heeft laten doodschieten in Zagorsk om de Koningin in handen te krijgen en te verhinderen dat hij anderen over het bestaan ervan vertelde, en als ze tien jaar later, toen ze hoorde dat Petrosjan haar had verraden, hem om dezelfde reden heeft laten vermoorden, om ervoor te zorgen dat hij niemand kon vertellen waar hij de Koningin heen had gestuurd, tot ze er zelf achteraan kon…'

Ik keek naar Vartan. Aan zijn grimmige gezicht te zien hoefde ik de zin niet af te maken. Hij en ik wisten welke delen van de puzzel ik in handen had: de tekening van het bord en de plaats waar de stukken, de Zwarte Koningin voorop, verstopt waren. Er was maar één conclusie mogelijk.

Ik was de volgende.

Rodo was blijkbaar tot dezelfde conclusie gekomen. 'Voorlopig ben je veilig,' zei hij kalm, en hij schonk nog wat brandewijn in, alsof het gevaar ver weg was of iets uit het verleden. 'Toen die grappenmaker van een Nokomis ons in die hotelsuite opsloot, wilde Nim meteen de receptie bellen en ondertussen zelf het slot te lijf gaan. Maar Galen March hield hem tegen. Toen vertelde hij het.'

'Wat?' zei Vartan.

'Dat het allemaal zo was georganiseerd door Alexandra's moeder. Hij had al gezegd dat Key de nieuwe Witte Koningin was. Nu zei hij dat we aan een nieuwe ronde in het Spel waren begonnen, maar dat de spelregels volledig anders waren. Dat Alexandra een tekening had van het bord en binnenkort ook zou weten waar de stukken waren verborgen.'

'Wat zei hij?' zei ik, naar adem snakkend, en ik zag dat ook Vartan schrok.

Dit was ernstiger dan ik had kunnen denken. Galen 'Heilig Rooms Keizer' March had me willens en wetens in groot gevaar gebracht. En er was toch nog iets? Ik pijnigde mijn hersens voor een reconstructie van die suite in de Four Seasons toen Key en ik ervandoor waren gegaan. Mijn oom Slava, Galen, Rodo…

En Sage Livingston.

Sage Livingston, die daar met haar tennisarmband zat te spelen.

'In de armband van Sage zat een afluistermicrofoontje!' zei ik tegen Rodo.

'*Mais bien sûr*,' zei hij met zijn gebruikelijke sangfroid. 'Hoe denk je dat je moeder je al die jaren heeft kunnen beschermen? Zo heeft ze ook de Livingstons van alles wijsgemaakt. Met hulp van Sage, zonder dat die het doorhad.'

'Zonder dat die het doorhad?' Vreselijk. Rosemary had Sage aangespoord met mij aan te pappen, en mijn moeder had haar onder meer gebruikt om de ranch aan te kopen waardoor Galen March opeens op het bord was verschenen. En wat bedoelde Rodo met 'al die jaren'? Was Sage al op de middelbare school een soort Mata Hari?

'Daarom maakte Galen zich zorgen,' ging Rodo verder. 'Toen je moeder plotseling verdween en hij haar niet te pakken kon krijgen, overlegde hij met Nokomis Key. Samen met haar wilde hij gaan praten met jou en je oom en dan alles onthullen. Toen Sage als kauwgom aan een schoenzool aan hem bleef plakken, vroeg hij mij om hulp. Maar toen hij in de Four Seasons zag dat jij haar een kleedkamer in trok om haar een paar vragen te stellen, schrok hij. Hij was bang dat je haar onbedoeld iets zou vertellen wat ze niet mocht weten, of andersom. Dat zou alles in de war hebben kunnen sturen. Toen arriveerde Nokomis. Toen ze Sage zag, ondernam ze meteen actie. De enige oplossing die Galen kon bedenken was om de aandacht van Sage en de alomtegenwoordige beveiligers van de Livingstons op het Spel te vestigen. Dat zou hen afleiden van het geheim dat jij en je ouders beschermden.'

Dus daarom hadden we de afluisteraars van de 'geheime dienst' zo snel achter ons aan gekregen, tot Key ze bij het oversteken van de Potomac had weten af te schudden. Maar als de Livingstons nog in de buurt waren, met wat ze wisten, was mijn leven geen dubbeltje waard.

'Voorlopig veilig?' zei ik tegen Rodo. 'Hoe kun je dat nou zeggen? Waar zit dat gajes eigenlijk?'

'Toen we eenmaal van Sage verlost waren, vertelde Galen de waarheid over Solarin. Toen stelden hij en Nim een plan op om je te beschermen. Ik kreeg toestemming om jullie in te lichten als jullie terug waren. Dankzij je oom hoef je je over de Livingstons geen zorgen meer te maken. Ladislaus Nim is niet voor niets een van de beste computerdeskundigen ter wereld. Zodra hij doorhad hoe het zat, heeft hij er via zijn contacten bij de terrorismebestrijding voor gezorgd dat de tegoeden van de Livingstons in een groot aantal landen zijn bevroren in afwachting van justitieel onderzoek. In Londen wordt bekeken of ze betrokken zijn bij de dood van een voormalig Russisch staatsburger die op Brits grondgebied woonde. En er is ook een arrestatiebevel uitgevaardigd tegen een olie- en uraniumbaron uit Colorado wegens zijn betrokkenheid bij het voormalige regime in Bagdad.'

Rodo keek op zijn horloge. 'Waar de Livingstons op dit moment zijn... Er is maar één land dat ze waarschijnlijk weigert uit te leveren, dus ik vermoed dat ze ergens boven Archangelsk zijn, op weg naar Sint-Petersburg of Moskou.'

Gefrustreerd sloeg Vartan met zijn hand op de tafel. 'Denken jullie nou echt dat Alexandra geen gevaar meer loopt als je de bezittingen van de Livingstons in beslag neemt en ze naar Rusland verbant?'

'Er is maar één ding dat haar kan beschermen,' zei Rodo. 'De waarheid.' Tegen mij zei hij: 'Cat wist wat daarvoor nodig was. Ze stuurde je naar mij toe toen ze inzag dat je de leerschool van de alchemist ook in een keuken kon doorlopen. Ze besefte dat iedereen een menner nodig heeft om te zorgen dat alle krachten dezelfde kant op trekken, net als bij die paarden die Socrates noemt, waarvan er een naar de hemel trekt en een naar de aarde. De strijd tussen geest en materie, zeg maar. Je ziet het overal om je heen. Mensen storten zich met een vliegtuig in een gebouw omdat ze de stoffelijke wereld haten en die willen vernietigen voor ze hem verlaten. Andere mensen koesteren zoveel haat tegen het geestelijke dat ze er bommen op willen gooien en zo willen transformeren tot wat zij normaal vinden. Dat heeft weinig te maken met wat we "evenwichtig" noemen.'

Ik had niet gedacht dat Rodo over dit onderwerp – of enig ander onderwerp – een mening zou hebben en ik wist ook niet goed waar hij met zijn 'tegengestelde polen trekken elkaar aan' heen wilde. Maar toen herinnerde ik me wat hij had gezegd over Charlemagne en het fort Montglane.

'Zijn mijn moeders verjaardag en de mijne daarom zo belangrijk? Omdat 4 april en 4 oktober precies een halfjaar uit elkaar liggen?'

Rodo keek Vartan en mij stralend aan. 'Zo is het precies. 4 april ligt tussen de eerste lentetekens van de dierenriem, *le Bélier* en *le*

Taureau, de Ram en de Stier, als in elk alchemieboek staat dat het zaad van het Grote Werk moet worden gezaaid. De oogst is een halfjaar later, tussen Libra, de Weegschaal, en Scorpio. Het lagere aspect wordt gesymboliseerd door de schorpioen, het hogere door een arend of een vuurvogel. Deze twee polen zijn ook het thema van het Indiase spreekwoord *Jaisi karni, vaise bharni*. Wat wij bereiken, is de vrucht van onze inspanningen. *Zoals u zaait, zult u oogsten*. Dat is de essentie van *De Boeken van het Evenwicht* van al-Jabir ibn Hayyan. Bij zaaien en oogsten moet je het evenwicht zien te vinden. Alchemisten noemen dit proces het Grote Werk. En de man die wij Galen March noemen – jullie hebben zijn verhaal gelezen, en dus weet je het – was de eerste die in duizend jaar het eerste deel van het raadsel heeft weten op te lossen.'

'Hij heeft een heel belangrijke rol gespeeld in dit alles,' zei ik. 'Wat is er nu van Galen geworden?'

'Voorlopig *en retraite*, net als je moeder. Hij heeft dit voor jullie meegegeven.'

Hij overhandigde me een pakje dat leek op wat Tatjana ons had gegeven, alleen wat kleiner. 'Lees maar als ik weg ben. Ik denk dat het wel van pas komt als jullie morgen op zoek gaan. En misschien later ook nog wel.'

Ik zat vol met vragen, maar toen Rodo opstond, deden Vartan en ik hetzelfde.

Rodo zei: 'Cat heeft jullie naar het eerste van de verborgen stukken geleid, hier in D.C. Ook zonder een blik op de kaart die jullie voor me verborgen houden, kan ik wel zien waar jullie morgen gaan oogsten.' Bij de deur keek hij nog even over zijn schouder. 'Jullie, samen, dat is volmaakt. Dat is het geheim. Het samengaan van zwart en wit, van geest en materie. In de oudheid werd het al het "Alchemistische Huwelijk" genoemd. Het is de enige manier waarop de wereld kan blijven bestaan.'

Ik voelde dat ik hevig ging blozen. Ik kon Vartan niet eens aankijken.

Toen stapte Rodo naar buiten, de avond in.

Vartan en ik gingen zitten en schonken onszelf nog een glaasje kersenbrandewijn in. Toen sneed Vartan Charlots brief open en las hem voor.

HET VERHAAL VAN DE ALCHEMIST

Het was 1830 toen ik het geheim achter de formule van het elixer ontdekte, zoals was voorzegd.

Ik woonde in het zuiden, in Grenoble, toen Frankrijk eens te meer ten prooi viel aan een revolutie, die zoals altijd in Parijs begon. Weer heerste overal chaos, net als bij mijn verwekking, toen mijn moeder Mireille met de Bonapartes naar Corsica was gevlucht en mijn vader Maurice Talleyrand naar Engeland en vervolgens naar Amerika was ontkomen.

Maar deze revolutie zou heel anders verlopen.

Karel x, de Franse koning uit het huis Bourbon, dat na het verdrijven van Napoleon weer op de Franse troon was gekomen, had in de zes jaar van zijn koningschap al allerlei burgerlijke vrijheden opgeheven en de Nationale Garde en de Chambre des Députés ontbonden. In juli 1830 wekte hij voor de zoveelste keer de woede van het volk door reactionaire magistraten te benoemen en alle onafhankelijke kranten te verbieden. Toen de koning Parijs verliet om op een van zijn landgoederen op jacht te gaan, deden de bourgeoisie en de Parijse massa's een beroep op de markies De la Fayette, de enige edelman van de oude garde die nog steeds leek te geloven dat het herstel van onze vrijheden mogelijk was. Zij belastten hem met de taak om uit naam van het volk een nieuwe Nationale Garde op te richten en in heel Frankrijk op zoek te gaan naar extra troepen en munitie. Daarna ging het snel. De Duc d'Orléans werd tot regent van Frankrijk benoemd, het volk stemde voor het herstel van de constitutionele monarchie zoals die voor de maatregelen van Karel x had bestaan en stuurde hem een missive waarin zijn aftreden werd geëist.

Maar ik leidde een gelukkig leven in Grenoble en dit politieke gedoe zei me niets. Zoals ik het zag, was mijn leven nog maar net begonnen.

Op mijn zevenendertigste – precies de leeftijd waarop mijn vader mijn moeder had leren kennen – was ik vol vreugde. Ik kon mijn geluk niet op. Mijn tweede zicht was teruggekeerd. Alsof het lot zelf tussenbeide was gekomen, was alles in mijn voordeel gekeerd.

Het verbazingwekkendst was nog wel dat ik volledig in de ban was van de liefde. Haidée, nu twintig jaar, en nog mooier dan toen ik haar voor het eerst had gezien, was nu mijn vrouw en in verwachting van ons eerste kind. Ik was er zeker van dat we het idyllische, liefdevolle leven zouden leiden waarnaar mijn vader zijn hele leven zo had verlangd. En ik koesterde een groot geheim, iets wat ik zelfs voor Haidée verborgen had gehouden om haar ermee te kunnen verrassen. Als ik dit grote werk wist te voltooien, en ik wist dat ik daarvoor was geboren en voorbestemd, zou, hoe onwaarschijnlijk dat nu ook leek, onze liefde het graf kunnen trotseren.

Alles leek volmaakt.

Dankzij de inspanningen van mijn moeder bezaten we nu de tekening van het schaakbord en de met edelstenen bezette doek om het bord mee te bedekken. Beide voorwerpen waren voor ons gered door de abdis van Montglane. We hadden ook de zeven stukken die ooit mijn stiefmoeder, madame Catherine Grand, had bemachtigd, en de Zwarte Koningin die Talleyrand ter hand was gesteld door Alexander I van Rusland. Dankzij het laatste bericht van de abdis aan Letizia Bonaparte en Shahin wisten we dat dat maar een kopie was die was gemaakt in opdracht van Alexanders grootmoeder Katarina. Mijn moeder, Shahin en Kauri waren al een tijdlang op zoek naar de andere stukken.

Maar ik bezat ook de echte Zwarte Koningin, minus een smaragd, die zovele decennia was beschermd door de Bektasji's en Ali Pasja. Haidée en ik hadden het stuk met hulp van Kauri weggehaald van een rotsachtig, verlaten eiland voor de kust van Maino, waar Byron het had verborgen.

Elke middag in Grenoble bracht ik door in het laboratorium, samen met Jean-Baptiste Joseph Fourier, de grote wetenschapper die ik al sinds mijn jeugd in Egypte kende. Zijn protegé, Jean-François Champollion, had kort daarvoor op kosten van de hertog van Toscane een reis gemaakt langs de Egyptische antiquiteiten die in allerlei collecties door heel Europa waren verspreid, en het jaar daarvoor was Champollion teruggekeerd van een tweede reis door Egypte, waar hij informatie van essentieel belang had verzameld.

Het vuur

Ondanks het beperkte aantal stukken dat ons ter beschikking stond, voorzag ik dat ik op het punt stond de grote ontdekking te doen die me al zo vaak was ontglipt: het geheim van het eeuwige leven.

Eind juli stuurde La Fayette een jongeman naar Grenoble ter ondersteuning van de coup d'état die in Parijs nog steeds gaande was. Deze gezant was de zoon van een groot militair, die toen al was overleden: generaal Thomas Dumas, die onder Napoleon opperbevelhebber was geweest van het leger van de westelijke Pyreneeën.

Zijn zoon, de achtentwintig jaar oude Alexandre Dumas, nu een populair Parijs' toneelschrijver, was een romantische figuur, met exotische creoolse trekken en een massa kroeshaar; een opvallend contrast met zijn militair gesneden jasje was de lange foulard om zijn hals. Officieel had La Fayette hem gestuurd om voorraden wapens, kruit en kogels te halen, maar zijn werkelijke doel was informatie inwinnen.

Monsieur Fourier was al wereldberoemd vanwege zijn boek *De analytische theorie van warmte*, dat in voorgaande jaren al had geleid tot beter ontworpen kanonnen en andere wapens die van kruit gebruikmaakten. Maar zijn oude vriend en bondgenoot La Fayette was er blijkbaar achter gekomen dat hij ook met iets anders bezig was. De generaal voorzag dat Frankrijk aan de vooravond stond van een nieuwe republiek of een constitutionele monarchie, maar koesterde zelf de hoop dat er een ander soort doorbraak ophanden was, een ontdekking waarover al sinds onheuglijke tijden werd gesproken en die niets uitstaande had met oorlogvoering of wat daarvoor nodig was.

Zijn jonge gezant Alexandre deed evenwel een onverwachte ontdekking toen hij in Grenoble arriveerde. Hoe had hij daar ook op verdacht kunnen zijn? Geen van ons wist wat de toekomst ons kort daarop zou brengen. Alleen ik.

Maar één ding onttrok zich aan mijn tweede gezicht.

Haidée.

'Haidée!' riep de jonge Dumas uit toen hij mijn wonderschone, hoogzwangere vrouw ontmoette. '*Ma foi!* Wat een aanbiddelijke naam. Zijn er ook buiten de gedichten van Byron dan vrouwen die de naam Haidée dragen?'

Hij raakte volledig in haar ban, zoals iedereen kon overkomen, niet alleen mensen die haar vaders dichtkunst bewonderden. Alexandre week niet meer van haar zijde en hing aan haar lippen. Ze deelde haar leven met hem en ze hadden elkaar als vrienden lief.

Alexandre verkeerde iets meer dan een maand in ons midden toen Fourier, een revolutionair die met zijn tweeënzestig jaar al wat ouder begon te worden, vond dat we ons hele geheim met hem moesten delen, ook de betrokkenheid van Byron. Dat mocht hij vervolgens aan La Fayette gaan melden.

We waren zo dicht bij de waarheid.

We hadden de eerste fase afgerond. In de alchemie wordt dat de steen der wijzen genoemd, een roodachtig poeder dat tot al het andere leidt, zoals ik al sinds mijn tiende jaar geloofde. Dat zou leiden tot de volmaakte mens, misschien de eerste stap in de richting van de volmaakte beschaving die het schaakspel zou moeten initiëren. We hadden de steen in bijenwas gevat en op exact het juiste ogenblik het zware water vergaard.

Ik wist dat het tijdstip daar was. Ik stond op de drempel tussen mijn volmaakte heden en een oneindig volmaakte toekomst.

Ik nam het poeder in.

Ik dronk.

En toen ging er iets gruwelijk fout.

Ik keek op. Haidée stond in de deuropening van het laboratorium, een hand op haar hart. Haar zilverige ogen waren groot en glanzend. Naast haar, zijn hand om de hare geklemd, stond de laatste die ik verwachtte te zien: Kauri. 'Nee!' riep mijn vrouw.

'Het is te laat,' zei Kauri.

De gekwelde uitdrukking op zijn gezicht zal ik nooit vergeten. Ik staarde hen aan, maar het leek een eeuwigheid te duren voor ik me ertoe kon brengen om wat te zeggen. 'Wat heb ik gedaan?' zei ik met verstikte stem, toen ik besefte welke gruwelijke daad ik op eigen houtje had begaan.

'Je hebt alle hoop vernietigd,' fluisterde Haidée.

Voor ik begreep wat ze bedoelde, draaiden haar ogen omhoog en bezwijmde ze. Kauri ving haar in zijn armen op en liet haar op de grond zakken. Ik schoot toe om hem te helpen. Maar ik was

Het vuur

nog maar net bij hen toen de drank mij overmande. Duizelig ging ik op de grond zitten, naast de gestalte van mijn bruid. Kauri hurkte in zijn lange gewaad naast ons neer.

'Niemand had ooit gedacht dat je dit zou doen,' zei hij ernstig. 'Jij was degene die was voorzegd, dat wist mijn vader al. Hij dacht dat jij en je moeder, de Witte Koning en de Zwarte Koningin, de taak zouden kunnen verrichten waarover *De Boeken van het Evenwicht* het hebben. Maar nu vrees ik dat de enige mogelijkheid het verspreiden van de stukken is. We moeten ze beschermen door ze wederom te verbergen, tot er iemand anders verschijnt die het Spel een halt kan toeroepen. Zelf kun je de oplossing niet meer vinden, want je hebt gedronken, je bent bezweken voor de innerlijke honger die sterker is dan de rede. Het moet iemand zijn die bereid is om ze desnoods een eeuwigheid te beschermen, ook zonder de hoop dat hij zelf daarvoor wordt beloond.'

'Een eeuwigheid?' zei ik verward. 'Dus als ook Haidée het elixer drinkt, moeten we voor altoos over de aarde dolen en deze stukken beschermen, tot er iemand komt die het diepere antwoord op het mysterie achterhaalt?'

'Niet Haidée,' zei Kauri. 'Zij zal nooit drinken. Vanaf het ogenblik dat ze deze opdracht aanvaardde, toen we nog maar kinderen waren, heeft zij nooit iets gedaan wat in haar eigen belang was of zelfs in het belang van wie zij liefhad. Alles was ten dienste van het hogere streven waartoe het spel is gemaakt.'

Terwijl ik naar hen keek, werd ik door afgrijzen overmand en raakte bijna misselijk van duizeligheid. Wat had ik gedaan?

'Zou je hem haar ooit toewensen?' vroeg Kauri zacht, 'die toekomst die jij nu onder ogen ziet? Of laat je het besluit hierover aan Allah?'

Of het nu Allah was of het noodlot of kismet, de keus was niet aan mij, want binnen een maand keerden mijn moeder en Shahin op mijn dringende verzoek terug.

Mijn zoon, Alexandre Dumas de Remy, werd geboren.

Drie dagen daarna stierf Haidée.

De rest weten jullie.

Toen Vartan klaar was met lezen, legde hij de brief neer, voorzichtig, alsof hij het verleden kon kneuzen.

De inhoud had me diep geraakt. 'Wat vreselijk om op het ogenblik van je grootste geluk te ontdekken dat je een formule hebt gecreëerd die zulke tragische gevolgen heeft. Maar hij probeert al heel veel jaren om die fout goed te maken.'

'Daarom heeft Mireille zelf het elixer ook gedronken,' zei Vartan. 'Dat heeft Lily verteld, in Colorado al. Minnie had in haar brief aan je moeder gezegd dat het elixer ellende en lijden teweegbracht. Je moeder noemde het een obsessie, die het leven van iedereen met wie Minnie in aanraking kwam tekende of verwoestte, vooral dat van haar eigen zoon, die ze dertig jaar lang had aangezet tot het oplossen van de verkeerde formule.'

Ik schudde mijn hoofd en knuffelde Vartan. 'Als ik jou was, zou ik maar heel goed op mijn tellen passen. Misschien heb je wel de verkeerde griet te pakken. Per slot van rekening ben ik familie van al die geobsedeerde mensen. Wie weet is die drang wel genetisch overgeërfd.'

'Dus onze kinderen zouden hem ook kunnen krijgen?' zei Vartan met een grijns. 'Hoe sneller we erachter komen of dat zo is, hoe beter.' Hij woelde door mijn haar.

Hij pakte de borden en liep ermee naar de keuken. Ik volgde met de glazen. Toen we hadden afgewassen, keek hij me met een gelukzalige glimlach aan. '*Jaisi karni, vaise bharni*,' zei hij. 'Dat moet ik onthouden. "Wat wij bereiken, is de vrucht van onze inspanningen."' Hij keek op zijn horloge. 'Het is bijna middernacht. Als we met die kaart van je moeder aan de slag willen, moeten we er bij het eerste licht op uit. We hebben dus nog maar zes uur. Hoeveel zaad kunnen we vannacht nog zaaien, voor we op moeten om te gaan oogsten?'

'Heel wat. De plek waar we moeten zijn, gaat pas om twee uur 's middags open.'

DE BOEKEN VAN HET EVENWICHT

Tegenovergestelde paren die harmonieus samenwerken — dat is het thema geworden van ons zoeken naar de volmaakte besluitvorming. Geduld en opportunisme, intuïtie en analyse, stijl en objectiviteit, strategie en tactiek, planning en reactie... Je bent succesvol als je deze krachten in evenwicht weet te houden en gebruik weet te maken van de krachten die er inherent in aanwezig zijn.
— GARI KASPAROV, *How life imitates chess*

Als ervaren schakers hadden Vartan en ik binnen de beperkingen van onze chronologische en biologische klok efficiënt gebruikgemaakt van onze tijd. We hadden veertien uur tot onze ontmoeting met het lot. Daarvan hadden we er zeven vruchtbaar besteed, zoals Rodo had aanbevolen. De enige wedijver was geweest wie van ons de ander meer genot kon verschaffen.

Toen ik uiteindelijk wakker werd, was de zon al een tijd op en Vartans hand lag op mijn borst. Van de nacht die achter ons lag, kon ik nog steeds de warmte voelen van zijn handen, zijn lippen over mijn lichaam. Maar toen ik hem eindelijk wakker maakte, waren we niet beter op de nieuwe dag voorbereid dan Romeo en Julia na hun eerste nacht samen. Hij kreunde, kuste mijn buik en rolde vlak na mij het bed uit.

Toen we in bad waren geweest, schone kleren hadden aangetrokken en een ontbijt naar binnen hadden gewerkt van muesli, yoghurt en koffie, pakte ik de kostbare lijst met coördinaten en stopte die in een lege rugzak, en vervolgens liepen we de trap af.

Moeder had wel gezegd dat we contact konden opnemen voor nadere instructies, maar dat gold natuurlijk niet voor iets wat zo gevoelig lag. Bij het opsporen van de Zwarte Koningin en het uit handen blijven van andere mensen die ook naar de stukken op zoek waren, waren Vartan en ik op onszelf aangewezen.

'Je zei dat je de plek kende,' zei Vartan. 'Hoe komen we er eigenlijk?'

'Lopend. Raar genoeg is het niet ver van hier.'

'Hoe kan dat nou? Je zei dat het hoog op een heuvel is, en wij komen van de laagste plek in de stad, de rivier.'

'De opzet van deze stad is anders dan gebruikelijk,' zei ik, terwijl we naar boven liepen over de steile, slingerende straatjes van Georgetown. 'Mensen denken altijd dat Washington D.C. in een soort moeras is gebouwd. Dat staat ook in veel boeken. Maar er is hier nooit een moeras geweest, alleen maar wat drassige plekken die ze hebben drooggelegd om het Washington Monument te kunnen bouwen. Het lijkt eigenlijk nog het meest op de gewijde Stad op de Heuvel waar Galen en de Piscataway het over hadden – de hooggelegen plek, het altaar, het sanctum, de tempel. De heuvel waar we nu tegenop lopen, was een van de stukken land die de Britten hebben uitgegeven, misschien wel het eerste. Het is vernoemd naar een beroemde slag in Schotland, bij de Rots van Dumbarton. De plek waarheen we op weg zijn, waar de pijl op de kaart van mijn moeder naartoe wijst, is Dumbarton Oaks.'

'Die naam ken ik natuurlijk,' zei Vartan, wat me verbaasde. 'Het is een beroemde plek. Iedereen in Europa en in de hele wereld zou kunnen weten dat hier voor het eind van de Tweede Wereldoorlog de Verenigde Staten, het Verenigd Koninkrijk, de Sovjet-Unie en China bijeen zijn gekomen voor het oprichten van de Verenigde Naties. De bijeenkomst vond plaats na die in Jalta, op de Krim, vlak bij de plek waar je vader is geboren.'

Toen hij zag dat dat me niets zei, keek hij me bevreemd aan, alsof het gebrek aan kennis over historische gebeurtenissen dat Amerikanen tentoonspreiden, ook al zijn ze in hun achtertuin gebeurd, wel eens besmettelijk zou kunnen zijn. Toen zei hij: 'Maar hoe komen we daar binnen? Wordt zo'n plek niet streng bewaakt?'

'Vanaf twee uur in de middag is het openbaar toegankelijk.'

Toen we boven aan 31st Street waren, waar die uitkomt op R Street, stonden de grote ijzeren hekken van Dumbarton Oaks aan de overkant van de straat al open. De brede oprijlaan liep verder heuvelopwaarts, tussen de enorme eiken door, tot aan de steile trap die naar het huis zelf voerde. Net voorbij het hek kregen we bij een kleine kiosk een plattegrond van het zestiende-eeuwse park en een brochure waar iets over de geschiedenis van het huis in stond. Ik gaf hem aan Vartan.

'Waarom zou je moeder iets verstoppen in zo'n bekend huis, waar zoveel mensen kunnen zien wat ze doet?' fluisterde hij.

'Ik weet niet of het wel hierbinnen is. De pijl op haar kaartje wijst naar het hek van het park. Ik vermoed dat wat ze hier heeft verstopt zich eerder in het park bevindt dan in het huis of een ander gebouw.'

'Of niet,' zei Vartan, die in de brochure had zitten kijken. 'Kijk eens.'

Aan de binnenkant was een kleurig wandtapijt afgebeeld. De vrouw in het midden was omringd door cherubijnen en engelen, alle met een nimbus, en het was net of ze kerstcadeautjes uitdeelde aan de mensen om haar heen. Onder haar stond een tekst in het Grieks.

'*Hestia Polyolbos*,' zei Vartan, die het blijkbaar kon lezen. '*Vol zegeningen.*'

'Hestia?'

'Klaarblijkelijk de oudste Griekse godin,' zei Vartan. 'De godin van het haardvuur. Ze is bijna even oud als Agni in India. Hier staat dat het een heel bijzonder wandkleed is. Vroeg-Byzantijns, in de vierde eeuw gemaakt in Egypte en een van de topstukken van de collectie. Ook heel bijzonder is dat Hestia bijna nooit wordt afgebeeld. Net als Jahwe manifesteert ze zich alleen maar als het haardvuur zelf. Ze is de *focus*, dat betekent het middelpunt, van een huis of een stad.'

Hij keek me veelbetekenend aan.

'Oké,' zei ik. 'Dan gaan we eerst even binnen kijken.'

Het huis, de oranjerie en de Byzantijnse kamer waren volkomen verlaten. Het was al in de middag, maar blijkbaar waren we de eerste bezoekers.

Het wandtapijt maakte meteen diepe indruk op ons. Het was twee meter hoog en een meter dertig breed, en de kleuren waren surreëel. Er zat niet alleen rood, blauw, goud en geel in, maar alle mogelijke tinten groen, van donker tot licht, saffraan, pompoen, groenig blauw en middernachtsblauw. Er moest een verband bestaan tussen deze prachtige antieke koningin en de Koningin naar wie wij op zoek waren, maar wat was dat?

Vartan las een regel voor uit de grotere catalogus die ernaast lag. 'Jonge mannen, prijst Hestia, de oudste der godinnen.' Het was het begin van een gebed tot haar. Blijkbaar was dit wandtapijt een soort icoon dat bij de eredienst was gebruikt, net als de Zwarte Maagd van Kazan waarover we hadden gelezen. Ze zeggen dat Hestia de beschermgodin was in het prytaneum, de haard waar in het hart van elke Griekse stad in de oudheid de eeuwige vlam brandde.

'Hier staat dat de vorm van dit tapijt – dus de opzet met de acht figuren, zes putti en twee dienaren, die de toeschouwer recht aankijken – niet Grieks is, maar veel ouder. Het is afkomstig uit het oude heidense Babylon, Egypte en India. Hier staat trouwens nog iets in het Grieks. Even kijken.'

Ik kon mijn ogen niet afhouden van het tapijt, met de kleurige bloemen op de achtergrond en de prachtige Koningin van het Vuur, bedekt met extravagante juwelen, net als bij het schaakspel van Montglane. Wat was het verband tussen de twee? Haar dienaren, aan weerszijden een, leken wel engelen. De man had een soort perkamentrol in zijn hand, terwijl de vrouw, rechts, een boek vasthield met een Grieks woord op het omslag. De geschenken die Hestia aan de cherubijnen om haar heen gaf, zagen eruit als kransen. Ook daarin waren woorden geschreven.

Alsof Vartan mijn gedachten had gelezen, citeerde hij de verklarende tekst in de brochure: 'De kransen zijn de geschenken van het vuur, de "zegeningen": rijkdom, vrolijkheid, lof, overvloed, verdienste, vooruitgang. Bij haar haard in het prytaneum werden de gemeenschappelijke maaltijden gehouden. Ze was de patrones van de koks. Bij de Panathenaia, het grote feest in Athene, waren er wedlopen met toortsen. Die werden dan de hele stad door gedragen om de stad te verjongen. Maar wacht, ze is ook verbonden met Hermes. Als haardgodin vertegenwoordigt Hestia de innerlijke kracht van de stad, de *civitas*. Hermes is de god van reizigers, vreemden, nomaden, en het geldverkeer. Zij is het vierkant en hij is de cirkel – materie en geest.'

'En,' vulde ik aan, 'volgens het verhaal van Galen was Hermes, die in Egypte Thoth werd genoemd, ook de Griekse god van de alchemie.'

'En Hestia, als het vuur, is de bron van alle transformaties die daarbij plaatsvinden, ongeacht waar. Hier staat dat alle elementen in het tapijt symbolisch zijn. Maar de symbolen waarover je moeder het heeft, hebben natuurlijk een betekenis die alleen jou wat zegt.'

'Klopt. De sleutel van Cat moet ergens in deze afbeelding te vinden zijn.'

Maar als dat zo was, waarom had Rodo dan gezegd dat hij wel een idee had waar we heen gingen? Ik bestudeerde het tapijt voor me en pijnigde mijn hersens. Wat waren we de afgelopen week te weten gekomen over vuur en wat ermee in verband stond? En wat moest dat alles hebben betekend voor al-Jabir, een man die twaalfhonderd jaar geleden een schaakspel had gemaakt waarin alle kennis uit zijn tijd was vervat en dat gevaarlijk kon zijn voor jou en anderen als je het alleen ten eigen bate gebruikte maar dat, als je het breder zag, iedereen tot voordeel kon strekken?

Hestia keek me recht aan. Haar ogen hadden een vreemde blauw-groene kleur, helemaal niet Egyptisch. Ze leken wel in mijn ziel te kijken. Het was of ze míj een belangrijke vraag stelde, en niet andersom. Ik luisterde even.

En toen wist ik het.

Het schaakbord is de sleutel.

Zoals u zaait, zult u oogsten.

Ik pakte Vartan bij de hand. 'Kom mee.' We liepen naar buiten.

'Wat is er?' fluisterde hij, terwijl hij mijn straffe tempo probeerde bij te houden.

Ik liep terug naar het hek waar we binnen waren gekomen. Daar had ik een stenen pad gezien dat tussen wat buxusstruiken verdween. Met Vartan achter me aan dook ik de struiken door en kwam uit op een lang pad, dat langs de rand van het terrein leek te lopen. Toen ik er zeker van was dat we een eind van mogelijke luistervinken vandaan waren – al was het zo stil dat er kilometers ver niemand in de buurt leek te zijn – bleef ik staan en draaide me om. 'Vartan, het gaat bij dat zoeken niet om waar of wat. Het gaat om hóé.'

'Hoe?' zei Vartan niet-begrijpend.

'Deed dat tapijt je ergens aan denken? De opzet ervan, bedoel ik.'

Vartan keek naar de kleine afbeelding in zijn brochure. 'Er staan acht figuren om haar heen.'

'Ik bedoel het schaakbord. Niet de tekening die de abdis heeft gemaakt of het bord in mijn appartement, maar vooral dit. Als je het tekeningetje van mijn moeder dat ik in mijn rugzak heb gestopt nu eens tegen het midden van het tapijt houdt, in Hestia's schoot.' Toen Vartan me aanstaarde, voegde ik eraan toe: 'Volgens mij heeft moeder de stukken verplaatst of ze anders meteen al begraven volgens het thema van dat wandtapijt. Hoeveel groepen streepjes op de kaart? Zes. Hoeveel cherubim of hoe ze ook mogen heten op het wandtapijt? Zes. Hoeveel geschenken krijgen ze van Hestia? Zes.'

'Zes-zes-zes,' zei Vartan. 'Het getal van het beest.'

Het andere deel van mijn moeders codebericht.

'Het eerste geschenk dat ze op dat tapijt uitdeelt, is rijkdom. Het eerste stuk waar moeder een ster en een pijl bij zet, is de Zwarte Koningin, hier vertegenwoordigd door Hestia. Is er een betere plek om het kostbaarste stuk van allemaal te verstoppen dan hier, de geboorteplek van de Verenigde Naties, de rijkdom van de wereld, zeg maar?'

'Ergens in het park moet er dus nog een aanwijzing zijn om ons te helpen bij het vinden van de koningin.'

'Precies.' Het klonk zelfverzekerd, al wist ik niet of we wel zouden vinden wat we zochten. Maar waar kon het stuk anders zijn?

Achter het huis liep een steile trap langs de helling omlaag. Het vier hectare grote park was prachtig en geheimzinnig opgezet. Het leek wel één grote geheime tuin. Bij elke boog, buxushaag en draai in het pad zagen we iets verrassends. Soms was het een klaterende fontein, een onverwacht doorkijkje, een boomgaard, een wijngaard of een vijver. Uiteindelijk kwamen we door een berceau van oude vijgenleibomen, die wel tien meter naar de hemel reikten. Na het laatste bomenpaar wist ik dat ik had gevonden wat ik zocht.

Voor ons lag een enorme vijver. Door het water dat erdoorheen ruiste, deed hij nog het meest denken aan een brede beek, maar hij was zo ondiep dat je hem bijna zonder je voeten nat te maken kon oversteken. De bodem bestond uit duizenden keitjes die in golvende patronen in beton waren gezet, vandaar de naam Pebble Garden. Aan de andere kant waren enorme fonteinen: galopperende metalige paarden die uit de zee leken op te rijzen en waaiers van water de hemel in joegen.

Vartan en ik liepen naar de andere kant van de kiezeltuin en keken naar de fonteinen aan het uiteinde. De golvende patronen van steentjes vormden samen een enorme korenschoof, die leek te golven in de bries die over het laagje water erboven streek.

Even bleven we zo zonder iets te zeggen staan. Toen raakte Vartan mijn arm aan en wees naar beneden. Vlak bij onze voeten, in de steen aan de rand van het water gebeiteld, bevond zich een motto:

quod severis metes
ZOALS U ZAAIT, ZULT U OOGSTEN

De bovenkant van de schoof wees in de richting van de schuimende zeepaarden aan de andere kant. De noordkant, de kant van Piscataway en Mount Vernon, en het hoogste punt van Washington D.C.

'Hóé,' zei Vartan, terwijl hij me bij de hand pakte en in de ogen keek. 'Je bedoelt dus dat het niet alleen gaat om de Koningin of waar die zich bevindt. Het geheim is hóé we zaaien en oogsten. Misschien gaat het om hoe ze zijn geplant en hoe we ze verzamelen.'

Ik knikte.

'Dan denk ik dat ik weet waar je moeder ons met deze korenschoof heen stuurt. Daar gaan we heen.' Hij pakte zijn plattegrond van Washington en wees. 'We komen daar via een pad dat naast dit park loopt, alleen wat lager. Heel steil. Het heet Dumbarton Oaks Park en het ziet eruit als een grote wildernis.' Met een glimlach om de lippen keek hij me aan. 'Het is ook nog eens een heel lang pad en het heet Lovers Lane, vanwege onze alchemistische experimenten, natuurlijk. Dus als we verderop niets vinden, kunnen we misschien wel op landbouwkundig gebied verdergaan met waar we vannacht gebleven waren.'

Geen commentaar. De lucht in de boomgaard waar we doorheen liepen, was wel verzadigd van de zware geur van kersenbloesem, maar daar probeerde ik geen aandacht aan te besteden.

We liepen het hek uit, gingen linksaf en weer linksaf, Lovers Lane in. Donkere bomen onttrokken de hemel aan het zicht en de paden waren nog bedekt met de afgevallen bladeren van de vorige herfst. Maar in het gras aan de andere kant van de stenen muur zagen we tussen de bomen al narcissen staan, en ook sneeuwklokjes en zevensterren.

Onder aan de heuvel, waar een buitelende beek langs de weg liep, vertakte het pad zich.

'Het ene pad gaat naar het Naval Observatory, het hoogste punt van Washington,' zei Vartan na een blik op zijn plattegrond. 'Het andere naar een rivier of zoiets. Kijk, daar. Rock Creek, een van de laagste punten, denk ik.'

Rock Creek was na de Potomac en de Anacostia de derde rivier. Samen deelden ze de stad op in een pythagorische Y. Dat hadden Keys maatjes de Piscataway al gezegd, en het was ook uit Galens verhalen gebleken.

'Als we naar evenwicht op zoek zijn,' zei ik, 'moeten we misschien het middelste pad nemen.' Na een halfuur kwamen we uit op een punt waarvandaan we alles konden overzien: de kabbelende beek in het dal, ver onder ons, en de hoge rots waarop het observatorium en het huis van de vicepresident stonden. Verder konden we niet.

Oude bomen groeiden hier uit de nog oudere rotsen boven ons. Hun verwrongen wortels zochten houvast in de stenige grond. Alles was in schaduw gehuld, op één streep licht uit het westen na, die een kleine lichte vlek op de bosgrond maakte. Op deze plek, met de ruisende beek ver onder ons en overal jubelende vogels in de bomen om ons heen, leek civitas heel ver weg.

Ik merkte dat Vartan naar me keek. Onverwachts en zonder iets te zeggen sloeg hij zijn armen om me heen en kuste me, en weer voelde ik die warme, gloeiende golf energie door me heen gaan. Hij keek me aan en zei: 'We moeten wel voor ogen houden dat onze zoektocht draait om alchemie en mensen, en niet alleen om het redden van de beschaving.'

'Op dit ogenblik zou ik graag willen dat de beschaving het even alleen afkon, dan heb ik tijd voor iets anders.'

Hij woelde door mijn haar.

'Maar dit moet de plek zijn,' ging ik verder. 'We kunnen alles zien, "boven en onder". Dit is het eindpunt.'

Ik keek om me heen of ik nog een aanwijzing zag. Niks.

Toen liet ik mijn ogen langzaam langs de rotswand gaan die achter ons oprees. Het was niet echt een rotswand, maar meer een muur van enorme rotsblokken. De middagzon zou zo meteen onder de spleet tussen de rotsen zakken en dan zou het beetje licht dat we nu nog hadden verdwijnen.

Toen viel me opeens iets in.

'Vartan, het boek dat al-Jabir heeft geschreven, *De Boeken van het Evenwicht*... De diepe geheimen daarachter, de sleutels tot het oude pad, die zijn toch verborgen in het schaakspel? Net als mijn moeders boodschap voor mij verborgen is in dat wandtapijt? Nou, in het wandtapijt heeft de engel een boek in haar hand. Daar staat toch een woord op, net als er teksten staan in die kransen?'

'Ja,' zei Vartan. 'Er staat *"phos"* op. Dat betekent "licht".'

We keken beiden omhoog langs de rotswand, waar de zon op het punt stond om te verdwijnen.

'Kun je klimmen?' vroeg ik.

Hij schudde zijn hoofd.

'Ik wel. Dus ik denk dat de boodschap voor mij alleen bedoeld was.'

Nog geen uur later zaten we aan een tafel in de eetzaal van Sutaldea, alleen Vartan en ik, naast de rij ramen waarachter de ondergaande zon de brug en de rivier in een gouden licht zette. Ik had drie gebroken nagels en een geschaafde knie, maar verder had ik aan mijn geklauter niets overgehouden.

Naast ons, op een derde stoel, lag mijn rugzak. De kaart met de coördinaten van de begraven stukken zat er nog steeds in, maar ik had er ook de kokers in gedaan met de tekening van de abdis erin die we op de terugweg in het postkantoor hadden opgehaald.

Tussen ons in stonden een karaf châteauneuf-du-pape en twee glazen en daarnaast een zwaar schaakstuk, vijftien centimeter hoog, bezet met edelstenen, al ontbrak er een smaragd: de Zwarte Koningin.

Plus nog iets wat ik boven tussen de rotsen had gevonden, verpakt in een waterdichte bak. Vartan kwam naast me zitten, zodat we het samen konden bekijken. Het was een boek in het Latijn, duidelijk een kopie, met interessante illustraties, al zei Vartan dat die misschien later waren toegevoegd. Zo te zien was het een middeleeuwse vertaling van een ouder Arabisch boek.

De Boeken van het Evenwicht.

Op de binnenflap stond de eigenaar vermeld: *Charlot.*

'Laat twijfel geen belemmering zijn,' vertaalde Vartan. '*Vuur dient te worden gebruikt in de benodigde mate, maar zonder dat het te bewerken object door het vuur wordt verteerd, want dat zou er afbreuk aan doen. Als het object op deze wijze aan het vuur wordt blootgesteld, wordt het evenwicht bereikt dat ons ten doel staat.*'

Vartan keek me aan. 'Al-Jabir heeft het wel over hoe je het elixer maakt. Maar de nadruk lijkt steeds te liggen op evenwicht, op de gelijke verdeling tussen de vier elementen, aarde, water, lucht en vuur, het evenwicht in onszelf en ook dat tussen ons en de natuurlijke wereld. Denk je dat je moeder het boek daar heeft neergelegd omdat ze niet alleen wil dat je de stukken vindt, maar ook dat je dit probleem oplost?'

'Vast wel,' zei ik, en ik schonk onze glazen vol. 'Maar hoe kan ik nou zo ver vooruitdenken? Een week geleden was ik nog vervreemd van mijn moeder en dacht ik dat mijn vader dood was. Ik dacht dat jij mijn ergste vijand was en dat ik een souschef was met een voorspelbaar, keurig geregeld leven, die niet meer kon schaken, ook al hing haar leven daarvan af. Nu heeft het er alle schijn van dat mijn leven er écht van afhangt. Maar wat er over tien minuten gebeurt – ik heb er geen idee meer van. Alle zekerheden die ik ooit dacht te hebben, zijn op hun kop gezet. Ik weet gewoon niet meer wat ik moet denken.'

'Ik weet heel goed wat ik moet denken,' zei Vartan met een lachje. 'En jij ook.'

Hij sloot het boek, nam me bij mijn handen en drukte zijn lippen tegen mijn haar, heel even maar. Toen zei hij: 'Hoe kun je ooit je toekomst onder ogen zien als je niet eerst in het reine bent gekomen met je verleden? Jij kon er toch niets aan doen dat de dingen waarin je geloofde alleen maar illusies waren?'

'Maar waar kan ik nu nog in geloven?'

'Gisteravond zei Rodo dat het bij deze oude wijsheden niet genoeg is om erin te geloven. Je moet de waarheid achterhalen. Volgens mij is dat de boodschap die ligt besloten in het boek dat je moeder daar heeft neergelegd. En de boodschap die al-Jabir twaalfhonderd jaar geleden in het schaakspel heeft verborgen.'

'Maar wat ís die boodschap dan?' zei ik gefrustreerd. 'Stel dat we alle stukken bij elkaar hebben en ze dan naast elkaar zetten. Wat weten wij dan wat verder niemand weet?'

'Zullen we een paar dingen die we nu al hebben naast elkaar leggen en kijken of we erachter kunnen komen?' zei Vartan, en hij reikte me mijn rugzak aan.

Ik haalde er de koker uit met de tekening van de abdis die ik aan mezelf had gestuurd en gaf die aan Vartan, zodat hij hem open kon maken. Toen groef ik wat dieper om het in plastic verpakte schetsje van mijn moeder met de coördinaten eruit te halen. En toen bleef mijn nagel achter iets kouds en hards haken, helemaal onderin.

Ik verstarde.

Helaas wist ik maar al te goed wat het was. Al voor ik het zag, was mijn hart op hol geslagen.

Het was een diamanten tennisarmband.

Met een met smaragden bezet racket eraan.

Ik bleef even zo zitten, de armband heen en weer zwaaiend aan mijn vingertop. Vartan keek op en zag hem. Even keek hij ernaar, toen keek hij naar mij. Ik knikte. Ik voelde me heel beroerd.

Hoe kwam dat ding daar? Hoe lang zat het al in mijn rugzak?

Ik bedacht dat dit de rugzak was die ik vijf dagen geleden met mijn parka had achtergelaten in de hotelsuite van mijn oom. Maar hoe was hij weer hier beland, onschuldig aan een haakje in mijn appartement, met de armband van Sage én het erin verborgen microfoontje onderin?

En hoe lang was dat verrekte ding al in onze buurt?

'Aha!' zei de geaffecteerde stem van Sage in de deuropening. 'We zijn weer gezellig bij elkaar. En ik zie dat je mijn armband hebt gevonden. Ik had geen idee waar ik die had laten liggen.'

Ze stapte naar binnen en deed de deur dicht. Toen liep ze tussen alle tafeltjes door en stak haar hand uit naar het sieraad. Ik liet het van mijn vingers glijden, zo in mijn glas châteauneuf-du-pape.

'Wat onaardig van je,' zei Sage, terwijl ze naar haar diamanten keek, half verborgen in het rood van de wijn.

Hoe lang had ze staan luisteren? Hoeveel wist ze? Ik moest maar van het ergste uitgaan. Ook als ze niet wist dat mijn vader nog leefde, wist ze in elk geval wel wat hier allemaal op tafel lag en hoeveel dat waard was.

Ik schoot overeind en Vartan ook.

Maar toen ik wat beter keek, zag ik dat ze nu een kleine revolver met een parelmoeren handvat in haar hand had.

O god. En ik maar denken dat alleen Key ruig leefde.

'Je gaat ons niet neerschieten,' zei ik.

'Alleen als je het ernaar maakt.' Haar gezicht was een schoolvoorbeeld van neerbuigendheid. Toen haalde ze de veiligheidspal over en voegde eraan toe: 'Maar als er hier wordt geschoten, hebben mijn collega's, die buiten staan te wachten, vast minder scrupules.'

Het vuur

Verdorie. Dat gajes. Ik moest iets bedenken. Maar het enige wat ik kón bedenken was: hoe komt ze hier nou binnen?

'Ik dacht dat jij en je ouders een lange reis aan het maken waren.'

'Ze zijn zonder mij weggegaan. Ze zijn trouwens niet meer nodig. Hier ben ik voor uitverkoren. Op deze mogelijkheid zijn we altijd al voorbereid geweest, al vrijwel sinds mijn geboorte.'

Terwijl ze het pistool losjes in één hand hield, bestudeerde ze de nagels van de andere hand, alsof de manicure van gisteren eigenlijk alweer iets te lang geleden was. Ik wachtte op haar volgende onthulling toen ze mij en Vartan aankeek en zei: 'Blijkbaar hebben jullie geen flauw idee *wie ik ben*.'

Weer die woorden.

Maar dit keer wist ik het opeens wel.

Langzaam gloed het gruwelijke besef mijn hersenen door, als rode wijn, of bloed, en vormde een sluier achter mijn ogen, tot ik mijn hele omgeving door een soort waas zag: Vartan, Sage met het pistool in haar hand, klaar om haar beveiligers buiten te waarschuwen. Die hoefde ze er heus niet bij te halen. Ik voelde me ook zo al klein genoeg. Voor de zoveelste keer was ik er met open ogen ingetuind. En ik had geen pistool voor mijn neus nodig om te zien hoe de zaak in elkaar zat.

Tijdens het overleg in Nims hotelsuite had ik al een vaag gevoel gehad dat er achter de schermen iemand aan de touwtjes trok. Waarom had ik niet doorgehad dat dat niet Rosemary of Basil waren, maar Sage? Het was Sage geweest, al die tijd.

Al vrijwel sinds mijn geboorte, had ze gezegd.

Helemaal waar.

Toen we kinderen waren, wilde Sage geen vriendschap met me sluiten, zoals ik toen dacht, maar me binnen haar invloedssfeer brengen, haar kringetje van rijkdom, invloed en macht. En toen ik naar Washington was verkast, had zij snel Denver gelaten voor wat het was en was met haar hele societygebeuren naar D.C. getrokken. Ik had haar al die jaren vrijwel niet gezien, maar het was heel goed mogelijk dat ze me voortdurend in het oog had gehouden. Het was ook Sage die zich tijdens de verkoop van Sky Ranch had opgedrongen, al kon ze eigenlijk niet geloofwaardig de rol van makelaar spelen.

Wat voor rollen had ze nog meer gespeeld?

Eigenlijk was het enige wat mensen aan Sage opviel haar uiterlijk en haar oppervlakkigheid. Ze was altijd druk bezig met haar sociale contacten. Haar entourage was haar camouflage. Maar plotseling besefte ik dat Sage de spin geweest was in een web van intriges, en dat ze overal bij was geweest. En niet alleen door dat afluisterding waarmee ze getuige geweest was van gesprekken. Ze was bij elk belangrijk overleg aanwezig geweest.

Bij mijn moeders boum in Colorado.

In Denver, met Lily en Vartan.

In de Four Seasons in Washington, met Nim, Rodo en Galen.

Plotseling herinnerde ik me wat ze daar had gezegd over mijn relatie met mijn moeder. *Blijkbaar hadden we het mis.*

Nu zag ik dat dat leeghoofdige, truttige gedrag de aandacht moest afleiden van haar ware rol. En ik had nu ook door tot welke rol ze al bij haar geboorte was voorbestemd.

'Jouw naam heeft geen botanisch tintje. Hij komt niet uit dat nummer van Simon en Garfunkel. Bij jou heeft *sage* een heel andere betekenis.'

Ze glimlachte kil, een wenkbrauw opgetrokken in waardering voor mijn scherpzinnigheid.

Vartan wierp me een niet-begrijpende blik toe.

'*Sage* kan ook "wijs" betekenen,' zei ik bij wijze van verklaring. 'En Livingston is een samentrekking van Living en Stone. Dan krijg je dus de Wijze Levende Steen. Charlot had het over de steen der wijzen, het poeder waarvan het levenselixer wordt gemaakt. Toen Sage zei dat ze al bij haar geboorte voor deze rol was uitverkoren, bedoelde ze dat ze vanaf haar vroegste jeugd is opgevoed om haar moeder op te volgen als Witte Koningin. Toen haar ouders mijn vader hadden vermoord en de Zwarte Koningin in handen hadden gekregen, dachten ze dat ze het Witte Team weer in het gareel hadden en de overhand hadden in het Spel. Maar zonder dat ze het beseften, nam iemand anders de teugels in handen. Ze wisten niet van het bestaan van Galen March of Tatjana, en ook niet dat je stiefvader was overgelopen naar het andere kamp. Ze hadden niet door waar het schaakspel eigenlijk voor diende.'

Het vuur

Sage snoof minachtend. Het was een voor haar zo onverwacht geluid dat ik met een klap mijn mond sloot. Haar revolver, zag ik, was nu gericht op een lichaamsdeel waarvan ik hoopte dat het zou blijven kloppen.

'De essentie van het Spel is macht,' zei ze. 'Het is nooit anders geweest. Het is volslagen naïef om er anders over te denken, ongeacht wat de zotten naar wie je hebt geluisterd je hebben proberen wijs te maken. Ik ben geen topschaker, zoals jullie, maar ik weet waarover ik het heb. Per slot van rekening heb ik mijn hele leven lang macht gehad. Echte macht, macht over de wereld, zoveel macht dat jullie je er geen voorstelling van kunnen maken. En die macht laat ik niet los, want...'

Blablabla.

Terwijl Sage verder blaatte over hoe ze haar hele leven al aan macht gewend was, werd ik steeds banger, en ik kon de spanning van Vartan bijna voelen. Ook hij had nu wel door dat Miss 'Sagesse de Stone' het beetje verstand dat ze vroeger misschien bezat, was verloren. Maar geen van beiden zagen we een mogelijkheid om haar op tien pas afstand te bespringen. We konden niet eens een eind maken aan haar tirade.

Eén ding was in elk geval duidelijk: als je verslaafd was aan macht, stond in de buurt verkeren van dat rottige schaakspel gelijk aan het slikken van een pil voor instant-grootheidswaanzin. Het leek wel of Sage er een heel flesje van naar binnen had gewerkt.

Verder zou het maar een kwestie van tijd zijn voor onze slimme meid doorkreeg dat ze beter kon schieten, ook als ze daarbij haar manicure beschadigde. We moesten weg, zo snel mogelijk. En we moesten de kaart met coördinaten meenemen.

Maar hoe?

Ik keek naar Vartan. Hij keek strak naar Sage, alsof hij dezelfde afweging maakte. De zwarte koningin stond tussen ons in op de tafel, maar Sage kon natuurlijk sneller schieten dan wij konden gooien. En al wisten we haar te overmeesteren, we konden met dat parelmoeren revolvertje vast niet op tegen de huurlingen buiten. Ik moest iets bedenken. Ik wist niet of ik wel door haar monoloog over macht heen kon komen, maar het was het proberen waard.

'Sage,' zei ik toen ze even ademhaalde, 'stel nou dat je al die stukken weet te vinden. Wat ga je er dan mee doen? Je bent niet de enige die ernaar op zoek is. Waar ga je dan heen? Waar wilde je je verstoppen?'

Sage keek heel even verbijsterd, alsof ze bij het opbouwen van haar luchtkasteel niet zo ver vooruit had gedacht. Ik wilde net doorgaan toen de telefoon op de tafel van de gerant bij de ingang begon te rinkelen. Sage hield haar revolver op mij gericht en deed een paar stappen naar achteren om een beter overzicht te hebben.

Toen hoorde ik een ander geluid. Een zacht geluid, dat me vertrouwd in de oren klonk, al duurde het even voor ik het thuis kon brengen.

Het zoeven van inliners over steen.

Het geluid gleed zacht achter ons langs, richting voorkant, verborgen achter het lange rek waarin Rodo's verzameling keramische kruiken cider lag. Maar hoe lang zou het duren voor Leda zo dicht bij Sage was dat die het boven het lawaai van de telefoon uit hoorde?

In mijn ooghoek zag ik dat Vartan zich iets naar voren bewoog. Het pistool in de hand van Sage zwaaide zijn kant op en hij verstarde.

Op dat ogenblik brak de hel los, zoals Key zou zeggen. Of het sagardoafestival begon, zo zou je het ook kunnen zeggen.

Het ging allemaal heel snel.

Een vijfliterkruik Baskische cider vloog door de lucht en spatte naast Sage uit elkaar. Die sprong naar achteren om haar peperdure schoenen niet vies te laten worden. Vartan dook naar voren, maar weer hield ze hem met haar revolver in bedwang. Op hetzelfde ogenblik vloog de volgende kruik op haar af. Sage deed snel twee stappen opzij en de kruik vloog langs haar heen en barstte open.

De ene kruik sagardoa na de andere vloog nu door de lucht. Achter de tafel weggedoken schoot Sage, haar arm gestrekt alsof ze aan het kleiduiven schieten was, ze een voor een uit de lucht. Ze schoot ook een paar keer op het rek zelf, in de hoop haar verborgen tegenstander te raken.

Bij het eerste schot had Vartan me achter de tafel getrokken en die op zijn kant gezet. Alles wat erop stond – boek, kostbare papieren, Zwarte Koningin en châteauneuf – vloog over de grond. We kropen achter het tafelblad. De klappen van de kruiken en het geknal bleven doorgaan, en ook de telefoon rinkelde nog steeds.

Vartan zei wat ik ook dacht. 'Ik weet niet wie onze redder is, maar hij houdt haar vast niet erg lang meer tegen. We moeten haar zien te pakken.'

Ik keek achter het tafelkleed langs. Sutaldea stonk naar gefermenteerd appelsap.

Op haar relatief beschermde positie, midden op het bord als het ware, had Sage sneller weten te herladen dan een revolverheld. Ik hoopte dat ze eerder door haar kogels heen zou zijn dan Leda door haar cider. Maar veel hoop had ik eigenlijk niet. Haar gorilla's buiten zouden de herrie wel gehoord hebben en konden elk ogenblik binnen komen vallen.

Opeens hield de telefoon op met rinkelen. Een oorverdovende stilte viel in. Geen uiteenspattende kruiken. Geen schoten.

Jemig, was het allemaal afgelopen?

Vartan en ik keken over de rand van de tafel, net op tijd om de deur open te zien vliegen. Sage draaide zich met een zelfvoldaan glimlachje om naar haar hulptroepen, maar in plaats van donkere pakken vloog er een kluwen witte broeken, rode sjerpen en zwarte baretten naar binnen, met Rodo en zijn dansende staart voorop, zijn hand om zijn telefoon geklemd, en Eremon vlak achter hem.

Verbijsterd kneep Sage haar ogen dicht en richtte haar revolver op hen.

Maar om de hoek van het ciderrek, tussen Sage en haar doelwit, scheerde nu iets wat nog het meest leek op een grote koperen soepketel op wielen. Hij kwam recht op Sage af. Leda smeet de pan naar haar toe. Op hetzelfde ogenblik schoot Sage. De soeppan trof doel en Sage ging onderuit. Maar ik zag dat ook Leda op de vloer was beland. Was ze geraakt?

Vartan en de anderen schoten toe om de revolver te grijpen en Sage buiten gevecht te stellen. Ik wilde naar Leda toe, maar Eremon was me voor. Hoffelijk hielp hij haar overeind en gebaarde naar een lekkende ciderkruik op het rek: die was door de kogel geraakt. Vartan had de revolver opgeraapt en een paar man van de Baskische Brigade hesen Sage overeind, bonden haar handen en voeten vast met hun sjerp, en sjouwden haar ondanks haar woedende geworstel en onsamenhangende kreten naar buiten.

Rodo lachte opgelucht toen hij zag dat niemand gewond was geraakt. Ik viste de diamanten armband tussen de glasscherven en plassen wijn op de vloer vandaan en reikte hem Eremon aan. Die schudde zijn hoofd en smeet hem het kanaal in.

'Toen de Cygne naar haar werk ging, zag ze een paar mensen die ze herkende onder de blauweregen in het Key Park zitten. Dat was La Livingston, die me eerder al eens had geholpen om jou op te sporen, toen je bij je oom was, en de beveiligingsmensen van de boum in Sutaldea. De Cygne vond het verdacht dat ze zich zo dicht bij je huis ophielden, dus toen ze hier kwam, belde ze Eremon en mij op. Wij vonden het ook verdacht. Toen jullie hier aankwamen, was ze beneden het vuur aan het aanmaken en waren wij al onderweg. Maar ze belde me nog een keer toen ze iemand anders binnen hoorde komen. Ze was namelijk boven gaan kijken en zag dat jullie echt in gevaar waren. Ze vertelde ons dat je vriendin jullie met een pistool bedreigde en dat er ook mannen buiten stonden. We spraken een plan af. Zodra wij de mannen buiten hadden ontwapend, zou ik het nummer van Sutaldea bellen. Dat zou het sein zijn voor de Zwaan om La Livingston af te leiden, zodat ze jullie niet zou neerschieten voor we naar binnen kwamen.'

'De Zwaan heeft haar zeker afgeleid,' zei ik en gaf Leda een dankbare knuffel. 'En net op tijd. Sage kreeg jeuk aan haar rechterwijsvinger. Maar hoe heb je die lui buiten weten te ontwapenen?'

'Ze hebben kennisgemaakt met een paar *jota*-trappen die ze niet verwachtten,' zei Eremon. 'E.B. heeft nog steeds een behoorlijk hoge kick in huis. Ze zijn overgedragen aan de politie. Ze komen in de cel voor het onwettig dragen van vuurwapens en het zich voordoen als leden van de geheime dienst.'

'En Sage Livingston?' zei Vartan. 'Ze lijkt wel stapelgek. En haar doel lijkt precies tegenovergesteld aan wat jij gisteravond

Het vuur

nog aan ons vertelde. Wat moet er nu worden van iemand zoals zij, die is opgevoed om alles wat haar voor de voeten loopt te vernietigen?'

Leda zei: 'Ik beveel een zéér langdurig verblijf aan in een feministisch-lesbisch retraiteoord in een zéér afgelegen deel van de Pyreneeën. Zou dat te regelen zijn?'

'Vast wel,' zei Rodo. 'Maar we kennen iemand die heel graag met het geval-Sage aan de slag wil. Of eigenlijk zijn er twee mensen die dat willen, ieder om zijn eigen redenen. *Quod severis metes.* Ik denk dat jullie er wel achter komen wie dat zijn. Want je kent nu de combinatie van mijn safe. Als je klaar bent met de spullen, laat je ze dan niet over de vloer slingeren, zoals je vroeger wel gedaan hebt?' Hij knipoogde.

Het volgende ogenblik was hij weer verdwenen. We hoorden hem buiten in het Baskisch bevelen geven.

'Tsk, tsk, tsk.' Dat was Eremon, die op zijn knieën naar de gehavende benen van Leda zat te kijken. Hij kwam overeind, sloeg zijn arm om haar schouders en begeleidde haar naar de kelder, 'om te helpen met de zware blokken', zoals hij zei. Ik hoopte dat er daar nog een alchemistische reactie in zat.

Vartan en ik liepen terug naar ons plaatsje naast de ramen, waar nu de ondergaande zon langs de bovenkant streek van de hoge gebouwen aan de overkant van de rivier, en begonnen onze kostbare, met wijn bespatte, spullen op te bergen. 'De combinatie van zijn safe?' zei hij.

'Baskische wiskunde.'

Ik wist dat Rodo geen safe had, maar hij had wel een postbus, net als ik. Het nummer was 431. Het was een hint dat het het veiligste was om het weer per post te doen, net als ik eerder had gedaan.

Ik wilde net de *Boeken van het Evenwicht* wegstoppen toen Vartan zijn hand op mijn arm legde. Hij keek me met zijn donkerpaarse ogen aan en zei: 'Ik dacht dat ze je echt zou vermoorden.'

'Volgens mij wilde ze dat niet. Maar ze was wel door het dolle heen dat ze in één dag alles kwijt was. Haar rijkdom, haar connecties, haar macht, alles waarvan ze altijd heeft gedacht dat het belangrijk was.'

'Gedácht? Volgens mij geloofde ze daar echt in.'

Ik schudde mijn hoofd, want ik dacht dat ik het eindelijk doorhad.

'Maar wie wil dan "aan de slag" met haar, zoals Boujaron zei? Dankzij haar opvoeding ziet Sage zichzelf als een soort god. Wie kan daar nou mee omgaan?'

'Mijn moeder en tante Lily.'

Verbluft staarde Vartan me aan. 'Maar waaróm?'

'Het kan zelfverdediging zijn geweest of misschien verdedigde ze Lily Rad, maar mijn moeder heeft wel Rosemary's vader gedood. Rosemary was er zeker van dat ze mijn vader had vermoord. Oog om oog. Sage is opgevoed tot een soort hitte zoekende raket, op zoek naar een plek om te exploderen. Of *imploderen*. Het was bijna hierbinnen gebeurd.'

'Dat zou kunnen verklaren waarom je moeder Sage wil helpen. Een soort boetedoening, zeg maar. Maar Lily Rad was toch niet op de hoogte van de band tussen de Livingstons en je moeder?'

'Lily wist wel dat haar eigen vader de Zwarte Koning was en haar moeder de Witte Koningin. Ze wist dat haar leven daardoor op zijn kop was gezet. Ze weet hoe het is om een pion te zijn in je eigen gezin.'

Daarvoor had mijn moeder me behoed.

Voor het *Spel*.

Nu wist ik precies wat me te doen stond.

Ik zei: 'Dat boek, *De Boeken van het Evenwicht*, en het geheim dat al-Jabir in het schaakspel heeft verborgen, wachten al meer dan twaalfhonderd jaar tot iemand de geest uit de fles laat. Ik denk dat dat aan ons is. En het is tijd.'

We stonden naast de rij ramen die uitzag over het kanaal, de horizon was flamingo-roze door de ondergaande zon, en Vartan sloeg van achteren zijn armen om me heen. Ik sloeg het met wijn bespatte boek open dat ik nog steeds in mijn hand had. Vartan keek over mijn schouder mee hoe ik de pagina's omsloeg tot ik bij de afbeelding kwam van een uit negen vierkanten bestaande matrix, met in elk van de vakken een getal. Ze zagen er vertrouwd uit.

4	9	2
3	5	7
8	1	6

'Wat staat daar, onderaan?' vroeg ik aan Vartan.

Hij vertaalde het. *'Het oeroude magische vierkant, hier afgebeeld, bestond al duizenden jaren geleden in India, en ook in Babylonië onder de Chaldese Orakels.'* Hij kcek me even aan. 'Volgens mij is dat een middeleeuwse commentator, niet al-Jabir zelf.' Toen boog hij zich weer over de tekst.

'In China werd dit vierkant gebruikt om het land in acht provincies in te delen, met de keizer in het midden. Het was heilig omdat elk getal een esoterische betekenis had. Verder leveren de drie getallen in elke horizontale, verticale of diagonale lijn bij elkaar opgeteld 15 op, en deze twee cijfers, bij elkaar opgeteld, 6.'

'Zes-zes-zes,' zei ik, terwijl ik Vartan over mijn schouder aankeek.

Hij liet me los, en samen liepen we naar het raam, waar hij verderging. *'Maar al-Jabir ibn Hayyan, de vader van de islamitische alchemie, heeft dit vierkant in De Boeken van het Evenwicht beroemd gemaakt dankzij de andere belangrijke eigenschappen voor correcte verhoudingen die erin besloten liggen en alle tot evenwicht leiden. Als de vier vierkanten in de zuidwesthoek bij elkaar worden opgeteld, levert dat 17 op, ofwel de serie 1:3:5:8, de volmaakte pythagorische muzikale ratio die volgens al-Jabir de leidraad is van de gehele schepping. De resterende cijfers in het vierkant, 4, 9, 2, 7 en 6, leveren bij elkaar opgeteld het cijfer 28 op, dat gelijkstaat aan het aantal huizen of staties van de maan. Ook het Arabische alfabet kent 28 letters. Dit zijn voor al-Jabir de belangrijkste cijfers. 17 bij elkaar opgeteld geeft 8, het esoterische pad, dat op zijn beurt het "magische vierkant van Mercurius" oplevert, op-*

gebouwd uit 8 bij 8 vierkanten. Zo is ook een speelbord opgebouwd, met aan de buitenrand 28 vierkanten – het exoterische of buitenpad.'

'Het schaakbord is de sleutel,' zei ik tegen Vartan. 'Dat zei mijn moeder al.' Hij knikte. 'Maar er staat nog meer. *Al-Jabir heeft deze oude wijsheid vastgelegd in het symbool voor Mercurius. Mercurius is het enige astronomische symbool voor "boven" en alchemistische symbool voor "beneden" dat alle drie de belangrijke signaturen van beide bevat: de cirkel als symbool voor de zon, de sikkel als symbool voor de maan van de geest en het plusteken, dat staat voor de vier aspecten van de materie: vier windrichtingen, vier hoeken, vier elementen, vier aspecten – vuur, aarde, water, lucht – heet, koud, nat, droog...'*

'Voeg ze bij elkaar en je hebt Baskische wiskunde,' zei ik. 'Vier plus drie is één. Het vierkant van de aarde plus de driehoek van de geest is gelijk aan één. Was dat niet het eerste geschenk van Hestia op het wandtapijt?'

'Dat was rijkdom,' zei Vartan.

'Rijkdom, ja, maar dan niet letterlijk, maar wat het beste is voor iedereen. Het gemenebest, zoals het bij de Britten heet. Welzijn, in de breedste zin van het woord, maar alles in het teken van eenheid. Dat wilden George Washington, Tom Jefferson, Ben Franklin allemaal: het huwelijk van hemel en aarde, van het "wijde zwerk" en de "gouden graanvelden" uit *America the Beautiful*. Wat al-Jabir had ingebouwd in het schaakspel van de Tarik'at. Dát is de Verlichting waarnaar ze allemaal op zoek waren, de Nieuwe Stad op de Heuvel. De inzet is niet het bezit van macht, maar het scheppen van evenwicht.'

'Bedoelde je dat toen je zei dat het niet ging om het wanneer of het waar, maar om het hoe?'

'Precies. Het is geen díng. Het is niet zo dat je met dit in handen kernwapens hebt, macht over anderen en het eeuwige leven. Wat al-Jabir in het schaakspel heeft vastgelegd, is een procés. Daarom heeft hij het ook het spel van de Tarik'at genoemd, de sleutel tot de Geheime Wég. Dit zijn de Oorspronkelijke Aanwijzingen, een soort merktekens langs je pad, zoals de soefi's en de sjamanen en de Piscataway altijd al hebben gezegd. En als we alle onderdelen naast elkaar leggen en de aanwijzingen opvolgen, is niets onmogelijk. Dan kunnen we onszelf en de wereld een betere koers in laten slaan, een "weg" die tot verlichting en vreugde voert. Mijn ouders hebben hun leven gewaagd om dit schaakspel te redden zodat het voor dat hogere doel kon worden gebruikt.'

Vartan had het boek neergelegd en nam me nu opnieuw in zijn armen.

'Als we echt op zoek zijn naar de waarheid, Xie, dan is mijn waarheid dat ik zal doen wat jij het juiste acht. En mijn waarheid is ook dat ik van je houd.'

'Ik ook van jou.'

Ik wist dat we alle stukken terug zouden vinden. Maar op dit ogenblik deerde het me niet wat de anderen wilden. Het Spel of wat het mensen in het verleden had gekost of hoe het in de toekomst iedereen tot voordeel zou kunnen strekken deerde me niet. Het deerde me niet wat voor rol – Witte Koning, Zwarte Koningin – anderen misschien voor mij en Vartan hadden uitgekozen. Het deerde me niet wat ze ons noemden, want ik wist dat Vartan en ik het alchemistische huwelijk waren waarnaar iedereen de afgelopen twaalfhonderd jaar op zoek was geweest en dat hun was ontgaan toen ze het voor hun ogen zagen gebeuren. Wij tweeën waren de Oorspronkelijke Aanwijzingen.

Voor het eerst in mijn leven was het of de banden die me al zo lang bonden, waren doorgesneden, of ik ten hemel kon opstijgen als een vogel.

Een lichtbrengende vuurvogel.

WOORD VAN DANK

*E*en boek schrijf je nooit in één keer op.
Mijn pad als schrijver is steevast bezaaid met voetangels en klemmen. Ik weet niet beter. Maar als je je teen stoot tegen een steen, blijkt daar vaak een pot goud onder te liggen die je niet zou hebben gevonden als het schrijven even vlot zou zijn gegaan als je eigenlijke bedoeling was. Ik wil graag zo veel mogelijk mensen bedanken voor hun potten goud – passie voor hun werk, verrassingen en te veel fascinerende kennis om allemaal in dit boek te verwerken.

In alfabetische volgorde, op onderwerp:

ALBANIË: ik bedank Auron Tare, idealistisch journalist en directeur van een Albanese organisatie voor natuurbeheer en monumentenbescherming, voor de vijf jaar dat we met elkaar hebben gepraat over en research hebben gedaan naar Ali Pasja, Vasiliki, Haidée, Haji Bektasj Veli en de Bektasji-soefi's, het geheime wapen dat Byron de Pasja heeft bezorgd, en zijn collega professor Irakli Kocollari voor de razendsnelle vertaling en samenvatting van zijn monumentale boek *De geheime politie van Ali Pasja*, gebaseerd op onderzoek in de authentieke archieven, en ook Doug Wicklund, senior curator van het National Firearms Museum van de National Rifle Association voor het achterhalen van het geheime wapen dat Byron Ali Pasja heeft geleverd: naar alle waarschijnlijkheid een repeteergeweer, een belangrijke verbetering ten opzichte van de achterladers die toen in gebruik waren.

ALEOETEN (EN VLIEGEN): ik bedank Barbara Fey – al dertig jaar mijn vriendin en lid van de Explorers Club en de Silver Wings

Fraternity (je mag lid worden als je al meer dan vijftig jaar vliegt), die solovluchten heeft gemaakt over het noorden van de Atlantische Oceaan, Afrika, Midden-Amerika en het Midden-Oosten en zich met een helikopter in de Himalaya heeft laten afzetten voor skitochten – voor alles wat ze weet over de Bonanza en haar fascinerende technische ooggetuigenverhalen over gebieden waar ik wel overheen ben gevlogen maar die ik nooit echt heb gezien, en omdat ze me Drew Chitiea heeft bezorgd, bushpiloot extraordinaire en trainer van de National Outdoor Leadership School, die mensen gedurende tochten van twee tot twaalf weken vertrouwd maakt met de ruige natuur van de Verenigde Staten (zijn moeder Joan heeft op haar zesenzestigste nog meegedaan met de Iditarod, een 1700 kilometer lange race met hondensleeën in Alaska). Drew overtuigde me dat het Becky Beaver moest worden, geen Otter, en bezorgde me alle heerlijke gegevens over techniek, brandstof, tanken, vliegen en landen, waar Key zo goed in is. Verder dank ik Cooper Wright uit Attu voor detailkaarten en informatie over het vliegen in de Aleoeten. Ik heb ook veel gehad aan *The Thousand-Mile War*, een geweldig boek van Brian Garfield over de strijd tegen de Japanners, dat ook veel informatie bevat over het weer.

BAGDAD: veel dank ben ik verschuldigd aan Jim Wilkinson van het ministerie van Financiën die net toen ik dacht dit boek te kunnen gaan afronden, terloops meldde dat hij in Bagdad had leren schaken nadat zijn eenheid in maart 2003 als een van de eerste Irak was binnengevallen. Wat voor anderen een gelukkig toeval is, was voor mij een soort mene tekel. Jims waardevolle bijdrage was een keerpunt voor mijn heldin en voor mij. Ook bedankt voor de e-mailadressen.

BASKEN: ik dank de geweldige Patxi del Campo, voormalig voorzitter van het World Congress of Music Therapy, die me vertrouwd heeft gemaakt met de Baskische Pyreneeën en een volk dat ik al dacht te kennen, verder Agustin Ibarrola voor het schilderen van alle bomen in het bos van Oma, Aitziber Legarza voor onderdak en lekker eten en wijlen mijn vriendin Carmen Varela omdat ze ons ertoe heeft gebracht zoveel tijd door te brengen in het noorden van Spanje.

GEHEUGEN EN PERCEPTIE: op de eerste plaats dank ik dr. Beulah McNab uit Nederland die me in 1996 *Perception and Memory in Chess* van De Groot en Gobet heeft gestuurd, nog steeds hét gezaghebbende werk over hoe schakers anders denken dan gewone stervelingen. Ik dank verder wijlen Galen Rowell, groot bergbeklimmer en fotograaf, voor wat hij me in een brief (augustus 1999) vertelde over een soortgelijk intuïtief proces dat plaatsvindt tijdens het klimmen. Verder dank ik mijn partner, dr. Karl Pribam, voor zijn uitleg (maar al te vaak afgedwongen) over wat we dankzij hersenonderzoek weten van geheugen en perceptie en hoe verleden en toekomst in onze gedachteprocessen met elkaar zijn verknoopt.

INDIANEN (NATIVE AMERICANS): ik dank Adam Fortunate Eagle, voormalig hoofd van de Inter-Tribal Council en al twintig jaar mijn vriend, die me kennis heeft laten maken met het dagelijkse leven van de indiaan, Rick West, oprichter en directeur van het National Museum of the American Indian en zijn vrouw Mary Beth, die me in contact hebben gebracht met de stammen in de omgeving van Washington, Karenne Wood van de Virginia Indian Heritage Trail, die me in vogelvlucht kennis hebben laten maken met tienduizend jaar pre-Europese geschiedenis, en Gabrielle Tayac (dochter van Red Flame, kleindochter van Turkey Tayac), die met mij door de oude knekelvelden van Piscataway is gelopen en me door wat ze schreef en zei op het spoor heeft gezet van Mathew Kings *Noble Red Man* en de Oorspronkelijke Aanwijzingen.

ISLAM, MIDDEN-OOSTEN, VERRE OOSTEN: dank aan professor Fathali Moghaddam van de universiteit van Georgetown voor onze vele gesprekken, zijn nuttige inzichten, artikelen en boeken over de psychologie van de terrorist in dit deel van de wereld, zowel voor als na 11 september, Mary Jane Deeb, directeur van de afdeling Midden-Oosten en Afrika van de Library of Congress, en daarnaast collega-schrijver en vriendin, voor de LOC-pas die ze me heeft bezorgd en haar hulp bij het doorspitten van de verzamelde correspondentie van Byron en een massa andere dingen, en Subhash Kak voor zijn jarenlange hulp bij alles wat met Kashmir te maken heeft en vooral voor *The Astronomical*

Code in the Rg Veda, waarin hij verbanden legt tussen de Indiase kosmologie en vuuraltaren.

KOKEN: ik dank wijlen Kim Young, die op een veiling voor het goede doel het recht verwierf op een figurantenrol in de keuken van Talleyrand ('de jonge Kimberly') en een vriendin voor het leven is gebleven. Ze heeft me van alles verteld over historische keukens die ze heeft bezocht, van Brighton tot Curaçao. Verder dank ik Ian Kelly voor gesprekken over zijn boek *Cooking for Kings* en zijn fascinerende toneelmonoloog over Talleyrands kok Carême, William Rubel voor zijn uitstekende lezing in de Franse ambassade in Washington, zijn adviezen over koken op open vuur en zijn geweldige *The Magic of Fire*, het beste boek in het Engels dat ik over dit onderwerp ken. Ik dank ook mijn vriend Anthony Lanier voor het renoveren van Cady's Alley in Georgetown. Het is nu een geweldig restaurant, dat door een gelukkig toeval veel wegheeft van het souterrain van Sutaldea.

RUSLAND: dank aan Elina Igaunis voor haar hulp bij de ontsnapping van ons en nog een hele groep Amerikanen aan de monniken van Zagorsk (en voor de truien die ze ons leende in de ijzige Vrouwenzomer). Richard Pritzker bedank ik (min of meer) omdat hij het restaurant in Moskou uitkoos waar we met een margarita voor ons getuige waren van een maffiasteekpartij. Verder dank ik kunstenaar Joeri Gorbatsjov voor zijn magische schilderij *De vogel van de hemel*, en zijn galeriehouder Dennis Easter voor het Russische icoon, en voor het Russische iconenboek van David Coomler. Bijzonder veel dank aan wijlen Aleksandr Romanovitsj Loeria en professor Eugene Sokolov omdat ze Karl Pribram hebben meegenomen naar de eerste voorstelling van Sovjet-Palech-kunst (1955) in Moskou en omdat ze hem een doosje voorstellingen cadeau hebben gedaan dat de inspiratie is geworden voor het eerste hoofdstuk van het boek.

SCHAKEN: dank aan dr. Nathan Divinsky, voormalig voorzitter van FIDE Canada, voor het vinden van de partij waarop dit boek is gebaseerd (gespeeld door een veertienjarige Russische jongen, die later wereldkampioen is geworden) en ook voor het eerder al vinden van de partij die wordt gespeeld door Rothschild in mijn boek *A Calculated Risk*, Marilyn Yalom voor gesprekken over haar boek *The Birth of the Chess Queen*, Dan Heisman voor zijn informatie over wat er in de schaakwereld gaande is, en omdat hij, toen ik bij een van de personages last had van *amaurosis scriptio* (schrijversblindheid), me heeft voorgesteld aan Alisa Melechina, toen een meisje van twaalf, die me een heel bijzonder inzicht heeft verschaft in hoe het is om als kind mee te draaien in de internationale schaakwereld.

VULKANEN EN GEISERS: ik dank de Yellowstone Society, alle park rangers en historici in dit mij vroeger zeer vertrouwde gebied voor hun informatie over van alles en nog wat, van 'mudpots' tot vulkanen. Verder dank ik de Geyser Observation and Study Association en Frith Mayer voor hun research en de film over de geisers in Kamtsjatka. Veel dank ben ik verschuldigd aan Stephen Pyne voor zijn prachtige, gezaghebbende serie boeken over de geschiedenis van het vuur, die een doorlopende bron van inspiratie waren, en professor Scott Rice, met wie ik al twintig jaar bevriend ben en die ons aan elkaar heeft voorgesteld.

WISKUNDE, MYTHOLOGIE EN ARCHETYPEN: dank aan Michael Schneider voor zijn *A Beginner's Guide to the Universe* en alle werkboeken (als ik die als kind had gehad, zou ik nu wiskundige zijn geweest) en vooral voor het vinden van de islamitische feniksen die passen in de 'Adem Gods'-wandtegels in Iran. Verder dank ik Magda Kerenyi voor al haar 'mythologische hulp' door de jaren heen, en voor wat ze me heeft verteld over het werk van wijlen haar man, de grote mythograaf Carl Kerenyi. Ik dank ook Stephen Karcher, befaamd om zijn *Eranos I-Ching*, voor zijn informatie over diepgaande oost-westverbanden en waarzeggerij, Vicki Noble voor de informatie die ze in drie jaar van reizen en onderzoek naar vrouwelijke sjamanen, vooral in het oosten van Rusland, heeft verzameld, professor Bruce MacLennan van de Universiteit van Tennessee die de afgelopen twintig jaar elke wiskundige puzzel waarmee ik aankwam, hoe knullig of esoterisch ook, heeft weten om te zetten in iets wat goed te gebruiken was in een boek, en vooral mijn vriend David Fideler, schrijver van *Jesus Christ Sun of God*, omdat hij me al jaren geleden heeft verteld dat 888 (mijn favoriete getal) de Griekse gematria (geheime getallensymboliek) is voor de naam van Jezus, net als 666 de gematria is voor de mensheid, en mijn vriend Ernest McClain voor *The Pythagorean Plato* en *The Myth of Invariance*, waarin hij ingaat op de numerieke harmonie in de namen van de oude Egyptische en Griekse goden.

DE REST: niet te veel hooi op je vork nemen, zou Nokomis Key zeggen. Mensen zijn de afgelopen jaren met ongelooflijk veel fascinerende feiten en weetjes aangekomen, maar dit boek zit nou eenmaal zo in elkaar dat het grootste deel daarvan bij de montage op de vloer is beland.

Poplar Forest (het huis dat Thomas Jefferson voor zijn plantage ontwierp en waar hij af en toe woonde, nu een museum): directeur Lynne Beebe, archeoloog Travis McDonald en Barbara Heath, voor tientallen jaren hulp bij onderzoek.

Monticello, Thomas Jeffersons tweede huis, ook door hem ontworpen: Daniel Jordan, voorzitter van de Thomas Jefferson Foundation, de huidige eigenaar, Robert Smith, hoofd Restauratie, Peter Hatch, hoofd Tuinen en Parken, Andrew O'Shaughnessy, hoofd van het Robert H. Smith International Center for Jefferson Studies, Mary Scott-Fleming, hoofd Adult Programs, Leni Sorenson, researchmedewerker Afrikaans-Amerikaanse geschiedenis, Susan Stein, hoofdcurator Museum en vooral Lucia 'Cinder' Stanton, hoofdmedewerker Historisch Onderzoek, voor de vele jaren dat ze me heeft geholpen.

United States Capitol Historic Society: hartelijk dank aan alle medewerkers voor hun hulp door de jaren heen, en vooral aan Steven Livengood voor zijn uitgebreide achtergrondinformatie en de uitgebreide bezichtiging van het Capitool.

Virginia Foundation for the Humanities: voorzitter Robert Vaughan, Susan Coleman, directeur VA Center of the Book, en ook Nancy Coble Damon en Kevin McFadden van VA Book.

Esoterische architectuur, astrologie, vrijmetselarij en het ontwerp van Washington: ik dank de schrijvers Robert Lomas en Christopher Knight voor hun jarenlange hulp, de astrologen Steve Nelson, Kelley Hunter en Caroline Casey, en voor hun kennis van esoterische architectuur Alvin Holm en Rachel Fletcher.

Dumbarton Oaks: dank aan Stephem Zwirn, assistent-curator van de Byzantijnse collectie en Paul Friedlander voor *Documents of a Dying Paganism* over het wandtapijt met Hestia.

Ten slotte dank ik Edward Lawler, historicus van de Independence Hall Association, voor zijn inspanningen voor het President's House in Philadelphia, die hebben geleid tot het bewaard blijven van de slavenwoningen waar Washingtons chef-kok Hercules, Oney Judge en anderen waren gehuisvest.

NAWOORD VAN DE AUTEUR

In de jaren tachtig van de vorige eeuw woonde ik in een ruim vijftig vierkante meter groot boomhuis in Sausalito in Californië. Ik keek aan alle kanten uit over een zee van acaciabomen, met daarachter de baai van San Francisco en op de achtergrond het schiereiland Tiburon en Angel Island. De eucalyptusbomen groeiden door mijn veranda, de terrasvormige orchideeëntuin van mijn huisbaas lag achter het huis, en langs de steile oprit groeide een tien meter hoge haag jasmijn, die vooral 's avonds bedwelmend geurde. Daar heb ik *De Acht* geschreven, in de avonden en weekends, op mijn antieke IBM Selectric typemachine (die ik nog steeds in een kast met andere oude spullen heb staan), terwijl ik overdag op de Bank of America werkte.

Aan mijn vrienden vroeg ik steeds: 'Vind je dit geen ideale plek om een avontuurlijke bestseller te schrijven?' Waarschijnlijk vonden zij het een ideale plek om een boek te schrijven dat niemand ooit zou kopen of lezen.

Maar mijn eerste agent, Frederick Hill, zag na het lezen van *The Eight* meteen dat het heel anders was dan alle andere boeken. Twee verhaallijnen, twee eeuwen uit elkaar, vierenzestig personages, allemaal stukken in de schaakpartij die de plot was, verhalen binnen het verhaal, Sherlock Holmes-achtige codes, magische puzzels... *The Eight* leek al met al meer op een intergalactische kaart van relaties binnen het universum dan op een roman. Maar gelukkig wist Fred ook dat de mensen van Ballantine Books, dé paperbackuitgeverij van de Verenigde Staten, al een tijdje op zoek waren naar een boek waarmee ze hun eerste gebonden serie konden lanceren. Het moest anders dan anders zijn. Geen gewone literatuur. Ook geen standaardbestseller. Iets wat niet makkelijk in een vakje te stoppen was.

De mensen van Ballantine die dat wilden, waren directeur Susan Peterson, Clare Ferraro van Marketing en uitgever Robert Wyatt. Ze kochten *The Eight*, dat toen nog maar half af was, in 1987. Op 15 maart 1988 waren redacteur Ann LaFarge en ik klaar met het redigeren van de tekst. Het boek werd ten doop gehouden tijdens de conventie van de American Booksellers Assiociation. We waren allemaal verrast door de reacties. Iedereen was enthousiast, alsof hij het zelf had ontdekt. Al snel kochten elf landen de vertaalrechten, het werd een selectie van de Book-of-the-Month Club, een interview met mij verscheen in *Publishers Weekly*, ik kwam in de *Today Show*, en allemaal nog voor het boek in de Verenigde Staten was uitgebracht.

Nog steeds wist niemand hoe hij het boek moest omschrijven. Het werd een mysterie genoemd, sciencefiction, fantasy, een romance, een thriller, een avonturenboek, literatuur, een esoterische en/of historische roman. Ik werd vergeleken met Umberto Eco, Alexandre Dumas, Charles Dickens en/of Stephen Spielberg. Over de jaren is *The Eight* in veertig tot vijftig landen een bestseller geworden en in meer dan dertig talen vertaald en dat succes is te danken, als je naar de reacties van lezers kijkt, aan het feit dat het uniek is.

Vaak vroegen lezers wanneer ik weer eens wat ging doen met de plot en de personages. Maar gezien de complexe structuur en alle verrassingen en geheimen die ik in *De Acht* had onthuld over de personages en het schaakspel, vond ik dat het boek uniek moest blijven en dat er geen vervolg moest komen. Maar blijkbaar trok mijn boek zijn eigen plan en was het nog niet klaar met zijn verhaal.

Na 11 september gebeurde er zoveel dat betrekking had op elementen uit mijn eerste boek – olie, het Midden-Oosten, terrorisme, Arabieren, Berbers, Russen, de KGB, schaken – dat ik wist dat ik terug moest naar het deel van de wereld waar het Montglane-schaakspel was 'uitgevonden' door al-Jabir in *De Acht*: Bagdad.

In 2006 haalden mijn literaire agenten, Simon Lipskar voor

Amerika en Andrew Nurnberg voor het buitenland, me over om de eerste drie hoofdstukken te schrijven van wat ik aan plot en personages had bedacht voor dit vervolg. Het team bij Ballantine dat *The Fire* tot leven wekte, bestond uit: Gina Centrello, directeur Random House Publishing Group, uitgever Libby McGuire en de geweldige Kimberly Hovey, die twintig jaar geleden ook al had meegewerkt aan *De Acht*, door de jaren heen de publiciteit heeft aangestuurd voor mijn andere boeken bij Ballantine en daar nu Hoofd Marketing is.

Ten slotte een bijzonder woord van dank voor mijn redacteur, Mark Tavani. In juli 2007 trok hij het kleed onder me vandaan door te zeggen dat *De Acht* niet een 'eentje' mocht blijven, zoals uitgeverijen dat noemen, maar dat ik dieper moest graven en hoger moest vliegen.

En dat heb ik gedaan.